王蒙

著

短篇小说精选

惶惑

北京联合出版公司
Beijing United Publishing Co.,Ltd.

图书在版编目（ＣＩＰ）数据

惶惑 / 王蒙著 . — 北京 : 北京联合出版公司，
2016.7（2017.3 重印）

ISBN 978-7-5502-7956-8

Ⅰ . ①惶… Ⅱ . ①王… Ⅲ . ①短篇小说 – 小说集 – 中
国 – 当代 Ⅳ . ① I247.7

中国版本图书馆 CIP 数据核字 (2016) 第 126016 号

惶　惑

出 品 人：唐学雷

作　　者：王　蒙

责任编辑：李　征

北京联合出版公司出版

（北京市西城区德外大街 83 号楼 9 层　　100088）

北京嘉业印刷厂印刷　　新华书店经销

字数：368 千字　　700mm×980mm　　1/16　　印张：23

2016 年 7 月第 1 版　　2017 年 3 月第 2 次印刷

ISBN 978-7-5502-7956-8

定价：38.00 元

惶惑 | 目录

I

冬　雨

今年冬天的天气真见鬼，前天下了第一场雪，今天又下起雨来了。密密麻麻的毛毛雨，似乎想骗人相信现在是春天，可天气明明比下雪那天还冷。我在电车站等电车，没带雨具，淋湿了头发、脖子和衣服，眼镜沾满了水，连对面的百货店都看不清。右腿的关节也隐隐作痛起来。

下午有几个学生在我的课堂上传纸条，使我生了一顿气。说也怪，当了二十年小学教员了，却总是不喜欢小孩子，孩子们也不怎么喜欢我，校长常批评我对学生的态度不好。细雨不住地下，电车老不见来，想想这些事，心里怪郁闷。

当当当，车来了，许多人拥上去，我也扯紧了大衣往上走，在慌忙中，一只脚踩在别人的鞋上，听见一个小伙子叫了一声。

我上了车，赶忙摘下了沾满了水的眼镜，那年轻人也上了车，说："怎么往人脚上走呀！"我道了声对不起，掏出手帕擦眼镜，又听见那人说，"真是的，戴着眼镜眼也不管事，新皮鞋……"

我戴上眼镜，果然看见他那新鞋上有泥印子。他是一个头发梳向一边的青年，宽宽的额头下边是两道挑起来的眉毛，眼睛又大又圆，鼻子大而尖，嘴里还在嘟哝着，我觉得这小伙子很"刺儿"，对成年人太不礼貌，于是还他一句说："踩着您的新鞋了，我很抱歉。不过年轻人说话还是谦和一点好！"

"什么？"他窘住了，脸红了，两道眉毛连起来。我知道他火了，故意轻轻地、倚老卖老地咳嗽了几下。

就在纠纷马上要爆发的时候，忽然电车的另一边传来一阵掌声。

怪事，电车上该不会有人表演杂技吧？我们俩回过头，只见那边一部分人离开了座位，一部分人探着身子，注视着车窗，议论着、笑着。

我不由得走过去。原来大家是围着一个小姑娘。那小姑娘梳着小辫子，围着大花围脖，跪在座位上，聚精会神地对着玻璃。再走向前一步看，才知道她是在玻璃上画画。乘客呼出的气沾在密闭的窗玻璃上，形成一层均匀的薄雾，正好做画板。那小姑娘伸出自己圆圆的小指头，在画一座房屋。她旁边座位上跪着一个更小的男孩子，出主意说："画一棵树，对了，小树，还有花，花……"小姑娘把头发上的卡子取下来画花，这样线条更细。我略略转动一下目光，哎呀，左边的几个窗玻璃上已经都有了她的画稿了。一块玻璃上画着大脑袋的小鸭子，下面有三条曲线表示水波，另一块玻璃上画着一艘轮船，船上还飘扬着旗帜，旗上仿佛还有五颗星。哈哈，这一块玻璃上是一个胖娃娃，眼睛眯成一条线，嘴咧得从一只耳朵梢到另一只耳朵梢……回过头来看，她的风景画刚刚完成，作为房屋、花、树木的背景的，是连绵的山峰，两峰之间露出了太阳，光芒万丈。

"这个更好！"一个穿黑大衣的、胖胖的中年女人说。

"好孩子，手真利落！"一个老太太说。

"真棒，真叫棒！"售票员笑嘻嘻地从人群中退了出来，又恢复了那种机械的声调，"买票来，买票来，下站是缸瓦市！"

车停了，下车的人在下车前纷纷留下了夸赞小画家的话。那女孩好像根本没有听见这些议论，只是向身旁的男孩说："弟弟，再画一个好不好？"男孩连连说："好，好，再画一架大飞机！"两个人就从座位上下来，向右边没有画过的窗玻璃走去。车上的人本来不少，又聚在一端，就显得很挤，但大家自动给他们让了路和座位。隔着许多人，我只看见那小画家的侧面，她的额上、鬓上的头发弯曲而细碎，她的头微扬着，脸上显出幸福和沉醉的表情。她弟弟的样子却俨然是姐姐的崇拜者，听话地尾随在姐姐后面。

车到"平安里"了，小画家已经在所有的玻璃上留下了自己的作品。她拉着弟弟准备下车，别人问她在哪儿上学，叫什么名字，她只是嘻嘻地笑，没回答。我退到车门边，欣赏着她天真活泼而又大方的样子。她就要下车了，忽然目光停留在我身上，然后深深地给我鞠了一个躬："赵老师！"她的弟弟也随着给我鞠了个躬。

"这难道是我们学校的学生？"我大吃一惊，想看看她胸前戴着校徽没有，她已经下去了，在车外边一蹦一跳地走在细雨里，矮矮的身影很快消失了。

所有的视线都集中到我身上了，一个老年人向我伸出大拇指："这是您的学生啊？真不简单。"售票员一边给乘客找着零钱，一边质朴而滑稽地说："唉，我要能当教员，有这么好的学生，一天少吃一顿饭都高兴！"所有的人都友善地、羡慕地、尊敬地看我，我一时手足无措，只好哼着、哈着往电车的另一端走，一转身，正好看见那个被我踩了新鞋的小伙子，才想起这儿还有一场未了的纠纷。那小伙子看见我，想躲开，又躲不开了，露出了一种怪不好意思的样子。

阴天，时间虽然不算晚，车里的光线却暗下来了，于是售票员打开了电灯。大家立刻都愣住了，因为那"玻璃画"在灯光下获得了新的色彩，栩栩如生，好像我们坐的不是环行电车，而是，而是什么……那车的窗户，全是雕了花的水晶做的！

电车上的乘客亲切地互望着，会心地微笑着，好像大家都是熟人、是朋友，我对面有一对年轻的恋人靠得更紧了……好像有什么奇妙的东西赋予了这平凡的旧车厢魅力，使陌生的乘客变得亲近，使恶劣的天气不再影响人的心绪了。

至于我呢，我说不出心里是什么滋味，只是呆呆地看着窗外的细雨——雨点已经变成了小小的霰粒。

——1957 年

队长、书记、野猫和半截筷子的故事

应该怎样为人民公社的基层干部画像呢？是刻画他们在风吹日晒下黝黑而皴裂的皮肤吗？是描写他们沾满了尘土、芒刺、树叶、粪肥的长靴吗？是渲染他们的黑条绒上衣的后背上透出来的白花花的汗渍吗？是同情他们熬红了的眼睛和嘶哑的喉咙吗？是羡慕他们在本地的无上威权，走到哪里都被注视、被谛听、被请示和申诉包围起来的举足轻重的地位吗？还是为了他们往往处在矛盾的焦点，受到各方的夹击而不平呢？

一

先说说队长铁木耳：他生活在新疆一个维吾尔族农民聚居的农村，四十三岁，大眼睛，紫黑的方脸上刻着几道稀疏的、深深的纹络。新中国成立前他在煤窑背煤，腰腿受损，至今微有驼背，即使空身行走也显得很用力——他不会那种轻松地疾行或者从容地漫步。

多年来，他担任社办煤矿的领导。一九七二年因病回到六生产队，一九七三年当选队长。两年时间，铁木耳队长怎么样呢？看一看六队新开垦的土地，整齐的庄稼，疏浚了的渠道，再看一看社员脸上的笑容和家里新添置的什物，就了然了。

但是他有一个不算美气的绰号：泰推尔，直译"反着"，意译可作"杠头"。就是说，他爱抬杠。例如，一九七四年夏收时节，仅仅因为还剩两亩小麦割倒了没捆起，他竟然把会计带领着的报喜队伍从半路上叫回来！

一九七五年初春，州上要开学大寨经验交流会，上级让六队报材料。十九岁的会计谢米什丁根据铁木耳的口述写了一份，送到了负责此事的公社革委会副主任——谢力甫那里。

谢力甫三十挂零，白净脸，双眼皮，长眉上挑，动作带一点女性的味儿。他原来是自治区一个厅局的翻译，汉文和维文都学得不错。但是，他日益愤愤的是：译得再好也不过是翻译，而他当年的两个做一般行政工作的同学，却在近年提拔了。他的业务能力坠住了他的高飞入云的翅膀，他多次请调不成，决心离开乌鲁木齐，以照顾老母为由回到了故乡。他言称声带病变，拒绝再当翻译，选择了来这个公社担任秘书。他认为，秘书至少能掌管公章，而翻译连舌头都不归自己。

当了半年秘书之后，他就当了副主任。这职衔有一种奇妙的效应，他觉得自己身量变高了、体态丰满了、嗓音洪亮了、举止大方了。道路已经打通，光辉灿烂的前程才刚刚开始。

这天，谢力甫拿着六队的总结来找铁木耳，谢米什丁也在场。

"铁木耳哥，"按照穆斯林尊重长者的习惯，谢力甫屈尊叫了一声，"州上要开会，我们打算让您去呢。"

"也行。"铁木耳应道。

"可这个材料不行。"谢力甫转头看了谢米什丁一眼，正在打算盘的小会计连忙点头，"高度不够，站得太低。是你们的指导思想有问题……"

谢力甫讲解了一些"精神"。他的话里充满了农村干部难以理解和记忆的那些新名词、新提法以及新流行的省略语。

铁木耳垂手呆坐，不吭声。

"譬如说，'评法批儒'你们队里是怎么搞的？"谢力甫提示。

"没搞过。"铁木耳的回答简单、冰冷。

"理论队伍是怎么建立的？"

"……队伍？"铁木耳翻了翻眼，由于脸黑，他的泛着青光的眼白显得格外鲜明，然后，他垂下了眼帘，"没有。"

"再譬如，你们是怎样批判唯生产力论的？您至少传达过去年夏天我的讲话吧？"

谢力甫多么希望铁木耳回答一声"是"啊。只要他头一点，底下的事就不用他管了。

铁木耳的回答仍然是一个词："没有。"

"您怎么……"谢力甫几乎咆哮起来。

其实，不只铁木耳，许多队长都没传达谢力甫的讲话。身处三大革命运动第一线的生产队长，哪有兴致去磨那个嘴皮子？当然，对待上级正确的指示，他们是认真贯彻的，不仅用语言，而且用行动，用他们的全部心力和汗水，至于那些冒充上级精神的空话、废话、屁话，对不起，一般是边听边忘，在不得不照本宣科地说一说的场合，至多也不过是边说边忘罢了。

但是谢力甫不理解。他对报刊上的精神有多么理解，对队里的实际就有多么不理解。"您……"谢力甫气得腮帮子凸出来了。他多么想把这块铁疙瘩狠狠收拾一下啊，但是，不行，现在的任务是写材料。他知道材料写好了，对于自己有多重要。他咽了一口唾沫，强作笑容，开导说："铁木耳队长！您别什么都'没有'好不好？至少，您得说说您想了些啥嘛，难道您就知道抢砍土馒，却没有思想吗？"

铁木耳瞥了他一眼，问："您知道咱们这个村庄早先的名称吗？"

这回轮到谢力甫摇头了。

"我们这里原名阿克提干（白刺草）。一百年前，这里是长着没边的白刺草的荒地。有三个穷汉追逐一只狍子来到了这里，发现了一小块被山洪漫过的土地，哥儿仨用花帽翻过来盛上麦种，把金黄色的种子撒到这块土地上……后来，这儿能打粮食了，穷苦人的劳动就被地主霸占了。解放军到来的时候，这里是艾力伯克（伯克：维语，对于封建豪绅的通称）的庄园。我常想，如果一百年前的三个穷人能够在这里开垦，站住脚跟，那么，我们这些幸福的后辈、新社会的主人，怎么能够不彻底征服风沙，夺取更多的土地，创造史无前例的高产呢？"

"您想的就是这个？"

"嗯。"

谢力甫失望地嗫嚅着："张口就是一百年以前……这算什么思想？"

于是铁木耳明白了，对于副主任，只有报上登的才是"思想"，而自己想的，根本不算思想！

"譬如说，"谢力甫抓住铁木耳的衣袖，继续追问，"也许你们队有订报纸的吧？"

"有。"铁木耳点点头，捏着手指计算着，"生产队订了两份，社员个人还有六户。"

亚夏（亚夏：维语，本意为生存，表示欢呼时通译万岁）！他总算说了个"有"字！

"太好了，真好！这就对了！你们订的报不少！报上那些法家的文章大家总是看了嘛，这就推动了你们的工作！不学法家，你们能治沙、开荒吗？不管你们是否意识到，不管你们主观上怎样想，事实就是如此！"谢力甫狂喜地推演着，眼睛发亮。

"法家？"铁木耳又说了，"我们看报的人不看这个。您说的那个法家文章，邮递员一送到，我们就把它裁成二指宽的小纸条。"

"干什么？"

"卷莫合烟。"

谢力甫走后，一直在场的小会计谢米什丁说："队长哥，您为什么那样回答呢……他生气了。"

"我说的是不是事实？"

"事实当然是事实。可谢力甫哥是从自治区来的……他认识的人很多……上边来的人经常由他接待……您应该注意关系呵！"还是张孩子脸的谢米什丁，这样好意地提醒着。

铁木耳瞪大了眼睛，严肃地、有些悲哀地直视着他。这目光使小会计不自在起来。

"哼！怪事也和鸟儿一样，往往成对成双。"

"什么怪事？"谢米什丁没懂。

"第一，一个共产党员向另一个共产党员说了实话，就能使那个党员肚子发胀。第二，一个十九岁的娃娃却比成年人还老于世故！"

谢米什丁唰地红了脸。

二

"谢力甫书记，谢力甫主任！"

"谢力甫主任，谢力甫书记！"

谢力甫在铁木耳那儿碰了钉子，一脸晦气，心里骂着："真是个不可救药的泰推尔！"好半天也没听见这急切、亲热的叫喊声。等他止步的时候，一个砸蒜锤子似的圆柱形的头出现在面前，两眼紧挤着鼻梁，脸上堆着一弹就能掉下来的笑容，这是六队社员哈皮孜。他抚胸屈身，恭敬地行礼。

"书记，请到寒舍一坐，请赏光，已是中午了，主任！"哈皮孜的声调曲回婉转，似是发自一张转速多变的唱片。

谢力甫党内没有职务，行政上只是副职。他明知哈皮孜在假意奉承。但是，谁知道这是一种什么心理学的规律，那口口声声"书记"和"主任"的称唤，仍然是赏心悦目。就这样，谢力甫舒舒服服地坐到了哈皮孜的饭单近旁。

哈皮孜三十三岁，原本是供销社的售货员，因为贪污和陷害别人，在"四清运动"中被除名。他有五个孩子，生活相当紧。但他不好好劳动，差不多把全部精力用在寻找、制造和利用纠纷上。今天给这个干部递呈子，明天给那个领导送状子。他到处编造谣言，诽谤妨碍他的人，同时又到处讨好，赔笑献殷勤，设法靠近可能对他有助的人。遇到早衰的老婆恶言相骂的时候，他高声宣告："我自来就不是农民！我生下不是为抢砍土馒。只要坚持，用筷子也可以挖口井！我名叫哈皮孜，你好好记住！""我名叫……"云云，犹言"我行不更名，坐不改姓，咱们走着瞧！"

饭单旁，哈皮孜投其所好，严厉抨击了铁木耳。他指责铁木耳是一个没有政治头脑、保守僵硬、不能适应形势的落伍者，是糟朽如棉的木头，是一捅就破的熟过了劲的哈密瓜，是过期失效的电影票……

听到这一套妙喻，谢力甫像三伏天喝了一碗用坎儿井（坎儿井：吐鲁番盆地挖修地下渠道用的井，深者可达数十米，夏日其水甚凉）水搅拌的酸牛奶。

对哈皮孜，谢力甫早有所知。两年之内，他收到过他的七封控告信。最近，他又送来了一份长达十三页的题为"学习吕后先进事迹"的心得，只是因为他写的文字错误百出，一直没有细读。这次回去，他重新拾起，透过文理不通的尘沙，他发现了黄金！特别是这篇关于吕后的心得，虽然题名不伦不类，史料驴唇不对马嘴，仍然放射着勇敢和敏锐的光。难得有这样的有心人！

三

谢力甫写材料，案头上摆满了梁效、罗思鼎、唐晓文、初澜之类的堂皇文章。而谢米什丁那几页揉皱了的工作总结，实在太寒碜了。其实在这几页纸中，他可摘取的不过是两三个数字。至于思想、格式到每个具体提法，全靠从这些来头很大的文章中引进。经他苦心操作，这份材料便成了不折不扣的翻案文章，六队的增产被说成是一些先进分子（指哈皮孜）对保守分子（指铁木耳）斗争的结果。材料提到了吕后对农民的启迪和鼓舞，列举了三个回合、五条体会。总之，材料写得很漂亮，对于"理论家"来说，写的是合乎规格的"实际"，对于实际工作者，写的是高、新、深的"理论"。

铁木耳断然拒绝承认和宣读这份材料。这才好呢，不顾公社党委书记反对，参加会议的代表被谢力甫指定为哈皮孜。为了使此人壮观一些，副主任指令谢米什丁支借给哈皮孜十五元钱，让他做了套新衣。

哈皮孜好美，他发了言，吃了包子抓饭，照了相，看了文工团演出，带着奖状回来了。

弄巧成拙。哈皮孜宣读的、出自谢力甫手笔的材料，由于太不凡，受到州委领导同志的注意。对于不喜欢读梁效长文的领导同志，这份材料新得出奇、高得可疑，他向有关部门提出了这个问题。

于是，农工部长带着一名干事来到六队。部长发现，六队社员既不知晓材料的内容，更不明白怎么是哈皮孜代表他们去开会。听了材料全文以后，一个个茫然莫解。

"这是说的哪里的事？"一个老人问。

"就说的咱们队呀！"一个青年答。

"我的孩子，"老人生气了，胡子撅了起来，"对老头子是不兴这样寻开心的！"

有个年老的木匠，矮身量，圆眼睛炯炯有光，面色红润，银须飘拂，体态和举止十分洒脱。他用一种唱歌一样的、浑厚的嗓音向部长和干事问道："请问，究竟是马匹拉犁耕地，还是马身上的虻蝇拉犁耕地？"

"老人家，您的意思是……"

"听了您的材料，我怀疑，是不是有一天会请虻蝇来拉犁，是不是毛驴子会长出犄角充当百兽之王，而我们的坎儿井会不会翻转过来，变成矗立七天（七天：伊斯兰教认为天有七重，犹汉语之九天）的宝塔？"

"他是谁？"部长询问，知道了发问的这位老木匠便是鼎鼎大名的莱提甫科兹克戚（莱提甫科兹克戚：莱提甫是名字，科兹克戚是称号，含义为幽默、逗人笑的人）。与铁木耳及现任大队党支部书记库德来提一样，他们三人在新中国成立前都是恶霸地主艾力的长工，是同生死、共患难的忘年之交。莱提甫因为善讲笑话而名扬四方，方圆百十千米，为了请到他光临某个喜庆聚会，需要事先"挂号"排队呢。

部长和干事在六队待了十天，参加劳动，广泛接触了社员和干部，回去以后，给州委常委写了一个报告。州委通报批评了那份材料歪曲事实，收回了哈皮孜的奖状，重新隆重地给六队发了奖。公社党委写了检查，并对谢力甫进行了严肃批评。

六队全体社员由铁木耳队长率领，敲着手鼓，吹着唢呐，载歌载舞，到公社去迎接那闪闪发光的、用汉文和维吾尔新文字写着"学大寨、迈大步"两行大字的奖状。州委农工部长与公社党委书记跟铁木耳热烈握手。铁木耳激动地向社员们说：

"党了解我们，党关心和鼓舞我们，我们绝不辜负党的期望！"

是的，他们没有辜负党的期望。这年，他们的产量跨过了"黄河"。"向'长江'（黄河、长江：《全国农业发展纲要》规定的不同地区应达到的粮食亩产量）进军"的口号响彻六队的每一块田亩，每一间住宅。

四

到了一九七六年，年初就刮起了一阵风。风是个厉害的东西，它可以吹干幼苗，摇落铃蕾，卷起黑沙，迷住许多人的眼睛。然而，也恰是在狂风里，我们看到了傲然屹立的苍松、挺拔俊秀的白杨和保护着我们的母亲——大地沃土的众多的、不知名的劲草……

前边已经提到，铁木耳的另一个战友是大队党支部书记库德来提。库德来提年近五十，须发褐黄，腰板挺直，不论什么姿势，总像铜铸般稳定有力。大跃进的时候，他是有名的标兵，去过北京，见过毛主席。自打解放军进疆，他一直担任基层干部。特别是经过"文化大革命"的风风雨雨，他更加成熟了。

但是，一九七六年初的风也时而使他透不过气。他一面深锁双眉看报、听广播，一面警惕地注意着周围动向。哈皮孜又闹腾上了，说什么一九七五年夏收回奖状一事是个"右倾回潮"的"反革命事件"。谢力甫也一股脑儿地推翻了公社党委对他的批评，在公社第一把手被调去学习之后，他成了临时负责人，采取了一系列找别扭的措施，其中一条就是直接任命哈皮孜为六队的副队长。

这一任命引起了强烈愤慨。库德来提受党支部委托去找谢力甫，他开门见山地说：

"我们不同意这个任命。那是个品质恶劣的人……"

谢力甫剔剔指甲，抖抖衣角，莞尔一笑："离开路线谈什么品质？"

"请问，什么叫正确路线呢？毛主席教导我们，要从最大多数的人民群众的最大利益出发……"

"等等。"谢力甫打断了库德来提，从案头拿起一本刊物，边读边讲解，声调抑扬顿挫，模样活像一个给人间带来福音的天使。

他强调："谁领会上面的意图快，"他五指并拢，将手掌向上一伸，"谁就走在了前面，谁就得胜。相反，只能靠边、挨打。你是老干部了，怎么连这点常识都没有？看来，要虚心向哈皮孜同志学习噢！"

"向哈皮孜学习？"库德来提差点没喊起来，"我要向您汇报，哈皮孜好逸恶劳，谎话满嘴，挑拨离间，邪门歪道，早在一九六五年……"

他说不下去了。谢力甫根本不听，转身拿起了一支红铅笔去圈点报刊文章，把脊背给了他。

谢力甫专心圈点。他拉开抽屉，拿出友人寄来的清华大字报汇编。在这个远乡僻壤，这乃是他独占的灵光。前所未有的巨大的机会提供在面前，他绝不能让已经栖落在额头上的幸福鸟展翅飞走。他笑了，抬起了头，才发现库德来提已经不在。他轻蔑地撇撇嘴，让这些农村干部领会精神就比在磨盘上钻孔还难！一种先知们特有的寂寞感轻搔着他的心。

哈皮孜来了，来得正是时候，他把"汇编"拿给哈皮孜。

"可我们这里还是一潭死水！"哈皮孜抱怨道。

"所以需要你这条鱼儿，掀它几个浪花！"

五

夜间，库德来提主持例行的碰头会。一阵狗叫，随着急促而凶猛的脚步声，哈皮孜进来了。他眼球外凸，一脸肃杀之气。

"出事了！"他宣告，气喘吁吁。

大队干部们紧张起来。

"今天开队委会，我才讲了半个钟头，铁木耳队长没等我说完抬腿就走了……"

原来如此。

第二天同样时间，哈皮孜又满头大汗，面红耳赤，闯入了大队。这天晚上，他给社员"辅导"，在被辅导的人们筋疲力尽，会场上传出了长长短短、高高低低的鼾声之后，队长起立宣布了散会，社员一哄而散，谁也不理会哈皮孜"不要走！不要走"的叫喊。

为了表示公正，哈皮孜说："只有莱提甫留在了会场，并向我提出了一些关于吕后的问题，要求我对他个别辅导，他这种热心学法家的精神，值得表扬。"

第三天……第四天……哈皮孜天天夜间来告铁木耳的状。鸡毛蒜皮，狗扯羊肠，没完没结而又危言耸听，好似出了人命案。他一再用威胁的口吻对库德来提说："谢力甫主任指示，有事就来找您，您有支持我的工作的责任。"例行的碰头会无法进行，工作受到严重干扰。书记不发话，别人又不好把他撵出去。

第七天，哈皮孜又给全队社员辅导。莱提甫木匠抱着一只猫进了会场。这猫，个儿非常大，黄皮棕花，绿眼幽幽。它伏在木匠的膝头，一个女孩子伸过手来想要抱它，它弓腰伸爪，胡须乡开，"匹什——"发出一声强有力的、野性的、令人毛骨瘆瘆的"喷嚏"，那个女孩子惊叫了起来。

莱提甫周围开上了小会。老人介绍说，这只母猫靠喷气吓退"来犯者"。还说，这只猫肚量大，又善偷，左邻右舍的奶油、汤面，它经常吃剩碗底。燕子、黄鸟、蜜蜂、蟋蟀，那些会飞、会爬的活物也逃不出它的利爪。春天它下了一窝三只小猫，一小时后，它把自己的小崽咯吱咯吱地吃到了肚里。

莱提甫的叙述使听众倒吸冷气。一些女社员咧着嘴，打起寒战。还有几个娇气的姑娘捂上眼睛呻吟起来。

"请猜猜看，"莱提甫问道，"我最近给它起了个什么时髦的名字？"

名字？时髦？

"是不是老虎？"一个社员迟疑地说。

"它算什么老虎！请想想，它的凶狠和残忍跟什么人相近？"

"是不是艾力伯克？"又一个人问。

"我已经说过了，这是母猫。而艾力伯克是公驴。"

社员们笑了起来。莱提甫用手势止住，示意大家用心去听辅导。

哈皮孜正在津津有味地讲着吕后杀人的"先进事迹"。

听完这一段，莱提甫问："诸位，听明白了吗？"然后，他环视四周，庄严地宣布："我给此猫正式命名为吕——后！"

他稍加解释："因为它具有女法家的性格！"

莱提甫大叔有一只"法家"的猫！莱提甫木匠喂养了一只吕后！听众们稍一思量，立即交头接耳，前仰后合，笑成一团。

这么一来，哈皮孜的尊法辅导还如何进行得下去？

"莱提甫是现行反革命，我要求，在全大队组织批斗！"哈皮孜跟跟跄跄来到大队，面色灰白，眼珠上布满了血丝。

听了猫的故事，大队干部们忍俊不禁，咯咯地笑出了声。哈皮孜怒目相视，使有些人闭上了嘴，但是欢乐的气浪仍然从鼻孔里冲了出来。

库德来提的眼睛亮了。亲爱的，莱提甫老大哥，您信手拈来，不露形迹，使装腔作势的鬼话现形。

然而，现在还不是多说话的时候。哈皮孜是什么人？是阶级敌人？不能简单地下结论。是不堪一击的小丑？但他背后有谢力甫，他们的背后有一股邪气恶风。甚至也不能把谢力甫简单地说成坏人，他俩各自存在着思想品质上的严重缺陷。本来，在我们的社会主义国家，这些缺陷是会受到约束、鞭挞，也有可能逐渐得到改造的。如今，在一股邪恶势力的助长下，这一切却恶性地膨胀了。他们反过来咄咄逼人，张开大口，要把铁木耳、莱提甫这些好干部、好社员一口吞掉。难道用正常的方法能够说服他们吗？不能的。大队书记必须极小心地与他们周旋，捕捉战机，后发制人，然后战而胜之。想到这儿，库德来提闪了一下发光的眼睛，又垂下了眼帘。

"您怎么不说话呀？真成了哑巴书记！"哈皮孜恶狠狠地、粗鲁地说。

大队干部们竞相批驳他，但是库德来提止住了大家。"我们了解一下。"他说。然后任凭哈皮孜怨言倾泻，他动也不动，眼皮也不眨。

哈皮孜走后，大队干部再也压不住怒火，他们七嘴八舌地"围攻"书记：

"您为什么不把他轰出去？"

"您怕得罪他吗？我们不怕。下次干脆把他交给我们……"

"您从来都讲原则，精明强干，可这回怎么了？"

库德来提微笑了。他说："忙什么！"

六

"您能不能稍稍克制一点，方式上注意一点呢？"

正在专心致志地读着毛主席的《人的正确思想是从哪里来的？》的铁木耳，抬起了头。在煤油灯光的照射下，他的面孔显得更加严峻。他说："不，我受不了。"

"您不要给他留下可乘之机！"库德来提警告说。

"我不怕，我是党员队长。"铁木耳的回答斩钉截铁，"我不能眼看着全队三百二十六口人，两千多亩庄稼淹没在哈皮孜的屁话里。我一步不让！"

"我是说，要讲究策略！"

听了他的上级和老战友的话，铁木耳半天没言语。最后，他说："哈皮孜算什么东西？我真想一拳把他小时候从娘怀里吸吮的奶汁打得从他鼻孔里喷出来！还有谢力甫……他问我：'难道您就没有思想吗？'呸！照他看，正确的思想不是从三大革命运动中来，倒是由他那个梁效发下来的！看，我的这顶帽子买自国营商店，价值三块五！（"帽子……"云云，是维吾尔人激愤时常用的一种修辞手段，可说是"赋、比、兴"中的"兴"的手法，通过强调自己的帽子的价值引出自己的头脑、人格和尊严来）帽子底下有头！我思前想后，一夜一夜地睡不着觉。"片刻的沉默后，铁木耳深沉地说，"库德来提哥，这一切是怎么回事，有毛主席，有党中央，我才四十多，一定会看见的！"

他们没有再深谈。可能，关于斗争策略并没有取得完全一致的意见。不过，他们的心更近了。

库德来提也"告诫"着莱提甫："莱提甫哥，您的玩笑莫要开得太过分了呵！"他拉住莱提甫的手。

"是谁过分呢?"莱提甫反问,"旧社会,我是以笑当哭!我恨那些坏种,我只嬉笑怒骂地去讥讽他们。我的老伴被他们害死了,儿子被抓了当兵,我哭干了眼泪,还是到处说笑话……为了说笑话,我也曾挨过伯克的皮鞭……是毛主席拯救了我,我们才有了真正的欢笑……可如今,一些人是不是又想把我们拉回到那漆黑的深渊里?我就是要刺他们!我已经六十多岁了,他们想下毒手就下吧,只是未必能够得逞!"

莱提甫双眼含着泪。库德来提低下头,他的眼睛也湿润了,他紧握了老大哥的手,默然离去。

书记走到开始返青的麦地里,春风拂面,繁星满天,夜班浇水的社员正在忙碌,水流潺潺。他深深地吸了口气,已经嗅到了杏花香。他想着这大地的辽阔、耕作的辛劳、生活的美好和丑类的可恶,他走近去给浇水人帮忙,高高举起了闪光的砍土镘。

七

不过两星期,哈皮孜积累了绰绰有余的"子弹"。他找谢力甫,一口气汇报了七个小时。谢力甫予以夸奖,连夜起草了两份材料,一份题为《右倾复辟势力的代表——铁木耳的反动言行纪要》,一份题为《关于大造反革命舆论的现行反革命分子莱提甫的处理意见》,后一份材料送到公安局,要求对莱提甫实行专政。

写完材料,午夜已过,谢力甫紧张中感到一种淋漓尽致的满足,不可言喻的快感。材料里那些骇人听闻的帽子,像旋风一样地呼啸有声。铁木耳愈是复辟派,就愈证明他是革命派。莱提甫愈是现行反革命,就愈证明他是忠诚的左派。人间的逻辑就是这样无情、动人。谢力甫的思想,进入了新境界。

天色微明,他和衣趴到床上。恍恍惚惚,腾云驾雾。只见一座宏伟的殿堂,金碧辉煌,门前两排全副武装的卫队,变成且歌且舞的女子。他踩着红地毯,穿堂入室,不知走了多久,才进入了一间华灯耀目的大屋。迎面沙发上,坐着一个黑胡子微翘、衣服闪光、戴着宽边近视镜、腰里别着宝剑和毛瑟枪的人,正在奋笔疾书。不知来自哪儿的天启,他认出来了,不等介绍,便两手前伸,手心向上,颂道:"向您致敬了,梁效首长!"

梁效首长仰首大笑,笑声愈来愈尖细,谢力甫定睛一看,却是一位古装女皇坐在宝座上。谢力甫一惊，怎么擅入女皇内室……赞美全能的真主！他自己立即改变了性别，耳环摇曳，长裙垂地。也就在这一瞬间，女皇不见了，只有一只似虎非狮的大猫，抬起前爪："喵——呜！"

他睁开了眼，天已大亮。

两天后，县委退回了材料。县公安局的批语是："就所述情况来看，莱提甫主要是言谈不够严肃，可予批评教育，定为现行反革命分子，不能成立，逮捕法办，亦无根据。"

县委的批复是："同意公安局意见。此件与另件混淆两类矛盾，无限上纲，是不好的。现退回，请公社党委讨论一次，引以为训。"

谢力甫气得两眼发直。走资派就是这样顽固，他们上下勾连，组成了一个强大的网，他们胆敢与上面的精神唱反调！我正好从六队突破缺口，扩展到全公社、全县，闹他个天翻地转！

谢力甫下令在大队及所属各生产队干部范围内对铁木耳进行批判。他亲自参加，发言定调。铁木耳拒不检讨，并正言反驳。与会的干部谁也不说话，启发诱导不应，施加压力不灵。主持会的"哑巴书记"更是泥塑木雕，推三动四才动一动。

材料与批判会的失败，十倍地增加了谢力甫对铁木耳的忌恨，他指示六队要改选队长。改选会上，他公布了铁木耳的十大罪状：破坏理论学习、打击新生力量、包庇现行反革命、反对政治挂帅……并提名哈皮孜为队长候选人。

"赞成哈皮孜当队长的请举手！"奉命主持会议的库德来提，在谢力甫指点下宣布。

哈皮孜自己先举了手。期待已久的时刻终于到来了，队长的权力已经像握在他手心的小鸟。人生一世，这样得意的时刻又能经历几遭？他一阵迷糊，好像看见了全队男女老幼，连同牛马、果树、粮油、肉菜，全都向他俯身："哈皮孜兄！队长大哥！哈皮孜队长！队长老爷！"周围是一片令人眩晕的喧嚣……

这时，传来了一声响亮的宣告："两票，减去一票，一票！"

除去哈皮孜本人，只有老于世故的年轻人谢米什丁举起了手，环视四座后，谢米什丁的手又放下了，声明自己撤销了这一票。哈皮孜所得票数便成了2-1=1。

哈皮孜的脸变绿了。谢力甫的脸变红了。

"请问，怎么办？"库德来提请示谢力甫。

"……"谢力甫瞠目结舌。

"选举结果，哈皮孜同志获得一票，不过半数，未能当选。在选出新队长之前，铁木耳同志继续履行队长职责！"大队书记说。

"不行！"谢力甫站了起来，"谁当队长都行，就是铁木耳不行。"

"我当队长如何？"莱提甫笑嘻嘻地站了起来。

"不，不，不，不要让他说话！让他走远一些！"哈皮孜摆着双手，像在抵御拳击，又像见到了多灾海（多灾海：伊斯兰教所说的地狱，内有烈火）的烈焰。

莱提甫仍然是笑眯眯地、不慌不忙地、彬彬有礼而且举止优雅地走到了哈皮孜面前。他大声问道："一票队长，您的筷子不够用了吧？"

"什么筷子？"哈皮孜嘟囔着，他没有懂，别人也没听懂。

莱提甫从怀里掏出一根长长的筷子（是他这个木匠特制的吧），举起让大家一看，像魔术师给观众看道具。然后，"咔嚓"一声，筷子撅断，半截塞到哈皮孜手中，另半截他耍弄着，问谢力甫："您也需要吗？"

全场一怔。几个社员笑了，笑声便是注解，全场大笑。哈皮孜明白了含意，脑袋嗡地一响，瘫倒在谢力甫身上。谢力甫不懂其中典故，却也觉出不妙。他问库德来提："什么意思？"库德来提答道："堂（堂：维语中表示"无可奉告""谁知道呢"的语气词）！"

事后，书记给几个青年解释："这是流传在维吾尔人中的一个笑语。我们的先人到胡大面前讨取生计。一个山里人去了，'尔等伐木为生。'胡大降旨，并给他一把斧头。湖边的人去了，'尔等驾船捕鱼。'给他一张渔网。一个壮汉去了，胡大给他一根长矛：'尔等从军报国！'最后，去了两个二流子，这两个好逸恶劳、心术不端的人，争着要得到胡大的恩赐，竟在胡大面前吵闹厮打。胡大发怒了，随手拿起一根筷子，撅成两半，一人给了半截，降旨说：'尔辈就靠在好人背后捣杆子（捣杆子：新疆汉民称在背后搞阴谋破坏为捣杆子，疑源出维语。维语称背后破坏为'捅''捣'）度日可也！'"

莱提甫会后也做了些说明："哈皮孜十四天捣掉了咱们的队长，看来他的半截筷子来自胡大真传。但是，他要当正队长，仅仅捣掉一个铁木耳是不够的，非得把咱们每个社员都捣下去才行。我怕他筷子不够用，帮他半截。至于谢力甫副主任，也该用得着了吧？听说，咱们的公社党委书记快回来了。"

说着，他掏出了半截筷子，用拇指和食指捏住一端揉搓，筷子飞快地旋转起来。

八

"怎么搞的？只一票，简直不可思议！"谢力甫脸色阴沉地问哈皮孜。

"请息怒，书记！我事先是做了工作的，有几个已经答应选我，加上您亲自提名，本以为……谁想到……"

"等等！"谢力甫抬起了手，半闭上眼，沉浸在紧张的思索中。然后，突然一睁眼，"事情清楚了！你说，事先应允过的人也没举手，是吗？显然，这是屈服于压力！是由于泰推尔和科兹克戚在场！你去找库德来提，就说我讲了，把铁木耳调到湖边的牧业队，把莱提甫调到山中的林业队……"

"那……当然好……不过，最好是您亲自去宣布……"

这句话惹恼了谢力甫，他要抓大事，掀高潮，运筹帷幄，岂能让哈皮孜牵着鼻子去冲锋，拿自己的威信去和一群愚蠢的泰推尔硬碰？

"找大队去！难道拉屎尿尿也要我搀扶！"谢力甫不耐烦地将手一挥。

"书记，主任，这里的农民太落后了，和他们在一起，好比是鱼儿和石头在一起。把我调到公社吧！搞宣传、文教、采买、结婚登记，再不然回门市部卖货，都行！"

"你……这么没出息！"谢力甫眼里放出了凶光。哈皮孜打了一个寒噤。

需要打气！谢力甫努力缓和了面部表情，含笑道："要看大局，增强信心！须知，这次选举你没有失败，你胜利了！事情发展是曲折的，得票少怕什么，它不说明我们弱，更不说明我们错，相反，证明了我们的强大！"

"……"哈皮孜不敢相信自己的耳朵。

"请看，他们竟不敢选你！他们害怕你！这说明，你干得好，打中了旧秩序的要害！我们是新生的苗儿，未来属于我们，世界属于我们！"

惯于在牛奶里掺水的妇人，最忌讳旁人在向自己出售牛奶的时候兑水。她们判断牛奶成色的眼光也分外锐利、严格。善说空话的哈皮孜，对于施之于他的空话分外敏感、反感。他悻悻地走了。

只有再去大队。想来想去，剩下"哑巴书记"还好对付一点，改选大会上，唯独书记没笑。

库德来提用爽朗得多的神情迎接了哈皮孜："是的是的，谢力甫副主任已经来过电话。调吗？还有什么人阻碍您，请开出一个名单。什么？我去谈？不必不必。您现在实际上是队里的负责人，这些小事您自己就可以办。六队的工作看您的了，大队和公社，也靠您出经验了。有了您，谢力甫同志要求的经验，将像泉水一样喷涌而出……"

九

库德来提书记紧张地进行了多方面的工作，像一个打鱼人，准备收网。

把两个人调走的事受到强硬抵抗。铁木耳声明："我不走！我是这个队的社员，我有在本队劳动的权利！"

哈皮孜威胁："从明天，您再去六队干活就不记工分。"

铁木耳笑道："去年您锄玉米不干净，给您少记了一分。您不是大骂过那是搞'法权'吗？怎么现在又搬出了不记工分的法宝？不给工分我也照样干社会主义。"

"不发口粮！"

"难道我会挨饿？买买塔洪！"铁木耳随口向一个社员叫道，"下月我到您家吃饭。"

不仅买买塔洪，所有的"阿洪"和"汗"（阿洪、汗：分别为男人和女人名字后面表示亲近的附加称谓。买买塔洪，即买买提阿洪的连称）都回答："请来吧！欢迎您！"

更不要说莱提甫。他编了一个新故事：有个癞蛤蟆想当歌唱家，它却找不到听众。它找出了缘故：因为世界上有夜莺。于是它下令把所有的夜莺都消灭或者赶走。它跳到了玫瑰花上准备取代夜莺的位置。但是，随着夜莺的消失，玫瑰也凋谢了，蛤蟆仍然落在了沼泽里。

该死的木匠！哈皮孜已经受了刺激，一见他就气短、心跳、肩背呈放射性疼痛……

社员们出他的洋相，而在生产队长当中，他更是真正的孤儿。连给他投过1-1=0票的谢米什丁也不再买账。选举以后，库德来提和小会计好好地谈了一次心。当哈皮孜自己给自己"批了"五十块钱的补助之后，谢米什丁拒绝付款，并把事情捅给了群众，引起了一阵急风暴雨式攻击。

尤其令人痛苦的是，每晚去大队告状，这项最能发挥他的特长的活动，难以进行下去了。见到大队书记，他刚一发牢骚，书记就说："您成了实际上的第一把手，还有什么难办的？"一句话堵了回去。

怎么办呢？

十

终于，库德来提书记等待的时刻到来了。

这天夜晚，哈皮孜很迟很迟来到大队。等到其他大队干部离去，他关紧门，说道："书记，现在僵着，这样下去不行。我提个方案吧：让铁木耳照旧担任生产队长，我担任政治队长，我……"他想说"我监督他的工作"，话到嘴边又咽了回去，"有一个条件，请他们停止对我的嘲弄，我也不再抓他们的辫子……"

他注意地观察书记的反应，库德来提仍是一副呆板迟钝的样子。

"那合适吗？十条罪状……"库德来提似乎在自言自语。

"书记，"哈皮孜判定初步反应良好，换了一种极亲昵的口气，"您不知道，其实，我对铁木耳也没什么，他并没有往我的饭碗里扔过沙子。都是谢力甫搞的，他要概括十大罪状，我拦也拦不住。那天他还说您是他们的后台，我为您辩护了老半天。"他降低了声音，凑近库德来提，热气呼到书记的脸上，说，"谢力甫，一个耍奸弄滑的官僚主义者，一个靠舌头攻占城堡的汉子，他懂什么农村工作？只会用一支钢笔……"

库德来提一阵恶心，又觉得好笑，不愧是持有半截筷子的勇士，捣杆子捣到了他的靠山身上！书记好似迷惑不解地问："谢力甫同志不是一直很支持您的吗？"

"算了吧，他的支持！他的支持既没有使我的母山羊多产奶，也没有使我的妻子变得温柔。昨天，公社党委书记已经回来了，谁知道他今后还到不到咱们大队来，水流易逝而石头长存。我在咱们大队还能不指靠您？初识为朋友，再逢即亲属。您就是我的兄长，不，我的父亲……"

库德来提向公社党委书记作了详细汇报。党委书记原是州上的一个领导干部，"文化大革命"后，主动要求到基层做一些脚踏实地的工作，可以想象，一九七六年上半年他的处境是严峻的。以前还是满头青丝，学了四个月新发明的"党内有一个资产阶级"的理论后，他的头发开始花白了。在回到公社的庄稼地以后，他的呼吸畅快多了。听了库德来提的汇报，他更是又受鼓舞又感慨。他问："库德来提同志！您说说，毛主席对我们共产党人的教导之中，最根本的一条是什么呢？"

库德来提毫不犹疑地回答："依靠群众，全心全意地为人民服务。"

"对了！"公社党委书记欣慰地点着头。他用拳头敲打着库德来提健壮的胸脯，"就按您想的办吧！"

十一

库德来提主持一个小会，参加者有铁木耳、莱提甫、会计、两名队委委员和哈皮孜。

库德来提说："为了解决六队的问题，哈皮孜副队长提出了一个方案。我已经分别转达给有关同志了。大家认为，这个建议很有意思。现在，请哈皮孜自己讲讲。"

哈皮孜笑道："好说好说。各位，好马到了岔口，自然知道拐弯。前些日子，我与铁木耳哥有些对立，其实全是误会，这有什么必要呢？不，这是不必要的……今后，铁木耳哥自去抓他的生产，我呢，进行我的法家理论辅导。让田里的禾苗穿上法家的盛装，岂不更好？"

大家没有说话。

哈皮孜进一步说道："我知道，你们顾虑谢力甫副主任不同意。他算老几？他与我们队有什么相干？"

莱提甫连连点头道："实话。"

哈皮孜得意起来。突然，门开了，社员们纷纷拥了进来。跟着走进的还有公社党委书记、谢力甫副主任和大队所属的各生产队队长。

"你们来干什么？"哈皮孜惊问。

"听说您提出了解决六队问题的新方案，我们要听一听。"一个社员回答。

"这是怎么回事？"哈皮孜问库德来提。

"您的方案受到了群众的关心,这是很自然的。"库德来提说,"好吧!把您刚才讲过的话,再给全体社员讲一遍吧!"

"您骗人!"哈皮孜的脸变了颜色,"我说过,咱们先初步酝酿,保密……"

"你们要干什么?"谢力甫插嘴问。

"别忙。"库德来提向副主任一摆手,转身对哈皮孜说,"骗人的话是见不得阳光的,让我们把情况介绍给大家,让社员同志判断是谁在骗人吧。"

"我……没有什么方案。"哈皮孜结结巴巴。

"我替您说,"库德来提把一个月来哈皮孜的全部活动介绍给大家,当谈到哈皮孜如何企图靠大骂谢力甫来骗取人们的好感的时候,谢力甫呆了。哈皮孜绝望地喊道:"没有的话,他说谎!我没有这样说!"

"我做证!"谢米什丁举起了手。

"我做证!"

"我做证!"

三只手,五只手,更多的手举了起来。会议开得很激烈,人们愤怒了。哈皮孜垂头丧气,如同一只落水的老鼠。谢力甫坐立不安,如同一只烫了脚的鸡。

"这是怎么回事?我怎么没有看到?"谢力甫自语道。

"您的眼睛长在后脑勺上还自称'先进',您看得见什么呢?您看见的东西全是颠倒的!还是先看看您自己吧!"公社党委书记说。

谢力甫倏地站了起来,大声说道:"同志们,同志们,我是错了!错就错在没有看出哈皮孜是戴着小花帽的宋江,他受了招安!他错了,并不能证明铁木耳对了。今天谈的只不过是他个人的问题,我们绝不允许抓住这些个别的、偶然的现象,来否定前一段我们在六队的斗争。最近,梁效的文章的精神是……"

"让您的'精神'喂狗去吧!它给我们带来了十足的灾难!"铁木耳站了起来,指着谢力甫斥道,"我们不需要您的'精神'!"许多社员也纷纷站了起来。

"留着您的'精神'吧,到时候好给哈皮孜和您自己搽粉!"莱提甫也站了起来。

"你们胆敢……别忘了……我要控告!"谢力甫声嘶力竭地喊。

没有人再理睬他。库德来提宣布,恢复铁木耳的工作。"亚夏!"所有的手同时举了起来。

雷鸣般的掌声中,铁木耳微弓着背,迈着沉重、坚实的步子走到了前面。他没有牢骚，没有怨言，也没有显得激动。也许，他脸上的那几道深深的纹络更深了些？谁知道呢。

他说："地里的白刺草长得和庄稼一般高了。他们就是想把我们的人民公社再变成狍子出没的阿克提干呢。"

他大声宣布："一组明天上山伐木，二、三、四组全体，和我一起去大田锄草。"

——1978 年

歌　神

一

除了我正在恼怒，这初秋黄昏的田野上的一切，是多么美妙而且和谐！

落日给道路两侧优雅地摆动着的杨树林的顶端镀上了一层金辉，又透过竞相伸展的茂密的枝条，婆娑摇曳地飘洒到汩汩流淌着的、正在为播种冬麦而备墒的大渠的水面上，于是渠水变得明亮而且活泼了。渠边路旁，郁郁的秋草之中，时而抬起个把山羊或者毛驴的头颈，饱食和休闲使得它们的神态也变得雍容和高贵起来。公路上，不时有一辆辆载重汽车驶过，挡风玻璃上滑动着橙色的、愈来愈清晰可触的落日。林带的另一面的土路上，歪戴着硬壳帽子的牧童驱赶着代牧的社员们的自养乳牛回村。靠近"家"了，乳牛们撒开了欢，哞哞地叫着，笨拙而又起劲地摇摆着它们的肚腹和肥臀，蹬起了团团尘雾。

路和林带的另一面是广阔和娴静的田野。玉米像一群亭亭玉立的姑娘，手挽着手站在一起，在干爽的秋风中散发着一种潮湿、芳馨甚至有点刺人鼻子、新鲜得使人沉醉的气味儿。

与玉米地相邻，是一大片谦逊地仰着脸、深绿中染上了片片暗红和紫黄的苜蓿。已经开始第三茬收割了，芟镰扫过的地面上是一堆一堆的牧草，发出的气味温厚、甘甜，有一种暖烘烘的劲儿。

大地无言而变化有定。正是昼和夜、夏和秋、燥和湿、暑和寒更迭交替的时刻，空气、温度、微尘、田野上的一切都在升腾和下降，旋转和安歇……

我们三个人围坐在田头林边，处在浓密的秋草的掩护之下，坐在安谧的金色的暮霭之中。

在我们当中的空地上，放着一瓶精装的"伊犁大曲"。一块手帕上放着一个葱头和几块糖球——这就是下酒菜，还有一个仔细擦拭过的自行车铃的铃盖——这便是酒杯。

弟弟沉浸在一种不寻常的兴奋里。开始，我的追踪而来使他手足无措，他畏怯地、请求地看着我。但就是在这时，他也没有忘记用他的眼睛、用他的姿势和神情表达他对坐在我对面的陌生人的崇拜和倾心。

这个膝头上横放着一把有点破旧的热瓦甫的小伙子我似曾相识。高身量，略显瘦削，骨架有力，鬈曲的头发，高高凸出的眉骨和鼻梁，浓而长的眉毛，扁而长的、上挑的眼睛，淡褐色的、带着一种奇异的温柔和沉思的色彩的眸子，英勇而又和善的、似乎凝神看着远方的目光。本来，我找到弟弟的时候想倾泻出一大串抱怨和责备，像一个涨满了水的涝坝，眼看就要决口。但是这目光使我闸住了，而且不管有多么勉强，我也应他们的礼让而坐了下来。

弟弟拿起酒瓶，划了一根火柴，点着了封口的薄膜，燃起了淡蓝色的火焰。烧净以后，他用牙齿咬开了瓶盖，用自行车铃碗先给自己斟了一点，偷看了一下我呆板的面孔，慌乱地呷了下去，然后，咕嘟咕嘟，往铃盖里倒了大半"碗"，毕恭毕敬地递给了陌生的小伙子。

陌生的小伙子从弟弟手里接过了酒，高高举起，按照礼仪，询问着："我喝吗？"

"请饮酒。请尽管饮。"我摊开右手，伸向他，按照礼仪回答。答话的时候，我做出一副眼睛看着别处的样子。

其实我当然在注意着他。他并不像一般的年轻人那样，一仰脖，酒杯一折，了事。他把"酒杯"放在唇边，心里却在想着别的事，他闻一闻酒，似乎有点抱歉，有点下不了决心，最后，他慢慢地无声无息地把酒咽了下去。

他把空铃碗放到腿边，而没有按照规矩把酒杯送还给主人——弟弟。他拿起膝头的热瓦甫，弦也不调，信手拨弄起来，叮叮咚咚，像夏日的一阵急雨。

在他拨弄琴弦的时候，弟弟悄声对我说：

"艾克兰穆，大河里放木排的人。原先在特克斯林场，后来被选拔到天山乐团去了。去了一两个月，他想念家乡，又跑回来了。现在又到察布查尔林场去了……"

"他是个开小差的？"我不满地问，皱起了眉头。

我的不礼貌的说法使弟弟变了颜色。幸好，艾克兰穆没有注意到。他半闭着眼睛，手指轻松地、敏捷地拂动着，从琴上吹起了一股清风，吹过了草原，追上了奔马，绕过了山泉，又赶上了两只像箭一样奔跑着的金色的小鹿……

弟弟悄声为他的朋友辩护着："伊犁人哪一个能过得惯外地的生活呢？他离不开这里的天空、草原、大河里的浪花……"

我没言语，不管愿意不愿意，艾克兰穆的热瓦甫琴声开始吸引着我。好像在一个闷热的夏季，树叶颤动了，还弄不清是怎么回事，人们总会不约而同地舒一口气。好像一个熟睡的婴儿，梦中听到了慈祥的召唤，他慢慢地、慢慢地睁开了眼睛，他第一次看到了世界的光和影，看到了俯身向他微笑的美丽的母亲。

路边出现了一个小姑娘，头戴艳丽的花绸巾，身穿褪了色的、显小了的连衣裙，赤着脚来牵她的山羊。她握着拴羊的绳子立在了那里，显然，琴声也打动了她。

艾克兰穆想起了什么，他睁开眼，停住手，把铃碗——酒杯递给了弟弟。

下一"杯"轮到我了，我抿了抿，又敬给了艾克兰穆，其实是为了表达我对这强加于我的"饮宴"的冷淡。

艾克兰穆把酒喝下去了，又喝了一次。三杯已过，他眯上眼睛，再一睁，就唱起来了。说是唱，又像是在说话，在自语，似乎没有旋律，懒洋洋地哼着的调子里包含着一种温暖，一种希望。好像青草在欣悦地生长，好像蓓蕾在无言地开放，好像是一匹被主人上了绊子的马自顾自地低头觅食，好像是船舶靠岸过夜的时候随着水波轻轻摇晃。渐渐地，草原开遍了鲜花，骏马风驰电掣，木排在激流里起伏，四面是光明的白昼。我呆住了，耀眼的亮光使我晕眩，使我忘记了一切。我像一个正在负气的粗野的孩子，扭动身躯要躲避母亲的爱抚，但是母亲的硕大的手掌理顺了我的挓挲的头发，抚摸着我的额头、脸蛋和脖颈，我驯服了，我终于躺在了母亲的怀里，幸福地闭上了眼睛。

突然，一声高亢的呼唤，中断了连续的歌吟，艾克兰穆蓦地把头一甩，用一只手支撑着自己，放下了热瓦甫，面对着苍茫的天上升起的第一颗星，用一种全然不同的、天外飞来般的响亮的嗓音高唱起来。像洪水冲破了闸门，像春花在一个早上漫山红遍，像一千个盛装的维吾尔少女同时起舞，像扬场的时候无数金色的麦粒从天空撒落。艾克兰穆的歌儿从他的嗓子，从他的胸腔里迸放出来，升腾为奇异的精灵，在天空、在原野、在高山与流水之上回旋。我呢，也随着这歌声升起，再升起，飞翔，我看到了故乡大地是这样辽阔而自由，伊犁河奔腾叫啸，天山云杉肃穆苍劲，地面上繁花似锦……

我们不知道过了多长时间。一颗又一颗蓝色的和橘色的星星竞相来到我们的头顶，它们在俯视，在谛听，在激动得发抖。庄稼和树木惊愕地呆在了黑影里，风儿也在围绕着我们回转，不忍离去。

直到歌声停止，我才透过了一口气。弟弟趴在地上，哭起来了。来牵山羊的小姑娘搂着她的山羊，忘记了回家。我也想起了许多亲切的事，我想起了去世的母亲，想起了小时候偷偷爱过的姑娘，想起苹果开花和蚕豆结荚，想起了那一去不复返的、少年人的梦一样的日子。我想说一些话，然而，艾克兰穆已经走了……

"他为什么唱得这样好？"

"他本来唱得就好……而且，他在恋爱……"说到"恋爱"这个词儿，十六岁的堂弟先红了脸。见我无意责备或者禁止，他继续说，"艾克兰穆爱上了哈萨克姑娘阿依达娜柯。"

阿依达娜柯，多么好听的名字！它的意思是"像月光一样洁白"，而洁白，在我们的语言里代表着美、纯真和善良。哈萨克人善于起各种各样的名字。虽然在叔叔这里只待了一个暑假，但我已经知道了在伊犁河边放牧的那个年轻的姑娘。她长着乌黑浓密的头发，圆圆的、红润的面孔，天真无邪而又生动的、有时甚至是略带哀怨神采的眼睛。我曾经信步走进过她的帐篷，她叫住了猎猎怒吠的护羊犬，默然给我煮茶、端奶，温顺而又从容地招待我，却并不看我一眼。

我还听说过她父母双亡，跟着她的异母哥哥过日子，而她的这个哥哥，是个不可救药的窃贼、赌棍和醉鬼。这使我一时觉得有些郁闷。

然而，他们会幸福的。艾克兰穆的青春、欢乐和爱情是不可战胜的。

那时我这样想。那是一九六一年的九月，之后，我很快就返回乌鲁木齐医科大学了。

二

下一个暑假我没有机会再去看望那位远房叔叔和胆怯的弟弟，没能再去造访那里的杨树林和苜蓿地。一九六二年夏，我作为实习生参加了农村医疗队，去到南疆叶尔羌河的东南岸的偏僻的麦盖提县。七月下旬，我被医疗队委派去喀什市购买一批药品和器械。正赶上野性的叶尔羌河涨水，摆渡不能正常行驶，我和旅伴们在河边耽误了七个小时，到达喀什的时候，天已大黑了。

盛夏时节，沿着荒凉的塔克拉玛干大沙漠的西北边沿旅行是什么滋味，外地人是无法体会的。宇宙变成了一个烤馕的大土炉，石头晒得能烫坏任何触摸它的手，到处飞扬的烟尘就像刚从火里搂出来的热灰，连苍蝇都不敢在这样的空气中振翅。饿、渴、热，我们一个个筋疲力尽，汗水和着灰尘为我们全身敷了一层肮脏的软膏。就这样到了喀什市，我一口气喝了六碗茶，吃了三盘抓饭，一头倒在交际处客房的钢丝床上。

然而我没有睡多久，就被唤醒了，醒来却不见人，原来，呼唤我的是——歌声，喀什噶尔的歌声！喀什的夏夜总是在歌声中度过的，从黄昏到黎明，城乡的歌声不断。走路的、骑驴的、赶车和坐车的，夜间浇水和扬场的，休闲和乘凉的，喝醉了的和清醒着的男和女、老和少，一切没有睡下的人都在高歌，一切睡下的人都在歌声中寻找自己的梦。这样的歌声，其实从我们乘坐的大轿车驶过跨越喀什噶尔河的木桥的时候起，压根儿就没有离开过我的耳鼓。但是，现在，当夜深人静，当月光隔着窗子把胡桃叶的影子洒在我的脸上的时候，这南部新疆特有的，充满了焦渴和热情、苦恼和执着，像呼喊一样全无矫饰、像火焰一样跳跃急促的民歌旋律，变得怎样清晰而且强大啊！

我如醉如痴，悄悄地披上了衣衫，趿上了鞋子，顺着歌声的指引，穿过浓密如发的渠边的柳丛，跨过银波闪烁的河道，绕过醇厚如酒的、香气袭人的沙枣林，沿着宽阔的石子路和大大小小的木桥，寻找着，寻找着，来到了人民公园门前的广场。

广场上围着好多圈子，每一个圈子里都有一个歌者在弹弄热瓦甫或者都塔尔，拉响萨塔尔或者艾杰克（热瓦甫、都塔尔：弹拨乐器；萨塔尔、艾杰克：类似二胡和低音胡的弦乐器）。歌者各唱各的，唱的多是关于战争和爱情的万古长青的叙事诗，混乱的声调汇在一处，共同诉说着维吾尔人的悠久的，充满悲欢离合、爱爱仇仇的历史。喀什噶尔不愧是我们民族的摇篮，无怪乎中亚细亚的人常常把维吾尔人称作喀什噶尔人。这过去只在人们的谈叙中听到过的夏夜的说唱，身临其境以后才知道它具有一种怎样的惊心动魄的力量。连对面举世闻名的艾提尕尔清真大寺的绿塔和巨大的浑圆的穹顶也显得更加庄严雄伟了。

忽然，歌声和琴声似乎一下子都停止了。一个苍凉而又委婉的男中音，轻轻地飘了过来。抖颤和缠绵的歌声里包含着一种剑一样锋利的撕裂人胸膛的痛苦，一种蓄积深重的、压得人透不过气的忧患。你迷茫了，你垂下了头，你眼花了，你好像看见大队的送葬的行列，腰身上系着白带子的人哭喊着："啊，我的友人！啊，我的友人！啊……"

忧郁的歌声中渐渐出现了一种狂暴的激越的呼喊，似是塔克拉玛干腹地上突起的黑色的旋风。强劲的、威严的旋风把整座整座的沙山连底拔起，高举在上空，遮天蔽日，无情地摧毁着一切纤小的生命。野草闲花枯萎了，鱼虾蛙虫被埋在河床，土层被掀掉了，旷野上矗立着耸入云天的尘柱，大地龟裂，现出可怖的风蚀纹……

这是谁在唱？新鲜的、石破天惊的歌声中又回响着深沉、亲切、故旧情深的调子……当然，这不是喀什的民歌旋律，也不是喀什的唱法，这歌声只能来自我的家乡，来自绿草如茵的伊犁河谷，来自白杨深处……当歌声终于停息下来以后，我迈着迟疑的步子前去探求。我看到了歌者，看到了坐在广场的一角他的弯曲的背颈、浓黑杂乱的胡须，看到了他高眉骨、长眉毛之下的深陷的、似乎凝神望着远方的悲哀的眼睛。

还能是谁呢？虽然他胡须满面，虽然他陡然苍老如许！

"艾克兰穆哥！"我不顾一切地扑了上去，"是您吗？我的艾克兰穆哥！"

他打量着我，惊喜地叫道："您好啊！我的大学生！我的毛拉（毛拉：伊斯兰教里负责诵读和解释《古兰经》的教士，戏称时犹如汉语中的'秀才'）老弟！"

他站起来，夹起都塔尔，拉住我便向外走。他的听众都用羡慕的眼光看着我——我竟有幸与这样的歌手相识。

并肩向桑树林走去的时候，我问道："真想不到在这里能遇见您！可您的歌声为什么这样悲哀？您的样子也显得……"

我们停在一棵老桑树下，坐了下来，他低着头叙述了他的遭遇：他和阿依达娜柯的爱情受到了她哥哥的阻挠，后来那个赌棍和酒鬼又公然提出买卖婚姻的"价钱"。艾克兰穆十分愤怒，但是阿依达娜柯不敢、不愿与她的哥哥决裂。就在这个时候，数万边民外逃的事件发生了，她的哥哥竟然摇身一变领到了侨民证。正赶上那几天艾克兰穆放木排去了，等他回来，阿依达娜柯已经被她的异母哥哥裹胁而走。听人们说，阿依达娜柯在万分紧急的情势下曾经偷偷跑出来到处寻找艾克兰穆，没有找到，被哥哥追了回去。

艾克兰穆痛不欲生，他心爱的人、他生命的光，就这样轻易地、不可思议地失去了。故乡的山水只能引起他无限的哀伤，恰在这时，他收到了远在喀什的姑母的信，多病的姑母很想在有生之年再见一见当年抱耍过的侄子。他来到了喀什。

艾克兰穆的叙述是平静的，这种平静更加令人绝望和窒息。我听得呆了，故乡的风云，我当然并不陌生。但是，我仍然没有想到这样的事会几乎是轻而易举地落到艾克兰穆身上。他不是有着健壮的身躯、秀美的仪表、深邃的智慧、广阔的心灵和火一样的爱吗？他不是有那富于神奇魅力的、惊天动地的歌喉吗？难道不是即使听一听他的歌，也可以获得移山的力量吗？为什么他如此美好动人的青春的幸福，竟像一粒流沙一样被一阵莫名其妙的狂风吹得无影无迹？人，歌曲，爱情，你竟是这样软弱的吗？

我没有说话，他也没有说话。过了好一会儿，他突然攥住我的手："哎，我的大学生，我的毛拉老弟。请告诉我，为什么人生的路途上要有这样意想不到的灾难，毫无道理的痛苦？为什么我们自己身上会有那么多愚蠢和野蛮？你的命，我的命，我们不都是只有一次生命吗？我们不应该过得健康、美满和幸福吗？人生下来就要求幸福，就像鸟儿要求天空，草儿要求太阳而鱼儿要求大海。我们不应该幸福吗？我恨死了这些苦难、愚蠢、野蛮！"

他的手在发抖，他的声音在发抖，老桑树和月光，清真寺和圣徒的坟墓也在发抖。

三

在喀什噶尔，我们又见过两次面。对于他的不幸，本来有许多现成的、合用的也是相当正确的道理可说。但是，我没有说。我只是有一个信念：我想，一个给予人们那么多的歌者，一个如他这样的真正来自人民、来自大河和土地的艺术家，本人一定也是强大而富有的。任何人间的折磨，都不可能挫败他。

"唱吧，唱吧，给更多的人唱吧！""你准备唱什么新的歌？"我说的，就是这么一两句话，大概别人常常对他说的，也不外这些。我们的信念，我们对艺术家的期待和爱，就表现在这一两句话里。

后来我们的实习结束了，回到乌鲁木齐。我听说艾克兰穆也回到了天山乐团。乐团党支部到处找他，妥善地安排了他的生活和工作。不久，新疆人民广播电台的维语节目中出现了艾克兰穆唱的歌。我感到何等的欣慰啊，我的信念被证实了。

但我太忙了，医科大学的最后两年里，我没有时间去拜访他。然而，我成了广播音乐节目的最忠实的听众。艾克兰穆的歌曲改变了我的生活，打开了我的眼睛，我才发现，周围貌似平凡的一切，蕴藏着多少美妙绝伦的东西。生活在碧蓝的天空和白雪皑皑的博格达峰下面是多么奇妙啊！生活在温煦、芬芳的祖国的地面上是多么奇妙啊！生活在正直、善良、各有一个灵魂的人们当中是多么奇妙啊！艾克兰穆的歌声像一粒一粒的种子，这些种子在我的心灵里发芽了、生长了，于是，我的心里也生长着激情、喜悦、美、理想和力量。我照照镜子，我觉得我的被汉语课和拉丁语课，被无穷无尽的药物、骨骼和肌肉的名称，被班长的头衔和会议压得呆气十足的面孔上出现了美好的笑容和神采，以至于我接连收到几封全校以美貌和挑剔著称的女生的热情来信。

一九六五年，我以优秀的成绩毕业了。国庆前夕，我以毕业生代表的身份出席了庆祝国庆和新疆维吾尔自治区成立十周年的文艺晚会，在富丽堂皇的人民剧场里。当女报幕员袅袅地走到幕前，报告下一个节目是艾克兰穆的男声独唱的时候，我屏住了呼吸，心跳到了嗓子眼儿。

柔软、温暖、厚重而华贵的紫红色的绒幕被缓缓拉开了，多色的聚光灯、顶灯和脚灯全打开了，舞台上呈现出绚烂的明亮。过了半分钟，仍然不见人，人们甚至以为调度上出了事情。就在这时候，他咚咚作响地迈着大步走了出来，穿着绿色竖条纹的长袷袢，戴着崭新的黑白分明的巴旦姆帽子，上唇留着半圈整齐的短髭，他神采奕奕地走到舞台中央，抚胸曲身，向观众行礼，然后洒脱地一抬头，把伴奏者介绍给大家。

我简直不敢认他了。在舞台上，他高大、英俊、自信、沉着有礼。他首先唱了《祖国》。歌声使我想起秋日的伊犁田野，夏夜的喀什噶尔的大清真寺，使我想起伊犁河谷的风云，也想起涉水渡河的坚韧不拔的叶尔羌河两岸的农民。接着，他唱了《亚非拉人民要解放》，像海潮一样的汹涌澎湃，像野火一样的势不可当。后来，在观众热烈的要求下，他加唱了一个哈萨克歌曲《啊，草原》。这是根据民歌《爱妮克孜》的旋律改编的一首抒情歌曲。艾克兰穆得心应手地调度着自己的声音，好像是在旋转、抖动着一个万花筒，组成了变化多端、诡奇而又匀称的图像。

散场以后，我在剧院近旁徘徊。我看到他从化妆室的旁门走了出来，一群男女艺术家簇拥着他，我听到了在众人嘈杂的说笑中他的独特的浑厚而又明朗的笑声，我没有好意思去认他，因为他身边的艺术家穿的衣服料子实在太好，而女演员们也未免太漂亮。但我仍然感到快乐，感到富有，因为他毕竟是我的朋友，一个大歌唱家、大艺术家。我感到了他的价值，歌曲、艺术、心灵的价值，并且我醒悟了，我、我们这些爱听他的歌、和他的心弦起着共鸣的人的价值。我们也有生命，有灵魂，有各式各样的经历，有各式各样的情感，各自的爱、眼泪和梦。在艺术家们离开剧场之后我才挪动了脚步，错过了最后一班公共汽车，然而我一点也不着急，树影、灯光、清爽的秋风，都配合着我迈步的节拍，我全身都感到一种前所未有的喜悦。

我给艾克兰穆发了一封信，我想念他像想念久别的情人。我收到了回信，星期天上午，我倒了三次车，进入了天山乐团。根据人们的指引，好不容易在一排家属宿舍中找到了他的房间。

我推开了质地坚硬的木门，不由得一怔。房屋虽然有精雕细刻的门窗，用上等杉木铺成的天花板和地板，但显得空旷而且破旧，我一眼看到了墙角的尘土和蛛网，看到了陈设的简陋、贫乏。艾克兰穆的穿着也很寒酸，褪了色的条绒上衣袖口和肘部都磨糟了，裤脚上有泥，衬衣领子也不清洁。他情绪倒挺好，和我紧紧地握手，主动告诉我二次来乐团后受到的多方照顾。并且拿出了他的葡萄干、方块糖、馕来招待我。馕是从街头的小铺里买的，时间过长变得干硬如铁，又由于放在抽屉里染上了一股呛人的莫合烟味儿。葡萄干呢，倒是吐鲁番的无核白，但我闻到了一种类似老鼠屎的味道。他给我倒的茶是预先泡在暖水瓶里的，喝起来怪不是味儿。"您就这样生活着？"我说。

"是的，我知道了，我应该好好地活着，好好地唱歌。"他说。他没有听出我话里的失望和疑惑。

临走时，他说他感谢我的到来，要送给我一件小小的礼物——是新灌制的他的四首歌儿的一张唱片。

我拿着唱片走了，一路上觉得说不出的难过。他给了人们那么多，但自己什么也没剩下。成了"大艺术家"以后，他的生活完全不是我想象的那样。而且，尽管有那么多描着眉毛、梳着最入时的发式的女演员生活在他的身边,他仍然是一个人⋯⋯

但是有唱片。当唱片在电唱机上旋转的时候,当扬声器里出现了他的声音的时候,他仍然是真正的君王,是我的歌神。

四

一九六六年的夏天,从那一天起这一切都成了永不再来的过去。人、生活、感情、歌曲,热瓦甫和二胡,剧场的晚会和私人的聚会,统统被一把外科手术刀割弃。然后是冬天,雪,无边的大雪。一九六六年冬,我在黑水河水利工地上行医。那天我出诊回来,正遇上大雪,天黑了,错过了食堂开饭的时间,我到县商业局的饭馆去碰碰运气。这饭馆是用包装板、油毡和苫布临时搭就的。灯亮着,还没有下班,我掀起饭馆厚重的棉帘子,一股又湿又热的白气,夹杂着羊油和洋葱的爨香、酒精和劣质莫合烟草的呛人气味、蒸锅水汽和汗水的质朴的混合味,扑在我的脸上。在严寒的冬季,在奔波劳碌、饥肠辘辘的时刻,这饭馆的热气是多么令人慰藉!

但是,这是什么?我听到了歌儿!刹那间,我感到无比恐怖和厌恶,好像是看到了自己被截下去了的、坏死的、血淋淋的残肢。我甚至想跑掉了。再一秒钟,一种悲喜莫名的眷恋之感攫住了我的全身,不,那不是血淋淋的残肢,而只是一抔黄土,是埋葬着我的旧友甚至还有我自己的新坟。我静下了,呆住了,满眼是泪。短短的几个月,我已经忘记了什么是歌曲。维吾尔歌曲,已经是属于那不属于我们的、被埋葬了的另一个世界的了。我的耳朵里听惯了的是唱片落地变得粉碎的声音,"低头!低头"的喊声,齐声背诵的赌咒发誓和"滚他妈的蛋"之类的狂呼乱喊。我根本想不到今生今世,就在这荒凉的戈壁滩,在白雪的覆盖下面,重又听到了亲切迷人的维吾尔人的歌唱。

我站在门边,忘记了去找地方坐下来。

一个人唱道:

在严寒的冰雪里,我思念着春天,

鸟儿何时飞翔,花儿何时红遍,少女何时绽开笑脸?

何时我们才能尽情地歌唱啊,

让歌声滋润我们焦渴的心田？

大家合唱：

啊，春天，啊，春天。

我们把你思念，我们把你思念！

全饭馆的人都在歌唱，顾客、炊事员、服务员和会计。他们（大都是农村来的民工）把全部桌子拼在一起，上面摆满了酒、菜。大家围着一个歌手，随着他唱歌。大家喝得都有三四分醉了，正是歌声最动人的时刻。

这熟悉的场面，这熟悉的歌声……好像一个迷路的孩子抬头望见了远方的火把，好像一个休克的病人重又听到了亲人的呼唤，好像一个泯灭了真性的疯子突然想起了自己的姓名，又像久已尘封了的旧居的门打开，走出来阔别多年、别来无恙的双亲二老……我想起了一切，用双手捂住脸孔，哭出了声。

歌手抬起了头，众人抬起了头，我听见有人叫我的名字，我放下手，我看见了艾克兰穆憔悴的却也是涨红了的脸。

他把我拉到身边，咕嘟咕嘟，给我倒了一大碗酒，酒浆溅到桌面上。他说："兄弟，你也受苦了？看我吧，我成了罪人。我的罪就是——唱歌！呵，一切使人有别于驴子的东西，使人变得善良、文明、温柔和美丽的东西全不要了，剩下的是什么呢？凶暴、仇恨、残忍、贫困……"

"但是我们要唱歌，还要唱！"一个大胡子的中年农民举着酒杯站了起来，"让他们见鬼去吧，我们把你接到我们的生产队，艾克兰穆，我就是队长！我们给你九分半住宅地！我们帮你盖房，帮你栽葡萄！每天晚上，我们要在你的葡萄架下唱歌。歌曲万岁！"

他喝了酒。众人欢呼、闹嚷、七嘴八舌地唱了起来。愈唱，声音愈大，头抬得愈高，面部的肌肉绷得愈紧。他们唱歌的样子，使我联想起一尊尊装好了炮弹、扬起了炮口的大炮。

啊，春天，

让我们的歌声把你呼唤，

即使魔鬼能扼住我的喉咙，

却怎能挡住你的脚步？

怎挡得住百花娇妍，百鸟啼啭，山泻流泉？……

歌声、农民、友谊，还有（何必隐讳呢）我们维吾尔男子的伙伴——酒，使我战栗，使我握拳，使我复苏了。被夺走了的灵魂重又回到我的躯壳里，我的血管里重又哗哗地奔流着青年人的鲜红火热的血浆！我恍然大悟，只要自己不放弃，什么也不会被夺走。我喝了酒，我吃了肉，我手舞足蹈，和艾克兰穆、和农民、和饭馆的工作人员高唱在一起，呼喊在一起。

这时，"砰"的一声，门开了，帘子掀了起来。随着一股刺骨的寒气，进来一个怒目横眉，长着一个大大的头，圆圆的、黄黄的脸，戴着红袖标的矮个子。

"不准唱！"他大喝道。

歌声戛然而止。人们纷纷用惊疑和阴郁的目光注视着这位不速之客。

"艾克兰穆，回去！"来客以绝对权威的口气命令着。

艾克兰穆不吭，不动，不看。

"回去！"不速之客哑着嗓子喊叫起来，"你敢抗拒监督管理！"他挥着手，威胁着，走过来要拉艾克兰穆走。

"不要捣乱！不要打扰我们！"那个邀请艾克兰穆去落户的生产队长说。

"为什么不准我们唱歌？""为什么打扰我们？"人们纷纷气愤地喊叫着。

"听着！"矮个子伸长脖子宣布说，"艾克兰穆是牛鬼蛇神……"

"滚！"艾克兰穆蓦地站了起来，抄起一个酒瓶子向那人砸去。幸亏我手快，拉了他一下，瓶子从那人肩上飞过去了，撞到墙上，"砰"的一声粉碎了。

"滚！滚！滚！"人们大声喝道。不知是谁，把剩茶泼到了矮个子的脸上。

矮个子仓皇地退去了。然而，歌儿再也无法继续唱起来。艾克兰穆痛哭失声，他抓住我的肩，摇着、抖着，他问："这究竟是怎么回事？究竟发生了什么事啊？"

无法回答。

五

啊，歌声，驯良而又剽悍的，乐天知命而又多情善感的维吾尔人怎么能离得开你！难道不是所有的维吾尔人在没有学会说话的时候就学会了唱歌，没有学会走路的时候就学会了跳舞吗？只是因为有了歌儿，这雪山上的松涛，这长河里的波浪，这百灵和黄鹂的啁啾，这天马（天马：我国古代著名的伊犁马有"天马"之称）的长嘶，车轮的吱呀和驼铃的叮咚，这呼唤孩子的母亲和呼唤母亲的孩子的大千音响才有了意义、有了魅力，只因为有了歌儿，人民的苦难、祖国的光荣、民族的命运、英雄的襟怀、少女的爱情……才都成为可以表达，可以被人同情和理解的了。维吾尔人的歌曲呀，就是维吾尔人的灵魂！

然而，唱歌有罪。为了消灭心灵，必须消灭歌声。那个大雪纷飞之夜，在饭馆里唱歌的事被汇报成为反对"文化大革命"的暴乱。大胡子的生产队长和饭馆的一个炊事员被捕。大街上贴出了通缉"现行反革命分子"艾克兰穆的露布，露布右上方还有他的一英寸半身照。我呢，被批斗审查了两年……最后，宣布了对我的"宽大"：敌我矛盾按人民内部矛盾处理，"劝"其退职，还乡生产。

我去投奔远房叔叔。胆怯的弟弟已经长得膀大腰圆，他现在不仅是一家之主——娶了木匠的鬈头发、圆眼睛的女儿做妻子，而且也是一队之主——当了生产队长了。我激动地向他叙述他所崇拜的歌手艾克兰穆的遭遇，他却默不作声、低头看地。

我无言，敌我矛盾的说法像毒蛇一样缠绕着我的灵魂。幸好故乡的土地仍然哺育着庄稼，故乡的庄稼人仍然在播种、耕耘、收割、打藏、缴售，还在恋爱、嫁娶、养育后代、送别先人，虽然人人都感觉到一种压抑、一种烦闷。我的"还乡生产"，受到了农民们真诚的欢迎。农民们不势利眼，他们旁观人生角逐场里的浮沉，公正宽厚而又清醒地做出自己的判断却不怕失去什么。和农民、和庄稼地在一起，我踏实多了，然而，故乡的风雨晨昏、秋冬春夏，仍然时时使我想起艾克兰穆和他的歌声，我觉得缺憾、空虚、麻木，没有他的歌声，生活变成了一盘忘记放盐的菜肴。

一九七二年冬天，出了一个大新闻，离开祖国十年多的阿依达娜柯回来了。她越过边界跑了回来，这位比月亮还美的姑娘，十年前是一轮圆月，如今却成了奄奄一息的月牙儿。她瘦骨伶仃，弯腰驼背，眼珠子黄黄的，她的肝硬化已近晚期。"我只求死在祖国。"这个还没有真正地开始自己的生活的姑娘说。

我屡屡被阿依达娜柯找去回答关于艾克兰穆的询问，叙述我目击的情状，安慰她那颗焦灼的、破碎的心。"但是你要说真话，不要骗我！"她用那黄色的眼珠盯着我，哀求地说。我连连点头，谈了喀什，谈了人民剧场，谈了他独身的、简朴的生活，谈了水利工地。但我还是隐瞒了通缉令，我只是说："他闯了祸，跑掉了。"

但她听不懂："他闯了什么祸呢？唱歌有什么祸呢？"我无法向她解释在红旗和口号下面发生的事情。反复的问答使她好像明白了一点，"我昼夜想念着祖国，祖国到底怎么了？"她问。"不管怎么了，祖国仍然是祖国，生病的母亲也是母亲啊！"她说，"可他一直是单身？我对不起他！"她的眼睛红了，像火，像血。"当强盗要劫掠你的祖国、你的爱情的时候，你应该用死去保卫她。然而晚了……"她断断续续地说着也许是想过了一千遍的话。

一九七三年三月，她发作了一次之后陷入严重的昏迷。苏醒以后，我和弟弟、弟媳去看望她，应她的要求，我们在手推车上铺上被褥，让她躺在上面，推到了田地里。初春，太阳非常之好，没有一丝风，但天空仍然凝聚着灰蒙蒙的氤氲。两只鹞子在空中翻滚，一只白嘴鸦停留在暂时还像枯树但已经憋出了一身疙瘩的杨树枝头。田野里是片片残雪和堆堆尚未撒开的粪肥，道路上走着一辆四轮马车，车轮后面翻浆的道路上留下了道道深辙，像是大地的伤痕。这是真正的、孕育着无限生机的春天。但是没有声音，没有鸟叫，没有鞭子响，没有马脖子上的铜铃，更没有歌。这又是一个苦闷的春天。

"为什么没有歌声？"她有气无力地自语，"然而，这天空、这田地，毕竟是我们自己的……可是艾克兰穆呢？为什么他在自己的祖国却不能容身呢？"阿依达娜柯像发了疯一样突然大叫起来，"艾克兰穆哥！能不能让我在断气前再看看你呀？！"

这撕心裂肺的号叫让我们肝胆俱裂。弟弟跑到了阿依达娜柯身边，大声叫着陷入半昏迷状态的阿依达娜柯的名字，流着泪向可怜的姑娘保证说："放心吧，三天以内我一定叫艾克兰穆来见你！"

阿依达娜柯平静下来了，我却惊奇地睁大了眼睛。弟弟也自觉失言，他阴沉而又严厉地瞥了我一眼，走过来，低声告诉我说："我们是农民，我们有我们的斤两，我们知道该怎样行事。这一切与你无关，当然，相信你也不会说出去。"

阿依达娜柯不行了。那是一个风雨凄凄的黑夜，弟弟没有让我去，弟媳和几个贝薇（贝薇：伊斯兰教的女教士，女裹尸者）忙碌着，男人本来也插不上手。后来她们回来了，告诉我不幸的女子已经辞世，明天早晨全村的人集合诵经。我蒙眬睡去，好像在波浪翻滚的水面上摇荡着。夜半，我依稀听到了歌声，悲恸的、泣血一样的歌声。"是艾克兰穆！"我叫道。我醒了，坐了起来，歌声又没有了。我又躺下，我又听到了这饱含血泪的哀歌。我悄悄地披上了衣服，在漆黑的雨夜，在萧萧的寒风里，在雨点无孔不入的打击下，在单调而又慌乱的雨声中，踏着泥泞黏滑的道路去寻找歌声，去寻找艾克兰穆。歌声时隐时现，似乎发自伊犁河的方向。我惊恐而又急切，深一脚，浅一脚，滑了好几个跟头，跌跌撞撞来到了伊犁河岸，歌声再也听不见了。也许它自始就不过是我的幻觉？我湿漉漉地伫立在暗夜里，没有星，没有灯，没有人也没有歌。只有风，只有雨，只有滔滔的流水。

六

这一切都一去不复返了。历史的怒涛荡涤了这些人为的、精心制作的苦难。当生活的川流舒展通畅地奔腾的时候，你能相信它前不久还在呜咽、在咆哮、在盘旋无路吗？谁能证明这金波浩渺的洋洋大河里，当真曾经容纳过那么多的悲哀和愤怒呢？祖国重又是光明灿烂的了，新疆重又是光明灿烂的了。广播喇叭里播送着各族歌唱家的纵情高歌，在田野上、在家庭里、在马背上、在婚礼和麦昔来甫（麦昔来甫：维吾尔人的一种娱乐饮宴晚会）上，人民在放声歌唱。歌曲比天上的星星还多，比草原上酿造的蜜酒还醇。失而复得的歌曲呀，失而复得的灵魂！它更坚强也更深沉了。听，人们欢歌的时候并不轻浮，人们哀歌的时候也不会灰心。但是艾克兰穆啊，你在哪里？

弟弟告诉我，在黑水河水利工地饭馆的"唱歌事件"之后，艾克兰穆在他的接济与掩护之下过了好几年的逃亡生活。一九七三年，阿依达娜柯去世之后，艾克兰穆也失去了踪迹。"他会不会……"弟弟沉重地长叹，"这一切不幸的夹击是太沉重了啊！……"不久，传来了在偏僻的、以盛产罗布麻叶而著名的罗布泊边，有一位新来的歌手在活动的消息。接着，一位来自阿勒泰密林的达斡尔族老猎人，眉飞色舞地叙述他们那里出现了一位"歌神"，他唱起歌来，连麋鹿、羚羊、银狐和雪鸡都会聚集起舞……这些传说尽管扑朔迷离，却唤起了我的希望。

至于我自己，一九七五年以后作为"合同工"被吸收到县医院，重新拿起了听诊器。一九七八年又去乌鲁木齐进一步落实政策，去掉了"敌我矛盾"的印记。我去乐团询问艾克兰穆的事，知道由于当事人不在，他的事情还被拖延着。

我失望地回到了县医院。但我相信，总有一天，艾克兰穆会回来的，我不信他会选择弱者的道路。可惜，他送我的那张唱片没有了，那是我在"破四旧"的时候上缴的……我永远也不能原谅自己。

七月，麦收前夕，我接到邀请，去参加弟弟为他的头生子举行的"摇床喜"（摇床喜：维吾尔族风俗，婴儿出生四十天后过"摇床喜"，犹如汉族之过满月）。

距离弟弟的绿荫掩映着的院落还有好远,我就听见了那刚健有力的歌声,虽然略有沙哑,却是无比豪壮。

"艾克兰穆!艾克兰穆!"我发狂般地、上气不接下气地大叫着冲到了弟弟的院子里。顾不得与众位宾客行礼,顾不得按照礼仪放慢脚步,惊得院子里鸡飞狗跳鸭子叫,蹚起了地面上临时挖就的专做喜筵的大灶里的柴灰,"艾克兰穆在哪里?"我问。"在那儿。"一个女人指给我,同时,歌声止住了。

我推开那间屋门,甚至忘记了道萨拉姆(萨拉姆:穆斯林相互问好的用语)。"艾克兰穆!艾克兰穆!您在吗?"喊叫和人同时进了屋。我怔住了,满屋都是女人。按照惯例,喜筵上男女宾客是分开坐的,难道艾克兰穆在女人们中间?

"他当然在啦。他能上哪儿去呢?您瞧,就在这儿呢!"圆眼睛的弟媳说。说着,她抱起了肥头大耳的婴儿,"瞧啊,这就是我们的小伙子,我们的勇士艾克兰穆!"

我迷惘而且尴尬。莫非是……我们维吾尔人有用自己所敬重喜爱的人的名字给自己的孩子命名的习惯……"他爸爸给他起名叫艾克兰穆。"弟媳说,"说他嗓子好,长大了让他唱歌。倒也是,在产院,他一哭,就像吹起了唢呐,全院都听他一个人的了……这不是,他爸爸还买了留声机,买了唱片,要让他从小就学唱歌呢。"说完,她拿起机头,唱片旋转起来了,温厚而且透明的男声唱起了《祖国》,是艾克兰穆在唱歌,永远不老,永远响亮。

"咿——呀——噢——"婴儿艾克兰穆响应着、扑蹬着、喊叫着,他真的想引吭高歌了。

我亲了亲小艾克兰穆的脸,我祝福他有更好的生活。我听着艾克兰穆的同名人的歌唱,我想着他的命运,我们大家的命运。我想着白杨林、玉米和苜蓿、天上升起的第一颗星,想着喀什噶尔清真大寺的庄严的拱顶,想着人民剧场舞台上的耀眼的灯光,想着黑水河畔的怒吼。我想,我们的歌儿,我们的人民和民族的灵魂终归是不可战胜的。历尽磨难,艾克兰穆和他的歌声仍然与我们同在,山高水远,地久天长。

——1979 年

夜的眼

　　路灯当然是一下子就全亮了的。但是陈杲总觉得是从他的头顶抛出去两道光流。街道两端，光河看不到头，槐树留下了朴质而又丰满的影子。等候公共汽车的人们也在人行道上放下了自己或浓的或淡的各人不止一个的影子。

　　大汽车和小汽车；无轨电车和自行车；鸣笛声和说笑声。大城市的夜晚才最有大城市的活力和特点。开始有了稀稀落落的然而是引人注目的霓虹灯和理发馆门前的旋转花浪。有烫了的头发和留了的长发，高跟鞋和半高跟鞋，无袖套头的裙衫，花露水和雪花膏的气味。城市和女人刚刚开始略略打扮一下自己，已经有人坐不住了。这很有趣。陈杲已经有二十多年不到这个大城市来了。二十多年，他待在一个边远的省份的一个边远的小镇，那里的路灯有三分之一是不亮的，灯泡健全的那三分之二又有三分之一的夜晚得不到供电，不知是由于遗忘还是由于燃料调配失调。但问题不大，因为那里的人大致上也是按照农村的日出而作、日落而息的古制生活的，下午六点一过，所有的机关、工厂、商店、食堂就都下班了。人们晚上都待在自己的家里抱孩子、抽烟、洗衣服、说一些说了就忘的话。

　　汽车来了，蓝色的，车身是那种挂连式的，很长。售票员向着扩音器说话。人们挤挤搡搡地下了车。陈杲和另一些人挤挤搡搡地上了车。很挤，没有座位，但是令人愉快。售票员是个脸儿红扑扑的、口齿伶俐而且嗓音响亮的小姑娘。在陈杲的边远小镇，这样的姑娘不被选到文工团去报幕才怪。她熟练地一揿电钮，遮着罩子的供看票用的小灯亮了，撕掉几张票以后，叭，又灭了。许多的街灯、树影、建筑物和行人掠过去了，又要到站了，清脆的嗓子报着站名。叭，罩灯又亮了，人们又在挤挤搡搡。

上来两个工人装束的青年，两个人情绪激动地在谈论着："……关键在于民主，民主，民主……"来大城市一周，陈杲到处听到人们在谈论民主，在大城市谈论民主就和在那个边远的小镇谈论羊腿把子一样普遍。这大概是因为大城市的肉食供应比较充足吧，人们不必为羊腿操心，这真让人羡慕。陈杲微笑了。

但是民主与羊腿是不矛盾的。没有民主，到了嘴边的羊腿也会被人夺走，而不能帮助边远的小镇的人们得到更多、更肥美的羊腿的民主则只是奢侈的空谈。陈杲到这个城市来是参加座谈会的，座谈会的题目被规定为短篇小说和戏剧的创作。粉碎"四人帮"后，陈杲接连发表了五六篇小说，有些人夸他写得更成熟了，路子更宽了，更多的人说他还没有恢复到二十余年前的水平。过分注意羊腿的人小说技巧就会退化的，但是懂得了羊腿的重要性和迫切性却是一大进步和一大收获。这次应邀来开会，火车在一个小站上停留了一小时零十二分钟，因为那里有一个没有户口而有羊腿而且卖高价的人被轧死了。那人为了早一点把羊腿卖出去，竟然不顾死活地在停下来的列车下面钻行，结果，制动闸失灵，列车滑动了那么一点点，可怜人就完了。这一直使陈杲觉得沉重。

正像从前在这样的座谈会上他总是年龄最小的一个一样，现在这一类会上他却是比较年长的了，而且显得土气，皮肤黑、粗糙。比他年轻、肩膀宽、个子高、眼睛大的同志在发言中表达了许多新鲜、大胆、尖锐、活泼的思想，令人茅塞顿开、令人心旷神怡、令人猛醒、令人激奋，结果文艺问题倒是讨论不起来。尽管主持会议的人拼命想引导大家围绕会议的中心谈，大家谈得最多的还是关于"四人帮"赖于立足的土壤，关于反封建，关于民主与法制、道德与风气，关于公园里有愈来愈多的青年人聚众跳交谊舞、用电子吉他伴奏，以及公园管理人员如何千方百计地与这种灾祸作斗争——从每隔三分钟放送一次禁止跳这种舞的通告、罚款办法到提前两个小时静园。陈杲也在会上发了言，比起其他人，他的发言是低调的。"要一点一滴，从我们脚下做起，从我们自己做起。"他说。这个会上的发言如果能有一半，不，五分之一，不，十分之一变为现实，那就简直是不得了了！这一点使陈杲兴奋，却又惶惑。

车到了终点站，但乘客仍然满满的。大家都很轻松自如，对售票员的收票验票的呼吁满不在意，售票员的声音里带有点怒气了。像一切外地人一样，陈杲早早就高举起手中的全程车票，但售票员却连看他都不看一眼，他规规矩矩地主动把票子送到售票员手里,售票员连接都没接。

他掏出"通讯录"小本本,打开蓝灰色的塑料皮,查出地址,开始打问。他向一个人问却有好几个人给他指点,只有在这一点上他觉得这个大城市的人还保留着"好礼"的传统。他道了谢,离开了灯光耀眼的公共汽车终点站,三拐两弯,走进一片迷宫似的新住宅区。

说是迷宫不是因为它复杂,而是因为它简单,六层高的居民楼,每一幢和每一幢都没有区别。密密麻麻地堆满了乱七八糟的东西的阳台,密密麻麻地闪耀着日光灯的青辉和普通灯泡的黄光的窗子。连每一幢楼的窗口里传出来的声音也是差不多的。电视正在播送国际足球比赛,中国队踢进去一个球,球场上的观众和电视荧光屏前面的观众就欢呼在一起,人们狂热地喊叫着,掌声和欢呼声像涨起来的海潮。人们熟悉的老体育广播员张之也在拼命喊叫,其实,这个时候的解说是多余的。另外,有的窗口里传出锤子敲打门板的声音、剁菜的声音和孩子之间吵闹和大人的威胁的声音。

这么多声音、灯光、杂物都堆积在像一个一个的火柴匣一样呆立着的楼房里。对于这种密集的生活,陈呆觉得有点陌生、不大习惯甚至觉得有点可笑。和楼房一样高的一棵棵的树影又给这种生活罩上薄薄的一层神秘。在边远的小镇,晚间听到最多的是狗叫声,他熟悉这些狗叫熟悉到这种程度:在一片汪汪声中他能分辨哪个声音是出自哪种毛色的哪一只狗和它的主人是谁。再有就是载重卡车夜间行车的声音,车灯刺激着人的眼睛,车一过,什么都看不见了,临街的房屋都随着汽车的颠簸而震颤。

行走在这迷宫一样的居民楼里,陈呆似乎有一点后悔。真不应该离开那一条明亮的大街,不应该离开那个拥拥挤挤的热闹而愉快的公共汽车。大家一起在大路上前进,这是多么好啊,然而现在呢,他一个人来到这里。要不就待在招待所,根本不要出来,那就更好,他可以和那些比他年龄小的朋友们整晚整晚地争辩,每个人都争着发表自己的医治林彪和"四人帮"留下的后遗症的处方,他们谈论贝尔格莱德、东京、香港和新加坡。晚饭以后他们还可以买一盘炸虾片和一盘煮花生米,叫上一升啤酒,既消暑又助谈兴。然而现在呢,他莫名其妙地坐了好长时间的车,要按一个莫名其妙的地址去找一个莫名其妙的人办一件莫名其妙的事。其实事一点也不莫名其妙,很正常,很应该,只是他办起来不合适罢了,让他办这件事还不如让他上台跳芭蕾舞,饰演《天鹅湖》中的王子。他走起路来有一点跛，当然不注意倒也看不出来，这是"横扫一切"留下的小小的纪念。

这种倒胃口的感觉使他想起二十多年前离开这个大城市的时候。那也是一种离了群的悲哀。因为他发表了几篇当时认为太过分而现在又认为太不够的小说，这使他长期在百分之九十五和百分之五之间荡秋千，这真是一个危险的游戏。

按照人们所说的，对面不太远的那一幢楼就是了，偏偏赶上这儿在施工，好像要安装什么管道，不，不只是管道，还有砖瓦木石呢，可能还要盖两间平房，可能是食堂，当然也可能是公共厕所。总之，一道很宽的沟，他大概跳不过去——被横扫以前应该是可以跳过去的——所以他必须架一个桥梁，找一块木板。于是他顺着沟走来走去，焦躁起来，竟没有找到什么木板，白白多走了冤枉路。绕还是跳？不，还不能服老，于是他后退了几步，一、二、三！不好，一只腿好像陷在沙子里了，但已经跳了起来，不是腾空而起，而是落到沟里。幸好，沟底还没有什么硬的或者尖利的东西。但他也过了将近十分钟才从疼痛和恐惧中清醒过来，他笑了，拍打了一下身上的土，一跛一拐地爬了出来，谁知道刚爬出来又一脚踩到一个水洼里。他慌忙从水洼里抽出了脚，鞋和袜子已经都湿了，脚感到很硌得慌和吃了带土的米饭时嘴的感觉一样。他一抬头，看到楼边一根歪歪斜斜的杆子上的一个孤零零的、光色显得橙红的小小的电灯泡。这个电灯泡存在在这里，就像在一面大黑板上画了一个小小的问号，或者说是惊叹号也行。

他走近了问号或惊叹号，楼窗里又传出来欢呼混合着打口哨的声音，大概是外国队又踢进了一个球。他凑近楼口，仔细察看了一下楼口上面的字迹，断定这就是他要找的那个地方。但他不放心，站在楼口等候一个过往的人，好再打听一下，同时觉得怪不好意思的。

他临来以前，那个边远地方的一位他很熟悉也很尊重的领导同志找了他去，交给他一封信，让他到大城市去找一个什么公司的领导人。"我们是老战友，"当地陈呆所熟悉的领导同志说，"我信上已经写了，咱们机关唯一的一辆上海牌小卧车坏了，管理人员和驾驶员已经跑了好几个地方，看来本省是修不好的了，缺几个关键性的部件。我这个老战友是主管汽车修配行业的，早就向我打过保票，说是'修车的事包在我身上'，你去找找他，联系好了拍一个电报来……"

就是这么一件普普通通的事。找一个私人、一个老友、一个有职有权的领导，为另一个有职有权、在当地可以称得上是德高望重的领导所属单位修理一辆属于国家所有的小汽车。没有理由拒绝这位老同志的委托，而懂得羊腿的重要性的陈呆也就不对带信找人的必要性发生怀疑。顺便为当地办点事当然是他应尽的义务，但是，接受这个任务以后总觉得好像是穿上了一双不合脚的鞋，或是穿上一条裤子结果发现两条裤腿的颜色不一样。

边远小镇的同志似乎"洞察"了他的心理，所以他刚到大城市不久就接连收到了来自小镇的电报，催他快点去讨个结果。反正我也不是为了个人，反正我从来也没坐过那辆上海牌，今后也不会坐。他鼓励着自己，经过了街灯如川的大路，离开了明亮如舞台的终点站和热情的乘客，绕来绕去，掉到沟里又爬出来，一身土，一脚泥，来到了这。

终于从两个孩子嘴里证明了楼号和门号的无误，然后他快步上到了四楼，找对了门。先平静了一下，调匀呼吸，然后尽可能轻柔地、文明地然而又是足够响亮地敲响了门。

没有动静，然而门内似乎有点声音传出来。他把耳朵贴在门板上，好像有音乐，于是他摒弃了方才刹那间"哟，没在家"的既丧气而又庆幸的侥幸心理，坚决地再把门敲了一次。

三次敲门之后，"咚咚咚"传来了脚步声。吱扭，旋转暗锁，咣当，门打开了，是一个头发蓬乱的小伙子，上身光光的，大腿光光的，浑身上下只有一条白布裤衩和一双海绵拖鞋，他的肌肉和皮肤闪着光。"找谁？"他问，口气里有一些不耐烦。

"我找 ××× 同志。"陈呆按照信封上的名字说道。

"他不在。"小伙子转身就要关门。陈呆向前迈了一步，用这个大城市的最标准的口语发音和最礼貌的词句作了自我介绍，然后问道："您是不是 ××× 同志家里的人（估计是 ××× 的儿子，其实对这样一个晚辈完全不必用'您'）？您能不能听我说一说我的事情并转达给 ××× 同志？"

黑暗里看不到小伙子的表情，但凭直觉可以感到他皱了一下眉，迟疑了一下："来吧。"他转身就走，并不招呼客人，那样子好像通知病人去拔牙的口腔医院的护士。

陈呆跟着他走过去。小伙子的脚步声——咚、咚、咚。陈呆的脚步声——嚓、嚓、嚓。黑咕隆咚的过道,左一个门,右一个门,过了好几个门,一个门里原来还有那么多门。有一个门被拉开了,柔和的光线,柔媚的歌声,柔热的酒气传了出来。

钢丝床、杏黄色的绸面被子,没有叠起来,堆在那里,好像倒置的一个大烧卖。落地式台灯,金属支柱发出拒人于千里之外的亮光。床头柜的柜门半开,露出了门边上的弹珠。边远的小镇有好多好友托付陈杲给他们代买弹珠,但是没有买着。那里,做大立柜的高潮方兴未艾。再移动一下眼光,藤椅和躺椅,圆桌,桌布和样板戏《红灯记》第四场鸠山的客厅里铺的那张一样。四个喇叭的袖珍录音机,进口货。香港歌星的歌声,声音软,吐字硬,舌头大,嗓子细,听起来总叫人禁不住一笑。如果把这盒录音带拿到边远的小镇放一放,也许比入侵一个骑兵团还要怕人。只有床头柜上的一个装着半杯水的玻璃杯使陈杲觉得熟悉、亲切,看到这个玻璃杯,就像在异乡的陌生人中发现了老相识,即使是相交不深或者曾有芥蒂的人,在那种场合都会变成好朋友。

陈杲发现门前的一个破方凳,便搬过来,自己坐下了。他身上脏。他开始叙述自己的来意,说两句又等一等,希望小伙子把录音机的声音关小一些,等了几次发现没有关小的意思,便径自说下去。奇怪,一向不算不善于谈话的陈杲好像被人偷了嘴巴,他说得结结巴巴,前言不搭后语,有些用词不伦不类,比如本来是要说"想请×××同志帮助给联系一下",竟说成了"请您多照顾",好像是他来向这个小伙子申请补助费。本来是要说"我先来联系一下",竟说成了"我来联络联络"。而且连说话的声音也变了,好像不是他自己的声音,而是一把钝锯在锯榆木。

说完,他把信掏了出来,小伙子斜仰着坐在躺椅上一动也不动,年龄大概有小伙子的两倍的陈杲只好走过去把边远地区领导同志的亲笔信送了过去。顺便,他看清了小伙子那张充满了厌倦和愚蠢的自负的脸,一脸的粉刺和青春疙瘩。

小伙子打开信,略略一看,非常轻蔑地笑了一下,左脚却随着歌声打起拍子来。录音机和香港歌星的歌声,对于陈杲来说也还是新事物,他并不讨厌或者反对这种唱法,但他也不认为这种唱法有多大意思。他的脸上出现了一个轻蔑的笑容,不自觉的。

"这个×××(说的是边远地区的那位领导),是我爸爸的战友吗(到现在为止他没有作自我介绍，从理论上还无法证明他的爸爸是谁）？我怎么没听我爸爸说过？"

这句话给了陈呆一种受辱的感觉。"你年轻嘛，你爸爸可能没对你说过……"陈呆也不再客气了，回敬了一句。

"我爸爸倒是说过，一找他修车，就都成了他的战友了！"

陈呆的脸发烧，心突突地跳起来，额头上沁出了汗珠："难道你爸爸不认识×××（边远地区的首长）吗？他是一九三六年就到延安去的，去年在《红旗》上还发表过一篇文章……他的哥哥是××军区的司令啊！"

陈呆急急忙忙地竟然说起了这样一些报字号的话，特别是当他提到那位知名的大人物、××军区的司令时，"唰"的一下子，他两眼一阵眩晕而且汗流浃背了。

小伙子的反应是一个二十倍于方才的轻蔑的笑容，而且笑出了声。

陈呆无地自容，他低下了头。

"我跟您这么说吧，"小伙子站了起来，一副作总结的架势，"现在办什么事，主要靠两条，一条你得有东西，你们能拿点什么东西来呢？"

"我们，我们有什么呢？"陈呆问着自己，"我们有……羊腿……"他自言自语地说。

"羊腿不行。"小伙子又笑了，由于轻蔑过度，变成了怜悯了，"再一条，干脆说实话，就靠招摇撞骗……何必非找我爸爸呢，如果你们有东西，又有会办事的人，该用谁的名义就去用好了。"然后，他又补了一句，"我爸爸到北戴河出差去了……"他没有说"疗养"。

陈呆昏昏然，临走到门口的时候他忽然停下了脚，不由得侧起了耳朵，录音机里放送的是真正的音乐，匈牙利作曲家哈韦尔的《舞会圆舞曲》。一片树叶在旋转，飞旋在三面是雪山的一个高山湖泊的碧蓝碧蓝的水面上，他们的那个边远的小镇，就在高山湖泊的那边。一只野天鹅，栖息在湖面上了。

黑洞洞的楼道。陈呆像喝醉了一样连跑带跳地冲了下来。咚咚咚咚，不知道是他的脚步声还是他的心声更像一面鼓。一出楼门，抬头，天啊，那个小小的问号或者惊叹号一样的暗淡的灯泡忽然变红了，好像是魔鬼的眼睛。

多么可怕的眼睛，它能使鸟变成鼠，马变成虫。陈呆连跑带蹿，毫不费力地从土沟前一跃而过。球赛结束了，电视广播员用温柔而亲切的声音预报明天的天气。他飞快地来到了公共汽车的终点——起点站，等车的人仍然是那么多。有一群青年女工是去工厂上夜班的，她们正在七嘴八舌地议论车间的评奖。有一对青年男女，甚至在等车的时候也互相拉着手，扳着腰肢，今日的四铭先生看了准保又要休克了。陈杲上了车，站在门边。这个售票员已经不年轻了，她的身体是那样单薄，隔着衬衫好像可以看到她的突出的、硬硬的肩胛骨。二十年的坎坷，二十年的改造，陈杲学会了许多宝贵的东西，也丢失了一点本来绝对不应该丢失的东西。然而他仍然爱灯光，爱上夜班的工人，爱民主、评奖、羊腿……铃声响了，"哧"的一声又一声，三个门分别关上了，树影和灯影开始后退了。"有没有票的吗？"售票员问了一句。不等陈杲掏出零钱，"叭"的一声把票灯关了，她以为乘车的都是有月票的夜班工人呢。

——1979 年

说客盈门

一、他是谁

他崇尚俭朴，连姓名也简单到了姥姥家。一九四六年他到达解放区以后，更名为丁一。他起这个名字的时候，还没有时兴按姓氏笔画为顺序排列主席团名单。再说，除了在"史无前例"的那些年表演那种时髦的腰背屈俯柔软操以外，他也没上过主席台。

他的身材、相貌、嗓音是那样平常，又总是数十年如一日地穿着那身国家标准的6-乙号蓝华达呢干部服，以致多感的人犯愁：假如他进城去百货大楼，汇合在熙熙攘攘的人流中，会不会搞得即便他老婆亲临也难以把他辨认出来呢？

幸好他还有两个细微的特点——看来完全消除一个人的特点也实在不易。一是后脑勺大一些，二是常皱着眉头。"上纲家"曾经分析：那后脑勺是魏延遗传下来的反骨，而眉之皱，乃是阴暗心理的外露。

他心眼儿死。农村工作，有个不成文的规矩：年初一本账——计划、指标、保证、豪言壮语；年终一本账——产量、入库量、缴售量、产值，这两本账是不兴放在一块儿比较、查对的。可是丁一不，他偏要比、偏要对、偏要查、偏要刨根问底。如果他仅仅去责问社队干部事情还好办，他竟然带着各种账本去追究县委和地委，这事发生在一九五九年。于是全县和全专区的阶级斗争形势一下子就紧张起来，到处抓激烈、复杂、尖锐的阶级斗争动向。他挨批、被打上"右"字黑印不说，连各村的戴帽地富及其子子孙孙，连省直机关下放到这里劳动改造的右派分子也都逐一表态、检查、交代、被帮助、被训诫、被一抓再抓。于是，不仅左派对他义愤填膺——一个女同志批判他的时候结合忆苦思甜,当场晕了过去。就连那些急于摘帽的划错了的和没有划错的"右派"也发自肺腑地对他恨之入骨,认为没有他的话形势就会缓和,他们就会更快地回到人民队伍。就连当时是永无摘帽希望的地富分子,也觉得他实在是背兴,既非委任也非荐任,谁让他代理我们的?光代理地富不算,他还要代理反坏右和帝修反呢!你那个德性,代得过来吗?

从此,丁一每况愈下,因而每下愈况,于是乎愈下而愈况,愈况而愈下,不知伊于胡底了。

总算,万事都有个了,有个收。一九七九年一月,丁一落实到政策上去了。六月,参加革命三十余年、年逾五十的丁一,恢复了党籍,被任命为县属玫瑰香牌糨糊厂的厂长。

许多人向他道贺,他皱着眉说:"贺什么?"更多的人为他不平,认为给他安排的官儿小了。他不等人家说完就转过了脸,只给人家一个后脑勺。有人说他"又翘尾巴了",也有人说他的尾巴就像孙悟空的那根旗杆一样,压根儿没有夹起来过。

他白天黑夜地在那个小小的糨糊厂里转,常常是满身的糨糊嘎巴,发出一种颇不类于玫瑰香的气味。老伴骂他贱骨头,他倒笑了。

所以他家一向客人不多。

二、被他摸了屁股的并不是老虎

他上任之后就发现了两大问题。这里用"发现"一词不当,因为这两个问题是秃子脑袋上的虱子——明摆着的,不如说是两个问题天天戳碰着他的眉心和后脑勺。一、做糨糊的副产品——面筋管理不善,明拿暗揣,私分私卖,拉关系,搞交换,乌烟瘴气。二、劳动纪律十分松弛,有人上班时间睡大觉,绊倒了没睡觉的检验工。于是,他与各方反复研究,做出有关规定和奖惩细则,公布施行。其实,也无非是一些人所共知的老话儿。

一个月过去了,五月份,该厂的一个合同工,叫龚鼎的,被他抓了典型。因为这龚鼎:一、连续四个月不请假不上班。二、大模大样地到工厂要面筋,不给就大吵大闹,打管理员。三、拒不到厂,拒不接受教育。于是,丁一要求党支部、团支部、领导小组、核心小组、工会、劳动组、政宣组、人保组、物资组、警卫组……讨论龚鼎的问题。虽然他一日三催,还是用了四十多天的时间。各种机构都同意了他的关于执行纪律的建议,六月二十一日厂里贴出布告:按照有关规定和细则,解除合同,将该龚除名。

有几个人知道龚鼎是县委第一把手的表侄,觉得这样处理不妥,但又不好张口。但毕竟只是表侄,所以终于公布了决定。

三、一场自发的心理战

上述布告公布三个小时以后,开始有人来找丁一。先是县委办公室的老刘。老刘五十七岁,一脸的和善之气,自称"广结善缘""到处烧香",善搞"微笑外交"。他笑容可掬地一只手搭在丁一的肩头:"老丁,你听我说,你抓厂子抓得不错呀!可这个龚鼎……"他放低了声音,说明了龚某人与县委书记的关系,然后说,"当然啰,这与我们如何处理他是毫不相干的,你的处理是对头的啰。李书记如果知道,他也会感谢你的啰。我只是为你着想,还是不要除名吧!除了名还不是在中国,在咱们县?我们还不是要管他,他还不是要去找李书记?算了算了,改成个警告吧……"诸如此类,诚恳耐心,说得丁一心眼儿真有点活动了。

这时,县工业局周局长来了电话,声大气粗的周局长单刀直入:"你怎么搞的?你搞的是什么名堂?找谁开刀不行,专找县委领导的亲戚,这是什么意思?叫别人怎么想?怎么说?快改变决定!"

"不能改!"丁一大声说,挂上了电话。他板起脸,向老刘说,"岂有此理!"

于是,说客陆续来访。傍晚,县革委会主任老赵来了。老赵是从打土改时就在本县工作的,在县里是一个最有根基也最有影响的人物。他矜持地、无力地和丁一握了一下手,然后踱着步子,并不正眼看丁一一下,开始做指示。他指示说:"要慎重,不要简单化。现在人们都很敏感,对龚鼎的处理,将会引起各方面的注意。鉴于这一切,还是不除名比较有利。"

他没有再多说一个字。他认为这种书面批语式的指示已经够丁一用一个相当长的历史时期了。他悠悠地踱着步子,嘬着牙花子,慢吞吞地吐着每一个字。好像是在掂每一个字的分量,又像是在哑每一个字的滋味。是的,他的话语就像五香牛肉干,浓缩、醇厚。

天黑了，回到家，老婆也干预起"朝政"来了，当然，是带着打是疼、骂是爱的温情：

"你这个死老汉！现在的事情你难道还看不清楚吗？莫非说整天和糨糊打交道，你自己也变成了一摊糊涂糨子？你坚持原则，怎么没见选你当政治局委员？一九六六年你挨了打，屎都拉到裤子里，这就是你的原则？你的原则就是你找倒霉不说，还让我们娘儿几个跟着受罪……"

老婆的话酸甜苦辣俱全。老婆还掉了泪，更是闪光的语言。丁一叹了口气，刚想解劝解劝，又来了新的说客。来客小萧，是被"踏上一只脚"时期的老丁的知己。小萧本是北大哲学系学生，上学期间就入了右册，不知怎地混到本县交电公司，最近"改正"以后高升为采购员。他小矮个儿，大鼻子，奇丑。历次运动，越整越喜兴，越整越机灵，越整越可爱。他声称他的人生哲学是人家打你的左脸你便伸过去右脸，右脸不挨打就决不还手。他还有个数字，说是用伸脸法处世，成功率高达百分之七十七。

小萧一进门就带来了笑声、快乐。他先把丁一老两口因为心绪不佳而未能消受的饺子全部歼灭，然后周到地问候了丁一全家所有的有关成员，赞道："亲戚多，也是有福气啊！"然后，他宣称，不久就可把他们盼望已久的物美价廉的九英寸电视机买好送来。接着，他讲起了县内外、省内外、国内外的各种趣事，逗得老丁一家老小笑得前仰后合。

"喂，你怎么不去说相声？"丁一问。

"我得照顾侯宝林啊！谁让侯宝林是我表大爷呢！"一句话又是哄堂大笑。于是小萧抓住有利的战机，展开了冲锋。他说，"你瞧你瞧，有一件小事差点让我给忘了。就是姓龚的那个小子，真他妈的不是玩意儿！哪天见着，我非赏他两耳刮子！可是老丁，你也别太激进了啊！咱们在县里工作，一无地位，二无后台，三无物资，靠的全是关系。大人物靠权，小人物靠关系。大人物有了权就有了一切，小人物有了关系也能什么都有点。你再别那么死心眼儿了吧，几十年的教育，别的没学会，还没学会转弯儿吗？……对，对，你甭解释了。通过了呀，公布了呀，可以改哟！宪法也可以改，毛主席写了文章也可以改，你丁厂长就比毛主席还厉害？就比宪法还厉害？去，去！把龚小子给我收回来。我说明白，这可不是他表大爷让我来的，是我自己要来的。我首先是为了你，其次，才是受龚小子之托。我说没问题，包在我身上，这点面子他老丁还能不给吗？哈哈哈……"

如此这般，天上地下，冠冕堂皇外加庸俗低级，真真假假，拉拉打打，笑笑骂骂……

丁一事先并不知道龚鼎的表大爷是县委领导，对龚鼎的处理也不能说就毫无讨论的余地。但是接二连三的说客使他警觉起来：如果不是县委书记的表侄，能有这么多人劝他"慎重""不要简单化""考虑后果"吗？这个问题出现在他那个魏延式的脑骨之间，变成了大脑皮层上的兴奋灶，其他的讨论反而被抑制住了。

他来了气，把小萧轰走了。

又过了两天。六月二十三日，是夏至刚过的一个炎热、夜短、多蚊、睡眠不足、食欲不振的星期天。头一个客人清晨四时半就搭便车来了，这个人是丁一的大舅子，高个儿、戴眼镜、秃顶，五十年代曾在高级党校——那时叫马列学院——学习，现在是专区党校的理论教员，是全专区最有水平、最有威望的理论工作者。听他讲辅导课，基层干部都变成了啄米的鸡，不住地点头。连同前两天累计，这是第十七位客人了，一进门，他就从理论的高度谈起：

"社会主义是一个过渡时期，这个社会的身上，还存在着资本主义的，乃至是前资本主义的瘢痕。这是不可避免的、不以人们的意志为转移的。它是最为优越的，却又是还不那么成熟，不那么完善的。它是一个过程……"

经过这么一番严密而又抽象的推演以后，他说："所以说，领导人的权力、好恶、印象，是至关重要的，是不能漫不经心的，是可能起决定作用的。我们是现实主义者，我们不是欧文、傅立叶式的空想社会主义者，（丁一想：我是空想社会主义者吗？这个帽子倒还轻松、舒适、戴上怪飘的）我们不是小孩子，我们不是迂夫子。我们的社会主义是建立在我们脚下的这块虽然美好却还相当贫穷落后、不发展的地面上的，（丁一想：我什么时候想上天了呢）所以我们做事情的时候要考虑各种因素，用代数式来说，就是 N 种因素，而不是一种因素。世界愈复杂，N 的数值愈大……所以，兄弟，你对于龚鼎的处理是太冒失了，你的脑子里少了几根弦。（丁一想：你脑子里弦多，嘴巴上词更多）千万不要铸成大错，要有政治家的风度，要收回成命，把龚鼎请回厂里来……"

说到这里，丁一的老伴连忙搭腔："是啊，是啊！"并且喜形于色。丁一明白了，这位理论家，是他老伴搬来的救兵，为了说服他的。

听啊，听啊，丁一胸口像被塞了一团猪毛，而脸上的表情呢，好像正在吞咽一条蚯蚓。他洗耳恭听了整整一节课——四十五分钟,最后,他只问了一句:"你刚才讲的这些个理论,在党校课堂上讲过吗?"

还好,猪毛仍然堵着,蚯蚓却回敬给大舅子了。

从此位理论家开始,到深夜一点四十九分,整整二十一个小时多,来的人就没断过。有的口若悬河,转动着起死回生之巧舌。有的正言厉色,流露着吞天吐地之威势。有的点头哈腰,春风杨柳,妩媚多姿。有的胸有成竹,慢条斯理,一分钟挤出一两个字来,但神态上透露着一种不达目的绝不罢休、不达目的宁可抱着丁一去跳山崖也决不允许丁一一家踏踏实实活下去的顽强劲儿。有的带着礼物:从盆花到臭豆腐;有的带着许诺:从三间北房到一辆凤凰-18锰钢自行车;有的带着威胁——从说丁一自我孤立到说丁一绝无好下场;有的从维护党的威信——第一把手的面子出发;有的从忧虑丁一的安全、前途和家属的命运出发;有的从促进全县、全区、全省、全国的安定团结出发;有的从保障工人的人权、民主、自由出发。有老同事,有老同学,有老上级,有老部下,有战友、病友、难友、酒肉朋友,还有已故老友的家属后人。有年高德劭的,有年轻有为的。本厂有些在处理龚鼎的问题上投过赞成票的人们也纷纷前来,表示自己经过慎重考虑,改变了主意。所有这些人动机不同,调子不同,用词不同,但都有一个共同的观点:不能把龚鼎除名。

丁一根本没想到自己竟认识这么多人,或者竟有这么多人认识自己。丁一想不通,他们都这么关心龚鼎是因为吃了什么药。丁一无法相信一个合同工、一个小二流子、一个七拐八弯的表侄的处理竟然引起了六级地震,他简直快成社会公敌了。他无法吃饭,无法休息,无法搞家务,无法度星期天。他想喊叫,他想打人,他想摔东西,他甚至想抄起一把菜刀。但他咬紧牙关,不动声色地听着,听着,告诫着自己:"不发神经,就是胜利!"

来客中有丁一儿时最崇拜的一位明星。这是一位女客,四十年前,她是这个省最红的戏曲演员。在丁一十六七岁的时候,有那么几天他为这位比自己大十三岁的女演员神魂颠倒,浮想联翩。当然,他们连姓名都不曾通过。丁一也从未对任何人讲过他少年时期的罗曼蒂克的奇想。感谢史无前例的横扫,丁一才有幸在牛棚中与这位早已退休、现下体重超过八十公斤的老太太相识。出于一种东方式的古道热肠,丁一始终对这位老太太抱有一种特殊的、不为人知的亲切爱慕之情。谁想到,就在六月二十三日这一天,这位昔日的皇后也搭着毛驴车来了。她斜靠在丁一家的床上，哼哼唧唧，用缺牙透风的嘴磨叨道："我早该来看看小丁了。看看我，老得快成了妖怪了吧？我不明白，怎么一下子我就老成这个样子了呢？万事还没开头，怎么就要结束了呢？好像唱戏，妆还没上好，怎么散场的唢呐就吹起呜哇来了呢？唉！唉！"

她的这一番哀人生之须臾的永恒的叹息使丁一的眼圈湿润了。他相信，这一天，只有这一位客人才是出于一种人类的纯洁无瑕的情感，出于一种优美的、难免或显软弱的友谊来看望他的。但她后来的几句话使丁一嘀咕了起来。她说："听说你这位厂长还挺厉害呢！别那么厉害！厉害不得人心！还不就是那么回事？与人方便，自己方便。半生的跌滚爬蹭，半生的酸甜苦辣，还不高抬贵手？！"

无论如何，丁一还是感谢她——呵，少年！呵，梦！她是这一天的客人中唯一没有提到玫瑰香糯糊厂，没有提到龚鼎和他的表大爷的人。

四、统计数字

请读者原谅我跟小说做法开个小小的玩笑，在这里公布一批千真万确而又令人难以置信的数字。

在六月二十一日至七月二日这十二天中，为龚鼎的事找丁一说情的：一百九十九点五人次（前女演员没有点名，但有此意，以点五计算之）。来电话说项人次：三十三。来信说项人次：二十七。确实是爱护丁一、怕他捅娄子而来的：五十三，占百分之二十七。受龚鼎委托而来的：二十，占百分之十。直接受李书记委托而来的：一，占百分之零点五。受李书记委托的人的委托而来或间接受委托而来的：六十三，占百分之三十二。受丁一的老婆委托来劝"死老汉"的：八，占百分之四。未受任何人的委托，也与丁一素无来往甚至不大相识，但听说了此事，自动为李书记效劳而来的：四十六，占百分之二十三。其他百分之四属于情况不明者。

丁一拒绝了所有这些说项，这种态度激怒了来客的百分之八十五，他们纷纷向周围的人进行宣传。说丁一愚蠢，说丁一当了弼马温就忘乎所以，说丁一不近人情、一意孤行、脱离了群众，说丁一沽名钓誉、别有用心、以此来发泄他对县委没给他更大的官做的不满。还有的说丁一有神经病、一贯反动，还有的说起用丁一这样的人是右了。按每人向十个人进行宣传的最低数额计算,共有一千七百人听到了这种议论。难怪一阵子舆论如此之大,颇有点皆曰可杀的意思。丁一的老伴犯了病,几经抢救才转危为安。管氧气瓶的那位护士,也趁机为龚鼎向丁一进言。

这一类的事起来得快,散得也快。就好像早点铺里的长队,炸糕、面茶一来,长队立刻形成,浩浩荡荡。等到早点卖完,队伍立即散光,不论没吃到炸糕的人有多么恼火。此事到了八月份就不再有人提,九月份已经烟消云散。同时,糨糊厂的生产愈搞愈好。十月份,糨糊厂大治。人们闲谈中渐渐竖起了大拇哥:"丁一这个老小子还真有两下子!"

十二月,糨糊厂名声果真如玫瑰之芬芳了。它成了全省地(方)、小(型)、群(众)企业的标兵。玫瑰香糨糊被轻工业局命名为"信得过"产品。丁一到省城开会,人们让他介绍经验。他上了台,憋红了脸,说了一句:"共产党员是钢,不是糨子……"

台下哄堂大笑。丁一又说:"不来真格的,会亡国!"

丁一哽咽住了,而且掉下大颗的眼泪。

全场愕然、肃然,静默了一分钟。

掌声如雷。

————1980 年

买买提处长轶事——维吾尔人的"黑色幽默"

维持生命的六要素是：一、空气；一、阳光；一、水；一、食品；一、友谊；一、幽默感。泪尽则喜。

幽默感即智力的优越感。

录自《古哲佳言》（此书尚未出版）

一、买买提处长为何青春常在

公元一九七九年五月六日，风和日暖，杨枝初绿，笔者在乌鲁木齐市大十字清真食堂遇见了阔别十余载的买买提处长和他的孪生弟弟赛买提处长。但见买买提处长：

无情的岁月尽管在脸上刻下了山脉河流，

满头的青丝仍然透露着充溢的生之活力，

红润的脸庞好像是刚刚出炉的酥油馕饼，

开怀的畅笑传达着天真无邪的乐观调皮。

再看看赛买提：

佝偻的脊背恰似被拉紧了的颤悠悠的弓，

暗淡的眸子里闪耀着死神的阴森森的影，

未曾说话他先叹气叫人以为他的肚子疼，

时刻攥着一个装满硝酸甘油片的小药瓶。

笔者百感交集，道过萨拉姆、行了见面礼之后，发问道："您们这些年……"

赛买提说："我遭了浩劫……"

买买提说："我也遭了浩劫……"

赛买提说："史无前例的事情一发生，我就成了黑帮，被关进了牛棚……"

买买提说："我也是一九六六年被揪出来，被关起来的……"

赛买提说："我挨了打……"

买买提说："我挨了揍……"

赛买提说："我上山背石头……"

买买提说："我下矿井背煤……"

赛买提说："我被定为'现行反革命分子'后，老婆与我离了婚……"

买买提说："我被定为'三反分子'后，孩子他妈另嫁了人……"

艾来白来（艾来白来：新疆土语，意为乱七八糟的话），如此这般。二人的经历可说是半斤八两，并无二致。笔者不禁惊问："您们二位的遭遇如此相同，为何买买提兄青春常在而赛买提兄老态龙钟，以至于斯？"

赛买提以拳击胯，长吁短叹，眼泪在眼眶里打转。

买买提微微一笑，答道："无他。他常常板着面孔，而我呢，没有一天不开玩笑。"

二、买买提处长的一项罪行：
道出了一次"破四旧"的新式婚礼的真相

一九六六年在全国掀起了声势浩大的"革命"高潮，远在新疆边远农村的维吾尔人虽然对于革谁的命、革什么命、怎样革命和为什么革命茫然无知——用维吾尔语表达叫作"并未获得任何的消息"，但是，由于多年来跟着党搞"运动"的习惯，不免也照猫画虎，若有其事、稀里糊涂、乱乱哄哄地动作起来。一时间批邓拓、背语录、杀鸽子、烧《古兰经》，好不热闹。年轻人和党团员觉得新鲜、有趣，好像吃到了什么禁果；思想保守的人觉得紧张、怵惕，不敢乱说乱动，出现了"一抓就灵"的大好形势。买买提的叔叔、新路公社四大队（"文化大革命"后改名为斗争大队）支部书记穆明带头刮掉了自己美丽的黑胡须，扔掉了小花帽，不再穿长裿裥、黑条绒衣裤或者长筒皮靴。这位五十五岁的维吾尔大汉，用卖掉羊羔的钱，买了一身草绿色准军服，头戴准军帽，胳膊上别着写有红卫兵字样的红袖标，脚蹬解放鞋，肩上挎着一个装有"红宝书"和"宝像"的红彤彤的塑料小背包（这种小背包本是幼儿园的孩子们模仿上学用的），以崭新的面貌出现在地平线上了。

恰在这时，穆明的长女提拉克孜与全村最精干的小伙子、斗争大队新任政治指导员穆拉吉丁成婚。得知此事后，公社书记与专区样板工作组组长把穆明、穆拉吉丁、提拉克孜三人找去谈话（此事发生在已经破起"四旧"但司令部尚未被炮轰倒的那一短暂间隙），要求小伙子与姑娘彻底与旧思想、旧文化、旧风俗、旧习惯决裂，摒弃维吾尔人的传统结婚程序，不准宰羊请客，不准喝酒跳舞，不准收受礼品，当然更不准诵经祝福，举行一次无产阶级的新式婚礼。

"什么叫新式婚礼？"红卫兵打扮的穆明问道。

"就是大家要念语录，学习'老三篇'。就是要请专区、县和公社三级领导干部讲话。就是新郎和新娘要向毛主席像三鞠躬，向各级领导一鞠躬，互相一鞠躬。就是不能要陪嫁和彩礼，要双方互赠"红宝书"、"宝像"、砍土镘、镰刀和粪叉，就是不能休息玩乐，新郎要在新婚之夜去浇水、开口子、封口子，新娘要在新婚之夜用红黄二色油漆和木板，做出四十个语录牌……"

穆明目瞪口呆，他本来以为自己剃了胡须、换了装，就已经够革命的了，谁知离"进行到底"还差了十万八千里。穆拉吉丁眉头拧成一个疙瘩，眼睛里只剩了眼白。他本来以为就任政治指导员以后可以用一部分口力劳动去代替体力劳动，并且能多挣工分，谁知道竟让他在洞房花烛夜扮演只有不男不女的二性子才愿意扮演的角色。提拉克孜呢，抽抽搭搭哭成了个泪人儿。她人大心大，早就焦渴地企盼着这幸福、甜蜜、羞涩的时刻。谁知道说来说去新式婚礼原来就像一次进行阶级教育的民兵会议。

书记和样板组长深为不满，当即对父、女、婿三人提出了严厉的批评，并且责成穆明回去后对青年男女进行雷厉风行的政治思想工作。此后，又委派了团委书记、妇联主任、贫下中农协会主席等人分别来抓这三个人的活思想，集中优势兵力，各个击破。最后，人心虽然不同，大势却是硬趋，新式婚礼果然如期举行了。又是讲话，又是照相，又是唱《东方红》和《大海航行靠舵手》，又是念"要开个追悼会寄托我们的哀思"和"有个美国人要回美国去"……事后上了简报，登了报纸，县广播站进行了广播，最后新华社还发了消息。

十天之后，"真正的"婚礼延期悄悄举行，该宰羊的宰羊，该吃抓饭的吃抓饭,该送绸子的送绸子,该回门的回门。一点不缺,一点不少。而且,举行这次"地下"婚礼的风险并不大,因为一方面,要报道要推广的已经报道和推广,任务完成,皆大欢喜。另一方面,炮轰司令部已经开始,公社书记和样板组长自顾不暇。再说,维吾尔男人胡子长得快,延期十天的结果是,穆明的小胡子又翘然有神了。虽然不像"革命"前显得那么德高望重,但毕竟不失维吾尔人的风采,婚礼上没有出现红卫兵式的家长,真是"塞翁失马,焉知非福"。婚后,穆拉吉丁与提拉克孜百般恩爱,如胶似漆,自是别有一番风光。

买买提处长当然了解他堂妹的婚礼的真相,和人闲谈时总结道:"新式婚礼的好处是推迟了时间,使我叔父长出了胡子。新式婚礼的坏处是多花了五十块钱——除了真正婚礼的宰羊、买酒、打馕、做饭以外,又增添了新式婚礼的买瓜子、糖果、纸烟的开销。"

买买提处长本来因为文艺黑线问题正被审查,他的这种言论又被揭发出来,汇报上去了。于是买买提以"疯狂地反对无产阶级文化大革命"的罪名被揪。为了保护叔叔、堂妹,被批斗时买买提一口咬定是自己无端造谣污蔑,其实农村里叔叔、堂妹处并未举行任何地下二次婚礼。这样,买买提的罪名又增加了"造谣破坏,梦想变天"一条,被严严实实地密封到牛棚里去了。

三、买买提处长终于成了被人民所承认的作家

买买提从小崇尚文化,热爱书本,尊敬知识学问。自从一九五八年他被提拔为文艺处长以后,经常和一些著名的作家、诗人在一起,更是耳濡目染,陶情养性。于是他著文心切,一心想当个作家。他非常刻苦地读书和写作,百折不挠,从不灰心。终于,陆陆续续地在大小报刊上发表了那么一点散文、几行小诗之类的文字。但是,硬是毫无影响。读者、批评家从未注意过他的作品,而那些久已知名的老作家、老诗人和一鸣惊人的新作家、新诗人,也并不承认他是他们队伍中的一个。他几次申请加入作家协会,没有成功,这使他深感苦闷。

当了黑帮以后,他和几位他曾经既羡且妒的作家、诗人编在一起,被赶到一个农场去劳动。一九六七年四月,他们正在挖葡萄墩(为了防寒,冬季要把葡萄用土埋起来,春季挖开),忽听远处敲锣打鼓,军号响亮,语录歌声震天。众位文人知道有革命小将路过此地,马上互相招呼,作鸟兽散,躲到密草、大渠之中,

与蝼蚁为伍，希图侥幸，暂避一时。偏偏买买提处长当时正患继发性中耳炎，没有听到别人对他的吆喝、警告，又因为他热爱劳动，埋头苦干，没有发现周围的任何异常征兆，孤身一人，留在那里做了靶子。说时迟那时快，革命小将已经来到他的眼前，把他包围起来了。小将们睁开金猴式的火眼金睛一看，断定这是一个牛鬼蛇神、阶级敌人，喝道："干什么的？"

"黑帮，三反分子。"买买提俯首帖耳，两手下垂，熟练地做出一副认罪态度好的姿势，并且细声细气如泣如诉地回答。

"原来干什么的？"

"文艺处长。"

"走资派！黑线人物！主要罪行是？"

"攻击'破四旧'。还写过反动文章。"

"写过什么文章？"

"写过一、二、三、四……"买买提回答这个问题特别认真和细致，巨细无遗，连百把字的报道他也不落，详细地报了一遍账。

"还写过什么？"

于是买买提把那些自己写了，被编辑大人们枪毙了的稿子的题目也一一报告。

"认识周扬吗？"

"认识。"其实买买提哪里认识周扬，但维语里"认识"和"知道"常常用一个词，买买提的回答引起了误会。于是小将们惊呼道："原来是个大作家，大坏蛋！"

于是，"你不打他就不倒"啦，"打翻在地还要踏上一只脚"啦，"宜将剩勇追穷寇，不可沽名学霸王"啦，"无罪"和"有理"啦，最后，一场真正的"暴烈行动"降落到买买提身上了。买买提拼命蜷缩着身子，一为表示态度好，二为保护内脏，免被打伤。同时声音不大不小地惨叫着"喂江"（喂江：维语，哎呀的意思），接受着这触及灵魂和皮肉的洗礼。他的惨叫声不大不小也是有讲究的。他总结过：咬紧牙关一声不吭会激怒革命小将，认为你是负"隅"（大多数小将是把"隅"读作"偶"的）顽抗。高声叫苦也会激怒小将，认为你是刻骨仇恨，发泄不满。因此，以不大不小地发出惨叫声为宜。果然，这种经验总结还是经得住检验的。过了一会儿，买买提处长的鼻孔和牙花都被打出了血，鼻青脸肿，眼睛像核桃，没有核桃夹子是开不开缝了，腰、背、腿、肋、腹各处也都遍体鳞伤。他倒在了那里，奄奄一息，不过心、肝、脾、胃、肾、膀胱倒都还完好无损。小将们在触及皮肉以后想起了触及灵魂，便拿起粗大的毛笔和臭烘烘的黑色墨汁，在他的制服后襟上写下了"黑作家买买提"六个大字。然后，小将们高呼革命口号，精神振奋、斗志昂扬、英姿飒爽、意气风发地从胜利向着更大的胜利走去了。

小将们走了二十分钟，众位幸免的作家、诗人才纷纷出现，有的慰问，有的搀扶，有的叹息，也有的抱怨买买提处长不听招呼，不知躲避，干起活来发死，不懂得眼观六路耳听八方。

买买提推开了援助他的手，颤巍巍地站了起来，吐掉满口的血水，满脸血污地指着自己的后背让人念念小将们到底写了什么。

"黑作家买买提！"众人读道。

"看吧！"买买提喊叫了起来，由于嘴唇和牙齿受伤，他的口齿有些不清，但是热烈与兴奋的情绪溢于言表，他喊道，"你们不承认我是作家，人民承认！"

众人一团笑，直到流出了欢乐的眼泪。

四、牛棚里的罗曼斯

农场的黑帮队，生活用水是要到两公里以外的机井处挑的。这是一项繁重的劳动，由大家轮流值日担任。但在一九六八年四月以后连续十几天，挑水的任务都被买买提抢去了，扁担和水桶变成了他的专用品。最初大家以为他是学雷锋，做好事，争取早日回到人民队伍里去，所以也就随他去。渐渐有人发现有一点蹊跷，便问道："伙计，你每天抢着去挑水到底所为何来呢？这里边有什么秘密吗？"

买买提处长毫不隐瞒，得意洋洋地回答说："在机井那边，我认识了一位美丽的姑娘。"

"美丽的姑娘？"黑帮黑线们惊叫起来。

"是啊！"买买提吟道：

她的美丽与日月同辉却又非日月所能相比，

她的发辫乌黑如漆散发出千丝万缕的情意，

我一见她便身如焦炭心如火焰泪如喷泉涌，

她便是我的幸福我的光明我的蜜至甘至饴。

黑帮黑线们对买买提的话不完全相信，便相约秘密盯梢。买买提处长虽然早已洞悉其奸，却也不以为意。于是，他的"美丽的姑娘"被人们看到了：原来是一位年近半百的中年妇女，由于瘿症脖子上赘着一个大口袋，驼背，一只眼睛上长着白蒙子。

黑帮黑线们对买买提处长尽情地揶揄嘲弄，说买买提处长是傻瓜，是疯子，是白痴，是牛皮大王，是撒谎者，是骗子。买买提处长喜而不恼，笑而不答。最后，等大家把刻薄话说过之后，他轻轻一笑，撇着嘴说："亏你们还是诗人、作家，真不知道你们怎么写得出东西！想想看，我们被圈起来已经二十个月了，二十个月过着多么枯燥的生活！在这种时刻，只要是穿花裙子、戴红头巾的，对于我们来说，都是美丽动人的姑娘呀！"

这一次很奇怪，黑帮黑线们没有笑，鸦雀无声。倒是买买提处长独自一个人尽情笑了老半天。

五、买买提处长为何晚上睡觉不关门

在黑帮队里，买买提处长的床位靠近门边，晚上睡觉别人关上门，他总是把门推开。人们对他说，阶级斗争是尖锐和复杂的，附近说不定会有坏人、小偷、强盗，而他们虽然身为黑帮，却还大部分人手上戴着表，口袋里也还有一些钱和粮票，因此，夜间睡觉时，以把门关紧、扣严为好。买买提不以为然地说："坏人、小偷、强盗毕竟是人，而我们是魔鬼（维吾尔语把牛鬼蛇神译成撒旦——魔鬼），难道人不怕魔鬼，魔鬼却要怕人不成？"

他的这话被一位监管人员听到了，于是他被叫去，受了一回训斥。

监管者：你放毒！

买买提：我不敢！

监管者：你对把你们划为牛鬼蛇神不满！

买买提：不，我很满意，我心满意足。

监管者：你反动！

买买提：所以我是魔鬼。

监管者：你一贯反动！

买买提：我一贯是魔鬼。

监管者：你为什么这样反动？

买买提：（低下头，用隐秘而又可怜巴巴的口气）我受了刘少奇的影响。

监管者：（听了刘少奇三字忽而一笑，觉得买买提路线觉悟确有提高，不由得口气缓和了一点）好好交代！坦白从宽！搞清了自己的问题，就可以早日回到人民队伍中嘛！

买买提：我一定争取早日由鬼变成人。

监管者：那你想一想，还有什么问题隐瞒着？要重大的，不要避重就轻。主动交代的我们一定从宽。

买买提：（低下头，捻着衣角，思想斗争很激烈的样子）有一个问题实在太严重，我不敢说。

监管者：（眼睛放光）你说呀！你说呀！我保证，说出来不抓辫子、不戴帽子、不打棍子……

买买提：我觉得第一次和第二次世界大战都是我发动的。而且，我正准备发动第三次世界大战。

监管者：？？？

六、买买提处长的近况

买买提处长从牛棚里出来后，见到他的堂妹夫、斗争大队指导员穆拉吉丁。穆拉吉丁告诉他说：从小报上看到了点名批判买买提处长的文章以后，斗争大队立即召开了声讨会。他这个指导员就会一项本事：召集声讨会。什么三家村、四家店、刘邓陶、彭罗陆杨、二月逆流、王关戚……他都召集会议声讨过。声讨方式也很简单，上工前集合十分钟，说明一下是声讨谁（其实不说明也没关系），然后大家抢胳膊举拳头，喊几声打倒。由于维吾尔语的打倒和万岁发声相去并不那么远，所以多次发生过把打倒×××喊成×××万岁的情况，好在乡亲们都还团结，相互庇护，未被追究。这样及时声讨的结果，不但保住了穆拉吉丁和他的岳父大人——买买提处长的叔父的职位，而且还发挥过一次妙用。

那是一九六七年夏收时，一次红旗竞赛评比，斗争大队在收割的数量和质量方面都落在了警惕大队后边，眼看红旗保不住了。穆拉吉丁心生一计，问警惕大队的领导人："你们声讨过刘少奇吗？"

"当然声讨过。"

"你们声讨过吴晗吗？"

"声讨过。"

"……"

"声讨过。"

"你们声讨过买买提处长吗？"

"谁？买买提处长？买买提处长是谁？"警惕大队的领导人嗫嚅着，招架不住了。

评比的结果是红旗归了斗争大队。

买买提处长笑得呛出了眼泪，他拍着堂妹夫的肩膀说："想不到我成了你们评红旗的条件了！"

现在，买买提处长已经官复原职，抓文艺了。对于哭哭啼啼地描写伤痕的文艺作品，他是颇不满意的。"那么好笑的事都被写得酸溜溜的了。"他埋怨说。于是，他自己动手，厚厚地写了一部描写史无前例的"无产阶级文化大革命"的长篇小说，委托他在中央民族学院教汉语的一位好友把小说翻译成了汉文。他专门请了假，自费到北京把小说稿交给了中国文学出版社的主编。主编出于对兄弟民族作者（何况又是处长）的关心，抓紧审读了他的书稿，指出他写的形式混乱，结构松散，不够严肃，有些玩世不恭，因此不拟接受出版。买买提处长和主编争了起来，他说："我坚持认为应该出版这本书。人们读了这本书，以后再搞什么运动就不会有自杀的了。"

这话给了主编相当的触动，很可能这位主编当年也有过自杀的念头，他表示可以留下稿子再研究研究，但又自言自语："预防自杀？这能作为一个理由写在发稿单上吗？"

在大十字清真食堂，买买提处长向笔者谈及了他写稿不利的这一情况，并且拜托笔者代他向出版社的主编疏通疏通。"如果需要给编辑送点礼，我这里有的是葡萄干和酥油。"处长说。

"关键在于你的稿子的质量，如果质量好，各出版社会抢着发的。说什么给编辑送礼，纯粹是胡说八道。"笔者正言厉色地回答。

"质量，质量，那就难说了。看来，只有在打我、揍我的时候人们才承认我是作家，也只有在把我关起来以后，我才能成为红旗竞赛的评比条件。"买买提处长无不寂寞之感地说，说得赛买提处长又白了好几根头发。

这时，穿白衣服的服务员端来了香喷喷的过油肉、夹沙肉、溜丸子和糖醋里脊。买买提处长打开"古城大曲"，咕咚咕咚满满给自己倒了一杯。高高举起，向笔者祝福，向广大读者致意，吟道：

啊，生活，你虽不是蜜糖，

但也绝非仅是一枚苦果。

你即使一度使人窒息，

终而奔流倾泻，舒展宽阔。

你即使曾经呆滞无波，

终而瞬息万变，千姿百色。

你有时像冰，冰中却有火，

你有时含忧，忧中却有乐，

监狱、皮鞭、屠刀，谁能阻挡生活？

恐吓、造谣、诬陷，谁能根绝快乐？

莫要哭泣吧，眼泪令男儿厌恶，

说什么悲剧？有些悲剧太做作！

让我们一起笑起来吧，

笑的力量便是生命的力量！

会笑，才是会生活！

敢笑，才是敢生活！

爱笑，才是爱生活！

吟罢，买买提处长一饮而尽。

——1980 年

风筝飘带

在红底白字的"伟大的中华人民共和国万岁"和挨得很挤的惊叹号旁边，矗立着两层楼那么高的西餐汤匙与刀叉，三角牌餐具和她的邻居星海牌钢琴、长城牌旅行箱、雪莲牌羊毛衫、金鱼牌铅笔……一道，接受着那各自彬彬有礼地俯身吻向她们的忠顺的灯光，露出了光泽的、物质的微笑。瘦骨伶仃的、有气节的杨树和一大一小的讲友谊的柏树，用零乱而又淡雅的影子抚慰着被西风夺去了青春的绿色的草坪。在寂寥的草坪和阔绰的广告牌之间，在初冬的尖刻薄情的夜风之中，站立着她——范素素。她穿着杏黄色的短呢外衣，直缝如注的灰色毛涤裤子和一双小巧的半高跟黑皮鞋，脖子上围着一条雪白的纱巾，叫人想起燕子胸前的羽毛，衬托着比夜还黑的眼睛和头发。

"让我们到那一群暴发户那里去面会吧！"电话里，她对佳原这么说。她总是把这一片广告牌叫作"暴发户"，对这些突然破土而出的新偶像既亲且妒。"多看两眼就觉得自己也有钢琴了。"佳原这样说过。"当然，老是念'不是你吃掉我，就是我吃掉你'，自己也会变成狼。"她说。

过了二十多分钟了，佳原还没有来。他总是迟到。傻子，该不是又让人讹上了吧？冬天清晨，他骑着车去图书馆，路过三王坟，看到一个被撞倒在路旁、哼哼唧唧的老太婆，撞她的人已经逃之夭夭。他便把秃顶的老太太扶起，问清住址，把自己的自行车放在路边锁上，搀着老太太回家。结果，老太太的家属和四邻把他包围了，把他当作肇事者。而老眼昏花的老太太，在周围人的鼓动和追问下，竟然也一口咬定就是他撞的。是老年人的错乱吗？是一种视生人为仇的丑恶心理吗？当他说明这一切，说明自己只是一个助人的人的时候，有一位嗓音尖厉的妇人大喊："这么说，你不成了雷锋了吗？"全场哄然，笑出了眼泪。那是一九七五年，全民已经学过一段荀子，大家信仰性恶论。

他总是不按时赴约，总是那么忙。连眼镜框上的积垢和眼镜片上的灰尘都没有时间擦拭。在认识他以前，素素可从来不忙。她的外衣一枚扣子松了，滴里耷拉，她不缝。除了她的奶奶，这个城市对她是冷淡的、不欢迎的。城市轰她走，她才十六岁。然而说轰是不公正的，礼炮在头顶上轰鸣，铜号在原野上召唤，还有红旗、红书、红袖标、红心、红海洋。要建立一个红彤彤的世界，在这个世界里九亿人心齐得像一个人。从八十岁到八岁，大家围一个圈，一同背诵语录，一同"向左刺！""向右刺！""杀！杀！杀！"她渴望有这样一个世界胜过从前渴望有一个双铃大风筝，红彤彤的世界是什么样子她没有看到，她倒是看到了一个绿的世界：牧草、庄稼。她欢呼这个绿的世界。然后是黄的世界：枯叶、泥土、光秃秃的冬季。她想家。还有黑的世界，那是在和她一道插队的知识青年陆续通过"门子"走掉之后，她得了维生素甲缺乏症，视力一度受损。

她把关于红彤彤的世界的梦丢在绿色、黄色和黑色的更迭交替里。从此她食欲不振，胃功能紊乱，面容消瘦。除了红的梦，她还丢失了、抛弃了、被大喊大叫地抢去了或者悄没声息地窃走了许多别的颜色的梦。白色的梦，是水兵服和浪花，是医学博士和装配工，是白雪公主。为什么每一颗雪花都是六角形而又变化无穷呢？大自然不也具有艺术家的性格吗？蓝色的梦，关于天空，关于海底，关于星光，关于钢，关于击剑冠军和定点跳伞，关于化学实验室、烧瓶和酒精灯。还有橙色的梦，对了，爱情。他在那儿呢！高大、英俊、智慧、善良，他总是憨笑着……我在这儿呢！她向着天坛的回音壁呼喊。

爸爸和妈妈用尽了一切办法，使出了一切解数，调动了一切力量，她回到了这个曾经慷慨地赐予了她那么多梦的城市。终于，爸爸也知道这是不可避免的了。为了回城而过五关斩六将的故事也是一个陌生的、荒唐的梦。她不留恋这些梦了，她也不再留恋牧马铁姑娘的称号和生活，她很少说起这种称号和生活的各个侧面的迥然不同的颜色。一个多面多棱旋转柱。

她回来了，失去了许多色彩，增加了一些力气，新添了许多气味。油烟、蒜泥、炸成金黄的葱花；酒嗝儿、蒸气、羊头肉切得比纸还薄。她去一个清真食堂做服务员，虽然她并非回民。所有这一切——献花、祝贺、一百分、检阅、热泪、抢起皮带嗡嗡响、"最高指示"倒背如流、特大喜讯、火车、汽车、雪青马和栗色马、队长的脸色……都是为了涌向三两一盘的炒疙瘩吗？有一次她翻到一张她小学一年级的照片。那是一九五九年的国庆节，她七岁，两个小辫，两只大蝴蝶带着她起飞。辅导员引着她，她飞上了天安门城楼，把一束鲜花献给了毛主席。毛主席和她握了手。她那么小，还没和任何人握过手呢。毛主席的手又大、又厚、又暖、又有劲。毛主席好像还对她说了一句话，她没听清。事后回想，好像有"娃娃"两个字。她怎么这么幸运呢？她是毛主席的"娃娃"，她永远是幸运的人。

但是后来，她认不出这张照片了。这是真的吗？她认不出自己，甚至一九七五年她回城的时候，她也认不出毛主席。从前，毛主席的腰板挺得多么直，动作多么有力量啊！可现在在"新闻简报"上，好像挪动一下双脚都很艰难，嘴巴张开，半天才合上，可报纸和电台又整天闹闹哄哄地宣传毛主席的叫人似懂非懂的最新指示。她真心酸，她真想去看看毛主席，给毛主席熬一碗山药汤。奶奶生病的时候，就是她给熬汤，白、滑、细的山药块，甜、麻、香的山药汤，补老年人的气虚。不，她不想把她的苦恼、她的委屈告诉毛主席，不应该打扰他老人家。如果她在毛主席跟前掉了泪，她一定转过脸去。

然而这是不可能的。她不再是幸运的了吗？莫非她的运气在七岁的时候一下子就用完了？她回城干什么呢？为了妈妈？可笑。为了奶奶？也不行。报上说是一切为了毛主席，可我见不着他呀！于是素素再也不做梦了，不做梦，却又不停地说梦话、咬牙、翻身、长出气。"素素，醒一醒！"妈妈叫她。她醒了，茫然，不记得什么梦，只是一头冷汗，一身酸懒，好像刚从传染病房抬出来。

那天她正在路边，她瞧见了佳原这个傻子被他救护的老妇人反咬，瞧见了他被围攻的场面。佳原个子不高，其貌不扬，但是脸上带着各种素素似乎早已熟悉的憨笑。后来派出所的人来了，派出所的人聪明得就像所罗门王。他说："你找出两个证人来证明你没有撞倒这位老太太吧。否则，就是你撞的。"

你能找出两个证人证明你不是克格勃的间谍吗？否则，就该把你枪决。素素心里说，实际上她一声没吭。她只是在上班前看看热闹罢了。看热闹的人已经里三层外三层了，这种热闹免票，而且比舞台上和银幕上的表演更新鲜一些。舞台和银幕上除了"冲霄汉"就得"冲九天"，要不就得"能胜天""冲云天"。除了和"天"过不去以外，写不出什么新词儿来了。

"你们要干什么？难道做好事反倒要受惩罚不成？"熟悉的憨笑变成睁大的、痛苦的眼睛。素素的心里扎进了一根刺，她想呕吐。她跌跌撞撞地离去，但愿所罗门王不要追上来。

真巧,晚上小傻子到她的铺子吃炒疙瘩来了。又是笑容了,他只要二两。"二两您吃得饱吗?"素素不假思索地改变了从来不与顾客搭话的习惯。

"噢,我就先吃二两吧。"小傻子抱歉地说。他把右手食指弯曲着,往上推推自己的眼镜,其实眼镜并没有出溜到鼻子尖上的意思。

"如果您的钱或者粮票不够,"不知为什么,素素会这样想,而且会这样说,"那没关系。您先要上,明天再把欠的送来好了。"

"那制度呢?"

"我先垫上,这不碍制度的事。"

"谢谢您。那我就得多吃了,因为中午没有吃饱。"

"你吃一斤半吗?"

"不,六两。"

"行。"她又端来四两。厨师发现这位顾客是素素的相识,便在盛完以后又加了一勺羊肉丁。每一颗疙瘩都过过油,金光闪亮,像一盘金豆子。金豆子的光辉传播到脸上来了,小傻子的笑容也更加好看。素素第一次明白炒疙瘩是个绝妙的、威力无比的宝贝。

"说我骑车撞了人,把我的钱和粮票全要了去了。"

"可是您没撞,是吗?"

"当然。"

"那您为什么给他们钱?一分也不该给,气死人!"

"可那老太太需要粮票和钱。再说,我没有时间生气。"

那边的顾客在叫。"来了!"素素高声回答,拿起抹布走过去。

晚上回家以后,她想给奶奶讲一讲这个傻子。奶奶犯了心绞痛,爸爸妈妈拿不定主意是否立即送医院。"那个医院的急诊室臭气熏天,谁能在那个过道里躺五小时而不断气,就说明他的内脏器官是铁打的。"素素说。爸爸瞪了她一眼,那目光责备她这样说是对奶奶全无心肝。她一扭身,走了,回到她住的临时搭就的一个小棚子里。

这天夜里,素素做了梦。这是她许多年前最常做的梦之一——放风筝,但是每次放的情景不同。从一九六六年,她已经有十年没有做过这样的梦了。而从一九七〇年,她已经有六年没有做过任何的梦了。长久干涸的河床里又流水了,长久阻隔的公路又通车了，长久不做的梦又出现了。不是在绿草地上，不是在操场上，而是在马背上放风筝。天和地非常之大，"农村是一个广阔的天地"，孩子们齐声朗诵。原来放风筝的并不是她，而是一位一顿吃了六两炒疙瘩的小伙子。风筝很简陋，寒碜得叫人掉泪！长方形的一片，俗名叫作"屁帘儿"。但是风筝毕竟飞起来了，比东风饭店的新楼还高，比大青山上的松树还高，比草原上空的苍鹰还高。比吊着"无产阶级文化大革命胜利万岁"的气球还高。飞呀，飞呀，一道道的山，一道道的河，一行行的青松，一队队的红卫兵，一群群的马，一盘盘的炒疙瘩。这真有趣！她也跟着屁帘儿飞起来了，原来她变成了风筝上面的一根长长的飘带。

　　梦醒了，天还没亮。她打开手电，找寻自己那张最幸福的照片。建国十周年，她给毛主席献过花，她确信自己是一个有福气的人。她哼着《社员都是向阳花》，缝紧了外衣上的那枚已经松脱了好久的滴里奔拉的扣子，她自动祝愿毛主席身体健康。她给奶奶熬了山药汤，这种汤真是效验如神，奶奶喝过就好多了。这时天已大亮，家人和街坊都已起床。于是她尽情地刷牙漱口，她发出的声音非常之响，好像一列火车开进了她们的院子。而她洗脸的声音好像哪吒闹海。她吃了剩馒头和一片榨菜，喝了一碗白开水。只是在她怀疑《白开水最好喝》这篇文章是否攻击三面红旗的时候，她才从屁帘儿上略略回到了现实世界。但她仍然系紧了鞋带，走起路来咯、咯、咯地响，好像后跟上钉着一块铁掌，好像正在用小锤锤打楔子，目的是打一个捷克式五斗柜。

　　"素素，你为什么这样高兴？"爸爸问。

　　"我要——当科长了。"素素答。爸爸高兴坏了。六岁的时候，素素在幼儿园当小组长，爸爸高兴得见人就说。九岁的时候，素素当少先队的中队长，爸爸也美得一颠一颠的。在那个汽笛长鸣的时候，爸爸忽然哭了，他的脸孔扭曲得那么难看。火车上的孩子也哭成一团，但是素素一滴眼泪也没有掉。看来她一心大有作为，比她爸爸坚决得多。

　　"您来了？"

　　"您好！"

　　"今天用点什么？"

　　"我先跟您清账。这是四两粮票，两毛八分钱。"

　　"您真是小葱拌豆腐。"

"不,我不吃拌豆腐,还是来四两炒疙瘩吧。"

"您不换个样儿吗?有水饺,每两七个,一毛五分钱。包子,每两两个,一毛八分。芝麻酱烧饼就老豆腐,吃四两只要三毛。"

"什么快就吃什么。"

"您等等,那边又来人了……那我去给您端包子,今天还要六两吗……包子来了,您怎么这么忙?您是大学生吗?"

"我配吗?"

"您是技术员、拉手风琴的,还是新结合到班子里的头头?"

"我像吗?"

"那……"

"我还没有工作。"

"您等一等,那边又来了一位顾客……没有工作您怎么这么忙?"

"没有工作的人也是人,有生活,有青春,有多得完不了的事。"

"您忙什么呢?"

"看书。"

"书?什么书?"

"优选法、古生物学、外语。"

"您考大学?"

"现在的大学是考的吗?我又不会交白卷。"

"可惜,张铁生的经验不好推广。"

"总要学点什么,总要学点有意思的东西,我们还年轻。是吗?"他吃完包子,匆匆走了,留下了一个谜。

他准时,又在同一个时间来了,这次是老豆腐。灰白色的老豆腐上撒满了绿色的韭菜花、土黄色的芝麻酱和鲜红的辣椒。为什么中外人士都知道秦始皇,却不知道发明老豆腐的天才科学家的名字呢?

"您骗我。"

"没有啊!"

"您说您没有工作。"

"是的,三个月以前,我才从北大荒'困退'回来。但是,下个月我就上班了。"

"在哪个科研机关?"

"街道服务站。我的任务是学徒,学修理雨伞。"

"这回您可惨了。"

"不。您有坏了的雨伞吗?赶明儿拿给我。"

"可您的优选法,还有古生物学,外语什么的……"

"继续学。"

"用优选法修伞吗?还是用恐龙的骨架做一把伞?"

"哦,优选法对伞也是有用处的。但问题还不在这里,您听我说……再来一碗老豆腐吧,辣椒不要那么多了,您瞧,我已经是一脑门子汗。谢谢……是这样,职业是谋生的手段,也是最起码的义务,但是人应该比职业强。职业不是一切也不是永久,人应该是世界的主人,职业的主人,首先要做知识的主人。您修伞我也修伞,您挣十八块我也挣十八块。但是您懂得恐龙,我不懂,您就比我更强大、更好也更富有。是吗?"

"我不懂。"

"不,您懂,您已经懂了。要不,您干吗和我说话?那位山东顾客正在发脾气,他的煮花生米里有一块小石头,把他的牙床硌疼了。再见。"

"再见。明天见。"

"明天"两个字使素素的脸发烧。明天就像屁帘儿上的飘带,简陋、质朴,然而自由而且舒展。明天像竹,像云,像梦,像芭蕾,像 G 弦上的泛音,像秋天的树叶和春天的花瓣,然而它只是一个光屁股的赤贫的娃娃也能够玩得起的屁帘儿。

明天他没有来,明天的明天他也没有来。为了寻找一匹马驹,素素迷了路。在山林里,她咴儿咴儿地叫着,她像一匹悲伤的牝马,她像被一下子吊销了户口、粮证和购货本子。

"是您!您……还来!"

"我奶奶死了!"素素像掉到冰窟窿里,她靠在墙上,半天,她才想明白,这个戴眼镜的小傻子的奶奶并不是自己的奶奶。然而她仍然十分悲伤,身上发冷。

"生命是短促的。所以,最宝贵的是时间。"

"而我的最宝贵的时间是用来端盘子的。"她忧郁地一笑,好像听到了遥远的小马驹的蹄声。

"谢谢您给那么多人端过盘子,但不只是端盘子。"

"还有什么呢？就是端盘子也不见得那么需要我。为了在这里端盘子，我爸爸妈妈没少费劲。"

"一样的。"一个会心的笑，"我建议您学点阿拉伯语，你们是清真馆。"

"清真馆又怎么了？反正埃及大使不会到这里来吃炒疙瘩。"

"但是您可能担任驻埃及大使，您想过吗？"

"您可真会开心！"小马驹跑进清真馆，踏疼了她的脚，"简直是在做梦！"

"做做梦，开开心，又有什么不好？否则，生活不是太沉闷了吗？而且您应该坚信，您完全可以做到和驻埃及大使具有同样的智慧、品格、能力，甚至远远地把他甩在后面。您可以做不成大使，但是您应该比大使还强。关键在于学习。"

"这话有点野心家的味儿。"

"不，这只是起码的阿达姆的味儿。"

"什么？"

"阿达姆。"

"什么阿达姆？"

"这是我要教给您的第一个阿拉伯语词：阿达姆——人！这是一个最美的词。伊甸园里的亚当，就是阿达姆的另一种音译。而夏娃呢，发音是哈娃，就是天空。人需要天空，天空需要人。"

"所以我们从小就放风筝。"

"瞧，您是高材生。"

第一课：人。亚当需要夏娃，夏娃需要亚当，人需要天空，天空需要人。我们需要风筝、气球、飞机、火箭和宇航船。阿拉伯语就这样学起来了，这引起了周围许多人的不安。你应该安心端盘子。你应该注意影响。你有没有海外关系？如果再搞清队、查三怪——怪人、怪事、怪现象，就要为你设立专案。我没有砸一个盘子。我不想当科长。我知道穆罕默德、萨达特和阿拉法特。我一定欢迎你担任我的专案组长。

同时，她和佳原"好了"。情报立即传到爸爸耳朵里。对于少女，到处都有摄像和监听的自动化装置。"他的姓名、原名、曾用名？家庭成分、个人出身？土改前后的经济状况？出生三个月至今的简历？政历？家庭成员和主要社会关系有无杀、关、管和地、富、反、坏、右？戴帽和摘帽时间？本人历次政治运动中的表现？本人和家庭主要成员的经济收入和支出，账目和储蓄……"所有这些问题，素素都答不上来。妈妈吓得直掉泪。你才二十四岁零七个月，再过五个月才好搞对象。有坏人，到处都有坏人。爸爸决心去找该人所属街道、单位、派出所、人事科、档案处。为此，他准备请一桌涮羊肉，把他熟悉的有关人员发动起来。砰——噗，爸爸最心爱的宜兴陶壶被掼到了地上，粉碎了。

"您用这种办法也许能找到反革命，但永远不能找到朋友！"素素大喊，完全是一个铁姑娘，然后她哭了。

饭馆的主任、委员、干事、组长、指导员也都向她提出了爸爸式的问题和妈妈式的忠告。无产阶级的爱情产生于共同的信仰、观点、政治思想上的一致。长期地、细致地互相了解。要严肃、慎重、认真；要绷紧弦，带着敌情观念。选择爱人要按照无产阶级革命接班人的五项条件。饭馆的茶壶不能摔。在少先队里，素素从小受到爱护公共财物的教育。

毛主席去世了。素素战栗着，哭得闭过气去。她早就想哭了，哭毛主席，也哭自己和别人。"中国完了！"爸爸说，但完了的是"四人帮"。只是在瞻仰遗容的时候，素素才第二次走近了毛主席，"我给您献花来了。"她轻轻地、平静地说。

她知道一切都在变。她可以大胆地学阿拉伯语了，虽然打一夜扑克的人仍然比学一夜外语的人更容易入党和提干。她可以大胆地与佳原拉着手走路了，虽然有人一见到青年男女在一起就气得要发癫痫病。但是，他们仍然找不到谈话的地方。公园的椅子早就坐满了，好不容易发现一个，原来脚底下一大摊呕吐物。换另一个开阔散漫的公园吧，那里每个长椅旁的电线杆上都挂着一个广播喇叭。"现在播送游客须知。"须知里尽是些"罚款五角至十五元""送交专政机关处理""自觉遵守，服从管理"之类的词儿。须知挺复杂，看来不经过一周学习班的培训，是无法学会逛公园的。能在这里坐下来谈情说爱吗？走。

到哪里去？护城河边倒是没有须知的喇叭，但是那里偏僻。听说有一次，一对情侣在那里喁喁地谈着情话，"不许动！"一个蒙面人出现在他们面前，手里拿着攮子，旁边还站着一个帮手。结果，手表抹（读妈）下来了，现金也被搜了腰包。爱情在暴力面前总是没有还手之力。后来公安部门破了案，抓到了坏人。有人为什么不喜欢公安局呢？没有公安局不行。

去饭馆？你先得站在别人的椅子后面，看着他如何一筷子一勺，一口汤一口饭地吃完，点上烟，伸懒腰。然后，你好不容易坐下了，你刚动筷子，新来的接班人为了不致被人抢班，早把一只脚踩到你坐的椅子掌儿上。他的腿一颤一颤，肉丁和肚片在你的喉咙里跳舞。去咖啡馆或者酒吧间？那是腐蚀人的地方，所以没有。遛大街或者串胡同？美国也正在提倡散步，免得发胖，但是冬天太冷。当然，他们也曾经在零下二十摄氏度的天气，穿着棉大衣和棉猴，戴着皮帽子和毛线围巾，戴着口罩谈恋爱。倒是卫生，不传染。再有，胡同里还有一些顽童，他们见到一对情侣就要哄、骂、扔石头。真不知道他们是怎样来到人世的。

佳原总是随遇而安。一段栏杆旁，一棵梧桐下，一条河边，佳原就满足了。他希望早一点坐下来，和素素依偎在一起，用阿拉伯语和英语交谈，素素总是挑剔、不满意、不称心。不，不，不。她不要代用品，就像山东顾客不容忍煮花生米里的石子。三年了，他们的周末几乎是在寻找中度过的。他们寻找坐的地方。找啊，找啊，一晚上也就完了。我们的辽阔广大的天空和土地啊，我们的宏伟的三度空间，让年轻人在你的哪个角落里谈情、拥抱和接吻呢？他们只需要一片很小、很小的地方。而你，你容得下那么多顶天立地的英雄、翻天覆地的起义者、欺天毁地的害虫和昏天黑地的废物，你容得下那么多战场、爆破场、广场、会场、刑场……却容不下身高一米六、体重四十八公斤和身高一米七弱、体重五十四公斤的素素和佳原的热恋吗？

素素揉了一下眼睛，眼睛火辣辣的。是她的手指接触过辣椒吗？是眼睛辣了才伸出手指，还是伸出手指眼睛才变辣了呢？今天晚上我们有地方待吗？天冷了，但还不用口罩。佳原说他要去房管局呢，有了房就结婚，他们再不用串胡同了。

"我说同志姐，你能不能告夯（诉）我，这个大市街要往哪哈（下）里走呢？"一个有口音的、背着一个大包袱、被包袱压得直不起腰来的、新衣服上沾满了灰土的人说。那人其实比素素大许多。

"大市街？这就是大市街呀！"素素向那正变化着红绿灯的十字路口一指。那儿，汽车、电车和自行车就像海潮一样一个浪头又一个浪头地涌上去，又停下来，停下来，又涌上去。

"这儿就是大市街？"压弯了腰的中年男人抬起头来，翻起了两枚乌黑的眸子。素素的脖子也跟着发酸。乌黑的眸子表示着诚实的不信任。

素素重复强调："这就是大市街。"她恨不得把百货大楼和中心烤鸭店放在手心上托给这位老实而又多疑的问路者。

问路人犹犹疑疑地挪动了脚步，他横穿马路却没有走人行横道线。穿白衣服的交通民警拿起半导体扩音喇叭向他高声喊叫。被呵斥搞慌乱了的中年人干脆停在马路中心，停在汽车的旋涡里。他歪着脖子问交通警："同志哥，大市街在哪哈哩？"

"素素！"佳原来了，满头大汗，头发蓬乱，喘着气。

"你从地底下钻出来的吗？怎么等也等不着，忽然又冒出来了。"

"我会隐身术，我本来就一直跟着你呢。"

"如果我们都会隐身术就好了。"

"为什么？"

"在公园跳舞也没人看得见。"

"你喊什么？让人家直看你。"

"有人一听跳舞就觉得下流，因为他们自己是猪八戒。"

"你的话愈来愈尖刻了，从前你不是这样的。"

"是秋风把我的话削尖了的，我们找不到避风的地方。"

佳原的眼光暗淡了，她低下头。他的眼镜片上反射出无数灯光、窗户、房屋。

"没有吗？"

"没有。房管局不给。他们说，有些人已经结婚好几年了，已经有了孩子，然而没有房子。"

"那他们在哪里结的婚呢？在公园吗？在炒疙瘩的厨房？要不就是在交通民警的避风亭里？那倒不错，四下全是玻璃。还是到动物园的铁笼子里去？那么，门票可以涨价。"

"你别激动，你……"他把右手食指弯曲着，推一推自己的眼镜，尽管眼镜并不会出溜下来，"你说的当然是了，但是，房子毕竟不会从天上掉下来。那么多人需要房子，确实有人比我们还困难啊！"

素素不言语了，她低下头，用脚尖踢着一块其实并不存在的石子。

"可是怎么样？你吃饭了吗？我还没吃晚饭呢。"佳原换了话题。

"什么？我只记得我给很多人开了饭，却不记得自己吃过什么没有。"

"那就是没吃。我们到那个馄饨馆去吧，你排队，我占座。要不我占座，你排队。"

"说来说去还是一个样儿，你说话快赶上开大会时候的某些报告了。"

馄饨馆很拥挤。好像吃这里的馄饨不要钱，好像吃这里的馄饨会每碗倒找两毛钱。要不，要不我们甭吃馄饨了，买几个烧饼算了。买烧饼也得排队。要不，我们甭排队了，到对过那个铺子买两个面包吧。刚巧，到那边伸出手来的时候，售货员正把最后两个果料面包卖给一位已经穿起前清时候的貂皮袍子的小老头儿。要不，要不我们甭吃面包了，我们……我们怎么样呢？

"要不我们甭生下来了，那有多好！"素素冷冷地说，"如果不是错误地批判了马寅初先生的新人口论，我们也许根本不会降临到人间。"

"何必那么怨气冲冲？而且我们出生在新人口论出生以前。"

"果料面包没有了。"

"来，两包饼干。我们有饼干，我们又端盘子又修伞。我们学习，我们做好事，帮助别人。好人并不嫌太多，而仍然是不够。"

"为了什么呢？为了把七块钱和二斤粮票拱手交给讹你的人吗？"

"讹去七百块也还要拉起受了伤的老太太……难道你不这样吗？素素！"打起雷来了！打起闪来了！电线和灯光抖动起来了！佳原突然喊起来了，"你尝尝我这一包吧！"

"一样的。"

"不，我这一包特别香。"

"怎么可能呢？"

"怎么不可能呢？连两滴水都不可能是完全一样的。"

"那你尝我的。"

"那我尝你的。"

"那我尝完了你的，你再尝我的。"他们交换了饼干，又一块一块地分着吃，吃完了，素素也笑了。饿的人比饱的人脾气要坏些。

天大变了。电线呜呜的；广告牌隆隆的；路灯蒙蒙的；耳边沙沙的。寒风驱赶着行人。大街一下子就变得空旷多了。交通民警也缩回到被素素看中可以作新房的亭子里去了。

"我们要躲一躲！"冰冷的雪一样的雨和雨一样的雪给人以严峻的爱抚。雨雪斜扫着，他们拉紧了手，彼此听不见对方的话。对于自然，也像对于人生一样，他们是不设防的。然而大手和小手都很暖和。他们的财产和力量是自己的不熄的火。

"我们找个地方去！"他们嚼着沙子和雨雪，含混不清地互相说。于是他们奔跑起来了。不知道是佳原拉着素素，还是素素拉着佳原，还是风在推着他们俩，反正有一股力量连拉带搡。他们来到了一幢新落成的十四层高的居民楼前面。他们早就思恋这一排新出世的高层建筑物了。像一批陌生人。对陌生人的疑惑和反感，这是被撞倒的老太太和穿貉皮袍子的老头儿的特点。那个老头儿买面包的时候，用什么样的眼光看了他们俩一眼啊。好像他们随时会掏出攮子来似的。早就流传着对这一排高层建筑的抨击。住在十四层的人家无法把大立柜运上去，便用绳子从窗口往上吊——蔚为奇观！结果绳子断了，大立柜跌得粉碎。新的天方夜谭。但是素素她们不这样想。他俩来到这座楼前，总有些羞怯，因为他们的眷恋是单相思。

风雪鼓起了他们的勇气。他们冲进去了，他们一层一层地爬着楼梯。楼道还很脏。楼道没有灯。安了灯口，没有灯泡。但路灯的光辉是一夜不断的，是够用的。他们拐了那么多弯还不到顶，那就再拐上去。他们终于走上了第十四层的一个公共通道。这一层大概还没住人。有浓厚的洋灰粉末和新鲜油漆的气味。这里很暖。这里没有风、雨、雪。这里没有广播须知的喇叭、蒙面人、行人、急不可耐地抖着大腿让你让座的人。这里没有瞧不起修伞工和服务员的父母。这里没有见了一对青年男女就怪叫，说下流话辱骂甚至扔石头的顽童。这里能看见东风饭店的二十五层楼的灯火。这里能听见火车站的悠扬的钟声。这里能看见海关大楼的电钟。把视线转到下面，是蓝绿的灯珠，橙黄的灯眼，银白的灯花。无轨电车的天弓打着闪亮的电火花。汽车开着和关着大灯、小灯和警戒性的红色尾灯。他们长出了一口气，好像上了天堂。

"你累了吗？"

"累什么？"

"我们爬了十四层楼。"

"我还可以爬二十四层。"

"我也是。"

"那人可真傻。"

"你说谁？"

"刚才有一个乡下人，他到了大市街口，却还满处找大市街。你告诉他了，他还不信。"

他们开始用阿拉伯语交谈。结结巴巴，像他们的心跳一样热烈而又不规范。

佳原准备明年去考研究生，他鼓励着并无信心的素素："我们不一定成功，但是我们要努力。"

佳原拿起素素的手，这只手温柔而又有力。素素靠近了佳原的肩，这个肩平凡而又坚强。素素把自己的脸靠在佳原的肩上。素素的头发像温暖的黑雨。灯火在闪烁、在摇曳、在转动，组成了一行行的诗。一支古老的德国民歌：有花名母忘我，开满蓝色花朵。陕北绥德的民歌：有心说上几句话，又怕人笑话。蓝色的花在天空飞翔。海浪覆盖在他们的身上。怕什么笑话呢？青春比火还热。是鸽哨，是鲜花，是素素和佳原的含泪的眼睛。啪啦……

"什么人？"一声断喝。佳原和素素发现，通道的两端已经全是人。而且许多人拿着家伙。人是会使用工具的动物。擀面杖，锅铲和铁锨。还以为是爆发了原始的市民起义呢。

于是开始了严厉的、充满敌意的审查。什么人？干什么的？找谁？不找谁？避风避到这里来了？岂有此理？两个人鬼鬼祟祟，搂搂抱抱，不会有好事情，现在的青年人简直没有办法，中国就要毁到你们的手里。你们是哪个单位的？姓名、原名、曾用名……你们带着户口本、工作证、介绍信了吗？你们为什么不待在家里，为什么不和父母在一起，不和领导在一起，也不和广大的人民群众在一起？你们不能走，不要以为没有人管你们。说，你们撬过谁家的门？公共的地方？公共地方并不是你们的地方而是我们的地方。随便走进来了？你们为什么这样随便？你们简直就是不要脸，简直是流氓，简直是无耻……侮辱？什么叫侮辱？我们还推过阴阳头呢。我们还被打过耳光呢。我们还坐过喷气式呢。还不动弹吗？那我们就不客气了。拿绳子来……

素素和佳原都很镇静。因为一秒钟以前，他们还是那样的幸福。虽然他们俩加在一起懂几门外文，懂一点点也罢。但是他们听不懂这些亲爱的同胞的古怪的语言。如果恐龙会说话，那么恐龙的语言也未必更难懂。他们茫然。甚至相对一笑。

"我们要动手了！"一个"恐龙"壮着胆子说了一句，说完，赶紧躲在旁人后面。

"我们可真要动手了！"更多的人应和着，更多的人向后退了，然而仍然包围着和封锁着。佳原和素素欲撤不能。

正僵持得不可开交的时候，突然，有一位手持半截废自来水管的勇士喊叫起来："这不是范素素吗？"

点点头，当然。

然后是一场误会的解除。对不起，请原谅，是小偷把我们给吓坏了。据说有的楼发生过盗窃案，我们不能不提高警惕。有坏人，我们还以为你们是……真可笑。对不起。

素素依稀认出了那位长头发的男青年是她小学时候的同学，比她低两级。他现在倒白胖白胖的，像富强粉烤制的面包，一种应该推广的食品。小学同学热情地邀请他们到自己的房间去做客。"既然来到了我的门口。""那也好。"素素和佳原交换了一下目光。他们跟着小学同学走到日光灯耀眼的电梯间。他们在这幢楼里已经暂时取得了合法的身份。他们是某个住户的客人。电梯门关上了，嗡嗡地响了。他们的安全和尊严又开始有保障了，感谢这位热心的同学！电梯间上方的数字变得愈来愈快，从十四到四的阿拉伯数字都亮过了，现在是三亮了。电梯停了，门开了。他们走出来，左转一个弯，右转一个弯。多齿多沟的铜钥匙自信地插到锁孔里，它才是主宰，啪嗒。再拧一下把手，吱扭。门开了，叭，叭，前厅和厨房的灯都亮了。雪白的墙，擦了过多的扑粉。吱扭，又拧开一间居室的门。屋里充满了街灯映照过来的青光。素素真想劝阻小学同学不要拉开电灯，然而电灯已经亮了。请坐。双人床。大立柜里变得细长了的影像。红色人造革全包沙发。五斗橱。铁听麦乳精和尚未开封的"十全大补酒"。小学同学滔滔不绝地介绍着自己的新居：面积、设备、布局。水、暖、煤气。采光，通风和隔音。防火和防震。

"就你一个人吗？"

"是啊！"小学同学更得意了，搓着自己的手，"我爸爸给我要了一个单元。老人急着让我结婚。我准备明年'五一'解决。到时候你们一定来。就这样说定了吧。我已经找好了人。我的一个好友的舅舅过去给法国使馆做过饭。中西合璧，南北一炉。拔丝山药可以绕着筷子转五圈而丝不断。你们可不要买东西。不要买家具，不要买台灯，不要买床上用品。所有这一切，我全有！"

"你爱人叫什么名字？在哪儿工作？"

"噢，还没定下来。"

"等待分配吗？"

"不是。我是说，到底跟谁结婚还没定下来。明年'五一'前会有的，一定！"

素素顺手从茶几上拿起了一个玩具气球，把气球在沙发的人造革面子上使劲摩擦了几下，然后，她把气球向上一抛，吸在天花板上，不落下来了。她仰着头，欣赏着自己从小爱玩的这个游戏。

"天啊，它怎么不掉下来？怎么还没有掉下来？"小学同学惊呆了，他张开了口。

"这是一种法术。"素素说，她瞟了佳原一眼，做了一个怪相。然后他们告辞。好客的主人送他们上电梯的时候还有点魂不守舍，他惦记着那个吸附在天花板上的绿气球。素素和佳原离开了这幢可爱的高楼。雪雨仍然在下着，风仍然在吹着。哐啷哐啷，好像在掀动一张大化学板。雨雪和他们真亲热，不仅落到脸上，手上，还往脖子里钻呢。

"这一切都怪我。"佳原心疼地说，"我没有本事弄到它，让你受委屈……"素素捂住他的嘴。她咯咯地笑了，笑得真开心，一朵石榴花开放也没有那么舒展。

佳原明白了。佳原也笑起来。他们都懂得了自己的幸福。懂得了生活、世界是属于他们的。青年人的笑声使风、雨、雪都停止了，城市的上空是夜晚的太阳。

素素在前面跑，佳原在后面追。灯光里的雨丝，显得越发稠密而浓烈。"这儿就是大市街，大市街就在这里！"素素指着饭店大楼高声地说。

"那当然了，我从来也不怀疑。"

"握个手，再见吧，我们过了一个多么愉快的夜晚。"

"再见，明天就不见了。我们还得用功，我们要一个又一个地考上研究生。"

"那很可能。而且我们总归会有房子，什么都有。"

"祝你好梦。"

"梦见什么呢？"

"梦见一个——风筝。"

什么？风筝？佳原怎么知道风筝？

"喂，你怎么也知道风筝？你知道风筝的飘带吗？"

"噢，我当然知道啦！我怎么能不知道呢？"

素素跑回来搂住佳原的脖子，亲了他一下，就在大街上。然后，他们各自回家去了，走了好远，还不断地回头张望，招一招手。

——1980 年

春之声

"咣"的一声，黑夜就到来了。一个昏黄的、方方的大月亮出现在对面墙上。岳之峰的心紧缩了一下，又舒张开了。车身在轻轻地颤抖，人们在轻轻地摇摆。多么甜蜜的童年的摇篮啊！夏天的时候，把衣服放在大柳树下，脱光了屁股的小伙伴一跃跳进故乡的清凉的小河里，一个猛子扎出十几米，谁知道谁在哪里露出头来呢？谁知道被他慌乱中吞下的一口水里，包含着多少条蛤蟆蝌蚪呢？闭上眼睛，熟睡在闪耀着阳光和树影的涟漪之上，不也是这样轻轻地、轻轻地摇晃着的吗？失却了的和没有失却的童年和故乡，责备我吗？欢迎我吗？母亲的坟墓和正在走向坟墓的父亲！

方方的月亮在移动，消失，又重新诞生。唯一的小方窗里透进了光束，是落日的余晖还是站台的灯？为什么连另外三个方窗也遮严了呢？黑咕隆咚，好像紧接着下午便是深夜。门咣地一关，就和外界隔开了。那愈来愈响的声音是下起了冰雹吗？是铁锤砸在铁砧上？在黄土高原的乡下，到处还靠人打铁，我们祖国的胳膊有多么发达的肌肉！呵，当然，那只是车轮撞击铁轨的噪声，来自这一节铁轨与那一节铁轨之间的缝隙。目前不是正在流行一支轻柔的歌曲吗，叫什么来着——《泉水叮咚响》。如果火车也叮咚叮咚地响起来呢？广州人可真会生活，不像这西北高原上，人的脸上和房屋的窗玻璃上到处都蒙着一层厚厚的黄土。广州人的凉棚下面，垂挂着许许多多三角形的瓷板，它们伴随着清风，发出叮叮咚咚的清音，愉悦着心灵。美国的抽象派音乐却叫人发狂。真不知道基辛格听我们的杨子荣咏叹调时有什么样的感受。京剧锣鼓里有噪声，所有的噪声都是令人不快的吗？反正火车开动以后的铁轮声给人以鼓舞和希望。下一站，或者下一站的下一站，或者许多许多的下一站以后的下一站，你所寻找的生活就在那里，母亲或者孩子，友人或者妻子，温热的澡盆或者丰盛的饮食正在那里等待着你。都是回家过年的，过春节，我们的古老的民族的最美好的节日。谢天谢地，现在全国人民都可以快快乐乐地过年了。再不会用"革命化"的名义取消春节了。

这真有趣。在出国考察三个月回来之后，在北京的高级宾馆里住了一阵——总结啦、汇报啦、接见啦、报告啦……之后，岳之峰接到了八十多岁的刚刚摘掉地主帽子的父亲的信。他决定回一趟阔别二十多年的家乡。这是不是个错误呢？他怎么也没想到要坐两个小时零四十七分钟的闷罐子车呀。三个小时以前，他还坐在从北京开往 X 城的三叉戟客机的宽敞、舒适的座位上。两个月以前，他还坐在驶向汉堡的易北河客轮上。现在呢，他和那些风尘仆仆的、在黑暗中看不清面容的旅客们挤在一起，就像沙丁鱼挤在罐头盒子里。以至于他辨别不出火车到底是在向哪个方向行走，眼前只有那月亮似的光斑在飞速移动，火车的行驶究竟是和光斑方向相同还是相反呢？他这个工程物理学家竟为这个连小学生都答得上来的、根本算不上是几何光学的问题伤了半天脑筋。

他已经有二十多年没有回过家乡了。谁让他投错了胎？地主，地主！一九五六年他回过一次家，一次就够用了——回家待了四天，却检讨了二十二年！而伟人的一句话，也够人们学习贯彻一百年。使他惶惑的是，难道人生一世就是为了作检讨？难道他生在中华，就是为了作一辈子检讨的吗？好在这一切都过去了。斯图加特的奔驰汽车工厂的装配线在不停地转动，车间洁净敞亮，没有多少噪声。西门子公司规模巨大，具有一百三十年的历史，而我们才刚刚起步。赶上，赶上！不管有多么艰难。哖，哖，哖，快点开，快点开，快开，快开，快，快，快，车轮的声音从低沉的三拍一小节变成两拍一小节，最后变成高亢的呼号了。闷罐子车也罢，正在快开。何况天上还有三叉戟。

尘土和纸烟的雾气中出现了旱烟叶发出的辣味，像是在给气管和肺针灸。梅花针大概扎在肺叶上了。汗味就柔和多了。方言的浓度在旱烟与汗味之间，既刺激，又亲切。还有南瓜的香味哩！谁在吃南瓜？X 城火车站前的广场上，没有见卖熟南瓜的呀。别的小吃和土特产倒是都有。花生、核桃、葵花子、柿饼、酸枣、绿豆糕、山药、蕨麻……全有卖的。就像变戏法，举起一块红布，向左指上两指，这些东西就全没了，连火柴、电池、肥皂都跟着短缺。现在呢，一下子又都变了出来，也许伸手再抓两抓，还能抓出更多的财富。柿饼和枣朴质无华，却叫人甜到心里。岳之峰咬了一口上火车前买的柿饼，细细地咀嚼着儿时的甜香。辣味总是一下子就能尝到，甜味却埋得很深很深。要有耐心，要有善意，要有经验，要知觉灵敏。透过辛辣的烟草和热烘烘的汗味儿，岳之峰闻到了乡亲们携带的绿豆香。绿豆苗是可爱的，灰兔子也是可爱的，但是灰色的野兔常常要毁坏绿豆。为了追赶野兔，他和小柱子一口气跑了三里，跑得连树木带田垅都摇来摆去。在中秋的月夜，他亲眼见过一只银灰色的狐狸，走路悄无声息，像仙人，像梦。

车声小了，车声息了。人声大了，人声沸了。咣——哧，铁门打开了，女列车员——一个高个子、大骨架的姑娘正在爽利地用家乡方言指挥下车和上车的乘客。"没有地方了，没有地方了，到别的车厢去吧！"已经在车上获得了自己的位置的人发出了这种无效的，也是自私的呼吁。上车的乘客正在拥上来，熙熙攘攘。到哪里都是熙熙攘攘。与我们的王府井相比，汉堡的街道上简直可以说是看不见人，而且市区的人口还在减少。岳之峰从飞机场来到 X 城火车站的时候吓了一跳——黑压压的人头，压迫得白雪不白，冬青也不绿了。难道是出了什么事情？一九四六年学生运动，人们集合在车站广场，准备拦车去南京请愿，也没有这么多人！岳之峰上大学的时候在北平，有一次他去逛故宫博物院，刚刚下午四点就看不见人影了，阴森森的大殿使他的后脊背冒凉气。他小跑着离开了故宫，上了拥挤的有轨电车才放心了一点。如果跑慢了，说不定珍妃会从井里钻出来把他拉下去哩！

但是现在，故宫南门和北门前买入场券的人排着长队，而且不是星期天。X城火车站前的人群令人晕眩，好像全中国有一半人要在春节前夕坐火车。到处都是团聚、相会、团圆饺子、团圆元宵，到处都是对于旧谊、对于别情、对于天伦之乐、对于故乡和童年的追寻。卖刚出屉的肉馅包子的，盖包子的白色棉褥子上尽是油污。卖烧饼、锅盔、油条、大饼的。卖整盒整盒的点心的。卖面包和饼干的。X 车站和 X 城饮食服务公司倾全力到车站前露天售货。为了买两个烧饼也要挤出一身汗。岳之峰出了多少汗啊！他混饱了（环境和物质条件的急骤改变已使他分辨不出饥和饱了）肚子，又买到了去家乡的短途客车的票。找钱的时候使他一怔，写的是一块二，怎么只收了六毛呢？莫非是自己没有报清站名？他想再问一问，但是排在他后面的人已经占据了售票窗口前的有利阵地，他挤不回去了。

他快快地看着手中的火车票。火车票上黑体铅字印的是 1.20 元，但是又用双虚线勾上了两个占满票面的大字：陆角。这使他百思不得其解，简直像是一种生物学上的密码。"这是怎么回事？为什么我买一块二的票她却给了我六毛钱的？"他自言自语。他问别人。没有人回答他。等待上车的人大多是一些忙碌得可以被原谅的利己主义者。

各种信息在他的头脑里撞击。黑压压的人群。遮盖热气腾腾的肉包子的油污的棉被。候车室里张贴着的大字通告：关于春节期间增添新车次的情况和临时增添的新车次的时刻表。男女厕所门前排着等待小便的人的长队。陆角的双勾虚线。大包袱和小包袱。大篮筐和小篮筐。大提兜和小提兜……他得出了这最后一段行程会是艰难的结论，他有了思想准备。终于他从旅客的闲谈中听到了"闷罐子车"这个词儿，他恍然了。人脑毕竟比电脑聪明得多。

上到列车上的时候，他有点垂头丧气。在二十世纪八十年代的第一个春节即将来临之时，正在梦寐以求地渴望实现四个现代化的人们，却还要坐瓦特和史蒂文森时代的闷罐子车！事实如此。事实就像宇宙，就像地球、华山和黄河、水和土、氢和氧、钛和铀，既不像想象那样温柔，也不像想象那么冷酷。不是么，闷罐子车里坐满了人，而且还在一个两个、十个二十个地往人与人的空隙，分子与分子、原子与原子的空隙之中嵌进。奇迹般的不可思议，已经坐满了人的车厢里又增加了那么多人。没有人叫苦。

有人叫苦了："这个箱子不能压！"一个包着头巾抱着孩子的妇女试探着能不能坐到一只箱子上。

"您到这边来，您到这边来。"岳之峰连忙站起身，把自己的靠边的位置让了出来。坐在靠边的地方，身子就能倚在车壁上，这就是最优越的"雅座"了。

那女人有点不好意思，但终于抱着小孩子挪动了过来，她要费好大的力气才能不踩着别人。"谢谢您！"妇女用流利的北京话说。她抬起头，岳之峰好像看到一幅炭笔的素描。题目应该叫《微笑》。

叮铃叮铃的铃声响了，铁门又"咣"的一声关上了，是更深沉的黑夜，车外的暮色也正在浓重起来。大骨架的女列车员点起了一支白蜡，把蜡烛放到了一个方形的玻璃罩里。为什么不点油灯呢？大概是怕煤油摇洒出来。偌大车厢，就靠这一支蜡烛照亮。些微的亮光，照得乘客变成了一个又一个的影子。车身又摇晃了，对面车壁上的方形的光斑又在迅速移动了。离家乡又近一些了。摘了帽子，又见到了儿子，父亲可以瞑目了吧？不论是他的罪恶或者忏悔，不论是他的眼泪还是感激，也不论是他的狰狞丑恶还是老实善良，这一切都快要随着他的消失而云消雾散了。老一辈人正在一个又一个地走向河的那边。咚咚咚，噔噔噔，嘭嘭嘭，是在过桥了吗？连接着过去和未来，中国和外国，城市和乡村，此岸和彼岸的桥啊！

靠得很近的蜡灯把黑白分明的光辉和阴影印制在女列车员的脸上，女列车员像是一尊全身的神像。"旅客同志们，春节期间，客运拥挤，我们的票车（票车：铁路人员一般称客车为票车）去支援长途……提高警惕……"她说得挺带劲，每吐出一个字就像拧紧了一个螺母。她有一种信心十足、指挥若定的气概，以小小的年纪，靠一支蜡烛的光亮，领导着一车的乌合之众。但是她的声音也淹没在轰轰轰，嗡嗡嗡，隆隆隆，不仅是七嘴八舌，而是七十嘴八十舌的喧嚣里了。

自由市场。百货公司。香港电子石英表。豫剧片《卷席筒》。羊肉泡馍。醪糟蛋花。三接头皮鞋。三片瓦帽子。包产到组。收购大葱。中医治癌。差额选举。结婚筵席……在这些温暖的闲言碎语之中，岳之峰轮流把体重从左腿转移到右腿，再从右腿转移到左腿。幸好人有两条腿，要不然，无依无靠地站立在人和物的密集之中，可真不好受。立锥之地，岳之峰现在对这句成语才有了形象的理解。莫非古代也有这种拥挤的、没有座位和灯光的旅行车辆吗？但他给一个女同志让了"座位"。不，没有座，只有位。想不到她讲一口北京话，这使岳之峰兴致似乎高了一些。"谢谢""对不起"，在国外到处是这种礼貌的用语。忽然有一个装着坚硬的铁器的麻袋正在挤压他右腿的小腿肚子，而另一个席地而坐的人的脊背干脆靠到了他的酸麻难忍的左腿上。

简直是神奇。不仅在慕尼黑的剧院里观看演出的时候，而且在北京，在研究所、部里和宾馆里，在二十三平方米的住房和 103 和 332 路公共汽车上，他也想不到人们还要坐闷罐子车。这不是运货和运牲畜的车吗？倒霉！可又有什么倒霉的呢？咒骂是最容易不过的。咒骂闷罐子车比起制造新的美丽舒适的客运列车来，既省力又出风头。无所事事而又怨气冲天的人的口水，正在淹没着忍辱负重、埋头苦干的人的劳动。人们时而用高调，时而又用低调冲击着、替代着那些一件又一件、一天又一天、一年又一年的坚韧不拔的工作。

"给这种车坐，可真缺德！"

"你凑合着吧，过去，还没有铁路哩！"

"运兵都是用闷罐子车，要不，就暴露了。"

"要赶上拉肚子的就麻烦了，这种车上没有厕所。"

"并没有一个人拉到裤子里嘛！"

"有什么办法呢？每逢春节，有一亿多人要坐火车……"

黑暗中听到了这样一些交谈。岳之峰的心平静下来了。是的，这里曾经没有铁路，没有公路，连自行车走的路也没有。阔人骑毛驴，穷人靠两只脚。农民挑着一千五百个鸡蛋，从早晨天不亮出发，越过无数的丘陵和河谷，黄昏时候才能赶到 X 城。我亲爱的美丽而又贫瘠的土地！你也该富饶起来了吧？过往的记忆，已经像烟一样、雾一样淡薄了，但总不会被彻底忘却吧？历史，历史；现实，现实；理想，理想；哞——哞——咣喊咣喊……喀啷喀啷……沿着莱茵河的高速公路。山坡上的葡萄。暗绿色的河流。飞速旋转。

这不就是法兰克福的孩子们吗？男孩子和女孩子，黄眼睛和蓝眼睛，追逐着的，奔跑着的，跳跃着的，欢呼着的。喂食小鸟的，捧举鲜花的，吹响铜号的，扬起旗帜的。那欢乐的生命的声音。那友爱的动人的呐喊。那红的、粉的和白的玫瑰。那紫罗兰和蓝蓝的毋忘我。

不。那不是法兰克福。那是西北高原的故乡。一株巨大的白丁香把花开在了屋顶的灰色的瓦楞上，如雪，如玉，如飞溅的浪花。摘下一条碧绿的柳叶，卷成一个小筒，仰望着蓝天白云，吹一声尖厉的哨子，惊得两个小小的黄鹂飞起。挎上小篮，跟着大姐姐，去采撷灰灰菜，去掷石块，去追逐野兔，去捡鹌鹑的斑斓的彩蛋。连每一条小狗，每一只小猫，每一头牛犊和驴驹都在嬉戏，连每一根小草都在跳舞。

不，那不是西北高原，那是解放前的北平。华北局城工部（它的部长是刘仁同志）所属的学委组织了平津学生大联欢。营火晚会。"太阳下山明朝依旧爬上来……我的青春小鸟一去不回来""山上的荒地是什么人来开？地上的鲜花是什么人来栽？"一支又一支的歌曲激荡着年轻人的心。最后，大家发出了使国民党特务胆寒的强音："团结就是力量……让一切不民主的制度死亡！"信念和幸福永远不能分离。

不，那不是逝去了的、遥远的北平。那是解放了的、飘扬着五星红旗的首都。那是他青年时代的初恋，是第一次吹动他心扉的和煦的风。春节刚过，忽然，他觉察到了，风已经不那么冰冷，不那么严厉了。二月的风就带来了和暖的希望，带来了早春的消息。他跑到北海，冰还没有化哩，还没有什么游人哩。他摘下帽子，他解开上衣领下的第一个扣子。还是冬天吗？当然，还是冬天。然而是已经连接着春天的冬天，是冬与春的桥。有风为证，风已经不冷！风会愈来愈和煦，如醉，如酥……他欢迎着承受着别人仍然觉得凛冽但是他已经为之雀跃的"春"风，小声叫着他悄悄地爱着的女孩子的名字。

那，那……那究竟是什么呢？是金鱼和田螺吗？是荸荠和草莓吗？是孵蛋的芦花鸡吗？是山泉，榆钱，返了青的麦苗和成双的燕子吗？他定了定神。那是春天，是生命，是青年时代。在我们的生活里，在我们每个人的心房里，在猎户星座和仙后星座里，在每一颗原子核，每一个质子、中子、介子里，不都包含着春天的力量、春天的声音吗？

他定了定神，揉了揉眼睛。分明是法兰克福的儿童在歌唱，当然，是德语。在欢快的童声合唱旁边，有一个顽强的、低哑的女声伴随着。

他再定了定神，再揉了揉眼睛，分明是在从 X 城到 N 地的闷罐子车上。在昏暗和喧嚣当中，他听到了德语的童声合唱和低哑的、不熟练的、相当吃力的女声伴唱。

什么？一台录音机。在这个地方听起了录音。一支歌以后又是一支歌，然后是一个成人的歌。三支歌放完了，是啪啦啪啦的揿动键钮的声音，然后三支歌重新开始。顽强的、低哑的、不熟练的女声也重新开始。这声音盖过了一切喧嚣。

火车悠长地鸣笛。对面车壁上移动着的方形光斑减慢了速度，加大了亮度。在昏暗中变成了一个个的影子的乘客逐渐显出了立体化的形状和轮廓。车身一个大晃，又一个大晃，大概是通过了岔道。又到站了。咣——哧，铁门打开了，站台的聚光灯的强光照进了车厢。岳之峰看清楚了，录音机就放在那个抱小孩子的妇女的膝头。开始下人和上人，录音机接受了女主人的指令，"啪"的一声，不唱了。

"这是……什么牌子的？"岳之峰问。

"三洋牌，这里人们开玩笑地叫它'小山羊'。"妇女抬起头来，大大方方地回答。岳之峰仿佛看到了她的经历过风霜，却仍然是年轻而又清秀的脸。

"从北京买的吗？"岳之峰又问，不知为什么这么有兴趣。本来，他并不是一个饶舌的人。

"不，就从这里。"

这里？不知是指 X 城还是火车正在驶向的某一个更小的城镇。他盯着"三洋"商标。

"你在学外国歌吗？"岳之峰又问。

妇女不好意思地笑了："不，我在学外国语。"她的笑容既谦逊，又高贵。

"德语吗？"

"噢，是的。我还没学好。"

"这都是些什么歌儿呀？"一个坐在岳之峰脚下的青年问。岳之峰的连续提问吸引了更多的人。

"《小鸟，你回来了》《五月的轮转舞》和《第一株烟草花》。"女同志说，"欣梅尔——天空，福格尔——鸟儿，布鲁米——花朵……"她低声自语。

他们的话没有再继续下去。车厢里充满了的照旧是"别挤！""这个箱子不能坐！""别踩着孩子！""这边没有地方了！"之类的喊叫。

"大家注意啦！"一个穿着民警制服的人上了车，手里拿着半导体扬声喇叭，一边喘着气一边宣布道，"刚才，前一节车厢里上去了两个坏蛋，浑水摸鱼，流氓扒窃。有少数坏痞，专门到闷罐子车上偷东西。那两个坏蛋我们已经抓住了。希望各位旅客提高警惕，密切配合，向刑事犯罪分子作坚决的斗争。大家听清楚了没有？"

"听清楚了！"车上的乘客像小学生一样齐声回答。

乘务警察满意地、匆匆地跳了下去，手提扩音喇叭，大概又到别的车厢作宣传去了。

岳之峰不由得也摸了摸自己携带的两个旅行包，摸了摸上衣的四个和裤子的三个口袋。一切都健在无恙。

车开了。经过了短暂的混乱之后，人们又已经各得其所，各就其位。各人说着各人的闲话，各人打着各人的瞌睡，各人嗑着各人的瓜子，各人抽着各人的烟。"小山羊"又响起来了，仍然是《小鸟，你回来了》《五月的轮转舞》和《第一株烟草花》。她仍然在学着德语，仍然低声地歌唱着欣梅尔——天空，福格尔——鸟儿，布鲁米——花朵。

她是谁？她年轻吗？抱着的是她的孩子吗？她在哪里工作？她是搞科学技术的吗？是夜大学的新学员吗？是"老三届"的毕业生吗？她为什么学德语学得这样起劲？她在追赶那失去了的时间吗？她做到了一分钟也不耽搁了吗？她

有机会见到德国朋友或者到德国去或者已经到德国去过了吗？她是北京人还是本地人呢？她常常坐火车吗？有许多个问题想问啊。

"您听音乐吧。"她说，好像是在对他说。是的，三支歌曲以后，她没有揿键钮。在《第一株烟草花》后面，是约翰·施特劳斯的《春之声圆舞曲》。闷罐子车正随着这春天的旋律而轻轻地摇摆着，熏熏地陶醉着，袅袅地前行着。

车到了岳之峰的家乡。小站，停车一分钟。响过了到站的铃，又立刻响起了发车的铃。岳之峰提着两个旅行包下了车，小站没有站台，闷罐子车又没有阶梯。每节车厢门口放着一个普通木梯，临时支上。岳之峰从这个简陋的木梯上终于下得地来，他长出了一口气。他向那位女同志道了再见，那位女同志也回答了他的再见。他有点依依不舍。他刚下车，还没等着验票出站，列车就开动了。他看到了闷罐子车的破烂寒碜的外表：有的地方已经掉了漆，灯光下显得白一块、花一块的。但是，下车以后他才注意到，火车头是蛮好的，是崭新的、清洁的、轻便的内燃机车。内燃机车绿而显蓝，瓦特时代毕竟没有内燃机车。内燃机车拖着一长列闷罐子车向前奔驶。天上升起了月亮。车站四周是薄薄的一层白雪。天与雪都泛着连成一片的青光。可以看到远处墓地上的黑黑的，永远长不大的松树。有一点风。他走在了坑坑洼洼的故乡土地上。他转过头，想再多看一眼那一节装有小鸟、五月、烟草花和约翰·施特劳斯的神妙的春之声的临时代用的闷罐子车。他好像还从来没有听过这么动人的歌。他觉得如今每个角落的生活都在出现转机，都是有趣的、有希望的和永远不应该忘怀的。春天的旋律，生活的密码，这是非常珍贵的。

——1980 年

海的梦

　　下车的时候赶上了雷阵雨的尾巴。车厢里热烘烘、乱糟糟、迷腾腾的。一到站台，只觉得又凉爽、又安静、又空荡。潮润的空气里充满了深绿色的针叶树的芳香。闻到这种芳香的人，觉得自己也变得洁净和高雅了。从软席卧铺车厢下来了几个外国人，他们叽叽喳喳地说笑着拉长着声音。"哈啰！"他们向缪可言挥了挥手，缪可言也向他们点头致意。有一个外国女人笑得非常温和，她长得并不好看，但是有很好的身材，走起路来也很见精神。此外没有什么人上车和下车。但是站台非常之大，一尘不染，清洁得令人吃惊。一幢幢方方正正的小房子，好像在《格林童话集》的插图里见到过似的，红色的瓦顶子亮晶晶地闪光。这个著名的海滨疗养胜地的车站，有自己的特别高贵的风貌。

　　说来惭愧。作为一个翻译家，作为一个搞了多半辈子外国文学的研究与介绍的专家，五十二岁的缪可言却从来没有到过外国，甚至没有见过海。他向往海。年轻的时候他爱唱一首歌：

　　　　从前在我少年时……

　　　　朝思暮想去航海，

　　　　但海风使我忧，

　　　　波浪使我愁……

　　这是奥地利的歌儿吗？还有一首，是苏联的：

　　　　我的歌声飞过海洋……

　　　　不怕狂风，不怕巨浪，

　　　　因为我们船上有着

年轻勇敢的船长……

这两首歌便构成了他的青春，他的充满了甜蜜与苦恼的初恋。爱情，海洋，飞翔，召唤着他的焦渴的灵魂。A、B、C、D，事业就从这里开始，又从这里被打成"特嫌"。巨浪一个接着一个。五十二岁了，他没有得到爱情，他没有见过海洋，更谈不上飞翔……然而他却几乎被风浪所吞噬。你在哪里呢？年轻勇敢的船长？

汽车在雨后的柏油路面上行驶。两旁是高大茂密的槐树。这里的槐树，有一种贵族的傲劲儿。乌云正在头顶上散开。"马上就可以看见海了。"休养所的汽车驾驶员完全了解每一个初到这里的客人的心理，他介绍说。

海，海！是高尔基的暴风雨前的海吗？是安徒生的绚烂多姿、光怪陆离的海吗？还是他亲自呕心沥血地翻译过的杰克·伦敦或者海明威所描绘的海呢？也许，那是李姆斯基·柯萨柯夫的《谢赫拉萨达组曲》里的古老的、阿拉伯人的海吧？

不，它什么都不是。它出现了，平稳，安谧，叫人觉得懒洋洋的。那是一匹与灰蒙蒙的天空浑成一体，然而比天的灰更深、更亮也更纯的灰色的绸缎，是高高地悬在地平线上的一层乳胶。隐隐约约，开始看到了绸缎的摆拂与乳胶的颤抖，看到了在笔直的水平线上下时隐时现、时聚时分的曲线，看到了昙花一现地生生灭灭的雪白的浪花。这是什么声音？是真的吗？在发动机的嗡嗡与车轮的沙沙声中，他若有若无地开始听到了浪花飞溅的声响。阴云被高速行驶的汽车越来越抛在后面了。下午的阳光耀眼，一朵一朵的云彩正在由灰变白。天啊，海也变了，蓝色的玉，黄金的浪和黑色的云影。海鸥贴着海面飞翔，可以看见海鸥的白肚皮。天水相接的地方出现了一个小黑点，一个白点，一挂船上的白帆和一条挂着白帆的船。"大海，我终于见到了你！我终于来到了你的身边，经过了半个世纪的思恋，经过了许多磨难，你我都白了头发——浪花！"

晚了，晚了。生命最好的时光已经过去了。当他因为"特嫌"和"恶攻"而被投放到号子里的时候，当铁门"哐"的一声关死，当只有在六天一次的倒马桶的轮值时他才能见到蓝天、见到阳光、得到冷得刺骨的或者热得烫脸的风的吹拂的时候，还谈得上什么对于海的爱恋和想念呢？而现在，当他在温暖的海水里仰泳的时候，当他仰面朝天，眯起眼睛，任凭光滑如缎的海浪把自己漂浮摇动的时候，他感到幸福，他感到舒张，他感到一种身心交瘁后的休息，他感到一种漠然的满足。也许，他愿意这样永远地、日久天长地仰卧在大海的碧波之上。然而，激情在哪里？青春在哪里？跃跃欲试的劲头在哪里？欢乐和悲痛的眼泪的热度在哪里？

他愧对组织上和同志们、老友们对他的关怀。平反——总有一天，中国人会到古汉语辞典里去查这些难解的词的吧？还有什么"特嫌""恶攻""反标"，这些古老的汉语的生硬的缩写，出现了崭新的不通的词汇。但他感谢这种离奇的缩写，它给那些荒唐的颠倒涂上了一层灰雾——以后领导和同事们最关心他的是两件事，一个是好好疗养一下，休息一下身体，恢复一下健康。一个是刻不容缓地建立一个家庭。

对于前一点，缪可言终于接受了安排。对于后一点，他茫然、木然、黯然。"年轻的时候你想得太玄，后来又是由于政治运动的原因，现在呢，你总该安定团结地过过日子了吧？"同事们说。

然而，桃花、枣花，各有各的开花时刻。萝卜、白菜，各有各的播种节令。误了时间，事情就会走向自己的反面。《一千零一夜》里装在瓶子里的魔鬼，最初许多年曾经准备给释放他的人以全世界的财富的报酬，但是，在绝望地等待以后，他却决心吃掉他的迟来的解放者。当然，他这样做的结果是无可逃避地被重新装进了瓶子。

当热心的同事一个又一个地给他"介绍对象"的时候，他不知为什么想起了这个故事。自然，他没有想吃人，没有准备以仇报德。他只是联想到自己误了点，过了站，无法重做少年。他联想到不论什么样的好酒，如果发酵过度也会变成酸醋。俱往矣，青春，爱情，和海的梦！

所以，他一听到"对象"二字便逃之夭夭，并为自己的逃之夭夭而讨厌自己。他想起了安徒生的童话《老单身汉的睡帽》。他想起了王尔德的童话《自私的巨人》，没有孩子的花园不会得到春天的光顾。是的，他的心里还堆积着冬日的冰雪。

然而大海没有厌弃他。大海也像与他神交已久，终得见面的旧友——新朋。她没有变心，她从没有疲劳，她从没有告退。她永远在迎接他，拥抱他，吻他，抚摸他，敲击他，冲撞他，梳洗他，压他。时而是蓝色的，时而是黄绿色的，时而是银灰色的。而当狂风怒卷的时候，海浪变成了红褐色，像是用滚烫的水刚刚冲起的高浓度的麦乳精，稠乎乎的，泛着黏黏的泡沫，一座浪就像一座山，轰然而下，飘然而散，杳无痕迹，刚中有柔，道是无情却有情。

大浪激起了他的精神，他很快地适应了。当大浪袭来，他把头钻到水里呼气，在水里睁开双眼，眼看着浪潮从头顶涌过，耳听着大浪前进的轰轰的雷鸣般的声音。然后，他伸出头，吸气，划动双臂，面对着威严地向着他扑来的又一个浪头，又一次把头低下，冲了过去。海浪奈何不了他，更增添了游海的情趣。他在大风浪里一下子就游出去一千多米，早就越出了防鲨网。"我这么瘦，只能算是三级肉，鲨鱼不会吃我的。"他曾这样说。但是，就在他兴高采烈地几乎自诩为大海的征服者、乘风破浪的弄潮儿的时候，他的左小腿肚子抽了筋。他想起"恶攻"罪的"审讯"中左腿小腿肚子所挨的一脚来了，那是为了让他跪下。他看看四周，只有山一样的大浪，连海岸都看不见了。"难道到了地方了？"他一阵痉挛，咽了一口又苦又咸的海水。他愤怒了，他不情愿，他觉得冤屈。于是，他奋力挣扎。他年轻的时候毕竟是游泳的好手，虽然是在小小的游泳池里学的艺，却可以用在无边无涯的惊涛骇浪中。他扳动自己的脚掌，又蹬了两蹬，最后，他总算囫囵着回到了岸上。没有被江青吃掉的缪可言，也没有被海妖吞噬。

"然而，我是老了，不服也不行。"这一次，缪可言深深地感到了这一点。什么老当益壮、重新焕发了青春啦，什么越活越年轻、五十二岁当做二十五岁过啦，所有这些可爱的豪言壮语都影响不了物质的铁一样的规律。细胞的老化，石灰质的增多，肌肉弹性的减退，心脏的劳损，牙齿的龋坏，皱纹的增多，记忆力的衰退……

而且他发现疗养地的人大多是和他年龄相仿的人，如果不是更大的话。年近半百须发花白的，弯腰驼背老态龙钟的，还有扶着拐杖的，戴着助听器的，随身携带抢救心肌梗死症的硝酸甘油片的，或者走到哪里都跟着医生、睡到哪里都先问有没有输氧设备的。这里的女同志不多，年龄也都不小了，绝大部分都腆着肚子。就连百货商场和食品店，西餐馆和中餐馆的服务员，也大多是四十来岁的人。他们业务熟练，对顾客态度好，沉稳耐心，招待首长和外宾都万无一失。

这样，他找不到一个游泳的伴侣。风一大，天一阴，人们干脆就不到海边去了。即使在风平浪静、蓝天白云的上好天气，即使在海水清得可以看见每一条游鱼和每一团海藻的时候，即使海浪的拍拂轻柔得像母亲向摔疼了的孩子吹的气，大部分人也只是在离岸二十米以内，在海水刚没过脚脖子，最多刚没过膝盖的地方嬉戏。倒是清晨和傍晚的散步，涨潮和落潮时的捡拾贝壳，似乎还能多吸引一些人，人们悠悠地迈动步子，他们的庄严而又缓慢的移动，就像天上的云霞一样不慌不忙。

没有同伴是再不敢游那么远了。缪可言把自己的活动限制到防鲨网以内了。每次下水半个小时，最多四十分钟，然后他上岸躺在细沙上晒太阳。他闭上眼睛，眼睛里有许多暗红色的东西在飞舞，在变化和组合，好像是电子计算机上显示的符号。他觉得自己对不起这个海。海是这样大，这样袒露着胸怀，这样忠实而又热烈地迎接着他。来——吧，来——吧，每一排浪都这样叫着涌上沙滩，耍——吧，耍——吧，又这样叫着退了下去。

海——呀——我——爱——你！缪可言有时候也想向带着咸味、腥味、广阔而自由的海风这样喊上一嗓子。但是他没有喊。周围都是些从容有礼、德高望重的人。他这种"小资产阶级"的狂喊，只能被视为精神病发作的征兆。

更多的时候，他只能沿着滨海的游览公路走来走去。从西山到东山（这是两个小小的半岛，小小的海湾），慢步要走一个半小时。岸边旁被常年的海风吹得一面倒的红柳使他十分动情，这些经常出现在大西北的戈壁荒滩上的灌木却原来也常常长在海边。生活，地域，总是既区别又相通的。海岸像山坡一样伸展上去，高处建造着一幢又一幢的小楼。站在小楼上看海，大概是很惬意的吧。而现在，站在岸边，视线却似乎达不到多远，他所期待的辽阔无垠的海景，还是没有看见。

一条水平线（同样也应该叫作地平线吧？）限制了他的视野，真像是"框框"的一个边。原来，海水也是囿在框框里的。当然，这里有眼睛的错觉。当他不是面向着海照直望去，而是按照海岸线的方向向东面或者西面延伸、扩展，望向远方的时候，他觉得自己是看到了很远很远的地方。正面看海的时候，地平线和海岸线横在眼前，而且远近都是一色的波浪，无从比较，无从判断。而侧面看过去呢，两条线是纵向的，岸上的景物又给人以距离的实感，于是，你的"观"感就大不相同了。虽然你一再提醒自己，由于地球是圆形的，那么你的视线在不受任何遮拦的情况下，也只能达到八公里处。正面看不会更少，侧面看也不会更多。然而这种科学的提醒，改变不了不科学的眼睛的真实感觉。

真正辽阔的不是海而是天空，到海边去看看天空吧，他多么想凌空展翅！坐在飞机上，哪怕上升到一万米，两万米，大概也体会不到一只燕子的欢乐。燕子是靠自己的双翅，自己的身体，自己的羽毛和自己的膂力。燕子和天空是不可分割的一体，而波音 707，却要把机舱密闭。只有站在地面上的人，才觉得坐着飞机的人升得很高很高。

就站在海边，向往这铺天接海的云霞吧。大面积的、扇面形的云霞，从白棉花球的堆积，变成了金色的菠萝。然后出现了一抹玫瑰红，一抹暗紫，像是远方的花圃，雪青色、灰黑色、褐色和淡黄色时隐时现，掺和在一起。整个的天空和海洋也随着这云霞的色彩而渐渐暗下来了，又陡地一亮，落日终于从云霞的怀抱里落到了海上。好像吐出了一个大鸭蛋黄，由橙黄橙红变得鲜红，由大圆变成了扁圆，最后被汹涌的海潮吞没了。

缪可言常常仰视天空。海边的天空是不刺目的，就像海边的太阳不会灼伤人的皮肤。浓雾一样的水汽吸收了多余的热和光。看着这天空，他感到一种轻微的、莫名的惆怅。巨大的、永恒的天空和渺小的、有限的生命。又一天过去了，过去了就永不再来。

一到这时，他就有一种强烈的冲动：脱下衣服，游过去，不管风浪，不管水温，不管鲨鱼或是海蜇，不管天正在逐渐地黑下来。黄昏后面无疑是好多个小时的黑夜，就向着天与海连接的地方，就向着已经由扇面形变成了圆锥形的云霞的尖部所指示的地方游去吧，真正的海，真正的天，真正的无垠就在那里呢。到了那里，你才能看到你少年时候梦寐以求的海洋，得到你至今两手空空的大半生的关于海的梦。星星，太阳，彩云，自由的风，龙王，美人鱼，白鲸，碧波仙子，全在那里呢，全在那里呢！

"呵，我的充满了焦渴的心灵，激荡的热情，离奇的幻想和童稚的思恋的梦中的海啊，你在哪里？"

然而，他游不过去了，那该死的左腿的小腿肚子！那无法变成二十五的五十二个逝去了的年头！

也许，不游过去更好一些？北欧一个作家描写过这样一个神奇的小岛，它有着无与伦比的美丽，它吸引着几个少年人的心。最后，当这几个少年人等到天寒地冻时，费尽千辛万苦，用整整一天的时间滑雪前去造访了这个小岛之后，他们才发现，小岛上除了干枯暗淡的石头以外，什么都没有。小说极为精彩地刻画了这种因为找到了梦所以失去了梦的痛苦。何况，缪可言已经过了做梦的年纪！

所以，他想离去。梦想了五十年，只待了五天。虽然这里就像天堂。不仅和阴潮的、恶臭的、绝望的监牢比是天堂，而且和他的忙碌、简朴、困窘的日常生活相比也是天堂。到处都有整齐如带的一排又一排的树，哪一排是法国梧桐，哪一排是中国梧桐，都不会错的。连交通民警的白色制服也特别耀眼，连大风也不会扬起哪怕一点点尘土，因为这里没有尘土。这里的土质是一种褐红色的细沙，是一种好像在医院里用生理盐水反复冲洗过的细沙。它毫不粘连，毫无污染。而且街道上每天都要一遍又一遍地洒水和清扫。在这里换上新衬衫，一连过去几天，领子和袖口也不会脏。

他住的疗养所栽着许多花。低头可以赏花，抬头可以望海。可以站在前廊上数过往的帆船的数目。夜间，大家都入睡了以后，他可以清晰地听到大海的潮声，像儿时听到了睡眠着的母亲的呼吸。大海有多悠久，这海的呼吸就有多悠久。大海有多沉着，这海潮的起伏就有多沉着。而当海风骤紧了的时候，他听得到海的咆哮、海的呐喊、海的欢呼，好像是千军万马的厮杀。

而且这里有很好的伙食。人的一生中不是总能够吃到好东西的。在"号子"里的时候，寂寞压迫得人们要发狂。这时不知道谁搞到了一本残缺的成语词典。于是"犯人"们玩起算命来，不看书，自己报一个页码和第几个条目，然后翻开查看，撞上什么成语，就说明自己的命运是什么。当然，如果翻开一看是"罪该万死""遗臭万年"或者"杀一儆百"，那就不免要垂头丧气一番。如果是"前程似锦""苦尽甘来"或者"山重水复疑无路，柳暗花明又一村"，就会引起一阵欢笑。缪可言唯一一次找出的成语竟是"山珍海味"，这四个字带来了多少希望和快乐呀！美美的一顿精神会餐！（大家各自绘声绘色地描述自己吃过的美味）现在呢，山珍虽然无有，海味却是管饱。鱼、螃蟹、虾、海蜇、海带直到海白菜……食油按每人每月一公斤供应，四倍于城市居民。而且缪可言每天伙食费只交六毛，却按一块八的标准吃。休养所的彩色电视机是二十英寸的。休养所有乒乓球、扑克、康乐球、围棋和象棋，邻近的休养所还经常放映外国新片。

那么，他究竟缺少了什么呢？这里究竟缺少什么呢？那些非正常死亡的战友的亡灵永远召唤不回来了，自己的一番雄心壮志也永远召唤不回来了。他说要走，惹得休养所所长十分不安。我们的工作有什么差池吗？服务员的态度不好吗？伙食不合口味吗？蚊帐挡不住蚊虫和小咬吗？和其他的休养员有什么"关系"问题吗？所长热烈地挽留他。他的介绍信上本来开的是疗养一个月。

但他若有所失。天太大。海太阔。人太老。游泳的姿势和动作太单一。胆子和力气太小。舌苔太厚。词汇太贫乏。胆固醇太多。梦太长。床太软。空气太潮湿。

牢骚太盛。书太厚。

所以他坚持要走。确定了要走,情绪好了一些,晚上多喝了一碗大米绿豆稀饭。多夹了两筷子香油拌的酱苤蓝丝。饭后,照例和休养员伙伴沿着海岸散步,照例看天、云、海、浪花、渔船。再见吧,原谅我!他对海说。他好像一个长大了、不愿意守着母亲生活的孩子,在向母亲请求宽恕。我走了,他说。

快要入睡的时候,他走到果园里方便了一下。他走回前廊,伸长脖子,看了一下海,只见一片素雅的银光,这是他从来没有看到过的,哦,今夜有怎样圆的明月!海上生明月,天涯共此时。在满月下面,海是什么样子的呢?不肖的儿子再向母亲告一次别吧,于是,他披上一件衣服,换上布鞋,一个人悄悄走出去了。

他感到震惊。夜和月原来有这么大的法力!她们包容着一切,改变着一切,重新涂抹和塑造着一切。一切都与白天根本不同了。红柳,松柏,梧桐,洋槐,阁楼,平房,更衣室和淋浴池,海岸,沙滩,巉岩,曲曲弯弯的海滨游览公路以及海和天和码头,都模糊了,都温柔了,都接近了,都和解了,都依依地连接在一起。所有的差别——例如高楼和平地,陆上和海上——都在消失,所有的距离都在缩短,所有的纷争都在止歇,所有的激动都在平静下来,连潮水涌到沙岸上也是轻轻地、试探地、文明地,生怕打搅谁或者触犯谁。

而超过这一切,主宰这一切,统治着这一切的是一片浑然的银光。亮得耀眼、活泼跳跃却又朦胧悠远的海波支持着布满青辉的天空,高举着一轮小小的、乳白色的月亮。在银波两边,月光连接不到的地方,则是玫瑰色的、一眼望不到头的黑暗,随着缪可言的漫步,"银光区"也在向前移动。这天海相连,缓缓前移的银光区是这样地撩人心绪,缪可言快要流出泪来了。这一切都是安排好了的,海在他即将离去的前一个夜晚,装扮好了自己,向他温存,向他流盼,向他微笑,向他喁喁地私语。

海——呀——我——爱——你!他终于喊出了声,声音并不大,他已经没有了当年的好嗓子。然而他惊起了一对青年男女。他完全没有注意到,就在他脚下的岩石上,有一对情侣正依偎在一起。他完全没有思想准备,完全想不到他会打扰年轻人。因为这里和城市的公园或者游泳池不同,这里简直就没有什么年轻人。但是,他确实已经打扰了人家,女青年已经从岩石上站了起来,离开了男青年的怀抱。他恍惚看到了女青年的淡色的发结。他怀着一种深深的歉疚,三步并两步地离开了这个地方。他非常懊悔,却又觉得很高兴,很满意。年轻人在月夜海滨，依偎着坐在一起，这很好。海和月需要青春，青春也需要海和月。但他们是谁呢？休养员里没有这样年轻的，服务人员里也没有这样年轻的。事后他才依稀感到了在自己的耳膜上残留着轻微的本地口音。那么说是农民！一定是农民！是社员？是回乡知识青年？是公社干部？还是最一般的农民？反正是青年。反正农民也爱海，爱月，爱这"银光区"。那就更好。这天和地，海和人，都显得甜甜的了。

这是什么声音？哗——哗，不是浪，不是潮，这只能是人的手臂划动海水的声音。他顺着这声音找去，他看到了在他刚离去的岩石下面，似乎有两个人在游泳。难道是那两个青年下去游水了吗？他们不觉得凉吗？他们不怕黑吗？他们把衣服放到了哪里？喔哟，看，那两个人已经游了那么远，他们在向着他向往过许多次却从来没有敢于问津的水天相接的亮晶晶的地方游去了呢。

缪可言觉得有点眼花，这流动的、摇摆的、破碎的和粘连的银光真叫人眼花缭乱。是不是他看错了呢？那里两个人吗？人有这样的游泳速度吗？难道是鱼？人鱼？美人鱼？

不，那不会错，那就是人，就是刚刚被惊动了的那两位热恋中的青年人。缪可言又有什么怀疑的呢？如果是他自己，如果倒退三十年，如果他和他心爱的姑娘在一起，他难道会怕黑吗？会嫌冷吗？会躲避这泛着银光的波浪吗？不，他和她会一口气游出去八千米。就是八公里，就是那个极目所至的地方。爱情、青春、自由的波涛，一代又一代地流动着、翻腾着，永远不会老，永远不会淡漠，更永远不会中断。它们永远和海，和月，和风，和天空在一起。

他唱起了一支歌。他怀着隐秘的激情回到了休养所。入睡之前，他一下子想起了好几首诗，普希金的，莱蒙托夫的，拜伦的，雪莱的，惠特曼的，还有他自己的。他睡了，嘴角上带着微笑。

"怎么样？这海边也没有太大的意思吧？"送他走的汽车驾驶员说。这位驾驶员是一个善解人意的心理学家，而且他已经得悉缪可言是个古板的老单身汉。

然而这回他错了，缪可言回答道："不，这个地方好极了，实在是好极了。"

——1980 年

深的湖

　　那就先从一九八〇年四月的一个星期天说起，郊游踏青是上一个星期天的事，同学们登上长城也风骚了一阵子，什么"江山如此多娇"啦，什么"大风起兮云飞扬，安得猛士兮守四方"啦，什么"八十年代，立志成材，从我做起"啦，热热闹闹的叫声里又夹杂着几声"小丫挺的""食堂的饭票要作废"和"今宵离别后，只有那夜来香"之类的不谐和音。音调虽然各有不同，但是人心所向，大势所趋，大家一致认为春天是到来了。

　　而我们正处于生命的春天，人生旅途的春天。因为我们的平均年龄是二十三岁，比动乱以前的历届大学生的平均年龄高一些，比工农兵学员的平均年龄低一些。如果班上没有锦红、长江他们几个"老三届"，我们的平均年龄只有二十一。"人生能有几许二十一？"这是小蚂蚱喝了半升啤酒（就着两毛钱粉肠）以后，所作的庆贺我的二十一岁生日的诗章里的名句。三月十四日，过生日那一天，班头儿邵夫子本来建议我用食堂的玉米面发糕来祝寿，但是大家一致认为这是"四人帮"极"左"思潮的流毒。蚂蚱真够意思，他们集资买了一块真正的生日蛋糕，最便宜的那一种，连盒三块七毛五，免收粮票。

　　过生日和春游以后，我有点激动，就是说有些兴奋又有些烦恼。我现在是双料春天的化身，二十一岁的青春与一九八〇年的初春。我住在六个人一间的宿舍里，上下双层铺，屋里充满了留兰香牙膏、白玉霜香皂、回力牌球鞋、孔雀牌尼龙袜、维尔肤牌润面油和压倒这一切的只有双料春天拥有者才能排得出来的汗的气味。我的功课考得不好，将来当研究生和保送出国都没有希望。我认为学理工而不学文是抉择上的一大错误，而这是由于我的嘿嘿嘿傻笑的爸爸和哼哼唧唧的妈妈死说活说的结果。我不会任何一种乐器,不会跳三步、四步、探戈和迪斯科,不识乐谱而且嗓音毫不洪亮柔润,写的字像蜘蛛爬,英语的发音更是惊心动魄。我虽然长着一个傻大个子,但是一脸的呆气,轮廓极其一般化,缺乏性格或者才能的光辉,尤其缺乏对姑娘们的吸引力。总之,我所认为的一个新时期的二十一岁的年轻人所应该具有的一切,我几乎都没有。虽然不知有多少人羡慕我的境遇,也许还有人看着眼热、眼红。

这个星期天我一醒来就觉得有点不安。阴沉沉,凉飕飕,我估计气温不超过十五摄氏度,哪里像春天?哪里有明媚的阳光?我的灵敏的鼻子闻到了一丝泥土的气息。我们屋从来是开着窗子睡觉,除去严冬腊月的数九寒天。是雨!春雨!春雨下得你潮潮的、柔柔的,你的心发涨了……就像钱塘江涨潮。

"夫子"起床以前要在被窝里默念英文单词,"蚂蚱"要按摩自己的皮肤直到红透专深,长江要长啸一声:"啊!"金铃(多像个女孩子的名字)要模拟鸡叫、狗叫、香港歌星唱歌和林彪喊万岁的腔调……而我,只用会蹩脚的英语喊一声:"盖特阿普!松!(快起来!)"

"我们今天干什么?"蚂蚱问。

"按既定方针办!"金铃回答,嘎嘣脆,不假思索。大家笑了起来,然后互相取笑着谁夜里打呼噜像火车头,谁夜里说梦话直叫"老娘"。

我们的"既定方针"便是各自吃过六两馒头(星期日两顿饭)以后等锦红来带我们去美术展览馆。锦红,女,年已三十,身高一米七五,鹅蛋脸,动作老练利索,具有丰富得可疑的学识和经验以及无疑是全班中最高的威望。比较起女生,她更喜欢和男生在一起。虽然她的婚姻状况同样是可疑的一片空白,但没有任何人敢在背后议论她,因为一提到她,连最调皮的蚂蚱也觉得自己被镇住了。

湿了地皮的柏油路是多么美丽!湿者诗也。湿路面反映出一个个的影子就像一首首朦胧诗。特别是一串骑自行车者的影子,那种参差而又飘拂的移动,那种失重者遨游太空的自由,就像电子琴奏出的《彩云追月》。于是金铃唱起了"青春啊青春……"

"我不喜欢这支歌儿!"我马上声明。金铃瞪了我一眼,唱得声更大了。他的嗓子确实有那么一丝丝像金铃。

"我喜欢这支歌!我最喜欢这支歌!"蚂蚱挑战似的宣布,一边说一边一跳一跳地向我冲来,好像准备为这个歌儿与我决斗。

"讨厌！这个歌儿听着就讨厌！"当意识到我现在一比二处于劣势的时候！我就大喊大叫起来了。

"算了，换一个歌儿吧！"锦红大姐挥了挥手。

"为什么？"金铃不解地看着她，好像看着一个新的不等式。

"青春啊青春，美好的时光……"我愤怒地怪声怪气地学着唱，"贱贱的，甜得发腻！你听着这个歌儿，就好像咽下了一块口香糖！口香糖，本来是只兴在嘴里嚼一嚼，吹吹泡儿的！他把咱们哥们儿的青春当成泡泡糖了，放到他的嘴里，用舌头抵过来、抵过去，嚼扁了，又噗叭吹成一个大白泡，你听了一个响，傻小子就鼓起掌来了。你这一鼓掌，他就把那块嚼过的胶姆糖嘴对嘴吐到你的口腔里。青春啊青春，你再这么一扭，咯噔，咽到肚子里去了！"

依我的雄辩真应该派到联合国安理会当大使，看来起床前的悲观情绪是太片面了。大家都对我的口才表示惊异，连锦红也发出首肯的微笑。金铃自知难以取胜，便说了一句："平常看不见，偶尔露峥嵘！"

蚂蚱又抨击了我一句："狗掀帘子——全仗着嘴！"算是捞回了一点面子。

和解，嘻嘻嘻嘻。改唱《乌苏里江船歌》和"那正月里开的是海呀海棠花……"新华书店建筑工地，脚手架、混凝土搅拌机和塔式起重机。粮店，招牌上写着议价小磨香油、芝麻酱、花生油、玉米油、花生米、绿豆、赤豆、黄豆和面包、切面、饺子皮、馄饨皮。挖好了的植树坑和运来的四季常青的树苗，预告着更美好的明天，可惜算不准成活率。商店和橱窗里有压力锅、落地式台灯、红灯牌电子管收音机和昆仑牌黑白电视机。民航站营业处门口的一位服装整齐的交通警正在指挥一辆装满即将上天的旅客的轿车驶出。到处弥漫着潮润清凉鲜嫩而又怯生生的空气。我们的肺里、心脏里和每一粒细胞里，都弥漫着春雨的分子。

美展的白楼房有点忧郁。只有在晴空下它才是耀眼的、高高在上和不可一世的，而在毛毛细雨里它像一堆正在融化的雪人。门口的收票人员粗声粗气，接票的时候不肯正眼看我们一下，却扭过头冲着十尺外的一个什么女人大叫："馊不了！听我的没错！"天鹅绒上剪贴的"第 × 届美术作品展览会"几个大字非常潇洒，写这个字的人肯定不食烟火，没有参加过统一招生考试也没有插过队。几盆万年青的墨绿色的叶子提醒我们已经进入了一个高雅和文静的天地，我为自己的粗俗而深深懊悔。

我们进入了展览大厅，迅速地被各种美术作品吸引了去。应接不暇，眼花缭乱，又想停又想走。停与走的矛盾乃是看一切展览的基本矛盾，而在这一基本矛盾中，走是矛盾的主要方面。一走就散开了，实际上各人有各人偏爱的作品。金铃立刻就被一幅题名为《练》的油画吸引住了，画面上是一位健美的女运动员，她弯着腰系鞋带，尽善尽美地显示出她修长的四肢和舒展的身材。画家一定是一个狡猾的人，他为他的画幅取了一个正经得一字千钧的名字。金铃当然最喜欢这样的画了，所以他喜欢唱"青春啊青春……"抓住长江的却完全是另外的内容和形式。那幅叫作《伯乐》的中国画触目惊心！一匹瘦马和一个只剩下了一身瘦骨的干巴老头儿，伯乐发现了千里马，热泪里充满了幸福。为什么长江那样激动？他以为自己是千里马，为找不着伯乐而愤懑吗？无聊而又无用的老式伤感，这种伤感的牌号比张小泉剪刀的牌号还要老两千年……但不，长江不是一个咋咋呼呼的人，为什么他不该或不会有另一种悲哀呢？以他的谦虚与克己，他肯定是为自己而并非为千里马感到对不起伯乐。对世界，他很容易满足，唯一不满足的是对他自己。"比'四人帮'的时候强多了！"这就是他对我们的一切牢骚怪话的唯一的反应。邵夫子茫然、木然，他对美术本来毫无兴趣，他不知道这里有什么可看的。他来这里完全是为了不脱离本宿舍的群众。蚂蚱正在冲着一批彩墨花卉犯傻，娇媚的荷花，火热的梅花，玲珑的睡莲和放纵的菊花，他都喜欢。他喜欢一切鲜明和强烈的东西。锦红看过几遍了，她不慌不忙，走在最后面。我明白了，她在考试，她在观察我们的趣味，也观察其他的参观者。一个驼背的、深度近视的老头儿总是用难懂的广东话询问："这张画是什么意思？"看来他需要掌握每幅画的论点和逻辑。一个女青年一边看美术品一边织着毛衣。一个大汉在展览厅正中旁若无人地打了一个喷嚏，他的样子很有自信。有什么法子呢？既然春雨带来了春寒，春寒夹杂着春雨。

看展览对于心智和灵魂都是一次冒险。带着仅有的十块钱去百货公司是性质颇为相近的另一项冒险。有一次我带着钱和布票去买一件上衣，但我一进商店就觉得头晕眼花了。杏仁巧克力和陈皮李，床头灯和家用温度计，三色圆珠笔和人造革活页夹，塑料熊猫和削水果皮的小刀搅得我喘不过气。卖五金电料的售货员笑容可掬，她一招呼……得，上衣没买成，却买了莫名其妙的桅灯和密码锁。

所以我带着提防的神情看每一幅画，每一幅木刻和每一件雕塑。我默默地走在那些美丽的颜色，美丽的线条，美丽的阴影中间，微微有点伤心。我想起了一九七八年那次使我几乎垮掉的经历。

一九七八年七月期终考试刚刚完毕，我给家里写信，说是暑假不回去了，到省城上大学才刚刚半年嘛。我和长江到锦红家里去玩。锦红给我们端来了一盘白糖拌西红柿，然后给我们讲述她在一九六六年和一九六七年四次借串联为名周游全国的事。然后我们讨论西湖风光，瞎子阿炳，毛选五卷上为什么有一处把"干净"印成"干尽"，啤酒为什么供不应求和李双江与李光羲两个男高音的唱法的异同优劣。后来我们谈得累了，锦红打开录音机为我们放了一段她在部队时用电脑作的曲子，听得我和长江都呆头呆脑，一边打着哈欠一边说："不错，不错。"然后，锦红给我们找了几本画册。

我到今天还记得那本画册最初给我的印象。封皮的四个角磨烂了、磨卷了三个，发出一股油乎乎的哈喇味儿，好像它的主人的职业是卖炸油饼。封面上写着"春天"两个大字，一看到这两个字我就想到挖鱼鳞坑、栽树苗、拖拉机夜间耕地和二牛抬杠的古老的犁，我还想到连刮四十天大风，嘴唇干裂，新菜下不来顿顿吃生了芽的土豆，鸡蛋开始大量上市和化了冻的土路上的深深的辙印。"春天"两个大字下面是两行小字："庆祝中华人民共和国成立五周年青年美术工作者油画作品选。"五周年？就是说一九五四年。那时候我还没有出生，我在哪里呢？我不相信那时候我就是一个零。这么大个子，这么欢蹦乱跳、满腹牢骚、如火如荼、乱七八糟的一个大小伙子，怎么可能当初是个零呢？我开始翻这本画册，但并没有兴趣，摆出的是一副冷眼旁观、藐视一切的老油子劲儿。

忽然，我的眼前一亮，心里头一亮，好像一间锁了许多年的黑屋子，突然门窗大开。天光阳光霞光水光火光电光，全照进来了，东风西风南风北风春风秋风，全吹进来了。这幅画的题目叫作《湖畔》，占画面三分之二的是波光粼粼的湖水，这不就是我的那个湖吗？瞧这每一条波纹和每一点光斑，瞧这水里的蓝天！小时候，我在这儿打水漂儿，我冲着湖水喊叫："一个小孩写大字，写，写，写不了……"我们这一代人都会念这首没有意义的、没有办法解释的童谣，该不是"现代派""意识流"的童谣吧？究竟什么时候，我就长成了这么一个大个子呢？除了个子一无所有的大个子啊！湖水边是一株垂柳，老树上长满了鲜嫩的枝叶，老树新枝，光阴荏苒，我年已十九了矣！小时候，我觉得十九岁是一个多么伟大、多么成熟、多么无所不能而又无所不有的年纪！树下是一个年轻人的背影，虽然只是一个小小的简单的背影，但是我知道他在想什么，他在笑什么，他在欣赏流连什么、寻求等待什么。小时候，我曾经在湖水里寻找小鱼、小虾、蛤蜊、青蛙、仙女变成的天鹅、孙悟空变成的螃蟹、会拔萝卜的小白兔、会说话的金丝鸟和密林深处的神秘的小房子……然后，这一切都完了，湖水里映出来的是一个高举着拳头的红小兵，敬祝着心中最红最红的红太阳。那时我盯着湖水，心想湖里会不会冒出一个杀人放火、害死了公社的牛、狼狈逃窜的地主？那我就一定要和他搏斗，把他扭送到公安派出所。然后我失去了湖水，我得到的是漫天的风沙。但是如今，我怎么又坐到湖畔了？这摇荡的波纹和甘美的、混杂着一点生命的腥味儿的气息，这交织在我的脸上和身上的树影和湖光，这年年发出新枝的早已老态龙钟的垂柳……什么，要辣椒糊不要？不，别忙，请等一等，你看这里写的是什么，杨恩府，可是木易杨，报恩的恩，政府的府？杨恩府他是谁？为什么我认识他？他是——我爸爸！

是的，我要辣椒糊，这是我的爸爸。不，我不要辣椒糊，这不是我的爸爸。吃面条了，然而我仍然心神不宁。收音机里在播送刘心武的小说，窗外传来了推着小车卖油盐酱醋的小伙子敲梆子的声音，长江吃起面条来 terlou，terlou，辣椒糊已经催出了脑门子上的汗珠。锦红盯着我，她问："你怎么有点五迷三道？"

我说："我是说那张画，那张叫那个《湖畔》的画。"

"不错，"锦红很高兴，"那是这一册里画得最好的一幅，好就好在那湖水，每个人都可以从这湖水里看到自己的幻想，自己的愿望。你说是吗，长江？"她转头去问长江。

"是这样的，那湖水是很清的。"

"那么，你看见了什么呢？"

"很少，很少。"

"但是很明确，门门功课优秀，然后考研究生，当博士，然后你夫人给你生一个大儿子。"

"当然，能做到这一点并不容易。"

"你呢？"

他们的对话好像是两只蚊子在哼哼。我只听得见声音，却听不出意思。

"你呢？"

这是在问我吗？我一惊，咬面条的牙齿咬了自己的舌尖："我想，暑假我还是要回家，我要看一趟我的爸爸。"

我回答完了，好像才从回忆中明白了锦红方才说的一句话："那是这一册里画得最好的一幅……"画得最好，画得最好，锦红的声音凝结着和反复着，我感激得几乎哭出来了。当，当，当，时钟在打点。当，当，当，火车站的钟也在报时。

我爸爸是个什么样的画家呢？我坐在咕咚咕咚地响着的火车上想。那是一九六六年，我七岁。我早就盼着上小学了，从三四岁爸爸就给我买了一个小挎包，每天早晨我就背上挎包（包里还装着几本小画书）假装要上学去。一满七岁，家里大人和亲朋好友就像齐唱一样地赞道："快当学生了！"可是，一九六六年暑假过去了，学校不招生——停课闹革命。

于是爸爸把我带到他的画室里。那时候所有的文艺工作者都被人家革命或者革人家的命去了，但是画画的人从不歇着。爸爸从早到晚恭恭敬敬地画像，汗珠子摔到地上顾不得擦。锣鼓喧天，进来一队红卫兵姐姐。领头的那个多好看呀，俩小辫撅得高高的，噘着小嘴显得挺厉害。她们一满穿着新新的草绿色军装，胳臂上别着大红袖标。她们站齐了念语录，爸爸赶紧站正掏出了语录跟着念。别看我还没上学，我也已经学会上百条语录了，我知道会背语录和会唱语录歌是天底下最光荣的事情。我高高兴兴地和她们一起念："凡是错误的思想，凡是毒草……""凡是反动的东西，你不打他就不倒……"一边念一边看两根犄角一样的小辫一挺一挺。然后，她们宣读了一项什么"十万火急通令"，说是有一幅叫作《毛主席和孩子》的画，画里有反动标语、反动符号和反动形象十几处。然后，她们纷纷喊叫起来，责备爸爸画的领袖像上只有一只耳朵："这是什么意思？胆大包天！恶毒攻击我们心中的红太阳偏听偏信！"我听了她们的话，往墙上一看，确实，所有的标准像上都是只有一只耳朵。太可恨了，为什么只画一只耳朵呢？我的爸爸是一个反动的家伙吗？我应该怎么样和他斗争呢？我觉得又可怕，又新鲜，又有趣……红卫兵姐姐当场要求爸爸为画像添上另一只耳朵。

标准像只能见到右耳朵，这是因为那是一张微微侧面的头像，左脸颊只能看到颧骨和腮帮子一线，耳朵被这一条线挡在后面了，当然看不见。但是当时我并不明白这一点，我觉得红卫兵姐姐提得很有理，本来人人都有两只耳朵嘛，为什么只画一只？什么意思？于是，我目不转睛地注视着爸爸为主席像添耳朵。可怜的爸爸呀，看他那个为难劲儿吧，他的脑门子上全是黄豆粒大的汗珠，好像是他没上麻药却叫人拔掉了一颗牙齿。他浑身哆嗦，好像是刚打过针，而针头断在了他的屁股蛋子里。他还是努力地画了，他增加了一只耳朵，画在了毛主席的颧骨上，还没有画完，大家都怔住了——谁想到这只耳朵加上去竟是这样一副怪样子！"我有罪……"爸爸吓慌了，他低下了头，不等别人按脖子，自己先作出一个"喷气"的架势。他的腿在簌簌地发抖，他的脸灰白无血色，这时候，谁要是咳嗽一下或者向他吹一口气，他准保就会趴下的。

红卫兵姐姐们面面相觑。为首的人皱起了好看的小眉头。第二个人涨红了脸，她的一颗痦子一跳一跳的。第三个人哟了一声。第四个人嘴噘得可以挂上一个油瓶。第五位眼睛里只剩了眼白——好可怕呀，我吓哭了，而且我知道，爸爸已经是"反革命"了。

窗外传来了高音喇叭的鸣叫声，汽车的轰轰声和振臂高呼声。梳小辫的红卫兵姐姐指着爸爸含含糊糊地说了一句大概是"要老实点"之类的话，就把我们丢开了。她喊了一声口令，整整齐齐地冲杀出去了。

火车继续朝前走，越过了一棵树又一棵树，一根电线杆又一根电线杆，一道河又一道河，一块田又一块田。餐车服务人员卖饭来了，我要了一碗挂面，馊馊的，几片带着厚皮的肥猪肉，乘客们一面吃一面骂。我脑子里又浮现了一九七七年十一月高等学校招生考试的场面。头一天上午是考数学，几何题我做得还差不多，代数却是一塌糊涂。我想起来学代数的那一年因为妈妈生病，又因为爸爸叫我帮着他盖一间小厨房，请了好几次假，就更加烦恼。交卷以后已近中午，说好了爸爸送饭来的——下午还要接着考政治——但在校园里我找不着他。原来，考场所在的这个学校门口，有一个民警站岗，不准闲杂人等进来。天下着雪，冷风阵阵，我走到校门口，啊，我看到了这么多望子成材、伫立雪中的爸爸，这么多可怜的爸爸哟！我的眼圈湿热了。在这些爸爸当中，就有我的爸爸。说来惭愧，我可没有一个体面的爸爸呀！他身高不到一米七，长长的下巴像一个锅铲，头发理短了更显出脑袋长得不方不圆不正不匀称，有点罗圈腿，又有点八字脚，还爱缩脖子……说来令人伤心，就为他这个德性，我还哭过呢！那是小学的时候，有一次开家长会，爸爸就这样邋里邋遢地去了，和同学们的心广体胖的、大块头的、双眼皮大眼睛一笑两个酒窝的、穿毛哗叽裤子和坐小汽车的爸爸们相比，他寒碜得让我哭了！

就是这个爸爸，在我考大学那天站在校门口，站在风雪里，提着一网兜的烙饼卷烧羊肉，等着我。他的帽子上、肩膀上、后背上已经是厚厚的一层雪，他忘了扑打……他看见了我，看见了我那阴沉的脸色，不知道是问我的考试的情况好还是不问的好。他不知道应该怎样巴结我，把吃的递给我，我嫌饼凉、饼硬，咬了一口，又嫌羊肉太咸、烧的时候放的花椒太多，可就在当时我也知道，这点羊肉用了我们全家一个月的肉票……我为什么那样不懂事呀？我们为什么有权利轻视和折磨我们的爸爸？爸爸的手冻得通红，鼻尖冻得通红，脸上流着的不知是雪水、汗水还是泪水。他低声下气地从怀里掏出了一个行军壶，壶里装的是带着他的体温的糖茶水，然后，他又哆哆嗦嗦地从衣袋里掏出来两块包装精美的杏仁巧克力。我来了气，我不但拒绝接受这额外的热量和营养，而且抱怨说："从小就光知道给我吃糖，我的牙都烂了，可什么时候关心过我的学习，家里一有事就让我请假。'书读多了会变蠢'，您也是这样说的呀……现在倒好，招生制度变了，又恨不得让我给您考个状元！您还说'小龙没有问题'，您怎么知道没有问题？问题大了！我告诉您，上午数学不及格，干脆就是零蛋，这个大学我不考了……"

就是这样一个渺小的和慈祥的爸爸，一个从来没有在我面前显出过任何才气和灵感的、除了画宝像以外只会给样板戏电影画广告画的爸爸，一个为了买一斤羊肉甘愿排两个小时的队的爸爸，难道是他在二十四年以前画出了那样明丽和温柔的图画？难道他的心里也曾经有过青春、新绿、湖光、追寻和幻想？在快到达我的家所在的 M 市车站的时候，我盯着对面行李架上的一个捆得歪七扭八的、用乡下粗布裹着的行李包，忽然想到，那位《湖畔》的作者杨恩府，不过是与爸爸同名同姓罢了，否则爸爸怎么会从来没有对我讲过这些画呢？

"爸爸，《湖畔》是您画的吗？"

"嗯？胡什么？我不认识。刚下火车，心火大，晚上咱们包馄饨。噢，酱油也不多了，还需要点虾米皮、冬菜和霉干菜。紫菜也是麻烦，塑料包里的紫菜干净，可是不香，零卖的紫菜味儿冲，可全是沙土……"爸爸一面和妈妈研讨着晚饭的烹调，一面往一个大草篮子里装瓶子。我的天呀，到处是瓶瓶罐罐，装酱油的、装醋的、装二锅头的、装料酒的、装卤虾酱的、装泡菜的、装雪里蕻的……

爸爸提着五个污秽的玻璃瓶子出门去了。妈妈端起了洗衣盆："小龙，把内衣快快换下来，你怎么脏成了这个样子？离家才半年，你身上都有了味儿了。"

"那是卤虾味儿和泡菜味儿！"我抗议说，"妈，您能不能告诉我，爸爸二十多年以前是不是画过一张画，叫作《湖畔》的，有湖水、柳树和一个青年？"

"画过又怎么样？你看看你那个衬衣领子，这哪像个大学生？"

"那真是爸爸画的吗？"我有一点激动了。

"美术学院的学生嘛，高山和大河，草原和海，都画的。《湖畔》是他大学二年级的时候画的。可你到底脱不脱脏衣裳？唉呀，洗衣粉不够了，忘了告诉你爸爸，打醋的时候带洗衣粉来，咦，你怎么了？"

"我……去……换衣裳……"我转过了头，忍住了泪。

晚饭以后，趁着妈妈去刷碗，趁着爸爸坐在自己打的、不成样子的"土"沙发上吸烟，我对爸爸说："我看到了您五十年代的一幅画：《湖畔》，我挺喜欢它。"

爸爸正在津津有味地吐烟圈，他满足而又平静。妈妈刷碗，发出劈里啪啦的响声和倒水的哗哗声。灯光照到玻璃窗上，映出我和爸爸的形影。爸爸怔了一下，好像完全没听见我在说什么，好像他的思想游走到了什么别的地方。然后，他一动，不知为什么把他最喜爱的"饭后一支烟"的烟头，放在鞋底子上蹭了一下，灭了火。他有点结巴地问："什……什么？你看了湖……湖畔？现在还有人保存着那玩意儿？"

什么叫"那玩意儿"呢？我不解地看着他，他的局促不安只有那么一小会儿，然后用一种漫不经心的，应该说是带着嘲弄意味的声调问我："你喜欢？"

我点点头，好像有一股电流通过了我的全身，我想起了这位画家是怎样给颧骨上加耳朵……

"唉！"他叹了一口气，"那是上一辈子画的喽！"他笑了，好像在说什么俏皮话儿，"幼稚，肤浅，单薄，小资产阶级的情调，没有多大意思……"他一口气说出一串贬低的话，轻而易举，"嗯，你期末考试成绩怎么样？下学期能不能申请助学金？你们的宿舍是不是朝阳？"

我不信教，我也不懂古代史，我不知道耶稣基督是不是真的被钉到了十字架上。然而，我却感觉到，我正在体会钉子钉到身体里的滋味。不过，扎出来的并不是血，我像一个皮球，被扎了洞，泄气了……

然后妈妈刷完了碗，问我们喝茉莉花茶还是喝凉白开水。然后爸爸打开了收音机，是关学增在唱北京琴书，内容是批判"四人帮"诬蔑别人是"唯生产力论"。然后是邻居的一只黑白花加肥墩墩的猫拨开门进到我们家来，妈妈说应该把它轰走，爸爸说可以不轰，因为头一天晚上睡觉听到顶棚里响动，可能有耗子。然后妈妈征求我的意见明天早晨是不是吃炸馃子，明天中午是不是吃懒龙，明天晚上是不是吃芝麻酱蒜拌茄泥。然后来了一位客人赵叔叔，然后是倒茶，推让，炒葵花子和端来葵花子，赵叔叔和爸爸谈了他们所在的电影发行公司的头头儿可能换人以及换人可能带来的利弊影响以及关于即将评级和调整工资的一些传闻，葵花子皮扔了一地。临走的时候爸爸托赵叔叔给弄一张自行车票，赵叔叔托爸爸给联系一下他的女儿转学。然后收音机里播送板胡独奏《大起板》。然后妈妈绕着弯儿向我提出一堆问题，核心是想摸一摸我们班女生的情况和我与这些女生的关系。我故意说起锦红，二十八岁，她爸爸是干部，至今问题未做结论，而她既要过饭、卖过冰棍又周游过全国、参过军，会用电子计算机作曲。妈妈目瞪口呆，又拼命看着爸爸，爸爸却嗫嗫嚅嚅，嘴里好像含着热茄子。然后收音机里改播国际新闻，好像是约旦王国又出了点什么事情，而猫就在这时把暖水瓶碰翻了，"嘭"的一声巨响，水银玻璃化作碎片，热水流到了地上。妈妈喊了起来，并乘机对爸爸大发怨言、全面否定……然后我们就寝了，我瞪着顶棚，耳边却是火车轰轰的声音，身上十分沉重，好像血管里流的不是鲜血而是鳔胶。爸爸快睡熟的时候忽然大叫了一声，我一惊，然后他的细长的鼾声和妈妈的低沉的鼾声配合在一起了。像两位男女歌唱家的混声二重唱，和谐，天衣无缝……

这是一次沉重的经历。虽然我与爸爸之间似乎并没有出什么事，虽然此后的一切应该说是命运之神向我们微笑。我是恢复高考制度以后考进去的大学生。在我接受再教育的那个知青点，只有我一个男生和另外两个女生考取了大学，我简直是天之骄子。我的家庭呢，一九七九年初爸爸被落实了政策（他在一九五八年曾经作为白专道路的典型被大会批判，而且受到了留团察看的处分），又提了一级工资。那年夏天他被推举为省美术家协会的筹备组成员。年底，爸爸和妈妈又调到了省城工作，家搬了来，并且立刻搬进了新房子——八层楼上的一个小单元。由于新房子多了一间房，我可以少看到一些瓶子罐子。从我的亲戚朋友那里传来的也尽是些好消息，这个出狱，那个官复原职，这个提级，那个调回了下乡的子女，这个平反以后找到了对象结了婚，那个头一天在结论上签字第二天就做准备去美国考察……

是福星高照吗？我怎么觉得别别扭扭？那个吃馄饨的晚上，我的上大学以后刚刚觉醒的对于美的向往、追求和爱，被粉碎了，像被那只黑白花的肥猫撞倒了、爆炸了的铁皮暖水瓶。幼稚的、肤浅的、脆弱的、小资产阶级的……如果它的创造者都用这样的词句去糟践它、抛弃它，那么，我不是更加幼稚、更加脆弱、更加可怜吗？为什么我要上大学呢？为什么我要和锦红她们接近？在农场的知青点，一顿饭吃六碗炸酱面，一次扛三百六十斤重的装大米的麻包，冒着大雨挖树坑栽树苗，顶着风卸生石灰和洋灰。坐在拖拉机上，迎着铺天盖地的尘土颠荡六个小时以及晚间在男宿舍里听那些小野兽一样的肮脏的、侮辱女性的谈吐，那不是更好一些吗？滚它的吧，波光粼粼的湖水，滚它的吧，摇曳多姿的柳枝……最真实也最坚强的，不是美，而是庸俗、是众多的和污秽的玻璃瓶、是卤虾油和雪里蕻、是走后门和凤凰烟茅台酒……我接受再教育期间，爸爸给队长送过烟和酒，送就送吧，他却哆哆嗦嗦，好像他不是送酒而是偷酒，唉，没本事干就别干这个！

在他画《湖畔》的时候他是"白专"，在他提着酒送人和在颧骨上加了耳朵之后，他却被承认是画家了，这不荒唐吗？啊，我是多么痛苦！痛苦与觉醒俱来，睡着的人有福。爸爸曾经引用过一句据说是来自五十年代的苏联电影的话："长眠就是幸福！"人是真正的贱骨头！如果"四人帮"不被粉碎，如果我根本无法哪怕是去试一试考大学，如果爸爸不被落实政策，如果我们不解放思想，如果我们每天用紧张的原始的劳动来充塞我们的生命，如果我和爸爸妈妈大家每天总是诚惶诚恐，如果每隔那么些日子我们就开大会、表忠心，揪出这个、批斗那个，如果我们根本不提什么现代化、什么赶上西方的生产和科学水平，而是坚持认为我们从来就是老子天下第一，如果我们不给这个平反，不给那个恢复名誉，不讨论真理标准而只是膜拜伟大英明……也许我快乐而满足！比上不足，比下有余，再不济也比"宽严大会"上被戴上铐子押走的强！劳动上三四年，我也会抽上来，当不上工农兵学员也还能去卖肉、剃头、炸油饼。我可以一个月挣四十块钱，我可以有城市户口、商品粮、肉票、购货本。我可能托二胖小朱子搞木料，也保不齐顺手牵羊从爸爸的画室里拿几块三合板、五合板。我可以一边打着五斗橱一边搞对象，这个不成换另一个，谈判成了亲嘴，谈判不成拉吹。我可以东家串来西家走，有了关系样样有。我可以喝酒行令，哥儿俩好，胖斯来呆（日本拳），老虎杠子鸡，你我英雄怕老婆。我可以通宵搬砖（打麻将），亮四打一、中心五、曹操打鼓、戴高帽子、钻桌子、罚喝凉水……打完一宿牌就可以上批判会上发言。是可忍孰不可忍？其心又何其毒也！

但是，当我睁开了眼睛，当光明照亮着一个又一个的角落，当各种人和事以他们自己的面目凸现出来，这一切就变成了不可忍受的了。

家搬到了省城，住进了楼房，爸爸笑声多了，看书多了，沉思也多了，胸部好像也稍稍挺起了些。人海浮沉，可笑！我每隔一个星期回家一趟，自己说这是"歇大礼拜"，但即使回来也很难找到共同语言。爸爸妈妈总是追着我谈话，我却觉得他们不论怎么绕圈子，无非是两个目的：一、不要太偏激，变成什么"不同政见者"（可笑，对于大字报上的把戏，我从来就没有兴趣）；二、选择女朋友要慎重，因为我还太小。但他们告诉过我，他们是二十岁就恋爱，二十三岁就结了婚的。有一次爸爸激动了，他唱起了解放前后在他的学生时代最爱唱的歌，《跌倒算什么》《团结就是力量》《光明赞》《年轻人火热的心》还有《红梅花开》，他滔滔不绝地给我讲他唱这些歌儿的时候的经历。那时代，那生活，那火一样的青春。他的眼睛里含着泪花，他脸上显出了红晕。他说，他经历了一个伟大的时代而现在是他的二度青春。我好像看到了另一个年轻的爸爸。然而，当他异想天开地要求我学会他所喜爱的所有这些歌儿时，我却反感起来。难道因为你喜欢它们，我就应该喜欢它们吗？你是在什么情形下面唱它们的，而我现在又是在什么情形下面呢？我回答他的是："爸爸，我也给你唱唱我上中学时候学会的歌！"然后我唱："老三篇不但战士要学……"当我看到他那种失望、愤怒而又不知所措的样子的时候，我真有点得意呢。

我变成了契诃夫小说的热爱者，我又时而写一些悲哀的诗。庸俗，野蛮，多么野蛮的生活啊！我好像戴起了契诃夫的夹鼻眼镜，用我那颗敏感的、温柔的、高尚的心发现着和透视着一切庸俗。李教授讲着他那二十五年前就写好了的讲义，而且口齿更加不清楚、更加不许别人怀疑他的论断了——这是庸俗。大食堂里弥漫着蒸锅水和煮萝卜的味道，排队买饭的学生用筷子头儿敲着搪瓷碗——这是庸俗。阅览室里有人出声地打喷嚏、打哈欠，还有人嘴里发出生葱或者生蒜的气味——这是庸俗。看电影的时候相邻的两个人争着把自己的胳臂肘放在同一个扶手上，不惜互相挤、互相碰撞——这是庸俗。领口硬挺或是有油污，手绢太肮脏或者太鲜艳，穿得太破或者太新，哼哼香港流行歌曲或者什么歌也不会唱，见人就要谈论外国或者从不谈论外国，认识所有小汽车的型号或者见到高级轿车就远远地躲开，张口就批评别人思想不解放或者张口就声明自己对一切新情况看不惯，男生说话女声女气或者说话粗鲁蛮横，女生摆出一副"假小子"的架势或者作出一副大家闺秀、小家碧玉、才女或者美女的架势——这也通通是庸俗……人们，我是爱你们的，然而，你们的生活是太庸俗了！我真想站在云端向着世界发出这么一个夫契克（伏契克）加契诃夫的呼喊，用刘秉义和魏启贤式的男中音。

然而，我向谁说呢？我在哪里说呢？我写下了一首诗，叫作《失却》，其中有几段是这样的：

似一曲不尽悲歌萦绕在我的心头，
你就是那歌中的最凄凉的音符，
时间令我识破了那么多虚伪丑陋，
心中便只剩下了冷漠与虚无。
往日的一切像一座隆起的坟墓，
我蒙受着永远失去你的痛苦，
梦魂若是一叶眷恋江河的扁舟，
就让它载着我漂洋过海把你寻求。
期待着有一天能再见到你的情影，
像冻僵的百灵仍然在歌唱春之树，
向着大地我千声呼唤：你在哪儿？
我的纯真，我的青春，我的爱慕！

写完这首诗，我觉得自己确有才能。接到爸爸的电话，他要去北京出席什么会议——他倒是欣欣向荣！我说没有时间给他送行了，但我要给他寄一封信，我把悲哀的诗寄给他了，又加上一句话："您和您的生活，已经变得多么庸俗了啊！"

我立刻收到了爸爸的回信，回信使我吃了一惊，原来，他也写诗，他写道：

那不就是我么，小小的恩府，这样年轻，
一样的悲哀，一样的心，一样的梦，
一样的善良所以一样的有点软弱啊，
我的儿子，我的未来，我的无穷。
她捉弄你，她嘲笑你，她什么也不给，
就是这样也要去爱，去追，去献出热情，
去爱生活，这就对了，这就是光明。
她浑浊，她肆虐，她吞噬着细小的生命，
就这样也要去扬帆，跨鲸出征，破浪乘风，
美丽的小湖以外还有大海汹涌！

　　她踢打、撕咬、摔你个鼻青脸肿，

　　就这样也要骑上去，紧握缰绳，

　　去追赶那颗最明亮的属于你的星星。

　　喊一声再见，告别那娇嫩的洁净，

　　来吧，海浪！来吧，太阳！来吧，狂风！

　　你终将得到生活这个野姑娘的爱情！

　　读完了爸爸的信我请假跑回了家里，却碰见爸爸正在和妈妈为一件微不足道的小事情吵架。妈妈为爸爸准备行装，爸爸说他的一件最喜爱的旧上衣被妈妈搞丢了。爸爸非要这件上衣不可。最后妈妈只好承认已经将它处理，因为现在已经不是在 M 市了。在省城或者去北京，如果穿上那件上衣，就会被认为是上访的。爸爸问上访者有什么不好，为什么像上访者会成为一种耻辱，爸爸激动地说，不能好了伤疤忘了疼，不能轻视上访者。妈妈说不要瞎搅和，你无非是小气鬼，舍不得花三十块钱买一件蓝涤卡新上衣。

　　现在让我们回到美术展览会上来。在一九八〇年的春天，在这个细雨蒙蒙的时刻，我已经不是两年前的我、五年前的我，以至一年前的我了。甚至于连契诃夫的那个夹鼻眼镜和他的（我想象的）温柔伟大的声音，也不那么吸引我了。如果把契诃夫调到我们这个省城来，除了叹息他又会做什么呢？而把一切都看得那么庸俗本身，莫非也是一种庸俗吗？

　　我完成着一个普通的——不是最好的，也不是最坏的——大学生所应该完成的一切，然而内心却好像有一种疑惑。而对于我的疑惑本身，又是一个疑惑。就这样，我看完了整个美展。我远远地欣赏每件作品，却不让某个作品真正征服我。一个秀美的女孩子的面影，她的头发上的散乱的光点是多么迷人，像天使……然而，到哪里找这样的女孩子呢？她不爱哭吗？她不爱吃零食吗？她不小性儿、爱生气甚至嫉妒人吗？一座把天堑变成通途的桥，然而桥的形状并不符合力学、建筑学的原理，然而，又怎么能要求画家获得了桥梁工程系的毕业证书再画桥呢？一只可爱的熊猫，它只能吃嫩竹子叶，它难道是中国的象征？一个满脸皱纹的老农民，惊心动魄的皱纹啊，它画得虽好，也只能是昨天、也许是前天的表征，而我们要求的是今天和明天。一个雄赳赳气昂昂的大公鸡，它迈着正步，好像是鸡近卫军的司令官，好像在带领它的部队参加阅兵分列式，它的庄严，正是滑稽。江南水乡的烟花三月，又是一年芳草绿，依然十里杏花红，"又是"

和"依然"，这四个字加在一起便是寂寞和单调的重复。海边的渔帆，海鸥在成群结队地飞，礁石上激起了雪白的浪花，浪花沉寂下去又沸腾起来了，礁石莫为所动。一个古代的石匠，匍匐着膜拜他自己凿雕出来的巨大的石兽，这幅的题目叫作《永恒》。永恒是什么，是一块巨大的、冰冷的、怪模怪样的石头吗？

"挺有意思，挺好。"从美术展览会上走出来的时候，天开始放晴了，而且立刻就暖和了。金铃兴奋地说："比过去进步多了，画家们都在表现自己的思想和感受，特别是那幅叫《七月》的画，多么热烈，看啊看啊，你的心都发烫了！"

"你大概是喜欢画上那个妞克儿（女孩子）的大脚丫子吧？瞧那脚丫子，就像一艘船！"蚂蚱打趣说。

"真庸俗！"金铃转过了脸，表示不屑与这种俗人攀谈，他不由自主地又哼哼起"青春啊青春"来了，忽然又想起了什么，看了我一眼。

"我不明白，为什么提到脚丫子就庸俗呢？我们没有脚丫子能行吗？那么说，澡堂子里修脚的人就是世界上最庸俗的人了？那么，要是我们得了脚鸡眼，可找谁去呢？"

蚂蚱总是喜欢抬杠，他的思想活跃而没有条理。金铃干脆离他远一点，他声明，欣赏美术作品的目的不是在欣赏之后讨论脚鸡眼。长江和解地买了六根冰棍儿，说是他要请客，大家都很兴奋，但是掏钱的时候他摸了半天口袋只掏出了两毛七分钱，不足的三分钱是我给他补上的。路边有两个骑车的人扶着车站在那里直着脖子吵嘴，不知道他们俩是谁挂了谁的自行车前轱辘。有一个黑不溜秋的土老帽儿戴着没有撕掉商标的蛤蟆镜走来，他穿的喇叭裤不伦不类，还提着一个半大不小的单喇叭录音机，放送着转录了八十遍的嘈杂而又嗲声嗲气的歌曲。邵夫子批评美术展览上没有什么有分量的作品，我问他什么叫分量，难道美术作品可以用秤称？金铃问锦红中国什么时候才能出现毕加索，锦红回答中国虽然没有毕加索但可能有金加索、邵加索。长江说看完美展觉得咱们生活的这个世界确实是挺可爱的。蚂蚱继续钻研脚鸡眼的问题，并联系着提出来最近风行一时的一篇小说：女主人公在赏红叶的时候男主人公告诉她二十米以外有人卖黄花鱼，这证明女主人公是多么高雅而男主人公是多么庸俗。立刻人们分成了几派，金铃坚持认为，无论如何，当一个人正在兴致勃勃地欣赏秋天的红叶的时候与她讨论黄花鱼的问题是做了一件蠢事。邵夫子认为，如果在赏秋二十五分钟以后再买二斤黄花鱼，那么秋日就会更加美妙，一切决定于时间、地点、条件，男主人公的最大错误是手表走快了二十五分钟。我心想，如果二十五分钟以后黄花鱼卖完了呢？蚂蚱认为关键问题在于女主人公自己吃不吃黄花鱼，如果她一向不吃黄花鱼，应该到医院里去检查肠胃，如果她同样吧唧着嘴吃鱼，她就无权责备别人关心吃鱼。长江补充说，何况目前黄花鱼供不应求，如果是他在赏红叶而他的爱人告诉他那边有卖黄花鱼的，他会先去排队买上黄花鱼再回来观赏红叶不迟。

他们问我的观点，我想不清楚。我在想如果是契诃夫，他将怎么对待黄花鱼呢？他不会愿意亲自排队去买黄花鱼的，但他的瘦弱的多病的身体却需要动物蛋白质的补充。他看不起醋栗和牡蛎，但是他仍然同情厨娘，他终归也会多少吃过一些醋栗、牡蛎、黄花鱼吧？他也需要别人去替他捞黄花鱼、买黄花鱼、煎黄花鱼的。至于我的爸爸，他会毫不犹豫地先撂下红叶而去买黄花鱼的，和那篇小说的男主人公一样。幸好我的妈妈和那篇小说的女主人公不一样，否则他们老两口不是要打离婚吗？至于我自己，我爱红叶，我不希望在看红叶时受到黄花鱼的干扰，但我希望在食堂或者家里的饭桌上，时不时地有干烧黄花鱼出现。

人们问锦红，锦红一笑，她说："我们还没有条件不为黄花鱼操心啊！然而，你们果真以为小说中的那两位人物感情破裂是因为黄花鱼吗？不，不是因为黄花鱼而感情不好，而是因为感情不好才讨厌黄花鱼。黄花鱼是代人受过，而感情是勉强不得的，哪怕你批评这种感情也罢。"

大家觉得锦红的总结比较深刻，便住了嘴，蚂蚱又开始计算距离下午开饭还有多少小时多少分。锦红突然对我说："对你，我太失望了！"

"什么？"我不明白，而且吓了一跳。

"你就没有看到那我最想让你看的东西吗？"

"什么？"

"我首先是为了你，才招呼你们大伙儿来看美展的啊！"

"什么？"

"那个石雕，你父亲的。"

"什么？"

于是她告诉我，那里陈列着我父亲的新作，四件石雕，有马、鲸鱼和狮子，而其中最好的一件叫作《猫头鹰》。石头的线条非常简单朴素，从远处看像立着一块大白薯。猫头鹰的眼睛是凹进去的，是两个半圆形的坑。坑壁光滑，明亮，润泽，充满了生机和希望。然而，坑是太深、太深了！那简直是两个湖，两个海！那可以装下整个历史，整个世界。她说："他把他们那一代人的悲哀和快乐，渺小与崇高，经验和智慧，光荣和耻辱……还有其他的一切的一切，全装进去了。"

她问："你竟然根本没有在意？你竟然根本没有看到？"

是这样的吗？我的脸上好像挨了一记耳光，火烫火烫。父亲说过，他要搞雕刻了，他还说让我帮他去拉石头，我没答应。

我说："我没想到……我觉得他，他可是真的有点庸俗，有点渺小啊！"

锦红责备地摇着头，摇着头。"不。"她说，"你不了解他。也许他根本不是你看到的、你说起的那样。也许，他在创作里灌注了太多的想象和激情，日常生活里就显得疲劳、恍惚。有这样的事，我也曾经对许多比我们年长的人失望过。然而到头来……"

到头来，到头来我没有看见我父亲的新作！一个让锦红佩服得不得了的新作，我有眼无珠！我好像有这么一点印象啊，好像展览会的角落摆着几块普普通通的石头，我好像想走近去看一看，不知为什么却错过了，就像瞎子一样地错过了。

"不，我要回去看看……"我说。

"别发神经，下午有下午要做的功课。"锦红阻止我。

下礼拜日我该回家一趟了，我要和父亲好好谈一谈。如果他不是忙于排队买豆腐，如果他不陷入和妈妈的无聊的纠纷。我要从猫头鹰的深眼窝说起。我要探寻这湖水的深处，而不是只看到表面的泡沫和涟漪。即使他时时忙于买豆腐和时时陷于和妈妈拌嘴也罢，即使他曾经在颧骨上画耳朵和提着一瓶子酒送给队长也罢，他毕竟曾经找到过如今又重新找到了他在生活中的位置。正像他给我的诗里所说，他有属于他的明亮的星星。而我呢？

世界上能有几个爸爸叫儿子佩服呢？我们惯常以为，我们的爸爸是可怜的、守旧的、胆小的、白白地操劳的、啰里啰唆的，世故庸俗而又无可奈何的。总之，我们的爸爸多半是一些已经或者即将被时代、被潮流、被生活所超越、所抛弃的人。我们以为，他们的脑子里装满了往事，老经验，老处方，老牢骚，亡故的亲朋故旧的名单，存款单据号码，补酒配方……他们还能吸收什么新东西吗？他们还能理解我们的像春天的雏燕，像折了翅膀的小鹰，像被大风吹来吹去的蒲公英，像刚刚浇过粪稀的萝卜缨，像奔腾泻下的瀑布，像在乱石里转弯的流水，像凌晨四点钟顶着鲜红的肉冠子打鸣的雄鸡，像正在脱毛的光秃秃的小鸡，像在天空爆响的二踢脚，像又冒烟又嗞啦嗞啦地响的湿柴上的火苗子，像含苞欲放的鲜花，像被虫子咬得缺了瓣儿的花朵一样的青春吗？

我的老天爷！我一口气造了一个二百多字的长句，这一下子不知道爸爸又气昏了几次！爸爸，您千万别生气，我这就给您拿清凉油来……

然而，这次是轮到我自己用清凉油了。无论如何，是我甚至于瞪着眼却看不见爸爸创造的猫头鹰的深眼窝。

来到学校大门口的时候，我们约定，休息二十分钟之后，一起去自习室。

那究竟是一对什么样的眼窝呢？

——1981 年

心的光

　　这是一个美丽而安谧的小城市，它有一个简易的飞机场，沙石跑道上只能起落四十年代出产的、"超期服役"的那种只有一个、最多两个螺旋桨发动机的小型客机。一出候机室，就是浓荫盖地的苹果园，青杨掩映的小路，葱郁繁茂的花草和匆匆钉起来的木板房子……你不会相信这是八十年代的一个飞机场，你可能想到的多半是中世纪的一个驿站。

　　城市里最高的建筑是五层楼房，那是一九七八年完工和交付使用的市邮电管理局。在此之前这里的最高建筑只有三层。至今从四乡里来到这里的农牧民还在赞叹这座邮电局大楼的崇高雄伟。城市的大小街道都铺好了柏油路，在几个十字路口又修起了足以令北京和上海的市民羡慕的大面积的街心花园，这里的土地要比大城市宽裕得多。平展光亮的道路两旁，是高高的白杨和长长的渠水。白杨的沙沙和渠水的潺潺诉说着这个小城的特殊的、历久不变的魅力和新的积少成多的变化。路上有时会飞驰过一辆上海牌小卧车，或者一辆"奔驰"、一辆"丰田"，有时甚至会有来自自治区首府的一辆"红旗"驶过。这往往会引起一些猜测：是哪个大人物来到了？更多的时候，道路上行驶的是运货卡车、北京牌吉普与"嘎斯69"，是胶轮马车、四轮马车、六根棍马车、毛驴拉拉车和高轮牛车。有时候还有穿戴厚重的从山里来的哈萨克牧民骑着大马在街道上行进，他们毫不迟疑地认为柏油路面也属于钉着铁掌的马蹄，正像服装鲜艳的各民族青年会排成一排拉着手唱着歌儿在大街上行进，丝毫不认为他们的走路有什么与交通规则不尽一致的地方。由于这里车少人少，机动车线、非机动车线、人行道、人行横道等等概念不能给人们留下多少印象，虽然在几个主要的路口设立了红绿灯装置和交通警亭，但是，在多数情况下，身穿白色制服的交通民警只是寂寞地注视着并不需要他的指挥，也不理会他的指挥的牲畜和行人罢了。

在这个城市的一角，也许应该算是郊区了吧？有一个占地很大的花果园。这里不但有品种繁多的苹果和桃、杏，而且有一个长达三十多米的大葡萄架——夏日的凉棚。这里的花并不名贵，春天主要是金针和玫瑰，夏天主要是波斯菊，秋天主要是玉簪花和鸡冠花，它们长势旺盛，三季常开，虽然需要人工的栽培，却具有一种野生的蓬勃和粗犷。小汽车刚好可以在葡萄架下开行，从绿玛瑙似的葡萄串下面开出来以后，便又进入了两面都是花的"花径"之中。然后，这辆车就该停在一幢被荫蔽在树影里的二层小楼前面了。小楼有一个油漆得锃亮的门脸和旋转柱式的玻璃门。在这门脸的两边是两株硕大无朋的圆冠榆，榆树的一个变种，树叶又圆又大，像是桑叶，树干又直又粗，真是榆树中的巨人。

这就是这个小城的最高级甚至可以说是最豪华的迎宾馆。过去，只有来自北京和自治区首府的最尊贵的客人才会被介绍住在这里，后来，又加上了外宾。而随着经济核算的讲究，最近迎宾馆好不容易把它的门缝开得大了一点，一些来自内地的和有身份的人、一些来自下面各县的县委书记和县长、少数确与这个小城有着直接利害关系的"实力"人物——例如决定木材分配指标的计划工作人员，开始也来住一住了。

在这个小而佳的宾馆里，有一位与这个城市一样幽美而娴静的服务员姑娘，维吾尔族的凯丽碧奴儿。维吾尔语里凯丽碧的意思是心、心灵，奴儿的意思是光、光辉。她的名字的意思便是心灵的光辉，心的光。在她的浓黑而又弯曲的长眉毛下面，是深深的两只羔羊似的柔顺而又适度的活泼的眼睛。她的眉毛是热情的，她的眼睛却是安详的，配上她的高鼻梁、短上唇、深深的笑靥与微尖的下巴，你会觉得这确是一个边疆小镇的天真、纯洁、有点无知、既没有充分发展也没有受到污染的大孩子。

像本地的维吾尔姑娘一样，她的耳朵上坠着耳饰，非金非宝石却发着金子与红宝石的光。她也有一条绣着闪光的丝线的尼龙纱巾，然而，她没有像本地女人一样地长年累月地包住头发，她的纱巾多半是围在脖子上的，偶尔起了风，她也会把纱巾移向头部，但她总要比当地女人多露出一点头发。她从今年以来有时也用一点薄薄的脂粉，脂粉似有似无，绝不影响显露出她的真正的青春的肤色。她最近上身喜欢穿一件褐色的尼龙绸夹克，下身有时候穿裙子，更多的时候却是穿一条灰色的毛涤裤子。合身的衣装显示出了她的身材。说到这里也很有趣，她既不像本地妇女一样把胸脯束得平平的，又不像自治区首府的维吾尔女人那样把胸脯耸得高高的。她的体形线条是中庸的，不那么引人注目，却又恰到好处。至于鞋子，她坚持着这里的古老的传统，一年四季，凡是郑重的场合，她都穿长筒近膝的皮靴，而回到家里，她宁愿光着脚在毡毯上走来走去。

她有一个不错的家庭。父亲是民族医，精通切脉和自配药剂。他是小城的政协委员，每年都要开两三次会，每次会后都要吃上好的包子抓饭。在她的记忆中，她的母亲是一个美人，能歌善舞，丰腴健康，嗓音洪亮，眼睛和脖颈转动得十分灵活。小时候她看着她的母亲觉得入迷，"如果我长大以后能成为这样就好了！"她想。近几年母亲突然闹起病来，高血压、偏头痛，在短短几年的时间里一下子变成了老太婆，每天哼哼唧唧地呻吟着，使她感到一种莫名的惶恐。她们有四间带着宽大的廊檐的向阳的房子，有半亩多果园，有一头带犊的奶牛，有七只母鸡一只公鸡，有两头绵羊。她不知道她们还有什么应该有而没有的。

小时候她的功课很好，担任过多年的班长。她们的校长、一位跛腿的老藏书家，曾经给童年的她讲过居里夫人的故事，希望她能成为维吾尔族的一位女科学家。初中毕业，她才十五岁，就下乡接受再教育去了，抢砍土馒抢了四年。一九七七年，不知道是怎样的一只幸运的鸟儿栖息在她的额头上了，她被招收到这个著名的、被许多人羡慕和称道的迎宾馆做服务员来了。

一九七八年她曾经想报考大学。以她的基础，加上在高等院校招生中对于少数民族学生的照顾，本来她是有把握考上的。但是她的上大学的心愿受到她母亲特别是她姐姐的竭力反对。她的姐姐二十世纪五十年代曾经被保送到北京去学习，曾经去过上海、杭州、广州这样一些她只是在地图上看到过名字的地方。一九五八年，她的姐姐被分配到南疆岳普湖工作，由于不喜欢南疆的环境，不愿意嫁给南疆人，又由于与领导吵架，一九六一年一怒之下退职回到了小城。她嫁给了一个百货店的售货员，开始了与这里千万妇女一样的小康的婚后生活。她很满意，丝毫也不为丢弃了学业和工作而遗憾。她已经有了四个孩子，房屋、果园和牲畜都超过她娘家的规模。而且，由于丈夫在商业部门，她的家往往拥有最好的物资供应。她以一种过来人的权威口气对凯丽碧奴儿说："算了吧！你那个大学，我算是见识过了！每天看书呀，听课呀，做作业呀，累得脑子疼！在大学里，没有奶茶喝，没有拉面条和抓饭，没有烤包子和油塔子，哇呀，哇呀，世界上难道还有什么大学能赶得上我们的苹果园吗？北京，上海，有什么了不起？那里卖的蜂蜜是褐色的，跟稀水一样，而我们这里的蜂蜜呢，雪白，坚实，像羊尾巴上的油。还有乌鲁木齐，那里的麻雀都被煤烟熏成了黑色，而我们的煤呢，无烟，无臭，划一根洋火就可以点着，点着以后可以封存上两天两夜不灭。还有南疆，那里喝大渠的水，全是泥沙，人和羊睡在一间房子里。走遍天下，再没有比我们这里更好的地方！大学毕业，也未必能找上像你现在这样称心的工作。又干净，又轻闲，又体面，见的都是大人物，坐的是大人物才能坐得上的小汽车，吃的是大人物才吃得上的阿克苏稻米、七五面……"

妈妈流着眼泪说，她病病歪歪，家里没人照顾。爸爸始终没有表态，他表情严肃，深为自己没有足够的知识和能力做出判断而自苦。凯丽碧奴儿是听话的，她上大学的念头像火星一样亮了一下，熄灭了。

宾馆的工作确实是称意的。特别是一九七九年宾馆购买了洗衣机和烘干机以后，原来仅有的一项重活儿——洗枕巾、床单也机械化了，她不用担心自己的手臂会被肥皂水泡得粗糙，她每天的工作只是打扫卫生一次，送开水两次和为客人们开门若干次罢了。她和颜悦色，踏实文雅，不好奇打探，不多嘴多舌。从来不到外面传什么哪个人物来了，哪个人物走了，哪个人物在这里购买了多少桶酥油或者购买了多少公斤毛线之类的闲话。她也从不任意指挥首长们的司机开着高级车子为自己服务（首长们的趾高气扬的司机都甘愿俯首帖耳地听宾馆女服务员的指挥，这倒是一个有趣的现象）。所以，她愈来愈受到宾馆党支部的器重。党支部组织委员找她谈了一次话，意在启发她争取入党，但她脑子里似乎缺少这一根弦，她从来没有试图把自己与共产党员这样一个惊天动地的称号联系起来。她没有做出应有的积极反应，这使组织委员颇感失望。

幸福的日子就像在平原上运行着的平稳的车，你不知不觉，你还以为你是处在一种静止的、不变的、自来如此的状态之中呢，其实，你正乘着"时间"这辆车飞快地运行。凯丽碧奴儿二十岁了，二十岁好像还没有想清楚，没有过完、过够，人家就说你是二十一岁了，然后莫名其妙的人云亦云的你变成了二十二岁，突然，只一眨眼的工夫，你分明知道，你已经是二十三岁了。

你愈来愈漂亮了，像一个充分成熟的苹果，闪耀着青春和生命的光彩。你有幸生活在妇女们敢于公开地讲"美"，服装和打扮日新月异的年代。凭你的直觉，你的衣着装束总是那么适度，既不一般，又不扎眼，你毫不费力地把继承和革新、把民族传统与借鉴外来形式结合起来了。

于是，在这辆平稳得像静止一样的车辆上，你运行到了对于一个姑娘来说是最重要的一站来了。你订了婚。被你看中了的是一位制作民族式帽子的匠人。他是凯丽碧奴儿的小学同学。他有一双那样多情而俊俏的大眼睛，你偷偷地拿他和宾馆的服务员最津津乐道的一些电影演员比较（她们手里有许多著名演员的照片），你觉得他既像达式常又像高飞，比达式常和高飞还多一层维吾尔青年的顽皮和活泼。虽然家里有人认为他的职业与凯丽碧奴儿不能般配，但是凯丽碧奴儿还是选定了他。除了他她再不想嫁别的人。而且他是那样主动地、热烈地追求了凯丽碧奴儿。他给凯丽碧奴儿写的信里经常用歪七扭八的字引用这个地区流行的、比这里的特产——蜂蜜还要甜蜜的情歌。凯丽碧奴儿为他的文化不高而羞愧、而暗暗地流泪，又为他的热情、他的美貌、他的那些没完没了的情歌里的温暖人、融化人的诗句而动情。他非常慷慨地给凯丽碧奴儿的双亲、姐姐和幼弟送了许多礼物。这种帽子工匠本来就很善于赚钱。情歌加礼物扫清了他们的爱情的道路，他们和双方家长已经商定，到秋天的古尔邦节，他们就结婚。

她等待着十月中旬的这一天的到来。她等待着她将拥有的自己的房屋、自己的廊子、自己的苹果树和玫瑰。她已经看过新郎准备好的房屋了，用牛粪和的泥，抹得细细的、光光的。请俄罗斯族女工把室内四壁刷成了淡蓝色。过冬用的洋铁皮炉子已经准备好了，炉子擦得干干净净，像镜子一样，能照见自己的脸。对于她来说，这两间没有上顶棚的、裸露着椽、檩和苇席的房子，比辉煌气派的宾馆还要美好得多。宾馆的石柱、玻璃门和雕花门窗，已经引不起她多看一眼的兴趣了。万事如意，她一想起便觉得如醉如酥。但一切都太顺利、太容易了，她的少女时期就这样不知不觉地结束了，她似乎无不怅惘。

七月二十四日清晨，来了一位风尘仆仆的旅客。他看样子三十多岁，在这个宾馆的客人们当中，他当然算是很年轻的小伙子了。他个头不高，肩膀很宽，头发留得很长，脸色黑红，目光灼灼，但又显得很有一些疲倦。除了他提着一个大红色的、状如圆柱的、显然是外国货的旅行包以外，他再没有引人注意之处。他这样年轻，脸又黑，又是自己走来的（没有高级或者哪怕不高级的小车送他），所以理所当然地被开票的人分到了全宾馆条件最差的一个房间里。他把"票"交给凯丽碧奴儿的时候好像一眼发现了什么，盯住凯丽碧奴儿上下打量起来。这种不礼貌的盯视引起了凯丽碧奴儿的不快，同时她不由自主地想到这是一个级别地位都相当低的客人。她克制地、顺从地拿起房门钥匙去为客人打开房门，她感到客人的眼光始终停在她的身上。门打开了，客人根本不注意屋里的潮气、软床的倾斜与弹簧的突起，他仍然在看着凯丽碧奴儿，他问："你是这里的服务员？"

没用的话！凯丽碧奴儿心里想。她只把头似动非动地点了一下，便伸手去桌子上取暖水瓶——给新开的房间的空水瓶灌上开水，这是她的职责。

"这里可真安静呀！"来的客人又说。

又有什么安静的呢？这儿有鸡叫，狗叫，树叶哗哗地响。拧开水龙头也会有哗哗的水声。有汽车发动机和鸣笛的声音。每星期有两天可以听见飞机的嗡嗡声。还有各种人声，各民族语言的交谈声，笑声。春天有各式各样的鸟叫。夏天有时候有癞蛤蟆的摇摇曳曳的啼声。秋天有蟋蟀、金钟儿。冬天的风吹着雪花呼呼地旋转。有时候还能听到柴火爆裂和煤炭开花的音响。这不是吗，还有像他一样的客人的唠叨。值夜班的时候才有意思呢，有的客人扯起呼噜来就像打雷——真怕它把宾馆小楼震塌了呢。

凯丽碧奴儿就这样想着提着暖水瓶从锅炉房回转来了。奇怪的是这位客人既没有像一般的新到来的客人那样收拾自己的东西，也没有打好一盆温热的水洗脸，更没有拿起衣刷走到前廊上去清扫衣服上的尘土。他的红红的提包仍然斜放在地板上。而他好像练功一样，屁股沾着床沿儿，两腿分开，两手扶在膝盖上，两眼发直，呆呆地坐着。

"奇怪，这儿还能听到狗叫。"不知他是自言自语还是对凯丽碧奴儿说话。

狗叫又有什么奇怪的呢？狗不叫，成了哑巴，那不才奇怪吗？你说这话，不才奇怪吗？

于是她含而不露地一笑。笑容表达了她的礼貌，也表达了她的宽容，甚至可以说是怜悯。有什么办法呢？来了一位神经不大健全的客人。四年了，有什么样的客人没有来过？又有什么样的客人没有走掉，从此就消失了他们的踪影了呢？有什么样的客人会真正引起凯丽碧奴儿的注意呢？

　　但是，这位年轻的客人却实在非同一般。第二天，虽然已经到了上班的时间——九点半（当地时间七点半。这是一个远离北京的地方，有两个小时的时差），实际上，这里的习惯是不会有人这么早就开始自己的工作或其他活动的。这时，文工团的红里透紫的新星帕蒂古丽来了。帕蒂古丽能歌善舞，又会纯熟地运用维吾尔、哈萨克和汉语三种语言演戏，不但已经使这里，而且使全新疆的观众为之倾倒。这一天她穿着民族盛装，头上戴着喀什噶尔出产的绣花小帽，耳朵上坠着真正印度产的红宝石（这里的自由市场上要卖上千块钱一对的），以一种令凯丽碧奴儿头晕目眩的光辉来到了宾馆。奇怪，她并没有上二楼去拜访住在特级房间的自治区首长，却径自去找那位其貌不扬的、神经可能不大健全的客人。凯丽碧奴儿去打扫卫生的时候看到她以一种明显的诚惶诚恐的、讨好的态度同那位年轻的客人说着话。年轻的客人微皱着眉，脸部没有什么表情。过了一会儿，在服务室里闲坐着编织的时候，凯丽碧奴儿听到帕蒂古丽竟在那客人的房间里唱起歌儿来了，那是凯丽碧奴儿最熟悉的一首民歌：《黑黑的羊眼睛》（这里习惯于用绵羊的眼睛来形容美女的大眼睛）。又过了一会儿，她听到了帕蒂古丽大声说话，像是演戏一样的声音。真是发了疯了，她想，怎么大清早就又唱又叫起来，而且只有他们两个人，莫非他们喝了酒？住在这个宾馆里总应该声音放小一点，大喊大叫的客人未免太没有文明，太不礼貌，或者像汉族同志爱说的那样——太不自觉。

　　帕蒂古丽走了以后，来了一位金发的塔塔尔族少女，她同样在这位年轻的客人的房间里又唱又喊叫，凯丽碧奴儿犹豫了半天：该不该提醒他们放低一点声音。塔塔尔族少女走了以后又是乌孜别克族的一位弹唱的能手。这些都是当地令凯丽碧奴儿仰视的一些著名的美貌女子。她真不明白了，这位客人究竟有什么样的法力，使全城最漂亮的姑娘和妇人一个又一个地来找他，像觐见什么大人物一样。中午吃饭的时候，她听到宾馆的会计、耳目灵通的李大姐说，那位年轻的客人来自关内的一个大电影厂。李大姐分析说，那人来到这里和一些专业、业余的艺术家接触，大概要拍一部影片。凯丽碧奴儿正津津有味地听着李大姐的"新闻公报"，她的未婚夫来了电话。未婚夫要她下午早一点下班，到百货商店去。"有一种新式的进口衣料，是日本货。我想再给你做一套衣服。"未婚夫在电话里说，他的声音像奶油一样润滑。"嗯。"凯丽碧奴儿的回答只是一个"嗯"，她既觉得幸福，又觉得羞涩，又很好奇。那新式的日本衣料究竟是什么样子？难道除了哔叽、涤纶、快巴……以外，又出了什么新品种了吗？现在的纺织科学技术发展得好快呀！

　　下午，她只盼着时间流逝得更快一些。她看到那位年轻的客人匆匆地出去了，居然还有一辆越野小汽车来接他。七点钟，这辆小汽车开回来了，年轻的客人匆匆地跳下了车，一脸沮丧的表情。凯丽碧奴儿立即站起身来拿起钥匙准备给这位客人去开房门，客人却不进大门，只是在门前踱来踱去，一种相当烦躁的样子。突然，他停住了，他用目光搜寻着什么，隔着玻璃窗，看见了凯丽碧奴儿，他的眼睛突然一亮。他迈着大步进了门，凯丽碧奴儿已经拿着叮当作响的挂在木板上的成串的钥匙走在了通道里。

　　"请你等一等，服务员同志！"他叫道。

　　凯丽碧奴儿转过了头。

　　"先不忙开门，先不忙开门。来，来，让我们聊一聊，就是说，呵，谈一谈。"那人说着，自己先走进了服务室。

　　凯丽碧奴儿只好回身走了回来，她回到自己的服务室，等待客人向她提出要求或者问题。

　　那客人又把她上上下下地打量了一番，问道："你叫什么名字。"

　　"凯丽碧奴儿。"她低下头，从齿缝里用很小的声音回答，"我是四号服务员！"她大声补充说。

　　"你上过几年学？"那人丝毫不注意她的不愿意向一位陌生人谈论她的个人情况的暗示，继续提问。

　　"初中毕业。"她皱皱眉小声回答。

　　"你有多大了？多少岁了？"

　　"二十三。"凯丽碧奴儿相信，她的回答连自己也没有听清楚。

　　"你喜欢唱歌跳舞吗？"

　　她没有回答。如果说"喜欢"，凯丽碧奴儿觉得自己谈不上喜欢，她觉得自己不配加入到唱歌跳舞的爱好者的行列里。如果说"不喜欢"，事实上她明明是喜欢的。

　　"你喜欢看电影看话剧吗？"

　　她点了点头。

　　"你喜欢读书、读文学作品吗？"

她又没有回答。她喜欢读书，但她已经好久没有读什么书了，她没有找到什么有意思的书。她和这里的许多人一样，从来没有买过书，不是由于贫困或者吝啬，只是由于他们从来没有买书的习惯。

"汉文书你也读得下来吧？"那个人仍然不屈不挠地问着。

她点点头。她看了一下表，还早，离接班的人赶到（中午接完电话后她已经给下一班的服务员送信，请求早一点来换她）、她去百货商店还有半个小时。

那人从衣袋里掏出了一个小小的录音机。他按了一下键，里面传出了歌声。凯丽碧奴儿来了一点兴趣，虽然录音机对她来说已经不是什么新奇东西，但毕竟她自己并没有拥有一台，而且，这样小的录音机就更少见。她很有兴趣地看着这个装在黑色人造革皮套里的小盒子，有一只红眼睛在闪闪发亮，磁带在均匀地转动着。她只顾着欣赏这台"机器"，过了将近半分钟她才听出正在放的歌儿是《黑黑的羊眼睛》，又过了十几秒钟，她才听出来，这就是早上帕蒂古丽在他的房间里唱的。她想起了未婚夫给她写的第一封情书，曾经引用过这首歌里的歌词，她笑了。

"你会唱这首歌吗？"

"嗯。"

"你能不能现在给我唱一遍？是这样的，我很想知道……"看到凯丽碧奴儿的惊愕和略带愠怒的表情，他解释说，"我是一位电影导演……"

电影导演又怎么样？难道就有权命令我给你唱歌吗？凯丽碧奴儿想。

"你能不能背诵一首诗？大声朗诵一下，用维吾尔语或者汉语都可以。"

凯丽碧奴儿眼睛看向了别处。过了一会儿，为了避免过分失礼与伤害客人，她转过目光来，小声说了一个"不"字。

"你能不能……比如说，做出一个生气的样子，或者悲伤的样子，或者特别着急的样子来呢？"

他的话使凯丽碧奴儿更加无法理解了，她开始觉得这个人的啰唆有点可厌。她的目光向窗外搜寻，幸好"救命"的人来了，上夜班的服务员出现在葡萄架下面。凯丽碧奴儿抛下这个啰里啰唆的客人走了出去。"他是十三号房间的。"她说，把客人交给了前来接班的服务员，没有再看客人一眼。

在百货商店门口她见到了她的未婚夫，清洁俊秀的制帽子的工匠。商店的货物眼看着正在一天天丰富起来，日本进口的所谓新式衣料却并没有使凯丽碧奴儿感到满意,那无非是毛涤纶的一种。当未婚夫让她挑选她所喜欢的花色的时候,她突然说:"衣料不要买那么多了……买一个录音机不好吗?"

她不知道她为什么要说这样的话,说完了她自己觉得很尴尬。未婚夫脸上显出了惊奇和不快的表情,她也意识到了自己的失言。再买一身衣料,不过几十块钱;而买一个录音机,却要几百块钱。她的话也许被认为是婚前突然提出的经济条件,像是一种勒索。她可不是那样的人。她的脸红了。

她买了衣料,与未婚夫告别回到自己的家,有点快快不乐。晚饭以后她到邻近的一个同学家里,借来了一个单喇叭的录音机。她回到自己房里,悄悄唱了一遍《黑黑的羊眼睛》。然后,她把磁带倒了回去。她按下了播音的键盘,她听到了一个自己并不熟悉的美好的声音。"这难道是我唱的吗?"她叫了出来。分明是一个很像她的,比她的声音更温柔、深情、委婉得多的声音。她惊奇了,她按下了红键,大声唱起了这支歌。她不顾爸爸与妈妈的惊奇,把歌儿唱完了,再次录制了一遍。然后,她又倒回,按下。她听到了一支真正美丽动人的歌,比帕蒂古丽唱得毫不逊色,而且公正地说,是更好听一些,这歌,正是她自己唱的。

我怎么从来也不知道自己会唱歌呢?

她又听了三遍,她惊呆了。

入夜,她躺在毡子上辗转反侧睡不着觉。她的耳朵里是她自己唱歌的声音。她的眼前是那个年轻的客人的热切的、有所期待的面孔。他是导演?导演是干什么的?不,他不是导演,导演应该是一些头发花白的、坐着上海牌小卧车前来的人。帕蒂古丽、塔塔尔族姑娘、弹唱姑娘为什么要来找他?李大姐说他要拍一部电影,一部弹唱歌舞的电影吗?还要做出一副悲哀的样子……

他在选演员!我怎么这样傻,他这是在选演员啊!听说过,演员就是这样选的。这是真的吗?他在考虑我?不,这不可能。电影演员也都是一些全身闪闪发光的人。而她凯丽碧奴儿是太平凡、太平凡了。然而她是多么不耐烦啊,她的那种爱答不理的态度是多么令他失望啊!

如果他真的选上了我呢?他会把我带到北京、上海去吗?我会演一个悲剧的角色,一个善良、美丽、多灾多难的女子吗?是的,小时候看完电影,她不是也曾经和女伴一起模仿着玩过"演电影"的游戏吗?她不是会唱许多支电影插曲吗?演一次电影,她的生活就完全不同了,她将成为一个了不起的维吾尔女人，一个艺术家……

不，那是不可能的。她的姐姐告诉她了，生活只能是像她们那个样子。可怜的制帽子的工匠啊！看我说到录音机的时候把你吓成了什么样子，你又给我买了一身衣料，谢谢了……然而，为什么我不敢给那位导演唱一支歌呢？即使他并不是一位有权威有本事的导演，即使他完全不是在挑选演员，我唱一支歌又会有什么害处呢？我还从来没有当着人痛痛快快地、大声地、尽兴地歌唱过一次呢！我从小就被教育要低声慢语啊！

天亮了，她有点昏昏沉沉。喝了两大碗奶茶以后，她的自我感觉好了许多。这个小城的奶茶呀，她已经喝了几十年了，他们已经喝了几百年了，每天都要喝两次或者三次。她的姐姐说过，去到北京，喝不上这样的奶茶，就会头疼。结婚以后，她要给她的丈夫精心烧奶茶，像她的妈妈烧得一样好。然后，他们会有孩子，他们的孩子又会喝同样的奶茶，烧同样的奶茶。直到他们的孩子的孩子，他们都不会离开这个小城，不会离开这里的苹果、蜂蜜、白杨和奶茶的。

她来到宾馆，她有心找个机会与那个自称导演的客人再谈谈。如果那人再让她唱歌，她就唱。她唱得不错嘛。打扫卫生的时候，她第一个去打开十三号房间的门。拧了一下门把手，推不开。原来这么早他就出去了，真忙，说不定真是个导演。他的眼光也与一般的人不同。她拿起钥匙把门开开，提起拖把走了进去，她发现，屋里不但没有人，连那个红色的圆柱形的提包也没有了。

她撂下拖把，去找李大姐。"十三号的客人走了吗？"她问，脸上显出了不寻常的焦急。

"是的。"李大姐回答，"他昨天晚上已经结算了房钱，说是早晨七点钟就要赶到飞机场去。"李大姐忙着打自己的算盘去了，没有顾上注意凯丽碧奴儿怅然若失的神情。

"他……没有说什么吗？"凯丽碧奴儿问。

"说什么呢？"李大姐看了凯丽碧奴儿一眼，"他说，谢谢。"

许多个月过去了，凯丽碧奴儿似乎已经忘记了这位导演。十月份，她结婚了，婚礼体面而又热烈。有三十几个年轻人载歌载舞参加了她的婚礼。制帽匠丈夫像婚前一样温柔、多情地照顾她。她的房间整理得一尘不染，毡子上显出色彩鲜艳的民族图案，抖不下一点尘土。十月底，他们在房间里安装起了洋铁炉子，炉子和烟筒都擦得亮亮的，亮得可以照得见人。

十一月初的一个落雪的晚上,凯丽碧奴儿下班以后在温暖的炉火边翻看一本画报。突然,她看到一张彩色照片,照片正中站着那位自称导演的客人,左边是一对外国男女。这三个人都穿着呢大衣,样子很神气。导演的右边是一个维吾尔族姑娘,那相貌、那神态、那身材,乍一看,她几乎认为那就是自己。过了一会儿,她才发现,那姑娘的下巴要比她圆一些,当然,服装也不一样。

她急急忙忙地看图片下面的文字报道。报道说,中国电影导演邹润文与美国电影导演詹姆斯正在合拍一部以新疆生活为题材的电影,而那个维吾尔姑娘,就是将在影片中饰演主角的狄丽奴儿。狄丽奴儿是和田丝厂的一个女工,她勇敢,聪明,肯学习,很有培养前途,使中外导演深为满意。

狄丽的意思与凯丽碧的意思差不多,也是心。可那怎么就不是我呢?那颗心怎么就不是这颗心呢?凯丽碧奴儿不敢想下去了。生活曾经怎样向她招手,给她提供了一种怎样奇妙和巨大的可能……而她,把这一切就这样轻易地失去了。她至少应该试一试的……

这天晚上她落了泪,而且没有理睬她丈夫的殷勤与温存。她的丈夫说,他托人从山上买了一只绵羊,价格要比市价低百分之二十,羊大概一两天就会送到了。

——1981 年

最后的"陶"[1]

　　回来了，回来了！美好而又可怜的童年回来了！耀眼的、神奇的、洁白得像梦一样的、不可把握不可触摸的雪山回来了！葱茏的、成堆成片的、深远而又宁静的云杉林回来了！在雪山映照下，树木绿得发黑，而小小的、一个又一个的水库却又清得发绿。故乡的冰峰、怪石、沙滩、密林、大河、山涧、瀑布、水花、蜂箱、马群……原来还都好好的呢！它们仍然是那样真实、那样朴素、那样亲切地等待着你的到来！而你呢？我仍然是我啊！故乡，童年，大地，你们不认识我了吗？我是哈丽黛呀，你们的哈萨克女儿，你们的牧人的后代，你们的在马上生、马上长、马上成人的哈丽黛姑娘！

　　伊尔—62 型飞机从首都机场起飞不过三个小时，催促旅客上飞机的中英文广播的声音还停留在耳际。甚至，当飞机的颠簸使她打了一个嗝儿的时候，她的嘴里涌出来的仍然是北京东四拐角上早点铺的油饼和豆浆的气味。更不要说，即使飞机起飞以后，她的脑子里仍然装满了化学平衡、当量定律、分子间力与配位理论。当她思考头一天读过的一篇英语参考资料上提出的对于离子互换反应的一些新的见解的时候，她忘记了她是在什么地方，她是要做什么去。当与她同机的旅客们似乎有一点兴奋，有一点骚乱，他们正在争相把头伸到舷窗上向外观看而且发出啧啧的赞叹声的时候，她一瞬间并没有反应过来，她不知道这究竟可能意味着什么。只是出于一种盲目的习惯性的模仿，她也把头向左转去，她一眼看见了阔别六年的天山雪峰，陶！她从心底喊了一声，随着这一声喊，好像打开了一道闸门：童年、故乡、哈萨克民族的亲人，这一切就像洪水一样汹涌奔

---

[1] 陶：哈萨克语，山的意思。

流，把化学、大学、同学、留学和英语、汉语、法语全部冲跑了，把六年的时间全部冲跑了。而且，随着这道闸门的打开，连她的思维符号也完全变了。由于连年在北京大学读书，她已经习惯于用汉语交际、用汉语记笔记、读汉语书、用汉语思维了。她甚至不无遗憾地发现，她的哈萨克语已经不灵了。当在北京偶尔接待来自故乡的哈萨克人的时候，她竟不可能用哈萨克语和人家流利地畅谈。有时候她像汉族中的拙劣的哈语翻译者一样，说出来的哈语结结巴巴，修辞造句带有译自汉语的味儿。也有些时候，特别是最后两年，她在第二外国语学院为出国留学做准备，集中精力突击英语的时候，当她遇到本民族的同胞，她明明想摆脱汉语，用哈萨克语去交谈，结果说出来的却是令对方莫名其妙的英语。这个哈萨克姑娘竟然把哈萨克语忘记了吗？这可真成了一年土，二年洋，三年不认爹和娘了。她歉疚地、惆怅地想。

然而出现了奇迹，天山雪峰使那已经变得遥远了的一切又"复旧"了。陶！她低声喊道，而且两道眼泪唰地流了下来。

而后，她又登上了从乌鲁木齐飞往伊宁市的飞机。她把六年来没有戴过的耳环重又戴到了耳朵上，她把六年来很少穿的高筒皮靴重新穿到了脚上，她把乳黄色的珠子项链戴到了脖子上。当她坐在小小的安24飞机上，重新看到似乎一分钟也没有离开过的故乡的山川大地的时候，她快乐得有点晕眩。她自豪而又温情地自语，你好！故乡！我没有变！看吧，我还是我，我还是哈丽黛，我还是属于你，属于草原、山岭和森林的啊。

回来了，回来了。你枣骝马和乌骓马，雪青马和白马回来了。你笼头和缰绳，皮鞍和铁镫，仰天的嘶鸣，刨地的火星，抖鬃的潇洒和温热的马汗的气味回来了。甚至马汗的气味也是沁人心脾的啊，没有马汗的气味，哪里有哈丽黛，哪里有依斯哈克大叔，哪里有哈则孜先生，哪里有哈萨克人的生涯呢？你脚不认镫，手不抓鬃，飞身上马的哈萨克姑娘回来了。你左面是山，右面是山，中间是涧、是草、是路、是树的山沟沟回来了。你酥油草和三叶草，车前子和牛蒡子，红蓼和白蓼，蒲公英和马齿苋，野薄荷和野葱，山葡萄和草莓回来了。你山丁子和水柳，野苹果和野桑树，桦树和杨树，雪松和山榆回来了。而所有的风景地貌，所有的空间，原来都是和一定的时间、和往事的某一个特定的部分、和某一个特定的年代、和你生命的流程中的一个特定的阶段相联系着的。嗒嗒嗒的马蹄声，深一脚、浅一脚，有时候蹬在石头上、有时候陷在烂泥里、有时候跨越沟壑、有时候攀登高坡，使得近年来已经坐惯了北京 332 路市郊公共汽车和 103、101、107、111 路无轨电车的北京大学的高材生重又在马背上一颠一晃，就像五年以前，不，十年以前一样，就像十五年前一样了。石头和流水呀，静静的群山，每一棵娴雅的树和每一株温顺的草，请你告诉我，那个梳着两条小辫子、一年洗不了几次头发的，常是拖着鼻涕、裹着一条巨大而又残破的褐色棉线针织的头巾、穿着不合身的大黑棉袄、被放在马背上就像一个圆球一样，除了两颗闪亮的黑眼珠以外满脸都是污垢的孤女哈丽黛啊，她现在在哪里？

在哈丽黛策马前行的时候，随着迎面而来的山中诸景物，往事也扑面而来了，本来以为这一切是已经被时间的大河淹没了的。当她在阶梯教室里谛听白发苍苍的国内外驰名的老教授讲课的时候，当她在被六根大日光灯管照得通明的教室里上晚自习的时候，当她屏神静气地在图书馆查阅资料的时候，当她在未名湖畔饭后散步，一面欣赏着夕阳下的湖光塔影、一面仍然不忘记利用这个机会默念几遍外语单词的时候，她的往事、她的过去就好像已经飘走了的、没有留下丝毫痕迹的薄云。回忆吗？回忆是空空如也，像万里无云的晴空，明亮、开阔、爽利，好像她压根儿就是北京的一个大学生。然而，现在，往事重又鼓胀起来、重叠起来了。这牵肠挂肚的往事啊，原来都在这山沟沟里贮存着，在山沟沟里等待着她的归来呢！

在哈丽黛还不记事的时候，她的父母因为传染病双双去世。叔叔（说是叔叔，其实，还要拐几个弯才说得清他们的亲戚关系）依斯哈克收养了她。依斯哈克是一个彪形大汉，有一次他坐吉普车去县上开劳模会，一上车，坐在右边，整个车马上就明显地向右倾斜，使得司机吓了一跳。有一次他骑着马去追逐一只狼，当马赶上了狼，和狼靠近，并且以相同的速度和狼并排飞跑的时候，他一探身，左手一抓，就揪着狼的脖颈把狼提了上来。他把狼夹到右腋下，准备带回去用锁链锁起来供大家观赏，谁知，等回到家一看，狼早就被他夹死了。

就是这样一个大叔，勇敢、强壮，哈丽黛觉得他有点严肃、有点目空一切。他不喜欢和孩子们说笑，从不对哈丽黛做出任何亲昵的表示。他又十分瞧不起妇女。萨里哈大婶在他面前完全像一个顺从的奴隶。哈丽黛从小就敬重叔叔，却又觉得生活在这里有点压抑。

一个偶然的机会使哈则孜先生来到了他们的身边，除了用命运、用胡大的意旨以外，哈丽黛觉得难以解释。被牧民们一致尊称为先生的哈则孜原来是乌鲁木齐的一个教员，一九六一年因病申请退职回乡，那正是因经济困难而成批地精简职工的时候。他来到夏牧场看望他的一个亲戚，他戴着一副哈萨克人很少戴的近视眼镜，而且穿着一身罕见的清洁的旧西服。一天中午他坐在山涧旁的柳树下读一本厚书，其中有一首阿巴依（阿巴依：著名哈萨克近代诗人）的诗使他非常动情，他不由得边读边吟诵起来。念了一遍，还不尽兴，他又吟诵了一遍。这时候他的身后响起了一个小孩子的声音，那小孩子模仿他朗诵诗，竟然毫厘不差，虽然那首诗的含义绝不是一个小孩子所能理解的。这个小孩子，便是七岁半的哈丽黛。

然后是哈则孜先生与依斯哈克大叔的舌战，大叔说："女孩子读什么书？会烧奶茶，会捻毛线，会做奶疙瘩还不够吗？"先生说，知识便是光明和幸福，无知便是谬误与黑暗。他们各自引用哈萨克谚语和宗教格言互相辩驳。依斯哈克大叔虽然是文盲，在言语上却从来以机敏犀利自傲，但是这回显然是哈则孜先生占了上风。先生用阿巴依的诗句，从容不迫地把依斯哈克的言论一一驳倒。哈萨克人在辩论当中是非常讲"费厄泼赖"的，输了就是输了，绝不耍赖、狡辩，更不会恼羞成怒。依斯哈克心悦诚服地认输以后，便把哈丽黛的命运、前途交给了哈则孜先生了。

有谁能知道一个哈萨克姑娘求学道路上的艰辛呢？她的那些大学同学——家住在东单和西单，小学和中学就在家门口上，每考一次一百分就会得到一块奶油杏仁巧克力至少是一块棒棒糖的首都青年，可猜得到一个哈萨克姑娘为学会每一个字所付出的代价？哪怕只想象出十分之一来也行。在哈丽黛求学的路上，有过多少冰雹、风雪、雷电、山洪、毒蛇、猛兽、悬崖、深谷，甚至塌方和泥石流啊！有一次放学回来，大雨中她迷了路，她亲眼看到离她不过二十步开外的地方，一个通天连地的霹雳把一株老柳树击中。在耀眼的电光之后是一片漆黑，然后她看到了落在地上的树冠，被拦腰斩断了的树干燃烧起来了。一面是瓢泼大雨，一面是天火，这样的奇观使她目瞪口呆，直到火基本上被浇灭、黑烟染暗了雨水、空气里弥漫着火与烟的气息的时候。她忘记了恐惧，忘记了方才如果她移动两三米就有可能与柳树一道被雷电毁灭，她只感到自己完全被吸引住、被振奋起来了。她觉得壮观，觉得庄严，千奇百怪而又奥妙无穷的大自然呀，这火与雨、烟与树、光与热与力，正启发着哈丽黛，召唤着哈丽黛去探求、去弄懂它的秘密呢！

哈则孜先生啊，如今您在哪里？您的在天之灵可知道被您手把着手教育起来的您的学生，您的女儿，您的未酬的壮志雄心的继承人哈丽黛回到了阿尔斯朗山沟？阿尔斯朗是狮子的意思，山沟口有一处怪石，被人们认为像是一头立起来的雄狮，故而得名。哈则孜先生却说那是一个巨人，哈萨克的巨人将诞生在这条山沟里。哈则孜先生告诉哈丽黛，所谓巨人，并不一定是身高力大，一拳可以打倒一匹马的男子。只有知识才能使人成为巨人，甚至一个女孩子也可以成为知识的巨人。您的话像天上的雷电一样击中了哈丽黛，点燃起了哈丽黛胸中的火焰。哈丽黛没有忘记先生的教导和期望，她以年年各科全优的成绩进入了留学生预备班，再有三个月，她将到澳大利亚去留学了。当然，这并没有什么好说的，这不过是万里长征的第一步。但是先生，您不但是哈丽黛的老师，您也是哈丽黛的事实上的父亲啊！就在哈丽黛进入北京大学以后不久，您逝去了。牧区的邮路是不那么畅通的，直到两个月以后，哈丽黛才收到了报告这个噩耗的您的儿子库尔班的信，哈丽黛痛哭失声。从此，她越发不想念阿尔斯朗了，她只有一个心思，学好，学得更好……

什么？谁说她不想念阿尔斯朗呢？当她又像当年一样在马背上找到了自己的位置，聪明的老马也开始认出了她。从她在马背上的姿势和动作，从她松紧合度地握着的缰绳和辔头上判定她乃是一个有经验的骑手，绝非关内新来的外行、紧张僵硬之辈，因而老马也显得特别轻松欢快，自由自在地迈动了步子。这时候，退隐了多年的思乡之情便像洪水一样地迸发了！快一点呀，我的山沟，我的阿尔斯朗，我的亲人，我的夏牧场，我的小毡房！

我的小毡房别来无恙。一样的大小，一样的位置，一样的小小的双扇雕花木门，一样的菱形的可以开合的木支架，一样的靠近门口挂着血迹还没有变色的新宰的羊皮，一样的用一个整獐子和整黄羊做的皮口袋，皮口袋仍然保留着獐子和黄羊的体形、五官和四肢，如果把这样的口袋挂在北京大学的女生宿舍里，小四儿和林妹妹（都是哈丽黛的同学的绰号）不吓得嗷嗷叫才怪。还有一样的马褡子（马上驮货用的口袋），一样的捕捉野兽用的铁夹，一样的铁炉、烟囱，一样的摆在右侧的条案和条案上的马灯、手电筒、碗、筷、盘子，一样的弥漫在小毡房里的奶油、酥油、酸奶特别是酸马奶的分子……

这万古长青的哈萨克人的夏牧场的生活啊，你还是那个样子呢！于是一样地烧起了茶炊，一样地铺上了饭单，一样地摆上了馕饼，再把上面的几个馕掰碎

（以示待客），白发的萨里哈大婶一样地跪坐在那里调奶茶，一边调奶茶一边掉泪，她为有生之年又多了一次与远走高飞的哈丽黛的会面而欢欣感慨。哈丽黛想自己倒茶，被大婶阻止了。你现在已经不一样了嘛，你已经是远客了嘛。于是，看着萨里哈大婶的白发，泪水涌上了哈丽黛的眼睛，果真是不一样了吗？呵，北京和伊犁河谷，即将出国的大学生和毕生没有离开过这条狭长的山沟的老态龙钟的哈萨克女人！

当然，在和过去一样的小毡房里，也出现了许多与过去不一样的东西。条案上不但摆着红灯牌半导体收音机，而且摆着一台荷兰出产的，带有高、低音喇叭的收录两用机。毡房对着门的一面，不但摆着哈丽黛所熟悉的箱子、大枕头、皮褥子，而且摆了一大叠崭新的绸缎面的被子和褥子。除了皮口袋以外，架子上还挂着两个式样新颖的人造革提包。除了两双男式长筒皮靴、一双女式长筒皮靴和令人想起牧人的"全天候"的野外生活的三双长筒胶靴以外，还有一双尖头的三接头牛皮鞋夹在木支架和毡壁之间，放着漆黑的光辉。尽管毡房的毡顶和毡壁破了许多洞，因而不得不用一些帆布、塑料布来打补丁（这是由于这些年减少土种羊的饲养，增加细毛羊的饲养，而细毛羊的羊毛做毡子并不如土羊毛结实的缘故），整个说来，毡房还是更加阔绰也更加神气了。

特别是当伊斯哈克大叔的小儿子达吾来提回来以后。他戴着毛哔叽鸭舌帽，穿着涤纶青年服上装和劳动布马裤，干干净净、潇潇洒洒地回来了，皮靴上没有牛粪，裤角上没有草刺，衣服上没有尘土。"哈丽黛姐！"他一眼认出了重返家园的哈丽黛，像流水一样不停地向她问安，打听她的生活情况，他不时在自己的话语当中加一些汉语和维吾尔语，加一些新名词。他如饥似渴地听着哈丽黛讲述大学，讲述北京，讲述在南京和武汉的参观访问。他问："北京的楼最高的有多少层？"听到回答以后他的眼睛忽闪忽闪，简直像黑夜里在公路上行驶的汽车的两个前灯。"世界是多么大啊，但是对于我们哈萨克人来说，它未免是太小了！"他叹息了。

忽然他站了起来，走到了条桌旁边。他从人造革提包里摸出两盒录音磁带，鼓捣了两下，录音机便唱起来了。

《军港之夜》！哈丽黛几乎跳了起来，她不能相信自己的耳朵。

《太阳岛上》！电子琴伴奏的《太阳岛上》，夹杂着转录多次所产生的拉锯似的噪声，震响在山涧清溪旁，青杨树下，绿草丛中的已经破了洞的哈萨克小毡房里。

这是真的吗?

达吾来提歪戴着帽子,用一种满不在乎的、骄傲里包含着揶揄的神气斜靠在条桌旁。他的脚轻轻地打着拍子,他盯着哈丽黛,似乎在问:"你没有想到吧?怎么样?"

"你喜欢这些?"哈丽黛问。

达吾来提只是一笑,两只手一摊。歌曲并没放完,萨里哈大婶做了一个手势,达吾来提立刻飞快地按了一下写着 stop 字样的键钮,收起了盒式磁带,悄悄地溜出去了。

进到毡房来的是依斯哈克。由于外面亮而毡房里黑,大叔进房以后好久没有辨别出坐在上座的客人是谁。而哈丽黛也看不清背光的大叔的面容。当大叔向没有辨认出来的坐在上首的客人行礼的时候,哈丽黛已经站了起来。她连忙说:"是我!是我呀,我是您的哈丽黛呀!"

首先是熟悉的声音使大叔震颤了一下。"你吗?"他大声问,然而嗓子比过去嘶哑了。这时他们两人已经看得见对方了,他们互相审视着,互相在对方的脸上寻找往事的痕迹,也可以说是在寻找他们自己的像山涧里的流水一样不停地流走了的年华。显然,他们都找到了。大叔皱了皱眉,他必须在晚辈女流面前克制自己的激动,而哈丽黛呢,在同样魁梧的大叔的身躯上,她已经发现了那么多"老"的症候。白发,开始驼下的背,铺满整个脸上乃至手上的皱纹。她真想扑到大叔的怀里,她真想哭一场!

"你好!你这是从哪里来?你回来了吧?不走了吧?"大叔问。

哈丽黛一一作了回答。当她说明,她只能在夏牧场待一个星期的时候,她的嗓音颤抖了。

"你不走了吧?你好?你回来了?你这是从哪里来?"

依斯哈克又问了。翻来覆去,颠三倒四,还是这样一些问题,好像他永远听不清哈丽黛的答复似的。然后,他听了一再重复的回答,沉默了一会儿,又咳嗽了一阵。他大声命令萨里哈大婶晚上把附近毡房里的女人都请来做客。然后,他像一座山一样地站了起来,走出毡房,为招待哈丽黛而寻找牺牲品——羊只去了。

多么寂静的夏牧场——山沟的夜晚。等了许久,快要圆了的小小的月亮终于爬上了山顶的天空。山沟明亮了，涧水放光而且摇曳、破碎而又粘连了，小白桦林的鳞片似的树皮闪闪烁烁，桦树叶子含情脉脉，毡房顶也被照亮了。于是，两面的大山显得更加威严而且黑魆魆的了。一阵清风，不仅小草和树叶，不仅流水和柴烟，而且连每一块石头都在轻轻地动荡着。一声牛吼，哞——几声狗吠——汪、汪、汪……山沟变得更加宁静了。

又一阵清风——苏小明和郑绪岚的歌声！当这隐隐约约的歌声传到哈丽黛的耳鼓的时候，她还以为自己是在北京大学的校园里呢。当然，是达吾来提。他躲在桦树林里，把两用机的音量拧到最小，一边听歌曲，一边想自己的心事——他已经二十岁了，和他爸爸一样高，但却清瘦得多。

"你听得懂歌词吗？"哈丽黛问。

达吾来提的神情是忧伤的。他摇了摇头。

"你喜欢这些歌儿？"

达吾来提含糊地唔了一声。然后，他换了一盒磁带。"您听这个！"他说。

邓丽君！哈丽黛几乎叫了起来，邓丽君已经来到哈萨克牧人的山沟里来了。

"还有这个。"达吾来提把磁带翻转了一面。

"I want you,I need you,I love you……"

什么什么？简直要叫人晕倒！这是爱尔维斯——猫王！就是同班的那一帮干部子弟，也不是每个人都知道猫王的。只是因为哈丽黛上了留学预备班，而且和一位外国留学女生住在一间宿舍里，她才听出了这个"猫王"。

"这是从哪里来的？"

"下面。"懒洋洋的达吾来提只是下巴向下动了动。他指的是平原地区。

"你喜欢这些？"哈丽黛在这一天里是第三次提出这个问题了。

达吾来提用舌头打了一个响，表示出了一种懒洋洋的否定之情。

"那么……"

"哈丽黛姐，帮助我离开这个山沟吧！"达吾来提突然激动地说，"我要到农业队去，我要到平原，我要到城市，我要看电影，我要坐汽车，我要住砖房子……"

他们的话没有谈完，爱尔维斯的歌儿也没唱完，萨里哈大婶在唤他们去睡觉。睡前，哈丽黛注意到依斯哈克大叔和他的儿子达吾来提之间充满了一种密云欲雨的沉郁紧张的气氛。萨里哈大婶看着他们父子，眼神里流露着恐惧和不安。哈丽黛还回忆起，在差不多六个小时的时间里，他们父子之间，连一句话也没有。

"明天我要带您到库尔班那里。"睡前，达吾来提小声对哈丽黛说。

……然后是同样的百世如一的哈萨克毡房的夜晚。男女老少，人们排成一排，头朝里，脚朝外在毡房里睡觉。小小的双扇木门关得严严的，但仍然有月光透到毡房里。入夜以后，酵母、牛奶、皮革、皮毛和羊油、柴烟的混合气味好像更加浓烈了。他们的一生从出世到逝去，从来没有脱离过这气味扑鼻的空气。入睡不久就传来了依斯哈克大叔的鼾声。大叔各方面都明显地显出衰老来了，只有打鼾的威风还不减当年，似乎不仅毡房，而且两面的黑魆魆的大山都在倾听着和应和着他的鼾声。达吾来提在辗转反侧。失眠，在哈萨克人的词典里本来是没有失眠这个词儿的啊！萨里哈大婶一声不出，她睡着了吗？躺下以后就像消失在铺着毡子的地上。清凉。哪怕是盛夏，山沟里的夜晚也是清凉的。何况现在已经是九月初了，已经是今年的夏牧场生活的最后的日子了。她的北京的同学们最爱唱的那个歌儿叫什么来着？《夏天，最后的一朵玫瑰》，现在是"夏天，最后的山沟里的日子"。为什么是最后的呢？快要转场——搬迁到秋冬牧场去了。大婶说，五天前已经下过一次早霜。而且，谁知道她要在几年之后再回到这阿尔斯朗山沟来呢？谁知道她再回来的时候大叔和大婶还在不在呢？谁知道她再回来的时候，牧人们是不是还是住在这样的山沟，这样的毡房里呢？达吾来提不是已经要下山去了吗？

当人们入睡以后，山沟变成了狗的世界。黑魆魆的牧羊狗叫得更欢了，而且它获得了邻人的狗的响应，此起彼伏，此唱彼和，惹得老牛也闷声闷气地哞上一声，连牛蹄子踏地的声音也听得清清楚楚。毡房毡房，不过是一层薄薄的毡子，有无数的孔洞和缝隙，牲畜似乎就在他们的身旁。人们睡在这里，不就等于睡在天山的明月下面，奔腾的涧水旁边，不就等于睡在牛羊狗马之中，睡在草上、石上、土上，睡在松树林、杨树林和桦树林里吗？故乡、大地、山、水、草、树，今夜，你的女儿离你是多么近啊，该死的达吾来提，他怎么不懂得钟爱这一切呢？

然后狗也不叫了，牛也不吼了，水也不响了，风也不吹了，大叔的鼾声也渐渐停息了，中外歌星所留下的不伦不类的歌声的痕迹也消逝了，只有一片月光，只有一片寂静，只有早霜静静地、静静地落在小小的毡房顶上。

第二天，达吾来提领着哈丽黛，骑马到哈则孜先生的儿子库尔班那里去了。

库尔班现在是一个牧业大队的大队长，他们的大队部，夏季设在距伊斯哈克大叔的毡房九公里远的，靠下一点的山沟的开阔地上。那是两排用木板搭成的房子，有点像林区的小屋。木房前，用木桩圈了一道障碍——不准马进入，因为，木房后，是这个大队的育林区。

几年不见，库尔班变了样子了。二十八岁的库尔班穿着一身蓝色的工作服，戴着鸭舌帽，样子更像一个农机工人。而且，他留起了分头，前额上的头发像波浪一样，这在山里十分稀罕。他并没有仔细地倾听和回答哈丽黛对于亡故的哈则孜先生——恩师和父亲的悼念之词，他急忙向哈丽黛介绍自己的工作和抱负。

"这是鹿茸加工厂。今年春天，仅仅养鹿场的净收入就达到两万七千多块钱……这是牛奶加工，我们的解放牌卡车拉走不了那么多商品牛奶，除去卖给县奶粉厂的，我们自己还要加工一部分奶油、酥油。取去脂肪的奶，我们做成酸酪干，拿到农贸市场去卖，这一项收入是……块钱……这是配种站。从去年起，对于所有的大畜——马，牛和骆驼，我们已经全面实行了人工受精，母畜怀胎率提高到百分之九十五……这是中草药的晾晒与加工的场地……块钱……这是毛皮和皮革加工……这是羊毛加工……块钱……我们还组织了一些姑娘搞刺绣和挑补花……这一项……块钱……"

钱！钱！钱！

"……我们需要钱。"库尔班断然说，"您看到了，我们的畜牧生产水平还是这样低，怎么能扩大再生产？怎么能实现现代化？怎么能过上文明的富裕的生活？明年开始，我们有两个队就要从放牧改成厩养了，这是一场革命……我们的牧民已经在平原上盖了房子。有一个哈萨克人，他正在做钢丝床和沙发，这可是亘古未有的事啊……但是，与农产品比较起来，畜产品的价格仍然偏低。我听说有关部门正在研究这个问题……您说什么？这个地方吗？这个地方我们当然不放弃，您看看这里的风光！这儿的房子加固和改善以后，我们要用它做招待所和疗养所。山里的物价是便宜的，现在，对过往住宿的客人我们已经开始收费了，每个床位每天五毛……"

哈丽黛在兴奋和惶惑中离去的时候注意到，在库尔班的队部办公室里，不但有哈文和维文的报纸，而且有一本花花绿绿的《大众电影》，封面是还没有上演的电影《被爱情遗忘的角落》里的一个镜头。被遗忘，被谁遗忘呢？被自己？被生活，时代？如今是不同了呵。

然而伊斯哈克大叔大发雷霆：

"库尔班不是哈萨克！库尔班不是穆斯林！库尔班简直不是人！总有一天，我会杀死他的，连同你，达吾来提！"

（达吾来提动不动就躲在桦树林里，他真的迷上了中外流行歌曲？他忘记了那哈萨克人的传统的悠扬开阔的《白岛》《走马》《艾妮姑娘》了吗？）

"我们哈萨克是这样的人，我们都把金钱看做是指甲缝里的泥垢……"

（在县城、自治州、自治区的百货公司，哈萨克人从褡裢里把所有的钱拿出来交给售货员，然后说明自己需要买什么东西，然后售货员把所需的钱币留下，其余的还给哈萨克顾客。哈萨克顾客对找回来的钱数也不数，看也不看，放回褡裢。）

"如果一个哈萨克人到一个哈萨克牧人居住的山上去，却还要带钱，还要带粮票，这就不是哈萨克。如果连雪白的牛奶和雪白的牛奶制成的食品还要卖钱，那就是对于雪白的牛奶的最大的污染……"

（一排排木房子，松林，流水。还要加固和改善。现在，每个床位收五毛钱。）

（当萨里哈大婶用手摇分离器提取奶油的时候，脱了脂的牛奶就从下面的槽子里排到了山涧中，整个山涧都染白了。连牧羊狗都因为每天喝奶太多而丧失了对牛奶的兴趣。如果你告诉他们，脱脂的牛奶仍然有很高的营养价值，仍然可以做奶粉，他们应当把它卖掉的时候，他们便会瞪起眼睛，认为这样做是对哈萨克的淳厚的心灵的污染……）

"我们要钱做什么？我们到县城或者伊宁市去做什么？到了山下面，就什么都没有了，没有酸马奶，没有酪干，没有手抓羊肉块加面皮，没有野花和草原，没有野草莓和悬钩子，没有赛马和叼羊……"

（哈萨克人的天堂，就在夏天的两三个月，就在高高的夏牧场上。每年一到夏天，记者、作家、外宾、摄影师、电影和戏剧的导演和演员们……就都来分享"天堂"的快乐来了。他们是否希望哈萨克人永生永世这样过活下去呢？）

"……而库尔班他们捕捉马鹿，而且只要公鹿，不要母鹿，使大批的鹿失去了伴侣……甚至还有一些更加贪婪的人，他们杀鹿取茸，把鹿头丢到山坡上。这样下去再有几年，天山马鹿就会灭绝……"

（两万七千块钱！）

"……他们比旱獭还要贪婪，还要残酷，他们挖草药挖得草场上出现了一个又一个的坑洞,他们是连根刨呀!这就使我们草场遭受了严重的破坏……"

（一群矮小的人,个个手执花铲,在美如画图的草场上挖出一个又一个的洞……）

"……你听说了吗?这个发了疯的库尔班,从山东买了六头大叫驴,说是要配骡子呀!让清真的马和不洁的驴交配,这是怎样的荒唐和卑鄙!你说,我们能容忍他吗?"

（怎么办?怎么办?谁是?谁非?）

达吾来提告诉哈丽黛说:"我爸爸是一个老顽固,我早晚要离开他。反正我不愿意像他那样在山沟里过一辈子……"

"山沟有什么不好?"哈丽黛问。

"那你为什么要出去呢?"达吾来提反问得十分尖锐,"你留下来好不好?做一个挤奶妇,打馕,做酸奶,绣花,捻毛线,生孩子……让我们换一换吧,我替你去学化学,我替你去什么澳大利亚……不要瞧不起我,给我机会,我也能学会的!"

"……"

（这很可能。）

哈丽黛能说些什么呢?幸好,像达吾来提这样想和这样说的年轻人还是少数,不然,该怎么办呢?不,也许不是少数。达吾来提说过:"如今,年轻人都想下山……"

哈丽黛惶惑了。她的心好像分成了两半,一半属于依斯哈克大叔,一半属于达吾来提和库尔班。库尔班的牧业大队的解放牌卡车的车轮在旋转。凹凸不平也罢,简易公路已经延伸到了天山山谷的深处人迹罕至的地方了。尘土、引擎声、车轮声和含硫的废气与汽油、机油的分子已经在牛群和马群,羊群和毡房的上空回旋了。奶油分离器,割草机和拾草机,制造奶粉的离心器和毛纺厂的纺锤,以及随之而来的用于机器维修的车床和铣床也已经或者将要旋转起来了。还有盒式录音磁带,苏小明和郑绪岚已经进入了哈萨克人的毡房,邓丽君和"猫王"已经潜入了白桦林。这是胡闹?轻佻?任性?挑战?还是大有深意的一种症候,一种象征?它将带来灾难,还是进步?它是一种令人笑掉大牙的赶时髦?一种奢侈品?一种毒药?还是一种触媒——催化剂?一个方向和速度都有待掌握的化学反应的开端?

你宁静的夏牧场，你宁静的蓝天、雪山、树木和草场也变得不平静了吗？你也开始悄悄地转动起来了吗？冲突提前爆发了，依斯哈克大叔终于把儿子的妖声妖气的录音机给砸了。达吾来提跑到山下去了，他声言再也不回到他的爸爸的身边。他们父与子的冲突丝毫不顾及哈丽黛的在场，哈丽黛甚至觉得自己的到来似乎促进了这一矛盾的激化。她应该怎么办呢？

勤劳而又艰苦的哈萨克人！只是在电影的镜头上，哈萨克的生活才变成了神奇和浪漫的。他们一年到头，跟着牲畜放牧，不分春、夏、秋、冬，不分晴、雨、风、雪。有时候，在接羔季节，在剪毛季节，在狼熊出没的季节，他们没日没夜地守着畜群。他们不但没有星期天，也没有新年和春节，就是在开斋节和古尔邦节他们也不能够完全休息……他们对生活的要求是那样少，七月和八月，一年两个多月的夏牧场生活，高山的开阔，马奶的芳香，羊羔的肥美，这就够了，这就是终年勤奋的足够的报偿了。

他们淳朴，他们无知。他们慷慨好客，他们拙于经营……美好的风习却和低下的生产力联系在一起。终于，发展的风，富裕的风，现代化的风也刮到这山沟里来了，于是出现了新的设想，新的追求，新的方式与新的欲望。可爱的哈萨克人，善良的哈萨克人，你们的生活方式正处在变动的前夜，这是值得欢呼的吗？为什么哈丽黛却又感到一种难言的依恋、担忧与惆怅？但是，难道可以不变化吗？难道可以真正成为被遗忘的角落？那又分明是不应该也不可能的啊。

美丽的哈萨克，善良的哈萨克，淳朴的哈萨克！伊斯哈克大叔竟然宰了一只羊，切成条，敷上盐，风干了，他要求哈丽黛把它带到北京——澳大利亚去。他不相信离开了天山山谷还能吃到这样好的羊肉，他也不相信世界上除了羊肉以外还有什么值得一吃的好东西。哈丽黛能说这是不必要的吗？

邻近的帐篷竟然给哈丽黛准备了满满的一麻袋酸酪干，或者用本地土话，叫作酸奶疙瘩。这确实是又好吃，又有营养，又助消化。然而，她怎么办呢？把一麻袋酸奶疙瘩带到北京？交付航空运输吗？还是火车慢件货运？

同龄的姐妹们把用作装饰的穿了孔的银元送给她。她能说，这已经不适合她佩戴了吗？但她又怎么能脖子上挂着银元回北京呢？

然后是盛大的临别的宴请，她吃了那么多羊，简直需要纪律检查部门的过问。然后她骑上了马，她在一步一步地，一分钟一分钟地，一件一件地丢失。她丢失了夏天的最后的日子，丢失了云杉、枫杨、雪峰、山涧、三叶草。她丢失了毡房、羊群、牧羊狗、桦树林和成群的飞鸟。她忽然哭了，大哭了一场，一瞬间她甚至想宣布：她不走了，她不需要北京，她不需要大学，她不需要元素周期表和化学符号组成的结构图和方程式，她更不需要什么澳大利亚。她只希望陪伴嘴硬心慈的伊斯哈克大叔和劳碌终生的萨里哈大婶，她只希望说服和抚慰一心追求他所谓的"现代化"却并没有找到脚踏实地的路子的达吾来提。她只希望做库尔班的一个参谋：配骡子的事还是缓行吧，有什么办法呢，我们的民族和宗教有那么多的清规戒律。还有生态平衡，挖掘经济潜力的时候也不能放松保护资源，保护自然，保护生态平衡啊。

她还希望长久地守护哈则孜先生的坟墓，那坟墓上的青草，已经长得够高了。

她还希望在白桦林里遐想，看万点阳光和阴影怎么摇动着自己的身躯……

她还希望嫁一个哈萨克小伙子，既会叼羊，又懂得新的生活……就像库尔班那样……为什么脸红了？库尔班的侧影是多么迷人，他的颧骨和下巴是多么有力啊！他为什么还没有结婚呢？

她带着这些希望来到了县城。从县城改乘长途汽车。汽车里拥挤得像沙丁鱼罐头。汽车开得飞快，扬起了大片沙尘，有时候颠簸使得乘客的脑袋撞到车厢的顶盖上。途中吃了一顿饭，在维吾尔人开的烤包子铺，服务态度很好。然后是小飞机，然后是大型喷气客机，一会儿就把"陶"丢在后面了。发动机的声音不紧不慢，飞机行驶得非常平稳。到达北京的时候天已经黑了，飞机降落的时候她看到了城市的诱人的万家灯火。地面上的生活是快乐的，辽阔的和多种多样的。她又打了一个嗝儿，似乎胃里还存留着羊羔肉和酸马奶的气味，当然，还有洋葱和羊肉丁所做的烤包子。

然后是北京市的东直门，美术馆和新街口。每一条街都是明亮、平坦、笔直的。马路牙子竟能够砌得那样整齐，真惊人。

然后是外国语学院的宿舍楼。和她同住一间寝室的英格兰留学生海伦热情地迎接了哈丽黛，把她手里的提包接了过去，吻了她的左腮以后又吻右腮。海伦问：

"你的家乡离这儿很远，是吗？"

"噢，并不比你的家乡远，不是吗？"她回答，"而且，有飞机。"她又补充了一句，接过了海伦递给她的一杯热咖啡。她们两个人一起笑了起来。

　　提到家乡的时候她是这样的容光焕发，这当然是海伦所不能理解的。也是任何一个城市里生、城市里长，没有到"陶"上去过的同学所不能理解的。她想，两个月以后就要出发了，等到达堪培拉以后，第一件事就是给大叔和大婶，给达吾来提，特别是——给库尔班写一封信。让故乡的"陶"永远护佑着她吧，她也给"陶"以永远的深情的祝福。

　　　　　　　　　　　1981 年 9 月至 10 月写于伊犁—乌鲁木齐—北京

惶 惑

一

他第一次到 T 城来是二十八年以前的事了，比四分之一个世纪还长三年。那时候他二十三岁，大学才毕业，体重只有一百零一斤，穿一身柞绸中山服，自以为是高级衣料了，神神气气地进行他的第一次出差，而且走到哪里也不忘记戴一顶短帽檐的灰布帽子。那时候他对坐火车，对列车员姑娘一再用拖把擦洗车厢里的地板，对按路程分段计价收费，对穿在列车用大瓷碗盖的疙瘩上的圆茶水票以及车厢里的大喊大唱的广播喇叭都觉得新鲜、有趣。还有，从北京到 T 城的直快硬座车票要十几块钱，他身上带着一百块钱的盘缠，他觉得是在进行一次耗资巨大、身携巨款的旅行。那一百块钱是放在内衣的小兜里的，兜口，用两个别针别得严严实实。

他现在五十一岁，刚刚提升为环境保护机构的主任，到 T 城参加那里的专业座谈会。他这个主任工资级别虽然不太高，但职务按人事部门的说法相当于专署级：司局长之上，部长之下。他是为数不多的年富力强、又红又专、既被上级了解赏识又被群众信赖拥戴、官而不僚、专而不僻、走红运而不被嫉妒的前途无量的人才之一。三中全会以来他的体重增加到了一百四十一斤，近日开始注意采取了一点点防止继续发胖的措施。他经常穿一身洗得发白的华达呢棉布陆军服（陆军服与中山服的主要区别在于前者上衣衣兜的四枚扣子都隐在兜盖后面），同时他有好几套毛料服装，遇到节庆大典、外事活动时再穿。他从来不戴帽子，而且上衣的第一个纽扣从来不扣。他带着一个助手出差，助手在硬席卧铺车厢，他在软席卧铺车厢。他不知道也无暇过问车票是多少钱，出差费预支了多少。即使在软席包房里，他还在不断地看资料：国务院文件、简报、总结、汇编和外文资料。只是在深夜，当他被列车摇睡了又摇醒了以后，他披上一件毛线衣坐了起来，掀开绸窗帘和挑花窗帘的一角，看了看窗外正在行进和振荡着的月光。月光冲撞着远山、丘陵，漫盖过白花花的田野、庄稼苗，推拉着树影和只剩了影的树。他觉得列车像是一艘在海里行驶的船。他点起一支烟，怕污染包房环境，只吸了两口就又掐掉了。"二十八年了！"他默默地自语。

　　提起个家来，家有名，

　　家住在绥德三十里铺村，

　　四妹妹爱上（了个）三哥哥，

　　他们俩是知心（的）人。

　　村念作"葱"，人念作"仍"——浓重的乡音。

　　"再来一个！"

　　"再来一个，再来一个！"

　　"下面是笛子独奏《放风筝》。"虽然是在车厢里，却有一丝不苟的报幕。

　　一九五四年来 T 城那次，他正好碰到民歌合唱团的演员和他坐同一个车厢。（她们巡回演出，为什么不买卧铺票呢？）不知是哪一个旅客先"发难"的，都半夜十二点了，旅客一啦啦，她们就唱上了，不但全车厢都兴奋起来、活跃起来了，而且引来了不少外车厢的旅客和衣着齐整的蓝色的列车员。

　　一刹那间，他似乎又听到了当年的《放风筝》的旋律，颤抖的笛膜负载得了那么多欢乐吗？

　　笛声退去了，车轮声震耳。

二

　　上次来 T 城的时候是在老火车站下车，提着包，走过天桥，走出站来，耳边是一片夏天的蝈蝈叫似的叫卖声。青玉荽子、豆腐干、醪糟鸡蛋、赤豆冰棍，还有《大众电影》。他摸了摸自己的内衣兜——是想探一探钱丢了没有，却被误认为是要掏钱，结果，一群少年小贩把他包围了起来。

　　这次是上午十点十二分正点到达，帮他提包的有他的助手，他潇潇洒洒下了车，与到站台来迎接他的当地的汪厅长、黎副厅长、吴处长和赵秘书握手。

"刘主任，晚上睡得好吧？"

"欢迎刘主任！"

"刘主任是第一次来 T 城吗……噢，五十年代来过，你是老 T 城了，哈哈哈……"

在他自己的工作单位，其实听不到这么多刘主任和主任刘。人们尊敬他和他的新任职务，这当然是好事，主要是，这种尊敬是他推行环境保护工作的一个有利条件。然而，在这种一口一个主任的称呼里，他又好像失去了一点什么。

"你姓啥？"

"刘，你们叫我小刘好了。"

上次，他对 T 城人是这样答的。

他们走出车站，来到停车场，太阳正好从一片薄云下挣脱出来，耀眼的阳光照耀着面前笔直的林荫大道。在机动车道与非机动车道之间，是条状的草坪与花坛。

那时候，何曾有这样的大街？何曾有这样的人流和车流？那时候在 T 城，代步一半靠公共汽车，一半靠毛驴车。

"这是新车站，这条路也是一九五八年'大跃进'的时候才修出来的……"厅长们说。

当然，城市大大发展了。不过空气里充满了煤烟，含硫量大大超过了国家所允许的标准，还有顽固不化的氮氧化合物，还有一氧化碳，还有放射性元素。落后的能源与落后的工艺。即使不是专家，不用仪器，只靠常人的鼻子也闻得出来。

他登上了为他开来的银灰色的上海牌小汽车，车唰地开动了。四分钟以后，汽车开进了有着美丽的灯柱的宾馆大门。五分钟以后，他进入了为他准备的房间。有单人睡的双人床，有写字台和会客间。卫生间的设备是"国际水平"的。恭桶上和浴盆上都用写有英文和日文的说明的纸带封着，表示在一次彻底清洗消毒以后，未曾有人用过。

那时候住旅馆连介绍信都不用。他背着草绿色的帆布书包打问了一下，找到一处住一夜只收六毛钱的旅馆。他住进一间四人一室的背阴的房子。同屋的另外三个人都比他年岁大。一位是善于辞令"见面熟"的梆子剧团琴师，一位是默默无言的已经还俗了的和尚。还有一位实在是惨，他是个农民，妻子死于难产，婴儿又得了颅水症——头大得像南瓜。他带着孩子到 T 城来看病，在旅馆要了一张床位，虽然这严重地影响了这个房间的安静和舒适，但是不论旅馆的人还是同室的人都同情他的遭遇，谁也没有提出异议。这位不幸的父亲对年龄远远比自己小得多的小刘也是一口一个"大哥"，更使小刘心里过不去。工作之余，一有空小刘就帮助他伺候孩子。几天之后，当不幸的父亲抱着不治的孩子离去的时候，小刘为他几乎落了泪。

<h1 style="text-align:center">三</h1>

午饭以后，刚回到房间，电话铃响了起来。

是他的助手。助手说，宾馆大门口来了一位女同志，自称是他的五十年代的老相识，要求见他。

"她叫什么名字……"

"鲁采凤。"好像是这么几个字，没听清。

"她是干什么的？"

"说是 T 城一中的教员。"

他搜索自己的记忆：鲁采凤？吴采凤？陆才丰？楚再逢？不，一无所有，根本不沾边。

"不，我不记得她，你再问问，必要的时候你接待一下她好了，问问什么事情。如果是叙旧，你替我感谢她，解释一下，我的时间很少，事又多。如果是告状，替她转给信访部门。"

毫无办法，想不到到了 T 城也有人来找。最近一两年，找他的人实在太多了，老邻居、老同学（从小学到大学）、老战友、老同事、老病友、老牛（棚里的朋）友……以及工作的上级下级、左邻右舍……他懂得"联系群众"的重要，对于青云直上的他来说，搞不好群众关系，远远比消除不了废水、废气和噪声更危险。但是，经过一年来联系群众的非凡努力，他终于悟出了一条真理，即使他不搞专业，一天二十四个小时接待找上门来的可爱的群众，也满足不了"群众"的要求。一次热情接待只能缩短第二次来访的周期，而且，他从而负下了回拜的债，而且，有那么多熟人托他办远远比高温中合成 NO_x 更棘手的事情。

一到 T 城就冒出来一个"穆裁缝"，他有点厌烦。

二十八年前他的生活很消停，大家都是同志，工作配合就是工作配合，生活互助就是生活互助。大家都忙，大家都年轻，无旧可叙，无时间东拉西扯，无事可托办。来 T 城出差的最后几天他得了肠炎，旅馆的一个梳小辫子的服务员给他送汤、送药、送流食，他非常感谢她，却彼此连姓名都不曾通过。

四

下午去机械厂，看了他们在电镀件漂洗方面采用的新技术，并且不得不即席发表了几条其实相当一般，但据说给了人家厂子"很大鼓励、很大帮助"的指示。之后，他回到了宾馆，他感到很疲劳。

那位纠缠不休的女同志在宾馆的传达室等他。"上海牌"进门的时候他没有停车，也没看见她，但是他一进房间，电话铃就响了。

"您不记得我了吗？我是楚（陆、鲁）……"她终于说服了传达室，被允许直接把电话打到他这里，"您能让我进去吗？"

他想说，他需要休息。他想说，他与她没有多少交道可打。他想说，他马上要去就餐。他想说，他现在只想讨论双槽逆流漂洗和喷雾淋洗怎样结合使用……但他终于没有说，他叹了口气，说："好吧。"

到机械厂这一路，怎么看不出一丝一毫往日的痕迹来呢？那是阳湖公园吗？阳湖公园他在一九五四年去过好几次，他曾坐在那里的长椅上遐想——爱情、事业、前途。那个公园似乎有点荒凉，游客稀稀落落，公园四周有农舍和菜地，枯树和奔跑着的狗。现在的阳湖公园，四周都是高楼，省展览馆建筑得非常宏伟、漂亮。透过汽车玻璃匆匆一瞥，但见游人如蚁，却不是星期天。

敲第二次门的时候他才听到。"进来！"他在原地叫了一声，背对着门，眼睛看着窗外。门柄轻轻地旋转着，被打断了思绪的刘主任懒洋洋地转过了自己的身躯。他看见了推门进来的这位瘦小的、黑不溜秋的妇女。她穿着千篇一律的蓝布制服，剪着短发，头发稍有点乱。他想，教师可是应该把头发梳得整整齐齐的呀。只有她的眼睛，虽然那是胆怯和顺从的，却又是执拗和热烈的。她的目光里似乎有一种与她的年龄、她的装束、她的举止，以及与这个硫黄味很重、烟雾蒙蒙、质量评价根本不合格的城市环境不大相适应的东西，使他的心一动。

"是的，是您，您没有变样，走在街上我也能认出您……不，您大变样了，您完全像……"她伸出了手,说的话令人不知所云。

这也是规律,来访他的人都要这样说的。说没变样是为了赞美他的驻颜有术,说变了样是暗示他的成就,他的地位。而这位女同志,却一股脑推销起她的最好的矛和最好的盾来。多没意思!

他是冷淡的,她好像不怎么计较,她从提包里掏出一个老式的漆皮笔记本。"您想起我来了吧?"她期待地问。

他想不起。他把笔记本接了过来,翻开第一页,是一幅并不高明的水彩画,画着太阳从山后升起,光芒万丈。他仍然糊涂,黑不溜秋的女教师却兴奋得声音都颤抖了:"您翻过一页,请您再翻一页……"

第二页,上面写的是:人生的目的是使他人生活得更美好。

书赠我的不相识的善良的朋友

刘俊峰 1952 年新年前夕

后面又有一行小字:你一定有最灿烂的前途。请跳一支舞。

是?分明是他的名字,他写的字,只是,那时候的字,幼稚得像是出自一个孩子的手。分明什么也不记得,他的记忆力已经糟到这般田地了吗?

女教师回顾一九五一年十二月三十一日夜晚的联欢。那时候刘俊峰在工业大学上学,他们班在除夕与附中的毕业班联欢。每个同学都准备了自己的礼物,为礼物题了词,并点了自己想看的节目。礼物包好,按照大学班与附中班分成两堆,然后各自从对方的礼物堆中拿起一个红纸包,津津有味地看各自得到了什么样的礼物和谁送的礼物,然后分别找送礼的人道谢,互通名姓、互相交谈,然后按照送礼者的要求分别表演节目。

黄金的岁月,黄金的年华!生活就像游戏一样快活,游戏却又像命运一样庄严。

是的,有过这样的新年联欢,有过这样的友谊和欢乐的赠礼。他已经记不起有关这项联欢的细节和情景,但他记得并完全承认当年迎新联欢的概念。

"那个除夕晚上我和您说了许多话。我知道,您是高材生,又是团小组长。您对生活的信念一直鼓舞着我。我一直保存着您的礼物,您的旭日东升的画和您的题词。我真喜欢您的题词。我们班的同学有的得到了一个布娃娃,有的得到了一块三角板,有的干脆是水果糖——他们的礼物都不如我!我真是最幸运的人。"

封皮上烫着"学习"两个金字的漆皮笔记本恍恍惚惚在刘俊峰的尘封已久的记忆中出现了。然而,他仍然不记得画和题词,更不记得这位当时的中学女生。三十多年了,他的命运几经起伏,他每年都要新结识几十甚至上百个人,认识得愈多,忘得就愈快。有远远比这个女教师更需要他记住的人物,很多,很多。

"我非常珍视您的笔记本,看到它,我就想到那个年代。不管什么时候,我不能忘记那个年代给我的教育。一想起这些,我的生活好像也变得好一些了……"

"真对不起……我忘了……"他摇摇头,苦笑着。他不能说假话,假装记得她。为什么要欺骗这样一个毕竟是在三十多年前见过一面的、看来还蛮天真可爱又有点啰唆的女人呢?

"从前年我就在报纸上看到您的名字,我知道,那就是您。我看到了您参加联合国环境会议的消息,是在日内瓦还是斯德哥尔摩?后来我就到处找您。在《环境科学》杂志上,我读了您的文章。您的学问可真大!您现在是专家,又是大干部,我真高兴!我也光荣!我看准了,五十年代的共青团员里将会出现'四个现代化'的栋梁!也许将来您会当副总理,真的!"

刘俊峰摆了摆手,紧盯着她的脸,想从她脸上分辨她是不是虚伪阿谀。

"我知道您很忙,请原谅我打搅您。一九五二年秋天我考进了师范大学,学中文。一九五六年分配到 T 城,一直在一中。对不起。我说话有点啰唆。现在我担任一个毕业班的班主任,孩子们担心考不上大学,思想负担很重,有的年纪小小的就说活着没多大意思。我给他们念高尔基的《海燕》,念魏巍的《谁是最可爱的人》,我都哭了,他们当中却有人无动于衷。我告诉他们,生活是美好的,他们不信。他们甚至于问我,可您的生活又有什么美好的呢?我气得要死,他们根本不懂得我多么热爱我的工作,多么愿意把理想和信念给他们……可是我太渺小了,我震动不了他们的灵魂。现在您来了,太好了,我已经把您给我的笔记本给孩子们看了,他们很受鼓舞。对不起,我得寸进尺了。您到我们班上讲个话吧,哪怕只讲十分钟,哪怕不讲话也成,让孩子们看一看您这个有成就的大活人。对不起,我的话有点粗鲁。要让孩子们知道,人是可以做出一点成绩来的,生活的前景是很广阔的。活着,是有许多事情要做的……"

刘主任感动了,这位早已忘却了的老相识(单识?)的心多好!然而……要命,他到 T 城来难道是为了向一个班的中学生发表演说?甚至只是展览一下

"大活人"？他不是黑猩猩！他不想满足那种看一看他的原始要求。他仅有的五天日程已经全部排满，他要听汇报，他要作报告，他要批文件，他要和北京通话，他要抽出剩余时间继续他的专业研究，还有好几个数据没有搞清楚。T城还安排了什么电视台记者的采访——烦死人！他是一个工程师，又是一个领导干部，他不是普度众生、有求必应的菩萨。他不想乱伸手，也不想拉选票。而且，这个女同志待的时间太久了。

"不行，我的日程排满了，就这样吧。"他硬起心肠，准备送客。

"那么晚上呢？"女教师的声音有一点想哭，"您到我那里坐一会儿行不行？我只叫我们班的班长和团干部参加，我给您做一顿饭，您只利用吃饭时间和他们说上两句，不影响您饭后的活动……只是，我的饭做得不好……"

他没有来得及表态，一阵轰隆轰隆的说笑声撞开了门，是省里和市里的领导同志对他的礼节性的拜会。他们气宇轩昂，声音洪亮，旁若无人。刘俊峰甚至没顾上注意女教师是怎样离去的。

五

刘主任在T城的工作非常忙。会议说是专业性的，却有很大一部分内容在专业之外。几个典型材料在介绍自己的新的技术成果的同时，要用一半以上的时间谈诸如怎样争取领导的重视，怎样发动群众，怎样解决环保与增产、环保与节约、环保与调整经济的辩证关系等问题。"党委重视是关键，依靠群众才好办，思想工作要先行，环保生产双进展！"这可能不算专业，但是没有这些就没有任何专业。专业干部进入领导班子以后，为了专业，必须把自己精力的十分之五、十分之六、十分之七放在专业之外。他是清醒的，在会议上倾听这些句句是真理的套话和句句是套话的真理的时候，他虽有苦笑，却并无怨言。

鲁（？）老师又来了两次电话，锲而不舍。他终于答应了在第四天晚上到她那里去吃晚饭，见见她的班上的宝贝疙瘩一样的学生干部。"总共不能超过一个小时。"他说。女教师的声音即使从电话筒里听去也叫人感动，可以说，那叫作"感激涕零"。

忙里偷闲，省和市的有关领导同志陪着他游了一次松山古刹，用了半天时间。陪游的人兴致勃勃地向他介绍古刹旁的一株"周柏"——周朝的柏树，我们的老祖父，像石，像钢，像现代派雕塑，死的枝干里仍然保持着活的汁液。他想着的却是，什么时候能使 T 城的空气跟松山这里一样清新就好了。

一九五四年他游过松山古刹，在西大桥边等了一个小时才坐上了公共汽车，那时到古刹的汽车两个小时开一趟。车内挤得叫刘俊峰透不过气。回程又错过了最后一班车。等回到城里，已经是午夜，饭馆、商店早已停止了营业，又没找到私人摊贩。他摸来摸去，在衣袋里摸出了一块半已经不清洁的硬块水果糖，这一块半糖便成了他的晚餐。古柏消失了，一块半糖却存活在他的记忆里，带着往日的好兴致和安贫乐道的自豪。

第三天晚上，省、市各有一位领导同志陪同他观看了梆子戏《秦香莲》。他只不过闲谈的时候和赵秘书提了一句，一九五四年他听过这里的梆子《鞭打芦花》和《喜荣归》。立刻，赵秘书安排了这次看戏。地方同志待客的人情味像酒，而北京的干部对地方上来的同志像水。梆子古朴苍凉的唱腔使他几乎落泪，他为秦香莲不平，为包黑子鼓掌，他再一次深深地、铭心刻骨地感到了我们的民族对于包公期待得有多么久、有多么深。当然全非故意，他这位懂外文、出过国、在当地干部眼中看来相当"洋"的专业化、知识化、年轻化的新任领导干部竟能为一出梆子戏如此动情，这大大密切了他与当地干部的关系，沟通了他们的感情。很明显，听过这次戏以后，地方的领导同志更拿他当自己人了。

在这些礼节性、交际性的活动中他表现得相当随和。应该说，刚刚提上来、立足未稳的他，建立与各地领导同志的良好关系是有政治意义的，这对于推行他的环境保护计划，或许比再抓几套消烟除尘脱硫装置更重要。

听完戏的第二天上午的会上，汪厅长告诉他晚上请他到家里吃便饭，省委李副书记、赵副省长和朱市长都将去"陪他"。他当然不能拒绝。但他本来答应了鲁（？）老师的。他只好不睡午觉，吃过午饭后吸了两支烟便匆匆驱车来到第一中学，七拐八弯好不容易找到了母老师的家。只是在打听这位女教师的住处时，他才从一中的职工那里弄清楚，原来她不姓鲁、陆、吴、楚，而是姓母。母老师正忙着准备饭菜。母老师的丈夫最近才从外地调来，他的行动、反应有些迟缓，据说是因为吃多了受甲基汞污染的食物的结果。母老师的房子旧而小，墙壁上挂着一张已经变得暗黄了的卓娅像，大概也是什么人当年送给她的礼物。她至今还生活在五十年代吗？还有复制的鲁迅手迹。还有一盆正在开着紫花的仙人球，比他们的房间和人都更高贵和富有亮色。

他根本没有时间与她和她的丈夫交谈，他只来得及表示一下歉意，他无法见她希望他见的她的班上的同学。二十分钟后，刘主任应该出现在环保座谈会的会场主席台的显要位置上。他应该做结论性的长篇讲话。讲话稿在公文夹里。公文夹和助手都在"上海牌"里等他。他吩咐不必灭火，汽车马达在母老师家门口嘟嘟嘟地响。

"您总算来了我们学校，我要把您到来的消息告诉孩子们，谢谢！"女教师的睫毛上闪着泪花。

晚饭吃得很成功，人情和工作都取得了进展。李副书记喝了两杯酒以后显得更加质朴、亲切、豪爽。他说老刘的这次到来对全省环保工作是一个很大的促进。他保证，对于上一财政年度挪用环保专款的事一定要彻查、处理和通报全省。他同意和刘主任为首的部门充分合作，抓住电热厂做典型，出成绩、出技术、出经验、出思想、出材料，一抓到底，抓出个道道来。他拍拍老刘的肩膀，深情地说："明年我也就退了，以后的中国，就看你们的了！"

结果他没有时间沿着一九五四年走过的旧路在T城走一走，没有能去当年徒步走过的城西大桥。大桥当年似乎相当辉煌，现在从汽车上望去却相当寒碜。汪厅长说，新桥即将落成，而这个桥即将拆毁。拆掉这个桥以后，二十世纪五十年代的旧物就更少了。不拆又怎么样呢？即使他叫停汽车，下去走一走，又能辨认出些什么来？

六

没有怀旧，没有抒情，甚至连再去喝一碗二十八年前使他赞叹啧啧的醪糟鸡蛋也不曾。比醪糟鸡蛋更好的东西还吃不过来。让现今的二十三岁的青年人去品味生活吧，他的任务不是品味，而是工作，牛一样地工作。即使为了青年人能足够满意地品味，他也有责任提供更纯净的空气和流水。

就这样匆匆度过了五天，其实游古寺和赴便宴的时候也没有停止过有关工作的交谈。最后，夜十一点二十分，他又来到了五天前到过的新车站。送他的规格比接他的时候高了一点：除了汪厅长、黎副厅长、吴处长和赵秘书，李副书记亲自到车站送行来了。

站台上还站着——热心的、憔悴的女教师，在寒冷的夜风里披散着头发，她说她怕见不到刘俊峰，提前四十分钟就到站台来了。她拿着那个旧笔记本，请求刘俊峰再给她题几个字，签个名。

"三十年前，您鼓励过我。三十年后……"

他没有听完这位黑不溜秋的女人的话，这种不识时务已经超出了常识常规，他几乎想把她推开。

他和地方同志们话别，他感谢他们的热情接待。他对此行和他们的座谈会表示相当满意，并且在开车前一分钟，他从打开的车窗中探出头来，嘱咐汪厅长，一定要把电热厂的工作抓好。"就指着你们呢！"他说。

火车已经开动了，地方领导同志们的脸和手退向后去。忽然，从站台上飞进车厢他的怀里一尼龙网兜苹果，是母老师送给他的。他看见了正在与火车进行同步运动的母老师，看到她确信他接过了苹果时所焕发的欣慰的容光。

七

T城远去了，往日的T城已经面貌全非，他这次出差并没有挖掘出多少湮没了的记忆和记忆的见证。他自己也已经面貌全新了，匆忙、紧迫、自信。《放风筝》的旋律已经不再震响耳边，《三十里铺》的歌声即使重新听一遍也难以恢复他当年的激动。患颅水症的病儿的肉体和灵魂早已灰飞烟灭。他的妻子次日上午不会到北京站。接他的自有他的下属。火车开行以后，他面对苹果似觉歉疚：难道硬是不能与她的学生见见面吗？又觉得不必婆婆妈妈，即使只是为了不再出现类似母老师的丈夫那样的甲基汞中毒，他也理应把他的善良情感化为推进工作的全方位努力。他在火车上想好了给母老师的新题词，大意是让我们在各自的岗位上为"四化"做出实际的贡献。他准备一到北京就端端正正地写好寄到T城一中去。他告诉他的助手，别忘记提醒他办这件事。助手说："我看那位老师有点神经病。"

他很不高兴。他奇怪，尽管这次到T城出差比二十八年前那次做的工作要多得无法比拟，他受到的礼遇也和那时候无法比拟，为什么在他的心里倒是二十八年前那次更值得眷恋和珍重？更令他神往？然而那是不可能的。一九五四年和那一年的他（现在看来似乎有点可怜巴巴的呢）已经不会再回来。时光不会倒转。二十世纪八十年代有二十世纪八十年代的挑战，而他在二十世纪八十年代担起了超重的担子。他大概不如一九五四年，当然也不如一九五一年给"不相识的朋友"题词时那样可爱了，他好像有那么一点冷酷……然而，做事情和可爱并不完全是一回事。一匹小马当然比一匹大马可爱，更比一台拖拉机可爱，但是耕地还是要找大马，最好找拖拉机。可爱不能当饭吃，也不能脱硫。

他问助手："是后天吧？我们几点钟会见日本的环境计测家代表团？"

但他无法驱逐掉母老师给他留下的印象。直到回北京以后很久了，他仍然时不时地想起她来。而且，每当想起她的时候，他就感到一种淡淡的、却又是持久的惶惑。

——1982 年

青龙潭

　　雨后的阳光终于笼罩住了桃花沟的尽头。水库和它的大坝，水库旁的果园，枝头结满的红绿相间的国光苹果，都现出了无限生机。梯田上的庄稼迎风摇摆，抖落还没有落净的水珠。还有坝下的两扇像台阶一样排列着的中间低凹的巨石——当年青龙居住的潭穴，也变得闪闪发光了。

　　被残云分割成三段的无始无终的彩色虹桥，架设在桃花岭的上空，虹桥下面有破败的石碑、牌坊、庙宇。古旧的庙宇旁是一个小小的建筑工地，躲雨的小伙子已经重新干起活来。木工正在清理新伐的松木，瓦工用瓦刀敲着砖，小工们正在用箩筐抬石灰、用三股钢叉和大钉耙和泥。空气里弥漫着美好的松叶香和刺鼻的石灰味儿，干活的人说说笑笑。暴雨之后，这一切气味和声音，与一切色彩与形体一样，都被洗濯得焕然一新，更加鲜明和生动了。

　　对面长着茂密苍翠小松树的山岭叫女儿峰，墨绿色的小松树婷婷婀娜，确如少女。岭后是岭，山后是山，层峦叠嶂，丰厚悠远，由碧绿而深黑，而紫，而蓝，而灰蒙蒙如烟如雾，如与天空连成一体。在那层紫褐色的山影上，依稀看见一道白练般的瀑布。瀑布很亮，虽然遥远但仍然看出是在摇摆、在跳动、在冲激……也许还可以想象这瀑布是在歌唱，表露着它那按捺不住的欢愉。

　　每逢大自然呈现出这种奇妙的风光、奇妙的生趣、奇妙的配合的时刻，这里的人们便隐隐感到了那条青龙，也可能是两条，也可能是三条。那青龙似乎也在这奇妙的时刻舒展它的身体，升腾、摆动、下潜，千姿百态。

　　这里确实是大自然的一个小小的杰作。在山沟尽头，是三面硕大无朋而又相当平坦的青石，三面青石一个比一个高，宛如三个大台阶。这三个大台阶位于山水必经的道路上。最高的那一扇大石，首当其冲，被山水冲得中间低凹，自然形成了一个蓄水潭。等山水流下来，把这第一个潭蓄满之后，顺着水道向第二层青石滴淌。然后，在第二层青石上的积水又顺着水道向第三层青石滴淌。水滴石穿，绳锯木断，不知道是经过了几百万年还是更长或稍短一点的时间，经过比石头还要顽强的水的不断冲、滴、击触，这三层大石上形成了三个深潭，水清而不见底。遇到四时更迭，寒暑变化，阴晴云雨，风霜露雾，日月光华，斗转星移，时而可以看到水波荡漾，潭底若有龙纹，龙身，龙头，龙尾。于是，从不可考的年代起，人们就认为这三个青石深潭里住有青龙——是一条青龙三居室还是各住一龙、三龙盘踞，就说法不一了。从元代，这个地方就被命名为青龙潭。明代，这里开始修庙。清代，喜欢卖弄书法的乾隆皇帝，然后还有他的儿子嘉庆皇帝来过这里，石碑上留下了他们称赞这里的风光、祈祝龙神保佑风调雨顺从而国泰民安的"御笔"。在青龙潭所属县的县志（民国初年所修）上，则详细记载了晚清以来这里的士绅大户，每逢春夏之交久旱不雨之时，杀猪宰羊，载歌载舞，在和尚、道士、巫祝带领之下，率众乡邻到这里来求雨的盛况。据说每次都十分灵验，多则隔日，少则隔一两个时辰，还有几次就在求雨的当儿，"乌云四合，大雨滂沱，雷电大作，竟日方歇"。此外，县志上还记载了数十首吟咏青龙潭的景观、风物的诗词，可惜，面对着这新奇的自然环境，写下的却全是些陈词滥调，什么"青龙居石潭，其深不可测"啦，"万物无常例，青龙自在身"啦，"岁岁有丰年，全赖龙护恃"啦，一直到"此龙最灵验，求雨须心诚"啦这一类俗鄙的句子。

如果去掉愚昧迷信给这三个石潭所加上的与其说是仙气不如说是妖邪之气的累赘，如果不去管那种毕竟早已在现实生活中消逝了的乡绅巫祝带领求雨的令人厌恶的画面，青龙潭里居住着龙的故事其实是相当美丽和有魅力的。任何人来到这里不能不萌生一种对大自然、对乡土的爱恋、向往、服膺崇拜、景仰叹服的情感。本乡本土的人更是充满了自豪——我们这里有龙。正因为没有人见过龙，这里有龙的想法便变得更加有魅力了。

于是乎传说中的青龙和现实中的青龙潭平平安安地进入了公元一九五八年。一九五八年，青龙和它的潭穴受到了严重的挑战。那是一个热情得出奇、大胆得出奇也荒唐得出奇的年份，人们在那一年可以做到平常做不出的事——当然，也可以犯下平常不可能犯下的错误。一九五八年，提出了在桃花沟建立水库的方案。方案还没有讨论完，大兵团施工已经开始，按照这个方案，龙脉——水路将被切断，第一个石潭将淹没在水库的蓄水中，第二第三个石潭将因失去水源而干涸，青龙潭的风水从此完蛋。对于地处偏僻的山沟里的青龙潭附近的居民，这样一种做法实在是骇人听闻、不可思议。对于社会风习以及耕作制度哪怕是最微小的改革都要进行激烈的反抗的桃花沟的老百姓，对于这个不可思议的设想和行动的反应是目瞪口呆，目瞪口呆的结果是并无异议。说来有趣，在我国的某些地方，大的改革比小的改革更容易被人接受，革命比改良更易于发难。

一直到一九六一年，水库建成，第一个石潭位于库底，上面是一片汪洋。第二、第三个石潭干涸了——真令人扫兴，潭底不但没有龙，而且干涸了以后再看，潭穴也不算深。从六十年代后期，水库的灌溉效益渐渐发挥出来，桃花沟实现了水利化和园林化，所有的大田都有水浇，从而变成了高产稳产田。又开辟了更适宜于这里的栽培环境的大面积苹果园，原来的山桃树淘汰殆尽，桃花沟已经只是虚有其名了。设置了占地不大但赚钱甚多的菜园和苗圃，女儿峰成了绿化造林的样板。"三中全会"以后又开展了养殖业，水库养鱼的收益年年增加……人们似乎把青龙忘了。

近来忽然传出了一个说法，说是青龙确实是存在过的。就在一九六一年水库大坝合龙前夕，一天夜里桃花沟风雷雨电交加，有一位已死的老人曾经在闪电下看到了三条青龙腾空而起，这龙不知道迁移到什么地方去了。人们对这一说法将信将疑，且喜且惧，而且无从考察这种说法的源起。

也许真的有龙？它或它们现在在哪里？对于它们的故居，它具有什么样的意愿，施加着什么样的影响呢？

一九八二年十月十六日雨后的这个下午，前后三批高贵的客人来到了青龙潭。

坐在第一辆吉普车里的是老干部赵书章、他的妻子周兰新和陪同他们的县委副书记董秀山。赵书章原籍是离桃花沟三十多里地的沙窝子村。十二岁时，他父母双亡，跟着姐姐度日。十四岁时，姐姐也死了，剩下他孑然一身。一九三七年抗日战争爆发不久，他参加了在这一带活动的八路军游击队，从此转战南北。一九四九年以后，他随着部队到了我国南方，此后他一直在南方工作。除了口音未变以外，他的生活习惯、气度举止，愈来愈南方化了，何况他的妻子周兰新也是南方人。

今年，年满六十四岁的赵书章最后一次到北方来出席一次会议，他正在办理离休事宜。会后，他顺道驱车来到了这里，重新造访一下在他的记忆里已经没有留下什么痕迹的青龙潭。

"……还是在我六岁的时候，大人带我来过一次，是求雨。说是三个潭，有三条龙。什么样的潭，什么样的山，什么样的水，我一点也不记得了，一点印象也没有。"赵书章坐在车里，对身旁的妻子说，又转过身子看着他们的、坐在司机右方的董副书记示意。他抬起右手，伸出食指，指一指车窗左右的山路、田地、树木，继续说，"一点也不记得，一点也不记得。如果不是老董带我们来，告诉我这儿就是我的家乡，这儿就是桃花沟，就是你把我放到这里我也认不出来了……"他停下了话头，摇摇脑袋，喟然叹了口气。当老年人说到已经长逝尘封的童年往事的时候，大概都难免有几分怅惘的吧？

"可是你早就对我说过青龙潭的事，从三十年前你就说，说了不知多少遍……"妻子笑着说。她抬手拢了拢被风吹乱的花白的头发，好像在提醒丈夫，当初你给我讲青龙潭的时候，我还梳着乌黑油亮的两条大辫子呢！

赵书章也笑了，带几分惭愧。是啊，他说了那么多年的青龙潭，却记不起青龙潭容貌的任何细节。"我不记得青龙潭，只记得大人说的青龙潭的事儿，"他的用语显得含混费解，"龙啊，潭啊，求雨啊……唉，封建迷信……其实也算不上封建迷信，民间传说。"

妻子温顺地一笑。她懂得，判断老年间的说法究竟是封建的迷信还是民间的传说，这是并不重要的。对于丈夫，由于长年担任领导职务，对某事某物做出判断和规定性质，已经成为一种习惯。现在，他们总算来到了神往已久却无缘造访的、与她的丈夫从而与她、与他们全家有着一种先验的关系的这个山沟沟来了，这才是最主要之点。

坐在前座的县委副书记董秀山如坐针毡，他中午才接到省里的电话，说是有一位领导同志路过这里要看看青龙潭。他以为是来看水利建设与多种经营，再有，现在时兴看的是责任制与抓没抓精神文明建设。这几方面他还是胸有成竹的，他可以充当向导。客人要看什么，他知道应该往哪里带，他也可以回答询问，随时做出必要的汇报。开车之后，听着后排赵老与周兰新同志的谈话，他才闹明白，原来赵老是本地人，原来他要看的不是新建设，而是——用当地的俗话来说——老风水。董秀山也是这一带的人，他知道青龙潭在当地老年人（也许不仅是老年人）心目中的分量。看，赵书章同志离开家乡已经差不多半个世纪了，却始终并没有忘怀他并不记得的家乡的风水……该怎么告诉他才好呢——如今，这块孕育过封建迷信、民间传说，维系着这里人的乡情的风水宝地业已面目全非，潭枯龙去？

"这个……"

董秀山的话没能说出来。吉普车剧烈地摇动了一下，司机踩了急刹车，乘车的人全部颠了起来，赵书章的头撞到了车顶的帆布上。"小崽子！不要命啦！"司机恶狠狠地探出头去大骂。原来，就在这狭窄蜿蜒的山路上，竟有一辆摩托车强行超越，摩托车后座上的姑娘几乎擦到了吉普车前轮的叶子板。如果不是吉普车的司机刹车和操纵方向盘及时，后果不堪设想。

"简直活腻了，现在的年轻人！"董秀山表现了与司机同仇敌忾的情绪。通常，遇到这种情况，乘客都是无条件地站在自己的司机这一边的，而且，他们的随声附和式的表态，带有向司机讨好的动机，至少要让司机消消气，以便冷静纯熟地继续驾驶。当然，这次董秀山也没有例外，这样便失去了事先向赵老讲一下青龙潭的现况的机会。

崭新的嘉陵牌摩托车嘟嘟嘟响着来到了青龙潭下，女青年红叶轻捷地跳了下来。"刚才真悬……哈哈哈……"她边说边咯咯地笑，并且用手捶打着正在熄火、拔钥匙、摘头盔和风镜的晓铁的背。

"没事！"晓铁转过身，摸了摸她的手，表现出一种得意自豪的神情。他穿着一件紧身的尼龙针织线衣，一条仿牛仔裤的劳动布裤子，高大健壮，脸盘方正，富有男性的健美。"就是这儿！"他用左手指着周围转了一个圈儿，把青龙潭、桃花沟、女儿峰连同彩虹小庙，全收进去了。

"真漂亮，你瞧那儿……真想不到出省城六十里，就有一个这么奇妙的地方！"红叶欢呼说。

"这么说，你同意了？"晓铁盯住了红叶的眼睛，他的盯视是火辣辣的、咄咄逼人的，又是透着自我感觉良好——信心十足的。

"那我可没说。"女青年红叶撇了撇嘴，向前走了一步，把热切地期待着她的晓铁丢在了后面。

她无须解释。她夸赞，她欢呼，是指——例如乘着摩托车到这里来游玩。至于把工作调到这儿来，把户口转来，在这儿成家立业，那可是另一回事。

晓铁有点懊丧。他太急了，怎么能一下摩托车就刺刀见红，进入实质性、决定性谈判呢？应该引导她先看看这里的美妙风光。但他的懊丧还不单是因为自己举措的失当，毛病在于：红叶的否定答复使他自己也犹豫起来了，他为什么要到这里来呢？在城里显然要好得多。

晓铁是本年度的师范学院毕业生，今年二十九岁，一九七八年从工厂带工资考进了高等学校。毕业统一分配，把他分配到这个公社这个大队的学校来了。他来过一次，看了看，大队的干部热诚地欢迎他，但他拿不定主意到底来不来报到。班上有些同学主张他"泡"，争取调换一个市内的工作。现在，来不来的决定权却在红叶手里。红叶今年也二十六岁了，虽然还充满着姑娘的矜持和娇嫩，眼角上却已经出现了细细的纹路。他们相好已经四年了，由于晓铁在上学，更由于在城里找不着房子，至今他俩不能结婚。"如果到桃花沟大队，我们就会有房子，等到新年我们就结婚……"正是由于晓铁的这种富有强大吸引力和征服力的说法，祖祖辈辈没有离开过城市的红叶才同意到这个山沟沟来看看。

他们踏石阶而上，来到古庙、牌坊、石碑和小小的建筑工地旁边。一个正在砌墙的年轻英俊的瓦工从脚手架上跳了下来，擦了擦手，走过来欢迎他们。"我是这里的大队支部副书记，我叫赵长喜，上次与晓铁老师见过的。"他向红叶自我介绍说，"欢迎你们，欢迎你们都到这儿来看。"他指一指脚手架、快砌好了的墙以及堆积的砖、瓦、木材，"这就是我们给学校的老师盖的住宅。每户三间房，四十八平方米，有自来水，有暖气，有一个小院可以种花、养鸡。不养鸡也没关系，这儿的鸡蛋很便宜，学生们都愿意把鸡蛋送给老师吃，乡下人嘛……"

"有暖气？"红叶吃了一惊。

"土暖气嘛！现在有的社员家里已经安装了。你们可以参观参观……"

"有电吗？"红叶问。

"从一九六一年这儿就电气化啦，你们看……"支部副书记向左上方的村落方向指了指，晓铁看到了那里七叉八叉地伸张着的鱼骨天线，"有电视，有电风扇，有洗衣机，还有一家买了电冰箱……现在什么都有了，就是没有文化……五年了，我们大队没有一个孩子考上大学的。去年考高中，也只考上了四个孩子……老师，到我们这儿来吧……现在什么都好，就是有学问有本事的人不到农村来了。落实政策啊，照顾家庭啊，有学问有本事的人都走了。我们山沟里的孩子，就天生不该多念点书吗？两位老师！"

年轻的支部副书记说着说着动了感情，最后一句话几乎是声泪俱下了。

这时候，北京牌吉普车已经到了。赵书章好像回忆起了什么，兴冲冲地拉着妻子蹬石上爬。董秀山嗫嗫嚅嚅地向赵书章解释这里因修水库而改变了青龙潭原貌的情况。他们走到第二层的基本干涸了的石潭旁边。说是"基本"，因为从昨夜到方才刚刚下过大雨，第二层与第三层的石潭里倒还积了一点雨水。赵书章一会儿仰头看看头上的水库大坝，一会儿平视古庙、石碑、牌坊、工地和村落，一会儿又俯身看第三阶的潭穴。俯视完了一抬头，却又看见对面女儿峰上的葱葱郁郁、欣欣向荣的松林，大有应接不暇之态。周兰新的兴趣却全在石潭上，尽管已经今非昔比，却仍然使她惊诧，使她折服，使她觉得奇妙得不可思议："怎么会是这样子呢？怎么会是这样子的呢？"

董秀山略带歉意地说："一九五八年嘛，大跃进嘛，农业八字宪法以水为先嘛，修水库说上就上啦……"

"我不是问为什么修水库，修水库还不好？"周兰新觉得董秀山误会了她的意思，"我是说，怎么正好是两个青石潭，一高一低呢？"

"原来是三个呢。"赵书章有点得意，故乡的荣誉当然应该归属每一个故乡人分享，"就是水滴得呀，千年滴，万年滴，十万年，一百万年，一千万年，老是这么滴呀滴呀滴呀，就滴出龙潭来了！"说完，他哈哈大笑起来。

"这个老天爷可真有意思！"兰新赞叹说。她放低了声音，脸上呈现出一种神往和庄严。她并不迷信，老天爷，这只是她赞美大自然时给大自然戴的桂冠罢了。

吉普车司机怒气冲冲地直奔小庙旁的工地而去，他已经辨认出，那城里人打扮的一男一女，便是刚才驾着摩托车超车，几乎酿成了重大车祸的人。问题不仅在于不遵守交通规则，更严重的是这样一种强行超车乃是对于被超的车的司机的无礼冒犯。而这里的司机一上路，便有一种老子天下第一的自我感觉，连车里坐的首长都要敬他三分，何况驾摩托车的一个毛孩子……

"李师傅来了，今天是拉谁呀？"赵长喜远远认出了汽车司机，招呼道。原来，他们是老相识。

"刚才开吉普车的是您吧，师傅？真对不起，我们走得太急了。"没等李师傅走近，红叶已经迎了过去，彬彬有礼地含笑说。

李师傅只觉得眼前一亮。一个纤瘦的、白净的、浑身都放着青春光彩的姑娘。她的两道挺拔的眉毛和扁而长的微微向两端翘起的眼睛，温雅妩媚中隐藏着锐气。她的剪裁合体的米黄色春秋两用衫和浅灰色的笔挺的裤子，也是一种非同凡俗的震慑力量。再看看，她的身后是一个肩宽体高的小伙子，一只手插在裤袋里，微仰着头，在旁边微微一笑，既是礼貌的，又是嘲弄的，而他的两只眼睛，睁得大大地注视着他，好像在发出警告："好说便罢，要不然，我可不怕你！"

李师傅的脑门子上沁出了汗珠，仓促中蹦出了一句话："开车也要五讲四美嘛！"——不愧是县委的司机。

空气一下子缓和了，小伙子笑着歪了歪头，既表示叹服，也表示哭笑不得。他过来与李师傅握了握手："今天是我莽撞了，以后一定注意五讲四美！"

大队支部副书记虽然不知其详，但也猜个差不离，便也附和说："就是就是，我们大队也正在抓五讲四美！"

李师傅见好就收，欣然接受五讲四美原则的胜利。他把支部副书记拉到一边："来两条鲤鱼怎么样？要大的！"

晓铁低声向红叶耳语："你不是爱吃鱼吗？来吧！"

"可是……买东西……百货……还有……"红叶的话断断续续。

"商店我们也在盖新的，八间门脸儿，尼龙绸夹克宇航服，带石英电子表的圆珠笔，上海出的落地式收录机，城里没有的，我们这儿买得到！"赵长喜连忙向红叶宣传说。

"他们现在可有钱啦，比我阔！"李师傅及时发表了凑趣的证词，几个人同时笑了。

几个人的笑谈没能继续下去，因为又开来了一辆引人注目的汽车。这是日本出产的丰田牌旅行车，车身长大，必要时人们可以在车里躺下睡觉。这种车车速快，又平稳，很受人们的欢迎。县里并没有这样的车，省委也没有，只是几个最"老财"的局——石油管理局、外贸局、旅游局，才各有一辆。

丰田牌大旅行车停下来后，下来了两个人。一个是头发全白的老汉，胖胖的，身穿褐色与乳白两种颜色的粗羊毛线织成的大翻领外套，给人一种罕见的粗厚而又柔软的手感，脚蹬缝了一道又一道竖纹的厚底登山皮鞋。黑胖黑胖的脸上架着金边眼镜，镜片是六角形的变色玻璃，脖子上还挂着一条淡绿色毛织领带。他的裤子紧紧兜着臀部，显得身体更加肥笨，裤袋不是开在两侧而是在体前。不用说，这是外宾，虽然分辨不出他是外籍华人还是日本友人。

和他同时下车的人穿一身清洁朴素的灰华达呢制服，只是宽边蛤蟆式眼镜有些洋气，而且，他腕子上戴着一个显然是舶来品的手表，表盘宽大，带月、日、星期，有罗盘，有简易电子计算器。不仅晓铁和红叶，包括李师傅和赵长喜，都能一眼认出来，这是个外事工作干部——多半出过国。

外事干部问谁是这里的负责人，赵长喜迎了过去。外事干部介绍说，他来自省旅游局。他说，这位"外宾"是一位澳籍华人，早年出国，现在已不大会说汉语了。他原是本省人氏，现在在国外赚了点钱，只有孤身一人。他想出资在本省建一所旅游饭店，算是他赠给故乡的礼物，他的要求是这所饭店建成后要用他的名字命名。我们已经大致接受了他的倡议，为了谈判确定一些细节，他这次专程回国来到这边。因为他早就知道青龙潭的名声，却无缘一见，特来看看。如果这里的风景确实使他中意的话——外事干部暗示说——也许他对这项捐献性工程更加积极。

虽然赵长喜精明强干，是一个新型的农村干部，但是这种与"内事"紧密相关的"外事"还是第一次遇到，他不知道该做出什么反应才好。

澳籍老乡立即被石碑吸引住了，一面看一面用英语不断地发问。陪同人员显然对这些石碑上的文字一知半解，回答得结结巴巴。

两个人叽里咕噜了一阵子以后，外事干部对赵长喜说："他问，你们为什么不好好修修这座庙、这牌坊和石碑，却要在这里盖房？这样，很不协调，岂不是把文物古迹全破坏了？"

副支书与围观的农民挤了挤眼，他说："乾隆的碑，有的是！如果连这种小庙都要保护，我们活人就没有地方待了。"他毕竟是年轻人，他用另一种声调对外事干部说，"澳大利亚要有这样的东西可就稀罕了。物以稀为贵。他们那儿没有文物，只有袋鼠。"

这位农村干部的渊博，使外事干部大吃一惊："你知道——澳大利亚？"

副支书微微一笑："地理课上讲过，前几天又看过电视。"

澳籍老乡慢慢地往山坡上走。赵长喜回身想找晓铁和红叶继续交谈，动员他们下决心到桃花沟来，却没找到。人们告诉他，城里来的青年男女往村里去了，那位女青年大概是想参观参观村里的"百货公司"吧。副支书觉得抱歉，近几年，他们山沟里已经有了许多过去做梦也梦不见的东西，但还没有大百货公司。在他能预见的将来，也不会有。

"上架子！"他把手一挥，继续进行他的建筑工程，没有理睬澳籍老乡的批评。他无法理解这个破庙和破石碑有什么好的。从小他们就在这破庙、破石碑以及被吹得神乎其神的莫须有的青龙旁边受穷。春天不但吃榆钱儿、榆叶，而且吃柳叶儿。人饿起来硬是直不起腰、抬不起头啊！娶媳妇的时候要问待嫁的姑娘会不会讨饭，如果碰上的是个抹不开脸、张不开嘴的主儿，遇到荒年，岂不得活活饿死？穿不上裤子的姑娘，盖不上被子的老人，住不上房子的小伙子，与不但睡不上棺材板而且卷不上席子的死者……这些，有的他见过，有的只是听说过。从小，他就怀着一种世代相传下来的屈辱感和从这种屈辱感当中生长出来的要强心。终于，就在他的亲眼观看与亲手操持之下，这里有了水库，有了电，有了公路，有了自来水，有了果园，有了苗圃，有了养鱼业。尤其是，责任制实行以来，有了钱，有了用钱买来的电视机、手表和各种尼龙、的确良、毛哔叽衣服。而且，年轻的支部副书记看得更远一点。他野心勃勃地招揽知识分子，他追求文化文明，他本人就是高中肄业生。他要新的农村、新的生活，他不要并无保留价值的破烂古董。

半个多小时以后，三拨客人各自准备往回走。赵书章到村里走了走，引动了一帮老人。几经相叙、介绍、回忆、提醒，老人们大致承认了这位老干部确是他们的乡亲。赵书章的辈分大，现在活着的老人们当中无有与他同辈者。或叔或伯，人们这样尊敬地叫着他。来到工地旁与年轻的支部副书记一排辈，赵长喜应该称他为祖爷爷。看样子赵老相当感慨激动，他拉着重孙子辈的赵长喜的手，赞叹说："好啊！好啊！想不到家乡已经有了这么大的变化！变得真快呀！好好干！就是要大抓责任制，大抓水利，大抓园林化和各种经营！还要搞工副业！"上了汽车了，他把车窗打开，向乡亲们挥手。归程上，他再没有提青龙潭的事情，而是无限感慨地向妻子、向董秀山，讲起他记忆里的这一带农村的情况和与今天看到的情况的对比。这使董秀山如释重负。

晓铁和红叶身后远远地跟着几个年轻的山村姑娘。她们非常注意红叶的穿戴和做派，她们羡慕万分。从这个村里有了电视起，这里的女孩子们的服装已经发生了革命性的变化。不但大裤裆没有了，竹布褂也没有了。不但有筒裤，而且有高跟鞋，虽然不是劳动时穿。"向城里人看齐"这是一个未经宣布但实际上已经存在着的口号和现实。红叶的到来又给他们提供了一个更直接进行美学观摩的机会。晓铁和红叶的大胆亲昵的举止，也给她们一种清新的却又是可疑的（包含着某种异端感）刺激。

司机提上了一条鲤鱼。本来他要两条，渔场的社员只允准了他的一半请求。过去农村的人把汽车司机看成神仙，现在，桃花沟大队自己也有一辆卡车了，他们已经不那么有求于司机了。李师傅提着一条鱼上车的时候暗自慨叹人心不古，但脸上不敢显露愠色。他知道，在山村的农民面前颐指气使的日子已经一去不复返了，他如果摆谱，以后再来可能连一条鱼尾巴也弄不上。

澳籍老乡通过翻译告诉支部副书记，他为青龙潭的毁灭深感遗憾。他认为这个水库的建设破坏了自然风光，从长远来说，有可能破坏生态平衡。他认为桃花沟和青龙潭真正辉煌的前途在于毁掉水库，恢复龙脉，把这里建设成为一个全国性的，然后是国际性的旅游区。当然，他说，他承认这里的生产与生活的提高是一个了不起的进展。

跟随澳籍老乡的是一群小孩子，他们更加开放，也更加富于国际主义的好奇心。他们一面听着翻译过来的他们根本听不懂的话，一面小声讨论着"外宾"脖子上挂的那个"套绳"究竟是做什么用的。即使在电影和电视荧光屏幕上，他们还从来没见过这样的领带。

毁掉水库的说法使赵长喜无法相信自己的耳朵，而且他直觉地从这样的话中嗅出了一股"反动"的气味。但是"自然风光""生态平衡""国际性旅游区"这几个名词却显得有些来头，至少是相当时髦。他茫然了。

晓铁和红叶走的时候相当快活，他告诉赵长喜说："我们回去再合计合计，马上就给你个信儿。"

晓铁和红叶仍然不懂得谦让，他们的嘉陵牌摩托走在最前面，然后是丰田牌日本旅行车，然后是北京牌吉普车。三辆车沿着曲曲弯弯的盘山公路下行，扬起了一片烟尘。当赵长喜俯瞰这愈来愈显得小了的三辆疾行的车子的时候，心头浮起了一种异样的感觉。

这天晚上，三拨客人成为全村议论的中心话题，愈兜愈多。老人们终于回想起了有关赵书章和他的家族的种种往事，自发地凑起了不少材料，满可以作为《赵书章的童年》的素材了，如果有某一位作者有志于写赵书章的传记的话。年轻的姑娘继续喊喊喳喳地讨论晓铁和红叶，表面上看舆论分歧，毁誉参半，实际上内心深处还有某种没有出口的东西，有一种微妙的遐想和萌动。对于澳籍老乡本人的议论很少，因为就多数社员而言，从澳大利亚来与从月亮上来差别无多。奇怪的是澳籍老乡的被翻译过来的相当费解的话居然在村子里也传开了，有一些人在议论毁掉水库恢复青龙潭旧貌的可能性，几乎一致认为这是不可能的。但是这种说法在一九八二年十月的一天出现，使一些老人暗暗觉得青龙仍然存在着。"水库是不能毁，青龙早晚也要回来。"一位年岁最大的老人最后以作总结的口气说。

赵长喜这一天晚上做了一个梦，梦见沿着盘山公路有三条龙伸展舞动。醒来以后他揣摩着，可能就是那三辆车，三批客人。他觉得怪高兴，怪有意思。第二天起床以后，他继续抓盖房和苹果的缴售处理，晚上还开了研究学习"十二大"文件问题的支部委员会。该干什么干什么。

反正青龙潭是个好地方。反正青龙潭的面貌日新月异。反正青龙潭不管怎么变也还是青龙潭。反正青龙潭会变成什么样谁也说不准。反正青龙潭这个地方有着无穷的奥妙——奥妙无穷。

——1983 年

木箱深处的紫绸花服

　　这是一件旧而弥新的细绸女罩服。说旧，因为它不但式样陈旧，而且已经在它的主人的箱子底压了二十六年。二十六岁，对于它的女主人来说固然是永不复返的辉煌的青春，对于一件衣服，却未免老耄。说新，因为它还没有被当真穿过，没有为它的主人承担过日光风尘，也没有为它的主人增添过容光色彩。总之，作为一件漂亮的女装，它应该得到的、应该出的风头和应该付出的、应该效的劳还都没有得到，没有出过，没有付出，也没有效。而它，已经二十六岁了。

　　可喜的是它仍然保持着新鲜和姣好的姿容，和二十六年前刚刚出厂，来到人间、来到女主人身边的时候一样。

　　"氧化"，它听它的主人说过这个词。它不懂，因为它被穿了一次便永远地压进了樟木箱底，它没有机会与主人一起进化学课堂。虽然它知道，它的主人是化学教师。

　　"老不穿，它自己也就慢慢氧化了！"有一次，女主人自言自语说，她说话的声音非常之轻，如果这件衣服的质料不是细腻的软绸而是粗硬的亚麻，那它肯定什么也听不到的。

　　"氧化"是一个很讨厌的词儿，从女主人的声调里它听出来了。

　　但它至今还没有感觉到氧化的危险。它至今仍然是紫色的，既柔和，又耀目，既富丽大方，又平易可亲。它的表面，是凤凰与竹叶的提花图案，和它纤瘦的腰身一样清雅。它的质料确实是奇特的，你把它卷起来，差不多可以握在女主人小小的手掌里。你把它穿上，却能显示出一种类似绒布的厚度和分量。就连它的对襟上的中式大纽襻，也是精美绝伦的。那上面，凝聚着一个美丽的苏州姑娘的手指的辛劳。

丽珊购买这件衣服是在一九五七年。新婚前夕，她和鲁明一起去服装商店，鲁明一眼就看到了这件衣服，要给她买下来。她却看花了眼，挑挑拣拣，转转看看，走出了这个商店，走进了别的商店，走出了别的商店，又走进了这个商店，从商店的这一端走到那一端，从那一端又走到了这一端，用了一个半小时，最后还是买下了这件起初就被鲁明看中了的衣服。当然，鲁明并没有埋怨她，那是多么甜蜜的一个半小时啊！人的一生中，又能有几次这样的一个半小时呢？

新婚那天晚上，她穿了这件衣服，第二天天气就大热了，那是一个真正炎热的夏天。它便被脱了下来，小心翼翼地折叠好，放到妈妈给她这个独生女的唯一的嫁妆——一个旧樟木箱子的尽底下了。

后来鲁明走了，一走就是好多年。

在这个夏天以后，在鲁明走了以后，在世界发生了一些它所不知道的变化以后，它便只有静静地躺在箱底的份儿了。

终于，丽珊成功了，她可以去边远的一个农村，去到鲁明的身边。走以前，她把原来珍贵地放在她的樟木箱子里的许多衣服都丢掉了，像那件米黄色的连衣裙，像鲁明的一身瓦灰色西服，像一件洁白的桃花衬裙……它们都是紫绸花罩服的好同伴。与它们分手是一件令人神伤的事情，紫绸花罩服觉得寂寞和孤单。而那些出现在箱子里的新伙伴使它觉得陌生、粗鲁，比如那件羊皮背心，就带着一股子又膻又傲的怪味儿，还有那件防水帆布做的大裤脚裤子，竟那样无礼地直挺挺地进入了箱子，连向它屈屈身都不曾。

但是丽珊带着它，不论走到什么地方。虽然从那个时候起它已经永远与丽珊无缘了。不说那些无法被一件女上装理解的原因了，起码，那时已经是二十世纪六十年代了，丽珊已经有了一个满地跑的儿子，她已经再也穿不下这件腰身纤瘦的衣服了。

幸亏还有一条咖啡色的领带，也是在他们结婚前不久进入这个箱子的。它甚至连一次也还没有上过鲁明的脖子，新婚那一天鲁明结的是另一条玫瑰红色的有斜条纹的领带。这样一条领带竟然和这个箱子、和羊皮背心、和帆布裤子、和连指手套与厚棉帽子，当然也和紫上衣一起去到了边远的农村，给纤瘦的紫衣以微末的安慰，显然，这是由于丽珊的疏忽。这条领带自然是属于应被淘汰之列的。

一九六六年的夏天，一个更加炎热的夏天，鲁明和丽珊在夜深人静之后打开了樟木箱子。翻腾了一阵以后，首先发现了领带。鲁明惊呼了一声："怎么还带来了这玩意儿？"倒好像那不是一条领带，而是一条赤链蛇。"好了好了。"丽珊说，但是她的声音不像丽珊，而像另一个人，"我来处理它……正巧，我的腰带坏了。"说着，她拿起了领带，往裤腰上系。紫衣服看到了领带的颤抖，不知道是由于快乐还是痛苦。

鲁明接着指着紫衣服说："那么它呢？它怎么办？它也是'四旧'啊！"

"我并不旧啊！我只被穿过一次！我被保管得好好的！樟木箱子不会生蛀虫。我一点也不旧，更不是'四旧'啊！"

紫衣服想说，却发不出声音。精灵一样的苏州姑娘的手指啊，给了它美丽的形体和敏锐的神经，却没有赋予它声音，它甚至于连叹息一声的本事都不具有。

"这个，我要留着它。"丽珊的声音非常坚决，但是比拿领带做腰带用时更像丽珊的声音一些，"我要把它藏起来，不让任何人把它夺去。"

"你恐怕已经穿不得了……"鲁明说。他变得安详了，一只手搭在丽珊的肩上。

"……我要留着它。也许……"

什么是"也许"呢？紫衣服体会到，它未来的命运和这个"也许"有关系，但是它完全不懂得什么叫作"也许"。对于一件二两重的衣服，"也许"太朦胧也太沉重。

"老不穿，它自己也就慢慢氧化了。"这次是丽珊自语，连鲁明也没有听到。

不要氧化，而要"也许"！紫衣服无声地祝愿着。

终于，许多的日子过去了，鲁明和丽珊快快活活地开始了他们的二度青春，他们重新在各自原来的岗位上发奋。许多好衣服也见了天日，同时，许多新质料、新式样、新花色的好衣服迅速地出现了。鲁明常常出差，还出过一次国。他从上海、从广州、从青岛、从巴黎和香港，给丽珊带来了合身的衣服。

换季的时候，这些衣服进入了樟木箱子，它们有一种兴高采烈、从来不知忧患为何物的喜庆劲儿。

新衣服进了箱子，见到紫衣服，不由怔住了。"您贵姓？"它们无声地问。

"我姓紫。"它无声地答。

"府上是……"

"苏州。"

"您的年纪？"

"二十六。"

"老奶奶，您真长寿！"上海衬衫、广州裙子、青岛外套、巴黎马甲与香港丝袜七嘴八舌地惊叹着。

它们没有再无声地说下去。因为它们看出来了，紫衣服的神情里流露着忧伤。

丽珊好像懂得了它的心情，在把新衣服放好，关上箱子盖以后，又打开了箱子，把紫衣服翻了出来，托在掌上，看了又看。紫衣服听到了丽珊的心声："不论有什么样的新衣服、好衣服，我最珍爱的，仍然只是这一件。"

"以后……"她说出了声。

对于紫衣服，"以后"比"也许"的含义要更浅显些，它听到了"以后"，它理解了"以后"，它充满了期待和热望，它得到了安慰。它在箱底，舒舒服服、温情脉脉地等待着。它信任它的主人，它知道丽珊的"以后"里包含着许多的应许。它不再嗟叹自己的命运，也丝毫不嫉妒新来的带着丽珊的体温和气味的伙伴。就拿那一双香港出产的长筒无跟丝袜来说吧，只被主人穿了一次，便破了一个洞。紫绸服的口角上出现了一丝冷笑，不用人指点，紫绸服已经懂得了在香港时鲜货面前保持矜持。

丽珊所说的"以后"是指她的孩子。他们没有女儿，只有那个儿子，他们的生活虽然坎坷，儿子却几乎没有受过什么委屈。从小，儿子的生活里就有足够的蛋白质、足够的爱、足够的玩具和课本。儿子早就发现了妈妈的这件压箱底的衣服，他第一次提出下列问题的时候还不满八岁。

"妈妈，多好看的衣服呀，你怎么不穿呀？"

丽珊没有说什么，她只是静静地一笑，她绝不让孩子过早地接触那咬啮大人的愁苦。

"等你长大了，我把这件衣服送给你。"妈妈说。

"我……可这是女的穿的衣服呀！"儿子说话时的口气，好像为自己不是能穿这样衣服的女孩子而遗憾似的。

妈妈笑了，笑得有那么一点狡狯。

后来儿子有了自己的事，有了自己的书包，自己的朋友和自己的衣服。他不再提这件衣服的事，他把这件压箱底的衣服全然忘了。

以后儿子长大了。以后儿子念完大学，工作了。以后儿子有了女朋友。以后儿子要结婚了。

这就是丽珊所说的"以后"的部分含义。在儿子预定的婚期的前几天，樟木箱子被打开了，压在箱底的紫绸衣服被小心翼翼地拿了出来。

"你看这件衣服好看吗？"丽珊问儿子。

"哪儿来的这么件怪衣服！"这是儿子心里的话，但他没有说出来。人们心里想的、没有说出的话是不能被他人听到的，只能被质料柔软的衣服听到。

儿子看出了妈妈的心意，所以他连忙笑着说："挺好。"

"送给你的未婚妻吧！"丽珊说，"我年轻的时候只穿过它一次。"同时，丽珊在心里说："那是我新婚的纪念，也是我少女时期的纪念，虽然它在我的身上只被穿了三个小时，然而它跟着我已经度过了二十六年。"

紫绸衣听懂了丽珊说出的和没有说出的话，它快活得晕眩。任何一件衣服能有这样的幸运吗？它将成为两代人的生活、青春、爱情的纪念。

儿子接过了紫衣，拿给了未婚妻。未婚妻提起衣服领子在自己身上比了比，正合适，用不着找裁缝改。未婚妻的身量比妈妈略高一点，但按现在的时尚，衣服宁瘦勿肥，宁短勿长，这件衣服简直是天生为儿子的未婚妻预备的。

紫衣服想欢呼："我的真正的主人原来是你！我的真正的青春，原来是在二十世纪八十年代！"它想起香港的破了洞的丝袜称它为"老奶奶"，笑得不禁抖了起来。

"不，我不要，新衣服还穿不完呢，谁穿这个老掉牙的？"未婚妻讲得很干脆，也很合逻辑，"当然，我谢谢妈妈的这番心意。"过了一会儿，她补充说。

透不过气来的紫衣服偷偷瞅了一眼，未婚妻的上衣和裤子上有令人眼花缭乱的无数个小拉链，服装的款式、气派和质料都是它从来没见过也从来没想到过的，它目瞪口呆。

最后，紫衣服回到了丽珊手里，鲁明身边。儿子的解释是委婉的："这是你们的纪念，它应该跟着你们。"

"这样好，这样好。"鲁明爽朗地大笑着说，"你给出去，我还舍不得呢。"他对丽珊说。

同时，儿子和他的未婚妻十分感激地收下了二老双亲给他们的其他贵重得多的礼物，其中包括一台电视机。未婚妻给妈妈打了一件毛线衣。二十世纪八十年代的毛线衣，有朴素而美丽的凹凸条纹，不仅可以穿在罩服里面，而且是可以当做春秋两用衣穿在外面的。

紫绸衣这一晚上搭在了丽珊和鲁明的双人床栏上。它听到了他们的心声，惊异地知道了自己原来包含着他们那么多温馨的、艰难的和执着的回忆。那是什么？当丽珊伏在床栏上与鲁明说话的时候，它感觉到一点潮湿、一点咸、一点苦与很多的温热。它明白了，这是一滴泪啊，一滴丽珊的眼泪。眼泪润泽了并且融化了紫绸衣的永久期待的灵魂。它充满了悔恨，它竟然一度想投身到一个年轻无知的女子——儿子的未婚妻的怀抱，与那些拉链众多的时装为伍。它再也不会犯这样的错误了，它再也不离开丽珊和鲁明了。这已经是足够的报偿了，它已经得到了任何衣服都不可能得到的东西。为什么这样热、这样热啊？眼泪正在加速氧化的过程，它恍然悟到，氧化并不全是可诅咒的事情。燃烧，不正是氧化现象吗？它懂得了它的主人这一代人，他们的心里充满了燃烧的光明和温热。从它来到他们的家里以前就是这样，现在仍然是这样。

衣服是为了叫人穿的，得不到穿的衣服是不幸的。然而，最最珍贵的衣服又往往是压在箱子深处的。平庸如香港的丝袜，也完全理解这一点。然而，如今的丽珊、鲁明与我们的这一件紫绸花服，却都有了新的意会。

所以，在这个故事里，丽珊、鲁明和紫绸花服，都不必有什么怨嗟，有什么遗憾，更用不着羡慕别样的命运。他（它）们已经通过了岁月的试练，他（它）们尽了自己的心力，他（它）们怀着最纯洁的心愿期待着。如今，他（它）们期待的已经实现，落在紫绸花服上的唯一的一滴眼泪已经蒸发四散，他（它）们已经得到了平静、喜悦、真正的和解和愈来愈好的未来。他（它）们有他（它）们的温热和骄傲和幸福。紫绸花服的价值已经超过了一般。而当这一些写下来以后，木箱深处的紫绸花服还会慢慢地氧化在心的深处。

那就让它氧化和消散吧。

——1983 年

哦，穆罕默德·阿麦德

　　小说题目愈来愈长，加感叹词和标点符号，以至把标题变成"主谓宾定状"俱全的完整的句子，大约也是一种新潮流吧？于是我想来它个以毒攻毒，将此篇命名为：《哦，我的远在边疆的亲爱的可怜的维吾尔族兄弟穆罕默德·阿麦德哟，让我写一写你！》，后一想，如此创新，殊非正路，乃罢。

　　似乎自从日本电影《啊，海军》（还有《啊，野麦岭》）在我国放映以来，"啊""哦"式标题就多起来了——来自东洋？电影《啊，摇篮》，小说《哦，香雪》《哦，十五岁的哈丽黛哟》《哦，我歪歪的小杨树》……流韵所及，当我这次来上海给《小说界》改中篇的时候，有人建议我把中篇命名为《哦，我的爱》，您受得了吗？

　　我看不惯"啊""哦"。想不到在这个短篇上竟向"啊""哦"投降。这只能说是穆罕默德·阿麦德的力量。

　　新疆惯例译作"买买提·艾买提"，同样的名字如果来自埃及、叙利亚或苏丹，就是穆罕默德·阿麦德，似乎雅气了些也庄重了些。我几经推敲，决定从后一种译法，倒并非想冒充阿拉伯故事或炫耀博学以招揽读者，而是不如此译，便不能表达我对阿麦德的郑重的敬意。

　　一九六五年四月，我到达新疆伊犁哈萨克自治州伊宁县的毛拉圩孜公社劳动锻炼，分配到三大队第五生产队。先是在队部附近干活，一个月以后，第一次去离住地四公里以外的伊犁河沿小庄子附近锄玉米。八点来钟出发，走到庄子，都快九点了，只见几个社员还坐在渠埂上说闲话，抽莫合烟。我由于诚惶诚恐，劳动上不敢怠慢，便问了一句："还没上工吗？"问完了才意识到，这里在场的是百分之百的维吾尔人,我的汉话没有人听得懂,问也白问。

但是马上从人群里站起一位机灵的小伙子,他身材适中,留着大分头,头发鬈曲,眉浓目秀,目光流动活泼、忽暗忽亮,胡须楂子虽密却刮得很干净,上身穿一件翻领青年服,下身一件黄条绒的俄式短腰宽脚裤,神态俊雅,只是肤色似乎比这儿的一般社员还要黑一些。他用流利但仍然带有一种怪味儿的汉语对我说:"同志,你好。你是新来的社教干部吧?我们正在学习讨论《纪念白求恩》呢,来,坐下吧。"

我解释说,我不是社教干部,而是来劳动锻炼、改变思想的。他睁大了眼睛,把我从头到脚从脚到头来回打量了几遍,突然一转头,哈哈大笑起来。

他笑的样子非常粗俗丑陋,与刚才问"你好"的文明样子颇不相称。我知道,在新疆,即使懂汉语的乡下人,见面问候时也是用"好着呢吗?"而不会说"你好"的。会问"你好"那是见过相当场面的标志。

笑完了,他指一指渠埝,用命令的口气对我说:"坐下,休息。"然后,他与同伴继续说笑。他说话非常快,一套一套的,表情也很夸张,好像在模仿着什么人。但是在这样的说笑中,他也时时照顾着我的存在,一会儿用简单的话语向我介绍他们谈话的内容,原来他们并没有学习毛主席著作;一会儿又问问我姓名、年龄、籍贯、婚姻状况、家庭成员、简历,干部登记表第一面和第四面上的几项,他都问到了,我很佩服他一心二用的本领。

这时又来了几个穿得花花绿绿的女社员,坐在对面的一条渠埝上,不是正对男社员而是拉开十几米的距离,以示男女有别。他"噌"地站了起来,跑到女社员那边去,马上,那边传来了活跃的说笑声。

太阳烤得我已经满头是汗了,我已经怀疑这一天还干不干活了,一位留着圆圆的白胡子的组长才下令下地。干活的时候伶俐的小伙子主动和我结伴,不停地和我扯着闲话,不断地嘱咐我"忙啥,慢慢的,慢慢的"。对于我提出的有关劳动工艺上的问题他一概置之不理,同时热情地向我嘘寒问暖,向我介绍在这里生活应该注意的事项。他说:"我叫穆罕默德·阿麦德,以后有什么事情,找我好了。"

直到快收工的时候,我才直腰四处看了看,我发现,穆罕默德·阿麦德干的活比我还少。我是一个人锄四垄地,他一个人只锄两垄,但前进的速度一样。他锄漏的生地、野草也绝不比我少。再一看,我确实吓了一跳,原来他拿着的是一柄那么小的砍土镘，别说是男人，就是未成年的女孩儿用的砍土镘，一般也比他的大。

他一边"干活"，一边说一边笑，肆无忌惮，最后还唱起歌来了，有滋有味，有腔有板，他的嗓子可真不错。

后来不知谁笑着说了一句什么话，他突然生起气来了，立在那里，噘着嘴像个孩子，不声不响也不干活。过了足足两分钟他对我说："这人是不好人，这人人不是。"他停了一下，调整了盛怒中弄乱了的语法，告诉我说，"这些人不是人。"

午饭时候，他不由分说把我拉到他家里去。本来庄子的住房水平低于队部附近的住房，他住的那个歪歪扭扭的用烂树条编在一起抹上泥就算墙的烂房，更可以说是倒数第一。他的父母都已老迈，两个小妹年龄很小，这四个人穿的都是破衣烂裳，只有他一个人穿得囫囵、整洁，还颇有式样。泥房外面是烂柴草搭的一个凉棚，凉棚下面砌起一个土台，土台上铺着一块布满烂洞、裂纹和粘成一绺绺的羊毛破毡子，毡子上放着一个四角包上铁皮仍然松松垮垮的炕桌，土台边连着锅灶，老太太正把一大把一大把发了霉的麦秸填到灶里，烟大火小，烧开那一大铁锅水显然是很难的。

我遵照礼仪向坐在室外土台上的二位老人问好。穆罕默德·阿麦德的父亲向我还礼和问候的时候，胸腔里发出一种奇怪的沙沙声，而且结结巴巴，口齿不清。他母亲正在害眼病，红红的两只眼睛眼泪哗哗的。穆罕默德·阿麦德却不耐烦地催我进屋，屋里摆设稍稍好一点，有半新的花毡，有条案，条案上有挑花桌布与大小瓷碗，还有一排维文旧文字的精装厚书，这是不多见的。墙角有镶着黄色条饰的木箱，墙上还有一个不大的镜框，奇怪的是镜框里摆着的全部是穆罕默德·阿麦德一个人的照片，有穿俄式多扣学生装的，很天真可爱，还有一张穿西服的，拙劣地涂上了颜色，照得却走了形。墙上除挂着面箩、和面的木盆、两把未编完的糜秸扫把以外，还有一个大肚的庞然大物——那是一种乐器，叫作都塔尔，我在来伊犁以前已经去过吐鲁番和南疆，我是见识过的。

屋里空气潮湿憋闷，我其实宁愿出去到土台上坐，但是他正在认真地张罗着。先是在我面前铺上了饭单，然后打开黄条木箱，拿出两个小碟，一个碟里放上方块糖和葡萄干，一个碟里放着小馕与小饼干。然后，他从室外拿来一个搪瓷高桩茶壶，从案上取下两个小碗，给我和他自己各倒了一碗茶："请，请，请……"他平摊着向我伸手，极为彬彬有礼。从茶色的淡薄上，我又一次体会到这一家经济上的拮据。

茶虽淡，方块糖、葡萄干种种看来也是历史悠久，但他的招待却是一丝不苟，我也就非常感激地端起茶来啜饮，饮着饮着忽然想起了他的父母，维吾尔人是最讲敬老的，岂有把老人丢在室外之理。我眼睛看着门口要说话，他已明白，皱着眉对我说："他们不喝茶，喝开水。"稍待，他又解释说，"在南疆，没有几户人家喝得起茶。"

喝了几口，这道程序结束，他拿起一个小碗出去了，一去好大一会儿也不回来，使我坐也不是走也不是。最后他拿着空碗气冲冲地进来了，他生气地说："你是北京来的客人，我要不来一碗奶皮子，这儿的人，太不好了。在我们南疆，一家做好吃的，一定把周围所有的人叫来。"

没有奶皮子，做不成奶茶，但还是一起喝了咸茶，并且吃的是白面馕。我本来中午是带了馕的，但那是包谷馕。在春天青黄不接的季节，中午是难得有白面馕吃的，看来，他已经全力对我进行规格最高的款待了。

从此，我结识了这位懂汉语的、殷勤亲切又有点神啦巴唧的年轻人。我那时初到维吾尔农村定居，言语不通，心情沉郁，穆罕默德·阿麦德的存在，使我感到了友谊的温暖。每逢到伊犁河边干活的时候，我就带上馕，到他家喝热茶，就是喝碗开水，也是暖的。我得知，他们全家是五年前从喀什噶尔老城（今疏附县）步行半个月，从新源那边翻天山来到伊犁地区落户的。由于他天资聪颖又好学，三年前考上了乌鲁木齐气象学校（他告诉我是"空气学校"，当时我正抱着维语课本学维语，知道"哈娃"这个词既可做天空、空气解，也可做气象解，替他纠正成气象学校），但这个学校的食堂整天吃吐鲁番产的白高粱面，他吃不惯，加以家里老的老，小的小，病的病，离了他日子没法过，他便退学回来了，回来后心情抑郁，整天胡打混闹。我也把我的大概情况介绍给他，他立即表示："我听了心疼得很。"他的"很"字拉得很大，而且中间拐两个弯。后来他见我穿着带补丁的衣服，他要说一次心疼，看我吃一次干包谷馕，他也要说一次心疼。有一次队里出义务工，到公社西面三公里远去修湟渠，中午回不来，周围又没有人家，只好就着西北风和泥沙吃硬馕，他又"心疼"起来，还掉了眼泪。我问："你们不也都是这样吃的吗？"

他说："我们惯了，你可是北京来的呀。"

他正式请了我一次客，是伊犁人最爱吃的"大半斤"——抻条面。他自己和面，做剂儿，押面。他做押面（当地叫"拉面"）的方法与伊犁的旁人不同，伊犁人是先把面剂儿做成一小段一小段的，然后一一拉细，像毛线缕一样地悬挂在桌角边，然后一锅一锅地煮。他呢，跪在毡子上，做了一个大面剂儿，裹上油，像盘香一样地盘成一座小山，等到锅开了，他飞快地拉起来，愈拉愈多，愈拉愈长，中间不断，直到拉满一锅的时候，他才把面从中间断开。他说："这是喀什噶尔做拉面的方法。"说起喀什噶尔，他满脸的依恋之情。不但面是他做的，菜卤也是他做的。

"你的妈妈呢？"我问。

"她做不好！"他粗暴地回答。面煮好以后，他倒是很仁义，不但给父母、妹妹盛好送到手上，而且确实如他所说过的，他推开房门，谁从这儿过他就叫谁来吃。最后，他自己只剩了小半碗。这时来了一只邻居的黑白花小猫，向他喵喵地叫，他以惊人的慷慨从他的碗里用手捏出一半面条来，喂了猫。剩下的几根面条，他也不用筷子，就用手指捏着吃了。都拾掇完了以后，他自己又吃了一个包谷馕。

利用饭后的融洽气氛，我向他进了一言："能不能换个稍微大一点的砍土镘，干活时稍稍多卖点力气。"

他立刻板起了脸，恶狠狠地对我说："我不爱劳动嘛！我不是国家干部嘛！我不是积极分子嘛！"

"那你爱什么呢？"我没气，却笑着问。

"我爱玩，我爱看电影，我爱唱歌跳舞，我爱看书。"

"什么书？"

"爱情小说。我最喜欢爱情啦，我喜欢美、漂亮，我喜欢女孩子。"说着说着他转怒为喜，突然，他向我跪下，给我磕了一个头，"王大人，请不要肚子胀。"

在我莫名其妙的时候，他又粗俗丑陋地笑开了。笑得突然，止得也突然，他突然停住了笑，问我："你会跳'坦萨'吗？"

"什么'坦萨'？"

他抬起两手，做出一个交际舞的姿势。

我不快地哼了一声。

"我最爱跳'坦萨'了。"他哼哼着歌噌地站了起来，一个人前后左右地迈着步子。我当时的心情与交际舞是格格不入的，连看也不看他，于是他改唱维吾尔歌曲和跳维吾尔舞。然后他气喘吁吁地从墙上摘下都塔尔，一通乱弹，然后把都塔尔"砰"地一扔,颓然叹道,"每天都抢砍土馒,每天都抢砍土馒,手指头都粗了,还怎么弹都塔尔呢?"

人是不错,可是思想太差劲,我当时想。同时我想起,根据我的一段观察,人们对穆罕默德·阿麦德普遍抱着一种取笑和轻视的态度。当穆罕默德·阿麦德大说大笑或者出洋相的时候,特别是年轻的男社员,便会互相挤挤眼睛,撇撇嘴,老头儿们也忍俊不禁,有的还摇摇头,最无保留地欢迎他和欣赏他的倒是女社员,特别是中年女社员。有一次队里开会,有一项议题是改选妇女队长。那天穆罕默德·阿麦德不在,一位有名的健壮而泼辣、刚刚和丈夫打了离婚的女人阿细罕喊道:"我们选穆罕默德·阿麦德!"一句话全场就爆炸了,男女老幼,全都笑成了一团,我也笑了。

我又想起,有一天我从他家喝茶出来,大队的会计、一只眼睛的伊敏问我:"是到穆罕默德·阿麦德家里去了吗?"当我点头以后,他却大摇其头,并且连连叹气,"哎、哎、哎、哎……"是一种不以为然的腔调。

这是怎么回事?

这次正式请吃"大半斤",以欢快开始,以兴味索然而告终了。而且,在我告辞的时候,他把右腿别在左腿前,身子扭成了八道弯,上身晃动着,面红耳赤地说:"老王哥,夏天要到了,我的三片瓦帽子再也戴不住了,队上又困难……你能不能借我十块钱?"

我把十块钱给了他,但心情更加不快了,他借钱的时机和场合使我对他的友谊的纯洁性产生了一点点怀疑。至于帽子,我完全懂,维吾尔人不论春夏秋冬、室内室外,都必须戴帽子的。人前脱帽,是极为失礼的表现。而他的那顶三片瓦帽子,确实是不能再戴下去了。但用得了十块钱吗?我怀疑。

勿谓言之不预,真是忠言逆耳!就在第二天,公社"四清"工作队队长等一批干部到庄子地里参加劳动了,他们立即发现了穆罕默德·阿麦德的超小砍土馒。中间休息时,他们集合了全体社员,然后拿起穆罕默德·阿麦德的砍土馒示众。维吾尔族副队长讲了一大套,我听不懂,但是口气严厉,这从其他社员屏息静气、鸦雀无声的状态中可以体会到。汉族队长拿起他的砍土馒来说了一句话:"这是砍土馒吗?不,这是挖耳勺!"他的话立刻被工作队的翻译译成了维语,又是一阵大笑。

穆罕默德·阿麦德面红耳赤,像发了疯一样地冲了过去。他口若悬河,与工作队干部辩论起来。他还解开自己的腰带撩开衣服让工作队干部看伤口。翻译给汉族队长翻译的时候我也听见了几句,他不服,第一他说他有病开过刀,维语表达的方法是"吃过刀子"(后来我得知是割过阑尾,本来是很普通的手术,但一般维吾尔人认为"吃过刀子"的人是活不长的,故这个论据有一定的说服力)。第二他说批评表扬不能光看表面现象,不能不调查研究。他的砍土镘固然小一点,但他去年一年上工三百四十五天,今年半年出工一百七十天,属于全队前三名,为什么不表扬(后来我得知,他说的这些情况是有浮夸的,但因为他说得冲,就把那几个干部镇住了)?而同一个队里的××××、××××……(他一口气说了十几个名字,气之长可以与相声演员的"贯口"技巧相比)一贯不出工,为什么不提?为什么越是积极上工的好社员越是要听训,受批评,而从不上工的人却两耳清静、逍遥自在?再说,去年决算他结余七十多块,七十多块都被超支户用了,队上没钱给他开支,至今欠着他钱,工作队管不管?不是批评他的砍土镘小吗?拿钱来!他立刻买两把特大号的,一把自己用,一把送给工作队长……

他的顶撞使所有的人(包括我)捏着一把汗,因为那个年月不仅在农村,即使在城市顶撞领导也包含着巨大的危险,但显然他以凌厉的口舌在辩论中占了上风。工作队长开始降低了自己的调子,倒是长着圆白胡须的作业组长非常照顾领导的面子,适时地站出来把他训斥了几句,宣布继续干活。

工作队干部有了台阶,离去了,大家一面干活一面议论纷纷。从人们的表情中可以看出,一部分人拍手称快,更多的人认为穆罕默德·阿麦德是干了蠢事。又干了一个多小时,太阳还老高,组长宣布收工,但一律不得回家,以免给人以本组收工太早的不良印象。大家聚在地边抽烟,意思是如果碰到上面有人来检查,就重新下地比画比画;如果没有,等暮色昏黄时再起立各奔各家。这次照例的呆坐,穆罕默德·阿麦德非常沉闷,连阿细罕和他说笑他也不理。后来阿细罕过来拉他,与他动手动脚,别人笑起来了,他仍然面色阴沉,不理人。阿细罕无法,回头看见了我,向我求援,哇里哇啦,我知道她的意思是叫我劝劝他。我刚走过去,穆罕默德·阿麦德转头说了句:"别理他们!"

我说:"社员们都等着你说笑话呢!"

他抬起头,对我说:"你看我这是过的什么样的生活啊!"我看到,他满眼是泪。

在毛拉圩孜公社，每天我干两件事：劳动和学习维语维文。所有的维吾尔农民都是我的维语教师，包括他们刚会说话的孩子。一年以后，我已经掌握了大部分日常生活语汇。由于我找到了一本新中国成立初期新疆自治区人民政府行政干校编印的《维语课本》，又接到父亲从北京寄来的一本《中国语文》杂志，该期杂志上刊有语言研究所朱志宁写的一篇介绍维吾尔语概况的文章，在这两本书的帮助下，我对于语法也有了初步了解。因此到一九六六年春夏之间，我的维语知识，已经足以用来交际了。

我渐渐知道，年轻人厌弃鄙薄穆罕默德·阿麦德，主要是因为他有股子男不男、女不女的劲儿。老年人则嫌他劳动不好。但大家一致认为他是个善良、重感情、聪明的人。这一年中间迁来两户汉族新社员，他们对穆罕默德·阿麦德尤其满意。因为除了上述优点以外，他还有一个明显的长处：注意维护维、汉团结，与汉族社员亲密无间，沟通了维、汉社员间的感情，确实做到了有利于团结的话才说，有利于团结的事才做；不利于团结的话和事，不说、不做。干脆上个纲吧，他是绝无狭隘的地方民族主义的。

男不男女不女的事我也看出了一点端倪，比如他说话忸怩作态，惊叹词多而且拉长声："喂江，哇那"……他又特别爱打扮，留的分头自然卷曲，又长又密。他还说过："我的头发多好！"这也让我不喜欢。那年月，连女人都不兴打扮，何况男子呢！

他到底是怎么回事？有一次我问会计独眼伊敏："他是不是'艾杰克孜'？"

"艾杰克孜"是我学会的新词之一，是指一种性变态，汉语叫作阴阳人或者二尾子的。

伊敏吓了一跳，连忙摆手："这话可不能随便说，老王，这话在维语里是最难听的骂人的话了，比骂毛驴子、猪、乌龟头都更严重。"他沉了沉，"主要是他的脾气，脾气就这样。比如说我们民族的规矩，男人跳舞，上臂的动作都在肩的水平面以下，"他做了几个最常见的舞蹈姿势，"女人跳舞胳臂才在肩以上挥动。"他又做了几个女人的舞蹈动作，使我发笑。"可穆罕默德·阿麦德呢，偏偏他要这样跳舞。"他学起他的样儿来，是"女式"的。

果然，原来我不明确，只觉得穆罕默德·阿麦德舞跳得很好，差不多谁家结婚都要请他去跳，但他跳的时候围观的年轻人又坏笑，我也觉着好像有一点不对头，经伊敏一说，恍然大悟。

"再比如说，我们维吾尔男人没有做饭的，特别是没结婚的巴郎子（此处指小伙子），哪有这样拉面条的？"他又学起他拉面的样子来，"就连骂人，他用的也都是些女人的话。打架吧，他撞头，而男人打架，可以用拳头，可以动刀子，就是不准撞头……"最后他总结说，"我们不喜欢他这个样子。"

伊敏的话并没有使我完全信服，例如拉面，为什么小伙子就不能做饭呢？根据我的观察，穆罕默德·阿麦德虽然家境困难，父亲有病，威信、地位极低，但是他有洁癖，类似拉面条、整理屋子这一类事，他不放心他妈妈去做，而家里又没有一个能干的、年龄相当的姐妹，所以他就把一部分细活接管了。至于粗活，还是由他母亲及小妹妹们干。但是他毕竟是有一点"事出有因，查无实据"的异于常人的地方，而他的这些"毛病"，不可能不引起人们生理上的嫌恶。于是，我决定对他采取保持距离的方针，遇到他邀请我到他家里去，请十次，我去上一两次，而且去了以后就表示我很忙，不能多坐。他和我说这说那，我也是嗯嗯哼哼，爱理不理的。

但是他并不介意，始终对我很热情、礼貌、关心。他与我说话，从来不用粗鄙的字眼，而且神情谦和文明。有一次我生病，嗓子哑了，他给我送了五个鸡蛋，急切地向我论证吞生鸡蛋是治疗嗓子的验方。干活的时候我只要稍嫌沉闷，他就过来搭腔。他好像时时注意着别人，对一切新来的人都负有责任，真像是生产队分工，由他担任礼宾司接待处干事似的。

我询问了大队代销店一名售货员，这位售货员原是民族学院毕业生，曾经当过疏附县小学教师，一九六二年退职回老家——伊犁。他在南疆时，是穆罕默德·阿麦德的班主任。他告诉我穆罕默德·阿麦德儿童时期活泼聪颖，功课好，自尊心强，爱激动，各方面发育正常，从十二三岁以后爱和女同学在一起，出现一点或有女里女气的现象，并不严重，谈不到有什么"问题"，但他因而被人瞧不起，是事实。

我又问我的老房东，既是队委委员，又是虔诚的穆斯林的我的房东老大爷，他对这方面的情况只字未挂齿，只是说："他们全家都老实巴交，只是他，太调皮。"又感慨说，"现在的年轻人，没受过苦，光知道享福。我们年轻的时候……"

房东老大娘插嘴说："穆罕默德·阿麦德的母亲，各方面都好，就是鼻子太糟糕……"

"她老是流清鼻涕，她要是做饭鼻涕就往面盆里、锅里、碗里掉。"说得我们都笑起来了。

随着我维语知识的增进，我也听懂了穆罕默德·阿麦德与女社员在一起时说的那些调笑的话了。我的天，太可怕了，那种粗鲁和肮脏确实能把我吓一个跟头，虽然我也完全不是什么清幽细腻的人儿。有一次他又和她们胡说八道，我皱起眉头转过身去，以维持“非礼四勿”的儒训，我的反应被他注意到了。干活的时候他对我说，本星期六他要请几个艺术家（即能歌善舞者）到他家坐坐，希望我也去。我干巴巴地回答说：“不。”

他噘起嘴说：“这次你要不来，我可肚子胀了！”

我就模仿当地社员的说法回答说：“肚子胀了，放几个屁就好了！”

他听了我的话一怔，往后退了一步，显出那种惊异、失望、难受得几乎是恐惧的表情。他哭丧着脸看着我像看一个陌生人：“老王哥，您……”他喃喃地说。我只好一笑。

收工以后，他沉重地对我说：“唉，老王哥，您干什么要学习这个维吾尔语呢？您学这个维吾尔语又有什么必要啊？我真不愿意您学会我们的语言啊！”

他的话使我完全摸不着头脑。我解释说学维语是为了向维吾尔族贫下中农学习，学习维吾尔文化，增强民族团结……他打断我说：“不，不，不！您不应该听懂我们那些脏话，您是从北京来的干部，那些话会污染您的耳朵。瞧，您也说起这些脏话来了，我真心疼啊！您如果学维语，就学那些文明的、美妙的、诗一样的话好了，您知道纳瓦依吗？”

我摇摇头，于是他向我介绍了中世纪维吾尔族伟大诗人纳瓦依的情况，他把我拉到他家，从条案的精装书丛里拿出一本又厚又重、如果是汉文大概相当于五十万字篇幅的书《纳瓦依》，他问：“老文字您认识吗？”我点点头。“这本书我看过五遍了，作者是苏联乌兹贝克斯坦的阿衣别克，您看您看。”他匆忙地翻着书。“这就是纳瓦依诗里的两句。”他先用维文朗诵，再给我逐字解释，诗是这样的：

烛光虽小，却照亮了一间屋子
——因为它正直，
闪电虽大，却不能留下什么，
——因为它弯曲。

他读纳瓦依的诗的时候半闭着眼，一副沉醉的表情。

"您看您看。"他又翻出了几张插图,"这就是女主人公狄丽达尔,狄丽达尔多漂亮啊!你看这风景,这池塘,这花和草,多像我们喀什噶尔啊!阿尔斯兰爱上了狄丽达尔,却受到暴君苏里坦的破坏,勇敢的狄丽达尔杀死了卫兵,从王宫里逃跑了。奸臣阿拜克抓住狄丽达尔要把她处死,但是担任过宰相的纳瓦依把她赦免了。老王哥,你看看吧,书上并没有这样说,但是依我的看法,准是诗人纳瓦依也爱上了狄丽达尔了,那么漂亮的丫头!要不为什么纳瓦依那么快就赦免了她呢?"

从此,穆罕默德·阿麦德成了我读的维文文学书籍的主要供应者。他帮助我解决文字上的疑难,同时与我一起对书的内容进行热烈的讨论。以我的看法,阿衣别克的《纳瓦依》不能算是写得非常好,语言还不如他写的另一本书《圣血》。至于说书中的纳瓦依也爱上了狄丽达尔,更纯属穆罕默德·阿麦德的独家发明。但穆罕默德·阿麦德对纳瓦依的崇敬,对这本书的热爱,对书中人物命运的关切,却给我留下了深刻的印象。纳瓦依的许多诗句,特别是他的"忧伤是歌曲的灵魂"的名言,确实使我五体投地。后来我不无嘲弄之意地想到:原来不是几个世纪以前的大诗人、政治家纳瓦依,而是这个叫人哭笑不得的穆罕默德·阿麦德爱上了书中的狄丽达尔,瞧他说起狄丽达尔时半闭着眼、温柔多情的样子,活像刚刚得到了那位天仙般的少女的一吻呢。

我从他那儿还借到过高尔基的《在人间》、奥斯特洛夫斯基的《暴风雨中诞生的》(维文译名是《暴风的孩子们》)的维文译本。还有一位吉尔吉斯作家原著的《我们时代的人们》,写得好笑极了。特别是塔吉克作家艾尼写的《往事》,对于布哈拉经院的记述,确实漂亮。还有一位哈萨克作家写的《骆驼羔一样的眼睛》,也很动人……就这样,穆罕默德·阿麦德帮助我认识了维吾尔乃至整个中亚细亚突厥语系各民族语言、文化的瑰丽,他教会了我维吾尔语中最美丽、最富有表现力和诗意的那些部分。我将永远感激他。

一九六六年夏,大学因"文化大革命"而停止招生,我们队来了一位维吾尔姑娘、高中毕业生玛依奴尔。她爸爸原在某县当干部,据说当过科长,后因"有问题"退职,现在我们队劳动。他的家要比一般农民富得多,妻子腕子上戴着手镯,耳朵上挂着宝石。他家里有崭新的铜床、缝纫机和自行车。玛依奴尔本来在伊宁市寄宿中学读书,一心要考大学中文系的,结果,运动来了,还乡生产。

玛依奴尔个儿不太高,很壮,面色白里透红,眉眼舒展,脸型随她爸爸,略显扁平,经常穿一件浅色衬衫,深色裙子,短袜套,白色或蓝色球鞋。她的脚很大,更显得青春焕发、有劲。她举止大方,虽有头巾却常常把头发露在外面。裙子下面的腿也赤裸着一部分,一派城里人、中学生的气派。在农村,是没有哪个女人敢露出头发和腿来的。

很快就传出了玛依奴尔与穆罕默德·阿麦德相好的说法。不用说,对于玛依奴尔,穆罕默德·阿麦德更是恪尽礼宾和接待的职守,他们两个一见面就说到一块去了。干活的时候"抬把子"(一种运重物工具,不用肩挑,而是两个人一前一后用手抓着抬),本来大家都是男找男、女找女结伴的,偏偏穆罕默德·阿麦德与玛依奴尔组成一对,玛依奴尔在前,他在后,一面抬土,一面还一唱一和地哼着歌儿,那样子真像学生下乡义务劳动。说实在的,有了这位洋溢着活力的玛依奴尔,倒是带动他干活时多卖了不少力气。我注意到,他那把微型砍土镘也不拿出来了,而是用了一把他大妹妹平常用的略大一些的砍土镘。他和女社员的下流谈笑也中止了,相反,在玛依奴尔面前,他彬彬有礼俨然学长。

他们两个交换书看,玛依奴尔汉文比他好,能看汉文小说,给他讲过好几个汉族古代历史故事,像"晏子使楚""二桃杀三士",他听起来非常入神。"老王哥,我要学汉文,借我一本书看吧。"他对我说。我能给他什么书呢?只有那么几本。他学了两天,不耐烦了,"攻击"起汉语来了:"什么汉语,枪也是 qiang,墙也是 qiang,抢也是 qiang,让人笑死了!"

有时候工间休息时他们脱离开"群众",躲在一边互相教唱歌。玛依奴尔教穆罕默德·阿麦德用汉语唱《大海航行靠舵手》和《我们走在大路上》,他学得很快,但常常在每一句歌词后面加一点维吾尔音乐式装饰尾音。他教玛依奴尔唱喀什噶尔的民歌,这些民歌当时是属于应"破"的"四旧"的范围的,所以当他们俩唱这些歌曲的时候,我总有点惴惴不安,东张西望,客观上起了替他们望风的作用。遇到远远有什么可疑的生人,我便制止他们:"别唱了!"两个兴高采烈的年轻人莫名其妙地抬起头来望着我,那种纯真无邪的神态真叫人高兴。我觉得,有了穆罕默德·阿麦德,玛依奴尔的学生生活好像恢复了。他们有时候还相互出智力测验题,在土地上用树棍画三角形和圆呢。但农民们却觉得看不惯了,同时在一般舆论里,颇有一种对穆罕默德·阿麦德癞蛤蟆想吃天鹅肉的不平。

我个人倒是很为他庆幸。我希望玛依奴尔能把他带得更勤劳、正派一些。

我同时还以为,通过与玛依奴尔的相好,他那些不健康的心理举止将得以纠正过来。

但是传出来了玛依奴尔父亲的声明,说是娶他的女儿没有一千五百块钱的聘礼和五十尺布票是办不到的。

有一次,工间休息的时候穆罕默德·阿麦德帮助玛依奴尔去寻找一种叫作"牛奶草根"的维吾尔女孩子喜欢用来咀嚼洁齿的植物,独眼伊敏走过去开了一句玩笑,穆罕默德·阿麦德狂怒得像一头见了红布的牛。他一头向伊敏顶去,伊敏早有准备,轻轻一躲,结果穆罕默德·阿麦德自己摔了一个马趴。大家过去劝阻,玛依奴尔也吓呆了。穆罕默德·阿麦德摔了一脸的血,我把他扶回了家。劝慰之后,我问道:"你是喜欢玛依奴尔吗?"

他苦笑了,接连摇头:"怎么可能呢?我家里是什么样?她家里是什么样?我能娶到她吗?"

"可你也该考虑考虑自己成家的事了,你有二十四五了吧?父母老了,妹妹小,家里没人照管……"

"不,我不结婚,我一辈子也不结婚。"他的回答使我一阵反胃,我又想起那些对于他的传言来了。

"依我现在的状况,又有什么样的丫头能跟我呢?上个月五大队的一个姨姨来给我说媒,后来一问,原来那个丫头从小长秃疮——是个秃子。姨姨介绍说,那丫头戴上头巾并不难看,我哭了,我大哭了……"他一边说,一边用手梳着自己的鬈发,"我现在好一些了,你别走,我给你做饭吃……"

我没吃,心里觉得什么味儿都有。

渐渐地,我发现玛依奴尔也开始与他疏远、保持距离了。他的小砍土镘也就重新换回来。不久,发生了玛依奴尔的父亲逼婚和玛依奴尔逃婚事件。她父亲贪图彩礼把玛依奴尔许配给伊宁市一个木匠。玛依奴尔不干,找穆罕默德·阿麦德商量,然后玛依奴尔就不见了,都说是穆罕默德·阿麦德帮她跑掉了的。对于这种说法,他既不承认也不否认。玛依奴尔的爸爸找他,他对玛依奴尔在哪里不置一词,但据理力争,批评玛依奴尔的爸爸包办子女婚姻不对:"你这是卖女儿!你这是毁掉你女儿的终生幸福!你这是违犯婚姻法!"

"乌龟头!你还给我讲婚姻法?你才违犯婚姻法呢!你是卖……"底下的辱骂是不能写下的,维吾尔语中最下流的话,我也是从与穆罕默德·阿麦德有关的事情里听到的。

他这次没有撞头,他双手交叉在胸前,低垂着头。打架只能和平辈打,骂架也是如此,对上一辈人,他保持着应有的礼节,打不还手,骂不还口,他只是沉默着。

玛依奴尔的父亲威胁说,如果三天之内穆罕默德·阿麦德不把他女儿交出来,就把穆罕默德·阿麦德像宰一只羊一样地宰掉。"我挤干你的血!"前科长大喝道。

但是穆罕默德不为所动,当然,他的血也照样在他自己的血管里奔流。半年以后,玛依奴尔回来了,她显得大多了,也漂亮多了。他父亲终于让步了,退了那个木匠的婚。我悄悄问玛依奴尔前一段时间跑到哪里去了,她说:"还是穆罕默德·阿麦德哥好!他给我买了汽车票又写了信指了路,这半年,我躲在他在尼勒克县的一个远亲那里。我本来还不敢跑呢,是他给我出主意,打气……真是个好人啊,可惜……"她摇摇头。谁知道她说的"可惜"都包含了些什么呢?

又过了半年,玛依奴尔与七生产队的文书雅阔甫结了婚。雅阔甫高大健壮,文化不大高,但人很聪敏,最近又入了党。他早先在察布查尔林场放木排,家里颇有积蓄,他家的苹果园和葡萄架,果木品种都是最好的,家里只有一个寡母,对他极为疼爱。我也不能不承认这确实是玛依奴尔的佳偶。

玛依奴尔办喜事那几天,穆罕默德·阿麦德的话特别多,和男男女女胡打胡闹胡笑,和阿细罕撕过来滚过去,无所不用其极,以至有人说他在去伊宁市的公路上捡到了一块手表,都快乐疯了,胡闹只要一停下来,他的神情便充满沮丧(也许只有我注意到他的神情了吧),而他一旦发现我心疼(我也终于为他"心疼"了)地看着他,他就立刻找人胡骂乱笑地出一通丑。"这样的人实在不可救药,怎么能配玛依奴尔呢?"连我也这样想了。然后他得了整整半个月的牙痛病,左下巴肿得老高,叼着一个手帕角淌口水,样子真是难看极了。

后来,当有的社员用同情的口气说起穆罕默德·阿麦德对玛依奴尔的情义,为玛依奴尔的幸福而不辞劳苦艰险,但最后他白辛苦一场,一无所得,玛依奴尔还是嫁了别人的时候,独眼伊敏取笑说:"那有什么办法?他能娶丫头吗?他只能嫁……"他中途停止了笑话,知道那笑话是太恶毒了,但还是有许多人笑了起来。

穆罕默德·阿麦德一家渐渐在伊犁地区站稳了脚跟,有点家底了。伊犁河谷,这是多么富饶的地方,尽管"文化大革命"搞得全国都乱糟糟,伊犁河谷的少数民族农民相对来说还算比较逍遥。尽管对于农民的生财之道关卡重重,但与内地汉族农民相比,这儿少数民族农民的日子,也还算有点相对的灵活性。养头奶牛,养只羊,栽棵葡萄,编个扫把,马马虎虎还是可以挣下几个钱。加上从一九六五年以来,自治区党委号召各地搞社会主义新农村的规划建设,"文化大革命"中,这个规划建设并没有停止,所以这里的农村尽管问题很多,积极性调动不起来,但生活仍然在慢慢腾腾地运行,有它相对的稳定性。这样,到了一九六九年,包括穆罕默德·阿麦德家在内的大多数农民,在庄子附近统一规划的地段上,按每家九分地的标准(这是关内汉族农民做梦也不敢想的)修建起自己的新房庭院来了。很长一段时间,穆罕默德·阿麦德显得不那么活跃了,他起早贪黑地在生产队干部和众位社员的帮助之下和泥、打土墙、脱土坯,买梁木和椽子、苇席,买石灰,垒墙,做门窗……总之,勤劳的人难以完成的大业,懒惰的穆罕默德·阿麦德却正在顺利地完成着。

其实,也不能说他懒惰了,光土坯他就脱了好几万,等到上顶子的时候,他都快累成个黑瘦的小老头儿了。

社员们全力以赴地给他帮忙,否则光靠他自己盖房,没门儿。其中帮忙最多的人之一是独眼伊敏。据说由于独眼伊敏的奔走,他买建筑材料节省了一百多块钱。到上顶子的时候,包括我在内,有二十几个人给他帮工。

他真心感谢大家,再也不发那一套扬南(疆)抑北(疆)的牢骚了。房子基本完工以后,他做了一大锅抓饭,招待我们这些为他的房子出过力的人。吃过抓饭以后,每四个人面前摆上一盘爆炒羊肉,放上一瓶"伊犁大曲"。一九六九年,酒是稀罕物,这也是伊敏帮他搞的,大家顿时活跃起来。

酒过三巡,醉眼惺忪的我们唱起来了。大家唱完了以后,穆罕默德·阿麦德突然清了清喉咙,大声唱道:

"在我死后,在我死后你把我埋在哪方?

埋在大道旁?哦,我不愿埋在大道旁,

那里人来车往,人来车往是多么喧嚷。

埋在戈壁上?哦,我不愿埋在戈壁上,

那里天高地阔,天高地阔是多么荒凉。"

他的歌使我一惊,新房落成,是喜事啊,怎么唱起这样丧气的歌儿来呢?而且他唱得非常好，没有那种女声女气。

我不解地看了他一眼，他好像明白了，便悄悄用汉语对我说："盖房有什么意思，我真想去当特务！"

他的"特"字发成"tie"音，好像是说当"梯益鹅务"，非常好笑。我当时只当作他又犯了疯病，胡说八道，根本没往心里去。

谁知道他后来的命运竟真的和"梯益鹅务"有了点关系呢！

一九七〇年，进驻了由贫下中农代表、下乡知青、兵团农工组成的宣传队。我的房东老大娘称之为"多普卡"队，开始我还以为是一个俄语借词，后来才知道是"斗批改"的维化读法。

这个"多普卡"队一进村，不到两个星期就抓出了一个"反革命集团"，他们这个"集团"是怎么抓出来的，至今对我是一个谜。反正公社、大队都开了好几次斗争会。每次会上"反革命"都满满地站一台，不但有"喷气式"，而且上手铐、绑绳索，惊心动魄。本大队这个"集团"的首领说是前科长、玛依奴尔的爸爸（平心而论，揪出来的很大一部分人倒是多少有点劣迹民愤。总之，也是"事出有因，查无实据"），成员愈揪愈多，没几天，"多普卡"队正式宣布，穆罕默德·阿麦德是反革命集团成员，任反革命集团的"特务"。穆罕默德·阿麦德被叫到"多普卡"队去夜审，据说给他上了手铐，抽了他几鞭子，不但审问了他的"特务"问题，而且审问了他的生理状况——是不是阴阳人。知情的人说，与前科长等"骨干分子"相比，他的皮肉之苦算是相当轻的，但他惨叫得厉害，又连连叩头，洋相百出。关于特务问题，他承认他确实说过想当"特务"——"梯益鹅务"；关于生理状况，他保证无异常，只要宣传队"饶我这一小勺血"（犹汉语"饶我一条狗命"），他一定立即娶妻，秃子瞎子哑巴都行，而且一年之内一定生个孩子给宣传队看。

开始，对穆罕默德·阿麦德被宣称为特务，我也有些紧张，这究竟是什么事啊！特务，这可不得了啊，后来又感到不解，"反革命集团的特务"，这是什么意思呢？是"反革命集团"把他从喀什派到我社我队来当特务的？难道真的和克格勃或者美国、中国台湾地区挂上了钩？这实在无法想象。及至后来听到"审讯"情景，更是急不得恼不得哭不得笑不得。传出来的报道里最绝的还在后面呢，据说在穆罕默德·阿麦德保证娶妻生子以后，负责审讯他并抽了他一鞭子的一位"多普卡"队积极分子问道："那你能保证孩子是你的吗？"

"我保证孩子一定长得像我，再不信你们可以派人……"底下的话不能记了。

抽他一鞭子的疾恶如仇的积极分子也噗地一笑，估计那笑容是美的，后来据说还教育了他一顿，教育内容有一项，就是以后再不要看"乱七八糟的小说"。第二天穆罕默德·阿麦德把全部小说上缴了。

不久，传来了北京周总理的指示，定"反革命集团"要报中央批准。这也是使我至今感到惊叹的，总理在北京，却能掌握这里的情况，救了这里的多少人！"多普卡"立刻如撒了气的皮球，像牛一样开始的"反革命集团"，却像耗子似的结束了。

"多普卡"队工作后期，需要清理文件，不知道怎么发现了我这个"人才"，队长宣布可以对我"控制使用"。我有幸与闻这一个机要的时期，看到了有关穆罕默德·阿麦德的维文罪行材料，材料很简单，全文如下：

穆罕默德·阿麦德，男，二十八岁，南疆疏附县人，家庭出身贫农，文化程度中专肄业。

该犯一贯思想反动，好逸恶劳，崇媚资、修，在一九六九、一九七〇年曾两次宣称要当特务，实属丧心病狂，罪大恶极。处理意见：建议处以极刑，或无期徒刑，或有期徒刑，或管制改造。

后面有几份旁证材料，第一份便是独眼伊敏所写。关于独眼伊敏以及这份别有特色的"罪行材料"特别是近乎荒诞的"处理意见"，那将是另一篇小说的素材了。

尽管这个"多普卡"队确实搞得很糟，完全可以称之为新中国成立以来最最糟糕的宣传队，至今臭名不散，但相当一部分社员说："这回把穆罕默德·阿麦德收拾了个美！"他们似乎认为，这个"收拾"对穆罕默德·阿麦德还是有益的和必要的。

后来过了一段时间，我见到了穆罕默德·阿麦德，他形容憔悴，态度"老实"。我没有和他多谈，也无法多谈，可能我也不敢或不愿与这个有过"特嫌"的人过往太密吧？不久，我就离开伊犁，到乌鲁木齐南郊上"五·七"干校去了。

一九七三年，我们全家从伊宁市迁往乌鲁木齐，我回伊宁市搬家，行前我到毛拉圩孜和乡亲们正式告别，穆罕默德·阿麦德闻讯气喘吁吁地赶来，要我到他家吃晚饭。但为搬家的事我必须当晚赶回伊宁市，不能从命。他神态怅然。他还塞给我九块钱，并说起了一九六五年借过我十块钱的事，他说他一时实在找不出第十块钱来了，准备等他不久去南疆娶亲路经乌鲁木齐时给我带点土特产。我完全忘掉了借钱的事，他的还钱反而使我不安起来，联想到八年前借钱的场合和我的不快感，更觉得惭愧，所以我极力推辞，但他还是坚持还了这九块钱。我想，这大概也是维吾尔人的一种礼法吧，人在，早还账晚还账可以不那么认真，人走了，那就要清清楚楚。也是这一次，我终于听到了他即将卖掉奶牛去南疆娶妻的消息，我高兴地祝贺他，他漠然。

一晃，就过去了八年。这八年，国家发生了翻天覆地的变化，我个人的境况也大不相同。一九七九年以前，在乌鲁木齐我一直没有见到他，也不知道他媳妇娶上了没有，一直到一九七四年我还念叨过几回，后来也就不提了，及至到了北京，公私诸事，每天都是铺天盖地，我如牛负重，顾不上想到他。偶尔见到远道而来的新疆朋友，特别是少数民族朋友，我们也会一起回忆一下新疆的事情，也会提及毛拉圩孜公社的某人某事，但我很少提到过他，他能算个什么呢？

一九八一年九月，我重访阔别了多年的伊犁和毛拉圩孜公社。在伊宁市，不论是老客运站旁的自由市场，还是绿洲俱乐部前深夜点着电石灯卖土造啤酒和葵花子的儿童，不论是斯大林街与解放路交接处的食品二门市部从丰富变得萧条、又从萧条变得充实而且琳琅满目的柜台，还是州党委画着镰刀斧头的灰办公楼，也不论是街道两旁白杨树下潺潺流着清水的小渠沟，还是小渠旁卖莫合烟的道貌岸然的长须老汉和刘晓庆的翻印影照，都使我觉得亲切、留恋、感慨而又有一种说不出的怅惘。

踏上毛拉圩孜公社的土地，更使我百感交集。想不到，来到这里我几乎迷了路。一九六五年（就是我初来的那一年）制定的建设五好新农村（好条田、好林带、好道路、好渠道、好居民点）的规划业已全部完成，包括我住过的旧房子也已全部拆除。我和穆罕默德·阿麦德所属的三大队第五生产队的地与第七生产队进行了部分调换，原来五队队部附近的田地与住房地给七队，换回了七队在伊犁河沿的农田。这样，五队的全部活动领域，都迁到原来的小庄子一带了。

我终于在新房新桥新树处找到了通往庄子的旧路，笔直的大土路，是我们当年修的。现在路上行走着的除了当年常见的皮轱辘与四轱辘马车和高轮牛车以外，还有当年未曾见过的一辆又一辆大队属与公社属卡车，还有一辆崭新的既可以坐乘六人又可以拉五百千克货物的日本进口的生活车，而大大小小的自行车，几乎全部取代了当年代步的毛驴。

大路两旁的十行白杨树呢？这些当年我和穆罕默德·阿麦德等人一起栽下的瘦骨伶仃的小树苗子，已经都变成了参天的巨人。说实话，当年看到树苗子那副可怜相，我颇怀疑过它们能不能活下去，现在呢，脖子仰酸了还看不全一棵树的树冠和树上的鸟雀喽！

然后是我们挖过土的综合水磨，这个水磨从一九六五年底开工，一九六六年秋天"文化大革命"开始以后由于队里闹"夺权"停下来了，此后上上停停，变成了持久战与消耗战。光州上的技术员就请来了好几回，每次都要杀鸡宰羊拉面焖饭伺候。直到一九七一年我去干校前夕才完成了第一期工程。报上发了消息，说是证明了"文化大革命"不但不妨碍生产，而且革命就是解放生产力，就是促生产……现在的水磨，包括磨面、舂米、榨油、弹花的全套设施。虽然队里已经实现了"电气化"，有更加方便迅速的电动粮棉油加工设备，但水磨收费要便宜得多，所以这里熙熙攘攘，十分热闹。当在人群中发现了老相识，我也被人群发现以后，一连串握手、问候，让人激动得喘不过气来。

愈走近庄子，农村的变化就愈显著，我也就愈发惦记起穆罕默德·阿麦德来。过去荒芜杂乱的伊犁河沿，现在多么繁荣了啊！房屋院落成行，医院、学校、供销门市部、农具仓、粮仓、马鹿饲养场……俱全，电灯电线，好一幅热闹景象。只是不知道穆罕默德·阿麦德怎么样了。得知这里已经实行了联产计酬、专业承包，再一想起他那个"挖耳勺"似的小砍土镘和那副"软、懒、散"的样子，心想，一搞责任制他恐怕要饿饭、卖裤子吧？

他的院子还在老地方，但我也是在一个小孩子引导下才找到的。首先看到他的新院门，有一个小小的遮雨的门楼，门是两扇，漆上了酱色油漆，还有圆圆的一对铜门环，颇有点讲究。我刚一推门，就传来了看家狗的凶恶的吠声，一个穿着红背心、秃头、两臂肌肉发达、伏着身在一辆倒扣在地上的拉拉车上干活的庄稼汉回过了身，还没等我反应过来，他叫了一声："老王哥，是您吗？是您在这里吗，您还在吗？"这就是穆罕默德·阿麦德吗？是他，是他啊！声音还是那样温和，拉着长调，然而他的形象已经是一个不折不扣的"老农"了，色彩鲜明的背心掩盖不住他的秃顶，满脸的皱纹，脸孔不像原来那么黑，而是黄多了，下巴似乎有一点下垂——他胖了，但腮部肌肉显得松弛，满脸的黑胡子茬儿，特别是眼睛，已经远远不像从前那样活动，那样洋溢着幻想、热情、调皮捣蛋而又时而灰心丧气的明明灭灭的神采了。倒是他两臂的肌肉，显然比原来健壮多了，整个腰板也显得粗实了些。

"这不就是我吗，我在呢。我这不是来了吗？"我用在北京已经变得生疏、一到这块土地上立刻又变得纯熟的维吾尔语回答，"怎么样，你可好？身体健康？老爹和老妈妈呢？妹妹可都好？你成家了吧，有妻室儿女了吗？他们在哪里？"

他一一回答："好好，好好，感谢真主，托党的福。爸爸已经过去三年了。妈妈还很硬朗。两个妹妹都出嫁了，大妹妹已经有了孩子。我是一九七三年结的婚，有两个儿子，妻子回南疆探亲去了……"他一面说，一面摘下挂在葡萄架上的硬盖帽子往头上戴。

"你的头发是怎么回事？"我忍不住问。

"唉，老王哥。"他又摘下了帽子，让我看他的秃顶，"您说这是怎么回事呢？我又有多少办法？从娶了媳妇以后，我年年掉头发，这不是，都成了秃子了，唉，唉，唉！"

他的话仍然像从前那样好笑，然而他自己一点也不笑，一副一本正经的样子。

他的房子在原有基础上扩建了两间，这两间布置得非常漂亮，新花毡，单人铜骨床上整齐地叠放着新被褥和好几个大枕头，大枕头掖进去下两角而揪出上两角，斜靠着墙置放着，形状像个大元宝。条案上有一台名牌收音机，屋里还有缝纫机。

墙角上悬挂着的是他妻子的镶在镜框里的照片，年轻而又俊秀，辫子长长的，一双眼睛似乎像受了惊的黄羊。他规规矩矩地并起两腿，跪坐在毡子上，臀部压着自己的脚后跟，一副标准的敬客的姿势。他告诉我，他一九七三年经乌鲁木齐去了南疆喀什噶尔，为了节约住宿费，不敢耽搁，没能去找我。去到疏附县以后，由于他带的钱不多，娶不上太好的媳妇，最后别人给他领来了一个骨瘦如柴，脸上、脖子上、身上都长着白癜风的小丫头，他实在不想要，但一想到家庭的实际困难、周围的舆论，只好把这个丫头拿走了（维语讲到娶媳妇时用的这个词儿，可译成"取"，即娶，可译成"拿"，也可译成"买"，这里，这几个意思都是贴切的）……

"她哪里有白癜风？漂亮得很呀！这不正是你的狄丽达尔吗？"我指着照

片说。

"每个人有每个人的狄丽达尔。"他巧妙地回答说（"狄丽达尔"可译作"心上人"），"那是后来，她的病好了。"他回答的时候脸红了一下，好像还有点不好意思呢。

……见过了老太太和欢蹦乱跳的两个小子以后，来了许多人，"大半斤"、爆炒、伊犁大曲，同样的乡亲的心。席间，我问候他的生活情况，他的话很少，别人代答加以评议的却很多。人们抢着告诉我，穆罕默德·阿麦德这些年是彻底改邪归正了，像个庄稼人一样地劳动，一样地过日子，而过去的那些毛病，都改掉了。说这些时，他静静地听着，有时还笑一笑，表示他的首肯和并不避讳谈自己的变化。当我问到实行联产计酬以后他挣得上钱挣不上时，独眼伊敏代答说："老王哥，你放心吧！这儿一贯彻按劳取酬，穆罕默德一夜之间就换一把特大号砍土镘，这个贼娃子（维汉语'这小子'）奸着呢！"

"那把小砍土镘呢？留下展览，做大锅饭的见证吧。"我说，大家都笑了，但穆罕默德·阿麦德没有笑。

后来话题集中到他的妻子阿娜尔古丽身上，伊敏说："这件事穆罕默德·阿麦德办得实在糊涂！阿娜尔古丽从那个吃不饱肚子的南疆来到咱们伊犁，也长胖了，也出息了、俊了。穆罕默德·阿麦德花了不少钱请维医给她治疗，病也治好了，当真像一朵石榴花开了（阿娜尔古丽本意是石榴花），却把她放走了……穆罕默德·阿麦德兄弟，这次走的时候你给她带上了多少钱？"

"三百块。"他嗫嗫嚅嚅地回答。

"那就更不回来了"伊敏叫道，"她一定拿这一笔钱给她弟弟办婚事去了！"

"算了，南疆现在也富啦。"玛依奴尔的丈夫，七队文书雅阔甫插嘴说。

"那就更不回来了，南疆富了，人家何必还往北疆跑！"伊敏的逻辑是颠扑不破的，不论怎么说，阿娜尔古丽不会回来了。

穆罕默德·阿麦德的神色确实有一点忧伤，为了换一个话题，我建议他打开收音机，听听歌曲。

美妙的维吾尔歌曲在室内响起来了，他听着这些歌，却失去了当年对于歌舞的迷恋冲动，他的眼神是呆滞的。人们告辞以后，我们拧低了音量，彼此谈了很久，我决定，就在他家过夜了。

后来我忽然想起了一个问题："我有一个问题想问你，希望你不要生气。"我说。他连忙摇头。"一九六九年你说要当特务，这到底是怎么回事，你果真想给外国……"

"没有的事！"他果断地一挥手，脸上显出了一丝笑意，"那时候我很寂寞"他解释说，沉吟了一下，"你知道我爱看电影，我看电影上那些特务的生活倒挺有意思，搂着美女，戴着黑眼镜，又开汽车又坐船……我就胡说起来了……唉，年轻，不懂事，傻瓜蛋呀！"

我不由得笑了。

"他们好厉害呀，老王哥，把我吓死了。"他回忆起那不快的事情，就这样"批评"了"多普卡"队。

"那那……你那身西服呢？你不是有一张穿西服的照片吗？"为了使他不再想那伤心的往事，我连忙胡乱凑了一个新问题。

"我哪里有西服。那是照相时和一位老师借的。老王哥，你说我穿西服好看吗？"他的眼睛有点亮了，当年的穆罕默德·阿麦德似乎有点影子了。

"好看，好看！"

"……可惜，在阿娜尔古丽面前我也没穿过一次西服，只要她回来，我一定做一身西服去。"

"……她不会不回来吧？"

"难说。"他摇摇头。

他告诉我，阿娜尔古丽嫁给他的时候只有十六岁，是虚报了年龄才领到了结婚证的。初到他家，阿娜尔古丽想妈妈，想弟弟，想南疆，整天哭。她是因为父亲死了，生活困难，她自己条件又不好，才跟了他到伊犁来的。开始时，他并不喜欢她，她哭得他可怜起她来了，就对她愈来愈好，给她做拉面，给她讲维汉两个民族的故事、笑话、寓言。"我还给她学电影里的'特务'的样子，终于把她逗笑了。"他说着，回忆着，欣慰地笑着，"这几年，农村富了，她也发育得丰满了，病也好了……"

"现在，我配不上她了。今年她才二十五岁，而我呢，已经是老头子了。"他指指自己的秃顶。

我算了算，他不过是三十九岁，我说："你离老还远着呢！她要再不回来，你就去南疆找她去吧！"

他苦笑了："那有什么意思，强拽过来的还能是狄丽达尔吗？……她已经给我生了两个大儿子了，这家业也是她帮助我挣下的。即使她不回来，也算对得起我了……何况，我在这里的名声……不太好。"他满眼是泪。

我无言地看着墙角的照片，维吾尔人挂照片的这个位置可真艺术，不在某一面墙上，而是专门挂在两面墙形成的夹角上。难道她也和玛依奴尔一样，最后还是要把穆罕默德·阿麦德抛弃吗？不至于吧！不，不能啊……

忽然，他的两眼发直，抬起臀部，直着腰大声说："如果她明年再不回来，我就把孩子交给奶奶，卖掉我的奶牛、羊、毛驴、拉拉车和这个铜骨床，我要流浪去，在我们的祖国母亲，在我们伟大的祖国流浪！""伟大的祖国"几个字，他突然改用汉语说，他的两眼发出了邪而热的光，他站起来，用朗诵诗式的腔调喊道，"我要去北京、上海、哈尔滨、广州，还有香港……"

他拿下都塔尔，拨动两根琴弦，唱起来了：

"我也要去啊，我也要云游四方，

我要看看这世界是什么模样。

我要看看这世界是什么模样。

我要走很远很远的路，

我要越过高山和大江。

安拉会佑护我吗？能不能平安健康？

我愿能够归来，或许能回来，

回到这个生我养我的地方，

回到我亲爱的故乡！"

这个歌儿我也会唱，已经好久没有唱过也没有听人唱过了。看他现在唱得多么来劲、忧伤、邪性啊。哦，穆罕默德·阿麦德，你还是穆罕默德·阿麦德，你还是穆罕默德·阿麦德啊！

妙仙庵剪影

　　大概是因为近年来城里人一个个都吃得过饱,有存款、更有余暇,下班以后和星期天,不大有人写决心书、保证书、交代材料和检举信了。还可能因为城里的人、车、房屋都在魔术般地增加,拥挤、噪声和污染愈来愈扼住城里人的喉咙。大家一有空闲便拼命往四郊、往乡村、往山岭和海滨跑,这就出现了准现代化的一个标志——旅游热。

　　到了旅游旺季,所有知名和半知名的公园、湖泊、山林、寺庙都人山人海,万头攒动,尘土飞扬,汗气袭面。于是,人们开始向完全不见经传的小溪小壑、地边地角、山圪山洞子进发,居然又不断地开拓出、发掘出新的游览胜地。

　　千鸟涧便是这样突然出现在旅游指示图、旅游专用车站牌和 D 省然后是中央电视台的《风光》节目上的。而过去,甚至本公社、本村的人也很少进千鸟涧去,除非放羊。当地的农民有一个说法:千鸟涧里阴气太盛,炎夏季节跑到千鸟涧乘凉,十之八九要留下腰酸腿疼和关节炎、咳嗽及妇科病等后遗症。

　　吃商品粮挣现钱的人当然阳火贯顶,他们要的恰恰是千鸟涧的阴凉。两边的高山和茂密的树林挡住了阳光,翻腾下泻、浑如无数相连相隔的瀑布的亮晶晶的涧水即使在夏季也清心砭骨,悄悄地起着化学变化的积年的落叶释放出一种气味像葡萄汁、又像啤酒、又像米醋的氤氲,每一根草,每一朵野花,每一撮羊粪蛋和每一块大大小小、奇形怪状的石头都显得脱俗、爽神、败火。尤其当千鸟涧的千鸟有分有合、有高有低、有曲有直、有悲有喜地啁啾歌唱起来的时候,所有第一次去那里做消夏游的人——包括你和我都会喊叫起来:哦,仙境!

　　甚至有不少人会责问前人和有关当局,怎么长久以来埋没了这么一个美妙的地方？

但来的游人愈来愈多。无人管理的野草、野花、野树、野山、野水、野鸟，成全了千鸟涧独具的令人想起《聊斋》、想起《西游记》、想起老庄的道家学说的粗犷、天然的野趣。涧上没有桥，没有专修的石磴，只有几处水窄的地方抛放了几块石头。石头不平也不稳，踩着石头过河常常会失脚落入刚刚没过脚脖子的水中。但游人踏石过涧的乐趣远远胜过了依栏凭桥，何况现今我国公园里修的新桥也都是煞风景的洋灰桥。而如果有人在石头上摇晃几下落入水中，弄湿鞋袜裤脚，溅起水花，再惊叫一声："我的妈妈哟！"那么不论围观的还是落水的，欢声笑语，拍手称快，真是享受到了千鸟涧游的最大乐趣妙意。

山涧两边都有许多枯树和同样多的半枯半绿的树。枯树的枝干有一种特殊的伸延、布局和力量，有一种悲壮、苍凉而又古怪的美。与枯树半枯树相映的是怪石。一块陡峭挺拔直立峭然的石被命名为将军石，命名之后你愈看愈觉得它像一位检阅出征部队的大将军。请注意是出征部队而不是凯旋的部队，只有检阅出征部队的将军才像那样在坚毅中深藏着忧虑，肃穆中充满杀机。另一块高大坦荡形如大鼓的石头被命名为点将台，说是穆桂英在这里点过将，但被称为穆桂英点将台的仅仅在 D 省就不下七处，于是另有高人称这块大石为"天鼓"。多么恢宏奇伟的想象！

更多的怪石你看不出什么来，正因为皆不像才皆像。当许多游人欣赏这些树干和石头的时候，一个留过洋但没戴宽框蛤蟆镜的游人宣称，这些石头和树干颇类乎西方现代派的雕塑。

这样蜿蜒走上去，走一个半小时，便到达了山涧的尽头，仙人峰的脚下。摄取了足够的蛋白质与卡路里的游客，多半会继续沿着荆棘丛生、秧蔓挡道的羊肠小路攀登上去，再有二十分钟，便到达了平台一样的山顶。山顶上有一座破败不堪的尼姑庵，叫作妙仙庵，断壁残垣瓦砾之中长着一棵孤独的银杏，躺着一块字迹模糊的石碑。山顶上山风阵阵，东吹吹，西吹吹，自由地旋转驰骋。从山顶往千鸟涧相反的方向望去，可以看到山下的大平原，急湍的玉带河，铁路与公路桥，火车汽车，还有新建的火力发电厂的高大的——从妙仙庵前看仍是渺小的烟囱。

八十年代的旅游专车唤醒了在阴气中沉睡多年的千鸟涧、将军石、天鼓、仙人峰和妙仙庵。本村人只经过短暂的迷惑便紧紧抓住了旅游专车所提供的一切机会。村边设立了停车场和售货棚。千鸟洞口有人卖自制藤木手杖、编织品和出租代步的毛驴。还有人不远二十里从公社的社营的冷食厂批发冰棍和自制汽水扛到妙仙庵边加价出售。紧跟着出现了冰棍和汽水又出现了一个又一个的卖香烟和火柴、卖茶鸡蛋和咸鸭蛋、卖大饼和麻花、卖印章石和土法染的花布（不知为什么，这种布突然变得时髦起来）的还没有完全摆脱羞涩的农村姑娘。

然后每逢节假日有一个西装革履的来自城市的个体户照相师傅在这里营业，在妙仙庵前陈列着标着尺寸和定价的样板照片。为了招揽顾客，这位摄影师带着一台小型录音机，他的录音磁带上既有地方戏的高腔也有李谷一的《乡恋》。

有一次他的《乡恋》被几个青年的双声道迪斯科给压倒了。几个穿牛仔裤和紧身衣的"现代派"青年竟在妙仙庵的瓦砾堆旁跳起了摇摆舞。从此以后山上山下、洞里洞外，常常见到一个身穿蓝色干部服、又黑又瘦、常常皱眉的中年人，本村的人都知道，他来自公安局治安科。

最奇怪的是妙仙庵坍塌毁坏的年月已不可考，而妙仙庵又处在强劲自由的山风风口，却不止一个游人登上瓦砾堆后说是闻到了香烛味儿。这个消息马上传遍了本村和邻村，被认为是曾在妙仙庵供奉的观音大士的法力的表现。于是，在藤杖、茶蛋、摄影、迪斯科之后，又出现了到妙仙庵瓦砾堆上来进香的人。香客们穿着涤纶上衣、中长纤维裤子和塑料鞋，女客还穿着尼龙丝袜子。由于买不到供香供烛，他们手持一把一把的芭兰香、香水香和卫生香、除虫菊驱蚊香，一扭一扭地走上仙人峰，把香燃着，插在银杏下、残碑旁、瓦砾上。有的还磕几个头。而在他们磕头的同时，离他们不到两米的地方，有几个青年用英文唱着获得奥斯卡金像奖的影片《回首往事》里伤感的插曲。

这种二十世纪八十年代的新风貌，这种对于"阴气太盛"的地方注入杂阳之气，牵动了本村一位"大学生"的心。他叫米如云，二十二岁，大眼睛，尖下巴，身材适中，举止潇洒。他爸爸是村里驰名的一个中医，他从小就是有名的"神童"，七岁给人家剪喜字和鸳鸯，八岁就给人家写联，九岁就给人家刻图章。在农村的学校里，他简直是羊群里的骆驼、鸡窝里的凤凰。门门功课考一百，有一次他的作文使语文老师欣喜若狂，竟给了他一百一十五分。初中以后，他迷上了绘画，画无中西，工笔写意，油画水彩，兼收并蓄。一九七九年十八岁他高中毕业，依乡里老师的意见，他不论报考文科还是理科，都定能够金榜题名的。他偏偏要学美术，报的是美术学院。艺术院校提前考，他没被挑中，再报中文历史诸系，锐气已失，又没考上。他不死心，周围人也认为他不上大学是世无天理。他连续三年没考上大学，却被乡人众口一声地尊称为"大学生"，而且，这里绝没有亿万分之一的嘲弄。

一九八三年，他终于放弃了学美术的理想，比较切实地把第一志愿报成本省一个师范专科学校的中文系。七月十日，参加统一高考，自觉考得不错，这次上专科是十拿九稳了。心里有了底，却不免惭愧起来，自己号称神童，自幼赞歌盈耳，深孚众望，却屡试不第。家长乡邻对他仍然是深信不疑，父母甚至不让他下田劳动，只让他在家安心读书，准备应试。高中毕业后在家吃了四年闲饭，他实在是于心有愧，便想在入学前做点事情，对家庭略尽心意。

千鸟涧和妙仙庵的复兴，特别是那位西装革履的照相师扬长来去、美不嗞儿的样子给了他启示。我何不略施小技……如此如此呢。

想了就做，他带上一把剪刀、几张黑纸、一把椅子、一个镜框、一把雨伞和一行军壶茶水，沿涧上，攀援小路，登上了仙人峰。他把镜框往椅子上一放，立刻引来了游人。原来，镜框里镶着的是他做的几个人像剪影，一个个特点分明，栩栩如生，像是照相上采取的逆光摄影作品，比逆光摄影照片还要简练。

见已有一些人走过来，他含笑不语，只是随意地抬头看了看迎面走过来的一位老者，便低下头，拿起一张裁好了的黑纸，用剪子似乎是漫不经心地在纸上一转一夹一走，老者的头像剪影便出来了。

剪影新作放到镜框上，近旁的人鼓掌喝彩，大家都看着老者："像！""一点不差！""神了！""真叫技术！""硬功夫！"此起彼伏，赞不绝口。老者自己看了看，也大吃一惊，不但形似，而且神似啊！连那种矍铄的目光和从容的神态，以及飘拂的银须都剪出来了。

"请您留下做纪念吧，剪得不好，对不起。"米如云把头像剪影送给了老者，而且说话是这样谦和有礼，令人愉快。

老者马上拿出了一块钱，米如云微微一笑，把头发一甩："老伯伯，不要钱，从今天起，我给各位游客奉送头像剪影三天。"一面客气着婉谢了报酬，同时把另一位进香的少妇的剪影剪出来了。少妇见到了这样熟练迅速地剪出的酷似自己的头像，几乎是感到了某种敬畏的恐怖，她向后退着，面色苍白，不敢接向她送来的剪影："大学生，大兄弟，你怎么这么大本事啊，你把我吓坏了。"

噢，少妇是本村人，认得米如云。周围又是一片喝彩声，随着喝彩声招来更多围观的游客。有一位贫嘴呱嗒舌的小青年打趣了一句："大姐，您下次上山，别给那个什么尼姑庵啊观音菩萨什么的烧香了，您该给咱们这位老师傅烧香上供啊！"

一片笑声。当然，小青年说的"老"师傅，不是说米如云年纪大，而是对他的出神入化、炉火纯青的技艺的赞美。

很快，米如云的剪影的名声传到了城市，传到了外地，他的剪影和怪石、千鸟、曲涧、古树以及妙仙庵观音大士留下来的异香一样，成了这个新开拓的风景区的魅力不可缺少的组成部分。如果有一个游客前来游千鸟涧却没有看见将军石和天鼓，那诚然是不可思议的。如果他登上了仙人峰却没有带回米氏独人公司出品的自己的头像剪影，同样也是不可思议的。

从早到晚，请他剪影的与围观的人围着他。观赏他剪影的全部过程也许比观赏他的剪影作品还要吸引人。他看看来客，脸上显出了会心的、谦逊有礼中饱含着自信和骄矜的微笑，眯起一只眼，折起一张黑纸，把它放在小小的发光的剪刀的刀口下旋转，他的样子非常轻松，拿剪刀的那只手似乎一动也不动，好像根本没有下剪子。有时候他的眼皮倏地一抬，又迅速垂下，嘴角上显出一种大大咧咧的、略带嘲讽的笑意，然后一抬头，纸打开，相连而方向相反、同形对称的两个头像便完成了。他接过钱，他说谢谢，他看也不看顾客，他用不着浪费时间去征求顾客的意见或者去解释说明什么，他也根本听不见任何大声的与叽叽喳喳的评语——虽然都是赞美。他带着大艺术家的那种冷静和漠然，只献出作品而不计较毁誉，在把一对头像递给第一个顾客的时候已经把目光转向了第二个顾客："是该您了吧？您？"

最为重视自己形象的当然是年轻和比较年轻的女人，当她们接到酷似自己而比自己的任何照片都更加美丽、更加温柔、更加有魅力的剪影的时候，激动地噙着喜悦的泪花。连她们的睫毛、她们额前的几根飘拂着的散发，她们的发式和头饰，比如说一只好看的发卡，米如云都通过简洁的处理在剪影上得到了表现。也许这种表现不大能被旁人看"懂"，但头像的主人一眼就能看明白：哦，这就是我那只发簪！

剪影比照片和画像似乎更容易讨好，它只选择侧面或半侧面的分明的轮廓，而蒙古利亚种人侧面比正面更富有线条和立体感。它省去了一切不需要的与难以讨好的细节。它的唯一的黑色，庄重、含蓄、深远、朦胧、意蕴无限，它从最适宜的角度表现它主人的最美好的轮廓与神态，最简单所以最启发人的想象。而且，米如云的两只手显然有一种微妙的纸感和默契，他虽然掌握一种本领，通过至细至微的处理，使每个剪影在忠于本人的同时又美化了那么一点点，使温柔的更温柔，俊逸的更俊逸，烂漫的更烂漫，娇媚的更娇媚。

于是，他的作品、他的工艺过程、他的艺术家的神态、在他的顾客和围观者当中形成一种强大的一边倒的气氛。所有观看者都在称赞，都在被说服并说服别人拜倒在他的绝技之下。所有顾客的义务都在于鉴赏，在于用心体察他的作品的美妙隽永，在于表示衷心的满意、理解和感激。批评和表扬，这本是顾客和观者的"天赋人权"乃至神圣义务，但是，在米如云的周围，一个个甘愿解除了自己的批评与选择、鉴别的武装。成功的作品将会产生崇拜的激赏的气氛，崇拜和激赏的气氛使每一个作品变得更加成功。二者良性循环，相得益彰。

米如云最初剪一个头像收三毛钱，他一天就挣了十五块。他不好意思。改成两毛，仍然赚得太多。于是他改为一毛五分。但几乎所有的顾客都宁愿付两毛或者更多，他们不愿野蛮和自私到用一毛多钱来取得这样精湛的作品。每天都有一到七个顾客气急败坏地企图说服米如云：他应该把每个（其实是一双）头像的定价增加到五毛钱，不然，他不但是傻瓜，而且是对艺术与懂艺术的人的不尊重。

米如云的剪纸大获成功。每天，他带着盈耳的赞声与满衣袋的钱回家。他把钱全部上缴给爸爸、妈妈和实际上也代他务农的哥哥，于是家里也是一片喜悦。但他自己却摆头苦笑，若有所失，好像缺少点什么。三天来围绕着米如云的人群中出现了一个身穿一身竹布裤褂的姑娘。在打扮得各有风韵、愈来愈讲究的城里人当中，她显得自惭形秽，不够协调。有好几次已经排到了她这里，她几次嘴唇动了动，都没有勇气向米如云提出为自己剪一个头影的要求。一次是一个身穿奶油色西服的亭亭玉立的女性从她的身后挤到她的面前，她自动往后一退；一次是快要到她了，忽然她的眼睛一亮，她看到了一个身穿一身鲜艳的淡紫与天蓝双色拼起的连衣裙，腿上穿着类似肤色却又比肤色深了一层的高筒尼龙丝袜、蹬着玲珑的羊皮凉鞋的城市女子，她立刻自动把位置让给了她。后来她干脆远远站在后排，她只是羡慕地看着米如云的操作，她羡慕地看着城里人的打扮、服饰、气度，她羡慕地看着她们拿到剪好的影像。别人都不停地称颂米如云的熟练和轻松，她却总是盯视着米如云头上的汗珠和他面部肌肉的不易觉察的神经质颤动。看着看着，她的嘴角也不自觉地颤动起来了，好像对米如云充满了同情和怜悯。

第三天的下午还不到四点钟，忽然狂风大作，飞沙走石，西北方向的天空布满了黑色的云。"雨来了！"有人喊了一声。很快，游人们纷纷散开下山了，人群说没就没。米如云赶紧收拾自己的不多的东西。这时他才发现，他的眼前还有一个人：一个穿竹布褂的姑娘。

一个闪电和一声遥远的雷。那姑娘迟疑了一下，向前迈了一步，问他："要我帮你吗？"

那声音温柔而又亲切，米如云摇摇头，又抬头看了姑娘一眼，他惊呆了。

这是谁？是哪里的姑娘？从她的竹布褂看来，她绝不是城里来的游客，可附近的山村里，又从没有过这样一个人。她的微微隆起的前额显得聪敏而又有些调皮，她的眼睛似乎避免正视任何人，也不愿意接受任何人的注视，目光的变化传达着一个又一个的纷乱活泼的思绪。她的鼻子和嘴的线条都是那样挺拔而又柔和，微翘的小鼻子晶莹而且纯真，缓缓消失的嘴角的线条显得那样善良无瑕而富于爱心。最奇怪的是这样一个陌生的女孩子，米如云一看便觉得这样的亲近，好像他们已经认识了好久，好像她是他的姐妹。他愿意完全信赖她，他愿意把自己的事、他这个小有天分却被捧得过了头的山沟秀才的自信和碰壁、惭愧和耻辱告诉她。他想问问她，他们是怎样相识和什么时候相识的，为什么经过了这么长时间让他久等着她却没有来看他。他还想送她一些礼物，比如说他父亲采撷的灵芝和贝母，比如说他最心爱的那只两脚规和画册……

他不知道时间是怎么过去的。似乎是下了几滴雨，那姑娘为他和他的器具材料张开了伞。那姑娘保护着他。银杏树的扇面形的叶子在颤抖流泪，野草在摇摆，空气中流满了各种异香。他似乎正在乘着山风飞翔，他听得见大自然的一切强的和弱的音响，包括雷声隆隆、涧水声溅溅和树叶声窸窣。他想起了从幼年到少年到现在的一切，秋天偷枣吃和在高考考场上往太阳穴上抹清凉油。他想起了他爸爸的哮喘和妈妈的被柴烟熏红了的眼睛。

看来大风把雨和云从另一旁吹到远方去了，旋风大呼隆了一阵即风平浪静，从乌云边缘解脱出来的太阳更加金碧辉煌，鸟声和蝉声更加清脆。

"谢谢！"他接过了姑娘手中的伞，"我能不能给你做一个剪影？"他张开嘴，完全不是想说这话，但他说出了这样职业性的一般化的话，使自己懊丧万分。

"那，那就要耽误您的时间。"为他义务地打了好一会儿伞的姑娘忽然羞涩起来。

他立即拿起了黑纸，方才好像钻入了地缝的众游客又陆续出现了。他细细打量着姑娘却无从下剪，他心跳，他慌，他不知道怎样做好。姑娘温顺地把侧影给了他，他好像无法担当得起这样的委托和信赖。

他想告诉姑娘，剪头影不过是雕虫小技，他只不过是想挣几个钱报效父母和兄长。他想告诉姑娘，人的头影实际上是有若干类型的，剪起来有固定的程式和某些小小的窍门，他不过是趁着城里人的游兴和新鲜感来挣点钱而已。在这一点上，他其实并不比把一个茶鸡蛋卖两毛钱的小丫头高明。

他的犹豫和慌乱引起了所有围观者的诧异，然而身穿竹布褂的姑娘非常耐心，她连转头看他一眼都不曾，她等待着。

终于，一刻钟以后（但他自己以为是过了一小时），他剪出了这个姑娘的头影。

爆发出一阵喝彩。

姑娘回过了头，她万分欣喜地看到自己的头影，纯洁如天使。那是我吗？她不敢相信。

米如云看了姑娘一眼，再看一下自己手中没有生气的造型，他羞愧地掉下了泪。

"不，对不起。"他结结巴巴，声音如发自因癌变而割去喉头的病人，"让我再剪一次吧！"他请求，但人们只能看到他的嘴动，并且看到他缓缓地把剪出来的头影揉成一团。

女孩子怔住了，她大概没有想到会受到这样的打击和侮辱——她以为。她捂着脸转身离去。

"您……"米如云伸出了手。

米如云接到了入学通知书，他即将离开千鸟涧，离开山村，到城市去。动身前他仍然每天到仙人峰顶来，他想给姑娘重新做一个头影，他一定要完成这样一个头影。他仍然正常营业。外籍游客也开始请他剪头影了——八月一日开始千鸟涧旅游点正式对外开放。他唯独没有看到他期待着的姑娘的到来。不知怎的，不论是给谁做剪影，他总要把他的前额稍稍隆起一点。他剪得到底像不像？好不好？在顾客中开始有了争议。

——1983 年

无言的树

　　他也不知道他是怎么生长出来的。原来树类也和人类一样，面临着同样的兴味无穷而又悲哀无边的谜语。他们只能用"从来处来，到去处去"的无可奈何的豁达来求得一时的宽慰。

　　这是一个永远的沉思。

　　他出现在离村口半里多路的河滩地上。"这地方倒像在哪里见过似的。"当他长到一人高，并且被一只山羊啃了一口以后，他产生过这样一种朦胧而温暖的思绪。他仿佛见过清水和浊水从散漫的河滩汩汩地流过，巨大的卵石为河水安排了好多个急漩和些许水花，没遮拦的太阳使水显得明光耀眼。他觉得这个地方真需要有一些树。

　　当然，这是他只有一人高的时候的思绪。现在，他已经是参天的大树了。树皮青绿，树干粗壮，尤其是他长满了枝枝叶叶，从每一个枝上又像龙须一样地长出了许多枝枝叶叶，蓬蓬松松、华盖硕大无朋。他自己已经为自己缔造了一个惊人的、令自己应接不暇的世界。他每天忙着寻求太阳和清风，汲取泥土和泥土里的水分，谛听鸟鸣和万籁。他每天都在生出新的枝和叶，向天空献出他新的情思，向小草提供他的荫庇，向风献出新的摇曳的舞姿。有时候，也用他的树叶诉说一点昼夜更迭和四季交替的趣味，流露出一棵不知道自己的来历，甚至也不知道自己的名称的树的困惑。此外，他还要殷勤地接待常常到他这里来做客的喜鹊和乌鸦，家雀和猫头鹰，蝙蝠和蝴蝶，金龟子和蝉，还有一条小花蛇。这么说，他在长大了以后没有再想过前生和来世的事，现世就够他招呼的了。

　　他只不过是还保留着对于水的愿望。已经有好多年了，这河滩大致上已经干涸了。可能是由于上游修了水库，可能是由于下游修了水渠。但他仍然希望、仍然相信有一天清水和浊水会汩汩地流过。其实，从他出土抽芽的那一天他就没见过在阳光下白花花的照眼的水，水似乎应该是归属于他的前生的记忆。但他自己却只意识到这是他与生俱来的美好的心愿。

他从来不说话——也许您会问，难道树也会说话？当然，树类也有自己的语言。不过，他们的谈话所引起的空气振动有着人耳所不能听知的频率，那声音和含义只属于他们自己。离他五米远的地方有一株响杨，便是一位滔滔不绝的"话痨"患者。响杨从早到晚都讲述它对大地的忠诚："我的根是长在地里的，我有五千六百四十四根须根，都长在地里，那就是我的五千六百四十三种加一种优越性。"响杨还喜欢随时发布关于它自己的新闻，"你们没有注意到吧，看你们！昨天晚上那只秃尾巴鹌鹑飞到了我的身上，她说她从来没有见过像我这样美丽的政治家，她说我身材苗条，适合做天堂大厦的顶梁柱。她说得太多，我就睡着了，她说我的鼾声像是驱逐舰的汽笛。后来我打了一个喷嚏，她就飞走了。我打喷嚏一般都是后半夜子时三刻，那时候毛毛虫常常给我搔痒痒。唉，你们说啊，你们说，说说什么叫痒？怎么，连痒都不知道……周朝的古柏，汉朝的古松，唐朝的古梅和宋朝的古槐，它们最能痒了，它们痒起来树皮都皴成一块一块的。我与它们神交已经许多年了，不信你们问问去，其实我和他们平起平坐。柏兄、松兄、梅兄和槐兄对我一直挺哥们儿的，他们肯定了我的几方面的优点，第一，根冲下长而干向上长；第二，树叶是绿的；第三，春天长叶而秋天落叶；第四，从不随便搬家；第五，从不随风倒；第六，下雨时从来不躲到屋里去；第七，说话风趣；第八……"

树们都不回答，想回答也没有插嘴的份儿。他们觉得倒也有趣，这是一个美好的世界，白天有太阳而晚上有月亮，有了云就可能下雨也可能打雷，树枝上有鸟而树干上有虫，树下有喁喁抒情的男女，也有人随地便溺，有喜欢喧闹的雨和悄没声息的雪，有人在滔滔不绝地演讲，而有人含笑闭目养神入定。

他从来不讲话。别的树说他是哑巴，他不承认也不否认。他从没感受到过讲话的必要，从没产生过讲话的欲望，他无从知道也不想知道他自己的讲话能力。讲话能力的问题对于他根本不存在。

当然他也有自己的思想、情感、倾向、意识流、梦和"行为"。毋宁说他是非常被动的。清晨时分他的树叶上常常挂满露珠，露珠里反射出朝霞的光辉和远山的面影，这是他的羞怯的初恋之情。太阳一出来他就立刻收起了自己湿润的幻想，他全身心地面向阳光，吸收阳光，奋力生长。只要日照好他就要长出新的芽和蕾、叶和枝，这使他感到又吃力又快乐。这就是他对太阳的向往的深情了，生长就足以代替一切感谢的表白。他从来不觉得有必要向太阳说什么。同样他从来没有统计过自己的根须，从来不觉得有必要向大地论证自己存在的正当性、必要性与不可或缺性。

最有趣的是风。风是一个脾气难以捉摸的朋友。它常常给你以慈祥和机敏的抚摸，用清新的气息调节你密集的拥挤，给你以舞蹈的启迪。于是他这棵无名无言的树或轻轻地摆头，或微微地蹙眉，或舒臂从容，或移颈喜悦，或亭亭玉立，或摇曳多姿，有时候枝条的飘浮如水上行舟，有时候树叶的聚分如笑靥拂面，有时候树枝的扭结如回眸温柔地一笑，有时候突然静止了，更觉得若此若彼，深不可测。

但也有时候风忽然大闹起来，大喊大叫，大冲大撞，向他发起凶猛的进攻，咋咋呼呼地威胁着要折断他的枝条，劈开他的树干，剥光他的叶子，吹干他的汁液，一直说到要把他连根拔起。他却浑然不觉，可能是由于生性迟钝，可能是由于语言系统的退化影响到听觉系统的退化，可能是由于他的不可救药的乐观气质。他从来没有感到风的威胁是当真的，他根本不相信风对他有恶意，正是在他与风的友谊与默契之中他得到了空气调节，舒展了身躯，预防了关节炎和湿疹，学会了柔软健身操与舞蹈，锻炼了木质部、形成层与表皮韧皮。现在风咋咋呼呼地来了，这不过是一场快乐的嬉戏罢了，它不过是喝酒喝多了或者有几天没有睡好觉罢了。喝醉了的人常常在陌生人面前竭力保持清醒而向自己的密友挥舞拳头，失眠的人常常向自己的亲人乱发脾气。无名树觉得风的怒吼完全是一种值得同情的自身的需要，是一时的不平衡，甚至是与他友谊非同一般的表现呢。

他这样想着，他在大风里仍然从容。他最多弯一弯腰，给大地鞠一个躬。他早就想给大地鞠躬了，而且他早就为自己长得太快太高而觉得不好意思。他愿意和小草接吻，也愿意给远山行九十度鞠躬礼。日本人见人就行九十度礼，但日本人是一个非常强悍和进取的民族，而这棵无名树，委实一点也谈不上强悍呢。

向前弯完了腰便要直起身来，也向后仰一仰。向后他弯不了九十度，因为他没有受过杂技团的软功训练，也没出过国表演叼花什么的。他略略仰仰头，像是在伸懒腰，像是在瞭望苍天，像是在遐想，像是在仰天长啸，不知不觉之中，平添出几许豪兴。

难免要掉几片树叶，有时候是一大片树叶，他虽然不无惋惜地忧伤，却从未感到撕心的痛苦。树叶总是要落的，他最害羞的是有时候隔年的枯叶仍然大模大样地栖留在他的枝头。他不因为树叶的凋零而埋怨风，他知道一棵不接受叶片的凋零的树也就不可能长出新的枝叶，不要冬天也就没有春天的复苏和新的蓬勃的生长。风在帮助他的更新，他何怒之有？

风太凶的时候他也觉得有点站不稳，有点抱歉，有点无可奈何。他随着风扭摆起来，柔韧而又粗犷，像是一种土风舞。他终于感到了一种少有的淋漓酣畅，而他那迎风善舞的名声也就大噪于世间了。

最早把这棵树的舞姿报道到人类中间的是一对大龄青年（人间的中国真是一个时时出现新名词的国家。大龄青年问题在二十世纪八十年代初期曾经困扰过中国社会。一批由于上山下乡、由于待业、由于缺乏社交机会和其他原因而年龄快到三十岁或已超过三十岁的青年，还没有解决配偶问题的人被称为"大龄青年"）。男的在一家电影发行公司画电影广告画，女的在一家不被人知的文学杂志社当编辑，有时候也给晚报写一些能令读者边读边忘个一干二净的文章。谁知道他们怎么会来到这个河滩。响杨拼命地向他们搔首弄姿，并用他的片片圆叶发出人耳所能听到的稀里哗啦的声响。只要一有人走过这里，响杨就老想旭蹦儿，浑身好像扎满了棘刺，躁狂不安。但一棵树再想蹦也是蹦不起来的，你只能看到他的枝杈一起一伏地喘息，好像老牛之不胜重负。男大龄青年见到这棵响杨便赶紧转过了脸去，这株树给他一种不安感，使他想起下乡接受再教育期间饲养过的种畜。女大龄青年听着响杨的树叶哗啦声，不由得打了一个哈欠，流出了一丝口水。幸亏她及时掏出精美的手绢，把嘴角擦拭干净了。她用手绢擦嘴的样子楚楚动人。

然后他们信步走到了他的跟前。清风徐来，他于不知不觉之中略有拂动。一种宁静的潇洒，一种含蓄的温柔，一种谦逊的自重，一种质朴的多姿，使这一对大龄青年蓦然心动，一见钟情，目摇神迷，莫名的战栗之后连呼吸都变得分外均匀了。好像有一束光突然照亮了他们的灵魂深处。

他们当时没有说什么，只是含笑对这棵无以名之的树看了又看。当他们离开了他以后，还一再回过头来看他，看河滩、田野和天空。

然后男青年画了一幅画——《树之舞》。女青年写了一首诗——《梦里的树》。

后来他们真的相爱，真的登记结婚了。到冬天他们就会分到房子，永远结合在一起。但是他们决定不要孩子。

"你早！"每天早晨男青年都给女青年打一个电话。

"你好！"女青年温柔地问候着已经是她丈夫的男朋友。

他们可能都想到了那株无名的树，也可能在领到结婚证之后把他忘掉了。

但是他们的画和诗却引起了人们的好奇、兴趣和逆反心理。各色人等开始前来寻找这棵树，打量、审视这棵树，欣赏、捉摸这棵树，评议、研究起这棵树来了。

"严重的问题是来历和品种。"一位面孔呆板的植物分类学家宣告，"他不是松、不是槐、不是梨、不是枣、不是杨、不是柳、不是桃也不是胡桃，他甚至连香椿和臭椿都不是！这不是太轻狂、太胡闹、太放肆、太自以为了不起了吗？他怎么入境的呢？一定是走私……说不定是冬天夜长，那一天雾又大，他是空投进来的……"

"不不不不不！"一位看来面孔活泼的研究员一口气说了许多个"不"，"这是一株了不起的树，他属于二十四世纪，我们的第十二代玄孙将会正确地理解他的价值，这需要一种文化的新价值观念，比如说，你知道外星系的植物结构吗？"

"这棵树已经有了名声，有了名声就什么都是好的了，连乌鸦拉在树上的屎都会变香的。"一位愤世嫉俗的长发青年骂骂咧咧地说。说完，他掏出一把折叠刀，把自己的名字刻在树上。

"到我这里来刻，我欢迎！"响杨拼命向忧郁的长发青年躬腰。长发青年似乎领了它的情，拿起折刀在响杨的树干上划了一下，哧溜，流出了一股黄水，把青年的手弄脏了。

少先队员到这棵树下野餐，留下了许多面包屑、苹果皮和汽水瓶盖。他们还要不辞辛苦拿汽水瓶回去退钱。

青年团员到这棵树下采集树种，费了半天劲才弄清这树没有种。

一位被负心人欺骗了的少女到这棵树下来上吊，把裤腰带抛到粗枝上，系了一个圆环，把圆环套到脖子上。一、二、三、"咔嚓"，她落到地上，被救了。她打消了寻短见的念头以后，一直断言这树是朽的。不然，为什么经不住她的体重，还给她提供一个解脱的桥梁呢？

一位道德家听到了少女在这棵树上自尽未成的故事，很兴奋。他说，显然，这棵树是有原则的，他挽救了迷惘的一代中的一个。可以说，这不是一棵树，而是一个规矩，一个样板，一种轨道。

这位道德学家坚决反对穿西服、留长发、穿高跟鞋和养花。他曾经到一个舞会上去作报告，讲跳舞的目的是锻炼身体，帮助消化，绝不允许有其他的杂念。后来他因为把公家的三合板拿到自己家里而被指责为伪善。于是，有人说这棵树是伪善的"样板树"。

生活在这片河滩边的荆棘丛里，有一只火红色的狐狸，她是一位天才的无师自通的舞蹈家，她跳舞的时候拼命模仿象的持重、虎的威严、熊的浑厚、狮的凌厉和牛的忠诚。她的舞常常引起一种哭笑不得的哗笑声，这使她更为得意。当愈来愈多的人和动物来欣赏无名树的舞姿的时候，她终于按捺不住了，她叫着、闹着、跳着冲了过去，她要表演自己的拿手好舞。

也许真的是出于一种无可救药的成见，"狐狸！"一个孩子首先喊出了声……接着，是石头、木棒、追逐、遍体鳞伤。

入夜以后，狐狸来到了无名树前。"这不是岂有此理吗？你跳舞，人们称赞。我跳舞，却挨了石头。"她说。

那树轻轻地摇了摇头。

"你摇什么头？难道这不是事实吗？"

树轻轻地摇着头。

"你怎么不回答？你是摆架子吗？人们都说你跳舞跳得好，你却一味地摇头，这纯粹是得了便宜卖乖！"狐狸有点生气了。

树仍然只是轻轻地摇着头。

"你以为我不知道你的心思吗？你想当一个舞蹈明星，可是你太鬼了，你不露形迹，又吃热的又不烫手，我算服了你了。人人说我狡猾，可你比我狡猾一千倍！"狐狸说着说着，化嗔为笑起来。

一位摄影师前来摄取这树的形象。他先在镜头上涂了些唾沫，又故意对错了焦距，按快门时手一抖，最后照出了新奇的画面。人们为这张摄影作品争得头破血流。有人断言这棵树的品格可疑。

人来得太多鸟就不敢逗留了，它们一只又一只地飞走。松鼠搬了家，蟋蟀也不再在他的周围鸣叫。连野蜂也远远地绕开他飞。野蜂其实最胆小，除了吮吸树叶和野果的浆水，它们从不敢伸出自己的刺，倒是有许多兽类常常对它们发起先发制人的攻击。

最后风也不肯眷顾了。风是一位不可救药的自由主义者，它高兴怎么吹就怎么吹，没有任何有生命的东西企图妨碍它或者指导它。这种过分的自由使它变得任性、易怒，常常无以自处因而暴跳如雷。"你们都成心气我？你们觉得气死我才好呢！"它喝道。"都碍事！"它又说。它发现不仅每一座山、每一面墙都阻碍着它的发挥，就是每一颗石子和每一棵小草也使它不痛快。那棵河滩边的无名的树本来和他关系还不错，但当他受到好事者包围的时候，风躲避他就如躲避瘟疫了。

终于他的身上出现了许多小黑虫子，有点像蚜虫，又不完全像。谁让他是一棵四不像的树呢？生的虫子也四不像。

虫子最初只有两条，又变成四条，又变成八条，每秒钟翻一番，十五秒钟以后已经是六万五千五百三十六条了，又过了十五秒钟以后，完全数不清了。

长满讨厌的虫子的树，多么恶心！不再有人光顾他了，他自始至终不知道发生了什么事情，但是他也渐渐地明白了："我完了。"他早知道一切都会有个完结，但没有想到完得这么早，这样不光彩。再见了，这个我没有弄清楚的世界。再见了，调皮的风和饶舌的响杨。再见了，给我唱过各种各样歌儿的小鸟。再见了，一直亲近我，并不因为我发育得太大而对我见外的小草……

他也想起那一对大龄青年，他觉得那两个人的目光和表情似乎有趣。他无法了解人类，至多感觉到还有点意思。他更觉得对不起那个想吊死在他的枝上的姑娘，他不知道自己有什么错处，但他相信自己总是有错的。

但我毕竟有过蓬勃的生长！生长，这就是快乐，谢谢这使我生长的一切！

于是他怀着安宁的心情睡着了，不知道一觉睡了多长时间。他还以为可以不再醒来呢。醒来的时候赶上了一场大雷雨，雨水把他冲刷得干干净净，他第一次知道了洗澡的快乐，摆脱了一切虫子的快乐。雨水打得他飒飒起舞，他已经好久没有这样舞蹈过了。风嫌弃了他，不再给他提供起舞的契机，是因为他自己不好，他自己庸俗才不再被风垂青的，他并无怨尤。但是热泪一样的雨滴又使他簌簌地舞动了，他低下头又扬起头，热情使他不住地颤抖。轰隆隆……一个炸响的雷，他猛地一摇，只听到一阵震天动地的鼓掌和喝彩，他完成了一次高难动作，又一阵滚雷，远远地滚来又缓缓地滚去。他浑身都流淌着大水，好像是他扬臂把水接了来似的。四周是泥土、树叶和青草的芳香。四周是滚滚的雷声,四周是忽明、忽暗、忽青、忽黄、忽白、忽黑的闪电,似乎整个世界都在旋转、塌陷、升起。

"轰"的一声巨响,无名树暗道不好,他似乎已经诚惶诚恐地匍匐在地面上。待到他抬起头来,却见与他遥遥相对的响杨树冠上火光熊熊,黑烟冲天。这是怎么回事?他只觉得全身向响杨俯去,悲痛万分。难道这就是雷击?难道应该遭到雷击的不是我吗?正是我长得这样傻大,正是我招来了风言风语。正是我遍体黑虫、体无完肤,正是我向往着雷电、燃烧和空无。我亲爱的、天真的响杨兄弟啊,你这是怎么了?

响杨没有回答,它在电火中噼噼啪啪地响,又被雨点敲出了咝咝声。终于,火熄了,烟由浓变淡,响杨发出了一声悠长的叹息。

雨过天晴,风和日丽,经过了一串串热闹的、有趣的、阳光明媚的日子。干涸了的河滩和污秽的卵石上终于又流过了清清的水。无名树旁栽满了垂柳。在雷击中受到损伤的响杨又抽出了新的枝条。雀鸟又在林里飞翔,风又开始眷顾他们。又有新的情人——并非大龄而是妙龄——来到这里流连,他们觉得新栽的树更加好看。他们没有注意这株无名的树。

无言的树感觉到了少有的轻松,他舒了口气。

——1985 年

临街的窗

一

在我幼小的时候就注意到胡同东口那一家临街的窗子了。高大的合欢树，永远紧闭的暗红色的门，剥落的油漆，稀稀落落的、步伐沉重的行人，推车卖货的小贩，吵吵闹闹的上学和放学的孩子，秋天的落叶和冬天的雪。就在这单调的与乱哄哄的诸种景色之中，有一扇小小的高高的窗。是一扇永远打不开的窗。是一块安装上了的玻璃。是一个透光的方孔。尽可能安置得高，这样，在采进光照的同时却不会暴露室内的秘密。

我们的城市是不兴把窗子开在临街一面的。人们都是把窗开在院子里，叫作四合院也可以，虽然未必四面都有房子。所以，当晚间走过这个胡同，那多半是看完了白云或者陈云裳主演的完全不适合我这个年龄的孩子看的乏味的电影之后。黝黑的胡同和更加黝黑的树影里，只有一扇窗口透露出橙黄色的灯光，只有这一家人没有用绝对的砖墙把自己与胡同、与街、与城市、与不相干的路人隔阻开来。这使我觉得温暖。我推测，那里面大概住着一位好心的母亲和她的女儿，母亲正催促女儿在昏黄的灯光下做功课。也可能是一个会写童话的孤独的老头儿，他看一眼自己的住室的高高的临街的窗口，就会想出一个逗人的故事。或者就是一个准备远行的青年吧？第二天天不亮就会有人在窗下轻声叫他，他们就一起出发，到很远很远的地方，到不那么残暴也不那么穷困的地方去了。

后来我长大了，我没有固定的职业。有的医生说我的肺部有某种感染，有的说没有什么。这样，我常常有时候徘徊在离那窗口很近的合欢树下。每年学生考试、放暑假、升学并因而焦头烂额的时刻，合欢的金红花盛开。合欢花就像我的青春一样虚无缥缈，然而灿烂。在合欢树下，我听到了——隐约地听到了窗里传来的说话声和音乐声。

我说不清那是一种什么音乐，是西乐还是国乐，是什么乐器在响，是什么旋律和节奏。我好像没有抓住它的声音，甚至也没有感受到它的情绪。但是我已经共鸣了，我已经震颤了，一种温柔的暖流已经流遍我的全身，我傻笑了，我觉得我已经不完全是我自己，世界也不完全是这个破烂的、摇摇欲坠的世界了。也就是在这个时候，我听到了她的说话声："你好，我的朋友！"

这是在对我说吗？她是谁？再也听不见什么了，但还是有喃喃的低语，有一种诱导和抚摸，有一种语气，有一种呼吸，有一种人的温热。人生并不总是那么孤独。

记得当时年纪小，

我爱谈天你爱笑……

这是我悄声唱起的歌。也许，她能听见？

后来我参加了革命。后来我离开了家，离开了那条胡同，忘记了那扇窗。我很忙。我唱完全不同的歌：

我们是投弹组，

战斗里头逞英豪，

杀呀！

几十年后我们那么快地老了，离职休养回到家，回到我们的城市仅存的几条面貌依然的小胡同来了。

我找到那间具有临街的窗的房子了。窗已经被堵死了，只有像我这样的老居民，才能依稀分辨出窗的遗迹及它与后砌的砖的接茬，尽管这茬口已经掩盖在白灰、青灰与麻刀的灰皮之下。合欢树已经没有了，代替合欢的是年轻的杨。行人稠密，儿童欢笑，还常常有汽车经过这里。汽车的牌子有上海、雪铁龙、奔驰和桑塔纳。暗红色的门的油漆剥落得更多，但门是经常打开的，有许多人从这门里进进出出。有早上出来打太极拳的，也有礼拜六晚上挽着手出来去跳舞的。

我看着已经被堵上的临街的窗，祝福它过去的和现在的主人。想象着一幢一幢的新楼、一排又一排的大玻璃窗灯火通明，传出了让·米席尔·雅尔的电子合成音乐《朔望》和芭尔芭拉唱的"我没有带给你一束花……"窗帘也愈来愈讲究了。它们将唤起新的、密集得多也奇妙得多的幻想，给新的徘徊者以安慰。我想建议有关部门努力减少街道上的噪声，使窗里的人生活得更安逸、更美好。

二

这间房子老显得黑洞洞。向阳的一面窗子开得很小。南院墙离得近了，常常把阳光挡住。窗下堆着一大堆煤块，是四轮车从皮里青矿拉来的，当然，漆黑。我们又是冬天搬进去的，冬天日头矮。

不过门前有一株苹果树，每年长出七八片叶子，过晚地发芽，过早地枯黄，无人过问，却还活着。但总要死的。

冬季取暖用的火墙连同给墙提供火的砖砌的灶把房间一分为二。屋内的墙潮乎乎，不白。房子刚修好，还没有干。住人生火以后，满屋的湿霉麦秸味儿，每天早晨水汽把窗玻璃涂上厚厚一层雾障。

几天以后，墙上的原先没有溶透的石灰开始爆炸，绽开了像花一样。又过几天，奇迹出现了。和泥用的麦秸里不乏没有扬净的麦粒，这说明了生产队劳动责任心的缺乏。在适宜的温度与湿度的作用下，麦粒苏醒了，萌动了，欣欣然发出了碧绿的芽。我的四面墙壁生机盎然。

"这是我的试验田。"我告诉来访的新结识的维吾尔农民朋友。他们笑个不停。他们忠告我，这样潮的房子，又是冬天，是不能住的。勉强住进去，会得关节炎。

死都不怕，还怕困难吗？同样的逻辑，那么多倒霉的事都碰到了，还怕关节炎吗？所以也就心安理得地住下来了。

火墙的一分为二是把少半部分分在向阳面，背阴面倒是正房。正房有两扇对开的较大一些的窗户，临街。

这是一九六五年我先到伊犁、妻后来也到了伊犁以后住的第二"所"房子。九月份妻到了，分到伊宁市的一所中学，先临时住在共青团总支部的一间废弃了的办公室。十一月天寒地冻以后才搬进这所刚修好的极其简易的土房子里。

但我们充满了生活的新鲜感，对来到伊犁、对在伊犁的重新团聚、对分到新房子、对临街的窗。从前（注意，是从前，就像老祖母给孙儿讲故事似的）我们在北京的时候，还没住过有着临街的窗的房子。

　　窗外的街巷是一条宽广的土路。两面各有一道小渠，并不经常有水。渠边是两排杨树，树干挺拔有力。土路上来来往往的主要是步行的与骑自行车的人。有时候有两三个骑马的人走过。有时候一匹马夫妻两个人骑。妻子在丈夫的前边，在丈夫的怀里，让人觉得很有爱，即使别的什么都还没有。伊犁人骑马的习惯与南疆喀什噶尔人不同。喀什噶尔的一对夫妻骑马与美国西部片上的一对情人骑马奔逃的形象是一样的，男在前，女在后，双手攀着男子的肩。伊犁之所以相反，据说是因为伊犁人的妻子是抢来的。清代为了屯垦荒凉的伊犁地区，鼓励喀什噶尔人到伊犁安家落户，并且规定凡去伊犁种麦子的，有"权"抢一个媳妇。抢来的媳妇，更加宝贵，当然要搂在怀里，不可须臾离了。

　　每天拂晓以前，可以听到车轮轧轧声与马脖子上铜铃的叮咚响，那是去煤矿拉煤的车。冬季，他们到了煤矿，要排很长时间的队，这样，便竞相早起，越起越早，五更不到就冒着夜气严寒起床备车备马了。伊犁谚语：车夫就是苦夫，真的。而到了下午三点左右，煤黑子车夫疲惫不堪地赶着装满煤的车子回城上来了。这也是从窗向外看到的秋冬一景。

　　深夜，常常有喝醉了的男人高声唱着歌从窗下走过。他们的歌声压抑而又舒缓，像一个波浪又一个波浪一样涌起又落下，包含着深重永久的希望、焦渴、失却、离弃而又总不能甘心永远地沉默垂头下去的顽强与痛苦。他们嘶哑的、呼喊似的歌声，常常使我落泪，还有比落泪更沉重的战栗。

　　后来就是春天了。杨树先长出了不美丽的却也是蓬勃的穗。鸟儿在树上飞来飞去，叽叽喳喳。在富饶的伊犁河谷，在人们不认真地把粮食从田地里收净的那些年，鸟儿大概比人吃得足实一些，发育得饱满。春风吹了一阵，放风筝的各族儿童在土路上跑来跑去了一阵。化雪翻浆、轧成一道沟一道沟的土路终于干燥、硬结。虽说还没见到万紫千红的似锦繁花，却首先看到了穿着色彩缤纷的衣裙的各族女孩子。伊犁的女孩子最喜欢成伙成对地走路了，勾肩搭背，又说又笑又唱，总是那么亲热又那么活泼。她们用维语唱着："达格达姆约力芒艾米孜（我们走在大路上……）"感谢这面临街的窗。它使身处逆境、独在异乡的我们迅速克服了陌生感，使我们觉得伊犁河谷是真切而美丽的，伊宁市的土路是真切而美丽的，伊犁人的生活是真切而美丽的。

　　但这扇窗也出了难题。当我去公社"劳动锻炼"的时候，夜间剩下妻一个人，这扇窗便成了她的心病。整夜，她听着清晰的脚步声、说话声、车轮声、马蹄声、歌声、笑声，觉得缺乏安全感。窗子低低的，一层薄薄的玻璃，几根歪斜的木条，只要轻轻一敲一捅，玻璃就会稀里哗啦，任何想跳进室内的人都可以不费吹灰之力地跳进来，不需要事先练习跳跃或者武功。这使她夜夜难以成眠。

为此我们多次向校方要求安装保护性的木窗扇。在伊犁，多数家庭的窗都临街，人们把临窗赏街景视为生活的一大乐趣。但临街的窗必有木窗扇，木窗扇上多有浮雕花纹，夜间入睡以前把木窗扇关起，用一根铁棍、两只穿钉把窗扇固定起来，自然万无一失。木窗扇不仅有利于安全，冬季也有助于保护室内的温暖。但这一排新落成的简易房子，却没有这美好的设施。大家都要求装木窗扇，学校无力解决。

"文化大革命"开始以后，窗外的升平景象减少了，增加了戴柳条帽的武斗"野战军"队员、游斗的牛鬼蛇神，还有各种狂热的敲锣打鼓欢呼"特大喜讯"的队伍。但是妻反而放心了一些，"阶级斗争"的弦绷紧到了空前紧张的程度，人们无心去防小偷了。

一天，一个歪戴着肮脏的硬顶帽的顽童，突然从地上抄起一块石头，向我们的这窗抛来。"砰"的一响，窗玻璃裂了几条大缝，把我们吓了一跳。我恰在室内目睹顽童的恶行，气急败坏地夺路出门去追，顽童已不见踪影。但街上的其他小朋友主动热心地前来向我提供线索，告诉我顽童的姓名、住址，并都愿充当向导领我去找那个顽童算账。不知道这是由于他们富有同情心与正义感，或是由于他们与那顽童有隙，还是仅仅由于他们烦闷无聊喜欢看人与人发生冲突。我在热心人的带领之下，迅即找到顽童家里，先看到了一个青年小伙子，估计是顽童的哥哥。我向他说明了情况，他便从里屋把那个顽童揪着耳朵揪出来了。我确认就是他以后，青年人照着顽童就是一拳，使我反而起身劝解。这时从里屋出来一位老人，银须长袍，彬彬有礼地接待了我。对我的街窗被砸深表同情和遗憾，并讲述了他的关于人人应是兄弟、各族应是一家的崇高信念。我怒火全消，也不好意思再提出赔偿损失之类的要求，只好自认倒霉，回到窗已被砸的小屋里去。

这样，临街的窗就变得更加不安全了，妻要求我回来得勤一点。

自从"文化大革命"开始我就充满了不祥的预感，我每天都等待着灾难的降临，诸如收到某个"革命组织"的勒令，被揪回乌鲁木齐、被关入"群众专政队"之类。但截至窗玻璃被砸的那一天，并没有发生什么特殊的、专门针对我的事。我只是在一种"雷霆万钧"的威慑下，"只准规规矩矩，不准乱说乱动"罢了，而且这种"规规矩矩"是完全自觉的。我小心翼翼地思量了一下，认定多回几趟家，照看孤身处于玻璃被砸的临街的房室的妻子，也许尚不能算是对抗"文化大革命"的大罪，便自动增加了每周回家的次数。

当然，回家不能影响劳动，只有劳动才能得到改造和新生。我是在每天下田耕作之后，洗一把脸，再骑上我的杂牌破自行车，一小时之后才回到伊宁市、回到家来的。夏季农田里干活时间长，九点才下班，到家就十点多了，有时候还更晚。夜深人静之时，骑自行车离开村镇，走上公路，穿过碱滩，穿过坟茔，穿过臭味扑鼻的沼地，经过一个又一个黝黑的大果园，经过星光和伸手不辨五指的黑暗——全仗着路熟。在下地劳动十小时之后，在骑车一小时之后，终于依稀看到伊宁市的萧疏的灯火了，终于自行车拐弯、拐进我家所在的胡同了，终于进家见到从愁容满面转变为喜形于色的妻了……这也是那个年月的一种快乐，虽然难免被批评者讥之为"卑微"。第二天天不亮我便又走了。

但心里还是有点鬼，不愿意让人看到自己的夜归早遁。随着社会形势的日趋紧张，这所家属院每晚十点便从里面扣上了门。于是我与妻约定，遇到我十点以后抵家，先按一定的节奏轻敲临街的破窗，然后妻给我小心翼翼地开启大门。

紧张的夏收开始了，我本来已经与妻说定，这一星期不回家了的。三天以后却又不放心起来，我想象着不远万里从北京随我来到新疆来到伊犁的妻惊恐地注视着已被砸烂的窗，不得入梦、辗转反侧的情景，一种说不清的柔情和歉疚感使我觉得哀痛。即使有被枪决之虞，在枪决之前，我还是要多回去陪伴她几次，我含泪下了决心。于是，这一天，在劳动完了，吃罢晚饭，夜十一点半了，房东大娘已经为我准备了床铺之后，我突然说，我要回城里的家看看。

公路上已经没有一人一车，这使我反而感到自由，感到自己的强壮和"伟大"，我很满意于自己的决断力与想象力，还有勇气。生活锻炼了我，我虽写过几篇小说之类什么的，但我毕竟不是梦游式的或清谈式的文人。我一定会想方设法活下去，想方设法活得自由而且快乐。差不多夜里一点了，我回到了家。我的独有的敲窗曲——小夜曲（？）立刻得到了惊喜的妻的回应。

但是大门已经锁上了，而钥匙并不在这个院子里。这样的深夜去找钥匙开大门，"政治上"与技术上几乎都是不能允许的。

事情有点麻烦。隔着大门，听完妻子的述说，我觉出她已快哭出来了。

我分析情况，当机立断。大门下面，有一道缝，消瘦的我完全有可能爬进去，虽然不雅。自行车就没有办法了，只好锁起放在巷里，我们的窗下。

妻子对我的方案还在怀疑，我已开始了行动。一分钟后，浑身是土、笑嘻嘻的我已站在妻面前。我的表情甚至是得意洋洋的。

这也是胜利。我们都快活。

一小时后，我们刚刚睡下，窗下传来了人声。原来是几个汉、维同胞研究这辆破车。他们分析说，这辆车可能是小偷偷了，用完，甩在这里的。

我连忙在窗内应声，说这是我的车。

"为什么扔在巷子里？"质问开始了。

我只好据实招来。

窗外安静了一会儿，他们改用维语小声计议，他们没想到我这个操着关内口音的汉人也懂维语。我听出他们是离我们这里不远的州法院的巡夜的。他们认为我的自行车摆在那里实在不成体统，孕育着危险（什么危险？我不明白。我那辆破车白给也不会有人要的）。但他们并没有顺藤摸瓜，借自行车的古怪对我进行进一步审查。谢谢了，性本善的人们。

于是他们用汉语对我说，车这样放着不好，他们要把它搬到法院院里去，明天早晨，我可以去法院取。

我表示完全同意。就这样。然后人车平安，皆大欢喜。

从此，这扇窗似乎变得更亲切了，还有点——妙不可言。后来玻璃终于换了好的。后来我们在窗上挂了洁白的窗帘。窗帘是一个维吾尔女工帮助做的，她用精致的挑花技术，使两片普通的白布幻化出迷人的花与月的图案。当然，这图案花是地地道道的维吾尔式的。

从此，不知就里地从巷子里路经我们的窗子的人认定这里住着维吾尔人。常常有寻找自己的亲友乃至来乞讨的维吾尔人来敲我们的门——穆斯林对于乞讨者都是慷慨施舍的，据说"伊斯兰"一词便是"义务"的意思，而施舍与朝觐、封斋、祷告、牺牲一道，是伊斯兰教徒的必尽义务。当他们敲门之后，看到开门的人并不是维吾尔人，他们脸上常常显出迷惑不解的神气。

但我终于没有使他们完全失望。我尽量像一个土著维吾尔人一样地尽义务和说话。如果说我至今没有忘记维吾尔语，至少有一部分是这窗、这窗帘的"认同"作用的功劳。

在　我[1]

　　在我们这个人口、房屋、车辆都一天比一天拥挤的城市里，西墙根下的那片空地，那片既栽活了一些树、又培植了几块巴掌大的草坪、又摆上一些简陋的洋灰板凳的空地，实在是非常珍贵的绿洲。它成为新建的一片居民楼里的居民最经常使用的户外活动场所，成为儿童踢足球、青年谈恋爱的美丽的乐园。甚至那个不到六十厘米宽，不到一米五长的洋灰板凳，居然成为了孩子们的乒乓球台——你信不信？用一根树棍做"球网"，用两个废铅笔盒做"球拍"，两个孩子可以抽杀防守得难分难解。用塑料铅笔盒"球拍"的女孩子可以打出林慧卿式的下旋球。旁边还有三个孩子排着队等着接替输下来的球员呢。

　　每天清晨，这里便是中老年人的天堂。鹤翔桩、太极拳、太极剑、健身球、鹅毛毽……充满了幸福、健康、安定团结与长寿的气氛。那些匆匆赶路上班的，推出自行车准备偏腿跨上去的，端着一缸精锅豆浆、锅盖翻转来承负着热腾腾的一摞油饼的，直到已经站在不远的 36 路无轨电车站牌下的人，都会不约而同地把头转过来，向这一群求幸福求长寿的人致以注目礼，时间自十秒钟到三分钟不等。

　　特别是今天早晨，情况很不一般。好几位等电车的人甚至在电车到来之后弃权，宁可失去及时乘上还不太挤的电车的机会也要一饱眼福。

　　来了一老一少——一女一男。

　　一位身着黑衣裤的老太太，瘦削清癯，二目如电，闪转腾挪，旋转如风，俯仰腾跃，身轻如燕。她的一套短打，使观众惊呆了。尤为令人骇异的是——她竟

　　1　本篇原作者崔瑞芳，发表时署名王蒙。

是一双小脚！缠足！每个看到她小脚的观众初时都要一怔，甚至有几分难过。然而，人不堪其忧斯人不改其乐，老太太面含微笑，充满自信，以她特有的精到的技艺身手，更以她的豪迈而又温柔深沉的精神状态征服了观众，甚至一霎时你觉得那种三角粽子式的小脚尽管从整体上看是一种令人羞耻和厌恶的野蛮，但具体到斯人身上，则不但没有损害，反而成全了她的独特的武艺风格了。中华武林明星灿烂，其有类有种乎？

男子看样子三十多岁，膀大腰圆、虎背熊腰，只在那儿一站便威风凛凛。他梳着大背头，上身是淡蓝色的针织蝙蝠衫，前胸上写着 Coca Cola——可口可乐，下身是专门练功用的灰底红线灯笼裤，脚穿布底功夫鞋，脸上还架着一副太阳镜。他这身中西合璧、古今通用的打扮够别致了，也能收到令人一怔并感到不舒服的冲击效果。但他练起单刀来以后，但见寒光闪闪，劈砍带风，雄武勇猛，力有千钧，招招式式，功夫深厚，绝无拖泥带水或打折扣浅尝辄止的地方，整个精神面貌，更是坚无不摧，攻无不克。所有围观旁观远观的人，便只有啧啧叹服的份儿了。

真神下界以后，小毛神也就自动退避了。今天出现这两位高手，原来伸胳膊伸腿、抱球画圈、金鸡独立、大喘气、吊嗓子的一批男女，一个个不约而同、屏神静气地退到了一边——谁还敢去陪衬去献丑去现眼呢？

西边一角，围观的人正看得起劲，只觉得背后有人推推搡搡。挤进来一位陌生人，农民打扮，粗布小褂上系着一条宽宽的紫红色带子。黑黝黝的皮肤，专注的目不斜视的发红的眼睛，微张着的口，厚厚的突出的下唇，外观与神态显然与这里的城市居民拉开了距离。他那种挤挤搡搡地往前拥的劲儿也带着农民特有的朴直。正因为这种外观，才使言语尖刻、不喜谦让的这个城市的人们原谅了他的无礼。当然也由于人们把心放在两位武林高手的技艺欣赏上了，舍不得花费宝贵时间与这位小大哥费口舌。

与此同时，人群的东面让出了一条路。原来是两位外国旅游客人。外国绅士宽肩膀，长腿，灰白头发，面含微笑。外国淑女身材俨然，浑身芳香。陪同的还有一位端庄而又赔笑的中国人。这里隔马路便是翠竹饭店，是只收外汇券的高档旅馆。一男一女外国客人亲亲热热地含笑走了过来，一看就知道他们的自我感觉极佳。见到这练功的场面，如获至宝，立刻就"豌豆腐（奇妙）""耐斯（美好）"地赞叹起来。绅士是带着照相机的，立刻在女士的协助下打开皮盒，调整好了相机,对准二位练功的人"咔嚓咔嚓"地按起快门。这里的居民早已习惯与马路对过的翠竹饭店的外国客人们友好相处,大家没有特别注意。

陪同外国客人的那位中国人,我们姑且假定他是翻译吧,面色却忽明忽暗,忽松忽紧,颇有点进退维谷的样儿。估计他主要是为老年女同胞武星的脚的尺寸形态而焦急不安。这样的脚被外宾摄入镜头,合适吗?不让人家拍,合适吗?因脚被缠便要求这位女同胞停止锻炼,干脆大门不出二门不迈以免破坏我们的"耐斯"形象,行吗?做得到吗?但他最后终于咬牙下决心释然了,毕竟老人家的功夫与神态极佳。脚小是历史的不幸遗产,练功是现实的精气神,何况旁边还有一位力拔山兮气盖世的现代派武星大汉呢,那形象绝对与东亚病夫无涉,而是当今泱泱大国的龙的传人!说不定是民族英雄霍元甲再世!

这时外宾与陪同叽里咕噜地讲起话来。陪同听后连连点头,便前去与二位武星商议。说是外宾问二位能否表演一下对打?不是真"对打",表演而已,目的无非是照几张相,彩色放大。请二位留下姓名地址,照好后每人奉送照片,免费,纪念。

二位微微一笑。彩色照片无甚稀罕,无劳外宾寄赠照片,故而姓名地址也不必留。表演对打嘛,不妨一试。见笑了。

不卑不亢,爽快随和。二位立即缓缓地比画起来。这时,太阳刚刚从地平线上升起,一束橙黄色的光线斜照过来,二位"武星"明明暗暗、即即离离,在晨曦中更显得身影美妙,动作轻灵。殷勤的翻译向围观的群众做着手势,示意大家要退让谦恭,不要妨碍外宾摄影。群众果然都很自觉,从翻译而不是从外宾本人的神态上,看出外宾并非等闲游客,应该注意保持距离。外宾大喜,"欧开"连呼。开始,二位"武星"还是为了摄影而比画,动作愈来愈快,愈来愈像真的了,围观的群众鼓掌喝彩吹口哨叫好,情绪高涨。外宾照相机咔咔连响,愈发助神。这时"唰"地一下,汉子抢跳一步,下蹲时突然大转体,走刀向老太太下三路盘去,左手食指中指并拢,指向对手,右腿弓,左腿绷,喝一声"呔!"老太太翻身跃起,上身倒向一侧,两臂自如地前后伸展,腿在空中一盘,一声"好!"群众同声喝彩。一声"咔嚓",瞬间纳入永恒。二人收式,一个亮相。又一声"咔嚓",大事不好!

原来就在外宾拍这个最精彩的亮相镜头的百分之一秒里,那位农民打扮的小哥们儿"唰"地冲了上来。还没等别人明白过味儿来,他已经站在二位武星之间,呆头呆脑,探颈塌肩,张口傻看,夺取了镜头的中心位置。

一片嘘声，挖苦辱骂。哪儿的？哪儿来的？你算老几？脸皮厚得鬼都害怕！不撒泡尿照照镜子！上他妈哪儿加塞儿呀？那位八成是羊角风，月子里就坐下了！直到最有侮辱性的提问：我说，谁的裤裆破了把他漏出来的？

"翻译"更是气得皱眉，脸色煞白。找过去与他理论，严肃批评他缺少文明礼貌，缺少外事常识，有辱国格……上纲上线，如火如荼。他却麻木不仁，带几分得意，满不在乎地转身挑挑子走了。到这时候大家才明白，原来他是卖蝈蝈的。他挑着两挑蝈蝈笼子，蝈蝈们正在聒噪。方才大家太专心赏武事了，竟然冷落了那些最不甘冷落的虫儿们。

有一位义愤填膺的观众走过去与"翻译"搭讪，建议应由公安部门给那位闯镜头的"傻帽儿"以必要的教育云云。一位样子颇似"待业"的小青年听到后喊了一嗓子："干脆毙了算了！"于是一阵哄笑。"翻译"也笑了。

外宾却高兴异常，连呼"贾斯特豌豆腐（正好）！""普瑞提古德（妙极了）！"

许多日子以后，我国的一本综合性文艺杂志转载了该年度世界风俗摄影竞赛的部分获奖作品。其中获得二等奖的一张照片，恰恰是这个场面：左面是半蹲舒拳如白鹤亮翅的老太太。看不清她的小脚。看来外宾还是友好的。中间是一个傻乎乎的陌生人，呆木的表情中显示出一种我行我素的坚定性、独立性与朴质。由于他探着脖，睁大了眼睛正对镜头，在这张照片上，他兴致勃勃、跃跃欲试地看着每一个看照片的人，不管你从哪个角度欣赏照片，首先就会碰到他的咄咄逼人的目光。右边是伸掌做"单鞭"式的壮汉，腿如铁铸，掌劈万钧，后手钩起如鹰爪，气宇恢宏，吞吐河山。摄影之页还附有简短的文字说明，从构图、呼应、形式与内容的统一方面分析了这张照片的特色。

后来据说这三个人都通过不同的渠道得到了有自己形象的这张获奖摄影作品的复制品。二位武星一见到"傻帽儿"都觉得堵心欲呕，便都拿起剪刀，把自我以外的两个人剪下去。留下自己的英姿，给自己的三亲六友观看。一位放在玻璃板下。另一位镶到镜框里。

只有"傻帽儿"留下了整张的照片。而且，他把照片贴在自己床位上方的顶棚上了。他可以躺在床上从容地回忆和自我欣赏。他可以躺在床上直愣愣地与另一双直愣愣的目光相较量。

——1986 年 1 月

轮　下

我还行。

你一口气跑上九楼,每一步跨两层台阶,共跑了 280 级楼阶。你好不容易叫开我的家门,你的第一句话便是:"我还行。"

你与我同年出生,比我小一个半月。就是说,你以为你已经不行。你竟从深夜一点爬楼这件事情上感动于自己的力量。你兴奋于一个新的开始。

我还行。你这样自言自语,不顾受惊吓的我的妻子。我已于当天——1980年 8 月 23 日飞赴广州,将要从那里去香港,从香港到纽约,开始我的首次美国之旅。算起来,你是先到达美国的,你是为了告别才深夜爬楼的。第二天清晨你就要阔别我们的祖国。

离开北京的时候你哭得一塌糊涂,哭得周围的旅客都感到尴尬,不知怎样才能帮助你。哭得空中小姐歉然,不知道在波音 747 上她做了什么错事。

而你是一个 46 岁的男人,饱经沧桑,眼角皱纹细密如网。你的两只眼又小又是三角形,为什么却配置出一股热情,曾经是那样专注,那样单纯?你的个子不高,肩膀宽,走路如飞跑,停下总是微劈着腿,那劈腿而立的样子很像有点武功,在美国,叫作"中国功夫"。其实我知道,你从来不进行体育锻炼。因为你没有时间。早在 20 世纪 50 年代,我看到过你的写着一周日程的纸片,每天早晨从 6 时到晚上 11 时半,密密麻麻,我不知道——例如它像不像国务院总理的工作日程表。敬爱的周恩来总理已经去世 10 年。

还在 20 世纪 50 年代,我记得你向我提出了一个我认为相当幼稚的问题。我当时是"老革命"(比你),是你的"上级"。你问我,周总理有这样大的才能,为什么不去研究学术、著书立说、传于万国万代呢？我记得我给你解释了革命活动、政治活动的巨大意义。而你仍然摇头。你似乎深深地为着周恩来总理而惋惜（不知道你后来是否检查交代了这种思想）。你当时不但迷着马克思、恩格斯、列宁，也迷着康德、黑格尔、笛卡儿……你崇拜著书立说的人。

在当时的（还叫）新民主主义青年团的工作中，对于正在读中学的青年团员，你号召的——大体上也是我号召的是向科学进军，做历史的创造者，历史的巨人，攀登珠穆朗玛峰，做全面发展的，大写的人。做大自然的主人，历史的主人，社会的主人。我们学习、宣传和讲解帕·费·尤金关于社会主义与共产主义的小册子，把历史发展的钢铁规律抓到手里如抓住舵轮的把手，我们在大海里航行，乘风破浪，胜利前进。

想起我们主持一个区、一个学校的青年团工作的情景，我恍若隔世而又不寒而栗。我说的是在"文化大革命"期间。

在讨论总理为什么不去搞学术的那一次，你还一再引用《参考消息》上的一则报道，忘记了是美联社还是合众社的电讯。那则电讯对正在进行第一个五年计划建设的中华人民共和国评论说，中国像一个发育神速的孩子，脑袋很大，身体很小，大步前进……我却没有理解这样的报道、这样的形容有什么可爱可贵。

我不知道你的魅力在哪里，但即使对于我，你也是有魅力的。可能是因为我这一生再没有见过说话对手的这样专注亲切诚挚的目光。可能是由于你的头发，正中间分开，两面自然下垂翻起如波浪。到20世纪80年代，你已经有了许多白发，但头发仍然一样浓密丰盛自然潇洒。可能由于你健壮的精力四溢的四肢。更可能是由于你的谈吐、你的狂热、你的多发多变多彩多姿的笑容。你的眼睛是会笑的，而且笑得恰到好处。我给你起的绰号是"拼命三郎"，你记得吗？你上楼梯和下楼梯都是乒乒乓乓地跑。你给团员做报告时口若悬河。你即使上厕所大便时也总是拿着书、报。后来你住单元楼房时你的卫生间里摆着那么多书。是专为如厕时准备的。那甚至更像书房而不像厕所。很抱歉，我又在我的作品里写到大便。已经有不止一个评论家和爱我的读者给我以亲切的批评，批评我没有注意语言的"五讲四美"。

现在我要说说你的面孔。我不知道现代心理学派会怎样分析一个男人对于另一个男人的面孔的感受。你的面孔多骨又多肉，既方且圆。当年我就不愿意把目光停留在你的面部的饱满紧凑而又富于表情的筋肉上。你迷恋理想，又吸引于现实。你渴望苦行和献身，又渴求享受。你的面部表情里有一种健康的活力，却也有几分肉欲的粗鄙。愿你的在天之灵原谅，我说的只是我当时的直觉。你的面孔对于女孩子是危险的。当时你刚刚恋爱，我也刚刚恋爱。

我们都沉醉于罗曼蒂克的初恋中。我不知道我为什么会有这样一种老辣的穿透性见解。

恋爱中你读屠格涅夫的《前夜》，你赞叹《前夜》对于爱情的描写是如何饱满。我当然同意你的见解。但更适合于当时我的心境的却不是《前夜》，而是《处女地》，是《贵族之家》，乃至于是奥斯特洛夫斯基的《暴风雨中所诞生的》与《钢铁是怎样炼成的》。提到爱情的描写我也不会忘记爱伦堡和费定、巴甫连柯。

你爱上的是一个初中二年级的 16 岁女生，后来的被你毁了一生的妻子。我们姑且用 J 来代表她吧。J 是你们学校团总支的组织干事，常常到团区委取送团员登记表和入团申请书，以及上缴团费。当时批准团员及使用团费的权限不在基层而在区里。你是你校的团总支的书记，我是团区委的副书记。

J 有一双怎样的圆而大的黑眼睛，不论岁月和风雨怎样吞噬了青春，不论严酷的生活使 J 变得怎样丑了，她的圆而大的黑眼睛永远与纯洁激越的 50 年代同在。我相信就是她的早熟的眼睛吸引了你。她热情质朴如一头受惊的牛犊。我没有想到你会爱上她，我依稀(极其"依稀")觉察到了你的爱情中的一点自负、自信以及残酷。

20 余年后，J 来我家诉说："他追我的时候我才 16 岁！当时爸爸妈妈跟我说，这么小不许搞对象！我不承认。但是他老是到我们家来找我，我欢迎他，我不能抗拒……"

J 太痛苦了。但她并没有来找我。她对我十分客气乃至谦卑。她自制也自尊。每次都说不愿意打搅我。有史以来她总共来过我这里两次。第一次是 1982 年我捎话要她来的，我要把我在美国与你会面的情况告诉她，我有一个残酷的任务，打掉她的幻想而又努力安慰她。我一生注定了扮演多次类似的角色，不知道是由于我的善良还是我的世故，是由于我的机敏还是由于我的愚笨自误。第二次则是在 1984 年（1983 年？）真是，愈近的事愈记不清楚，我们都老了，不是吗？是深秋。就假定是深秋吧。

J 说，我一滴眼泪也没掉。他报应了！这是报应！他对我太狠了……

我立刻给 L 打电话。我说，报应了。

我还行。

我妻子给我形容你深夜来告别时的神色，两目放着熠熠的光。你大汗淋漓，你兴奋地喘着气，你的样子像是要飞起来，你是飞到九楼上而不是爬到九楼上的。你急需一个人分享你的兴奋。你想歌，你想唱，你忽然想起寻找你20 世纪50 年代的朋友。到了这种时候，青春时代的老友的地位是无可替代的。其实后来我们已经谈不上是朋友了，早在 20 世纪 70 年代中期我们相隔近 20 年再见的时候我已经发现了你对我的态度中包含着虚与委蛇。你对一切的态度都包含着虚与委蛇。

20 世纪 70 年代，经过了伊犁地区农村的劳动锻炼，经过了两年"五·七"干校里在盐碱地上开荒的生活，我终于又回到了乌鲁木齐，又似乎毕竟是恢复了一个"干部"的身份。当时妻活动与旅行比我方便些。在 1973 年冬，她回到北京探亲的时候我托付她去寻找你。我能有勇气去寻找 20 世纪 50 年代你这样的旧友，显然说明"文化大革命"客观上反倒终于使我思想"解放"些了。这也可能与林彪的覆亡对我的潜在的鼓舞有关。我的妻子费了老大的事，终于找到了你。可悲的不在于你的遭遇，而在于你经历了如许沧桑以后仍然像一枚钉子一样钉在当初上学和做团的工作的那所中学里。你就在这个小小的天地里"红"，"黑"，懒散，衰老或者腐烂下去。

你没有惊喜，没有热烈的反应。你没有给我写一封热情的回信来回答妻带去的我写给你的热情的信。

1963 年 12 月，我离开北京去新疆的时候你已经变得冷静多了。你在家里为我饯行。你的简陋的平房里放着一个墨绿色天鹅绒面长沙发，还有一串彩色小灯泡。这在 20 世纪 60 年代是罕见的。何况那是一个寒冷的夜晚，窗外刮着西北风，刮得窗纸簌簌地响。你得意洋洋地告诉我你是怎样在三年困难时期用很"划算"的价格从委托商行买了这些。你问，为什么别人可以有沙发我就不可以有呢？当然。那天 J 做的炒藕片非常好吃。此后我一直想再吃一次那种做法的藕片，在火候上、程序上不断变着法试验，始终没有尝到那种味儿。

你和 J 患难相依，亲密和谐。我和妻在你那里度过了阔别北京前的一个温馨的夜晚。你送给我一幅竹帘山水画，画上有一个老头坐在石头上观山听水。这幅竹画毁于 1964 年春乌鲁木齐的大雨中，那次大雨毁坏了绝大多数泥顶平房，我们坐在房间里，泥巴啪啪地从房顶上往下砸。我们只来得及收拾"细软"，带着两个孩子逃往南门人民剧场。到新疆三个月后成了"难民"。

我送给你黑色的铁哑铃与一顶草帽，还有一副案头的书架。我相信你的健壮的臂膀需要哑铃的安抚。而那顶草帽，是一位即将担任驻北欧某国大使的老领导送给我的。我去他那里告别，说是我要去新疆了。他向我告别，说是他要去某国。老领导用宜兴陶壶给我倒茶，

茶很香，但茶水已经不热了，大概是剩茶。即将视事到职的大使在北京住得很寒碜，小小的客厅里各种东西堆得乱七八糟。还放着一张行军床。他说，他的侄子要睡在这里。临走的时候发现天下起了毛毛雨，或者是雪。他把草帽给了我，说，就送给你吧，反正到了 × 国用不着戴草帽。

我又把草帽给了你。因为我认为新疆是个寒冷的地方，只需要皮帽子。我怎么可能在遥远的冰天雪地里戴草帽呢？互赠纪念品的时候我解释说，一个是希望你好好注意身体，锻炼身体，一个是永远热爱劳动，认真改造。还有学习、读书。

这时候我发现了你所购到的《辞海》。《辞海》是困难时期印的，用了质量低劣的纸，那纸一面光滑，一面糙可锉手。我不记得我是怎样地表达了对《辞海》的兴趣。也许我根本没有表达对《辞海》有兴趣。你立即建议说，你要把《辞海》"让给"我，由于书首你已用毛笔写下了你的名字，你的九成九新的《辞海》只收我八成或七成钱。你说，你需要钱，你正为用钱买了《辞海》而懊悔。而你认为我比你要需要《辞海》。

你的提议使我不好意思。拒绝你的提议会使我更加不好意思。后来我在新疆学会了一句维吾尔谚语，说是伸手求援已经是一种灾难，求援而被拒绝则无异于被谋杀。你需要钱当然。本来你的工资就没有我高。1957 年的事情以后你又降了两级，于是当场成交，我买下了你的《辞海》。

我觉得你有一点变了。人生就是实实在在的。1963 年年底，你和我谈的都是一些实实在在的事。你已经回学校做职员了。你正在多方活动，设法谋到一个代课教历史的职位。我赞成你的活动，还为你出了一些主意，认为当教员更符合你酷爱治学的天性。

J 是 1957 年的高中毕业生，显然是由于你的原因，政治审查中出了问题，那一年她未能考取大学。1958 年，在学校出具证明，说明你"认罪与改造态度

尚好"以后，她考入了纺织学院。毕业以后分配在远郊的一个工厂里。每天需要在市区与郊区的公共汽车上度过四个小时的光阴，我也习惯了。J 说。我建议她应该活动到一个离家近一些的工作岗位来。我出了一些基本无用的主意。

而我们从前，我们在几年以前是什么样的啊？ 1956 年，我把你和另几位学校的团干部请到西郊我父亲的住宅，我把我的处女作《青春万岁》的修改稿的一些段落朗读给你们听。你完全沉醉了。只有你会现出这样诚挚的沉醉的表情。你"啊"地长出了一口气，你的三角眼里闪烁着湿润的感动的光。在我朗读到一个地方的时候你忽然大叫起来，你说那里面有作者自己的形象。我笑而不答。然后你沉默着，你回味着。在你的强烈由衷的反应面前别人的一切反应都黯然失色，我再也记不起还有谁有什么反应来了。请我的青春时期的战友们原谅我。

然后你突然问，为什么不写男学生呢？王蒙，你应该写男生，写女学生总是，总是没有什么大意思。

我知道你看不起女人，从小。

我没有想到你会爱上年纪小小的圆脸的 J 。然而在那个时期，在那个没有动员晚婚也没有规定中学生不准谈恋爱，但年轻人在与异性的友谊上要比现在纯洁得多的年代，我们为每个人的爱情而祝福。我们深信爱就是一切，爱本身就够了，就是幸福。我们这些同龄人前前后后参加了革命，又前前后后有了自己的爱情，有了红梅花儿一样的，山楂树一样的，纺织姑娘一样的，蓝色的星一样的爱情。我提到了一批苏联歌曲的名字。后来你还唱过它们吗？

而你最爱听的歌儿是苏联的《我们明朝就要远航》，索洛维约夫·谢多依作曲。你说你和 J 星期天到钓鱼台去了。那时候钓鱼台还是一片野地，没有修建气魄非凡的国宾馆。那时候钓鱼台有许多树，有自然的湖沼，有鸟，有开阔的田野，有扭绕如网的枝条，有经年的落叶和初萌的新叶，有树荫掩映的小路，在去钓鱼台的走着马车的土路上你还可以看到几株风姿苍劲的黄松。我去钓鱼台时曾经想到过，托尔斯泰或者契诃夫，一定常常在这样的夕阳映照的林间小路上散步。我从伟大的俄罗斯文学大师的著作里嗅到了这样的大自然的气息。那时候一想到《新娘》或者《樱桃园》我就想哭。你告诉我，你和 J 到钓鱼台去，你听到从一个遥远的工地的高音喇叭里播放出的《我们明朝就要远航》，你完全陶醉了。你说你从来没有听到过这样令人感动的歌。那时候有许多工地。有工地就有高音喇叭。高音喇叭里播放的多半是《刘巧儿告状》或者《二郎山小调》，难得有播放我们心爱的苏联抒情歌曲的机会。我羡慕你在钓鱼台听到了远处的高音喇叭播放的浪潮一样的歌曲。我能想象你听到的歌曲的音响效果。你说这件事的时候激动极了。30 年后，当我写这篇纪实小说的时候我忽然产生了一种邪恶或者全无邪恶可言的念头。我相信、我猜测那次听到远航的歌的钓鱼台之游之中或者前后你和 J 之间发生了什么事。你一定拥抱了她吻了她有了她。从此以后她便像一只待屠的羔羊一样无言地无望地跟随着你。然而 1957 年初 L 向我发出警报向你发出了警告。L 与我们的友谊正像我们之间的友谊。L 告诉我说你有可能把 J 甩掉。L 告诉我说你对一个厚嘴唇的丰满的归国华侨女生非常感兴趣。L 说如果你抛弃了 J，J 将不可能活下去。我感到震惊。我不相信革命、青春、爱情能够与中途背叛连在一起。我想起了去团区委取申请表登记表的驯顺的 J 纯洁的无所保护的大眼睛。我的观点当然与 L 一样。这是第一次你使我不放心，使我怀疑了善的力量，忠诚的力量。

在 1980 年 11 月，在美国东海岸的旧都费城，你对我说，在你身处逆境的时候，J 对你太好了，所以你不能不和 J 结婚。但就在与 J 结婚的那天晚上，你已经意识到你正在酿就一个大错误。你后悔莫及。

我能相信你吗？

要知道这话是你在 1980 年的深秋，在费城对我说的呵。

你已经抛掉了 J。你有了 Z。

而 L 告诉过我，你在东郊劳动的时候，J 怎样一次又一次地去看你，用仅有的钱买下你爱吃的东西。

第一个给我印象的美国城市是费城，全称是费拉迪尔菲亚。江青还在台上的时候，第一个来中国访问的美国艺术表演团体似乎便是费城管弦乐团。我在新疆便听到了关于费城管弦乐团演出盛况的传闻。已经进入剧场的观众从楼窗上用线把入场券缓缓系下来，给自己的朋友，帮助自己的朋友混进去。你到了美国，便住在费城。1776 年，美国在这里宣布了独立。敲响了"自由钟"。"自由钟"至今陈列在那里供人瞻仰。

在 1980 年，在这个著名的费城，你下决心离弃你的妻子 J。J 已经与你隔着重洋。1982 年春天，在我第二次访美并见到了你以前，我托人给 J 带信，J 这才第一次到我这里来。她向我叙述她支持你出国自费留学的情景。你与 Z 的婚外"恋爱"关系败露了，你各方面的处境都不好。你的护照只有在 J 签字的情况下才能办成。你整日躺在床上不停地吸烟,两眼发直。J判定你会发疯也会自杀。你只想着要到美国去。而Z已经先期到美国留学了。J知道你渴望去美国包含着与Z会面的动机。J想感化你。J甚至想,你只要不与她离婚,你只要最后回国来,回到J的身边,哪怕你一去美国十年八年,哪怕你十年八年间完全与Z搞在一起,她也不管。她签了字,支持你出国。你也给J写了一份保证书,保证永远不和她离婚。

J哭了。

风霜。J说话的样子像一个瘪嘴的老太婆,不一定是形象,我说的是精神。她的鼻子头也有点变红了。她的不住地重复的口头语"您瞧这事"的北京土腔,使人联想起她多年在工厂工作的经历。她是衰弱的,她老了,她丑了,她不懂得也无兴趣去研究四维空间、耗散结构、极值原理,没有读过法国的新小说与拉丁美洲的"爆炸文学",她只能全身震颤着绝望地哀鸣:"他对我太狠了!"

我想到了更可怕的事情。因为你已经不通过J而与你的一儿一女直接通信,你给他们寄来了卡西欧电子计算器与索尼袖珍录放机。而你的一儿一女不把与你通信的情况告诉他们的被抛弃的母亲。按照中国的一般规律,应该说是铁的法则,儿女本来是该绝对地站在母亲一边而同仇敌忾地反对有了外遇的父亲与破坏了自己的父母的情感的那一位勾引父亲的"坏女人"的。但是,一个卡西欧,一个索尼,再加一个日后去美国探亲、留学乃至定居的希望形成了高温,融化了子女痛恨"变节"的父亲一方的法则的铁的不可入性。我曾经估计,你不但夺去了J的丈夫,夺去了J的美丽,也夺去J最后的生命栖息的两个小岛。

这几年我看到过不止一个与J同样命运的女人。打击使她们变老变丑,使她们更加丧失了抵御打击、奋起一搏的力量和自信,甚至使她们丧失了一些男性本位利己主义者的同情。

而同情她们的人也只能眼巴巴地看着她们走向灭亡。1980年深秋,继费城的会面之后我们又在美国东北海岸的新英格兰地区会面。那里靠近别有风味的波士顿市。著名的哈佛大学,威奥斯理女子学院就在那里。那里的教堂常常使我想起欧洲。我读的英语课本里有一节描写那个教堂的故事,说是独立战争期间是一个孩子首先发现了偷袭的英军,他勇敢地登上教堂的钟楼,敲钟报警,这个孩子牺牲了,但是英军被击退。堪称奇观的是教堂对面的一座天蓝色摩天大楼,天蓝色的玻璃面上映照出古老教堂的端庄的身影,使历史与现实、古典与现代融合在一起。据说这幢楼是著名的华裔建筑师贝聿铭设计的。这座城市的众多的枫树与多雨的气候也使我平添一种眷恋与感伤。我国"五·四"时期的一位著名的女作家曾在这里的一所大学读书，写下了她脍炙人口的著作。我的父母在年轻的时候迷过这些作品，然后是我，童年。我们在这里见面，在湖畔差不多落尽了叶子的枫树下面。在这里，我见到了Z。Z有很浓密的黑发。她简单地用橡皮筋（还是头绳？）把一绺头发束在脸侧，她的头发似乎炫耀着跳跃的波浪。潇洒。她的眼睛大而扁细，有点近视。她说话的样子看来有点……显然有意表现自己的可爱。她活泼。她想用自己的形象与活力说服我去支持她与你的"爱情"。我相信我的支持对于你们是重要的，因为我是你青春时代的挚友，因为我比你更能代表你的过去，取得我的首肯便是取得昨天的你的首肯。而且我相信它的意义更大，你谨慎地注意着我的反应，实际上是在注意着故国的反应。我是中华人民共和国的代表，不是在外交上，而是在你的心里。

1982年的多雨的凉飕飕的春天我又来到这个城市。我刚刚参加完一次有点激烈的关于中国文学的讨论会。我打电话给你的时候是Z先接的电话。当我用英语说我可以与×先生通话吗以后，Z的回答是Sure，她的回答的音调美国味儿是那么足，使我马上想到20世纪40年代罗丽泰·扬主演的故事片《农家女》。华语译制拷贝女主人公有一句口头语"敢情"，非常传神，富于幽默感，引起了许多次爆发性的笑声。我相信那就是Z的这个Sure。这样，我就设想我拨了电话，电话通了。

哈罗！

请问我可以与×先生讲话吗？

敢情！

挺妙。同时我的耳边出现了J的哭声，J的愁苦呆闷的脸。

1980年深秋你兴奋地、急切地想知道我对于Z的反应。那表情就像20世纪50年代我给你读完《青春万岁》的修改稿以后想知道你的反应。你好像直言不讳地问我Z好吧？你的表情是沉醉的。

我冷冷地回答说：一般。

我知道"一般"这个词在这种场合、在英语里所表达的轻蔑与冷淡。当然这并不是由于我对Z有什么意见，我能有什么意见呢？但是我无法顺着你的口气赞许。一瞬间我看到你好像缩了一下脖，苦笑了一下，这是当年戴上帽以后常出现的表情。

我可能想安慰你两句。我说我绝对不想干涉你的私生活。你的私生活只能由你自己做主，也只有你自己最有权做出裁判。从我们的友谊来说我只盼望你幸福。同时我非常同情 J，我为 J 的命运感到非常难过。但我也知道，世上有许多事是不能面面俱到的。有权做出决定并评价这个决定的，首先仍然是你。

我希望……

1981 年见到 J 的时候我想起我在费城说的话。我甚至后悔没有谴责你，没有为 J 的命运痛切陈词。是不是客观上我也"出卖"了 J 呢？

你说事情之所以搞得这样糟是由于中国海关工作人员的恶作剧。Z 先期到了美国，她当时还没有与原来的丈夫离婚，她从美国付邮了一封给她丈夫的信，一封给你的信。结果收到信的时候，信被调包了。你收到的是她给丈夫的信。她的丈夫收到了给你的信……还说什么呢？丑闻，轩然大波。

你坚持认为，Z 在发信的时候绝对不可能封错。是海关邮检人员故意这样做的。我惊异于你对我们国家机器的阴暗心理。我无法相信、无法理解，也无法推断这样的估计。我们都不可能查证，这就只能依赖于逻辑。你的恶意的猜测不符合任何逻辑。哪怕是江青的逻辑。

你又说，这段经历可以成为我的小说的材料。如果写小说靠你们这种——我不能对一个已经不在人间的老友用骂人的话——材料，实在是对小说的污辱。

而你从前思想里一片光明。我终于越写越明白了，你的魅力首先不是来自你的会笑的眼睛，而是来自你的容易沉醉的心。20 世纪 50 年代我们主持的本区的每一次团书记的联席会上，当我们布置和总结"三反""五反"，参加军事干部学校，改造教会学校，发放助学金以及为迎接"五一""十一"怎样练队、怎样做花的时候，当我把每一件工作的政治意义浪漫地讲了个淋漓尽致的时候，你都显出了超乎常人的沉醉表情。你常常写工作札记、笔记、读书笔记。你沉醉于团里的工作。你把与每一个团员谈话的过程、做思想工作的过程都记录下来，有时候提高到理论原则上去。你在搞好班集体，启导青少年男女的政治热情方面做了许多许多创造性的工作。你为组织一次新年联欢或一次关于"什么是英雄行为"的讨论会而写过长长的、充满热情和文采的计划或者总结。你甚至亲身为联欢会制作灯谜，一晚上"创造"出上百个有趣的高雅的或者通俗的灯谜来。

1952 年，在马特洛索夫中学生夏令营里，你与女中的 H 共同负责组织文娱活动。我在《青春万岁》的后记里，提到过我的那本最初的小说是献给这个夏令营的朋友们的。月光晚会，就是你的主意。你把一切组织工作进行得井井有条，幽默欣喜地主持了晚会。从那以后，H对你也是崇拜的。当然，那时候H也已经有了自己的第一个恋人，那是一个著名的小提琴手。不知道为什么，他们的爱情终于没有成功。20余年以年，经过了太多的风雨，H在《光明日报》上读了我的《〈青春万岁〉后记》，第一个以前战士的身份向马特洛索夫前营长也就是我报到。不久我们在北京见面，她询问你的地址。不知道她见到了你没有，她一直在津作中学语文教员。一家三口住在一间十平方米的小房。几次说是给教师分房，却没有分给她。然而她给学生讲高尔基的《海燕》，讲课的时候她常常热泪盈眶。她永远是马特洛索夫营的"战士"。你太醉心于团的工作了。我记不起是1952还是1953年了，中学毕业时党支部动员你不要考大学，留校作专职团干部。我也为能与你继续共事下去而欣慰。

你当然不会忘记W。W比你高一级，他的一切性格都像你，才能也与你不相上下。区别是他个子高一些，肤色黑一些，面孔圆一些。在我的印象里W没有你可爱，因为他比你少了一点幽默感。也许只是没有来得及对我幽默，他就毕业了。他是你的前任（团总支副书记）。他的外号叫"高高的乌拉山"，因为他朗诵过一首有过这样一句话的诗，他的热情的朗诵使听众特别使女生倾倒。他每天跑三千米，锻炼得黑油油的。他被保送去苏联留学了，最初让他学工厂管理。他大闹了一通。最后根据他本人志愿去学了高能物理。他现在是中国科学院物理研究所的负责人之一。早在"四人帮"倒台以前，我便在当时好不容易允许出版的科技画报上看到过他在比利时的照片。真是幸运儿。一接触到他的名字，我就想起了你。

我还行。

你这样说，大概也包括事业。包括了与W的竞争心理。你对事业的期望与H不同。你早就不是马特洛索夫营的那个你了。在反右派斗争中，你首当其冲被揪了出来。你一遍又一遍地检查和交代自己的"反动思想"。想当这个想当那个，想干这个想干那个。早在马特洛索夫夏令营你就发表过这样的讲演：未来的五年计划建设者，未来的科学家、工程师、文学家、思想家和国家未来的领导人，让我们唱起来，跳起来吧。

你承认，你是个"野心家"。在1957年，听到你被揪出来我立刻失魂落魄。听说你真诚地说："我也没有想到我原来是这样坏。"我相信那时你的目光同样是专注的沉醉。1957年以前我对你已经有不幸的预感。因为我已获悉，由于你的家庭主要成员的政治经历及"海外关系"，属于不能吸收入党的那些杠杠之内。专职政治工作干部，却又不得入党。到哪里去呢？

然而你不知道。直到1957年你一直是生气勃勃。一年有半年穿着短裤，露出你健壮的、发育良好的，似乎也是相当性感的大腿。你的身材丝毫不比我高，你怎么会有那么结实的腿呢？

就在1957年整风开始之前不久，你邀请我到你家去，这是唯一的一次，我见到你的父亲和继母。你家住在北京东郊，新兴的纺织工业区。你父亲是终身搞纺织工业的一个极高级的技术权威。这样的平地而起的工业区与这样的工业区住宅楼都使我兴奋。它们常常使我想起安东诺夫的脍炙人口的小说《第一个职务》。看了这篇小说以后，我为我未能去清华大学或同济大学学土木建筑而深感痛惜。你们的公寓式楼房，一套至少有四间房子，一个门里又有那么多房门，使我感到敬畏叹服。两个小沙发与沙发桌上的挑花台布使我意识到自己进入了上流社会。你的父亲与继母各自有自己的卧室，这种高雅的文明使我觉得羽化而升空。你的父亲老态龙钟，面孔严肃。你的继母要年轻许多，说话是南方口音，有些字咬不准我也听不清。一位扎着围裙的保姆做饭端饭，筷子和碗碟都清洁得惊人。每碟菜的量都很少，但都雅致可口。饭后每人一块小方毛巾擦手擦口。

你的家给我以全新的体验。但是还是离开你的家以后我的心情更加舒畅。那天我们说好了散步，你送我直到朝阳门，一共走了一个多小时的路。两边是新的厂房，新的住宅，商店饭馆、理发店。每一块红砖都沁发着建设的芳香。四层以上的楼房都是高层建筑。马路也是新铺的。过去这里只有沼泽和乱坟头，这里倒是一个夏天捉蝈蝈、秋天捉蟋蟀的好地方。一夜之间这里成了新的工业区。这里的空气似乎特别清爽。这里的新建的交通警岗台也令我倾心。

我

　爱

　　你

　　　新

　　　　工

　　　　　业

　　　　　　区

我的心情如马雅可夫斯基体的"楼梯诗"。

这一晚上我们谈到了我的小说《组织部来了个年轻人》引起的惊涛骇浪。我们为毛主席讲了话而感到无限欣慰和振奋。

在我们面前出现了宽广而且灿烂的前景。

但更多的谈话是你介绍自己的身世。你说你的亲生母亲是得精神病而去世的。你依稀记得她曾被捆缚在床上。她曾经撕碎自己的衣衫，露出肉体，衣服被撕成一条一条。你说你的生母在当时是一位非常新派的女性，她是县女子篮球队的主力队员，这个队在全省联赛中得过冠军。你父亲当时已经是一个有地位的人了，出身于豪富。他看球赛看中了你的母亲。不久就结了婚，就生下了你，就疯，就死去了。你说，你和你的父亲、继母，两个同父异母的弟、妹之间，似乎有相当的隔膜。

我坚信，这种不幸的事，都是旧社会的产物。一切对于昨天的不幸的回忆，只能使我们更加沉醉于今日的辉煌。

你建议我潜心研读一批外国哲学著作，提起它们你非常兴奋。你给我讲解"我思故我在"的笛卡儿的命题的意义。我建议你学外语，当时指的是俄语。但是你拒绝接受。你说，随着国家文化建设高潮的到来，翻译工作会越来越迅速，越来越完备。你如果去搞外语，就会用去你大量的本来可以阅读多得多的重要著作的时间。你宁愿选择让翻译人员为你服务。我建议你买一辆自行车，你也不同意。你认为公共交通的发展前景远远比自行车辉煌。"我的精力，包括我的钱，要派更重要的用场，不必花在购买和骑蹬自行车上。虽然我有足够的精力和钱去买、用自行车。"你的关于自行车的思想逻辑，也是艰深、浪漫、严谨的。这次会面之后不久，你，然后是我，陷入了那个运动泥潭里。

20世纪60年代中期你开始学习英语，"文化大革命"中你学英语进入了高潮。1979年以后你开始发表你翻译的英语文学作品。你也早就买了自行车。你给我形容过你骑着自己的从旧货委托商行买的破自行车去闯人民文学出版社外国文学部的景况。

你挟着一牛皮纸袋稿子走进了忙碌的编辑部。你问：这里收翻译稿吗？一位大模大样的编辑点了点头。眼睛也不看你，用手指一下墙角的尘封已久的一大摞稿子，说是来稿太多，短期间不可能看完。

其实，不用看那么多。我译的稿子，只希望你们能读三行。

那人惊了，他看了一下你，他留下了你的稿子。一个月后，你得到通知，稿子已被接受。

然后你把你写的英语论文寄给了美国的 15 所大学，为自己争取奖学金。你选择了费城的这所大学。你认为他们答应的条件更优惠。

1979 年你曾对我讲过你正在联系赴美留学的事。我很惊奇，我不知道还有这种自行投书的办法。我觉得你的做法似乎很危险，我设法劝阻过你。

然而你成功了。

然后，1980 年 10 月我在宁静的美国中西部衣阿华城，在衣阿华河岸的"五月花"公寓 212 A 房间拆阅了你来自费城的信。你的信纸是蓝色的，字迹潦草，从中文中不时有几个英文单词跳入眼里。你说你是号啕大哭着离开了中国的，哭得整个经济舱的乘客惶惶不安。你是欣喜若狂地来到了美国的。到达费城的时候你的口袋里只剩下了十几个美元，这构成了第二天便挨饿的恰到好处的条件。你说你幸运地找到了一个属于教会的学生寓所，是一个喜欢助人的素不相识的美国青年人帮你找的。你说你已领到了奖学金，已经为赚钱给本校的教授修剪过草坪，打过工。你说你已经买到了一套旧家具，极便宜。你说，你这一生做了许多梦。美国梦大概是最后一个梦。你的美国梦实现了，赤手空拳，只剩下十几个美金，闯到了费城，你生活下来了，随之你的美国梦也就破灭了。你完全不理解跑到美国是要做什么。你说，当你走到唐人街，看到那里定居多年的美籍华人的时候你觉得不寒而栗。你想死。只有死。我当真以为你要自杀。我立刻按你信上说的电话号码给你拨电话。在美国打一次长途电话要拨十一个数字，我常常拨错。拨对了接电话的永远是一个美国老妇人，相隔几千千米我也听得出她的苍老和少牙缺齿。我的英语只够表达我与你通话的意思，却完全听不懂随后这位老太太的踢里吐噜，我嗯嗯哈哈，发出不解的愚蠢的声音。于是老太太上气不接下气地用漏风的嘴又对我踢里吐噜一番，我越发不解，我出了一身汗，我忽然想起来应该三克油，也许实际上说成了顾得白。

后来收到了你的来信，说你搬家了，电话号也换了，你一到美国就开始折腾上了。你是"还行"。

我们终于通了话，我知道你并未也未必自杀。你在电话里告诉我说，没劲，觉得没劲。

你说你来以后才知道自己的英语还差得那么远。你说教授上课口若悬河，信口一列举参考书就是十几本，你完全吃不消。你说你看到一些华人，心照不宣地努力消灭自己身上的一切华人迹象，只羞愧于未能投生在白人血统系列之内，这使你非常痛苦。我问你对美国的印象，你回答说两件事印象最深，一是走到大街上，横过马路时，汽车看到行人便主动停下，并含笑伸出手来向行人致意，请行人先走。二是到处都有遛狗的。遛狗的人有的带着器皿与工具，随时收拾狗屎。有的未带器皿，便掏出手绢，把鲜狗屎包起。你说费城所属的宾夕法尼亚州的法律规定，遗狗屎于公共场所、道路上者，处以重罚。你补充说，尽管如此，狗屎仍然到处可见。

你提醒说，我们的通话时间已经太长，而这次通话，自然是由我来支付电话费的。在那么多令人激动的体验之后，我们在美国的第一次通话的话题似乎有些不可思议。我的电话费的 15% 是为了费城街上的狗屎而赔（Pay、支付）出去的。

1982 年我们再一次在波士顿见面的时候你已经不谈梦、痛苦、破灭、死和狗屎，然而你仍然有一种失神和苦笑的神情。你的苦笑的嘴角使我难受，使我怜悯你，使我觉得你该失去的与不该失去的都失去了，想得到的却没得到。你是冷静的。你到波士顿去是因为 Z 在那里。你已买了一辆旧汽车，车身是橘黄色的，你常常驾车从费城到波士顿去。我相信让飞速旋转的四个轮子带着你迅跑的体验填补了你的许多失落感，你年轻时就喜欢新的体验。1956 年底，我在酒仙桥有线电厂做团里的工作的时候，我们一起在酒仙桥商场的西餐馆吃过西餐。我们叫了炸大虾，叫了罐焖牛肉，叫了咖喱鸡。我们怯生生地觉得自己正在过着豪华的生活。你为了壮胆一再说：我们需要体验体验嘛。

Z 已经找到了职业，给一家公司做操纵电脑的职员。你好像一面当着学生一面当着教师，给美国学生教授中文。然而你仍然向我诉苦，诉说在美国生活是多么艰难，生病的时候也不敢休息。你说，离开了大锅饭才知道大锅饭的好处，吃大锅饭简直是天堂一样的日子，一切都给你想到了，用不着你操一点心，到时候有你的吃，有你的穿，有你的说，有你的做。你说出国以后最怀念的是国内的政治学习讨论会，一屋子人吸着烟泡着茶谈论形势的大好，风气的不正，既可以发牢骚又可以表忠心，既可以引经据典，又可以海阔天空……这样的好时光美国人一辈子也享受不到。

我看了一下你的脸色，你不像是在讽刺。然而我直觉地感到了你哭穷中的潜台词。后来变成了显台词。你忽然郑重地请求我回国以后不要把你买汽车的情况告诉 J。我答应了你的请求。我知道，以中国的生活水平，很难不夸大买一辆旧车的意义。两年以前在费城你还向我激昂地表示过，你承认你对不起 J，这一生你永远对不起她。你说如果将来你有了钱，你一定给 J 许多钱。你甚至请求我关心一下 J 的未来，最好最好为 J 再介绍一个对象。上帝！

1982 年，J 告诉我说，她死活不同意与你离婚。你自费城写信威胁 J，说如果 J 不同意离婚，你将单方向法院起诉，按照美国法律，法院将会判决这项离婚。我对此颇表怀疑。在美国性关系确实是随便的，但婚姻关系却仍然神圣严肃。美国是一个重视契约关系的国家，而婚姻也是一种契约。我暗想，如果你能不费力地在美国解除你与 J 的婚姻，你也就不必软硬兼施地给 J 写信要求 J 签字画押同意与你离婚了。你的不断来信，正说明你解决不了这个问题，即使在美国，即使与 Z 公开同居。当地的华人对于你与 Z 的同居反应恶劣。他们说："别的没学会，学这个倒挺快的！"

我想起在美国另一个小城相遇的一个新从中国大陆来的年轻女孩子。她是学体育的，健壮美丽。人们告诉我这位姑娘一到美国就立即美国化了，每天晚上都在夜生活中狂欢，花天酒地，使已经数代定居美国的那些华人青年瞠目结舌，自愧弗如。他们叹道："中国大陆毕竟是经历过'文化大革命'啊！"

据说，来自早就对美国大开门户、被参议员戈德华特称之为（美国的）不沉的航空母舰的台湾的中国留学生反而要拘谨得多。他们的演说能力、处世能力、活动能力与办事能力一般低于新来的大陆同胞。更不要说是政治辩论的能力了。大陆来的哪怕是一位家庭妇女，谈起什么来也是一套一套。

一说是台湾在旅美华人中有强大严密的特务系统，一个持中国台湾"护照"的旅美人士早晨在纽约说了什么，晚上就会被台北"警备司令部"所知道。如此这般还能不拘谨吗？不知道这种说法是否包含了"艺术夸张"。

我不知道你在美国是否接触过那些当年的著名的"红卫兵"，他或她甚至曾经登上天安门城楼给毛泽东主席与林彪献"红卫兵"袖标，有的还按主席的意思更改了自己的姓名，穿着绿军装，梳着小辫子，英姿飒爽，抡着钢头皮带，出现在东方地平线上，横扫一切牛鬼蛇神，后来就"五·一六"了。

后来就不知所往。

后来就到了美国，成了美国名牌大学的留学生，他或她现在穿什么衣衫呢？

英语讲得"味儿"如何？去打工刷过盘子吗？喜欢喝苏格兰威士忌还是拿破仑白兰地呢？他们还回忆自己的峥嵘岁月吗？

了不起的中国大陆人，他们的"戏路子"竟有这么宽，干什么像什么，抢皮带头就抢皮带头，刷盘子就刷盘子！而你远远没有这样轻松。你绝对不可能忘却你的祖国，你的前46年的生命，即使里边包括那么多苦恼。1986年的会面我们只有一个多小时的谈话时间。诉苦哭穷之后你便急切地询问我国家大事，当得知海外的某些流言蜚语并无根据的时候，当你得知国家有了新的进步的时候，你欣慰由衷，长出了一口气。你又显出那热情专注而至沉醉的表情来了。你又告诉我："我绝对不会老死在美国的，我要回去。但是如果回去有挨整的危险，我就只能推迟我的归期。"你激动了。你又说，"多待几年也可以，可以真正学到一点东西。可以得到学位学衔。可以多攒一些钱。穷，穷，穷真是遭罪啊！"你的话使我沉重，也使我越发骄傲。你忽然兴奋起来，告诉我你在一些研讨会上与反华反共的政治谰言进行斗争的情况。你说，离祖国越远，越感到做泱泱大国的一分子的骄傲，越感到了中国的分量。你激烈抨击那些一到美国就马上用"白华"的口气把中国没头盖脸地骂一通，并以此来讨好邀功领赏的家伙。你的话是那样尖刻，我几乎要说你有点"左"了。很不同。

1975年我终于见到了你。阔别了18年，从1957年运动起来之后我们就没有见面。1975与1957，像文字或者数字游戏。1975年我在新疆，回京探亲之前我给你写了信。你没有回信也没有按我信上所讲的时刻表，在估计我到京之后去看我。我以为邮递出了问题，于是我到已被妻探寻出来的你供职的原学校去找你。那所学校我也是熟悉的。一进门是一个方砖铺起的院落，东面是一幢楼，木楼梯是裸露在外的。你当年穿着短裤跑上又跑下，踩出各种声响的楼梯，还是原样子。然而我已经看不到一个熟悉的面孔。暑假，你不在校，我留下了信，又留下了话。你终于来看我了，你老了，然而，你还是你。一样的姿势，一样的脸孔，一样的语气，你不回答我的各种询问，却忙着劈腿一站告诉我的孩子："你爸爸是个天才。"

当时正批判"唯心论的先验论"（天才论），"唯生产力论"，也不知还有一个什么论，实质上是在批陈伯达。你却忽略了一切阔别多年之后的嘘寒叙旧，一张口便是极犯忌，令人一听就起鸡皮疙瘩的"天才"。我的孩子立刻认为你疯疯癫癫，神经不太正常。然而你对"天才"老友的招待却并非过去那样真诚。你变得油腔滑调。你说，反正要请你们吃顿饭啊，要尽地主之谊啊，反正是地富反坏右，什么都齐了啊。你说除了学英语你就搞照相，你说给别人照照、洗洗、放放照片，该联络的人也就都联络到了，该交换的好处也就都交换到了。你紧接着说，怎么样，我也给你们拍两张照片，放大了留作纪念吧。你的神态里隐含着不情愿的施舍的厌烦，倒像我们千方百计地找你是为了揩你的洗相纸和洗相液的油，我脸红了。为什么我们见面以后谈话是这种腔调呢？我还以为你见了我会落泪，会握住我的手，至少说一句：想不到今生又见面了。我当时已在远离北京的地方工作了呵！

20世纪50年代，一去不返，维吾尔语的"一去不返"是说得很妙的，"硬译"则是"到那不会归来的地方去了"。

你吹英语，我只能吹维语。你认真地建议我学英语，倒像20世纪50年代你认真地回答我不必把宝贵时间和精力放在攻外语上。我对这个话题并没有多大兴趣。

1975年我对你学英语的建议视若梦呓。我是1980年才断断续续地学起英语来的。失去了本来可以不失去的、事半功倍的五年。

你恶毒地笑着说，"感谢""文化大革命"解除了你的一切政治压力、思想压力，再用不着认为自己是有罪的，至少是犯过错误的了。你的恶毒的笑容使我后背冒凉气。人人有罪，人人犯错误，不是说，轮到"小将"犯错误了吗？大家轮流，机会均等，自由、平等、博爱！

J在我和妻到达你家以后半小时带着孩子看全国少数民族文艺调演节目去了。她呆呆板板地与我们告别。我们本来也是来看她的呀！她不是曾经是常跑团区委的组织干事吗？她忘了？这也使我不知所措。当时你们的关系已经处于危机之中。J只来得及介绍我们参观你们暂借的这一套房子的堆满了书的卫生间。J用嘲笑的口吻说，你还要泡一盖碗茶，一面呷茶，一面读书，一面拉屎。要这个"样儿"呢。后来在费城，你向我叙述的J的第一条"罪状"，便是不支持你读书。

"四人帮"倒台以后我们又见过。你反复地说你对于西北一个地区喜欢吃自渍的酸菜的农民生活的印象。中国人生活得太苦了，你说了又说。你想哭。我感到，你仍然是幼稚的。

在14路汽车站等汽车的时候，你激烈地抨击市政建设的无计划，到处是洋灰、沙子、砖瓦。你说你什么都不信了。再也不傻了。我和你争论了两句,你不答。我们已经谁也不能影响谁。

我们也说起过 L,你说起 L 像说起一件遗失了的废品。L 生活在老区,1946 年就是"少年布尔什维克"。后来上到北京一个中学,没上完便调到党的区委组织部。他酷爱文学,迷上了罗曼·罗兰。他写了许多诗、许多小说,在自己心爱的笔记本上。他命名自己的笔记本为"心史"。我们一度几乎每个星期三个人都要聚会,各自朗诵自己的习作,讨论政治经济国际国内问题。我们还互相通报自己的恋爱情况,我们从三个人的友情中得到了许多温暖。1957 年我们先后遭到"不测"之后,L 几乎可以说是充满了温情地不断地来看望我,去看望你。在我情绪最恶劣的日子里,我见到他确实如溺于水中的人见到了一只橡皮船。在我"上山下乡"去劳动之后,他又竭力安慰我的亲属。他是我们全家老少的最好的朋友。他大概同样温情地不断向党检讨自己的思想。似乎他说过,他怀疑自己就是那个"组织部"新来的年轻人的模特儿。实在该死:由于他的诚实,由于他的忠厚,由于他的白璧无瑕的家庭出身与革命历史,他不断地被"帮助",却迄无大难。终于,在 1960 年,他被大大地"帮助"了,他与"右派"划不清界限成了"劝其退党"的主要根据,他垮了。他不能不重新衡量和考虑一切。

1962 年你就向我传递信息,说是 L 不准备再与我们往来。就是说,L 也要和我们划清界限了。我不信,我试过几次,似乎你说得对。1963 年,我要求向 L 辞行。我要到新疆去了,这一去不知何时才归。一位老作家给我写送行诗说:

……文章与我同甘苦

肝胆唯君最热肠……

且喜华年身力健,

不辞绝域做家乡。

新疆当然不是绝域。新疆对于新疆人之亲近正像北京对于"京油子"之亲近。然而当时我们对于举家迁疆还是看得很重的。我希望能与 L 告别。L 谢绝了。我感到痛苦。后来我知道 L 比我还痛苦。我知道 L 因我而受的苦。也许我太容易了解别人的苦了。我严峻不起来。我常常苦于无法做到动辄对别人进行判决式、毁灭式的政治谴责与道德谴责。以致有人说我是非不分。有人说这也是世故。这么说,我学会了世故。你则对我说,L 已经完全变了。你告诉我,20 世纪 60年代,L 娶妻生子后不久,你去看望过一次 L,L 已经完全变成了一个婆婆妈妈、胆小如鼠的庸人。谈起 L 来，我发现，无论处境如何，你仍然充满了智力的自信和优越感。你撇着嘴。也没什么。我说。我们见过的人和事还少吗？而后来在你去美国以后，L 与我恢复了友谊。L 一直用很谨慎的措辞谈论你。L 多年从事教育工作，忠诚质朴如一头黄牛。他的胃不好，面色褐黄。

1982 年我第二次访美归来之后，有一次我们与 L 谈起了 J。叹息良久以后，L 终于有点激动地回溯了 20 世纪 60 年代你判定他已变了的那次"断交"访问。那时 L 的妻子刚出月子。你去找他时他房间里挂满了洗过未干的席子。屋里弥漫着奶、肥皂、小孩的屎和尿的气味。他忙着给孩子煮奶瓶，换尿布，未能与你的高谈阔论配合呼应。他已经永远地失去了高谈阔论的豪兴。你最后用一种极其悲悯轻蔑的态度对 L 说："L 呀，你怎么变成这样了？你的青春、你的生命已经完全淹没在尿席子里了啊！"

20 世纪 50 年代，如果我写契诃夫式的小说，我大概也会用这样的句式。

几十年后，L 提到此事，仍然显出被污辱的面红耳赤。他无法承认你的优越，无法认可你的蔑视他的权利。

L 强烈地谴责你对 J 的背叛，并认为你从小就是这样的人。我也批评了你。我们讨论帮助 J 的办法，一筹莫展。

青春的友谊，理想，爱情，莫非都是脆弱的？也许越是美丽的东西越脆弱吧，那么，我要说，世上最美、最可爱、最容易失去的便是少年人的理想与单纯。那么成年人的呢？美国人的呢？美籍华人的呢？新大陆人的呢？

难忘的是 1980 年深秋在费城的会见。我从纽约乘火车沿海岸南下，薄暮时分登车，车站上有巨大和并不辉煌的汽车广告牌。逐渐地，火车完全驶入黑暗，被喧嚣华丽的城市边上的寂静和荒凉所吞没。我坐在火车上的可以调节靠背角度的舒适的软椅上，喝着供应的喝惯了便也尝不出味儿来的软饮料，心里有一种莫名其妙的空荡。费城到了，下车。车站是旧式的，古旧的塔楼上悬挂着老式罗马字时钟。候车大厅既喧闹又空旷，人们提着行李走来走去，四面是话别和接吻，是酒吧、快餐和纪念品小卖部。灯光昏暗，谁也看不清谁的脸。我大约等了一分钟，有一点沮丧。你来了，仍然像当年一样地喜悦活泼热情真诚，你的笑容仍然像几十年前一样朴素、天真，由于谦逊而显得有点苦，由于聪敏这笑容又显得有点"坏"。与你同来的是身材高大的 V 教授。你立刻从我手里接去了大小提包，我推让时你挤一挤眼说："催拨儿嘛。"就像我们从来没有离开过北京，没有离开过团区委与团总支。V教授你早就向我介绍过，原是留学我国的美国学生。1951年V夫妇因确有的间谍罪被我国逮捕判刑。一年多后，经当时的联合国秘书长哈马舍尔德斡旋，被我国驱逐出境。我始终记得20世纪50年代哈马舍尔德访问北京的情景，那时候的大事小事、国事私事我永远记得那样明晰。是周恩来总理不卑不亢地、庄严而又风度翩翩地接待了他。后来，哈马舍尔德因飞机失事殉职。不久前（1986年1月），我去纽约参加国际笔会第四十八届年会，应约去联合国参加座谈会，就是在以哈马舍尔德命名的大厅。问题不在于V教授夫妇被捕、服刑、被驱逐的经历。要点在于V夫妇回国后成了中国革命的拥护者、崇拜者，成了新中国最好的朋友。不是在美国曾经喜欢议论"共产党中国"的"洗脑筋"吗，V夫妇则骄傲而快乐地叙述自己在新中国的经历，叙述他们在新中国成立以后，包括在狱中思想上发生的转变。V写过一本题名《解放者的囚犯》的书，讲自己的经历，对新中国倍加赞扬。他们的赞扬，大大超过了当今的一些中国人自己。

我们到一家墨西哥饭馆去吃饭。饭馆的布置是农家风味的，墙壁上有裸露的红砖，有抹得凹凸不平的黄色的草秸泥。菜里面有青辣椒，有玉米粉糊糊。席间我们叙谈甚欢。以至邻桌的一位谢顶的绅士委托服务员向我们致意，并说他无法判明我的国籍，但认定我是来自远方的客人，为了表达费城市民的好客心意，他建议由他"赔"请我们桌上的每个人一杯酒，不知我们是否接受。我们鼓掌称谢，点了各自要的酒。V说，他觉得美国人民对中国有一种特殊的感情，是爱，是向往，也可以是怨恨和恶毒的咒骂，但永远不是无动于衷，不是冷漠。后来，V的太太——一个高雅、朴素、大方的女人——告诉我，她在1951年被捕、被判刑的时候并没有流泪，在被驱逐出境的时候，她哭了。因为按照惯例，被驱逐者将不得再次入境。1972年尼克松访华后，她是第一批前来中国旅游的美国客人之一。从香港一进入深圳，她便向我方接待人员谈了自己的经历，接待人员笑着说，我们知道了，我们早就知道了。V太太说，一下子我的所有的包袱都放下了。在我的短促的费城之行中，你确实只是扮演了一个殷勤的"催拨儿"的角色。你的目光时而是明亮的，时而又是黯淡的。你的笑容时而是开阔的，时而又是苦涩的，甚至是惨然的。你的说话时而是热诚的，时而又是油滑的。显然你有许多话想对我说，比在国内见面时还要想说，你又觉得没时间说，没办法说，无从说起。你只是说了你与J的感情变故，你希望得到我的谅解。你只是称颂V，这表明了你出国以后的"政治路线"。你给我介绍城市和你们的大学,第二天上午陪我参观"独立大厅""自由女神"这些美国独立战争时期的文物,帮我翻译。你又是小心翼翼的,接待我像接待"外宾"。这是客观上的而不是政策条文上的"内外有别"。你是在临出国前不久被吸收为作家协会北京分会会员的,你的入会当然与我的介绍推荐有关,可并不是什么"后门"。你在费城一而再、再而三地强调希望分会继续与你联系,给你寄"学习资料",也可以给你一些任务,表现出强得出奇的"组织观念"。起初这使我觉得几乎不可思议,一个作协分会会员,又能有多少活动、权利、义务?然而,这是你的最后的"组织"了……它像一条联结着你与祖国的丝线。1984 年初冬的一个夜晚,时间已经不早,我们家响起了敲门声。一般客人是不会这么晚来造访的。我微感狐疑地去开门。但我仍然不敢想象,甚至至今不能相信下面所记的。是 J,还有两个陪同者,后来才知道是她们厂的人事干部。三个忧心忡忡的紧张的面孔。J 面孔紧张地告诉我:他出了车祸。我失去了第二信号系统的反射能力。我不明白,什么叫出——车——祸——了呢?

沉默。

J 的面色使我启齿:他——没——了?

回答:当时就死了。撞他的是一辆巨型载重卡车。我见过那样的车,大如一座楼房。

J 咬牙切齿地说,我没有掉一滴泪。五天前我收到了他最后一封信,一是说他迁移了新址,让我以后再写信寄给一个他的美国朋友,由美国朋友再转给他。我猜测,我与他的通信使 Z 闹起来了,他不得不变换地址和收信人,背着 Z 通信。他的信上还用威胁的口气说,如果不签字同意与他离婚,他将通过美国法律自行解决。J 发着抖,由于气愤还是由于痛苦? J 说,你就是在她收到你的最后一封信的那一天被汽车轧死的。我的心怦怦跳击起来。J 说,据悉你是在波士顿至费城的高速公路上出了车祸的。你开着快车,在和 Z 相会之后。那是一条明光闪闪的公路,公路两边有巨大的广告牌,有麦克唐纳快餐店,有大片的休耕的绿草地,有小巧玲珑的兼卖饮料和小食品的汽车加油站、修理站。有一个美国人说,当"阿波罗"号登上月球后,从月亮上看地球,能看到的地球人的建筑便包括埃及的金字塔,中国的长城,美国的这一条联结东海岸几大城市的公路。我知道,你不久就学会了开快车。1982 年,是你送我上的波士顿机场。你开车的速度之快甚至使招待我的久居美国自己经常开车的女主人惊异。就像你穿着短裤上下楼梯的时候迅跑。你开车的样子洋洋自得。

J说，我一滴眼泪也没有掉。他对我太狠了，他遭报应了。

"报应"是人间最残酷，也许也是最公正的一个字眼。

在这一瞬间我想到了你开的小车被一辆重型卡车撞翻时的情景。我似乎听到了你脑浆迸裂时发出的爆炸式的响声。车翻滚着起了火。在这一瞬间我不知道你是死于非命还是死得其所，你是在与Z幸福温存以后急于赶回费城做事吗？你又沉浸在新的梦想、新的苦恼里了吗？是政治的、文化的、民族的、意识形态的与生活方式的分裂终于使你掌握不住自己的方向盘了吗？一位来自中国台湾、定居美国的著名诗人告诉我，他留在美国，没有回台湾，也许只是因为留恋美国大陆的平坦阔长的高速公路，以及只有在这样的公路上才能有的高速开车。以你的性格，你会选择怎样的死呢？在这一瞬间我想到，你总算不可能夺去J的最后的栖身的小岛了。孩子不会被你弄到美国。在这一瞬间我想到"高高的乌拉山"，我们的可敬的高能物理学家。他每年都几次出访西欧。是命运吗？

我想到了一切。我更想到了这一切的想已经毫无意义。

管理有序的高速公路。蓝底白字的指路牌。鱼贯飞驰的车龙。撞击。翻倾。死。一切本来就这么简单。

我干练地转而与J讨论她是否有可能以及怎样才能获取尽可能多的抚恤或者赔偿。虽然我心乱如麻，心跳过速。这是你对于J最后的奉献。而Z却不可能得到什么，法律——中国的和美国的——站在J一边。我不能不为Z感到恐惧和渺茫。忽然，Z比J的下场还要惨。

我与J的讨论冷静而且干练，倒像我是法律顾问处的收费顾问人员。倒像我的心硬过石头。然后我给L打了电话。我们说，是遭报应了。是谁遭报应了？怎么遭报应了？为何遭报应了呢？

我给一位与你相熟的美国友人写了信，想多知道一些你生命的最后时刻的详情，甚至写信的时候我都怀着一种怀疑的心情。难道这能够是真实的吗？这多么像一个人为的、才力不逮的、拙劣的、匆匆做出的小说结尾啊！

很快收到了美国朋友的回信，回信说：

在美国，每年死于车祸的人将近五万，人们对于车祸并不认为有多么异常……回信又说：我们在××教堂举行了葬礼。大学副校长参加了葬礼。许多朋友在葬礼上发言，称颂你的热情、真诚、谦逊、勤勉，都认为你是近年从中国大陆来美的最好的学人之一……葬礼的盛大是空前的。你并没有给新从大陆来到新大陆的人丢脸。回信还对 J 获取补偿的可能做了相当悲观的估计。

这就是完结？时间不再存在，一万年以前与一万年以后，一秒钟以前与一秒钟以后，对于你来说，都是永恒的平静与安谧。空间也不复存在，这个星球与那个星球，这个大陆与那个大陆，都是同样的大，同样的小，同样的远，同样的亲近。

中国！中国！中国！你这个中国的不肖子！

——1979 年到 1986 年 3 月

来 劲

　　您可以将我们的小说的主人公叫作向明，或者项铭、响鸣、香茗、乡名、湘冥、祥命或者向明向铭向鸣向茗向名向冥向命……以此类推。三天以前，也就是五天以前一年以前两个月以后，他也就是她它得了颈椎病也就是脊椎病、龋齿病、拉痢疾、白癜风、乳腺癌也就是身体健康益寿延年什么病也没有。十一月四十二号也就是十四月十一、十二号突发旋转性晕眩，然后照了片子做了 B 超脑电流图脑血流图确诊。然后挂不上号找不着熟人也就没看病也就不晕了也就打球了游泳了喝酒了做报告了看电视连续剧了，也就根本没有什么颈椎病干脆说就是没有颈椎了。亲友们同事们对立面们都说都什么也没说你这么年轻你这么大岁数你这么结实你这么衰弱哪能会有哪能没有病呢！说得他她它哈哈大笑呜呜大哭哼哼嗯嗯默不作声。

　　于是乘着超豪华车在高速公路上迅跑。好不容易叫了一辆出租车，两眼盯着计费器，心中充满恐惧和疑惑生怕吃了亏。坐在牛车上走过刚刚收割过、没有铲掉茬子更没有平掉垄沟的田野，颠得屁股老高老疼。骑着马最好还是骑着骆驼走过荒凉的戈壁，梭梭柴使你打了几个冷战。走在沙漠里和走在海滨的沙滩上对于两腿来说也许并没有那么大的差异。飞机起飞，空中小姐端来了加满冰块的果汁和看电影时听对话和背景音乐和突然出现的莫名其妙的插曲用的耳机。火车的软席车厢里也坐满了"倒爷"，倒卖牛仔裤、胸罩、活王八与黑稻米。向明出差、旅游、外调、采购、推销、探亲、参观、学习、取经、参加笔会、展销、领奖、避暑、冬休、横向联系、观摩、比赛、访旧、怀古、私访、逃避追捕、随便转一转、随便看一看、住宾馆住招待所住小学教室住人民防空工事住地下洞住浴池住候车室住桥洞下面住拘留所住笼子。然后她到达了找到了误会了迷失了失落了错过了他要去的地方。

于是许多的车队来迎接献花鸣爆竹频频挥手掌声如雷。都说他是改革者是开拓型企业家是经济犯罪分子是为民请命是牛皮大王是上面支持的是被点了名的。于是谁也不认识谁他找不着接人的接人的找不着需要接的。掌声稀稀落落，脸上没有表情。于是老战友和老战友的妻子紧紧握住他的手，"你没有变""你老多了""我一眼就认出了你""我简直不认识你了"，然后耳语相问要不要买点山楂梅花参。于是一摆手就扛起了行李，就到行李托运处挂失去了。

他立即到职赴任在欢迎会上宣布了三点施政纲领。她到处打电话找一个吃得好住得好设备好花钱少的地方。它扑了一个空觉得回去不好交代便叫了几个加急长途电话。她参加了第一次评委会坚决提出一切评奖不得照顾关系不得搞平衡。他一报到在领饭票的同时便交出了自己写的中英两种语言文字的论文稿。它立即检查了全部器官打了各种新发明新进口的药针。他奔走在各机关之间要求补发工资惩治诽谤者。它找来了文字音像资料没日没夜地钻研听取论证进行鉴定。她拜访所有的老熟人老领导轮番反复致敬。它一到目的地便为返程车船马狗票而使出了浑身解数三进三出七进七出。

觉得这里确是一个美好的地方，瘦湖楚楚，石山历历，名人题签，琳琅满目。觉得这里缺乏管理，缺乏养护，人满为患。尘土、污染、垃圾到处可见。觉得真是变了样了，高楼大厦，柏油马路，百货店全展销出口转内销的毛线衣，毛线衣的款式花色超出了一切记忆和想象，穿上它们好像变成了洋绅士、洋淑女。自由市场的鸭舌头鹅冠顶鱼与熊掌比天堂里的仙女还多。觉得还是又穷又破，用洋灰代替木材没有一片大理石，所谓咖啡厅雅座只配用来喝复方甘草合剂牙痛药水。青年人留的长发多日不洗不像披头士倒像在逃犯，打的领带松松垮垮，露出了肮脏的衬衣领子。建筑物上没有一块花岗岩没有一座喷水泉没有一座铜雕。觉得一点也不落后不但有书法热而且有交响乐热而且有鹤翔桩而且有艺术体操狮子滚绣球花样游泳人仰马翻而且一个小女孩准备建立国际轰炸机贸易股票公司。不但有现实主义有革命现代京剧而且有现代主义意识流非非派，飞飞飞是天桥练单杠的，凤飞飞是台湾著名歌星，而且吹吹打打之中一匹一批黑马种牛仔猪雄象被牵出台。觉得最好还是先修几个过得去的厕所免得随地吐痰随地便溺，随时又挤又推又撞打电话像骂娘坐公共汽车用过期票喝啤酒一直喝到霍乱般地喷涌而呕，用一个肮脏的塑料杯子先交押金三毛。

便应邀去看戏、电影、歌舞、时装表演。去欣赏、领会、认识、讨论、评估、判断、审决、裁定、帮助、培养修饰艺术。有热闹的喧哗和清凉的淡化，有唐尧虞舜的力比都与电脑时代的人脑的抽缩，有诚挚的呼吁与玩世的笑声与假装的喊叫。有真的探索与假装出来的神秘空灵。有诚挚的鼻涕与做作的眉毛。有各式各样的吃了艺术家的松花鸭蛋老腌鸡蛋与挨了艺术家的吐啐的、忧心忡忡的、严严密密的、大大咧咧的、左顾右盼的、一心埋头的评论家们。有狗屁不通的觉醒了自身的价值的陈词滥调的最新挑战。

便说这艺术充满了新意，是洋人扔掉的裹脚条，是秦汉以前的殉葬的俑，是哥斯达黎加咖啡里兑拿破仑白兰地与新疆烤羊肉串用的安息小茴香（即孜然）的东西方审美文明的新交融，是停留在四十年代、五十年代的老框框不能超越，是连我都看不懂的鬼画符，是观众投票选出的最佳金猴金鱼、金扇子，是挡住了去路的一丘之石，是史无前例花团锦簇，是口子开得太大了现在堵也堵不住的阴沟，是新的斗鸡眼视角，是一次紧急磋商的小题目。反正最后他她它和他们都鼓了掌都泻了肚。

讨论完了接见请吃饭，清汤挂面鸡汤卧蛋参汤泡蒜牛皮汤泡鳝。大家给项铭香茗 Xiang Ming 敬酒敬醋敬胡椒芥末。说是这样年轻老练一定会被表扬被重用被崇拜是一代新星突破。有几个这样的二十世纪的人是真正的二十世纪乃至二十一世纪的模特儿带来了微光带来了强光带来了可卡因带来了荷尔蒙带来了深刻带来了现代感带来了前途带来了野性的浪潮。其他不算。说是这样下去很危险迷航以后中途倒栽葱撞在山头上变成碎片时发出光辉巨响。说是不管怎么冲突最后还是要在孔丘的佛掌里小解翻砂凝固去掉毛刺功德圆满无疾而去变得过时了如瓜皮小帽下的尾巴。说是反正不论怎么样中国的月亮就是不圆除去他自己比太阳上的空洞还完美。说是你还是埋头搞业务不要出差开会。说是你要见多识广才是真正的创造型开拓型欧洲共同体客机。说是你至今没离婚是不是观念的问题。说是现在人欲横流人心不古还是要存天理灭人欲，台湾"考试院长"孔德成的手迹高高挂在曲阜孔府，包括北京琉璃厂也已经修起了孔膳堂饭庄，也卖烤鸭，不吃就死不瞑目。

Xiang Ming 忍不住提出了下列问题：鸡蛋黄究竟会诱发心脏病还是有益健康？过去了的时光能不能重新倒流？新的形态与旧的形态哪个更易朽速朽？大

学文凭多了是说明教育事业前进、人们的文化素质提高还是相反？一个人说得最多的话是否便是最喜欢说最想说的话？吸烟与吃名贵中药与看电视连续剧哪一样更催人早死？骂倒别人是不是就证明自己聪明？有人说他走得过快有人说过慢能不能证明他走得不快不慢正合适？会说英语的人究竟是不是一定找个洋配偶然后把小舅子也接出去？个体、集体、全民哪个更积极主动？高谈阔论的人有几个人不是骗子？四合院与摩天大楼哪一个更现代化？区分离休与退休、改正与平反的语言学家为什么没有得金奖？古人与今人拔河谁能取胜？蜈蚣金龙大风筝与波音747飞机哪个更伟大？做事的人与指手画脚的人哪个更聪明？冬天与夏天哪个季节更容易发生上呼吸道感染？追悼会与生活会上的发言哪个更可靠？精简机构与增加编制哪个更有效？武侠与伤痕哪个更富有崇高与英雄主义？理论家与艺术家哪一个更神经衰弱？出差与旅游哪个更费钱？向前走一百步向后走一百步是否就是回到了原处？患肠炎的人是否犯有浪费食物罪？病人住院与出院究竟是否与病情有关？诗人弄不懂的诗、画家弄不懂的画、钢琴家弄不懂的钢琴曲是否非诗人非画家非钢琴家就一定更加不懂？我爱你与我恨你究竟哪个更表现了爱情？外汇兑换券与人民币哪个更体现了民族文化传统？寂寞与红火哪个更富有进取色彩？水和酒哪个更浓？艺术与金钱哪个更美？向明与祥命哪个更像我自己？公园与监狱哪里更适合气功入定？假遗老与假洋鬼子哪个更是国粹土特产？洋河大曲低度新产品里是否掺了水？人醒了是否就意味着不做梦？是不是所有的外宾都有可能邀请你出访？急步迅跑是不是因为背后有疯狗追？把小说改成电影脚本到底算改编还是算编剧？是工作的人收入多还是不工作的人收入多？是不是所有的女子都是美的所有的科学家都科学？是不是装在纸套里的筷子一定比摆在桌面上的筷子干净？为什么喝汤一定不能踢里秃噜，为什么中国人要服从欧洲的礼节，吃东西而不吧唧吧唧地响还有什么滋味？抽水马桶是不是一定比夜壶先进？

　　他她它正在结结巴巴一泻千里地发问的时候就被静电棒逐出被客气地引出被恭敬地请上了主席台手术室贵宾席太平间化妆后台。被授予一九八二至三二八国际地球生物年歇里贝尔庚当奖，列入世界名人录黑名单成为最佳男女主脚……

　　Xiang Ming 想，现在的事可真来劲！

——1987 年 1 月

庭院深深

那时候我刚刚搬回城里来。惊魂乍定，当人们视我为正常的人的时候不知道该哭还是该笑。当人们能够大声说"雪是白的，而煤是黑的"的时候不知道该欢呼还是该保持痛苦的沉默。我住在一个亲戚家里，妻子住在集体宿舍，孩子住在另一个亲戚家里，仅有的一点"财产"放在另外一个亲戚家里。无怪乎中国人懂得亲戚关系的重要性。那时候可以唱《洪湖赤卫队》了。一唱起"洪湖水，浪呀么浪打浪"的时候，我禁不住满眼是泪。

一天晚上，两个陌生人来找我。一个是晒得黑黑的男人，一个是白白净净的女子，两人都操着浓重本色的外地口音。见到生人，我有点局促不安，觉得这事有点蹊跷，便语无伦次地问人家有没有带介绍信。

"你是作曲家刘鸣吗？"

我摇摇头。

"你不是儿童歌曲《小燕子》的作者吗？"他们倒是很亲热，好像我是他俩的表弟。

"这个……这个，"我推诿不过去，"小燕子小白兔，这算什么作曲家！我以为人们早已经忘记了……我瞎写过一点点，非常可怜的一点点。"我几乎哭出声来，"后来就不写了……"

"可是我们的老院长交代，一定要找到你！为了找你，我们问了多少地方啊！"两个人异口同声地说。

两个人都是音乐学院的老师，一个姓陈，一个姓李，他们的院长，就是鼎鼎大名的赵恒安教授。

　　"下个月要在我们学院召开一个关于群众歌曲的座谈会，赵院长说，一定要把你请来。"

　　"我，刚搬回来，工作还不知道分到哪儿，也许分到煤厂或者环境卫生局吧，我与儿童歌曲在一起，只有一年多的经历，以后二十多年，都是和煤炭和扫地混在一起。"

　　他们笑了，那么宽厚，那么叹惜。"那就更需要恢复您的业务活动……来回的车费在我们学院报销……"

　　我迷惑，不知道我的业务活动为什么不是盖有年矣的采煤或者扫街而是昙花一现的作曲。作曲！我要好好地控制自己。报销！就是说我已经是国家的人了。光明正大地上车，理直气壮地买卧铺，出差！我要出差了，出作曲家的差！

　　赵院长！李老师！陈老师！刘鸣啊，小燕子，穿黑衣，小白兔，耳朵长……夺人魂魄的童声合唱！

　　我去开了会。我来到了他们所在的古老得不能再老便也永生不衰的城市。笼罩在所有建筑物与街面上的尘土，就像极安全的保护层一样。我去看望了赵院长、陈老师和李老师。最难忘的是他们的住所，那像是一座圣洁的宫殿。油漆剥落的黑门、高高的院墙，老远便可以看到正在由绿变黄变红的树冠。足有一间屋子那么大的门洞，然后是一座似乎遥远的、与我久违了的院落。窗前有丛竹盆花有废弃了但风韵犹存的石凳石桌。赵院长住在正房，两位老师住在两厢。南屋住的是一位新婚不久的青年助教，小朱，十足的毛孩子。奇怪的是布局：一个院子连着一个院子，住宅在最外面一个院子，通过这座院子的南屋边侧的小门，是中间的院落。中间院落八间房子是学院的资料室，每个门上都曾贴满封条，挂上铁锁，直到封条变朱，铁锁生锈。这时门早已被打开，封条已经断裂，但还没有清洗除去。铁锁白天打开，到了晚上仍然要挂上，室内横七竖八地堆满了各种书籍、乐谱，架上和地上都是唱片和唱片的碎片。这八间房子本身就在鸣响，就在唱歌，关于一场劫数和并没有被劫数毁掉的善良、高尚、艺术。庭院深深深几许？院里有两株枣树，枣树枝上缀满放红的枣儿。枣儿温柔而又俏皮，它们竟然完全没有接受"文化大革命"的洗礼。有一只老猫蹲在树杈上欢迎作曲家和准作曲家的归来。猫的目光沉重而且充满狐疑。两间南屋的侧旁，又是一座未上油漆的小木门，穿过这个门，进入了第三重院子。第三重院子只有南房和西房，分外高大。房里坐着一些面黄肌瘦、衣衫褴褛、两眼灼灼发光的人，筹备恢复院刊的事宜。就是说，这是院刊编辑部的办公室，只有台阶上摆着的美人蕉显得鲜艳。编辑部的人约我写文章，我多少要努一点力，才能做到不怀疑自己可以写文章，也不怀疑这些穿着褪色灰、蓝华达呢布料标准制服的人能重新办起享过盛誉的这所学院院刊。造访了这样一座三重院以后，我最感到不可思议的是为什么一个有这样深深院落的国家会爆发"文化大革命"。

后来赵恒安院长和李老师、陈老师请我吃了饭。饭馆设在闹市路口，三层楼。黑漆剥落的大圆桌，我们四个人占了不到半个边。一片嘈杂，不但许多人在吃酒，也有人在划拳，在吵架，在叮叮当当地用筷子敲响碗碟。我们喝了不少的酒，吃了辣子鸡丁与四喜丸子。我喝得很多，有点醉，畅谈了对艺术和人生的许多辛酸而又犀利的见解，惊异于一见如故的友谊竟是这样的醇厚动人，惊异于人和人能这样快地相通相和。人之相知，贵相知心！

人生得一知己足矣！

乐莫乐兮新相知！

海内存知己，天涯若比邻！

我们回味着这些旧而弥新的话语。我们几乎是不无得意地诉说着各自的坎坷经历——对于能够活到今天而且在这里吃酒感到分外痛快。我说："我从来都充满信心！我早就说过，世界上还是好人多！不管怎么斗来斗去，像狼一样不是你吃掉我就是我吃掉你，最后，人和人的心是贴在一起的！"

"你没有失去赤子之心！你一定还能够做许多美妙的儿童歌曲！"赵院长慨然地说。两老师也都点头附和。

我的新生命就是从这次音乐学院之行开始的。闹市口三层楼上，痛饮三杯以后，我的脸变得红润了，而这红润一直保持了下来。

三个月以后，我为院刊写下了自认为是相当精彩的文章。我又去这个城市，亲自去送稿子。

已经入冬，刚刚落过一次大雪。为了不给别人添麻烦，下了火车以后我先就近吃了半斤馅饼，然后满嘴油光地去编辑部。

第一层院子悄无声息。披雪的竹子显得分外秀气。雪给旧石桌加上一层银面，呈现出一种沉稳的深思情调。有一只公鸡似乎是由于寂寞无聊而啼鸣了一声，而后由于目的不明便戛然而止。它缓缓地迈动步子，在薄雪花上留下小小的竹叶似的足迹。第二个院子有来来往往的几个中年人，都忙着自己的事，没有人注意我，我也不认识任何人。已经从共庆劫后余生发展到了各自忙着干事的时刻了。枣树上的积雪随着人们的走动而些许飘落，好像冥冥中有什么东西在运转动作。第三个院子尤其安静，我打开院刊编辑部正房的门，又掀开一个白门帘子，进到屋里。

屋里没人。办公桌虽然简朴，但都是新的。从桌面的情况看，都有主人，都在工作。屋子正中安放着一个旧式的铸铁炉子，炉子烧得很暖。炉子上有一把铝水壶，水壶里的水快要滚了，细声细气地发出曲折有致的声音。我坐在破旧的沙发上，欣赏着散乱地摆放在各个桌子上的稿纸、信笺、胶水、订书机、笔架，欣赏壶水的冬日咏叹调，觉得无比的舒服。我已经好久没有过过这种舒服的日子了，我已经好久不知道世上还有这样舒服的院落、舒服的房间、舒服的火炉、舒服的旧沙发了。胃里的馅饼开始发酵释放温暖的疲倦，我的感觉像是喝醉了酒。我睡着了。

我的文章就是这样被送到的。我就是这样开始了第二次音乐生涯，而且，从此，我不再把精力集中在儿童歌曲的创作，而是转而从事音乐的理论研究了。

尽管赵院长、李老师、陈老师和许多知我爱我的朋友都鼓励我继续从事儿童歌曲的创作，尽管我自己也一再地重温做《小燕子》的旧梦并且一次又一次地重新尝试，尽管"六一儿童节"的时候我被邀请参加少先队的升旗仪式，在军号与小鼓的伴奏下被戴上了红领巾，本地的妇联与共青团领导人接见了我并勉励我继续献身于为孩子服务的事业，尽管不止一个人说我还有童心……然而，我没有写出来，我写不出来。我在梦里常常做出一首又一首美妙的儿童歌曲，一醒，无踪无迹。我脑子里浮现出的儿童的天使般的旋律天使般的声音，总是不等我捉住就迅速地被狂风暴雨惊涛骇浪和种种庸俗计算的场景所淹没。我希望我能回到小燕子与小白兔的心境，但刚一靠拢这种心境就被不知什么样的一只手（也许是脚）给推（踢）开。而且，当我发现我已经写不了儿童歌曲的时候我一滴泪也没有，似乎早已料到似的。本来，当李、陈二位老师来找我并且提到《小燕子》的时候我差一点就失声痛哭了。

如你们大家所知道的，三闹两闹我成了音乐理论家。一家东拼西凑的文摘刊物说我是"艺术批评家"，一家随风倒的大言不惭的报纸在报屁股上发表文章说我是"艺术哲学家"。天知道什么叫艺术哲学家，反正加点新型冠冕大伙都快活。"戴帽子"确实是人类文化的一大创造。

而我就沿着这么一条音不音论不论、创（作）不创评不评的路子"发达"起来了。

我相信这一切都应该感谢赵教授和两位老师。我相信当时还没有变得像如今这样时髦的偶然性、机缘与非决定论。我不止一次地想过，如果赵恒安教授不是在二十世纪五十年代偶然地接触了《小燕子》，或者虽然接触了《小燕子》却因为忙、因为学院派的矜持、因为缺少睡眠或者因为与妻子吵架破坏了情绪而根本不注意这个歌和它的作者，还会有许多可能的甚至几乎是必然的偶然。任何一个偶然都会使他们不发出召唤。而没有召唤，我也就只能是心如死灰，我不会再与任何音乐打交道。从档案上看，我更适合分配到煤厂或者环境卫生局。从一九七九年我的心情来说，我只希望找一个平安的工作度我余年。我希望我能去做收发、能去电影院收门票，更富有幻想色彩的便是去图书馆当管理员。我知道那些年每一百个知识分子里就有九十个申请去做清闲的养老性工作。

头几年，我和赵院长通过几次信，寥寥数语，一片真情。我称他为老师，他鼓舞我耐得寂寞，献身孩子。他把他的著作译作寄给我，我也把我满天飞发表的论文寄给他。其实我不寂寞，而是名噪一时。从煤矿回来的时候连音乐家协会的会员都不是。五年以后，我已经是本市的音乐家协会主席。

一九八三年我给赵教授写信寄文章，没有回信，一九八四年新年春节我写信拜年，也没有得到回音。从报纸上的消息里我得知，赵院长已经离开学院院长的岗位担任该市的人大常委副主任。一九八四年秋天，赵副主任到我市来开会，事先没有告诉我。我听说后，连忙到招待所去请，总算把这位有恩于我的大教授请到家里——已经是三室一厅了——招待了一顿晚饭。言谈之中才听出他对几年来的音乐创作和音乐理论颇多微词，他看不惯像雨后的蘑菇一样冒出来的一批年轻人正在像雨后的蛤蟆一样到处呱呱地叫。他相当委婉地对我说："你现在情况不同了。你年轻，又有本事，又会来事儿，叫作乘扶摇而直上兮，揖彼朝阳。你的前途未可限量……"

"您永远是我所敬爱的前辈……"我诚惶诚恐，愧恶无地。

"什么前辈，不能望其项背！不过是垂死挣扎罢了，只怕当垫背的人家还不要呢！"

我大惊，出了一头汗，觉得是自己的不是了。正想请罪敬受教益，他却换了一副轻松口气，谈论起文坛乐坛的一些桃色新闻来。

我给李、陈老师也写过几封信，少有回音。

鱼相忘于江湖。我想。我们的日子都好过了，各搞各的业务事业，与一九七八年、一九七九年共庆劫后余生的心境处境大不相同。这也是可喜的吧？报纸上不是喜欢说形势喜人、长势喜人、成绩喜人吗？

然而，涸辙或刚刚离开涸辙的曾经相濡以沫的鱼儿们，彼此是永不相忘的。不是相"忘"于江湖，至多是相"不通信"或相"不聚会"于江湖罢了。互相记忆着，纪念着，感谢着与祝福着，却又少通消息，身边都是一派汪洋。无际的广阔与缥缈，这不正是鱼生涯的美丽吗？

然后，不断地传来消息。非鱼。说是赵恒安教授对我不满，在几次讲话里不点名地甚至点名地批评了我。甚至于说什么对于这样的人他就是不服气。我不信。我讨厌向我传递这种消息的好事之徒。然而，一位儿童歌曲的作曲家、年轻的后起之秀，拿来了赵教授亲笔给他的信：……对那些锲而不舍地为孩子服务的人我是尊敬并引为同道的。而对另一种人，他们靠写儿童歌曲起家，靠孩子混入文艺队伍，拿孩子当敲门砖敲开门之后，立刻把孩子丢在一边，用莫名其妙故作高深的什么音乐评论艺术哲学来装点头上的虚假圆光，并卑劣地攫取高位，达到个人向上爬的目的。对这种人，我绝对不能服气！我只恨自己瞎了眼，不该向他伸出援助之手！

我涨红了脸，几乎控制不住自己。这是说我吗？我什么时候坏成这个样子？他有什么根据这样恶语伤人，不惜用最世故、最陈腐、最庸俗、最肮脏的词语来中伤我，而我一直是用怎样美好的情操来感恩戴德地思念他、颂扬他呀！以堂堂前辈之身份，他说什么不服气？我对他可是绝对服气的哟！这不是说我吗？全中国写过儿童歌曲的人我如数家珍，全中国搞音乐评论的人我了如指掌，怎么可能有第二个人能与赵老的谴责沾边呢？

我没有哭。我只是更加悲哀绝望地确认，我确确实实是江郎才尽，再也写不出一首《小白兔》《小燕子》来了。

这里面一定有一点误会。我相信。赵老清高狷介，"没有无缘无故的爱也没有无缘无故的恨"。反求诸己，几年来处顺境而得意忘形乎？发议论而逾矩出格乎？出头面而沾沾自喜乎？行人际而目无尊长乎？执师礼而不忠不敬乎？求"艺""术"而背离大道乎？多谈笑而玩世乏恭乎？以及一切待人接物，与名与利，生活起居，文明礼貌，风纪仪容，男女授受……凡有未能免俗的地方、律己不严的地方、粗疏不周的地方，我都反省了一遍。确实感觉今是而昨非，人是而已非，发现了不少问题、教训。自觉千疮百孔、体无完肤、汗流浃背、如坐针毡，真不知何以自处以谢天下。

然而，我仍然不明白我到底做了些什么，使敬爱的赵老如此悲愤，如此恶言。

我想给他们写信，直接或间接地问问对我有些什么指教，又觉得很难措辞，觉得师出无名，觉得问之突兀、问之无礼，觉得讲也讲不清楚。弄不好倒像是杀上门去叫阵，使背后或有的流言变成当面无可挽回的龃龉。信没写成。这样的信比《德彪西论》或者《龟兹古乐探源》难写得多。

两年以后，我终于有机会第三次去那座古城。下了火车还想去吃馅饼，想不到馅饼铺翻修一新，变成了供应南北大菜、海味山珍的高档菜馆，门口停着好几辆豪华旅游车和小轿车。我来到昔日一醉在此的闹市口，那里矗立着一座银行大楼、一幢省府联合办公大楼、一幢多功能大礼堂和另一幢门前有道道喷泉的当地与港商联营的"贵人大酒家"。古旧的城市正在焕发新的形色，抚今思昔，令我感慨不已。

最令人激动的还是去看望赵院长与李、陈老师。说下大天来，我相信我们的友谊，相信共同的命运带来的共同的语言，一经谋面，一切或有的隔阂，必定烟消云散。我来到了他们居住的地方……我找不到他们居住的地方了。虽然已经看到了古城如此巨大的变化并对一切变化早有思想准备，我仍然吃了一惊。

没有寂静古老的小院连着小院了，在原址上出现了两幢像是在模具里压出来的楼，岿岿然，摩登然。我首先找到了赵恒安副主任的家，四室一厅的房子住着两套，当然是鸟枪换炮。紫红绒面拼接式沙发，钢琴，墙上挂着外国工艺品。一个牧羊女浮雕令人沉醉。长角魔鬼面具。艺术柜里摆着一队皇家卫队玩偶，上上弦以后客人就可以检阅皇家卫队。茶具是双层镂花的外国瓷器。喝的是八九块钱才能买到五十克的真正的西湖龙井。

"也许你要巴西咖啡？"赵老笑容可掬地问。

"或者，要不要喝点酒？茅台还是科尼亚科（一种法国产白兰地）？"又问。

赵老谈兴很浓，古今中外，艺术人生，做人做事，从政从商，他都有自己的见解。仍然是一见如故，仍然是故人挚友。他谈得热情、高雅、开阔、潇洒，既保持着足够的尊严与身份，同时又十分地尊敬着来客——我。在谈到艺术哲学、儿童歌曲——我有意地把话题引了过来，我不能白来一趟，言不及义——他哈哈大笑："创作是不能勉强的啊！现在不写以后写嘛，写不出来慢慢写嘛！工作也总是要人做的，理论也总是要人做的喽！哲学也总是要探讨的啦，言之成理便是一家之言嘛！如切如磋，如琢如磨，正是兴旺发达的表现呀！"

显然，或者是他根本没写过那封信，或者是写了指的却委实不是我，或者是一时听了什么话写了，早忘了。道声惭愧，倒是我小肚鸡肠了。

我问到陈老师与李老师，并说我总是得不到他们的回信。赵老问我是怎么给他们写的信。我说，每次只写一封，有时是寄给陈并托转给李，有时是寄给李并托转给陈，赵老连忙摆手，一面摆手一面笑，笑得把法国酒呛到喉咙里。他咳嗽剧烈，我给他捶背，给他端痰盂。许久，他大喘着告诉我："怎么能这样写信呢？这样写信虽然节省邮票，但究竟有没有诚意，对谁有诚意呢？"

看着我的迷惑不解的表情，他解释说："这几年，他们二位有不少分歧的意见。偏偏一九八二年提工资，提了李老师，没有提陈老师。一九八四年评职称，又评上了陈老师，没有……加上一些人在中间传话，搞得两个人关系很紧张……只好让他们两个人都退了下来。本来，我是一再推荐，这两个人谁都可以当院长接我的工作的，结果是两败俱伤……现在关系仍然紧张……"

"我要去看看他们。"我有点激动，好像还有点责任感，有点信心。

"算了算了。很难办，如果先去看陈老师，再去看李，李就会给你吃闭门羹。先看李，后看陈，陈也会不接待你。如果你瞒着一个看一个，就更加得罪人……这不是，我也很久不去看望了。每年春节打个电话拜年，他们大概测不出我先给谁打的电话。"然后他建议，"你去看看小朱吧，就是原来住南屋的那个小伙子，他现在当院长了。"

小朱当院长了，这么快？真是没有想到，可想想我自己的状况，不也是个"没有想到"吗？

我还是去看了李老师与陈老师。不巧，两个人都不在。给我开门的他们的孩子各自用拒人于千里之外的目光看着我，我好难受。我在监视下给他们各自留了条子。

我去看小朱，倒也一见如故，他流露着机灵，也流露得志者的狂气。言谈中，对赵、陈、李似乎都不算尊敬。当然，兔子不吃窝边草，他没有说他们有什么不好，只是时而说到什么人什么人"老化"了，什么观点什么学说"过时"了。我忽然敏感，在他的心目中，我也该算是已经老化和过时的了吧？复出以后，我冒得快也老得快，真是把失去的时间补加进去，生活得愈来愈速熟即食方便化了。

应对中我略有分心，小朱便送给我三年的院刊合订本，也算是送客的暗示。合订本很厚，装订得很讲究，拿在手里很有分量。我便告辞。"下次再来，下次一定来，下次去贵人大酒家吃烤乳猪！"小朱，不，朱院长豪爽地笑着说。

我走出了十几米，回头望望。一幢工作楼十一层，一幢住宿楼九层，在当地，就是够高的了。两座高楼是那样熟悉又那样陌生，不容分说地取代了破落的深深小院。年轻有为的院长告诉我，两幢楼的建成正是他的政绩，他一上任就先抓基建，大得人心。特别是由于宿舍楼的建成，目前学院的老教授都能占有住房六至八间，副教授占有四至六间，讲师三至四间。助教和行政科以下职员，至少也住进了两间一套的单元房。真是成绩昭然，不能不服气。

"你们原来的院子多有特色啊！"我不无惋惜地说。

"那院子怎么解决得了这么多人的住房呢？赵老原来也只不过住了三间，加起来才四十平方米！现在呢，现在给了他使用面积一百四十多平方米！"朱院长雄辩地说。

两幢楼是差不多按全国统一标准盖的，规范得叫人五体投地。红砖，洋灰板，预制件，长方形的窗户排列整齐。亮着许多灯。窗帘倒是各式各样，电视天线五花八门，传出来各种声音。人们居安思定，安居乐业，速成地完成着现代化。天这么晚了，还有炸大虾的腥香之气飘逸出来。还有西德歌星尼娜唱的《九十九个气球》与柏辽兹的《幻想交响乐》此起彼伏。音乐学院的教职员工，谁家没有夏普或者菲利浦？还有钢琴、电子琴和管乐器的试奏呢。我腋下的院刊合订本越走越重。不知道现在的编辑部什么样子。反正不会有铸铁火炉，不会有水壶的咏叹。当然，也没有丛竹，没有枣，没有老猫和公鸡。也没有雪——不是季节。住高层楼房，离雪和雨也是远的。我自己不也住到楼里去了吗？叫作"单元楼房"。哦，你亲切寒碜的三连小院啊。

诗曰：

庭院深深深几许，大楼历历历何年？

滔滔新曲歌舒慰，眷眷故情写惘然……

——1987年8月

坚硬的稀粥

我们家的正式成员包括爷爷、奶奶、父亲、母亲、叔叔、婶婶、我、妻子、堂妹、妹夫和我那个最可爱的瘦高挑儿子。他们的年龄分别是八十八岁、八十四岁、六十三岁、六十四岁、六十一岁、五十七岁、四十岁、四十岁……十六岁，梯形结构合乎理想。另外，我们有一位比正式成员还要正式的不可须臾离之的非正式成员——徐姐。她今年五十九岁，在我们家操持家务已经四十年，她离不开我们，我们离不开她。而且，她是我们大家的"姐"，从爷爷到我儿子，在徐姐面前天赋人权，自然平等，一律称她为"姐"。

我们一直生活得很平稳，很团结。包括是否认为今夏天气过热，喝茶是喝八块钱一两的龙井还是四毛钱一两的青茶，用香皂是用白兰还是紫罗兰还是金盾，大家一律听爷爷的。从来没有过意见分歧，没有过论证争鸣相持不下，没有过纵横捭阖、明争暗斗。连头发我们也是留的一个式样，当然各分男女。

几十年来，我们每天早晨六点十分起床，六点三十五分，徐姐给我们准备好了早餐：烤馒头片、大米稀饭、腌大头菜。七点十分，各自出发上班上学。爷爷退休以后，也要在这个时间出去到街道委员会值勤。中午十二点回来，吃徐姐准备好的炸酱面，小憩一会儿，中午一点三十分，再次各自出发上班上学。爷爷则午睡至三点半，起来再次洗脸漱口，坐在躺椅上喝茶读报。到五点左右，爷爷奶奶与徐姐研究当晚的饭。研究是每天都要研究的，而且不论爷爷、奶奶还是徐姐，对这一课题都兴致勃勃；但得出的结论大致不差：今晚上吗，就吃米饭吧。菜吗，一荤、一半荤半素、两素吧。汤呢，就不做了吧。就做一回吧。研究完了，徐姐进厨房，噼里啪啦响上三十分钟以后，总要再走出来，再问爷爷奶奶："瞧我糊涂的，我忘了问您二老了，咱们那个半荤半素的菜，是切肉片还是肉丝呢？"这个这个，这确实是一个重大的问题。爷爷和奶奶互瞟了一眼，做了个眼色，然后说："就吃肉片吧。"或者说："就吃肉丝吧。"然后，意图得到了完满的贯彻。

大家满意。首先是爷爷满意。爷爷年轻时候受过许多苦。他常常说："顿顿吃饱饭，穿囫囵衣裳，家里有一切该有的东西，又子孙团聚，身体健康，这是过去财主东家也不敢想的日子。你们哪，可别太狂妄了啊，你们哪里知道挨饿是啥滋味？"然后爸爸妈妈叔叔婶婶都声明说，他们没忘记挨饿的滋味。饿起来腹腔胸腔一抽一抽的，脑袋一坠一坠的，腿肚子一沉一沉的，据他们说饿极了正像吃得过多了一样，哇哇地想呕吐。我们全家，以爷爷奶奶为首，都是知足常乐哲学的身体力行者与现今体制的忠实支持者。

这几年情况突然发生了变化。新风新潮不断涌来，短短几年，家里突然有了彩电、冰箱、洗衣机。而且儿子话语里常常出现英文词儿，爷爷很开明开放，每天下午午睡后从报纸上、晚饭后从广播和电视里吸收新名词新观念。他常征询大家的意见："看咱们家的生活有什么需要改革改善的没有？"

大家都说没有，徐姐更是说，但愿这样的日子一代一代传下去，天天如此，年年如此，世世代代，永远如此。我儿子于是提了一个建议，提议以前挤了半天眼睛，好像眼睛里爬进了毛毛虫。他建议，买个收录机。爷爷从善如流，批准了。家里又增添了红灯牌立体声收录机。刚买时大家很高兴，你讲一段话，他唱一段戏，你学个猫叫，她念一段报纸，录下来然后放出音来，一家人共同欣赏欢呼鼓掌，认为收录机真是个好东西，认为爷爷的父辈祖辈不知收录机为何物，实在令人叹息。两天以后就降了温。买几个"盒儿带"来，唱的还不如收音机电视机里放送的好。于是，收录机放在一边接土蒙尘。大家便认识到，新技术新器物毕竟作用极为局限，远远不如家庭的和谐与秩序更重要。不如老传统更耐用——还是"话匣子"好哇！

那一年决定取消午睡，中午只休息四十分钟到一小时，很使全家骚动了一阵子。先说是各单位免费供应午餐，令我们既喜且忧，喜的是白吃饭，忧的是不习惯。果然，吃了两天就纷纷反映上火，拉不出屎来。没有几天，宣布免费供应的午餐取消，叫人迷惑。这可怎么办呢？爷爷教育我们处处要带头按政府指的道儿走，于是又买饭盒又带饭，闹腾了一阵子。徐姐也害得失眠、牙疼、长针眼、心律不齐。不久，各机关自动把午休时间延长了。有的虽不明令延长却也自动推后了下午上班时间，但没有推后下班时间。我们家又恢复了中午的炸酱面。徐姐的眼睛不再起包儿，牙齿不再上火，睡觉按时始终，心脏每分钟七十到八十次有规律地跳。

新风日劲、新潮日猛，万物动观皆自得，人间正道是沧桑。在兹四面反思含悲厌旧，八方涌起怀梦维新之际，连过去把我们树成标兵模范样板的亲朋好友也启发我们要变动变动，似乎是在广州要不干脆是在香港乃至美国出现了新的样板。于是爷爷首先提出，由元首制改行内阁制度，由他提名，家庭全体会议（包括徐姐，也是有发言权的列席代表）通过，由正式成员们轮流执政。除徐姐外都赞成，于是首先委托爸爸主持家政，并议决由他来进行膳食维新。

爸爸一辈子在家内是吃现成饭、做现成活（即分派给他的活）。这回由他负责主持做饭大业，他很不好意思也很为难。遇到买什么样的茶叶做不做汤吃肉片还是肉丝这样的大事，一概去问爷爷。他不论说什么话做什么事，都习惯于打出爷爷的旗号。"老爷子说了，蚊香要买防虫菊牌的。""老爷子说了，洗碗不要用洗涤剂了，那化学的玩意儿兴许有毒。还是温水加碱面，又节省，又干净。"

这样一来就增加了麻烦。徐姐遇事问爸爸，爸爸不做主，再去问爷爷，问完爷爷再一口一个老爷子说的向徐姐传话，还不如直接去问爷爷便当。直接去问爷爷吧，又怕爸爸挑眼而爷爷嫌烦，爷爷嫌烦也是真的，几次对爸爸说："这些事你做主嘛，不要再来问我了。"于是爸爸告诉徐姐："老爷子说了，让我做主，老爷子说了，不让我再问他。"

叔叔和婶婶有些窃窃私语。说了些什么，不知道。但很可能是既不满于爸爸的无能，又怀疑爸爸是不是拉大旗、假传圣旨，也不满于爷爷的不放手，同样不满于徐姐的啰唆，乃至不满于大家为何同意了实行内阁制与通过了爸爸这样的内阁人选。

爷爷有所觉察，好好地开导了一次爸爸，说明下放权力是大趋势。爸爸无奈，答应不再动辄以爷爷的名义行事。爸爸也来了一个下放权力，明确做不做汤与肉片肉丝之间的选择权全由徐姐决定。

徐姐不答应。我怎么做得了主啊，她垂泪垂涕辞谢，惶恐得少吃了一顿饭。但大家都鼓励她："你在我们家做了这么多年了，你应该有职有权嘛！你管起来吧，我们支持你！你想买什么就买什么，你想做什么就做什么，你给什么我们就吃什么，我们信任你！"

徐姐终于破涕为笑，感谢家人对她的抬举。一切照旧，但人们实际上都渐渐挑剔起来。都知道这饭是徐姐一手操办的，没有尚方宝剑为来历为依据，从下意识的不敬开始演变为上意识的不满意。首先是我的儿子，接着是堂妹堂妹夫，然后是我妻子和我，开始散播一些讽刺话。"我们的饭是四十年一贯制，快成了文物啦！""因循守旧，墨守成规，凝固僵化，不思进取！""我们家的生活是落后于时代的典型！""徐姐的局限性太大嘛，文化素质太低嘛！人倒是好，就是水平太低！想不到我们家二十世纪八十年代过着徐姐水平的生活！"

徐姐浑然不觉，反倒露出了些踌躇意志的苗头。她开始按照她的意思进行某些变革了。首先把早饭里的两碟腌大头菜改为一碟分两碟装，把卤菜上点香油变成无油，把中午的炸酱由小碗肉丁干炸改为水炸，把平均两天喝一次汤改为七天才喝一次汤，把蛋花汤改为酱油葱花做的最简陋的"高汤"。她省下了伙食钱，买了些人参蜂王精送到爷爷屋里，勒我们的裤带向爷爷效忠，令我们敢怒而不敢言。尤其可恶的是，儿子汇报说，做完高汤，她经常自己先盛出一碗葱花最多最鲜最香的来，在大家用饭以前先饮为快。还有一次，她一面切菜一面在厨房里嗑瓜子吃，儿子说，她一定是贪污了伙食费。"权力就是腐蚀，一分权力就是一分腐蚀，百分之百的权力就是百分之百的腐蚀。"儿子振振有词地宣讲着他的新观念。

父亲以下的人未表示态度。儿子受到这种沉默的鼓舞，便在一次徐姐又先喝高汤的时刻向徐姐发起了猛攻："够了，你这套低水平的饭！自己还先挑葱花儿！从明天起我管，我要让大家过现代化的生活！"

虽然徐姐哭哭闹闹，众人却没说什么。大家觉得让儿子管管也好，他年轻，有干劲，有想法，又脱颖而出，符合成才规律。当然，包括我在内，还是多方抚慰了徐姐："你在我们家做饭四十年，成绩是主要的，谁想抹杀也抹杀不了的！"

儿子非常激昂地讲了一套理论："咱们家吃饭是四十年一贯制，不但毫无新意，而且有一条根本性的缺陷，碳水化合物过多而蛋白质不足。缺少蛋白质，就会影响生长发育，而且妨碍白血球抗体的再生与活力。其结果，也就造成国民体质的羸弱与素质的低下。在各发达国家，人均日摄取的蛋白质是我国人均日摄取量的七倍，其中动物蛋白是我们的十四倍。如此下去，个儿没人家高，体型没人家好，力气没有人家大，精神没有人家足。人家一天睡一次，四五个小时最多六个小时就够用了，从早到晚，精气神十足。我们呢，加上午觉仍然是无精打采。或者你们会说，我们不应与发达国家比。那么，我要说的是，我们汉族的食品结构还比不上北方兄弟民族——总不能说兄弟民族的经济发展水平高于我们啊！我们的蛋白质摄入量，与蒙古、维吾尔、哈萨克、朝鲜以及西南地区的藏族比，也是不能望其项背！这样的食品结构，不变行吗？以早餐为例，早晨吃馒头片稀粥咸菜……我的天啊！这难道是二十世纪八十年代的中华大城市具有中上收入的现代人的早餐？太可怕了！太愚昧了！稀粥咸菜本身就是东亚病夫的象征！就是慢性自杀！就是无知！就是炎黄子孙的耻辱！就是华夏文明衰落的根源！就是黄河文明式微的征兆！如果我们历来早晨不吃稀粥咸菜而吃黄油面包，一八四〇年的鸦片战争，英国能够得胜吗？一九〇〇年的八国联军，西太后至于跑到承德吗？一九三一年日本关东军敢于发动'九一八事变'吗？一九三七年小鬼子敢发动'卢沟桥事变'吗？日本军队打过来，一看，中国人人一嘴的白脱——奶油，他们能不吓得整团整师地休克吗？如果一九四九年以后我们的领导及早下决心消灭稀粥咸菜，全国都吃黄油面包外加火腿腊肠鸡蛋酸奶干酪外加果酱蜂蜜朱古力，我国国力、科技、艺术、体育、住房、教育、小汽车人均拥有量不是早就达到世界前列了吗？说到底，稀粥咸菜是我们民族不幸的根源，是我们的封建社会超稳定欠发展无进步的根源！彻底消灭稀粥咸菜！稀粥咸菜不消灭中国就没有希望！"

言者为之动火，听者为之动容。我一则以惊，一则以喜，一则以惧。惊喜的是不知不觉之中儿子不但不再穿开裆裤不再叫我去给他擦屁股，而且积累了这么多学问，更新了这么大的观念，提出了这么犀利的见解，抓住了这么关键的要害真是天若有情天亦老，人间正道是儿强！真是身在稀粥咸菜，胸怀黄油火腿，吞吐现代化之八方风云，覆盖世界性之四维空间，着实是后生可畏，世界归根结底是他们的。惧的是小子两片嘴皮子一碰就把积弊时弊抨击了个落花流水，赵括谈兵，马谡守亭，言过其实，大而无当，清谈误家，终无实用。积我近半个世纪之经验，凡把严重的大问题说得像小葱拌豆腐一青二白千军万马中取敌将首级如探囊取物易如反掌都不用翻者，早晚会在亢奋劲儿过去以后患阳痿症的！只此一大儿耳，为传宗接代计，实痿不得也！

果然，堂妹鼻子眼里哼了一声，嘟囔道："说得倒便利！要是有那么多黄油面包，我看现代化也就完成了！"

"啊？"儿子正在气盛之时，大叫，"好家伙！二十世纪六十年代尼·谢·赫鲁晓夫提倡土豆烧牛肉的共产主义，二十世纪八十年代搞面包加黄油的现代化！何其相似乃尔！现代化意味着工业的自动化、农业的集约化、科学的超前化、国防的综合化、思维的任意化、名词的难解化、艺术的变态化、争论的无边化、学者的清谈化、观念的莫名化和人的硬气功化即特异功能化。化海无涯，黄油为楫。乐土无路，面包成桥！当然，黄油面包不可能像炸弹一样由假想敌投掷过来，这我还不知道吗？我非弱智，岂无常识？但我们总要提出问题提出目标，国之无目标犹人之无头，未知其可也！"

"好嘛好嘛，大方向还是一致的嘛，不要吵了。"爷爷说，大家便不再吵。

吾儿动情图治，第二天，果然，黄油面包摊鸡蛋牛奶咖啡。徐姐与奶奶不喝咖啡牛奶，叔叔给她们出主意，用葱花炝锅，加花椒、桂皮、茴香、生姜皮、胡椒、紫菜、干辣椒，加热冒烟后放广东老抽、虾子酱油，然后把这些"哨子"加到牛奶咖啡里，压服牛奶咖啡的洋气腥气。我尝了一口，果然易于承受接受多了。我也想加"哨子"，看到儿子的杀人犯似的眼神，才为子牺牲口味，硬灌洋腥热饮。唉，"四二一"综合征下的中国小皇帝呀！他们会把我国带到哪里去？

三天之后，全家震荡。徐姐患急性中毒性肠胃炎，住院并疑有并发肠胃癌症。奶奶患非甲非乙型神经性肝硬化。爷爷自吃西餐后便秘，爸爸与叔叔两位孝子轮流伺候，用竹筷子粉碎捅导，收效甚微。堂妹患肠梗阻，腹痛如绞，紧急外科手术。堂妹夫牙疼烂嘴角。我妻每饭后必呕吐，把西餐吐光后回娘家偷偷补充稀粥咸菜，不敢让儿子知道。尤为可怕的是，三天便花掉了过去一个月的伙食费。儿子声称，不加经费再供应稀粥咸菜亦属不可能矣！事已至此，需要我出面，我找了爸爸叔叔，提出应立即解除儿子的权柄，恢复家庭生活的正常化！

爸爸和叔叔只有去找爷爷，爷爷只有去找徐姐。而徐姐住院，并且声明她出院以后也不再做饭了，如果人们感到她没用，可以赶走她。爷爷只得千声明万表态，绝无此意，而且重申了自己的人生原则。人生在世，情义为重，徐姐在我家，情义俱全，比爷爷的嫡亲还要亲，比爷爷的骨肉还要近。徐姐在我们这里一天，我们就与徐姐同甘共苦一天。哪怕家里只剩了一个馒头，一定有徐姐的一瓣。哪怕家里只剩了一碗凉水，一定有徐姐的三勺。发了财有徐姐的好处，受了穷有徐姐的安置，岂有用完了人家又把人蹬掉之理哉！爷爷说得激动，慷慨陈词，热泪横流。徐姐听得仔细，肝胆俱暖，涕泪交织，最后被医护人员认定他们的接触不利于病人康复，劝说爷爷含泪退去。

爷爷回家召集了全体会议，声明自己年迈力衰，对于吃什么怎么吃及其他有关事宜并无成见，更无意独揽大权，但你们一定要找我，我只有去找徐姐。徐姐又因你们的怨言而寒了心，因吃重孙子的西餐而寒了肠胃，我也就无法再管了，谁爱吃什么吃什么吧，"我自己没得吃，饿死也好。"爷爷说。

大家面面相觑，纷纷表态。都说还是爷爷管得好，半个世纪了，老小平安，四代和睦。堂妹表示她准备每天给爷爷做饭吃。就是说，她、妹夫、爷爷、奶奶、徐姐是一组，吃他们自己的饭。爸爸声明：他可以与妈妈一组，但不管我和妻。因为我和妻有一个新潮的儿子，不可能与他们吃到一块儿。我也声明只和妻一搭。然后叔叔婶婶一搭。然后儿子单奔儿。堂妹见状，似乎相当满意，发挥了一句："各吃各的吧，这样才更现代些！四世同堂一起吃饭，太像红楼梦时候的事了。再说，太多的人围着一个桌，又挤，又容易传染肝炎哟！"堂妹反问，"在美国，有这样大的家庭吗？有这么好几代人克服掉代沟一起吃饭的吗？"爷爷的表情似乎有些凄然。

分开吃了两天就吃不下去了。十一点多，堂妹这一组点着火做饭，由于挟爷爷之资格威重，别人只能望灶兴叹。然后爸爸，然后叔叔。然后我能做饭时已经下午两点，只好不做先去上班，然后晚饭同样是望灶兴叹。然后讨论计议论证各置一灶的问题。煤气罐不可能，上次为解决全家共用的一个煤气罐，跑人情十四人次，请客七次，送画二张，送烟五条，送酒八瓶，历时十三个月零十三天，用尽了吃奶拉屎之力。买蜂窝煤火炉也须手续，无证买不到煤。有证买到煤了也没有地方搁。如果按照现代意识设四个灶，首先要扩张厨房面积三十平方米，当然最好的是设立四个厨房，比最好更好的是再增加五套房子。人的消费要求真如脱缰野马，难怪报上谈消费过热，愈谈愈热。于是恍然：不盖房子而谈现代意识观念更新隐私权云云全他妈的是站着说话不腰疼的扯淡！

分灶软科学没有研究出子丑寅卯，一罐子煤气九天用完了。自从今年液化石油气限量供应，一年只有十几个票，只有一罐气用二十五天以上才能保证全家用熟食、饮开水。九天用完，一年的票四个月用完了，另外八个月找谁去？不但破坏了自己的生活程序，更是破坏了国家的安排！

众人惊慌，唉声叹气，牢骚满腹，闲言四起。有的说煤气用完以后改吃生面糊糊。有的说可以限制每组做饭时间为十七分钟。有的说现在就分灶吃饭是生产关系超越了生产力的发展水平。有的说越改越糟还不如爷爷掌管徐姐当政。有的抨击美国，说美国人如禽兽，不讲孝悌忠信，当然没有大家庭。我们有优秀的家庭道德传统，为什么要学美国呢？大家不好意思也不忍再去打搅爷爷，便不约而同地去找堂妹夫。

堂妹夫是全家唯一喝过洋墨水之人，近年来做西服两套，买领带三条，赴美进修六个月，赴日参观十天，赴联邦德国转悠过七个城市。见多识广，雍容有度，会用九种语言道"谢谢"与"请原谅"，是我家有真才实学之人。只因属于外姓，深知自己的身份，一贯不争不论不骄不躁，知白守黑，随遇而安。故而深受敬重。

这次见我们虔诚急切，而且确实一家陷入困难的怪圈，他便掏出心窝子，亮出了真货色，他说："依我之见，咱家的根本问题还是体制。吃不吃烤馒头片，其实是小问题。问题是：由谁决定、以怎样的程序决定吃的内容，封建家长制吗？论资排辈吗？无政府主义吗？随机性即谁想做什么就吃什么吗？按照书本上的食谱吃吗？必然性即先验性吗？要害问题在于民主，缺了民主吃了好的也不觉得好，缺了民主吃得一塌糊涂却没有人挺身而出负责任。没有民主就只能稀里糊涂地吃，吃白糖而不知其甜，吃苦瓜而不知其苦，甜与苦都与你自己的选择不相干嘛！没有民主就会忽而麻木不仁，丧失吃饭的主体意识，使吃饭主体异化为造粪机器；忽而一团混乱，各行其是，轻举妄动，急功近利，短期行为，以邻为壑，使吃饭主体膨胀成有胃无头的妖魔！没有民主就没有选择，没有选择就失落了自我！"

大家听了，都觉如醍醐灌顶，点头称是不止。

堂妹夫受到了鼓舞，继续说道："论资排辈，在一个停滞的农业社会里，不失为一种秩序，这种秩序特别适合文盲与白痴。即使先天弱智者也可以理解、可以接受这样一种呆板与平静的，我要说是僵死的秩序。然而，它扼杀了竞争，扼杀了人的主动性创造性变异性，而没有变异就没有人类，没有变异我们就都还是猴子。而且，论资排辈压制了新生力量。一个人精力最旺盛、思想最活跃、追求最热烈的时期，应该是在四十岁以前。然而，这个时候他们只能被压在最下层……"

我的儿子叹道："太对了！"他激动地流出了眼泪。

我向儿子悄悄摆了摆手。他的西式早餐化纲领失败之后，在家里的形象不佳，多少有点冒险家、清谈家、成事不足败事有余甚至造反派的色彩。包括堂妹与堂妹夫，对吾儿也颇看着不顺眼。他跳高了，只能给堂妹夫帮倒忙。

我问："你说得都对。但我们到底怎么办呢？"

堂妹夫说："发扬民主，选举！民主选举，这就是关键，这就是穴位，这就是牛鼻子，这就是中心一环！大家来竞选嘛！每个人都谈谈，好比都来投标，你收多少钱，需要大家尽多少义务，准备给大家提供什么样的食品，你个人需要什么样的待遇报酬，一律公开化、透明化、规范化、条文化、法律化、程序化、科学化、制度化，最后，一切靠选票靠选民公决，少数服从多数。少数服从多数，这本身就是新观念、新精神、新秩序，既抵制僵化，也抵制无政府主义随心所欲……"

爸爸认真思考了一大会儿，脸上的皱纹因思考而变得更加深刻。最后，他表态说："行，我赞成。不过这里有两道关口。一个是老爷子是不是赞成，一个是徐姐……"

堂妹说："爷爷那儿没事。爷爷思想最新了，管伙食他也早嫌烦了。麻烦的是徐姐……"

我儿子急了，他喊道："徐姐算是哪一家的人五人六？她根本不是咱们家的成员，她没有选举权与被选举权。"

妈妈不高兴地说："奶奶的孙儿呀，你少插话好不好！别看徐姐不姓咱们的姓，别看徐姐不算咱们族人，你说什么来着？说她没有选举和被选举权是不？可咱们做什么事情不跟她说通了你就甭想办去！我来这个家一辈子了，我不知道吗？你们知道个啥？"

堂妹和妹夫也分化了，争论开了。妹夫认为，承认徐姐的特殊地位就是不承认民主，承认民主就不能承认徐姐的特殊地位，这是一个根本性的原则问题，没有调和余地。堂妹认为，敢情站着说话不腰疼，脱离了实际的空话高调有什么用？轻视徐姐就是不尊重传统，不尊重传统也就站不住脚，站不住脚一切变革的方案便都成了云端的幻想。而云端的改革也就是拒不改革。堂妹对自己的丈夫说话不客气，她干脆指出："别以为你出过几趟国会说几句外国话就有什么了不起，其实你在我们家，还没有徐姐要紧呢！"

堂妹夫听罢变色，冷笑一分半钟，拂袖而去。

过了些日子，是叔叔出来说话，指出两个关口其实是一个关口。徐姐虽然顽固，但她事事都听爷爷的，爷爷通了她也就通了，根本不需要人为地制造民主进程与徐姐之间的激烈斗争，更不要激化这种人为制造出来的斗争。

大家一听，言之有理，恍然大悟。种种烦恼，原是庸人自扰。矛盾云云，你说它大就大，说它小就小，说它有就有，说它无就无。寻找各种不同意见的契合点，形成宽松融洽亲密无间的关系，这才是真功夫！一时充满信心，连堂妹夫与我儿子也都乐得合不拢嘴。

公推爸爸叔叔二人去谈，果然一谈便通。徐姐对选举十分反感，说："做这些花式子干啥嘛！"但她又表示，她此次生病住院出院后，对一切事概不介入，概不反对，"你们大家吃苍蝇我也跟着吃苍蝇，你们愿意吃蚊子我就跟着吃蚊子，什么事不用问我。"她对自己有无选举权也既不关心，又无意见，她明确表示，不参加我们的任何家事讨论。

看来，徐姐已经自动退出了历史舞台，大家公推由堂妹夫主持选举。选举日的临近给全家带来了节日气氛。又是扫除，又是擦玻璃，又是挂字画，又是摆花瓶和插入新产品塑料绢花。民主带来新气象，信然。终于到了这一天，堂妹夫穿上访问欧美时穿过的瓦灰色西服，戴上黑领结，像个交响乐队的指挥，主持这一盛事。他首先要求参加竞选的人以"我怎样主持家政"为题做一演说。

无人响应。一派沉寂。听得见厨房里的苍蝇声。

堂妹惊奇道："怎么？没有人愿意竞选吗？不是都有见解有意见有看法吗？"

我说："妹夫，你先演说好不好，你做个样子嘛！现在大家还没有民主习惯，怪不好意思的。"

堂妹马上打断了我的话："别让他说话，又不是他的事！"

堂妹夫态度平和，富有绅士派头地解释说："我不参加竞选。我提出来搞民主的意思可不是为个人争权。如果你们选了我，就只能是为民主抹黑了！再说，我现在正办自费留学，已经与北美洲大洋洲几个大学联系好了，只等在黑市上换够了美元，我就与各位告辞了。各位如果有愿意帮我垫借一些钱的，我十分欢迎，现在借的时候是人民币，将来保证还外币！这个……"

面面相觑，全都泄了气。而且不约而同地心中暗想：竞选主持家政，不是吃饱了撑的吗？自己吹一通，卖狗皮膏药，目无长上而又伤害左邻右舍，这样的圈套，我们才不钻呢！真让你主持？你能让人人满意吗？有现成饭不吃去竞选，不是吃错了药是什么？便又想，搞啥子民主选举哟！几十年没有民主选举我们也照旧吃稀饭、卤菜、炸酱面！几十年没有民主选举我们也没有饿死，没有撑死，没有吃砖头喝狗尿，也没有把面条吃到鼻子眼屁股眼里！吃饱了撑的闹他爷爷的民主，最后闹他个拉稀的拉稀，饿肚的饿肚完事！中国人就是这样，不折腾浮肿了绝不踏实。

但既然说了民主就总要民主一下。既然说了选举就总要选举一下。既然凑齐了而且爷爷也来了就总要行礼如仪。而且，谁又能说民主选举一定不好呢？万一选好了，从此吃得又有营养又合口味，又滋阴又壮阳，又益血又补气，既增强体质又无损线条与潇洒，既有色又有香又有味，既省菜钱又节约能源，既合乎卫生标准又不多费手续，既无油烟又无噪声，既人人有权过问又个个不伤脑筋，既有专人负责又不独断专行，既不吃剩菜剩饭又绝不浪费粮食，既吃蛤子又不得肝炎，既吃鱼虾又不腥气如此等等，民主选举的结果如果能这等好，看哪个天杀的不赞成民主选举。

于是开始选举。填写选票，投票，监票计票。发出票十一张，收回票十一张，本次投票有效。白票四张，即未写任何候选人。一张票上写着：谁都行，相当于白票，计白票五张。选徐姐的，两票。爷爷三票。我儿子，一票。

怎么办？爷爷得票最多，但不是半数，也不足三分之一。算不算当选？事先没说，便请教堂妹夫。堂妹夫说世上有两种法，一种是成文法，一种是不成文法。不成文法从法学的意义上严格说来，不是法。例如美国总统的连任期，宪法并无明确规定。实际上又是法，因为大家如此做。民主的基本概念是少数服从多数。何谓多数？相对多数？简单多数（二分之一以上）？绝对多数（三分之二以上）？这要看传统，也要看观念，至于我们这次的选举，由于是初次试行，又都是至亲骨肉父子兄弟自己人，那就大家怎么说怎么好。

堂妹说既然爷爷得票最多自然是爷爷当选，这已经不是也绝对不可能是封建家长意识，而是现代民主意识。堂妹进一步发挥说，在我们家，封建家长意识的问题其实并不存在，更不是主要危险、主要矛盾，需要警惕的倒是在反封建的幌子下的无政府主义、自由主义、自我中心、唯我主义、超前消费主义、享乐主义、美国的月亮比中国的圆主义、洋教条主义。

我的儿子突然激动起来，他严正地宣布，他所获得的一票，并非自己投了自己的。他说到这里，我只觉得四周目光向我集中，似乎是我选了儿子，我搞了选人唯亲的不正之风。我的脸唰地红起来，并想谁会这样想？他为什么这样想？他知不知道我并没有选儿子而且即使选了儿子也不是什么不正之风，因为不选儿子我也只能选父亲选叔叔选母亲选妻子选堂妹而按照时髦的弗洛伊德学说堂妹又何尝会比儿子生分，儿子说不定还有杀父娶母的俄狄浦斯情结呢，他们知道吗？为什么儿子一说话他们都琢磨我呢？

我的儿子喊起来了。他说他得了一票说明人心未死火种未绝烈火终将熊熊燃烧。他说他之所以要关心我家的膳食改革完全出自一种无私的奉献精神，出自对传统的人文主义的珍视和对每一个人的泛爱。说到爱他眼角里沁出了黄豆大的泪珠。他说我们家虽然有秩序但是缺乏爱。而无爱的秩序正如无爱的婚姻，其实是不道德的。他说其实他早就可以摆脱我家膳食系统的羁绊，他可以走自己的路改吃蜗牛吃干酪吃芦笋吃金枪鱼吃龙虾吃小牛肉吃肯德基烤鸡三明治麦当劳与苹果排桂皮冰激凌布丁。他说他非常爱自己的姑姑但是他不能接受姑姑的观点，虽然姑姑的观点听起来很让人舒服顺耳。

这时叔叔插话说（注意，是插话而不是插嘴，插嘴是不礼貌的，插话却是一种亲切、智慧、民主，干脆说是一种抬举），堂妹关于当前应警惕的主要矛盾与主要危险的提法与正式的提法不符。恐怕最好不要过分强调某一面的问题是主要危险。因为半个世纪行医的经验已经证明，如果你指出便秘是主要危险，就会引起普遍拉稀，并导致止泻药的脱销与对医生的逆反心理。反之，如果你指出泻肚是主要危险就会引起普遍的直肠干燥，并导致痔疮的诱发乃至因为上火而寻衅打架。火气火气，气由火生，火需水克，五行协调，方能无病。所以既要防便秘也要防拉稀。便秘不好拉稀也不比便秘好。便秘了就治便秘，拉稀了就治拉稀。最好是既不便秘也不拉稀。他讲得这样好，恍惚获得了几许掌声。

鼓完了掌才发现问题并没有解决，而由于热烈地讨论五行生克，新陈代谢的进程似乎受到了促进，人人都饿了。便说既然爷爷得票多还是爷爷管吧。

爷爷却不赞成。他说做饭的问题其实是一个技术问题而不是思想问题、观念问题、辈分（级别）问题、职务问题、权力问题、地位问题与待遇问题。因此，我们不应该选举什么领导人，而是要评选最佳的炊事员，一切看做饭烧火炒菜的技术。

我儿子表示欢呼，大家也感觉确实有了新的思路、新的突破口。别人则表示今天已经没有时间，肚子已经饿了。尽管由谁来管理吃饭做饭的问题还处在研讨论证的过程中，到了钟点，饭却仍然得照吃不误，讨论得有结果要吃饭，讨论得没有结果也还是要吃饭。拥护讨论的结果要吃饭，反对讨论的结果也还是要吃饭。让吃饭要吃饭，不让吃饭也还是要吃饭。于是……纷纷自行吃饭去了。

为了评比炊事技术，设计了许多程序，包括：每人要蒸馒头一屉，焖米饭一锅，炒鸡蛋两个，切咸菜丝一盘，煮稀饭一碗，做红烧肘子一盘等。为了设计这一程序，我们全家进行了三十个白天三十个夜晚的研讨。有争论、行动、吵架、落泪，也有和好。最后累得气也喘不出，尿也尿不出，走路也走不动。既伤了和气，又增长了团结，交流了思想感情。既累了精神，又引起了极大的兴趣。说起要炒两个鸡蛋的时候，人们笑得前仰后合，好像受到了某种神秘的暗示性的鼓舞。说到切咸菜的时候，人们忧虑得阴阴沉沉，好像一下子衰老了许多。终于最后归根结底，炊事技术评出来了。评的结果十分顺利，谁也没有话说。

评的结果名次是：一等一级，爷爷、奶奶。一等二级，父亲、母亲、叔叔、婶婶。二等一级，我、妻、堂妹、堂妹夫。三等一级，我那瘦高挑的儿子。大家又怕儿子受到打击，便一致同意儿子虽是三等，却要颁发给他"希望之星特别荣誉奖"。虽然他又有特别荣誉又成了"希望之星"，但他仍然是三等。总之，理论名称方法常新，而秩序是永恒的。

许多时日过去了。人们模模糊糊地意识到，既然秩序守恒，理论名称方法的研讨与实验便会自然降温。做饭与吃饭问题已不再引起分歧的意见与激动的情绪。做饭与吃饭究竟是技术问题、体制问题还是文化观念问题，还是什么其他别样的过去想也没有想过的问题，也不再困扰我们的心。看来这些问题不讨论也照样可以吃饭。徐姐平安地去世了，无疾而终。她睡了一个午觉，一直睡到下午四点还不醒，去看她，她已停止呼吸。全家人都怀念她尊敬她追悼她。儿子到中外合资企业工作去了，他可能已经实现了天天吃黄油面包和一大堆动物性蛋白质的理想。节假日回家，当我们征询他对吃什么的意见的时候，他说各种好的都吃过了，现在想吃的只有稀饭与腌大头菜，还有高汤与炸酱面。说完了，他自我解嘲说："观念易改，口味难移呀！"

叔叔与婶婶分到了新落成的单元楼房，搬走了。他们有设有管道煤气与抽风换气扇孔的厨房，在全新的厨房里做饭。做过红烧肘子也做过炒鸡蛋，但他们说更经常的仍然是吃稀饭、烤馒头片、腌大头菜、高汤、炸酱面。堂妹夫终于出国深造，一面留学一面就业了，他后来接走了堂妹，并来信说："在国外，我们最常吃的就是稀饭咸菜，一吃稀饭咸菜就充满了亲切怀恋之情，就不再因为身在异乡异国而苦闷，就如同回到了咱们的亲切质朴的家。有什么办法呢，也许我们的细胞里已经有了稀饭咸菜的遗传基因了吧！"

我、爸爸和爷爷幸福地生活在一起。我们吃的鸡鸭鱼肉蛋奶糖油都在增加，我们都胖了。我们饭桌上摆的菜肴愈来愈丰富多彩和高档化了。有过炒肉片也有过葱烧海参。有过油炸花生米也有过奶油炸糕。有过凉拌粉皮也有过蟹肉沙拉其至还吃过一次鲍鱼鲜贝。鲍鱼来了又去了，海参上了又下了，沙拉吃了又忘了，只有稀饭咸菜永存。即使在一顿盛筵上吃过山珍海味，这以后也还要加吃稀饭咸菜，然后口腔食道胃肠肝脾胰腺才能稳定正常地运转。如果忘记了吃稀饭咸菜，马上就会肚子胀肚子疼，也许还会长癌。我们至今未患肠胃癌，这都是稀饭咸菜的功劳啊！稀饭和咸菜是我们的食品的不可改变的纲，其他只是搭配——陪衬，或者叫作"目"。

徐姐去世以后，做饭的重任落到了妈妈头上。每顿饭以前，妈妈照例要去问问爷爷奶奶。汤呢，就做了吧，就不做了吧。肉呢，切成肉片还是肉丝？古老的提问既忠诚又感伤。是一种程序更是一种道德情绪。在这种表面平淡乃至空洞的问答中寄托了对徐姐的怀念，大家感觉到徐姐虽死犹生，风范长存。爷爷屡次表示只要有稀饭、咸菜、烤馒头片与炸酱面，做不做汤的问题，肉片与肉丝的问题以及加什么高级山珍海味的问题，他不准备过问，也希望妈妈不要用这种愈来愈难以拍板的问题去打搅他。妈妈唯唯，但不问总觉得心里不踏实。饭做熟了，唤了大家来吃，却要东张西望如坐针毡，揣摩大家特别是爷爷的脸色。爷爷咳嗽一声，妈妈就要小声嘟囔，是不是稀饭里有了沙子呢！是不是咸菜不够咸或者过于咸了呢？小声嘟囔却又不敢直截了当地征求意见。虽然，即使问过爷爷也不能保证稀饭里不掺沙子。

于是，每一天，妈妈还是要在黄昏将临的时候忠顺地、由于自觉啰唆而分外诚惶诚恐地去问爷爷——肉片还是肉丝？问话的声调委婉动人。而爷爷答话的声调呢？叫作慈祥苍劲。即使是回答"不要问我"，也总算有了回答。妈妈就会心安理得地去完成她的炊事。

一位英国朋友——爸爸四十年代的老友来华旅行，在我们家住了一个星期。最初，我们专门请了一位上海来的西餐厨师给他做面包蛋糕计司牛排。英国朋友直率地说："我不是为了吃西餐或者名为西餐实际上四不像的东西而来的，把你们的具有古老传统和独特魅力的饭给我弄一点吃吧，求求你们了，行不行？"怎么办呢？只好很不好意思地招待他吃稀饭和咸菜。

"多么朴素！多么温柔！多么舒服！多么文雅……只有古老的东方才有这样的神秘的膳食。"英国博士赞叹着。我把他的称赞稀饭咸菜的标准牛津味儿的英语录到了"盒儿带"上，放给瘦高挑儿子听。

——1989 年

初春回旋曲

那天晚上的火锅吃得很不成功。木炭有火却没有足够的热。肉片在始终没有大开的水里浸置，然后生硬地嚼下，然后我们一起出门。冬月把巷子的土地照得光滑，我们小心翼翼地去看一位老友。老友因为年长已经从工作岗位上退了下来，她有点怨气，更有点悲哀。记得吧，那位一生耿直勤恳的老首长从岗位上退下来以后从早到晚只剩下了吸烟，他坐在桌前一动不动地吸"大重九"。之后他得了癌，现在住在肿瘤医院。那天晚上的电视像任何一天一样庸俗，不是广告就是三等歌星。有的电视新闻也快要成为变相的广告了，你花钱给记者、摄像师请客送礼，他才给你拍。

从老友那儿踏着惨白清冷的月光回来我们就喝茶。就想我们也都老了。就想从前多么热情多么青春多么怜惜。忽然我说，可惜的是二十世纪六十年代写的一部小说稿子丢掉了。你问："是吗？"

我向你叙述小说的梗概。你怎么会忘了呢？写一个年轻人，在工会办的图书馆当管理员。有一个姑娘每天晚上到图书馆阅书。有政治书、文学书和技术书。她爱读的也是他爱读的。姑娘很美，可能有长长的辫子，有黑得深不见底却又映照着世界光亮的眼睛。我已经记不清我是怎么描写的了，可能写到了清水潭，反正二十七年以前我的文笔在描写一个姑娘的肖像的时候肯定比现在强。那时候我精通现实主义，注重细节描写，叫作"栩栩如生"，用外行内行白痴一起嗡嗡的话说就是那时候的感觉好。后来那些神秘而又细微的感觉就随着汗水蒸发了。

你问："后来呢？"

你还跟从前一样，虽然有白的鬓发。那个姑娘常常对小伙子现出笑容，就像珠海特区宾馆的小姐对顾客的笑容一样。特区小姐微笑得少了就会扣奖金乃至被炒鱿鱼。从她们每笑一次大概可以统计出来，后面有一分还是两分、人民币还是港币的报酬。在工会图书馆读书的可能留了长辫子的姑娘只要和小伙子对上目光就会微微一笑，这实在已经算不上现时的我这个作家的审美理想。现时我倾向于认为，美丽的姑娘应该节制自己的微笑，不用虚假的温柔点缀坚硬的人生。

你说："别插嘴……"

我很感动，你还能耐心听我讲二十世纪六十年代初期的并未发生过的往事。

那篇小说并没有发表出来。因为提出了"千万不要忘记阶级斗争"的口号。《新港》的编辑给我写退稿信说："因稿挤，尊稿不拟采用了。"我们便又沉默了。

如果从阶级斗争的旋律来构思这篇小说呢？我会不会写一篇类似《夺印》的小说呢？小伙子等待姑娘前来研究发现的敌情：有一位图书馆的常客是恶霸地主的后代，他带来了无线电台还是变天账？最好姑娘本身就是个特务、间谍，她的微笑是美人计，而小伙子是编外的侦察员……六十年代时兴写"编外"豪杰，写一个理发师修复了一架飞机，一个售票员医好了乘客的前列腺炎，一个卖菜大姐发现了一颗行星。而所有这些都已经过时了。现在人们最爱唱的歌是《一无所有》。没有图书，没有辫子和黑眼珠，也没有敌情。连特务也没有了。其实二十世纪六十年代初期惊魂未定的我的这篇小说稿，受的是苏联作家安东诺夫、纳吉宾的影响。不知道后来的舒克申是不是也这样写作。一九八三年铁凝为了舒克申几乎对张炜发起火来，在涿县，因为停电烧不成暖气，食堂免费招待白酒。初春虽然冷却很诱人，小伙子在工会图书馆等候一个不为外汇券而微笑的姑娘，当然也是在一个初春的夜，许久以前的事。

现在是不是应该换一个，完全换一个写法呢？像说的那样，回到"肉"上去？我问。一个刚刚把自己的爸爸推到粪坑里的小伙子到图书馆值班，他怒气冲冲地告诉别人（或在心里自言自语）：这里所有的书都是虚假的错位的与不存在的，读了《海明威传》以后他深感我们都是被骗过了的。小伙子应该向读者建议，与其读被阉割的作家的被阉割的小说，不如组织大家每人撒一泡尿酿红高粱酒。这时冲进来一个红裙姑娘。不，冲进来一个白衣白裙姑娘。还是蔚蓝色的呢？可惜英语里蓝色指的不是开拓而是忧郁。这个姑娘一点也不。她进了图书馆就哇哇地呕吐，吐出了钉书钉吐出了操行鉴定又吐出了王蒙的《青春万岁》。

然后她一跃骑上了书案，撩起裙子往电脑控制的图书信息显示荧光屏上撒了一泡尿。这算不算《伤心咖啡馆之歌》的"精致的仿作"？

我问，这样的作品有没有超前走向世界的可能呢？

你没回答。你以为我在昏说。不。人们就是这样为新的角度、新的手法、新的思索、新的形式而憔悴，然后用他们的小眼睛审视着一切，抱怨目光够不着的山峰。

这时门铃响了。门铃一响我们就惴惴不安，我们难得的无心无悲哀回忆将随着这一声门铃而化为灰烬。不是抢匪，胜似他们，门铃一响我就四处乱躲，为自己的形体的客观性而沮丧万分。一切都是这种不可承受的存在之过招来的。

幸好，只是收电费。缴完电费顺手给了电业局的她一包烟。她太匆忙，没有时间留下微笑，摩托车嘟嘟嘟地冒着青烟。摩托车在月光下像一只饥饿的狐狸。我呢，一株荆蒿。

你说，你建议我把二十世纪六十年代初期未能发表的短篇小说《初春》写下来，凭记忆尽可能地恢复，然后注明原委。不仅仅是为了纪念，因为你说你喜欢这个故事。

我谢谢你啦。

我说这种苏联模式的故事也可以不写啦，即使写也不能是老样子。比如说要写这个青年在等待，但他也不知道在等待什么。他两眼发直，明察秋毫而丧失视力。他本来已经弄到了护照弄到了签证，他考了"托福"。他已经花了两千多（或者再多）美元，但他忽然又不想去了。他问自己，既然阿猫阿狗都在出国都在反思都在更新观念都在写信口开河的小说和更加信口开河的评论，他得了博士又怎么样呢？进入"博士后"又怎么样呢？这是一个好问题。英国人就是这样，你提出一个他感到不好回答的问题，他便绅士风度地称赞你提了个"good question"——"好题儿"，就像电影《金色池塘》里，孙子骂爷爷"放屁"以后，爷爷说："good words."——"好词儿。"

那么还写不写姑娘呢？写姑娘还有什么新意呢？要不写个母夜叉？当然不是孙二娘而是服用类固醇的铁饼冠军，不。还是写个刚刚吃了大剂量的镇静剂的女子吧，从"小鲍庄"来的。写来到图书馆以后就站到了期刊架前。她站着，站着。青年愣着，愣着。你和我也都愣着。后来才发现，原来电子石英时钟停摆了。没换电池。

我兴奋起来，我说这可能是一篇好小说，一篇倍儿"潮"的小说，甚至，这是超第九代的"好词儿"。

你笑了。

我的文学想象的翅膀迅猛翱翔，可以是一个个体户等待一位公关小姐。可以是一只狗等待一只猫。可以是一排中程导弹等待拆除。可以是一位港客等待一艘缉私船。可以是一个杀手等待肯尼迪总统。可以是一个瞎了眼的母亲等待从台湾归来的儿子。可以是一只蜘蛛等待一只苍蝇。可以是蚊子等待哪怕是美术馆画上的光润的人体。可以是正等待不等待无等待伪等待……

这时，你打了哈欠。

我说："我还没有给你讲完呢。"

你一笑，说："那就继续下去吧。"

电话铃响，通知我明天在第七会议室开会，进南门。又一个电话，问泡好了的海参要不要，每斤七块多钱。小伙子在工会图书馆等着姑娘，他看到许多人，也有熟人。他很奇怪，为什么他等的人，就硬是不来，而他没有等的人来了一个又一个呢？二十世纪六十年代初期我写下这句话的时候带着得意。我说，这种心情是在我等待你的时候体会到的。那天你领了票去怀仁堂看莫斯科歌剧院表演的《叶甫根尼·奥涅金》，我等你等了七个小时，我不停地望着窗口，望着东四大街。我说过许多次了。

你轻轻叹息，目光变得温存。你告诉我，你收到了钟秀的信。这对患难夫妻终于离婚了。

即使等到了，也会离婚的吗？

我不能回答。然而并没有等到，我说。不，我说错了，我的旧日的小说的结尾是这样的：终于那个眼睛黑得像春夜一样的姑娘来了，同来的还有一个英俊得多的青年，比如说，我的描写暗示他是一个劳动模范，一个共青团小组长，或者是夜大的优秀学生。那时我完全相信苏联作家协会书记伊萨柯夫斯基的抒情诗里的姑娘爱的是佩戴奖章的年轻人。这使我们的图书馆管理员尴尬而且酸楚。他彬彬有礼地为这一对显然的情侣服务，为他们找出了艾芜的小说《雨》和巴甫连柯的《幸福》。我的二十世纪六十年代的小说的结尾是这样的：闭馆了，人们散去。（那个管理员，对不起，我已经忘记了他的名字）一个人沿着积雪没有化净的林间小路走向宿舍区。他闻到一种只有初春的夜晚才闻得到的类似酸梨的气味，他祝福那个姑娘和那个比他好得多的青年。他分辨着天上的明亮的与暗淡的星星。为什么星星模糊了，难道他已经蒙上了一层泪水？他不好意思地笑了。雪还没有化尽，绿草已经萌生。他好像看到了那个未来的真正属于他的姑娘的温柔的眼睛。那个姑娘还在远远的地方等着他呢……我不能保证这一切都是原文，特别是关于气味的描写。我相信那个时候我的听觉、嗅觉都特别好，直到三年以前也还是非常好的。我描写气味的文采一定比现在恢复的那两句话抒情得多。我推敲每一个字的平仄。把二十世纪六十年代的旧作拿出来，教授和研究生就会称道我的"炼句"的功夫了。我让他们满意过的。

"而抒情也已经过时了。"你说。

我问是吗？他们和她们只是那样说"过时"罢了。刘索拉对汪曾祺说："你们这一代人爱得太沉重了，而我们爱得轻松。"汪曾祺问道："轻松？"我一九八八年六月在伦敦见到了刘索拉。她说："我现在只是一个人。"她说话的样子不像她宣布过的那样轻松。

"后来呢？"你又问。

后来他下放乡下去了。后来他三十多岁了没有结婚。后来经人介绍搞了个"对象"。对象，这是哲学，也是生产劳动。他们常吵。不像张贤亮，绊一跤就会碰见温顺的羔羊李秀芝和人间尤物马缨花。再后来他也就到年龄啦，退休啦，窝囊和牢骚啦，要个职称啦，托人给孙子买一架钢琴啦……

"然而他总算在一个初春的夜晚等待过。"你说。

"这个……请你给我倒一杯酒。最好给你自己也倒一杯。"

你倒了酒，说："你喝得太多了。"

是太多了。都太多了。所以变得太少了和一无所有了。我便只把酒杯碰了碰唇边，让杯中的酒在房中慢慢消散，放出那苦涩的芳香，让酒香想念它的主人和它的前生。

然后我们都有一点失眠。

说"有一点"，因为我们不好意思。失眠就像怀旧，以及干脆还有爱情和文学。早已经过时了。没有旧可怀的人有福了。他们一定会在个什么《自由谈》上写用不着怀旧的"批评"文字。

——1989 年 3 月

神 鸟

　　孟迪第一次拿着指挥棒站在众多的足以穿透他的身体与灵魂的顶灯下面。

　　为了这一天，他等待了许多年。

　　乐团不给他买，他就用积攒下来本来准备买录像机的钱做了一身燕尾服。穿上黑礼服，拿着指挥棒，走到辉煌的乐团面前，向观众点头致意，转过身来，他的脸色完全变了。他知道，底下是一生的关键时刻。关键的时刻将决定他的一生，也许会决定音乐在我国的命运呢。

　　阿勃罗斯的被人们称为《痛苦》的交响乐，气魄的宏大与结构的繁复，使举世没有几个指挥敢碰它。孟迪竟然选择了它作为自己的处女作，简直骇人听闻。他这种不顾众友人的告诫的做法，确实反映了他不成功宁可灭亡的背水一战的决心。

　　开始了第一乐章的头两个乐段以后，孟迪感到事情有蹊跷。是天气的异常造成了乐器的失常还是他的耳朵出了毛病？甚或是所有的演奏家喝了迷魂汤？为什么提琴不像提琴，巴松不像巴松？为什么所有的他的独到的处理与谆谆讲解过的细腻要求，他的已经充分体现在他的脸上身上臂上棒上的入微的感觉竟没有一个能在声音上体现出来？为什么就像吃米饭的时候吃到了沙子或者接吻的时候吻到了脓包一样，不时在和声里出现那样一种差错，那样的暗箭和陷阱，把针一样的刺扎向他的脆弱的心？

　　第二乐章，民歌风的行板是在麻木不仁中走过去的，他像是被催了眠。一种输到家的沮丧感使他冷汗淋漓，而汗还没有出透，便蒸发尽了。他似乎正在变成一具失去生命的躯壳。

有什么办法呢，失败就像死亡，不能避免也不能理论。而且，他快到四十岁了。

第三乐章是小步舞曲，情势突然发生了变化。一只黑鸟飞进了音乐厅，飞到了舞台上，他无暇思考为什么一个封闭良好靠空调机调节空气的现代化的音乐厅会飞进一只鸟。鸟沿着低低高高的优美的曲线飞翔，自由而潇洒。他隐约听到了鸟扑扇翅膀的扑扑声，声音溶进了忧伤的声响。一只飞鸟给了他一种不寻常的撩拨，他的心热了，想哭。鸟显然引起了全体演奏人员的注意。他们的乐器随着鸟飞的高低疾徐而发出声音。鸟在盘旋，声音在盘旋。鸟在展扬，声音在展扬。鸟有一点疲倦了，声音也变得历尽沧桑而含蓄地疲倦着。鸟犹豫，鸟摇了摇头，声音也立刻传达出了不安和摇曳。

观众显然也被鸟所吸引，所激动了。孟迪的后背上似乎长出了眼睛，他看到了观众的关切、被吸引、共鸣与普遍的激动。音乐就像一只莫名地飞入了厅堂的鸟，高飞然后低回，任意而又绝望，百态千姿而终无解释。

第四乐章与第三乐章之间没有停顿。情绪渐渐激昂。一座山又一座山在崩裂喷火。鸟愈飞愈大，黑羽毛变成了红色。黑羽毛在燃烧，发出了刺鼻的臭味。孟迪甚至看到了鸟的愤怒而悲壮的大眼睛。厮杀没有结果，鸟飞不出去。敌人和人民像小麦一样一大片一大片地被割倒。天上石落如雨。红鸟变成了空中霸王式轰炸机。鸟向孟迪俯冲，吓得孟迪瑟瑟发抖。鸟向提琴手俯冲，提琴发出深谷中的蛇音。鸟向鼓手俯冲，大鼓发出地震的轰鸣。鸟没有出路。声音没有出路。千军万马左冲右突。观众的热情愈炽愈烈。鸟快飞如梭，乐曲如疾风瀑布闪电。最后，鸟像子弹一样地向指挥头上的顶灯冲去，"砰"的一声，玻璃灯罩炸裂了，舞台瞬间暗淡下来。《痛苦》戛然而止。

掌声如雷。鼓了掌又鼓了掌，然后全体起立再鼓掌，鲜花从四面八方扔到台上。买不起鲜花的中学生也献上了纸花和塑料花。本市首长及白发苍苍的老音乐家上台与他热烈握手。不明国籍的女郎吻了他并要他的签名。有两个外国使节上台祝贺他的成功。记者像苍蝇发现了蜜糖一样地粘住了他。成功，成功，成功，各种不同的口音、不同的音调与不同的语种交响出同一个成功的主题。他似乎听到了一个德国人说："你是卡拉扬之后全世界最伟大的指挥家！"

他头晕目眩而又身轻如燕。他自己就像一只终于起飞了而且燃烧了的鸟，腾云驾雾。连常常对他显示恶声恶容的妻子也笑得如此姣好，如含苞的玫瑰。他在一批中外人士的簇拥下进入了本市最高级的五星级酒店。喝了酒吃了夜宵，连拿酒杯的姿势也与素日不同。干脆说他就与卡拉扬一样……腾云驾雾般地最后回到了家里。妻子祝贺他感谢他称颂他，他与妻子如胶似漆化作一团烈火。

深夜三点，他忽然醒来。一醒来就想起了那只鸟。他忽然明白，《痛苦》的后面两个乐章，那使他转败为胜获得了如痴如狂的轰动效应的演奏，与其说是他指挥不如说是那只奇特的鸟儿所指挥的。鸟儿飞翔的路线与节奏重新在他的头脑里出现，清晰如画，它显然与音乐的结构完全吻合，最好地体现了阿勃罗斯的激情，达到了他梦寐以求、心有向往、心知其所却始终没有达到过的境界。这些印象非醉非狂非幻。

他相当恐惧。但是他不能否定自己的念头或者转移自己的注意力。尤其使他大悸大惊的是鸟儿在最后一个音符的最后一拍冲向了顶灯撞碎了玻璃——然而，他没有看到鸟儿的坠落的尸体。

他叫不醒妻子，便自己穿好衣服步行来到音乐厅。他拼命敲门，叫值班经理。他要过问一下那只鸟的下落。鸟如果还活着，他要把鸟放出去。鸟如果死了，他要带走尸体而且郑重地将它埋葬。他觉得这很重要。

没有人开门，虽然音乐厅每晚都有好几名拿国家俸禄的值勤人员。他的深夜的异常举动引起了巡逻民警的注意。这个地区前不久发生过恶性盗窃杀人案件，被害者是一个在农贸市场上收售鸟儿的老头儿。民警把他带到了治安机关，多方询问并且在第二天上班以后与乐团、音乐家协会的负责人联系以后才放他出去。

他不回家，径直从公安局再次去到音乐厅，问不到任何结果。清洁女工头一天晚上并没有参加音乐会，第二天来打扫也没有发现任何异常的物体。顶灯碎了一个灯泡，这是常有的事情。再说她们那副懒洋洋的样子即使发现了一只老虎只要没被咬一口她们也不会理会。音乐厅经理更不关心一只鸟飞进音乐厅的问题。他向孟迪强调的是《痛苦》交响乐演出的票子三分之二是送给专家、兄弟乐团和领导机关的，三分之一的门票收入不能使他这个经理满意。而且更坏的是，经理知道了孟迪深夜来敲音乐厅的门被民警带走查问的事，他为孟迪的尴尬而感到快慰。他回答孟迪关于鸟的提问的时候带着一种半是嘲笑半是怜悯的俯视神态。孟迪再问，他则是一串干笑。

孟迪不肯罢休。他想尽一切办法去寻觅那天晚上欣赏他指挥的《痛苦》交响乐的听众。有一些还是他的同学、同事、友人，还有那天晚上粘上他不肯离去的记者。只有极少的几个人回答："是啊，我们看见了。是一只鸟，随着您的乐曲的节拍飞上飞下飞来飞去。"

很多的人回答是："没看见。音乐厅是二十世纪八十年代新建筑，连蚊子也进不去，哪儿来的鸟？"

相当多的人回答是："也可能吧。那个鸟有什么特别的吗？会下蛋吗？会送信吗？炸着吃还是烤着吃香？"

更多的人回答是："什么？什么交响乐？什么《痛苦》？什么鸟？什么人是你？什么指挥？什么阿勃罗斯？什么什么什么？我们早忘记了。我们的事儿太多了。要买酱油和修抽水马桶。要评工薪和配外衣纽扣，我们为什么要去记住一段可能听过的也可能没听过即使听过也早已忘了的音乐和一只不是我们购养的鸟儿呢？"

而孟迪从此名声大噪。南京、北京、广州、兰州的乐队都邀请他去指挥。每次一站在乐队面前，一挥起指挥棒，一听到乐器发出的新鲜而又古老的声音，他就想起了那只黑——红鸟，想起那鸟儿的活泼有力的飞翔，想起那鸟儿的随心所欲与走投无路。他盼望那鸟儿的重现，他等待和痴望地搜寻。一种对非人间的、奇迹的力量的信念，一种企盼和一种激动从他的指挥棒、从他的目光与全身流露出来。它使所有的乐手传染上了这样一种神秘的激动。有时，他突然恍惚看到了那鸟，迸发出震撼山岳的激情，音乐如洪水般地释放，将世界淹没。有时，他突然迸发出了令江河倒流日月变色的情感，鸟儿随之出现在他的眼前，奋力扑翅，拼死冲撞。此后，鸟儿不见了，热烈也不见了，他冷冰冰地指挥着，旋律冻结成铁的硬块。

神秘，焦渴，奇特，冷峻，各种音乐评论像雪片一样围绕着他纷飞。他仍然急切地与自己的同行、自己的听众探讨一只飞到死的鸟儿的事，没有人懂得他的话。一封又一封反映他神经不大对头的信写给乐团和乐团所在的市政府的领导人。经过一段吹捧以后紧接着出现了对他的严厉批评和放肆嘲笑。异己的、超前的并从而脱离了广大人民的审美趣味的、过分西化的……这是一种指责。无法摆脱本民族的局限即人均收入三百五十美元的局限的、西化得太不到家的、非卡拉扬又非小泽征尔的原装是不可能走向世界的……这是另一种指责。"孟迪的音乐是什么？只不过是在一个黑暗的大厅里寻找一只既不存在也不会飞翔的死去多时因而早已随着飞鸽自行车而过时的鸟儿罢了！"一位曾经请孟迪为自己指挥的交响音乐会赞助五千元外汇券而未被孟迪从命的新冒出来的自学成才的小小音乐家这样写道。

这么一批评孟迪就引起了外国人的兴趣。波士顿、洛杉矶、悉尼、惠灵顿、维也纳、马德里以及卡萨布兰卡的音乐家团体都向孟迪发出邀请。还有两个大学致函孟迪，愿意向他提供奖学金——假若他愿意去该国留学的话。

孟迪出了一圈国，头发变得更长，眼睛变得更大更呆，换了眼镜架，又买了一件式样奇特的一半白一半黑的毛线外套穿在身上。这一切气煞了过去不知孟迪为何物的音乐界同行。

而日益瘦削的孟迪日益疯狂地想念他的红鸟。他一夜又一夜地不眠，唉声叹气，折磨得他的妻子发疯。他在一切座谈会、迎新会、经验交流会与学术报告会上谈鸟。他接待友人会见记者一直到去咖啡厅喝咖啡的时候不停地絮叨着的仍然是一只鸟。

"我真傻。为什么当天音乐会散了场我没有立刻去找鸟而是在深夜三点才想起它来呢……"

终于在各方面的关心下孟迪被送进了精神病院。精神病院主治医生正醉心于弗洛伊德的精神分析学。他立即断言鸟是阳性的象征，孟迪患有因为性伤害或性变态所引起的偏执狂。他给孟迪服用了大量超强力镇静剂，还扎了伴有强电流刺激的改良针。在精神病院住院四个月后，孟迪又被送到深山里的一座气功康复中心，整整半年，他在气功师指导下练梅花桩气功，并接受当地音乐协会按摩师的按摩。

康复以后孟迪胖了，头发秃了一点，人显得比原来随和善良。他承认，根本没有那只鸟，是他自己错了。他承认，他不懂音乐也担任不了指挥。乐团管理体制改革的时候便有人出来提议干脆由他担任团长。有人反对，说是提拔精神病人会影响乐团的声誉乃至改革的声誉，便没有让他担任团长。

不久他得了肝炎，两个月后变成肝硬化。人们嘲笑说，孟迪因为既当不成指挥又当不成团长，染上了重病，半年后查出是癌症。

弥留之际，他喃喃地描绘那只鸟，哭喊那只鸟，伸出枯瘦如柴的胳臂向着天空，吓得妻子跑出了病房。医生给他注射了镇静剂，然而他仍然激动地叙说："我看见了，我看见了！"

——1989 年

纸海钩沉——尹薇薇

翻出三十二年前的旧作，是什么滋味？竖写横格稿纸，编辑勾画的痕迹，稚嫩而又温柔的书写……都已是迢迢往事。

一个批评者写道：驱散王蒙身上的迷雾，是必要的。非常熟悉的语言。那些年月常说的。还有叫剥开"画皮"的。

春季多云的天气，可以叫"暖阴"。麻雀终于又在这个城市的上空飞鸣。丁香花才盛开，便已凋谢。香椿叶老，芝麻酱面条也过了时。我养的那盆花却还没有开放。

陈旧的纸。曲别针也是那个年代的。那时候你还没有出生。一个作家未发表的作品，算不算"迷雾"呢？一九五六年初冬的一个晚上，我写下了小说的题目：

尹薇薇

"老天……是你！这是哪一阵风吹来的？"尹薇薇惊喜无措地攥住我的手。

我惶惑中随她进去，脱掉大衣，坐在火炉旁。

"你瘦了，满脸的风尘呢！可我仍旧一眼就认了出来。"尹薇薇快乐地说。"是哪一阵风吹来了您……"我记得这是《青年近卫军》第二版里的一句话，如果我的记忆力不错的话。法捷耶夫接受了斯大林同志的批评，第二版里加进了突出克拉斯诺顿州党的领导作用的情节。我那个时候担任着先是新民主主义后来是共产主义青年团的基层领导工作，我完全理解布尔什维克党对青年先锋主义的批评。我甚至还知道托洛茨基"匪帮"最喜欢蛊惑青年人。

修改后的《青年近卫军》里加了一个"地下工作同志"马特维·柯斯季叶维

奇·苏尔迦，属于第一批响应号召去帮助农村（收集余粮还是搞集体化？）的工人，后来就一直在顿巴斯各区担任和农村有关的职务。由于本人的请求，"仅仅两天以前"，党同意他留在德军占领区从事地下活动。为了寻找一个住处，他想起了李莎——叶李莎维塔·阿列克赛叶芙娜。十几年前，苏尔迦向李莎说过："可惜我有了老婆，不然会向你求婚的。"

《青年近卫军》（第 2 版，中译本 107 页）中写道：她敌意地询问地望着这个站在她家台阶上的陌生人……"马特维·康斯坦丁诺维奇……苏尔迦同志！"她说，她的握着门把手的手软弱无力地落了下来，"是什么风把您吹过来的？在这种时候！……"

……马特维·柯斯季叶维奇非常镇静地、和解地说，虽然他心里的一根极细极细的弦已经被突如其来的忧伤拨动了……我喜欢读这一段，虽然西蒙诺夫早在一九五七年已经著文指出，法捷耶夫对《青年近卫军》的修改是不必要的，而法捷耶夫的自杀甚至是愚蠢的。每当读这一段的时候我就会流下泪来。

至于"惊喜无措"呀，"惶惑"呀这些词眼，似乎与鲁迅的作品有关。二十世纪五十年代，中国青年出版社出版了四卷本的《鲁迅选集》，我来得及得到前两卷的馈赠。我一遍又一遍地读《呐喊》《彷徨》和《野草》，而我的大叫着"青春万岁"的心也时而变得沉重了。

《尹薇薇》——名字起得可好——继续写道：我凝视着她——她还是尹薇薇，六年来并没有变很多，卷起发边，更漂亮，更丰满了。随着目光的头一刹那接触，那久已遗忘的、无数的甜和苦的回忆一股脑儿全翻上来了。回忆搅扰我、压迫我。于是眼泪无端地上涌，于是我讲不出话。

……她引她的两个孩子见我，小女儿刚会走路。我吻他们，但是，小的那个却哭了。大的男孩子穿得很阔气，推开我，又口齿不清地说："讨厌！"这是怎么回事？因为那时候我还未婚吗？我喜欢"凝视"，却不希望视野中闯入一个骄横的孩子。我为什么要用一种黯淡的调子描写一个姑娘做了妻子，做了母亲，又做了母亲。我不喜欢孩子？我不喜欢青年人长大？青春，这究竟是一根怎样敏感的弦呢？

苏尔迦没有停留在李莎家。李莎向他发了许多牢骚，而马特维·柯斯季叶维奇（即康斯坦丁诺维奇的乌克兰语发音）认为，在希特勒军队攻进来、大敌当前的时刻，李莎的牢骚是不能够被原谅和被理解的。总之，李莎变得"不可靠"

了。瞧，就是这样一个普普通通的人身上也笼罩着未必能轻易驱散的"迷雾"，何况您的经历还远远比不上苏尔迦呢？苏尔迦什么也没说便离开了她。他去找福明，去找那个叛徒去了。他自己把自己送到了地狱里。

《尹薇薇》这篇文章的第一个编辑是一家报纸的文艺部的，他们发了稿，最后因为小说的调子不够高亢而决定不予采用。他们曾经不得已试图改一改，便把两个孩子改成一个孩子。尹薇薇变得只有一个孩子了。这倒与今天的计划生育政策融洽地契合了。

我喜欢"无端地上涌"这样的句子。那时候写小说的人是多么雅致温文啊！后来，我们粗暴了，粗糙了，终于粗俗了。我的女儿有时为我的粗俗而感到无地自容。而我重读《尹薇薇》的时候，我也为小说中的"我"，这样一个多愁善感的酸溜溜的小子而惭愧害羞，我怎么会去写这样的——"鼻涕虫"！

多缺少男子汉气啊！……我止住了滔滔不绝的话，一个人看屋子的陈设。我看见了不新不旧的桌子、椅子、茶几、收音机、盆花、柜子和柜子上大大小小的许多包袱。我看见四壁上贴满了从苏联画报上剪下来的画片，有芭蕾舞、运动会、动物园、时装。有的画片右下角盖着"机关俱乐部"的图章。隔壁传来尹薇薇的声音，似乎在埋怨，还有一个老太太的声音，似乎在生气。

尹薇薇回到这间屋子，告诉我："上了年纪的人真啰唆！我给大宝买了一双小皮鞋，大宝吃饭的时候就爱把脚放在桌上欣赏自己的新鞋。这要什么紧？我妈非不许他这样，惹得大宝哭了一场……唉，摆弄孩子真麻烦！""柜子上大大小小的许多包袱"，"画片右下角盖着……图章"。那时候，我的讽刺仅此而已，而第一个编辑把大宝改成了大宝宝，第二个编辑又把大宝宝改成了大宝。这份旧稿子真有点"哏"呢！

美国人喜欢把脚放在桌上，倒不一定是因为妈妈给他们买了新鞋。据说脚抬高有助于血液回归心脏有助于休息。请问，我为什么不喜欢男孩子？是一种逆向的俄狄浦斯情结？

而你看不出来吗？那"我"对于"物"的厌恶或者干脆说是惧怕。桌子、椅子、柜子、包袱……或者像毛泽东主席喜欢用嘲笑的口吻提到的——坛坛罐罐。毛泽东教导我们说，不要怕打碎坛坛罐罐。我的一个朋友，整个"文化大革命"的后期都忙于坛坛罐罐。木匠就住在他们家。他们最早做起了各式各色家具。不久，家具就显旧了。后来他在舞会上结识了一个新的女朋友。后来他们的家庭也就瓦解了。

革命因"物"的匮乏而崇高。一个老前辈常常回忆战争中他们随军转移的情景。他近视眼。来到一条河前同志们叫他脱鞋,准备蹚水过河。他脱下一只鞋,往下一放,被河水冲走了。原来他打算先放下第一只鞋好腾出手来脱第二只鞋的,却不知眼前已经是滔滔的流水。当然是在深夜。深夜行军才是革命。深夜接吻或者饮酒或者迪斯科或者睡觉却多半是反革命。二十世纪六十年代我们生活在一个城市,我是他的下级。一场连绵的暴雨漏掉了这个城市的百分之八十五的屋顶,他也临时迁移。我和几个下级为他拉运过砖块,修炉灶。那时我已经不害怕"物"了。我终于接受了坛坛罐罐。

底下的叙述使我不忍卒读:我问:"你生活得好吗?"

"我吗?"她用食指指一下自己,"真没什么可说的……你申请转业吧,在部队里,不容易找爱人。等你复员以后,我给你介绍一个……"

我皱皱眉:"……我费了好大劲来找你,有一点事情呢……"食指指自己,介绍对象,我把我当时最不喜欢的一切举动都给了尹薇薇。那时候我一点也不懂得宽容,不懂得"理解比爱更高"。也不懂得国情。我常常生气、悲哀,在生气和悲哀的时候连读老子的《道德经》与庄子的"此亦一是非,彼亦一是非"也不管用。

下面进入了《尹薇薇》的核心,也就是最不成样子的部分了:我怎么能不记得呢?六年来,多少次我回忆起那难忘的夜晚和不可思议的谈话,多少次我充满懊悔地温习起这一切……一九五〇年暑假以后,我们要好了。那时候什么都不懂,又想要好,又不好意思,没有在一起的时候盼着在一起,在一块儿的时候两个人都觉得别扭,谁都不敢看谁一眼。我们怕同学议论、起哄,怕,怕许多,初恋是无以复加的脆弱的呀!抗美援朝开始了,学校里紧紧张张,同学们忘我地参加各种工作,一下子严肃多了。那时,不知哪儿来的一股劲,使我断定和尹薇薇好下去是不必要的,我觉得任何私事都应该被摒弃……批准了我参加军事干部学校以后,晚上,我们在学生会一间放油印器材的小屋里,做了唯一的一次长谈。从国际形势谈起,最后决定结束我们个人的情谊,更加全心全意地献身给伟大的革命斗争。我们决定,为了避免情绪波动,以后就不再通信。当时,我们都很坚强,谁都没透露出一点悲哀。我们谈完了,好久,好久,好像还有一点什么事。我建议,五六年以后,等我们成长了,要设法聚在一起合作写一个剧本,或者一篇小说,或者诗,要写写那值得纪念的解放初期的大学生生活。我们郑重地约定了。每当我想起那次不可思议的谈话，只有后面这个神妙的决定留下一点快活，使我相信尹薇薇——这最初闯入我的生活的人还未完全与我离开，使我掀起美好的憧憬。于是六年后的今天，怀着同样的心，我来了。一个王蒙说：不知为什么我联想起一个故事。这当然只是民间传说。你当然还没有忘记那第一个登上天安门城楼给毛泽东主席献红卫兵袖章的女孩子。她颀长，白皙，梳着长辫子，戴着近视眼镜，活脱脱一个女秀才。后来据说是主席教导她只是文质彬彬不行，还要搞"武"的。于是她改了名字，说是不再文质彬彬，剪短了辫子，改换了军装，很可能也抛掉了眼镜，哪怕是露出外凸的黑眼球，哪怕是视力模糊也要充溢革命造反的蛮气。于是她提着牛皮腰带，口里说着"滚滚滚滚他妈的蛋"冲到了"革命"的第一线，亲手用皮腰带打死了一个又一个"地富反坏右"。也可能并没有打更没有打死，传说完全不是事实。让我们假设她只是虚构中的人物。即使如此，所有这一切也只是令人震惊和恐惧而已。也许我们还可能想起一个又一个巧言令色的"斗私批修"与"活学活用"的典型。如果这个时候她忽然又改换了一副腔调，委婉多情、优雅温柔而又雄辩滔滔地讲述自己是怎样为"革命"牺牲了自己的女性青春，再把这一套陈词滥调用零落的花瓣装饰成一碟不能下酒的拼盘。还可以联想或者设想这里出现了一个发表喋喋不休的演说的光屁股婴儿。一把自称是"见红"千次的豆腐做的牛耳尖刀。一个五颜六色的会唱歌的驴粪蛋儿。一个用模具冲压生产的标准件儿。一种可以避水火的口诀。总而言之这一切令人作呕！而我还根本没有提到那叙述的拙劣，语言的苍白，完全失去信心的胆怯……这样的写作只能是一个真正作家的羞耻！

另一个王蒙说：奥斯特洛夫斯基的《钢铁是怎样炼成的》只有两个情节特别使青少年时期的我感动。一个是保尔·柯察金的第一次入狱。正像列宁所说的，监狱是革命者的课堂。然而除了钢一样的革命者以外，保尔还邂逅了一位纯洁无辜的姑娘。那姑娘在禽兽般的狱长的威胁下宁愿把自己的"处女宝"献给保尔……保尔想起了他爱着的贵族少女冬妮亚。他推开了失身前夕的姑娘，"像喝醉了一样"，而留下那姑娘嘤嘤啜泣了一夜。当然，换了一个痞子就不会这样做与这样写。特别是中国痞子。在中国电影里，都是中国男子娶了外国女子。而实际生活恰恰相反，是中国（包括我们亲爱的台湾）美女追逐"老外"。而更动人的是保尔主动结束了他与乌斯金——一位同样坚强的女布尔什维克的爱情。而当保尔终于省悟这是一种"左"的幼稚病，希望能恢复他们的情感关系的时候，乌斯金已是人之妇了。这比陆游的"钗头凤"故事还要动人。渺小的陆游与伟大的奥斯特洛夫斯基！如果说是愚蠢，哪个年轻人不狂热呢？这又为什么不是真诚的呢？如果我还能记得那一年如火如荼的抗美援朝的冬天。如果我还记得你和你，长雀斑的你与有一个不错的歌喉的你。如果我还能记得寂寞而又深情的你们在那个寒碜的角落里的男女声二重唱……那暖人心窝的二重唱哟！然而你们各自有自己的应许，你们的信义是在战火纷飞的前方……你们是怎样自然而然地理智地迅捷地克制了自己。到了你们的晚年，你们会回忆这歌声吗？会流泪吗？会为你们的坚强自制而追悔吗？愿意和那些不负责任的据说是具有神父意识的小痞子调换自己的位置吗？啊！

尹薇薇用"不论我想写什么著作，孩子撒一泡尿也就冲它个干净了"的话语拒绝了"我"，于是"我"有点悲凉。

从理想始，到尿布终，这就是生活在乌托邦中的那时的我为无数"女同志"概括的一个无喜无悲的公式。

然后是——她家的保姆进屋添火，扫净了灰以后嗫嚅着和尹薇薇商量："刚才杨大嫂捎信来，我那二小子又病了，我想回家看看……"

尹薇薇沉下脸，问那保姆："你的二小子怎么老病啊？这个月你已经回过两次家了。咱们讲定是没有休息，所以每月给你二十八块钱——我们部里干部雇的人都是给二十五块钱……"

那保姆低着头，赶忙说："是，是，不回家也成。好在他病得也不重。"然后拿起装满炉灰的簸箕，退走了。

我看着那保姆的背影，心上闷闷的。这时候尹薇薇向我说起雇用保姆的困难，特别是动员盲目流入城市的农民还乡以后，老实人如何难找等。我注视着她，我看见她嘴动也听见她的声音，却不知道她在说什么。我奇怪她为什么讲这些。我看见她还是她，同样的细长的眉毛，同样的说话的时候显得尖了的下巴，同样的美丽的小嘴。但是，她的眼光大大不同了。从前尹薇薇的眼光是多么火热和不安呀……实在不能说这样的描写有什么不平常。但在二十世纪五十年代后期的那一场运动中，《尹薇薇》被油印成"不得外传"的绝密文件。这篇小说的写作成了一项严重的政治罪行。第一个编辑部已经发了稿并排出清样，又遵命进行了许多删削，包括把两个孩子改成一个孩子，把保姆听了尹薇薇的指责以后乖乖从命的句子删掉，把"我奇怪她为什么讲这些"删掉。即使如此小说仍然不能过关，终于因为不对调儿而被枪毙。然后转入第二个专业文学杂志的编辑部，第二个编辑部的编辑用红毛笔画上三角，把第一个编辑删掉的段落或句子恢复了过来。谢谢他们！终于也因"运动"的急剧进展而停了车。而后来，是我自己送货上门交代说"我还写过一篇《尹薇薇》"。三十二年以后，回忆起二十三岁时候这种做法的潜意识动机，我甚至怀疑自己骨子里是为了炫耀。作为一个"作家"来进行批评，哪怕是最坏的作家也罢，毕竟是作家呀，我怎么好意思只贡献出一篇《组织部新来的年轻人》呢？而《小豆儿》《青春万岁》，即使想批评也批不出货色来呀！

于是《尹薇薇》印成了秘密文件。《年轻人》批起来很不自在，不仅是作者不自在。因为短短的几个月以前毛泽东同志的多次发言保护了这篇东西。而尹薇薇对待保姆的连虐待都谈不上的描写就成了最"反动之处"——叫作"要害"之处了。

而我不怀疑那批评是真诚——而且有一定的文采。一位青年工人出身的团干部是这样发言的："就在小说里的'我'去找尹薇薇并进行那苍白狭隘的谈话的时候，一列列的火车从黑龙江大兴安岭拉来了木材，一幢幢新楼从过去的荒原和沼泽地上矗起，一个又一个的油井喷出了黑色的石油，一队队地质勘探队员在祖国的地图上做出了新的标志，一艘艘轮船在乐曲声中下水，一面面镰刀斧头红旗下面新党员在宣誓……看，你与你的尹薇薇是多么渺小，多么卑鄙！"

他的声音洪亮，气宇轩昂。我过去认为，后来认为，现在也认为他批得情理并茂，超出了平均水平。

然而渺小不一定就卑鄙。膨胀着拉大旗者，倒可能是卑鄙的。

下面一笔是写尹薇薇为了买收音机把自己的文学专业书籍给卖了。这样的痛苦的经验是实有的。或者也许可以干脆说：又有什么可痛苦的呢？我说我得走了，因为晚上有事……

"真的不吃饭了？"她失望地问了我一句，披上呢子外衣。

门外刮着刺骨的寒风，胡同里静悄悄。只有一个卖萝卜的老头儿，背着筐，提着摇摆欲坠的煤油灯踯躅着。我们并排走，像六年以前，我在左边，她在右边。我劝她不必送，她没言语，跟着我。

"你不高兴了吗？为什么？毕竟，我们是朋友。六年，一晃就过去了，今天好容易见了面……连顿饭都不肯吃……"

我用低沉的声音告诉她："……你家的墙上贴满了各种小画片，像一块块的膏药似的。你应该允许保姆回家看望生病的儿子。你责备你的母亲也没有道理，大宝的习惯是不好，儿童教育不能不……"原稿到这里就没有下文了。丢失了一页手稿。残缺的美。这篇复原小说的题目应该叫作《残缺的尹薇薇》。这篇旧稿是在一九七九年由"摘帽办公室"还给我的。

有一个长着大眼睛的肤色红黑的圆脸姑娘，新中国成立前她已经上了学。据说有一次吃鸡她表示要吃鸡的"后腿"，因而被工农干部所嘲笑。即使在批评的时候她的态度仍然礼貌而且文明。她大概是被分工批老头儿卖萝卜的："怎么能这样写呢？你看你把我们的生活写成什么了？你才这么小就这样写……"

她很可爱。不止一个人追求过她。祝她幸福。

读《青年近卫军》的时候，我觉得苏尔迦的遭遇写得很动人。李莎或者叫叶李莎维塔向苏尔迦发牢骚，责备干部和军人通通向东方撤退而抛下了人民。于是苏尔迦判定李莎是不可靠的，他转而去找早已彻头彻尾地腐烂了灵魂的福明。福明出卖了他。他关在监狱里，受了酷刑。他一次又一次地忏悔，为什么不分忠奸，不相信人民。为什么不相信自己的直觉而相信一小片公文纸——公文纸介绍说福明是好人……还说到了苏尔迦当政期间怎样使小学教师失望，没有给小学教育以足够的关怀重视……这是"最主要的失望"呀！沉重的忏悔是何等动人，这取得了政权变成了当权者的共产党人的沉重！

福明的叛卖与最后被青年近卫军处死，是作家的虚构还是写实，我不知道。但《青年近卫军》中还有一个真名真姓的人物斯塔霍维奇。书中、同名电影中表现他是一个叛徒，由于他挨不住刑讯，一个又一个地招供，使青年近卫军的成员一个又一个地落入德国占领军手中，全军覆没。最后，在德军撤退以前，叛徒和爱国者一起被处决了。

虽然是一起被处决了，爱国者流芳百世而叛徒遗臭万年。

苏共二十大以后，说是经过调查，斯塔霍维奇并不是叛徒，他也是爱国者。他的名字将与奥列格、邱列宁等列在一起。而这个时候，法捷耶夫已经自杀了。

又是春天了。一两天阴雨，然后是晴朗的骄阳下空中飞舞的柳絮。参加完胡耀邦同志的追悼会，汽车驶过故宫紫禁城边的筒子河的时候，柳絮如雪浪起伏。"我"与尹薇薇他们别来无恙吗？以"我"的幻想和心情，他的日子不会是顺利的和快乐的。三十余年以后，他变得心平气和乃至游刃有余了吗？尹薇薇的丈夫提升成什么官儿了？按年龄她该退休了吧？一事无成而年龄已长。他们的孩子没有去天安门广场闹事吧？更重要的是身体健康，没有得肝癌？或者没有因为心脏疾患而突然结束了一切？今天一天就相继得知了儿童文学作家刘厚明与京剧艺术家方荣翔的死讯。如果尹薇薇去世了呢？他们的讣告上应该写什么呢？

这里埋葬着一个普通的人，他幻想过也苦恼过，后来不幻想也不苦恼了，后来就结束了或者成了小孩子眼中的迷雾了。

这里埋葬着一个普通的人，她没幻想过也没苦恼过，她还没有开始就结束了或者成了小孩子眼中的迷雾了。

小说的结尾应该是"我"告辞走在胡同里，没错儿，我记得"我"走得很快，但还是听见背后尹薇薇的叮咛的叫喊："风大了，竖起你的大衣领子！"那么大的风，竖领子又有什么用呢？不过旧情如柳絮，拂也拂不去就是了。这句话我在一篇纪念鲁迅的散文中写过。

又要起风了吗？

——1989 年 4 月

我又梦见了你

一

从哪里来的？我从哪里发现了你？那个秋天的铜管乐怎么会那样钻心？铜号的光洁闪耀着凋落了树叶的杨树林上方的夕阳。夕阳在颤动，树林在鸣咽，声音在铜壁上滑来滑去，如同折射出七彩光色的露珠。天打开了自己的窗子，地打开了自己的门户，小精灵像一枚射上射下、射正射偏的子弹。一颗小小的子弹占据了全部秋天，画出了细密的折线，从蝉翼的热狂到白菜绿叶上的冰霜。而你就从那晃眼的铜壁上溜下来了，那时硝烟还没有散尽，戴着钢盔的战士蹲在地上，用双手掬起车辙里的积水。你轻轻巧巧，从从容容，沉默得像一个天使的影子，朴素得像一个草绿色的书包，你握了我的手，微笑了，飘走了，像一个气球一样被风吹去了。夕阳染红了树林。树叶飘飘落落。

你有两条小小的辫子。这使我产生了一个疑惑，为什么男子不能留辫子呢？

二

后来我们在摆荡着的秋千上会面，那秋千架竖立在一个贸易集市上，四周弥漫着浓郁的茴香气味。我们的身下是骡马的交易与羽行的洗染，插着羽毛的帽子像海浪一样涌动。秋千跟随着笑语和喘气声摆来摆去，越摆越快，越摆越高，集市和集市旁流淌着浑水的大渠都被卷过来卷过去，卷成了一块大蛋糕。蛋糕上铺满了核桃仁和葡萄干。秋千上上来的人愈来愈多。我说上来的人太多了，我怕秋千支撑不住，你什么也没说。我说我害怕我们的秋千碰上飞翔的鸽子，我说完了遍天果然出现了红嘴巴鸽子，鸽哨响作一片。你什么也没说。我说我不喜欢有这么多人看着我们，我们已经不是孩子，我们已经超过了荡秋千的年龄。你什么也没说。我说无论如何要让秋千停一停，我要下来，要下地，我感到了太长的晕眩，我想下地喝一杯酸酸的红果汁，你什么也没说。秋千不但摆荡，而且剧烈地旋转，四面都是太阳。

然后你嫣然一笑，所有的鱼都从太液池底跳了出来。怎么又是夏天了呢，不然哪里来的这么多的莲花！你的笑是无声的，是可以融化的。在你的笑声中，鸽子散去了，众星散去了，宇宙变得无比纯净，然后没有秋千，没有人群，没有水渠和牛马了。没有你和你的笑和你的飞扬的辫子，我不是成为多余的了吗？

甚至于在睁开眼睛直到黎明以后，连晕眩也不知去向。

三

然后我急急忙忙地给你打电话。我急急忙忙地坐了火车又坐了汽车，我下了火车又下了汽车，我跑，我摔倒了又爬起来。我跑过炸山的碎石，跑过临时工棚、钢钎和雷管，跑过疾下的洞流，跑过坚硬的石山。没有到这样的山里来过的人可真白活一世。在一家香烟店里我找到了电话。电话是老式的，受话器和号盘固定在墙壁上，听筒可以取下，我可以拿着听筒走开，只要我长出长长的嘴，例如像一只白鹤。我知道你的好几个电话号，我知道你并不是固定待在某一处的。53427打通了，说是你不在那里，你一个小时以前刚刚离去。虽然说你不在，而那声音又像是你自己的，电话里响着那永远的温柔的大管的乐声，只是声音分外低沉。是你自己亲口告诉我你不在那里，匆匆的我根本不在乎这里面有没有分析。我赶紧又拨另一个电话，不再是东城的电话了，现在是西城的，43845，我真喜欢这五个数字，这几个数字好像出自李白的诗。西城的电话告诉我你不在西城。许许多多的电话我不停地打着、拨着、听着、叫着，电话变得这样沉重，号盘好像焊死在话机上了。所有的电话都告诉我找不到你。当我拨通东城的电话的时候你到西城去了。当我拨通4局的电话的时候，你到3局去了。当我拨通南城的时候你在北城。当我叫通市中心的时候你在市郊。我看见你奔忙在市郊的麦地里，再一定睛，你不见了，我仍然没有与你接通电话。无论如何我不知道你在哪里。但是我知道你已经不梳小辫子，墙上的电话变成了一只猫，猫发出凄婉的喵呜声。电话线变成了绿色的藤蔓，藤蔓上爬着毛毛虫。货架上摆着的香烟都冒起了蓝色的烟雾，每包香烟里都响着一座小钟，钟声咚咚当当，钟声为我们不能通话而苦恼地报警。队伍缓缓地行进。猫说："她也正在给你打电话呢。"这时，星星在满天飞舞，却一个也抓不着。然后天亮了，我急匆匆地跑向汽车和火车，跑回我的铿锵作响的工地。我们在修公路。

四

后来我们在一起点燃炉灶，我砌的炉灶歪歪扭扭，这使我怪不好意思。人家往火里添煤，我们往里面填充石头，这怎么行！然而石头也能燃烧，发出蓝色的迷人的光焰。火很美，很温暖但又不烫手，我们可以把两双手放在蓝火里烧，我们可以在火里互相握手，只觉得手柔软得快要融化。你的手指上有一个小疤。我惊呼你受伤了，你说受伤的不是你，而是"你"，就是我。我就是"你"。这火变成了温暖的水流，这水流变成了大洪水。洪水从天上流来，从房檐上冲下，从山谷流来，从地底涌出，汩汩地响。人群纷纷躲避，我不想躲避。洪水流来了，却没有冲走我，或者已经冲走了却和没有冲走一样，就像我坐在火车上一动也不动，火车却正在飞驰一样。

我好像停止了呼吸，在水里人是可以不呼吸的。是不是我长出了鳃？我的周围是漂浮着的房顶、木材、锅和许许多多的月亮。青蛙成队游过，我好像已经变成了一只青蛙，而你穿着白纱做的衣服，显示出你的非人间的笑容，只有我知道你笑容的芳香，只有我知道你笑容里的悲苦。你坐在水面上，问我吃不吃饺子，你把饺子一个又一个地扔到水里，水里游动着一条又一条白鱼。有一条水蛇在泡沫中灵活地游动，它领着我在水底打了一个电话："喂，喂，喂……"

"是我。"

你说，是我。我感动得在水里转起圈来，像一个漩涡。从漩涡中生出一朵野花，脖子上套着花环的小鹿在山坡上奔跑，松涛如海。

五

你生气了，你不再说话。"是你吗？"我问的时候你不再说"是我"。我拉开了抽屉，抽屉里有许多纸许多书信还有许多钱，包括纸币和硬币。我拉开抽屉后它们通通飞了出来，像一群蝴蝶，我没有找到你。我也没有在乎它们这些蝴蝶，我深知凡是离去的便不会再返回，我不再徒劳地盼望和寻觅。我打开房门，房门外是一团团烟雾，好像舞台上施放干冰造成的效果，烟雾中出现了一个个长袖的舞者，她们都梳着辫子，都陌生而冷淡地笑着，没有你。我想，她们的辫子已经落伍了，现在辫子应该梳在胳肢窝里。果然，她们的腋下甩出了发辫，我吓得叫不出声来，我成了哑巴。我找了墙角的柳条包，那里有许多铜碗铜碟铜筷铜勺铜锤，在我寻找它们的时候它们跳跃起来，飞舞起来，碰撞起来，叮叮咚咚嗒嗒，一片混战。我才知道，这是我们之间发生了争吵。我们为什么争吵？这真使我喘不过气，而且疲劳。我们的争吵使我们筋疲力尽，我知道我的食道上已经长出了恶性肿瘤，肿瘤像一个石榴，红白相间的果皮，许许多多籽粒，流着血。

多么冷的风啊！我知道了，我奔跑如飞，我打开了电冰箱的门，冰箱内亮得耀眼，空空如也。难道不是？

啊！这种可能性使我战栗。我打开了速冻箱的小门，果然，你蜷曲在那里，坚硬得像石头，而你仍然是微笑的。你怎么会寻这样的短见！我的眼泪落在你的脸上，你的脸在触到泪滴时冒着热气……

六

多么宽阔的花的原野！一匹黄马在草原上奔驰。当它停下来扬一扬头的时候，我才看见它长着一副教授的受尽尊敬的面孔，他一定会讲几种外语。我的面前是一台白色电话机。也许这只是一只白色的羊羔吧，柔软的羊毛下面埋藏着一台电话。然而，我已经忘记了你的电话号，我甚至于忘记了你的名字。这怎么可能呢？你不是就叫……吗？恨死我了，我知道你正在等着我的电话，至少等了三十年。

我拿起了电话，我茫然地拨动着号盘，电话通了，这是什么？呼啸的风，尖利的哨音，叽叽喳喳的鸟，铜管乐队又奏响了，只是旋律不可捉摸，好像音乐在隐藏着自己。是你！是你的温柔娴静的声音。我又拨一个奇怪的号码，0123456789，仍然是你，仍然是你的从容的倾诉。又拨一个，又拨一个98765……拨到天上，地上，海里，山里，飞机上，小岛上，舰艇上，大沙漠的古城堡里，哪里都是你，哪里都是你，哪条电话线都通向你，哪里传出的都是你的声音，虽然有的嘶哑，有的圆润，有的悲哀，有的欢喜。你说："是我！"像是合唱。

我不敢相信，这幸福这可靠的凭依，我一次又一次地问："是你吗？你是谁？是你吗？"

你说是我。你说是我。你说是我。铜管乐演奏起来，我演奏起来了，嘹亮的号声吹走了忧愁，也吹走了暗中的叽叽喳喳。地上全是水洼，亮晶晶地映着正在散去的阴云。好像刚刚下过雨。你缓缓地说："是我。"

白鸽成群飞起。楼房成群起飞。我们紧紧地拥抱着，然后再见。然后我们成为矗立街头迎风受雨的一动不动的石头雕像。几个孩子走过来，在雕像上抹净他们的脏手。

——1990 年 2 月

济　南

　　我没想到那天早上接到你的电话，你的声音苍老而且温和。你说久违了。我还以为你有什么信息要告诉我。其实离上次我们的会面还不到一个月的时间。上次会面我提到小莉学提琴的事只不过是没话找话而已。小莉的事自有她的父母操心——太多的操心，哪有我这个姥姥的事。你说你一天都在家，我相信你不只这一天而是差不多天天都在家。除了政协委员，你已经不承担别的任务，我们退到二线，都已经许多年了。我竟然是过了一会儿才明白过来你是邀我到你家。自从那一年在老同志的春节茶话会上重逢，你从来没有主动邀我去看过你。我看你，你看我，我们都争取被动，这也是一种礼貌，把友谊探访的主动和慷慨留给别人，把接受别人的主动看望的温暖和安慰留给自己。客人——老友的敲门声是令人喜悦的。你知道你被记挂着，你的名字虽然从在职干部的花名册上消失了，却没有从你的老友——老战友的心中蒸发掉。

　　你问："今天你能到我这儿来一下吗？"我说当然。我原来的计划？什么计划？买鸭子和豆芽菜、看报和发信，去新落成的百货商场物色一件生日礼物的计划吗？好的，我下午去看你。

　　我猜测你有什么话要告诉我。上面有什么新的精神？你大概这一生总是这样津津有味而又严肃万分地说上面的事。老侯活的时候，他也是这样的。人事有调整还是"提法"有发展呢？他为上面，我为他，倾注了一切。照顾他的偏瘫，这一切的麻烦帮助我度过了退休后的日子。使不工作的日子不至于像羽毛一样轻飘。然后他去了，剩下了太大太空的房子。也许你有什么事需要我帮着办？你说过你的孩子总是磨着你换房，他们不喜欢住在那边。还有医疗，还有出国访问，还有家用电器的免税指标，还有老三的工作调动……这一切我又能帮得上什么忙呢？要不就是找我谈谈国际形势吧，就像你或者是我即将担任外交部部长或者中联部部长似的。不论黎巴嫩的还是尼加拉瓜的事情，我们管得了吗？

你坐在躺椅上。给我倒茶的时候，你的手抖得厉害。你的脸上有一块特殊的黑。我问你到哪里晒了太阳。你说一冬都是足不出户，有一次去附近的菜市场买粉丝，来去十六分钟，就感冒了，躺了十六天。然而你不苍老，我说。是吗？你扬了扬眉毛，我发现你的一向显得严厉的眼睛竟是那样有神。你的眉毛长得那样长，好像一生的沧桑都隐藏在花白的长毛中。我说现在天好了，昨天最高温度是十二摄氏度，昨晚上预报今天最高温度是十五摄氏度，今天早晨拨电话121就说是十七摄氏度了，已经是非常非常的春天了，也许桃花就要开放了吧？开放真是个诱人的词儿。说着我不由得动了动我的外衣领子，那领子的外面是单色的素，而里子是鲜艳的花格。

便说起了天气。你说你十年前访问过埃及的历史名城卢克索，你说卡纳克神殿我说我不知道。你说配乐解说我说小莉的事您不用费心了，我上次只是随便说说的。你说五月的卢克索已经是四十八摄氏度了，我说那可真糟糕。你说不论巴黎还是罗马还是慕尼黑，冬天虽然结冰，草坪却仍然是绿的，因为它们的土地是潮湿的。我问难道我们多浇一点水，勤浇一点水就可以使华北的小草不枯萎吗？你说即使是海南岛首府海口市，冬天阴雨天仍然很冷。我说飞机票票价上涨了，退居二线的人更难报销差旅费了。你说韶山冲秋天的风景实在美，那才叫"风水"呢。我问关于调整经济，中央开会了吗？听说要增加信贷投放。物价越来越平稳了吧？

后来你说起了孩子，我也说起了孩子，我说你的那个最小的孙子可真胖，有一种天不怕地不怕横冲直撞的劲头。他常吃健儿粉——与新加坡商人合营的一个食品公司的出品吗？你说你的姐姐的两个孩子都到国外去了，新年的时候、春节的时候、国庆的时候、过生日的时候他们都给父母打电话。我说听说从国外往国内打电话更方便也更便宜。你说你姐姐和你一样奋斗了一辈子，为了中国，但是她的孩子一个又一个地往外跑，还领了绿卡。你在国外看到过新从中国大陆去的某些人，就像在北京看到来自安徽省无为县的保姆，有一种说不出的令人心酸的狼狈劲儿。我说我家那个小保姆忽然辞活走了，我送她一件毛背心……这时我抬起头，我恍惚看到你的眼角是湿润的。你一见到我就显出微笑来了。你眨了眨眼睛，立起身来去取暖水瓶，往茶壶里续水。你的藤躺椅"咯吱"响了一声。你的已经并紧了的嘴角又变得轻松和柔和了。

这时我才发现了一只黄色的猫，猫睡得昏天黑地，我把它抱在我的膝下，搬过来拨过去它只是不醒，它就像从来不会醒也没有醒过似的。过去到你家，我似乎从来没见过这只猫。你可不像喜欢猫的人。但我刚刚一走神，它就跑掉了，它又蜷曲在你的身边，继续做它的与生俱来的梦。

我扬头看了看四周。一盆巴西木长得葱郁茂盛。花盆里，在巨大的绿叶的庇荫下面，长出了一排小蘑菇。一幅书法写的是"心如清风明月……"桌子上仍然堆着公函信封、报纸和文件，倒好像你还在忙着，日理万机。台历上并没有多写一个字。摆着一个仿造的铜马。你建议我看阳台门附近摆着的鱼缸，水草，金鱼。你说金鱼最大的优点是它们的沉默。不管你喜欢它还是痛恨它还是羡慕它还是轻蔑它，它总是不出一声。你很难说出它个么二三来，但是你会看着它，看着它的一动不动或有的沉浮自由。没有任何道理和说法的动与静吸引你的目光，时间就会不知不觉地过去。在我和你的交往中这也是第一次听你说到金鱼。

我问你要不要可以自动换水、供氧及保持恒温的鱼缸，要不要花纹斑驳的热带鱼，虽然我和那个行家已经有好几年没有联系了。老侯养过热带鱼也养过君子兰，集过邮也收集过各式烟斗，现在，老侯没有了，热带鱼没有了，君子兰、邮票与烟斗也都四散。我还问你的猫喜欢吃什么。

可能你说了句什么或者是问了句什么，在我的眼前正有小鱼邮票和桃花木的红烟斗飞舞。我抿了抿鬓发，不让它们盖上耳朵。都说我的耳垂比较大，像有福的人，像菩萨。我不懂心怎么能如"清风明月"。再有一个月就是清明了，是老侯他们的节日，我忽然听见你好像在远远的地方问："你还记得我们第一次是在哪里见面的吗？"

"一九四九年'七一'党的生日纪念会上。那天我们冒着雨开大会，听郭沫若朗诵颂诗，回家都夜里三点了。"我说。你说不是，更早。"……那是在老侯的办公室？"你说更早。我说那我就不记得了。你说是在老区，你看过我扭秧歌，是庆祝济南解放，活捉国民党的守城司令王耀武的联欢。你说我们文工团的人举着火把，脸照得红扑扑的。你说你一眼就认出了我是来自城市，是个学生娃。你说我的头发上系着的不是红头绳而是丝带，你说我很特别。我们说话了吗？我问。我们说了，你告诉我你会弹钢琴，但是到了老区，你找不到钢琴了，我说钢琴会有的，什么都会有的。你说。是这样吗？我怎么完全不记得？我是学过几天钢琴，但根本谈不到会弹还是不会弹。在解放战争节节胜利的高潮，刚刚到老区的我居然会和一个陌生人谈钢琴的事，这不可能。这不可思议。我无法相信这是真的。扭秧歌的人惦记钢琴做什么？有了秧歌不就行了吗？

我说我不记得了。真的，我一点也不记得。你失望了吗？你好像轻轻地叹了一口气。

后来就说身体，说吃药，说气功和特异功能，说病房设备的改善，说中美合作生产的多种维生素"施尔康"。我想起你的腰椎疾病，我发现你这次找我最终可能还是为了医疗事务，老侯在世的时候毕竟管过很长一段时间这方面的工作，虽说是人走茶凉，毕竟还有点热乎气。我提出要不要请那个名噪一时的特级气功大师为你发功治病，而你却像没有听见一样。你问：

"有多少年了，你不再跳舞啦？"

我没听懂你的问题，便没有回答。我在想你找我到底有什么事。

后来在菜市场排队买叉烧肉和酱鸭。很可能售货员少找给我一毛四分钱。后来到前门的茶叶店，有一百六十元一斤的银毫。后来回家收阅组织老干部春游的通知。如果不去春游，通知暗示说，可以发给本人一些钱。后来接到女儿的电话，说这个星期天他们带孩子去郊外踏青，便不到我这儿来了。后来炒菜吃菜，洗碗洗碟子。我想起女儿说的，金鱼牌洗涤剂不宜常用。后来看电视，看了许多次的冰上芭蕾，要是我当年学的话一定和他们跳得——滑得一样好。我本来可以多学一点东西的，却没怎么学。连续两个电话都是错号，一个非说我是公用电话，一个要我接 456 分机。当我说"错了"的时候他们一定要我回答我是谁。

我一直在想，你找我去是为了做什么。是为孩子出国的事吗？你说到你的姐姐。是为腰疼？你似乎对气功大师不是那么感兴趣。是为寻找一个故人、一个老战友？你问起一些旧事，庆祝济南解放，最早济南是没有解放的，解放军英勇作战牺牲才有了解放济南，有了新中国。也不是为了鱼缸。难道是为了猫食？也没告诉我上级最近有什么新精神。每次听你严肃认真而又津津有味地讲精神我都特别爱听。我知道那是特别重要的，跟我们每个人的命运都有关系。我以为我已经知道了精神，十一届三中全会，一个中心两个基本点，不会变的，我早就相信了……你找我到底做什么？

对我们的会面的回忆与琢磨影响了我，电视节目结束了，没听到预告，明天的译制片会是什么呢？ "大岛茂"的连续剧我看得够多的了，《苦难的历程》我也坚持看完了。就那么一点点"历程"吗？

很快入睡，子夜醒来。我想起你的含泪的晶莹的眼睛。老人本来不应有那样明亮深沉的目光，本不应有那样温柔。我忽然明白，你找我只是为了友谊，只是为了你"想"我了，只是为了说话。这不是非常自然，十分明显的吗？我怎么会体会不到呢？我们本可以更多地一起坐坐，一起喝喝茶水，不一定必须为了传递信息，不一定互相托付交办什么事情，不一定有什么具体的目的具体的任务。我们可以干脆你看我我看你而没有什么"事"。难道不是真的吗？尽管我们都享受着很好的照顾，尽管我们拥有一切，然而我们仍然——不是有点孤独吗？你的花白的眉头并不舒展呀，而在你的心目中，我还保持着庆祝济南的秧歌舞、那条彩色丝带和生疏了的弹钢琴的手……这真叫人感动。噢，除了你，除了你又有谁会和我谈这些呢？前个星期，我刚刚拔去了第六颗牙齿。莫非青春年华的记忆和龋齿一起拔掉了？而这一切竟然在过了那么长时间以后，在我睡下又醒来，终于心静下来以后，经过那么多隔膜寻觅和误解以后才被觉察。莫非我们所有的情感的细胞都已枯萎，我是木头人吗？我甚至临别时没有说一声"请保重！"，怪对不起的。

月光照亮了窗帘的一角。风吹着树枝。就要吹出新绿的叶子来了。远远传来汽车鸣笛的声音。我的鼻子酸了起来。我想起济南，当然。我相信我的眼睛在发亮。在黑暗中，我的目光在回应你的目光。我的含泪的笑容在回答你的含泪的笑容。许多的话语像热浪一样涌上我的心头。我舔到了自己的泪水的咸苦。老侯死后，我再也没有这样哭过了，我怀着近于狂喜的心情，万分珍重地把眼泪一滴一滴地咽下去……然后，天一亮我就给你打电话，不在乎从睡梦中搅起你，我只需说："我想起济南来了……"

没有等到起床，你的孩子就来了电话，他连阿姨都没顾得叫就说你昨夜猝然去世了。心肌梗死？不是心肌梗死。叫作心房震颤，吃硝酸甘油片也没有用。本来应该及时按摩心脏的，但是发现晚了，一句话也没有来得及说。送到急救室，心电图已经只剩下一条直线了，阿姨，您听见我说话了吗？您别难过。昨晚上他没吃晚饭，说是有点胃疼，我们本来应该引起警觉的。来了许多领导，都说爸爸是好同志。后事会好好办的。讣告会寄给您……他的临终的样子很平静。我和你的孩子互相等待了很久很久，没有说话也没有把电话机挂断。

这一天，我一连接了三次从济南打来的电话。"我是济南长途。"对方说。那声音很认真、很陌生，好像在念一段电文。我慌忙报上自己的名字。电话断了。后来我仿佛听到，电话耳机里传出的是欢庆解放的秧歌锣鼓……一切寂静。

——1990 年 7 月

仇 仇

那年他二十三岁。那个礼拜天刮起了大风，但是天晴朗得爱死人，因为是深秋，或者更正确地说，是初冬，那天立冬。柳条刮得大把大把地歪来倒去，死去活来，难以自持。杨树上的黄叶纷纷飘扬，摇荡起舞。他决定要顶风去大湖公园。人生能在空明澄静的状态下游几回湖水、石桥、大公园和入冬的风？他悄然觉得，再没有几天树木会变得光秃秃、瘦棱棱，一片茫然。然后是连续五个月的冬的萧条与沉寂，除非有朋友带他去羊汤店，那里的汤锅，永远是繁花似锦，如火如荼。

后来他知道，慌慌张张的是他，不是落叶。立冬一个月了，树叶仍然没有落光。

那天早晨已经醒过来，时间过早，勉强自己再睡下去。渐渐他看到了炕上的自己变成了一个人头，金色的，欧罗巴型，只有头。既不恐怖，也不忧伤，而且他想到了一个雄浑的名字：约翰·克利斯朵夫。

人头变成了一本形状不太确定的书，不确定的一本或一些本。梦见了或者没有梦见，只是事后才想：可能？或者应该？看见还是不可能看见？

做了还是只是想着做了？虚？实？真？假？羞惭？无愧？

不，不是说那个人头砍自约翰·克利斯朵夫，也与书作者罗曼·罗兰无关，他后来长久想不明白为什么别的孩子只知道王二小、李逵、关公还有陈世美，而他会想起来一个其实也是极其模糊的约翰·克利斯朵夫，姓不姓，名不名，谁不谁。是他起床以后才明白了罗曼·罗兰。"赞美幸福，也要赞美痛苦"，法国大作家这样说过吗？想起罗曼·罗兰，这位实在不像"老革命"的二十三岁的老革命激动得喘不过气来。在金色而且模糊的头颅缓缓颤动的时候，他清醒地觉得自己是重新睡着了。如果他清醒，他不可能看到一个美丽头颅的旋转。如果他睡了，他不可能掂量头颅变书的真实性，也不会有能力判断自己的眨眼，乃是处于睡与非睡、醒与非醒的边界线上。少年时代他常常睡不好，他挣扎于红缨枪和文学、月光与青纱帐、地瓜与大黄米地头。

他知道他很早就是儿童团员了，并不明确自己是党员，也羞愧于自己寒碜的木头枪上没有拴红缨穗。

五年前被选拔上外国语大学以后，村支书给他开介绍信，让他填了一张表格，上面赫然写着李文财，一九四四年入党。他觉得"财"字不好，临时更名李文采。他喜欢这个采字，这个字有几分文学。过了很久，他才明白自己是十三岁零三个月的时候入的党。他记不太清楚了，他到底是哪一年生的，也说不太好。他生活在老解放区，日本没投降，他家乡就解放了，他没见过国民党，他成天参加共产党的会议和学习，唱共产党的歌儿，只是他不会扭秧歌舞。

外国语！你该死的外国语！可能是村支书发现了他炕头上摆着几大本以洋人名氏命名的厚书，想到了应该培养他做外交官。他们村历史上出过一个大官，代表清朝皇帝到琉球国封王，他抬着一块匾，上写"如朕亲临"，他代表的是大清皇帝。大官的后代是恶霸，已经判处了死刑，应该是就地正法。恶霸家里有外国文学书的译本，没有人读，他读，一接触就如醉如痴如喝了糊涂汤。

到城市上外语学院后，他发不出卷舌音，看到别人噶噶儿地哆嗦舌尖儿他哭了。更发不出小舌音，他练习得作呕，据说只有呕吐的时候他的发声才是对的。他始终不会发没有辅音的元音 U 和 I。幸亏他有个少年入党、抗日战争时期的老革命的身份，他没有等毕业就调到了党委工作。

他从小迷上了外国文学，在他们那里远近百公里，再没有第二号。是外国的，是文学的，他就迷，他看一本迷一本，即使还没有开始读，他已经崇拜得五迷三道，泪眼蒙眬。他的感觉是外国文学能够催人生，能够催人死，能够催人勃起也能够给他一个透心儿凉。他觉得他就是约翰·克利斯朵夫。与约翰·克利斯朵夫一样，早早地就有双亲为他寻找女性的身体，逼着他十七岁娶了媳妇。读了《复活》他想来想去他绝对就是聂赫留朵夫公爵，如果不严加管束，他无法设想他这一辈子可能糟践多少身穿洁白连衣裙的卡捷琳娜——玛丝洛娃。如果没有文学，一个个臭小子该有多么硬邦邦的丑恶，多少花一样的女孩会被他们玷污蹂躏刺穿。他读了点雨果，一会儿觉得他是从小偷变成圣徒的冉阿让，一会儿觉得是呆板凶恶的警察杀（沙）威。因为他读《悲惨世界》的感想竟然是：当杀威毕竟比当冉阿让痛快出火得多。他甚至想到，人生一世，没有比做好人更窝囊的事。他为自己的肮脏乖僻无地自容。然后在《红与黑》里他是于连，一干干娘儿俩。在《双城记》中，他是草菅人命的侯爵，也是被迫害成精神病的医生曼奈特，动不动他钉鞋，他吓得喊出了声。还有时时结绳记下阶级的也是全家的血海深仇的德法奇夫人，叫作苦大仇深啊，他更是德法奇夫人准备着灭门的仇家。然而，读了法捷耶夫《青年近卫军》以后，他惊骇地发现，奥列格、邱列宁、邬丽娅和刘巴，自己哪个也不是……然后他发现，他连《少年维特之烦恼》里的维特也做不到，不是做不到因失恋而向自己的太阳穴上砰的一枪，而是他没有恋，没有恋则欲失不能；却有一个能够屏蔽与压倒他，却实在引不起他多少激情的大媳妇。结婚的收获是加深了对于黄皮肤与肉气味的认知。没有恋就没有一切，连"烦恼""惆怅""彷徨"与"辗转"也未曾拥有。干脆说他找不到自己应有的苦闷、伤痛、忧郁。我亲爱的高雅的温柔的少妇影子般的忧愁啊，您在哪里？他负面的经验只有长疖子的痛与长针眼的胀，与轻度痔疮。

其实他爱的不是哪一本外国文学书与书里的哪一个人，他渐渐明白，他爱的是外国文学书籍的气息，是嗅觉，尤其是封面与封底、油墨与纸。新华书店里的外国文学书籍有一种特殊的激活鼻孔的神秘元素。当然与羊汤铺、火烧店、豆腐脑挑子、酒缸的气味不同。那时候没有酒吧，只有酒缸。进门就看到了一个或者一排大缸，用提子打散白酒，缸边上有两三张桌子，光秃秃的木椅子，卖一点咸鱼、豆干、五香蚕豆。关键在于，外国文学与中国文学的气味也不相同，巴尔扎克《人间喜剧》的油墨、封面与纸张，绝对与《家》《春》《秋》《骆驼祥子》不同，与《唐诗三百首》《古文观止》更不一样。甚至于，西欧北美作家的书也与苏联图书的气味有微妙的差别，别人不知道，仇仇知道。

欧洲文学书，翻译过来气味与它的人物一样强烈，像酒非酒，像"四合一"香皂，像龙涎香，像强奸犯也像火枪手，像拳击的猛烈，也不无多毛的老娘儿们腋下腺体味儿。

调入院党委得到工资，他用当时的天价三元多钱购买了一本精装厚笔记册，册子里有绘画插图与作家名言。我吃的是草，挤出的是奶——鲁迅。这世界要是没有爱情，它在我们心中还会有什么意义！这就如一盏没有亮光的走马灯——

歌德。他在上面题了字：文采心波。他开始了自己的文学写作生涯。他信笔由缰，磕磕碰碰，东拉西扯，咕咕哝哝，诗诗文文……这个时候，神秘的神祇来造访了。

她名叫仉仉，开始他以为是叫唧唧。她梳着男生式小分头，同学们说那是卓娅·科斯莫杰扬斯卡娅式的发型。她面孔白皙，大眼睛目光炯炯。她的形象既有女生的机敏叫作鬼机灵，又有男生的清爽叫作英俊峭拔。她是新生，两个月后就当了学生会主席。她的女而男的魅力无与伦比。她的父母据说是极特殊的人物，虽然那时候谁也不在意谁的父母是谁。有一位学生会的文体部长父亲是著名的本地军统头子。

是她到校党委来办事的时候说李文采的办公室里有外国文学的气息，先说到味儿，后找到了书架上的梅里美小说译本《卡尔曼》与《高龙巴》。仉仉告诉李文采，卡尔曼在歌剧里普遍译作"卡门"。

说起对于外国文学气味的体认，仉仉的声音低柔而又凶猛，婉转而又憨厚。李文采从来没有听到过这样的兼具男生与女生伟力的嗓音。

李文采代表学校党委去参加学生会那一年举办的"'和平与友谊'诗歌演唱朗诵会"。头一个节目是俄语系同学的小合唱《喀秋莎》。第二个节目就是仉仉朗诵与歌唱德语民歌《勿忘我》：

> Blau bluht ein Blümlein
> Das heiβt Vergissmeinnicht
> ……

德语唱完了她用汉语朗诵：

> 有种花叫作勿忘我，
> 开满了蓝色的花朵，
> 你呀朋友，请把它佩戴于身，
> 愿你能当真，牢记赠花的我。
> 有什么法子，鲜花总要凋谢，
> 美梦也会，一个一个地破灭，
> 只有爱情，我们俩相依相爱，
> 永远如初，永远是那样真切。

仉仉上台，聚光灯打开，她的脸孔光洁纯净，她绷着令你想起卓娅就义的脸。满脸的严肃仍然驱不尽笑靥里的善良天真，她的亭亭玉立使李文采心怦怦乱跳。开口出声了，满溢的热烈，些许的嘶哑，毫无保护的孩子般的纯真，面对法西斯野兽毫不惧怕……她唱了德文，她朗诵了中文，她的小蓝花，她的卓娅，她的德意志民歌，她的心声，诉说得好苦、好甜、好梦幻、好云彩，好大的西北风啊。她的声音是低语也是呐喊，是喁喁也是匆匆，是大火也是微风。李文采一阵子自以为听到关于她的窃窃私语：她是学俄语的啊，她怎么会讲这么好的德语？除非她幼年是生活在德国，她是从德国回来的？西德（联邦德国）？民主德国？或者是社会主义阵营绝对不承认主权属于西德的西柏林？不知为什么，像一阵阴风，李文采想，如果她是从西柏林来的，她会不会是美国中央情报局与西德阿登纳总理联合派来的间谍？晕，晕，晕……李文采晕过去了。

临床诊断是房性心动过缓与疑似心脏神经官能症。

然后李文采陷入了前所未有的痛苦。他的生活，他的经历，他的处境身份与他的对于文学尤其是外国文学的糊里巴涂的迷恋，他的已经三年未见的勤劳泼辣胴体通黄的媳妇与他的平生第一次晕眩，他对于仉仉的各方面的全然不同的印象，已经将他撕成好几瓣。第一，仉仉是不是西方的间谍？第二，他是不是有着强烈的奸淫仉仉的动机？这两个问题让他万分痛苦，此生的第一次认真的痛苦。

他们的家乡管商鞅受到的车裂之刑叫作"大卸八块"。他认定的是，他正在大卸八块，也许是十六块……他不知道是哪儿错了环儿，是脱臼也是裂缝，是爆胎也是滑扣，他已经是一个叛徒：他是父母的、妻子的、文学的、家乡的、八路军的、儿童团的、党支部与学院党委的、革命的、外语的、学生会的与约翰·克利斯朵夫的叛徒。

他在那个刮大风的礼拜天，在金色头颅带来的不安中，怀着对于春夏秋季节的恋恋不舍，慌慌乱乱地去到了大湖公园。其实是小小的湖。小湖里翻滚着大浪，他想起鲁滨孙、哥伦布与麦哲伦的航海。大浪使他走在公园的石径上，也感觉到了地表的起伏。夕阳使桥洞明暗庄严分明峻厉。西风使头发与柳条一样不胜灵感，不胜胡思乱想，以及四季风雨，喜怒悲欢。寒冷与衣衫褴褛使青春年华屈辱莫名。游人瑟缩着零零散散，树叶不知道何方是归宿。李文采想了想是不是应该跳到波浪翻滚的湖水里去，那就更是彻头彻尾的叛变了。他在波涛的大浪边一坐坐了五个小时，直到公园管理人员将他驱逐。

他回到自己的单身汉双人宿舍，同舍人这天没有回来，他构思了一番，他写了一夜，一不做二不休，他虽然没有提名字，他在高级笔记本上写了一封给仇仇的信，他相信这封信的汹涌超过了大湖里的波浪，大浪没过了元代的石桥。他写得比歌德也比福楼拜还比泰戈尔好。

第二天一早，他去邮局挂号寄出了笔记本，给仇仇。回来，他到医务室，他的体温四十一摄氏度。

三天后，他又给仇仇发了一封长信，深责自己是一个叛徒。他连署名的勇气也在最后一分钟失去了。他画了一只兔子。

开始露馅的无非是他购买的大量外国文学书籍。他在朗诵会上的突然晕趴也令领导好生奇怪。大家一致认为他是忘了本，他自己也坚信自己是忘了本。他的家乡再也不会出他这样的人，他的同事里再也没有这样的人，约翰·克利斯朵夫也不是他这样的人。总之，他每况愈下，他频频在组织生活会上被"帮助"。而到了后来大的政治运动闹起来，他犯了更大的病，更大的错误，更大的糊里巴涂。他接受了所有令人涕泪横流的帮助。他的检讨发言胜过了托尔斯泰的自省忏悔。

糊涂的是，他事后无法分辨是不是在"帮助会"上他交代过，说他卑鄙地想着要奸淫仇仇……太恐怖也太惊人。更惊人的是，他可能不可能，硬是检举了仇仇的间谍嫌疑。

那些年的许多事都忘记了……后来，后来，在好多个后来以后，他见人只知道背诵："房间很深，两扇窗户又正对着一条夹在高楼之间的小巷子，这时房里便经光线晦暗……"

他受到了留党察看两年的处分。他的家乡，他的组织，他的老革命经历与他的媳妇救了他。他的媳妇已经担任村里的妇女队长。李文采一摊糊涂糨糊，媳妇小葱拌豆腐，一清二白。媳妇在最困难的时期来到城市，不容分说地接管了对于李文采的路线掌管与命运决断，然后一切走上了正轨："出人，出（或不出）书，走正路。"

从外国文学的毒害一直发展到他的名字，见多识广的同事认为他改名文采是别有用心，是为四川的恶霸地主刘文彩翻案。改名的事是他检讨中自己交代的。但是他一直没有交代他把自己的文学创作本本寄给了仇仇。他为此心如煎熬。不是他不老实，而是他怕给仇仇找麻烦。

这完全不合逻辑，如果仇仇有什么麻烦，还用问吗？是他给仇仇找上的。而后来，他却想，他没有用自己的创作笔记本加害仇仇。这个逻辑就像是说他没有杀人，因为，他已杀过了。

政治运动也扑向了仇仇，文采看见了大字报对仇仇的讨伐。党委机关的各种层级会议与文件已经与他无缘，他担心仇仇的命运，他无处可以打听，他干着急。

媳妇做主，他写下了对仇仇的揭发，他认识到仇仇与他谈的关于外国文学的香气（原话是气味，揭露时他给改成了香气）的话，是为了腐蚀他，蜕变他，是代表帝国主义与国民党反动派来争夺他的。

对，媳妇帮助他想出了一个伟大的说法：仇仇客观上是来自西柏林黑窝子的间谍。

最后，他算是过了关，明确了他属于"人民内部矛盾"，他幸福得涕泪横流。

……

五十多年过去了，快一个甲子。他孪生龙凤胎一儿一女，都已经事业有成，生儿育女，收入颇丰。他媳妇"文革"结束以后也饱享了小康的人生之乐与儿孙绕膝天伦之乐，只是年前开始出现了间歇性脑软化，发展极快，一年后已经基本上进入了迟钝状态。

李文采"文革"结束后到一个国有工厂当了一回党委副书记，光荣离休。他随女儿自费旅游去了趟维也纳，参观了当年两个阵营交换被俘间谍，并且常常进行外汇黑市与毒品交易的古德如甫咖啡馆，小小的咖啡馆在一区米西巷一号。然后是凯文登大街，那条街很宽大，卖最新款的银器与路易·威登箱包的专卖店吸引了许多游客。而博柏利专卖店的橱窗里悬挂着的西服，牛气冲天，每件衣服申明，版权所有，只做此一件。商品和男女游人，都散发出高级香料与特级防腐剂的气息。他在那里伫立了二十多分钟，想不清楚他这一生的经历到底是怎么回事。他觉得有点乱。莫非他又要犯晕眩病？他扶着墙，闭了会儿眼睛。

除了维也纳，他还去了在那里拍摄了莫扎特家乡的萨尔茨堡与山城因斯布鲁克。敢情奥地利的湖泊比他的家乡还多。

只是在老同学的聚会上，他看到了当年外语学院同班同学中的科学院院士、博士生导师、驻外大使、公使、参赞、合资企业董事长、局长级干部，还有一位是政治新星的父亲。他略显黯然地说一句："我是一事无成两鬓白啊。"然后所有的同学都来说服他，让他认识到他是全中国最最幸福的一个。他苦笑着。在聚会结束的时候，他承认，其实他挺好，平安，健康，阖家团圆。离休老干部，上上下下，都冲着他"送温暖"。

这一年他已经七十九岁。刚离休的那年他天天坐着公交车去爬山，带着行军壶去山泉打长命仙水。后来改成了遛湖、喂鱼又喂鸥。后来改成小区散步，买包子。后来改成拄着藤杖挪动。

这个礼拜天刮起大风，但是天晴朗得爱死人，因为是深秋，或者更正确地说，是初冬，今天立冬。柳条刮得大把大把地横在了空中。杨树上的黄叶纷纷飘扬起舞。他悄然觉得，再没有几天树木就会变得光秃秃、瘦棱棱，一片茫然。

这天早晨欲醒未醒的时候，他梦中看到的是一张老式胶木唱片，放到微波炉里加热，怕过于干燥，他往微波炉里加了一调羹水。

全都放下了。在那次聚会上，老同学们最后说他笑得真诚、淳朴、沧桑。"人可以用一生，打造一个真诚、淳朴、沧桑的笑容。"同学们说他的此话可以进电视节目"名人名言"。他大笑起来，一直笑出了眼泪。

他决心在大风起兮云飞扬的时刻去大湖公园。他记得年轻时候曾经在初冬冒着大风去过大湖公园。他穿上了西式格子呢大衣，是唯一的那次奥地利之游时候购的境外之物。戴上本市卖烤白薯小贩常戴的灰蓝毛线软帽子，围上紫色鄂尔多斯羊绒围巾，拄上藤杖。他来到当年来过的湖边，张望着，想念着，冷却着，叹息着，更空洞地笑着。慢慢地，笑容使他感到了满足。

后来仇仇怎么样了呢？他竟然一无所知。与他关系不错的学院图书馆馆长张老师告诉他，仇仇自杀喽。另一名俄语助教告诉他，仇仇可能被送去"教养"了。直到"文革"结束，原来的党委书记弥留之际，在ICU急救病房，插着鼻饲橡皮管子的书记告诉他仇仇退学了。退学？当一个政治运动像急风暴雨一样扑过来的时候，谁能幸免？谁能无祸？谁能退学从而置身事外？他不信，书记说不出话了。

新的世纪，李文采又一次来到了湖边，一个强壮的汉子走到他身边，斜着眼盯视着他，他奇怪。然后过来了一组中外老小人员，显然不是普通人，他一眼看到了一位白发老妇人，她仍然窈窕风致，也仍然目光如炬，他从来没有见过这样强大的老妇的目光。她穿着一件藏蓝色羊绒高领上衣，蓝与绿格间杂着黄色细道道的毛料裙子。她目不转睛地看着李文采。李文采突然想起了自己的一生，都来过了，慢慢地去着。

她说："对不起，请原谅，您是李先生吗？"

她把本应轻声发音的"吗"字说得非常重，和惊叹"我的妈呀"时候的"妈"字一样。李文采知道，这样说话，是海外华人普通话，英语叫作"满大人"的。

他们互相问答了些什么，后来也就忘记了。他两眼发直，觉得世界上只剩下了两个人，聚在一起，相距十万八千里："房间很深，两扇窗户又正对着一条夹在高楼之间的小巷子，这时房里便已经光线晦暗……"

她似乎回答："我一直保留着您的笔记本。"然后她说："其实他听到的，只是他自己的心跳声。"

然后他们共同说了一句："史托姆，《茵梦湖》。"

他们说话的声音很小，他是看着她的口型这样感觉到她的说话的。她应该也是。

他清楚地听到的是她说："我在胡苏姆，住了三十年……"

他说出了三个字："对不起。"

仉仉问："什么？"她为什么完全不解？

别的忘却了，都忘却了，他似乎读过一篇散文《忘却的魅力》，人好比一台电脑，它必须释放太多的信息，它每隔几年需要格式化那么一两回，要不就会死机。他勉勉强强上了一回网，查到了施笃姆、茵梦湖、当时的译者郭沫若、如今的译者杨武能教授、如今的史托姆译作施笃姆……胡苏姆是特奥多尔·施笃姆的故乡。

其后一年多的时间一事无成的李文采脑子里只剩下了仉仉一个人。她飘然而来，她陡然而去，她寂然而息，她凝然而至。她唱着《勿忘我》，她应和着《茵梦湖》。她就是梦中的人头，她就是微波炉里打热了的唱片，她就是外国文学的该死与神奇。胡苏姆是史托姆的故乡。他虽然笨，但是知道。这一切根本不像是真的。但是他并没有这样大的想象力，有想象力的话，他早就飞黄腾达了。"我达达的马蹄是美丽的错误"，那是郑愁予先生的著名诗句。

他经常自言自语，此次邂逅以后，孩子们不止一次听他念叨："当然没有，我从来没有说过，也没有非礼。"孩子吓坏了，不知道他得了什么病，怎样出现了吓人的呓语。

两年以后,他收到一封德语来信,是仉仉的女儿写来的,说她的妈妈病故了。根据妈妈的遗嘱,把一本笔记寄到中华人民共和国的一所外国语大学,希望李先生能收到这本笔记。另外还附了一本小册子,是妈妈写作的一本德语书。

他给仉仉的女儿回了信,想了解更多的一些事。女儿只能提供:据她所知,妈妈是二十世纪五十年代末期从香港移民到英国,又在英国结识了德国汉学家汉斯教授,迁居来德国的。在女儿出生后,妈妈与汉斯离婚,此后没有再结婚。除了两年前她与妈妈在大湖公园见到李先生,还有此次妈妈病危时谈到要她把笔记本邮寄给李先生以外,妈妈没有谈到过李先生。

李文采纳闷,为什么她们在大风中游大湖其实是小湖有那样的规格气势,他相信那个盯着他看的壮汉是本地警卫人员。他想写封信去问,又觉不妥,便没有问。他想,可能是女儿和女婿有什么特殊身份,也许仍然是由于仉仉的父母,仉仉的父母究竟是什么天神天星呢?

撕开层层包裹,李文采看到了自己当年胡写八写的笔记与文学"创作",他兴奋,觉得火烫,又觉得遥远可羞,甚至无聊。一位在出版界混了点模样的老同学劝他将之整理出版,并且论证这样的书请作协分会领导作序,弄好了可以卖五万册,他约莫可以获得十五万元报酬。他拒绝,朋友说服,再拒绝,再说服……终于被说服,而且收了一万元预付订金。

然后是治疗牙周炎,然后是媳妇辞世,悲痛欲绝。李文采说,媳妇是他命运里的贵人,媳妇使他逢凶化吉,遇难呈祥。谁能想到,人生就是这样,白驹过隙,不到时候,要多远有多远,到时候,要多快就多快。然后是春节直到元宵节,然后是慢阻肺。最后,他感慨万千地,却又是漠然无所谓地焚香沐浴,理发梳头,泡了一杯据说是真实可靠绝非赝品的大红袍,呷了两口,李文采打开电脑,打开半个多世纪前的笔记簿,想开始重拾他为之付出了不知多少代价的文学梦。二十的好梦八十圆,他自嘲说,他笑得傻帽而又无赖,沉稳而又满足。他发现了自己的幽默感,时至八十四岁,他竟然开始产生了幽默感。如果多一点幽默与游戏精神,也许早就有一点文学成就了。他哼了一声。

……他发现,笔记本上原有字迹已经消失殆尽。天啊,人们常常在不可能再做的时候,才准备停当。

有的说是原来的保存人,即仉仉女士,花了很大力量,将笔记本放到少氧、无光照、恒温、恒湿的条件下,她是用日耳曼人的认真来保护这本笔记的……保存至今。寄到他这里以后，他没有着意保护，很快字迹就氧化淡出。

有的说，五十余年无人问津的文字稿，能留到今天已经千难万难了，您不立刻输入电子版复制保存，您还想干什么呢？

有人说此时无形胜有形，此时无字胜有文，此时仙逝胜坚持。正是他文采，写出了巨著大作，永垂不朽。

孩子则说，略略费点劲，其实能看见字。是爸爸的白内障与青光眼造成了当前的困难，他应该立即做无创纳米磁石吸附手术，然后开始他的文学大业。他的小舅子则摇摇头，说姐姐才走，姐夫和一位外籍女人闹得这样不明不白……

据说李文采后来一个人悄悄地哭了一场。不一定是真的。他将订金一万元退还给了出版社倒是不假。他在二〇一二年十一月十一号又由孩子帮助网购了一大批外国文学书，包括七大本《追忆似水年华》和《施笃姆小说精选》。后者的一篇小说题为《苹果熟了的时候》，李文采常常对书陷入沉思："'苹果熟了的时候'？这不是朝鲜影片的片名吗？它怎么成了施笃姆的名篇？"

他陷入这样的深思，一连几个月，却没有掀动笔记本纸页一次。他想着的是，怎么样去阅读仇仇的德语小册子，那可不像仇仇女儿的信那样平顺简易。仇仇的书他独自完全读不懂。他不想找任何人帮忙翻译，翻译就是宰杀，他想起了当年上外国语课时听过的一句怪话。

又过了两年，长寿的他病瘫在床，不能说话。孩子们在他此生唯一的"文学创作"笔记本上看到了他复得后写下的一句话："其实挺好。"而这时再看他年轻时候写下的字，一个字也没有了。

他的字写在有作家名言的背景页上，名言说什么"不必要摆放悲哀的安琪儿"。悲哀的天使？儿女们眨一眨眼。

那时的油墨还不错，到现在插画呀、名言呀都能看清，但是墨水不好。"唉，俺们爹也有两下子，他一定经历了不少的事儿。"孩子们总结说。

山中有历日

一

这个山村里头一个引起老王注意的是一个九岁左右的个子不算太高的小女孩。她眼睛很大很活,眼珠黑得刺目,块儿不大,但是显得紧绷结实,而且有一种准备好了起跑或者出击的待发状态。有一回她抹了红嘴唇,穿了一双半新的高跟鞋,走起路来左右晃荡。她说话的时候有一脸的毫无顾忌的笑容。有时候她还参加大人们的谈话,说到深山里酸梨峪做豆腐的老郭,说老郭的儿子有点傻,三十多了还没有娶上媳妇。在老王的童年时代,没有哪个女孩能这样地不怵窝子,能够这样大模大样地与城里的大人们说笑交流,说什么也不选择题材。

人们说,白杏喜欢城里人,喜欢与城里人在一起,听城里人的口音、词汇、腔调。

白杏常常义务地充当城里游客的向导,带着他们爬山进谷,带着他们到村民家中东张西望,寻摸树根、怪石、土特产。她的左腕子上戴着一只景泰蓝镯子,就是一名城里的游人送给她的。那人还答应她再送一只戴到右手腕上去。送镯子的城里人给她留下了电话。

也许更主要的是她有一个特别端正的、几乎像是雕刻出来的鼻子、鼻梁。迄今为止,老王只在三个人脸上看到过这样端正的鼻梁,一个是维纳斯雕像,一个是 CCTV 的一位女节目主持人,一个是这个小孩子。

她们的鼻子端正得让你落泪,让你觉得有一点害怕。人不是雕塑,人的鼻骨怎么能够长得这样精准合度?

老王过来后不久，一次让自己的两个孙子随这位名叫白杏的小丫头到村口去登山，一直走到与河北省的莒县交界的山顶，走到了山顶的水潭，看到清水中小鱼儿游动。一位村干部悄悄向老王打招呼："怎么能让您的孙子跟着她去玩？（她）太野。我们的孩子都不允许跟她一块儿玩。我儿子跟她说话说多了，回家就让他妈一顿暴打。"

别人当着白杏的面，指着这女孩告诉老王说："她现在就是跟着她爸过，她只有爸爸，没有娘了。她妈跟了别人。"

老王问过白杏："这个，你母亲……"

白杏一声冷笑，超出了她这个年龄的人负面情感表达可能到达的程度，她说："我没有妈，只有爹。"

白杏咬了一下下嘴唇，说："我爹最疼我了，天天给我烙饼……"

这个山村，认为烙白面饼是食品的极致，天天吃白面饼是人生的极致。这种共识一直延续到二十世纪末。

老王的两个孙子向爷爷讲述了与白杏一起登山的故事，他们走了很远的路，穿越了巨石，穿越了山涧，走过了窄洞，走过了羊肠山径，走过一处下面是万丈深渊的天然条石桥。在大太阳底下走过了碎石沟，又在阴山背后沐浴了凉风。近处他们看到了放牧的羊群与迎面而来的牧羊犬。远处他们看到了一只山猫。白杏说，那就是野兔。大孙子说，那只山猫个儿很大，顶好几个兔子。二孙子则认为那是一只獾。二孙子为什么提出獾的概念，因为老师最近刚刚给他们讲过与獾有关的故事。

老王相信，这里的山景确实非常好。大量的石头，同样大量的泥土与植被。有野生的荆棘与榛子、槲树、橡树，有农民们栽植的白杏、柿子、板栗、山楂、京白梨，也有历年绿化种植的油松与侧柏。这里的山景是李可染式的，而与元代王蒙与黄公望的山水不大相同。大杏子峪的山脉，不像王蒙的山水那样坚硬、威严、突兀与浑厚，又不像黄公望的《富春山居图》那样秀美、温柔、忧伤与葱郁。大杏子峪的山谷，把巨石的桀骜、树丛的亲和、野草的疯狂、山峰的陡峭与山势的连绵，尤其是地貌的对比与参差汇聚到了一起。

孙子说，从顶峰上看村口的大水库，只剩了一个亮点。

水库是这个山村的骄傲，是山村的灵光巨大的眼睛。从京城进山，先见水库，再见山村。水库又像一组串联起来的大镜子，反射着山光云影，草色林荫。水库里有放养的鱼苗。水面时不时地颤动着梦幻和愿望，感受与温存。这个水库能与你交换目光，使眼色，轻轻地说话。老王几次走到水库旁，他注视着也奇异着，不知道水波的颤动是来自水体还是来自天心，要不就是来自他的对于山水与天空的沉迷。他仰天长啸："呵……呵……呵……"

这里说的白杏与大杏子峪的情况是指一九九六年初秋。

二

这是北京郊区的一个山村。山村属于紫李子峪乡。紫李子峪的地势总体上看很像一个大写的X，上北下南，乡政府所在地是X的左下端，说是开始进入了山区，其实还很平坦，四下一望仍然开阔敞亮。往上即北面走一段蜿蜿蜒蜒不无惊险的傍山公路，就是大杏子峪了，由宽而窄，山势引人入胜，水势则可以从大水库寻根溯源到上游的一些涓涓细流和点点山泉。山势最险峻的地方是到了酸梨峪与老鸹窝，也就是X的中央两条斜线的交叉处，四面皆山，舍山无地。而中央点的最高处叫黄金岭，据说半个多世纪前大跃进当中，在这里采过金沙，至今仍有黄灿灿的细沙堆积。后来可能由于成果不理想，淘金云云随着时过境迁而停止。近年全国淘金成梦，有些人又重操旧业，很快受到了政府的禁止。

再往北走，经过一处隧道，地势渐渐走宽，到了大柳树地界，而后又是与白杏水库相呼应的大柳树水库，连接着另一个乡的七星峪与棋盘村。在新农村建设高潮中，那里推倒了所有的旧房，按照统一图纸建成了千篇一律的兵营式农民住宅，吸引了许多参观者的眼球，有的啧啧称奇，有的鼓掌叫好，有的则认为实在不能恭维。

大杏子峪只有三十几户人家，一大半人家都是在包产到户生活改善以后分了宅基地，盖起了院子，盖起了砖瓦向阳北房，而且是南北前后开门，便于运输与夏季通风。电灯电视，早已安装好，电视信号暂时只能收到CCTV诸台、本市BTV诸台、河北、山东、浙江、湖南、江苏一部分卫视台。自来水每隔日晨六时至八时供水二小时，各家都有大缸伺候。厕所则还因陋就简，有的家根本不设厕所，需要时到住家对过野地处理，取之于地，还之于地，充分发挥地势坤、厚德而载物之美德。全村格局大致住房偏东，中间是一条铺了沥青的柏油马路，西面则是碎石河滩。夏季，山洪暴发，大大小小的山壁上都会流下一行行、一道道、一幅幅的瀑布。用村民的说法是河开了，浪涛滚滚，一条大河波浪翻，直接注入水库。其他时候，或有潺潺细流，多数情况流水转入地下，在矿石细沙下形成暗流。地下的暗流经过了天然的过滤，刚出山的时候还是浊流杂乱，水含木片、树枝、石子、沙砾，尤其是水呈现着金沙的金黄色，等进入水库了，已经千滤百洗，清纯至极了。怪，这里不是古人说的"在山泉水清，出山泉水浊"，这里是"在山泉水浊，出山泉水清"，更正确的说法是，刚刚出山泉水浊，出山不久泉水清。

小村四面环山，春天石山现绿，山岭系上了一条条碧绿腰带。夏天，草木葳蕤，巍峨与葱茏、坚毅与活力并举。秋天，绿黄红紫，斑斓丰满，到处飘着香蒿与酸梨的酒香。冬季则经过了大自然的删节，群鸟飞翔，羊群散落，炊烟扑鼻，人踪寥寥。

提到飞鸟，老王的感受是进了山，常常会被成群结队的飞鸟所感动，为天空与山岭所感动，有时面对群鸟有迷惑不解的感觉。而在夏季，离开山进了村，鸟鸣则远不如虫鸣的规模宏大，虫鸣是山村的交响乐团，气势磅礴，涵盖辽阔，和声丰富。虫鸣村更幽，虫鸣山如潮，虫鸣如海，虫鸣天籁，虫鸣给世界增加了活力，也给自己增加了困扰，虫鸣得这样苦，鸟飞得那样高，人心快乐却也艰难。

毕竟它离着北京整整一百公里。这里空气新鲜，透明度好。尤其是秋天明月升起，全村都浸在如水的月光之中。你不能不承认，月亮为山村而清辉如洗，月亮为山村而水银泻地。

常常能在大杏子峪的月光中好好地睡一夜，这才是人生的极致，是与山野人吃白面烙饼一样的享受的极端！

老王来这个村的时候，生活的新契机还在酝酿之中，山村呈现出来的更多的是朴实和浑厚，说话带着浓浓的京东味道，第一声读成第二声，第二声读成第一声，要说"把枪挂在墙上"，别人听着却分明是"把墙挂在枪上"，到供销社买盐，售货员听着分明是买香烟。二十世纪九十年代，这里的多数农民盖起了新房子，但收入仍然很低。主要一笔是深秋柿子的收获。一般是家庭的一男一女上阵，男子爬到树上，女子拿着一个布单，两侧绷上木棍，手持木棍将布单抻平，等在树下。男人从树上摘下柿子，投下来，女人用布单迎上去，砰的一声，柿子完好无损地收下来了。那时候，一个农家，柿子的收入约两三千元人民币，此外的杏仁、核桃、酸梨、桃子、板栗的收入有一千块钱左右人民币。山里红就看怎么处理了，去掉核，弄利索了，用剪刀剪成薄片，放到屋顶暴晒几天，就成了山楂片，是中药也是泡水喝的佳品，其效益也还不错。

在二十世纪末的时候，开始有城里人在假日到这个小山村一游，爬山、钓鱼或游泳，吃点菜团子、干南瓜与干豆角，放放鞭炮，也算开怀一乐。那时城里彻底禁止了鞭炮，于是一些农民摆起摊来卖山货，包括卖用蚕屎做的枕头芯，说是桑叶变成了蚕屎，大凉，枕着可以去火。其实蚕屎并非本地所产。

白杏也在村口卖过山楂片与蚕屎枕芯。卖东西的时候，她像个大孩子。很快她就学会了京片子口音，她的摊档前总是堆满了人。

三

白杏的父亲名叫白大梁，是大杏子峪个子最高的人之一。据说他原来姓柏，过继给大柳树地的白家姓了白。他个子太高了，心眼差点——这儿的人都相信身高与心眼是成反比的。白大梁就是个典型的傻大个子。谁家盖房也不敢请他帮忙，砌砖他一准砌斜，上梁他一准上歪。购物他常常算错价钱。栽白薯，他打的垅曲曲弯弯。二十大几了，还没有娶上媳妇。

赶上了改革开放的好时代。他的一个堂兄，当过村长，比较见过世面，一九八五年，为他在《中国妇女》杂志的封三上登了一则征婚广告：北京市ＡＡ县紫李子峪乡大杏子峪村农民白大梁，身高一米八二，有北房五间，西房三间，院落零点八亩，手扶拖拉机一台，三马子（作者按：农用柴油三轮运输车）一台，现年二十六岁，身体健康，不嗜烟酒，高小毕业，征求初婚女子，希望女方二十岁至二十八岁，热爱劳动，革命持家，身高一米五至一米八均可……征婚的结果令全村振奋快乐。杂志社前后转来了四十九位附有照片与身份证复印件的应征信函来。还不仅是按照征婚词约定的方法前来应征者十分踊跃：一名来自江西的大学毕业生，五官端正，皮肤白皙，戴着眼镜，为了幸福与爱情，竟然不远千里来到了大杏子峪村，吓得白大梁咻咻地喘不上气。幸亏他的堂兄原村长，出面接待，向学士女士讲述了大梁的不堪厚爱，请学士女士吃了小鸡炖蘑菇，还送了学士女士一袋山楂，也收了学士赠送的两瓶"四特酒"，据学士说"四特"的命名出自周恩来总理，周总理曾经指出此酒的四个特点。大杏子峪村民与江西学士女士，互相留下了美好的印象，最后堂兄恭恭敬敬地将她送走了。

成功了的是一位湖南女性，高挑个儿，面色红润，来山村后皮肤变白，大眼睛，双眼皮，开朗美丽，姓赵名丽华。她说她想到北京，她家那边也是山区，太贫瘠了。她其实年龄刚过二十三，但她的家乡认为她已经是婚嫁太迟了，她受到了某种关心式骚扰，她下决心把自己嫁出去，为自己争取一个美好的前途。

大杏子峪村的一些男人看到大梁的艳福自天而降，羡慕得流口水，并且警告自己的老婆说："咱们是北京，就冲这一条俺想娶谁就娶谁，你要是再犯倔脾气，小心我休了你再征她一个婚去！"

"你敢！再不想想你才一米几呀？比武大郎高不了多少……"

"他白大梁不识数呀，我起码知道个七八十五，七九六十八！"

"什么什么？"女子一听一阵头晕。

"哄你玩呢，这都不懂，你比白大梁还笨！"

如此这般，在中华乡村生活务实主义的指导下，一九八六年初冬二人登记结婚，阴阳好合，一年半后生下了白杏。白杏的相貌继承了父母二人的优点，白杏的身材却与父母二人都不相像，从生下来就属于短粗型。

事情是如何往下发展的，渐渐不可考了。村里的另一个大个子杜铁栓，外表看憨厚恰如白大梁，苦干与专心学技术还有膂力则远远比大梁好了不知凡几。他是个会开拖拉机、汽车，会供电维修与各种家用电器维修，长年照看隔日供水的水泵，基本会黑白铁匠与瓦匠木匠油漆匠，会泡豆芽也会做豆腐的能人巧匠。他时任乡农机站长。他与赵丽华产生了感情。与此同时，大梁的某方面"不行"的故事传了出来。一年半后，一九八九年白杏的弟弟白钢出世，全村的人一致判断，白钢长得绝对与杜铁栓一个模子，而与白大梁毫无共同之处。

流言与各种猜测推理分析满天飞，在山村没有比议论不能上台面的男女之事更过瘾也更出火的了。白家密云欲雨，暂无动静。杜家闹开了锅。杜铁栓与老婆闹离婚，老婆不干，村支部领导批评身为党员的杜铁栓。杜铁栓回到家往地上泼了汽油，又往自己身上泼了汽油，只需一根火柴，家灭人亡的惨祸立马发生。他的执着压倒了全家全村，最后，居然以将房屋给了原本的夫人为代价，他的离婚办成了。比起来，这边的赵丽华没有费太大的劲，也与白大梁散伙，白大梁的条件只有一个，女儿归他，儿子请赵丽华带走。从此白大梁、白杏与赵丽华再无瓜葛。这从民法上看并不对，这种说法是不可能受法律认可的，但是斯时赵丽华离婚心切，与杜铁栓结合要紧，白大梁的一切条件她都接受。

从此，杜铁栓与赵丽华过着无家可归的生活，他们从道义上与生活条件上，等于被开除了"村籍"。他们二人住在一大间当年公社化时期存放农机具的竹板房，与一些废旧农机具在一起，闻着刺鼻的机油气味。尤其是冬天，他们用一条电热褥子暖和着两条壮实的难舍难分的身躯，度过了十个冬天。杜铁栓为此还丢掉了乡农机干部技术站长的身份，付出了太大的代价。当杜的亲友为他的代价而唉声叹气的时候，两个人一起说："我们也要幸福……"这是京东与湖南口音的男女二重唱。中国的农民学会了用"幸福"两个字，学会了呼号与践行对于幸福的追求了，一旦有了能给自己带来幸福的认定，便与对方以命相许。

一开始，村民们一致谴责他们二位的不守夫道妇道，人人摇头，人人不齿。后来又叹息他们的狼狈困窘，可怜他们的寒冬岁月。而二人的宣扬幸福，使人们刮目相看。村民们终于同情他们艰难的爱情了。虽然他们看过的电视连续剧水准有限，但是广播电视的发展与改革开放的大气候，毕竟拓宽了农民的思路，带来了许多新观念。

在二人为幸福而大吃其苦期间，紫李子峪的电视收看实现了宽带宽频有线化大跃进，村民只需要缴很少的钱，便可以收到三十九套清晰度很好的电视节目了。县电视台，在紫李子峪乡还设立了记者站。时为一九九五年。

四

当然，村民们更加同情的是大梁与白杏父女俩。当初，在堂兄弟的帮助之下，也是在湖南俊俏麻利的女子赵丽华应征下嫁的鼓舞之下，大梁的房屋盖得很好。其实他们在《中国妇女》杂志上刊登征婚广告的时候，五间北房啊，三间西房啊，不无水分。那时候的北房只盖起了两间，但是留下了地基，也留下了墙砖的茬口，为设想中的另外三间预留了各种条件。而西房当时只有一间堆柴火的石棉瓦搭就的棚子。赵丽华的应征感动了白家，应该说是感动了大杏子峪，白大梁的堂兄弟、三亲六友、全村人都来为白大梁补功课，落实许诺，变愿景为实景，在白赵新婚的前夕完成了基本建设。院子里除了两株山楂和一小畦菜地以外，也铺上了洋灰地。唯一的缺点是，为了省钱，窗玻璃挑的都是小块，大小也不尽一致，显得零碎寒酸。省钱省钱，这是农民最大的硬道理。稀奇的是，有不止一只苍蝇飞入没有安装细密的双层玻璃夹缝里，出不来了，用自己的遗体为白大梁的窗户增添了风景，而窗户的主人也完全没有办法将这些不速之客再请出来。

两个人成婚的时候放了上百元的鞭炮。

一九八八年两个人去乡政府办离婚手续时，民政干事问离婚的原因，赵丽华眼睛眺着白大梁说："他自己知道。"而白大梁所答非所问地念叨着的是："我娶她的时候，光买鞭炮就花了一百块钱。"

走了媳妇后，对于大梁白杏父女来说，院子与房间显得过大。大梁第N次回答关心他的生活的提问了，对于别人要再给他"说"个媳妇的好意，他的回答是："她妈走了，她还在，我们爷俩还是一个家。我要是再娶一个吧，也可能容得下我这个孩子，也可能容不下她。如果她们俩互相容不下……我连现在这个家也没有了，连现在这个亲人也没有了。"老王听过他不止一次讲这个道理了。老王怀疑村里人说他傻的话的可靠性。这个大个子也许有点屏弱，不一定傻。干活质量不好也不一定是傻，比如可能是懒，可能是精神不集中，可能是由于他的生活不幸福。

相依为命。许多人包括城里来的观光旅行者，都对这一家父女产生了这样的印象，都从他们的大院子里体会到了"相依为命"四个字的深挚与动人。相依为命四个字字字带血，带泪，也带着一切的艰难困苦。人生最难最幸福的就是能够与亲人相依为命了。

小小的白杏像一个大孩子一样无情地咒骂着她的妈妈。她说："我才两岁，她就抛下我们走了，还拿走了我们家许多东西，连炊帚与筷子笼都拿走了。她是最不要脸的坏人。她根本就不是人。我根本不认识她。去年她跑到小学去找我，我说，我不认识你。她说，我是你娘啊。我说我哪里有娘，我有爹，没娘。从两岁就没有娘，我娘早死了。"白杏说这些的时候眼睛里没有泪水，只有轻蔑与仇恨。她还说："谁让我爸爸老实呢，应该去告他们，应该给他们判刑，送他们去劳改。要是我说，枪毙了他们也不冤！"

枪毙？老王听了一阵冷战。小小的孩子已经是苦大仇深了啊。

不知道与她的婴儿记忆有什么关系，九岁与十岁的白杏已经常常穿戴上她从城里来的游人与在这里买下了所谓"小产权"的农家房舍的城里人手中得到的高跟鞋、连衣裙、胸罩、遮阳帽，擦拭上胭脂、口红、香粉，画上眉毛与眼线，自我娱乐了。她像个小人精。她未免早熟。她想突破山村，突破大杏子峪，突破她的父母也突破她自己。也可能只是寂寞的童年的一点嬉戏。你会觉得她的打扮太凶狠过度了。她还穿不好高跟鞋，她不会走那种袅袅婷婷的步子，不会自然地扭动自己孩子气的腰身，她穿起高跟鞋来有点像踩高跷，试探着与寻觅着陌生的激动。同时她脸上常常出现一种生猛与吃力的表情，一种满不论的要报仇的杀气。

后来提起老爹来小白杏常常是眼含热泪："我爹太老实了，是人就欺负他……"小小的她如是说。听了她的话的人不由得一惊，"是人就……"那包括听她的这个话的人。人于是不由得先反省自己有没有对白大梁瞧不起乃至欺负……

而且白杏蛮有劲。一次老王在山村吃午餐，他打不开他带来的密封酱菜广口瓶，又是找改锥又是找刀子，小白杏过来，用她的相对于她的身体未免发育得偏大的左手，一拧，再拧，憋红了脸庞，生生把瓶盖拧下来了。

五

白杏一天天长大了。她在上行爬坡才能到达的酸梨峪小学读完了小学。她是一位有名的铿锵玫瑰。白大梁经常被老师找去谈话，老师控诉白杏如何上课说话、传纸条、骂同学也骂老师，捉了一只青蛙放到同学的课桌里，吓得那位同学尿了裤子。还有一次在期末考试的时候，一开课桌抽屉，飞出来一只小鹰，全班一阵鼓噪，教师气得立马回了备课室，老师说是没法再给她们班上课了。

白大梁的最大优点是他的容受性——耐训斥性。大个子，一脸的可怜加上麻木，哪怕校方指出他的女儿是土匪、是黑大姐大，他也只是听着听着再听着。他一抬眼皮，两只眼睛里都是全然的无奈。有时愤怒中的教师乃至校长指责大梁的女儿长达一个小时，大梁仍然是只有"嗯、哎、嗯、噢……"他只会说语气词。只是在教师或者校领导说得口干舌燥之后，他抬起眼皮翻翻眼，他得到了一点暗示，或者他也没有得到什么暗示，他给老师鞠了个躬，醉步跟跄一般，回头走了。

走的时候他似乎是在自言自语："没有娘的孩子，没有墙的屋子……"

回到家，他开始和面，给白杏准备烙饼。

而白杏的功课并不差，虽然她多次声称，她不爱学习，她觉得学习没有用。

一九九九年，上不上中学？父女俩拿不定主意。正赶上区县里抓九年制义务教育的落实。白杏去到走路约需一小时四十五分钟的乡里，上了紫李子峪中学。那是一座改革开放以后民办公助的寄宿制学校，有一些城里的老板子弟送到了这儿上学，有一些优秀的退休教师高薪应聘来到这里执教，高考升学率一直很不错。由于学校占用的是乡里的集体所有制土地，对于本乡穷民子弟的入学他们采取特别优惠的政策。

白杏上中学了，住了校。虽然享有一系列真实的优惠，每年还是要缴上一两千块钱，等于他们的一半柿子收入。

六

从三岁到十三岁，白杏从幼童到成了中学生，白大梁已经一以贯之打了十年的光棍。赵丽华与杜铁栓过了十年的住竹板房的生活。十年以后，一九九八年杜与赵回到大杏子峪村子的生活中来了，分到了自己的宅基地，盖起了新院新房，糊上了当时时兴的人造大理石与花瓷砖贴面，还使用了冒着刺鼻的甲醛气味的、不合乎环保要求的墙壁涂料。

人们开始关心起白大梁的生活来，怎么也得有个堂客啊，你烙饼是烙得不错，可也得择点菜啊，腌点萝卜啊，连连衣扣啊……

白大梁又硬是坚持了三年，二〇〇一年，就在为白杏上不上高中而拿不定主意的时候，一桩婚事接近成功了。

关心他人的婚姻，这是国人的一个习惯，也被认为是一种仁义美德。再说得雅一点，叫作"君子有成人之美"。为傻呵呵的白大梁说续弦媳妇的人络绎不绝。也有一说，就是大杏子峪的四周，特别是河北内蒙古一带，贫困人口太多，而大杏子峪这边，毕竟隶属北京首善之区，山水明丽，已经开始有城市人假日前来旅游，村民们有机会卖点山楂片、用硫黄熏过的显得白净透亮的核桃与蚕屎枕头，能见上点现钱。这里有地理上的吸引力与凝聚力了。这也证明了经济是基础。再有就是，从白大梁说亲的状况看来，咱们这里的中年离异或丧偶、嗷嗷待再嫁的女子竟是这样大大地有。虽然人口专家连年来警告的是：重男轻女习惯势力下单婴政策已经造成了男多女少，中国男人正面临娶不上老婆的危险。

被认为有谱的是内蒙古邻县吕家村的沾点蒙古族血统的吕二凤，与大梁同岁，身大力不亏，方脸，有几粒麻子，会做饭，自称有四级厨师证书，虽然没有人看到过。她与前夫生了两个女儿，离异，她带着两个女儿过日子。白大梁换了一身西服，打着松松垮垮、歪歪斜斜、领带夹晃晃悠悠的一条领带，由他堂兄开着一辆上海桑塔纳代步，到吕家村相亲。不知道为什么，白大梁一见吕二凤就被震慑住了，他一句整话也没有说出来，出了一身冷汗。回家路上对他的堂兄说："我哪儿敢娶她，我哪儿敢呀……"

但是吕二凤对白大梁却是一见钟情，绝对满意。堂兄再一分析，二凤加两个女儿，三个女子的家庭仓满圈实，柴堆于院，煤砖砌成小山，锅灶方圆，光洁整齐，干菜鲜果、猫羊猪鸡俱全，吕二凤肯定是一个持家劳动的好手，是一个不让须眉的干活练家子，是大梁这里最需要的人，是大梁后半生幸福的钥匙，是白杏的比亲娘还中用的真娘。连每年选不出妇女队长来的大杏子峪村，缺少的也正是这样的女中豪杰。

吕二凤的青睐使白大梁如同抱住了一兜子热饽饽，汗流浃背，幸福得哆嗦。堂兄与随后的听说了情况的全村头面人物的高度肯定与撮合使白大梁不再有自绝于人民的勇气，只能接受与投入吕二凤热气腾腾的怀抱。但他还是没有忘记说一句话："得疼我闺女，我闺女得上高中！"但他说得闷声闷气，口齿含混，可能无人注意也未必得到了首肯。

吕二凤就这样被娶过来了，她果然不俗，不是等闲之辈。

七

白吕结婚第二天就听到了吕二凤恶声恶气的声口。表面上是在争论白杏要不要上高中，实际上呢，所为何来，只有他们两口子知道。

然后吕二凤的全部精力扑在劳动上。她上山砍柴，一次用背子背大体积的百十斤柴火下山。她挖掉白大梁庭院里的洋灰地，全部种上了菜。她一面经常上山采蘑菇，一面在家开始做生产蘑菇的营养炕。一到大杏子峪村白家，她立马成了主事的统领。凡是到白大梁处的人都得到一个印象，从成亲第二天起，白大梁低声下气，细声细气，吕二凤颐指气使，主导万事。

但是吕二凤的气势越盛，干活越强势，白大梁对于白杏要上高中的坚持就越不可动摇。他蔫蔫地，说话旋律带点曲里拐弯，一声紧，一声慢。但是他说来说去就一句话："孩子得上高中，上高中，高中，高中……"

吕二凤可以主导一切，气吞山岳。大梁则只求守住一点：他有他的贴心闺女，被狼心狗肺的亲娘抛弃了的闺女。为亲闺女上高中，他甘愿付出一切代价，有条件，要上，没有条件，还是要上。在强势的二老婆没有进门以前，白杏上不上高中他还拿不定主意，老婆进了门，反对孩子上学，声气高高在上，他白大梁反而下死了决心。一息尚存，白杏上高中就没有商量。他恍恍惚惚地估摸，女儿又聪明又敢干，功课一直不差，她的前途无限光明。

父亲为白杏缴纳了上高中的费用，吕二凤得机会就发牢骚，甚至当着白杏的面指着白杏的脸说："我们家能怎么办呀？你爹的钱全花在你身上了。上高中？还上大学呢，还当干部呢。上得成吗？当得成吗？你有那个命吗？你考得上吗？考上了，有那个钱吗？供一个大学生，就咱们这里，那是活活要一家子的命啊。"

八

白大梁在那里度过了童年的大柳树地，二十世纪八十年代中期被区旅游局承包，转移了大部村民，开辟了龙潭泉眼、人工瀑布、半月湖、盘山栈道等。白大梁就是在此时被疏散到大杏子峪村来的。

旅游局的承包与经营以失败而告终。一家房地产开发商转手再包，将此地更名为"山吧乐园"。在大柳树地修筑起一些游乐项目：天梯、缆车、滑车、滑草、套圈、电子手枪打靶，还修筑了些休闲设备：石桌、石几、安乐椅、茶室、小卖部、果皮箱。一时反映不错，来客日多。大家叹息，为什么这样的事，政府机构来办，办不好，私商来做，反而很快就能扭亏为盈，面貌一新。

这天白大梁没有什么事，来到山吧乐园这边。随着改革开放的发展与国家对于环境保护的重视，地方政府确定整个紫李子峪乡为退耕退牧还林还草地区，按照原耕地面积，政府给补助。老实巴交的白大梁被任命为护林员，每天他要巡视各地山岭，不准本乡与外来的羊群牲畜侵入毁坏林草。再有这里还有一说，英文里的"吧"到了中文译成了"酒吧"，人们按照中文的语法与构词规律，便将"吧"理解为一个房舍、一个地点、一个空间，而将"酒"理解为一个功能界定。把一个单纯的英语词 bar，变成了"酒"功能与"吧"实体的复合词。再从"酒"与"吧"的组合按汉语法则繁衍出"书吧"（一个比较温馨的卖书租书的地方）、"话吧"（即公用电话服务间）、"氧吧"（即氧气充足的空间）……而大柳树地的凭票入场的山林公园就被称作"山吧乐园"了。这样的词，华人是越听越糊涂，外籍人是越看越头昏。然而，既然谁也没有提倡过这种时髦名词，这样词条的出现并非有意为之，也就无从限制或减少这种名词了。

白大梁由于原来是大柳树地的人，对那里的情况有些关切，同时，他知道本村人进"山吧"看看，管理人员是不会收门票的，而这种自然风光转变成的收费公园，门票比颐和园还贵。北京来的人买张门票是八十多块钱，他一直没有进去过，觉得自己有点冤，如果他去玩过三次呢，等于得到了二百四十元的好处，明明可以得到二百四十元的好处，却不去获得，岂不等于损失了二百四十元人民币吗？

二〇〇二年九月二十二日，白大梁这次进"山吧"去了，他觉得挺可笑，他完全不明白好好的一个山沟，加上些鸡零狗碎的设备，为什么就值八十元看一回。有意思的是，在这里他看到了久违的赵丽华。

赵丽华回到村里的正常生活中来以后，一直忙于挣钱还盖房所欠下的债。她在山吧乐园的大门口卖零碎东西，脸色红扑扑的，看着精神很好。她一眼认出大梁，立马进入主题，说："白杏上高中，我可以出一半钱。"

显然赵丽华听说了关于白杏上高中问题上的白与吕的歧见。她退出大梁与白杏的生活十年了，现在，吕二凤上场了，她也准备出场。不知道是偶然碰巧还是处心积虑。

这可不是小事。为了上高中，白大梁的预算是要花四千块钱的。学费杂费一千，住宿伙食一千，置办行李一千，供孩子日用的零花钱一学期至少也得一千。赵丽华出一半，那就是两千块钱。谁敢小看了它？他模模糊糊地听说过，问题不在于赵丽华的练摊，问题是杜铁栓在区里农机站恢复了工作，月收入一千多元，有时候加上奖金能三倍于正常工资。

白大梁与赵丽华的见面与赵丽华愿意出两千元协助白杏上高中的消息，大梁第一个告诉的是女儿。很奇怪，女儿在大梁再婚以后，对亲娘的态度发生了转变，两千元的许诺立刻使白杏流下了泪，这与后娘一进门先阻挠她继续上学的对比太鲜明了。没有等泪落下来，白杏硬是挤挤眼皮，使泪水消失了踪迹。她接着又咬了几次牙，她说："让上就上，不上就不上，上不上，一个样，心可是不一样……反正我还是没娘的女儿。"她捏了一下拳头，忽然满脸都是泪花。

第二个知道的是吕二凤，她立即破口大骂："不要脸的婊子，现在又来勾引你个不中用的窝囊废来了……她出钱？什么钱？还不就是卖逼的钱吗？她用她卖逼的钱给你女儿，不就是教给你女儿接着卖吗……"

白杏喊了一声："说话干净一点！"摔了一家伙什在北房正厅北墙的后门，出门走了，直到夜里十一点才回来，没有吃饭。吕二凤的说法是，果然，开始卖"期货"了。

九

中国人民从小就经历了风风雨雨，懂得内外有别的道理。白杏自己可以用世界上最难听的话骂亲娘赵丽华，但是绝对不允许吕二凤置喙。随着吕二凤粗口的升级，她的反击也逐步升级。从说话干净批到嘴巴太脏，然后是闭上你的臭嘴，然后是臊嘴，然后是逼嘴，然后是茅坑。其次从干净到刷牙，从刷牙到冲洗，从冲洗到掏茅坑与消毒。吕二凤以长辈的身份动手，被举动灵活的白杏闪避成功，二凤不知是真是假绊了跟头，摔破了额角，大吵大闹。大梁说了女儿几句，女儿立马走人，当晚住进了紫李子峪中学。白杏还没有注册，没有缴费，没有领到学生证与宿舍门卡，却想住就住了进去。而大梁也及时为女儿补交了有关费用。

从表面上看，吕二凤来到白家，气势如虹，白大梁糊糊涂涂窝窝囊囊，白杏小淘气一个，但大梁有大梁的极明晰的原则。面子上二凤第一，闺女第二。实际上供闺女上学是天经地义、雷打不动。而与人民币相比，什么都是第二；命都可以往后靠，该要的人民币，当然不能放弃。

于是吕二凤频频哭泣起来。

一个月后又出了事：一天晚上，已经过了紫李子峪中学住宿生的熄灯时间，白杏住的女生宿舍突然停电，校方总务处以已过熄灯时间为由，拒绝派遣电工前来维修。别人只好拉铺盖睡觉，不甘心的白杏拿着手电筒，扛着一条破板凳，前往楼道入口处的自动电闸开关匣子那边检查。她发现，电闸盒盖子不知为何脱落了，一条小蛇爬到电闸盒里，将保险丝咬断。生性狂野的白杏接上了保险丝，又捏住小蛇的头，将它拿在自己手里。回宿舍时经过她最讨厌的一位女班长的宿舍，宿舍已经熄了灯，白杏顺手将小蛇从没有关严的窗子扔到了女班长床上。女班长发现了异动，也发现了电灯已经通了电，她拉开灯，看到了小蛇。当然，她也并非窝囊之辈，她冲到白杏的屋与白杏全武行大战……白杏打折了她的左臂。

学校大怒，召见白杏父母，指出殴打班长的问题不属于一般同学打架性质，并称如处理不好就将白杏送入公安机关，按刑事犯罪处理。白大梁与吕二凤一说，吕二凤就是劈头盖脸的一通臭骂，不但骂了白杏——赵丽华的祖宗八辈，而且卷了白大梁的祖宗先人，然后一直骂到紫李子峪与酸梨峪，当然不能不骂大杏子峪。白大梁无法，同时预计凭自己一人无法保住闺女，便约了赵丽华同赴学校。到了学校，白大梁只如木头疙瘩一般，一个屁也不放，全凭赵丽华，答应赔偿五千元，并且接受了学校党支部、董事会、校长、教导主任、班主任、宿舍管理员，还有受害方即女班长的父亲、母亲、哥哥的轮番长篇批判训斥，连连赔罪。最后由乡领导做了总结，并给予白杏记大过处分一次。好不容易，在白老爸的慈爱执着与赵亲妈的明哲与泱泱大度下，他们平息了一次白杏危机动乱。

爹爹流下了泪，对闺女说："好好学吧，爸爸忒笨啦，爸爸指着你……"

赵丽华掏了五千块钱为闺女买来了平安以后，面色苍白地对女儿说："你能叫我一声妈吗？"

同样面色苍白的白杏，低下头，说："五千块钱我早晚还你……"她哭了。她不叫赵丽华"妈"，赵丽华也哭了。

十

按吕二凤的逻辑，白大梁与赵丽华二人去乡里，前后用了四个多小时，路上一个半小时，还有两个半小时，两个半小时二人什么做不出来？谈谈话，说那么长时间干什么，她本人前后三次结婚，每次谈婚事谈条件谈聘礼谈嫁妆，也没有用过那么长的时间……这还了得，这边占上了她，那边并不断线，她成了什么人了？她们吕家哪里出过这样的窝囊女子？

尤其是，白大梁居然认可赵丽华骚货赔偿五千元的许诺，并且准备分摊二千五百元的义务。这叫什么？那个年代，许多农户，一年也挣不上二千五百元啊。

吕二凤根据自己的经验，她判定，白杏不是等闲之辈，杀人放火，谋杀亲夫，卖大烟倒赃物，小孩儿将来都干得出来。如她所料，嫁过来前她已经判断白大梁她完全能管得住，所以她才满意这桩婚事，没有预料到的是，小屁孩子白杏的能量，远远超出了她的想象。

她与白大梁大闹了一场，白大梁一声不响，吕二凤的语言艺术声乐艺术朗诵艺术表演艺术乃至手舞足蹈的造型艺术全部白搭。

世上没有比无言无反应更令人撮火的了。吕二凤一不做二不休，拿来了敌敌畏药瓶子，一面喊着叫着哭着闹着，同时做出开怀痛饮的感情深、一口闷的壮举姿势。

白大梁临危不惧，临乱不惊，只拨了一下电话座机，他的堂兄加几个村干部就过来了。

这些人对于处理家庭矛盾寻死觅活、喝药上吊、跳井抹脖子似乎蛮有经验。进了大梁家的门，不问不听不言语，只是一副抢救的架势，停车，掉头，抬担架，抱人，抬人，盖被单……完全进入程序，完全符合专业标准。一开头吕二凤未知其意，乐得把事情闹大，等抬到汽车上，她忽然明白过来了，他们这是把我往医院里送，弄不好弄假成真，对自己未必有利。她一边说："药我没有喝多少，瓶子里没有什么药了……"一边准备下担架下车。白大梁的堂兄如何允她自便，堂兄两手像铁钳子一样将她的全身按倒在担架——车后座上，一面从塑料袋里掏出木炭渣粉，说是"要不咱们先灌药用炭……"吓得吕二凤不敢乱动，只是紧紧咬死牙关，怕是被灌了干面子，活活噎死。

一辆小"面包"拉着"服毒"人员、"看护"人员，一辆夏利拉着村支部组织兼保卫委员，一起到了医院，医生也完全进入程序，下令用肥皂水然后是生理盐水冲洗肠胃，注射阿托品，并用探喉压舌木片放入吕二凤的嗓子，探喉压舌催吐。吕二凤抗拒挣扎，人们便七嘴八舌地说要采取更严重的强制麻醉与医疗措施。总而言之，感谢我国农村合作医疗的成功，这次是把吕二凤治了个三魂出窍，二魂涅槃。在医院把她折腾了几个小时后，吕二凤服服帖帖了。

十一

表面上看，在大杏子峪村老少爷们心照不宣的合心合力的默契与合作下，吕二凤已经彻底被摆平了。重点转移，从此吕二凤主抓经营了。这个时期，农家乐旅游在大杏子峪村渐成气候，都市一批画家、记者来到此村暂住或长住，带动了一批又一批城里人假日前来旅游。一些条件好的农家,腾出高级房间,搞好清洁卫生,安装上下水道（全村的自来水系统完成,从隔日供水两小时改为昼夜不间断常年供水）,安装空调设备,修厨房火灶,尤其是兴起了土法烤全羊的热潮。过去一年到头见不到几次现钱,现在都是明码交易,现款结算。农村标准间居住,加一天三顿饭,每天每人五十块钱。叫一只烤全羊加二百元。酒水在外。凡是经营了农家乐旅游的,家家时时见钱。见钱眼开,见钱眼开,大杏子峪村人总算开始尝到了见钱眼开的快乐滋味。

白大梁只能眼馋地看着别人挣钱。他没有财力装修房屋、增加客房、安装卫生设备、雇用服务员与厨师,他做不到现场结算、见钱眼开。吕二凤这时显出了足智多谋。她将自己住房的西南方的墙打开,拾掇拾掇,弄成了一个小卖部,进货包括啤酒、白酒、香烟、打火机、面包、饼干、果汁、可乐、雪碧、黏豆包、火烧、蝇拍、万金油、花生米、糖果、油盐酱醋糖茶、酱菜、腐乳、香肠、火腿……刷刷刷地进钱。真是无商不富,钱滚钱,货增货,白大梁的家境马上变了样了。

吕二凤的这一项实绩,不但令白大梁佩服欢喜,连白杏也不敢造次了。

白杏上学陆陆续续用着钱,白大梁没有预备好钱等着白杏花,就只能向老婆乞讨。吕二凤边冷笑边讽刺,指着咱家白大小姐上大学做大事发大财吧,好日子全在后头呢。伸手的人如何能直得起腰来!

到了上高中三年级的时候,白杏那边的花销越来越多了。多数同学来自城里的老板家庭,开学的那一天奔驰宝马卡迪拉克雪佛莱雪铁龙凌志日产一大片,公路都为之堵塞了。白杏是坐着爸爸开的三马子来的。同学们的衣装名牌炫耀,女生们的化妆品,她不但没有用过也没有听说过。而学校里又是秋游又是运动会,又是艺术节又是大联欢,又是书法比赛又是补钙补锌与一些商人联手推销营养与国家的未来——一些营养食品与饮料的推广词是:"为了国家民族的未来",样样活动都没有说要缴纳多少钱,但样样活动都是孩子们显示自己的家境与慷慨程度的平台,在这样的学校里生活,白杏每天感觉到的都是屈辱与憋气。

那时候还没有发达的互联网,没有"拼爹时代"一词,白杏也远远不是有爹可拼的一族。但是,在紫李子峪中学,拼爹实际上已经摆在了白杏的面前。拼爹一词的终于诞生,证明了存在决定意识,生活先于词语。

一个周末,为了需要做新衣服参加国庆歌咏大赛的事情让白杏痛感到没有钱的委屈、向继母要钱的丢份儿、继母面孔的难以忍受、父亲的舐犊之情的终无大用与随着年龄渐大再也无法与有钱人家的子女混在一块儿了的自觉的痛心疾首,她大喊起来:"你们不用为难,我对不起你们,我花钱太多,我不上学了……"她突然带着青春期的歇斯底里,变音变色地大叫。

同时,她抄起面前的一个搪瓷茶杯,照着玻璃窗砸去,咣当,哗啦,吱嘎,玻璃窗受损了。

接着是白大梁给了闺女一个大嘴巴。

白杏愕然。长这么大,爹爹从来没有动过她一个手指。她看了爹爹一会儿,白大梁一副傻呵呵、糊涂涂、茫茫然的样子。白杏没出声,回到了自己住的西厢房。原来白杏和爹爹住的是北房,从爹爹再婚,她下调到西厢房去了。北房是土木砖瓦结构,高大宽敞明亮,厢房是预制钢筋架子,临时浇灌水泥,冬冷夏热,五面洋灰,不通气,无毛细作用,居住不适。

等到第二天一早,大梁与二凤发现,闺女已经不在了。

十二

离现在的居民点三公里,有一座孤立的山头,山顶被铲平,方圆不过几百平方米,上面盖了几间茅草房和一个大院子。这是本村仍然保留的少数几处老房子之一。歪歪斜斜的院墙上还依稀看得出大跃进年间的标语:"鼓足干劲,力争上游,多快好省地建设社会主义!"由于早已无人居住,院子里满是杂草和厚厚的几层羊粪蛋子。正房的房檐下,有一处电灯开关,说明早在近半个世纪前,憋足了劲却颇有些蛮干的干部群众已经在践行农村电气化之梦。列宁说过嘛,苏维埃加上电气化就是共产主义。靠泥和干草搭起来的屋顶,由于没有防水材料,修成两面的大斜坡好走雨水。还有室内仰望,看到的裸露的梁柁椽子和破洞多多的苇席,比此后的民居还更有文化意蕴。如果你是国画家,你会视此房为珍宝。一出院门,居高临下,到处都是密密麻麻的位于你脚下的果木丛林、灌木荆棘蒿草,也很给人美好的感觉。老王他们在这里生活的时候,将此旧房命名为"小庙",没有常理或考证上的根据,他们自然而然地觉得在二十世纪末叶,这样的房舍更像一座小庙。

白杏挨了爹爹一个大嘴巴,悄悄离家的第一夜,传出来是在"小庙"度过的,而且吕二凤援引一二三四,四位乡亲的话说,那天晚上待在小庙里欣赏享用新鲜羊粪蛋气味的不只白杏一人，还有另一男青年在。人们甚至传出了二人在小庙里发出的响动，说的人，听的人，包括转述的人吕二凤，一提到这响动就二目放光。

"放屁！"白大梁二目圆睁，怒火中烧，吕二凤还从来没有见过他的这副神情，她不说了。同时，她对全村广播了大梁给了白杏一个大嘴巴的铁的事实。

别人谈起此事，白大梁一言不发。许多年以后，大梁才说了两句话。

第一句："我不就是图她上个学嘛……"

第二句："我当时要打的不是她……"

关心者问道："你要打谁？你要打吕二凤吗？你敢吗？"

白大梁低下了头，又是一声不响了。

十三

白杏一走就是半年。学校通知白大梁与赵丽华，白杏的学籍已经注销。白大梁气得咬牙切齿。他在守护山林的时候对着大山嗷嗷地大哭几次，一边哭一边诉说他为了女儿的学业与前程付出的艰辛，而女儿的一切使他全然无望。"白杏，你狼心狗肺！"他冲着大山喊，村民中甚至有人说，几个月过去了，人们在村里家里，在床上炕上，夜深人静之时，月圆月缺之夜，仍然听得到白大梁痛苦呐喊的回声。

还有白杏的同伴，说是白杏承认，在城里，在梦里，她听到过她爹向着山岭大哭与对她大骂。

村妇女队长告诫大梁：你得积极寻找你闺女的下落，你是监护人，你与赵丽华的离婚协议当中包括了白杏的监护权在你这里的条文。白杏尚未成年，她有个什么闪失，你必须负法律的责任。白杏有个三长两短，赵丽华有权起诉、追究你的监护责任。

白大梁才不在意民法的有关规定呢，爱怎么着怎么着，白杏让人强奸了杀害了，活该，我去坐监狱，那敢情好了，省得我在家憋气。把我枪毙，那尤其好，一了百了，全舒服了。

难以理解的是从此小庙的名誉越来越差，有说这里头闹鬼的，有说这里头有敌特藏匿的，有说这里头有可怕的无名病毒的，后来许多年过去了，在美国

"9·11"事件以后，还有山村的农民说，这个小庙其实可以充当本·拉登临时使用的指挥所。农民看电视，与城里人一样，新闻节目里喜欢看国际新闻，觉着看国际新闻过瘾，而且常常自发地在村头讨论中东与独联体的局势。

终于，进入二十一世纪不久，小庙临时卖给了城里一家人，他重新大兴土木，把这里盖成一个鹌鹑蛋生产基地，修起了大铁丝笼，许多鹌鹑在笼里飞，像是新加坡的飞鸟公园。又过了若干年，鹌鹑蛋生产基地无疾而终，但基地留下的破败景象冲淡了人们对于少女白杏即白杏的少女时期的温情与伤感的纪念。此是后话不提。

直到挨嘴巴出走一年后，二〇〇五年，白杏年近十八岁了，她回来了。她言说，她用两天时间，蹭公共汽车加步行到了上百公里外的北京，根据多年前留下的地址，她找到了当年送给她景泰蓝镯子的游客，游客留下了她也帮助了她。她一年来经送镯子介绍，在一家成衣铺打工，她学会了一点使用缝纫机的技术。她说，这期间她多次给老爹写过家信，未获答复。对此，白大梁断然否认，他说是绝对没有收到过女儿的信。女儿则指天画地，说是写过许多信。她怀疑是继母没收了她的信。为了证明她写过信，她甚至于说，她给亲生母亲赵丽华也写了信，在信上，她叫了赵丽华"妈"，为此赵丽华给她的三页的长信浸满了泪水。这么一说白大梁与吕二凤又大哭大骂起来。吕二凤说白杏给她栽赃，并找了乡邮递员来作证，证明一年来从来没有投递过任何人给白大梁的信件。白杏则立即指出，邮递员是内蒙古与他们相邻的？莒县吕家村人，与吕二凤是同乡，他的证词根本无效。中华文化的特色是重视关系，重视后果，重视息事宁人，躲避锋芒，而绝对不管事情本身的青红皂白是非曲直。白杏学历上是上到高中二年级，而在生活经验上她早就是博士后的水准了。她对此已经深有体会。

当然，这样的争执、这样的讨论最后的结果肯定是不了了之。事情一旦经过，随着时间的逝去，事情本身的意义就向零方向变化了。白杏是白大梁的女儿，她给他写信，是女儿，她不给他写信，还是女儿。她与他相依为命，是女儿与父亲，她与他发生口角，动了手，也还是女儿。那么，赵丽华与白杏的母女关系，赵丽华与白大梁的原夫妻关系，吕二凤与白大梁的现任夫妻关系，杜铁栓与赵丽华的现夫妻关系，乃至于你如果愿意说吕二凤是白杏的继母，而杜铁栓是白杏的继父，又有什么可以争执、承认或者否认的呢？承认又怎么样？否认又怎么样？

靠一个十年前的景泰蓝镯子在北京混了一年？村民中有人提出怀疑。白杏则解释说，当年给她这个镯子的时候，她岁数小胳臂细。镯子本来是可以打开的，由于她对于那位北京客人的良好印象，同时她害怕摘下镯子会丢掉镯子，她一直老老实实地戴着它，以至于镯子的开口也锈死了，她也胖了壮了，她根本打不开镯子了。城里人好，城里人觉悟高，城里人文明，她找了他们。

当然，吕二凤的版本别样。她讲的故事比较肮脏，儿童尤其是少女不宜。

十四

回来后有一段时间白杏的生活谁也摸不清。你问她本人，她说她在自己的即白大梁的家里。你问白大梁，他说，不知道。再问，说，有时候在，有时候不在。再问，说是在就在不在就不在，吃饭时有她，就一块儿吃，没有她，就自行吃。吃完了她回来了，有剩东西，自己热一热吃掉。没有剩东西，做一点吃。没有做，就不做也就不吃。做了，吃了，还剩下了，就第二天接着吃。没有什么东西好做，也就随她便了。

老王有一次听大梁讲这么一套意思，觉得很有哲学味道。人生不过如此，人生大体如此，是问题就什么都是问题，不是问题就什么也不是问题。本来嘛。

还有人说看到白杏住在小庙里，与她的男朋友在一起。她毫不避讳，她给全村人看过她的男友。

夏天，有一次老王看到白杏与一青年亲密同行，白杏搂着男青年的腰，男青年搂着白杏的脖子，那个姿势与北京王府井大街或者上海外滩上的情侣没有两样。男青年的一个特点是留着披头士式的头发，使老王一阵阵以为自己到达了统一前的西柏林。老王觉得大杏子峪的村民思想观念更新得十分迅速。老王反省自己，过去以为国人的观念陈旧、前现代化、保守因循，恐怕都是错的。他认识的墨西哥女汉学家白佩兰讲得好，中国人其实是最能追逐时尚、求新逐异、一日千里的。原因之一是国人没有那么严厉苛刻的宗教信仰，中国人最懂得无可无不可，此亦一是非，彼亦一是非：两岸猿声啼不住，轻舟已过万重山；山重水复疑无路，柳暗花明又一村……中国人什么没有见过？中国人什么没有经历过？谁能难得住中华儿女？

白杏有一回还对老王发表评论意见，说是为了发展旅游，大杏子峪的村民们纷纷拆旧房盖新房，拼命向城市靠拢，这失落了山村特色，不对，早晚城里人会另行寻找真正的山野旅行景点，到那时候大杏子峪的人肯定会叫苦不迭的。

老王甚至觉得白杏的参与议政水平快跟上县政协委员啦。

十五

又过去了两年半，白杏与一外省青年结婚，老王一直没有辨清楚的是，此人是不是那个披头士。成家立业以后，她再也不去白大梁那里了。人们说，他们彻底分道扬镳，互相见面竟谁也不搭理谁。至于吗？老王不解。她管杜铁栓名正言顺地叫起了爸爸。爸爸回到村里的正常生活来以后，诸事顺遂，当了村干部与技术管理人员。爸爸带着人不但给女儿盖了房，也修了路。女儿卖山货效益也不错，外地来的新郎买了一辆二手捷达车。爸爸的亲儿子白钢上了高中，功课不错，考上了大学。现在麻烦的是虽然上了大学，毕业后工作难找。杜铁栓声言他已经准备了八万块钱，打点各方，只求给白钢找个城里的工作。赵丽华在村口开了一家"辣妹子湘菜馆"，招揽顾客，常有斩获。她的生活幸福美满。春节快到了，她准备带上老杜与俩孩子回一趟湖南。

吕二凤的奔小康事业也是成绩斐然。她把自己原来的一个娘家弟弟两个女儿全带到了大杏子峪村，又从家乡雇了几个人，扩大经营，管吃管住，干菜野菜，靠山绿、木兰芽、山蘑菇，使家庭面貌一新。她的农家乐餐厅翻修以后，扩大为"二凤风味馆"，不但北京来的游客，连区县领导招待市里来的领导与各种关系户，也时而被拉到二凤风味馆来尝鲜。

一家辣妹子湘菜馆，一家二凤风味馆，增添了大杏子峪的旅游吸引力。更巧的是，吕二凤与赵丽华都参加了电视台举办的农家乐烹调大赛，两个人都上了电视，都得了奖。谁的菜烧得更好，到现在难分轩轾。人们意见比较一致的不是炊艺，而是容貌，相差实在太明显。只是白大梁的堂兄等人，对吕二凤的印象仍然不佳，常常传出来她把在大杏子峪村挣的钱倒腾到吕家村去了的消息。

幸福的生活里也会有各种龃龉与曲折，幸福与龃龉的轮番作业使白大梁的头发过快地花白了。在大大小小的女子面前，他自惭形秽，觉得自己是一事无成。在村里，在自己家里，他都在边缘化。农民而不好好地种地，开饭馆开旅社卖杂货，这使他若有所失。而不论是赵丽华，是吕二凤，是白杏，是白钢，都比他强。大家都说白钢其实是杜铁栓的孩子，但是他跟着赵丽华走了之后，没有改姓。既然姓白，他白大梁就对他有父子之情。每每想到这里，他会怆然泪下。他又不敢承认自己对白钢的感情。他惹不起吕二凤，他在自己的家更像是一个打工佬。他也惹不起杜家，他谁也惹不起。唯一使他有些骄傲的，是他的红袖标，红袖标代表的是国家，封山育林，育草，要改善首都的环境条件，他有他的任务。

又一年，二〇〇九年，白杏生了个大丫头，又白又胖。白杏说，一定要让她好好上学，她要天天给女儿补功课，等女儿考上了大学，会带着她去找姥爷。如果那时姥爷不在了，就去给姥爷上坟，弥补她这个不孝女子给老人带来的遗憾。

白杏还说，她相信她的女儿一定比她更幸福，更出息。光阴去得太快，转眼，白杏也到了把自身未能实现的梦想寄托到下一代身上的年纪了。生命延续着，对于幸福与出息的希望也在延续着。

十六

老王到这个村来居住已经满十五年了。这次走过吕二凤开的杂货店，与二凤闲聊了几句。在二凤的热情邀请下，他走进他们的店铺看了看。有一套体量不小的风铃引起了他的兴趣。风铃其实不完全是铃，应该叫风铃兼风管或风笛才对。大小不同的五个金属管子，稍稍有风，管壁发出的是叮叮咚咚的清脆撞击与呜呜嗡嗡的悠长之声的和鸣，管内的空气发出的是 CDEGA 五个闷音，或者也可以说是多瑞米骚拉。五个音无序地或因无序而似乎有序地参参差差地响了起来，忽然一声像《紫竹调》，忽然一声像《梅花三弄》，忽然一声像京剧过门中的《夜深沉》，忽然一声像《小放牛》。忽然随着风力的加大风笛激越起来，它挑动得你泪眼迷离，世界如何会这样地眼花缭乱，悲喜莫名。一会儿又因为风力的减小而淡漠了下去，它抚摸得你万念俱空，山沟里竟如此淡淡浓浓，终于失落。来无影，去无踪，似有意，更无情，没有所谓，却是心惊。而金属管壁的碰撞，清清脆脆，零零碎碎，如水，如波涛，如滚动铁环，如春汛破冰……

山野的人也是这样，碰碰撞撞，起起停停。风起了，声起了，动人得心醉心软，撩拨得你无比动情。原来会有这样散漫与游移的旋律，诉说着捏不成个儿画不成形状的喜怒哀乐，自己也不知道自己究竟要诉说什么。风要停了吗？在你刚刚摸着了一点脉络，体会了一点天籁的时候，慢慢地，声音渐趋收起，共鸣余震仍然长远，再长远它也渐渐卷起来了，一直是若有若无，若无若有。你感到的是留恋与失落，既空虚又充实。你忽然想为山风与风铃、风管与风笛浅哭一场。

终于，你笑了。

笙管本无律，清风顾盼闲。哀哀稚子意，眷眷亲人怜。

岁月悲华发，流光爱少年。山中有历日，年尽不言寒。

（唐诗云：偶来松树下，高枕石头眠。山中无历日，寒尽不知年。）

幼小便失亲，山深自本真。几行逝水泪，一片朝霞洇。

或有野村梦，岂无花蕾心？春夏秋冬后，情仇过眼云。

"山吧"样样宝，处处闻啼鸟。游客沟沟至，大巴路路跑。

现钞结现场，新妇抱新小。惜取花开日，曲吟"金缕"好。

曲唱金衣缕，歌吹杨柳枝。情人应有泪，父老岂无持？

鸟散伤秋晚，虫集苦夏迟。山光日日好，愁心淡如丝。

——2012 年 6 月

我愿意乘风登上蓝色的月亮

一

我愿意乘风登上蓝色的月亮，
回望地球上人类有多么匆忙。
也想化为歌声穿过青草树木，
与蝴蝶般盛开花朵共鸣感想。
而后化作满天云霞滴滴雨珠，
湿润孱弱的小苗干涸的土壤。
谁能想到却变成奔跑的野兔，
追赶你勇敢的猎人猎犬猎枪？

我不知道说什么好。前四句有点感觉，而后两句意味与情感已经接不上了，最后两句简直是狗尾续貂。但是我不能这样对她说。

她是这里新任的领导，地位排在副市长之二，好劲。

我是历经艰辛终于担任了作协分会主席的报告文学写作人。文人相轻，同行冤家，当个破作协分会的主席，同行们与网民们恨不得生吃你一百多斤。见了人压不住火，被反体制的时尚搅动起来的小哥们儿不敢反别的体制，不会去反他住家所在地的派出所与居委会，连文联都不敢反，可敢反作协与红十字会分会。当主席了，我就算处级干部。在我们这种小地方，人们只承认行政级别。级别是硬通货，哪儿都能折算、兑换与经营。没有行政级别，您就是穷光蛋。她作为这里的政坛新星，则代表市领导来会见与招待我吃饭。

但是更重要的是，她是我的老相识。她自己说，可不是我说，她有今天，和我有很大关系。她一见面就说："老周，我应该感谢你。"这证明她是一个感恩图报的人。此话到此为止，赶紧咽下。我摇头摆手，意思是早已忘到九霄云外，何足挂齿。我必须识相，不要忘乎所以，从感激到厌恶，有时候只是三秒钟的事儿。

尤其可爱的是，她拿来了她的诗稿清样，第一篇是《我愿意乘风登上蓝色的月亮》，她的笔名是"蓝月"。

天啊，怎么会是这样？蓝月亮，这明明是一个液态洗涤剂的品牌，经常在CCTV的广告里看到的。

是她太天真了？是我太低俗了？盛极必衰乃是天道。

我对于"蓝月"的感觉已经被商品传播公益广告文体的装酸弄醋侵蚀调戏殆尽。公众已经读惯了这样的文体：

文明是蓝图也是分享，

保险是温暖也是希望，

美丽是责任也是贡献，

痰吐与谈吐同样恰当！

亲切、美好、故人情深之中，我有几分空茫的叹息。吁！

二

十五年了。她给我的第一个印象是像个田径运动员，修长的臂与腿，面孔红里透黑，皮肤仍然细嫩光滑纯洁。脸圆，眼睛圆，手攥紧的时候拳头显得也是圆球样的劲道和蓬勃。也许与女子中长跑相比，她更应该投身女子轻量级拳击。

她穿着雪白的、带蓝色斑纹的蝙蝠衫，乳白的灯笼裤，一半是无拘束的青春，一半是山寨的怯土；一半是女权与女运动员的无畏——简直是高高在上，东方不败；一半是准"二儿"的怔忡愣磕；一半是白花花的大胆，她甚至让我想起农村的孝服丧服，一半是从远方刮过来的清风明澈。

那时她是后桑葚村的民办小学教师。民办小学，说明她得到的一切待遇都低于有正式编制的同工种人员。啊，编制、体制，你是多么丰饶美丽迷人！

高等学校本科毕业，应聘做了民校教师，莫非她有什么短处例如口吃，或者在校期间有所谓的不检点？要不就是得罪了哪位大佬？我心里闪过一丝阴影。

后桑葚村，从火车站还要坐三个多小时的环山公路汽车，经过山重重，水溅溅，路弯弯，屁股硌得生痛了才看到它的仙境模样。

它位于万花山脚下碧蓝溪河边，分流出来一道溪沟，从西北到东南，水波跳跃着歌唱着迅速地流淌。高低落差很大，除了结冰的季节，昼夜都有稀溜哗啦的声响。农民的房舍，修在水流两岸。全村都建筑在地无三尺平的坡地上，俯视过去，房顶错落参差，谁跟谁也不在同一个平面上。奇异的是，明明一个百十来户的小村，却保留了自己厚实的土城墙，说不定这里曾经是古战场，离后桑葚村二十公里处有一块大平青石，传说是穆桂英的点将台。说这里是土墙吧，却有一个气势不凡的城门洞子，城门洞子内缘是此地少见的拱形磨砖对缝结构，钉着七七四十九个大铜钉的大门则早已不知去向何方。一进"城"，是高高搭起的戏台，"大跃进"中据说地方戏名伶——错了，应该叫著名表演艺术家筱铃铛，在这个戏台上唱过《红娘》。红娘是反封建的英雄，到了新中国，特别吃得开，就差报名"铁姑娘战斗队"了。从戏台上眺望全村，十五年前，依稀可以看到歌颂"三面红旗"的标语。此种字迹已经斑驳，更鲜艳的横幅则是"时间就是金钱，效率就是生命"……久违了，后桑葚村的搏战与金鼓，还有几个朝代的悠远与安然。

后桑葚的一大特点是建筑材料用了大量石头。据说根据阴阳五行的传统文化，发达的地方石材只用于坟墓，是土木而不是石头才具有呼吸与渗透的活性，才适合为生活而居住。这儿偏僻穷困，就地取材，民屋也是石头垒墙，做得好的是漂亮大方的虎皮墙，做得差的则是七扭八歪的石头上糊上麦秸黄泥的厚墙，这种不规则的七扭八歪恰恰具有一种奇异的现代风格。

我到后桑葚村来的目的是逃脱我们市里的文人的明争暗斗。为了争个什么"代表""委员"当，满嘴高雅的"公知""公信""道义担当"与"批判精神"的写作人龇牙咧嘴，互相掐到那种程度，我只能远走高飞，暂避一时。我也相信，"心远地自偏"以后，将能"悠然见南山"，将至少维护片刻自我的心灵纯洁与自我救赎。

到后桑葚村的第二天碰巧听到白巧儿老师给学生讲故事，《卖火柴的小女孩》，把安徒生请到了咱村，连同邻村前桑葚村与山顶上的白仙姑庙村，三个自然村的孩子在听白巧儿讲："她想给自己暖和一下……"人们说。谁也不知道她曾经看到过多么美丽的东西，她曾经多么幸福……

眼泪从没有洗干净的众小脸上流下。山村的孩子们惊呆了，那么遥远却又是那么亲近，那么梦幻却又那么真实。这里的亲近的真实是一个切肤的"穷"字。

听了白巧儿的故事二十分钟，她的声音我一连几年忘记不了，她的声音有一种内涵，有一种弹性、糯性，温柔却又劲道，小心翼翼却又杀伐决断。我觉得我在升腾，我在醉迷。这本身就是传说，就是童话。人生不过几十年，几十年中难得有几次醉迷的享受。我惊奇也赞叹，一个贫穷的或者说刚刚开始脱离贫穷的山村怎么会出现了安徒生。流水叮叮淙淙，话语清清明明，故事凄凄美美，讲述热热冷冷，口音标准得像是出自北京的中央广播台，那时候这儿还没电视。

如诗如梦，如舞如歌，如泣如诉，如全不可能的幻想。尤其是女教师的声音，它的温柔强大使我回想起母亲的手指、往事、童年、萤火虫，那人对人对虫讲客气的年代。一个朴素的小山沟，一道厚厚的老城墙，一个上圆下方的圈门，一个单纯健康、满脸阳光与献身的城市或乡村女孩子，她在这里讲了"白雪公主"，讲了"目连救母"，讲了"孔融让梨"，讲了"渔夫和金鱼的故事"，还有"六千里寻母"……这本身就是最美的传说。

"您……是满族，是旗人吧？"我问。

"您怎么知道？您怎么什么都知道？"

"您说话特别礼貌，和气，您的那个声调就透着吉祥……再说，您姓白……"

大喜。一下子拉近距离，一见如故。我们就这样相识，我们谈了两天。虽然时间短，但我知道了她的许多事迹，她有一个不幸的童年，四岁时候她母亲死去了，后来继母与父亲对她不感兴趣。她濡染在阅读里，从书里得到了她渴望的爱。她从初中就住了学校。高中一年级时她的父亲自杀。她的父亲出过两本诗集，父亲对她讲过，其实他的诗好过李白、徐志摩、普希金、艾略特。他父亲回答记者采访的时候说，他四十岁以后准备学习瑞典语，他要自己翻译自己的诗，他五十岁时要获得世界文学大奖。大学时期，她交了一个男友，一次说到自己的父亲，她介绍了这些情况后男友说他父亲是白痴自大狂，她伤心地离开了他。

她报名当山村民办小学教师，开始时只是为了逃脱她的深受伤害的初恋记忆。但是她确实爱上了山村、土城、孩子们。尤其是她喜欢这个村名，后桑葚。她从小爱吃桑葚，爱吃紫桑葚，更爱吃乳白色的桑葚。因为这个村名，她毫不犹豫、兴高采烈地选择了这里。她果然吃美了桑葚。

"我爱吃紫桑葚，更爱吃白桑葚"，她的这个说法让我马上想到巴金的《海行杂记》中的《繁星》一文，巴金年轻时写道："我爱月夜，但我也爱星天……"这篇散文曾经选入小学高年级的课文里。许多人却硬是不知道，每当我提到巴金的《繁星》，他们就纠正我说，是冰心的新诗。

爱吃桑葚的白巧儿一年给孩子们有时候也包括家长们，讲上百个中外知名的美好故事。山村的农家，于是知道哥本哈根的美人鱼雕像，知道《百喻经》中的《瞎子摸象》，知道庄子讲的挥动巨斧、砍落鼻子头上抹着的白的垩土，知道类似的威廉·退尔，知道了灌园叟晚逢仙女，也知道了阿拉伯大臣的女儿谢赫拉萨德用连续的故事讲说克服了哈里发的凶恶杀机、挽救了众姐妹的生命。这不是奇迹吗？

也知道了她的苦恼，村民们都关心她的终身大事，村民们担心，她在这个狭小的圈子内找不到合适的郎君，最后只能走掉了事。

"也有人说我是傻子，是弱智……"她小声说，她的话声中不无轻微的疑问。

傻和弱智还可能是由于她的临时住所，那不是房屋，而是看瓜护秋的农人的"窝棚"，是石头堆积起的一个大"馒头"，外表很像坟墓，里面她有一只皮箱，有半导体收音机，有录放机，还有她自己做的用厚粗布包起来的草垫子。"这就是我的床！"她二二地说。在我离开山村的时候，白老师带着几个孩子相送。在我回头张望的刹那间，我看到了她的一个奇异的笑容，我确然觉得笑容中有无奈，甚至有凄苦，有被遗忘的荒凉。

我不敢再想她的白衣服，没有办法，我们的古老文化不接受茫茫大白。我努力去相信这仅仅是我自己莫名其妙。

这个莫名其妙变成了我内心的动力压力，还有点隐私的酸楚。我要好好写一篇关于白巧儿这个民办学校老师的文字，我要让她摆脱凄苦与孤单，摆脱那失去了天良的弱智评论，我要让温暖的种子开放出好颜好状的蓬勃鲜花。

三

回到城市，我奋笔疾书，我写下了关于民办学校教师白巧儿的长篇报道《播种者姑娘》，写作中我数次落泪。我一连几夜梦中听到了她的非凡的声音，她的讲说比嗷嗷叫的千篇一律的朗诵好得多。我受到白巧儿的感动，更受到自己的感动，原来你写出了一个纯洁的好人的时候你自己也变得比没有写此篇作品的时候更加美好了，你提升一个你笔下的人物的精神境界的时候，恰恰是你自己的美好、善良、智慧的高扬与光耀。一个写作人，这时候有多么幸福！

没有想到这篇报道取得了很大的反响，报纸收到了上百封读者来信，高层领导同志做了重要批示，教育行政部门与教育工会组织全国教育工作者阅读"学习"，我获得了报告文学年度奖与当年的好新闻奖，次年，省电视台播放了有后桑葚村与白巧儿的生活工作背景视频的我的作品朗诵。

有人还说是我的作品推动了后来民办小学教师待遇问题的解决，我谦虚，我还不敢这样宣布。

也是次年，我当选为作协分会副主席。

白巧儿来信说，她不但已经有了"编制"，而且我的报道使她收到了从帕米尔高原的边防到深圳特区的商家巨擘发出的数十封愿意与她"交朋友"的附有英俊挺拔照片的火热的信。

两年半后，收到了白巧儿的婚礼请柬，她的丈夫是县人大副主任，请柬的双喜字与牡丹花图案显得俗气，但白巧儿手写的几个字纯真得出奇，她写道："您是我命运中的贵人"。"贵"字洇湿了，我相信她写到这里时落下了泪水。

恰逢组织与宣传部门约我谈话，谈我的工作安排问题，我参加不了她的婚礼，给她寄去一套海峡对岸出品的床具，我写道："是你帮助了我，你不仅在后桑葚村播种了爱与文明，你也在我的命运中播撒下吉祥的甘露。一个好人、福星，带来的是一方好运，正像一个坏种、恶煞，带来的是一世乖戾冤仇。"届时我又拨通了她的电话，向她与她的那一半，说了许多美好热烈的祝福话，这里叫作"喜歌儿"的。

实话实说，文字生涯中遇到一个先进模范，是几辈子修来的机遇，它是社会之福、地域之福、报刊之福，宣传文艺教育部门与团体之福，本人之福，这是报道者即写作者几代人修来的福缘福分。以福祈福，以福造福，正能裂变，福福无穷！

又过了五年，白巧儿三十三岁，她调任县妇联主席。

她来信说她很矛盾也很不安，她觉得自己的前景很好，但是更加值得珍惜的东西是在后桑葚村。她说她婚后就已经是常常往县里跑了，每年的寒假与暑假，她都不在，五一、十一、春节假期，她也多在县里。她觉得对不起孩子们。她常常在梦中回到她的学校。

我回信说，她已经在山村工作了十一年，再说，她已经结婚五年，早该与先生团圆，我还以老辈的亲切直言不讳地对她说，她该考虑下一代的事儿了。

她回信说，听了我的话，她好受得多。临别的时候，她给后桑葚小学买了上百本书。听到此话，我寄给他们小学三十多本书，其中两本是我写的。后桑葚村渐渐小有名气了，在省的新闻节目里，它每年都有几次报道，也上过央视"你幸福吗"的专题采访报道。

四

又过了十年，也就是二〇〇九年，白巧儿已经是省会城市分管文教工作的副市长了。当我毕恭毕敬地接受副市长的接见，并向她致敬致贺的时候，她哈哈大笑，她说："没多大意思，谁让俺是无知少女呢，稀里糊涂就上来了。"

"无知少女？"我大惑不解。

"您不知道？无党派、知识分子、少数民族、女人，被提拔得快呗。"

"当然，能往上提我还有一个优点……"她做了一个干杯的手势。

她设宴给我接风，有老板鱼，有鸭舌鸭掌，有卤水什锦，有瑶台翡翠（是一种海鲜贝类的特殊制作）。她一再与我碰杯干杯，我几近天旋地转了。她的一套套的词儿也令我刮目相看："数字出干部，干部出数字""系统有核心、核心有系统""压力是动力、阻力是助力""接待出生产力、喝酒出公信力""背景最重要、德才作参考"，这大概是官经，还有商经："投资、回报、商机、预付、报价、长线、短线、牛市、崩盘、套牢、飘红、执行力、模式复制"……真能干呀！问题在于发掘：发掘，才能出人才乃至于出天才，如果十年以后她当了国家部长，比如教育部长、卫生部长、民政部长或者全国妇联副主席，那也丝毫不足为奇。希望在于下一代，我的眼睛湿润了。

她拿出了她独生子的照片给我看，我要全家福，我希望能见到她的老公，她心不在焉。

第二天我参加省城读书节活动，开幕式上举行了根据白市长（在我国，除了部队，对于副职人员的称呼一律免去"副"字，听着多么舒坦）的倡议编写的《我爱家乡的三十一个理由》一书发行仪式。白巧儿代表市政府两次讲话，她把讲故事的亲切与温柔，官员的正气与有板有眼，字正腔圆，诚恳随意，"旗人"同胞的谦恭与多礼，蒸蒸日上、前途看好干部的自信自如……都结合在一起。她不拿讲稿，不用套话，不带官腔，符合最高最新精神，顺流而上，入情入理，官听了官点头，民听了民喝彩，文人听了赞赏文采，老干部听了首肯其观点，海归听了佩服她紧跟时代。已经许多年了，我没有在任何县市听到过这样精彩的即席发言。许多年来，连宣布开会，宣布请哪个领导或代表讲话，讲完话表示刚才的讲话很重要……一直到宣布请起立请坐下直到散会，都是死死地念千篇一律的稿子上的"主持词"。

但是，她的讲话声腔里有一种圆熟、练达、自信，于无意中流露了高高在上……已经不是那个有独特的音响效果的女孩儿了。

我相信，再不要听那些唱衰家乡与祖国的狗屁段子了，希望在于少年中国，希望在于青春，希望在于文化教育，希望在于白巧儿她们。无怪乎省里的朋友们念叨，说是她即将更上一层楼，可能要调到省里担任职务。再想想她四十多岁的黄金年华，我怎能不为之雀跃呢？

同时我感觉到了她正式讲话的调门与单独相处或者共同吃饭饮酒时候说话的调门确有不同。场合不同，关系不同，几套语码。官员并非每一分钟都是官员，这是能放能收吗？这里有几个白巧儿吗？她还是后桑葚村的播种者姑娘吗？

她接待我的时候有市政府的一位副秘书长、一位接待办的科长，还有一位省城作协的党组副书记经常陪同，他们的点头哈腰满脸堆笑的样子，让我有点别扭。事物都不是简单的，然而权力是需要敬畏与抬轿的。我不是愤青儿，我懂。

次日她给了我她的诗集清样《我愿意乘风登上蓝色的月亮》，省人民出版社即将出版她的诗集，要我写个序。

她什么时候成了诗人？我略感忐忑。

临分手时她送了我两盒茶干，两包大枣，两包香肠，还有两瓶本地出产、自称有三百年酿造历史的白酒。据说当年老一辈领导人夸奖过这个牌子的酒，可惜如今好酒如云，广告如花，信息如海，这个酒日益冷落，白市长有"冠盖满京华，斯酒独憔悴"之不平。临别时风华正茂的女市长谆谆嘱咐我要写文章谈谈此地的酒，表现了她爱市如身的责任感。

此次会面，她既是故人情长，又是出于公心，既是谈笑风生，又是从心所欲不逾矩，如此得体，如此成熟，如此潇洒，我知道绝非易事。女隔三日，刮目相看，人大十八变,越变越雄辩。历史搭上了高速列车,人人都在创造历史,创造自己。

要言不烦,她找了一个机会体己地告诉我,说我即将满六十岁,退下来后还有漫长的光阴,应该考虑考虑"后事"。她指出的路子是找省里的部门活动一下,争取明年换届时挂上一个市政协副主席,我就是副师级干部了,一辈子都不一样了。说得我感激却又闹心不已。

临走时候我劝了她一句:"还是少喝点更好些。"她感激地捏了一下我的手。

次年元宵节刚过,我在本城请几位老同学吃羊肉泡馍。本来"羊肉泡馍"是个大众饭,小铺子里、摊档上都可以吃到,边说话边撕馍边舐嘴唇,很方便的。由于近年旅游大发展,土特小吃,成了旅游看点卖点,再贴上千百年地域文化源远流长的标签,到处夸张造势,牵强附会,换场地,添背景,编造故事,挂凡尔赛宫式的大吊灯,摆洋不洋、土不土的餐具器皿,菜单也印得如结婚请柬,加上上菜时的巧为解说宣传,发放广告彩页……种种泡沫服务,一下子价格上升了好几倍,搞得变成了专宰外地游客的奢侈大餐,而本地人少有问津的吃食了。我是因为为老友庆生,也为自己又有新作获奖,才闹腾了这么一下的。

就在我们吃喝得喊叫得最最红火之时,从里面雅间里出来一组客人,高雅富足,踌躇意满地走过我的身边。"老周!"我听到了分外亲切的召唤。

无意中在本乡本土遇到贵客,其乐何如!省城的白市长与我那样亲热,也是个体面事情。我心潮高涨,乐情荡漾。五分钟后,有一束百合花与马蹄莲配六朵玫瑰送到我手里,四十分钟后,我去结账,被告知已由雅间贵客结讫。

感动我的是"漂亮"二字,对于白巧儿,除了漂亮,还是"漂亮",就是"漂亮",硬是"漂亮"。瞧瞧人家,两千多块钱的饭钱与两三百块钱的花束事小,瞧瞧人家是怎样办事的:那出手,那风姿,那利索,那飘然而来,杳然而去,无迹无踪的身影格调……漂亮得令你醉迷,漂亮得像童话,你连感谢的话都没有地方可说。而她的美意永在身边,她的荣光罩严了你。人家果然是当市长的命,与臭鱼烂虾神经兮兮的穷酸文人们大异其趣!

回想自己该写的都还没有动手,辜负了故知新星领导的信任提拔。我不敢怠慢,秉笔含泪,激越疾书,给本省的文学刊物写了饮省城酒的散文,把刊物寄给了白市长,未有回复,我也自知此文改变不了此品牌酒的颓势。文学刊物发行量日益萎缩,我的一篇小文有什么用?无怪乎我们作协分会的党组书记调到劳动局当副局长,他跟摸彩摸到了大奖一样欣喜若狂,请我与所有的副主席与党组成员撮了一顿。倒是酒厂来信要详细地址，说要给我送两箱子样品酒。我想，大概是市长小妹把拙文转给了他们。我没接茬。我不好意思。

我写了《我愿意乘风登上蓝色的月亮》的序，没有多谈她的诗，倒是回顾了在后桑葚村与"诗人"的相遇，我仍然强调她的播种的光辉。感慨系之。

没有回音。也没有见到此诗集的出版。也没有听到她再高升或者再调动的消息。自古讲"相府如潭，侯门似海"，相信她走在新的高阶起点上。

我识相一点，能当上地级作协分会主席就已经是祖坟冒青烟啦……不要去烦人了吧。

五

二〇一三年，我又被邀去省会参加读书节活动了。我已经六十大几，渐觉耳背眼花，说话重复，时而脑筋短路，说着说着会忘记了自己在说什么，而一些最最普及的名人人名，乔治·华盛顿、哥白尼、赫胥黎、伏尔泰……最近我多次卡壳忘记。我将此次的省城之行，视为自己的告别演出。

在省城当我问到白巧儿副市长的时候，接待的人互相看了一眼，说是"我们也不太清楚"，我的心"咯噔"了一家伙。

零零星星，蛛丝马迹。人们小心翼翼地透露给我说，白巧儿的老公，因为早早就患有严重的糖尿病，一直半休在家，两人的关系似不融洽。白巧儿到了省城工作后，当然把老公也接了来，随后，老公的弟弟与弟媳也到了省城，到与他们哥哥相识的一家企业混生活。如此这般，年初小叔子与媳妇打起了离婚官司，为分割财产闹了个"不亦乐乎"。在法院，媳妇咬定，嫂子是大官，给了小叔子一套房产，还给了多少多少万元的现金，多少多少万元的股票，她全部要求按婚后财产收入归夫妇二人共有的原则分享。

此事在网上曝出来了。

"真的吗？"我问，心乱了，如同吃了一只苍蝇，仍然不敢相信。"这怎么可能？怎么可能？不可能！不可能！"我的内心山呼海啸，心、耳、思肉搏成了一团。

不，我并不是由于自己写了她，从而长了行市而为她事后的种种变故感到关切，三十年河东，三十年河西，小二十年后失足落水也算沧桑之一景。这也是报告文学，更是小说与诗歌的资源。我并不需要因为发生了某些尚无结论的说法而尴尬而晦气，我本来可以振振有词地说，当时有当时的情况，现在有现在的情况，写而不察未必会比用而不察更输理。但我还是觉得自己挨了窝心一脚，我当真要喊："天地不仁，以万物为刍狗！"我失去了成为著名作家与兹后青云连上的理由，我失去了为那样美丽陶醉得令人迷惑的感觉，我推动了山村、童话、土城上空的月亮。我的失落感当然不是为了自己的俗务。

"网上贴了四五天，小地方指名道姓地一传，早已满城风雨。后来屏蔽了一回，一屏蔽，各种爆料就更多了。"

谁都是欲言又止，大致的说法是：她的老公原来在县里就是"能人"，有些积蓄，后来倒腾了一下，有所发达膨胀，现在难以确定其合法性或非法性，事出有因，查无实据，上边也未必顾得上查他，比他问题大的人多了去了。这是第一种说法，认为白巧儿基本上没有太多责任。

第二种，是说她老公与这里的商企权贵家庭关系很深，尤其是老公善于与二三等的准红二代、准富二代交往，帮这个批地，帮那个批指标，起到了最需要起而他人无法起的作用。老公、小叔子、小叔子媳妇，都以市长家属的名义揽过事、收过礼要过回报，也都用各种办法让市长嫂子去通过关节办过事儿。她本来一个"无知少女"，权力有限，问题是市里的几个关键人物对她印象特好，她确实是一个讨人喜欢的女子。

第三种，顺着第二种说法发展下去，就传出了她与本市一位权势满满的大佬有染的丑闻。有男有女有关系有趣味盎然，形势大好，春色满园，底下的话可想而知。

再分析一下，戏后有戏，说是表面上看是小叔子夫妻打离婚，其实是老公导演的一场情节戏情景戏，时至今日，在网上把白巧儿臭了个三魂出窍，六魂涅槃，小叔子夫妇并未离婚，据说此年情人节人们看到了小叔子给妻子送了二十九朵玫瑰。倒是把白市长逼上了绝路，老公算是秀了秀自己的道行，出了一口鸟气。也有人痛斥此种说法不合逻辑，两口子之间不管有啥问题，维护共同形象，必然是利益与智慧的交汇点。

而最最要命的事件发生了，当通俗的也是最易普及的严重杀伤性爆料甚嚣尘上之时，在春天万物的发情期，白巧儿上演了一回"自杀未遂"的陈旧拙笨戏码。她吃了一瓶安眠药。

浑蛋透顶啊，你怎么会是这样，你你你……

自杀未遂，此事确然发生，没有争议。属于新知识新概念领域的争论是：她的自杀是什么性质：畏罪？堕落、蜕化变质后的自责？网谣杀人？畏谣言与舆论如阮玲玉？

背叛社会主义事业、为我们的体制与统战政策抹黑？还是完全无能力负责的忧郁症（它是用脑过度、精神紧张、体力劳累所引起的一种机体功能失调疾病）。现在美国城市的忧郁症患者占城市人口的百分之四十以上。赵匡胤、林肯、罗斯福、丘吉尔、林彪、姬鹏飞、凡·高、海明威、徐迟、许立群、崔永元……都有忧郁症。何况白巧儿的家族病史上就有板上钉钉的忧郁铁案。再加上个区区白巧儿，又有何妨碍呢？

多数市民与本市干部都不能接受这最后的说法，人们说，西医本来就不适合中国国情，西人亡我之心不死，忧郁中华之心未死，奇谈怪论更是为了给不良男女打掩护。

孔孟老庄都教导我们，君子坦荡荡，无欲则刚，至人无梦，游刃有余，善摄生者无死地；为人不做亏心事，半夜不怕鬼叫门；一瓶安眠药，已经不打自招了她的贪腐……

很遗憾，无法了解得再多，我难以释然的一点是，这里似乎有我造的孽。我的笔毁了她，高高抬起，突然跌下。当然她必须对自己负责，但是如果我不写那篇高调的报道呢？我惶惑了。我恨白巧儿，更恨我自己。天上地下，怎么会这样快？完全无法相信。我唯一能做的是，给省城朋友留下了我的手机号与地址，还留下了一张字条，托他们转交。我写道：

"白巧儿同志你好：请与我联系，永远不会忘记在后桑葚村的日子，什么都不会太迟，美好在昨天也在明天，重要的是今天的勇敢面对与跨越……请接受我的惦念与祝福，保重，保重，再保重！"

六

又一年多过去了，我得不到白巧儿任何消息。梦里，我见到了她，听到了她讲故事的独有的声音。而且，不好意思，我亲吻了她。她的泪水落到了我鼻尖上。我的泪水，落到了她额头上。

我痛心，我也期待。我惦记，我也顿足。我愤怒，我也撕心裂肺。我完全丧失了信息来源也就是完全无法做出判断，又不能死乞白赖地打问，对一个有问题的人你怎么这样钟情，你老糊涂了还是老变了态？

却对她仍然充满担忧，并且愿意为她祈祷上苍。

这是什么？一天半夜睡梦中我喊了起来。

鼠疫？霍乱？埃博拉？化武？冤孽？自取灭亡？

痛心疾首！

该死！

这怎么可能？

痛心疾首！

这是怎么发生的？

告诉我，我不信，我不明白，我不接受！

七

又一年过去了，二〇一五年除夕晚上从我的手机微信的"朋友圈"中看到了几张彩图，是雪景，我蓦然心动，若有所惊。初冬的第一次大雪？

头一张照片是一条山里的公路，公路的一个侧面是白雪，另一个侧面是黑色柏油路的本色，一侧向阳雪薄，一侧背阴雪厚。公路拐着一个大弯，两端都通向远方。来处去处都还那么遥远。大路多雪的靠近河谷一侧安装了讲究的护栏，改革了，开放了，发展了。护栏下边的流水却并没有冻结，似乎听得到一点水声。山脚下有蜿蜒而上的电线杆，几道电线像是空中五线谱。好熟悉的地方，好疏朗的空间！

另一张照片是白茫茫大地真干净，是雪的丘陵，是雪的海洋，是雪的波涛，是雪的原野。一片空无，千山鸟绝，万径人灭，无笠无翁，无人钓雪。是肃穆更是纯净，是归零更是无穷。天上有一轮奇怪的蓝月亮。我觉得我要扑向、跪向这巨大的清静庄严，于无声处，略略神秘。我暗感恐惧，觉得大雪积堆来自天外，蓝色月光只可能是来自梦寐，也像梦寐一样催人泪下。有冬季的落尽了树叶的光净刺人的枝杈，是几株橡树，山区农民喜欢称之为玻璃树，松鼠最喜欢找玻璃树爬，摘集贮存橡子过冬。经过寒风冰雪的删节，它们的枝杈仍然密密麻麻，仍然潇洒、尖厉而且简洁。靠下面是一截断墙，凸凸凹凹，歪歪扭扭，戴着雪帽子，在雪地上留下了紧张庄严的黑影。

蹊跷，震慑，这不是真的，究竟是有还是没有这个微信照片呢？我掐了掐耳朵，又捏了一下涌泉穴。

三星手机为节约电力动辄灰屏，我更看不清楚，额角上沁出汗珠。拼上老眼昏花，渐渐看到了右上角的轻纱般的薄云，云边是明净的蓝色的月亮。这才想起，怎么月亮不是橙黄而是淡蓝？是果真有这般样的月色还是经过电脑的人为操作？信息时代的伤脑筋处是什么都能做得出来。你难分虚实，你难分固有与制作。我疑惑着。然后费了好大劲，把图片横过来，用拇指和食指不断扩大，一二三四，我瞎瞅瞅找出了丰厚的白雪中的一些黑点。天上的黑点应该是几只乌鸦。我感到了一点冷风，我听到了风声与乌鸦的哇、哇、哇，渐飞渐远。地上的黑点呢？多么洁白的雪原，也总会被玷污的吗？

啊，终于发现了，这又一张图片就是久违了的后桑葚村啊！我看到了老墙圈门上的厚雪，看到了戏台与茂密的新屋顶。是摄影还是绘画？白与白之间，有那么多对比，有远近、厚薄、明暗、疏密、温寒、繁荣与荒僻、往日与后来……

还有全新的学校校舍，小小的却是方正棱角的操场。我似乎看到了校园里的旗杆与五星红旗，看到了安装不久的篮球架子。看到了当年的身影，我仿佛听到了白巧儿讲《卖火柴的小女孩》的余音绕梁。我想起了我的成名作：《播种者姑娘》，我想起她的没有来得及出版的诗集，标题是《我愿意乘风登上蓝色的月亮》。大雪，雪大，雪落无声。

尤其是，我在最后一张图片上的右角，发现了那个白巧儿当年住过的石头堆积起来的"窝棚"，像坟墓，像鸟巢，像加泰罗尼亚的天才建筑家高迪的纪念建筑，它下陷了，它几乎全部埋在大雪里。

我跳将起来，我赶快查微信的发主，署名是"BZZGN"，什么是"BZZGN"呢？来信者的电话号标明是"私人号码"。那么难道我叫通别人的手机必然会显示的电话号，是公用号码吗？这里也有英语词汇的影响，以"私"加密，无孔不入。

而BZZGN，莫非是"播种者姑娘"？

我幻想着，我期待着，我盼望着，我感动着，心跳着，我糊涂得要活要死。我赶紧点击"赞"与"评论"，出现了"拒收"字样，是隶书。这是什么型号的后乔布斯手机呢，我还从来不知道任何手机有向来信方显示拒收隶书字样的功能。

中国的设计师，快快设计出有强大拒收功能的手机来吧，拒收救国，拒收救世，拒收救人！

　　播种者小姑娘，播种的人，糊涂人，不堪回首的人，那么容易失落的美好与青春啊，播撒良种的，抑或是病毒吞噬奄奄一息的姑娘啊，你在哪儿？

杏　语

　　你觉得头年夏天缺少了雨。理论上，专家们说，这个城市每年七、八两个月的降雨量应该占全年的降水量的百分之七十九。这个比例不怎么合理，但人们很少讨论纠正。人究竟能纠正什么，不能纠正什么，这也是你越走得长越想不清楚的问题。世界气候在变暖吗？河南从前是热带，所以简称豫，豫者，人牵象之地也，说明河南从前多大象。还有河姆渡文化遗址，证明当年浙江那边也是热带，到处都是热带雨林。那么多的热带后来不热了，谁知道变暖了变凉了为什么变为什么不变？

　　然后秋天雨星寥寥。然后整整一冬天不下雪，大雪已经与童年同时离去，童年时期每年冬季你都堆雪人。雪到哪儿去了？雪到了它前年到了的地方。要不就是躲一些年再回来，现在它很遥远，当遥远接近于无限，时间也就变成了圆周、圆球，复活着她他，纪念着许多小说、诗、悔过书、考卷、通知单，化成无言的天空，有时有雾，有时晴朗，晴朗得令人怀疑为什么有人造谣生事，煽动雾霾。干杯！

　　冬天干燥得令人失去了对于春天的信心，无雪雨的冬天之后的春天还能是春天吗？一冬不水的五个月过去以后，鸟儿还会飞回、青草还会发芽、花儿还会开放、小河还会流奔吗？一个大男人经受不住一个星期的干渴失饮，一块城市的先天不足后天又失调的土地，能经受小半年的干旱吗？

　　随便你悲观、乐观、片面、全面、善良、刁恶、鸡汤、粪汁、取缔或者提倡……怎么思想怎么浇灌怎么念藏经还是喜歌、唱衰还是唱帅，三下五除二，三月二十二日，全市的杏花都开了。三天以后，白玉兰挂上一树又一树，五天以后，紫玉兰昂首挺项，后来居上，如火如荼。干脆就如"荼"也没有什么不好，老了老了吧，荨麻疹干脆念寻麻疹而不是"前"麻疹了，叶公好龙干脆念"页"公而不念"射"公了，邹领导念平声"搂"而不念"周"了，大家来个如火如荼岂不更好？

有时候将错就错，有时候歪打正着，有时候以退为进。老天爷的特点也是约定俗成，抓大放小，一风吹，向前看，人艰不拆，有容乃大，容天下难容之事喽。

到了这个年龄，你终于坚定了对于杏花的认识。春天始于杏花。杏花开放的像泼成的一大片一大片的水，杏花如湖如波如小小的泛滥。杏花开放使春天成了气候，使春天像忧郁与温柔一样地扩散。这是玉兰、迎春、刺梅、碧桃什么的做不到的。

所以你们早就喜欢杏花。你们移栽了不止一株杏花。

你们当年总是在一起说，喀什噶尔的杏子比桃还大。与杏相比，桃太艳，梨太迟，海棠酸，樱桃太静，丁香也缺少规模优势。

时间有时候深文周纳，有时候网开八面，却又是按部就班。它们千篇一律，却又是毫厘不爽，该咋的咋的。雨水节气之后是惊蛰，惊蛰之后春分大大方方地来到了，她压根儿不为失雪、雾霾、在该冷的时候没有冷、在不该起尘土的时候扬起了土粉而不好意思。小渠与大渠里的流水仍然如银带闪闪。青草的繁盛仍然不减，虽然去年的枯草可能比往日更多，仍然压不住芳草的青翠年年、春色连连。

不知道是不是由于大气污染，似乎今年的鸟儿也少了，你仍然在凌晨欲醒的时候听到了柔情活泼的鸟鸣，如果鸟儿没有来到树梢，至少是来到了你的心尖即梦的深处，啼啭得如此婉约生动，让你伤感得不好意思，世人不识余之戚，犹谓偷闲学少子！

十六岁的时候你可以给同桌的与非同桌的女生写信，你每个春天给自己出一本诗集，内部发行，只限女友。哪怕你计划自杀或者卧轨或者思想过人体炸弹的疯狂辉煌也还是青春。三十岁的时候你声称在战斗中负过伤，而且在重伤后向敌人甩出了手榴弹。四十岁的时候你开始谦虚，讨好上司而且见了女士就笑美如莲……如今已经成熟，你，您，还酸馒头个什么劲儿呢？

树枝上的玉兰高举如炬，树冠上的杏花纷披如纱，连翘的小黄花如随心点染，海棠比它们矜持一点，桃李也跃跃欲试。榆叶梅的鲜丽略有突兀。梦中的鸟鸣使你想起了往事,你错过了太多的花开,包括花谢。花谢大美,花开揪心。盛开不过是开始,谢落才是美丽的完成与升华。你还能有多少芳华遭凋落呢,你哭了。

我们的生活有时候科学得要命,就像有时候荒唐得要命一样。春天,花儿始放始凋,小雨初降再降的时候,清明来了。这是到坟墓上献花的季节,这是怀念先人与亲人的季节,这是钟情与诚挚的日子,这是深沉与低下头默哀的日子。这是悔恨与惋惜,不再悔恨也不再惋惜,默哀得愈多,你的生活的滋味就愈厚。也许你有理由为你的泪水自豪。这是春天的多情多思静谧却又不安的日子。

你开起了车。你的好友开起了宝马760,五年过去了,他住了医院,他可能是得了重症,他脸上长了斑点,你到了病房不敢与他相认。他说活到老就是要学到老,要学会安静地勇敢地死亡。谈起死亡来,他甚至有一点兴奋,就像五年前他谈起了他购买的宝马车,原装,他声称:"我本来就是一个俗人嘛。"

疾病与大限使你的这位朋友超越了凡俗。你可能讲述过书写过不知多少次光阴、生命、春天、劝君惜取少年时,你永远赶不上他的此时深深的痛苦中的幽默。他终生敏感、吹嘘、浮躁、自恋,所以他是好样儿的。

在高速公路的第一个出口你被告知出早了一个口,你开出去,见了第一个左面的路口就拐回来,你再上了路,白白交了五块钱。下一个也就是你应该出去的那个路口为交费已经排起了长龙,他想起了在豫地开车的经验,从洛阳到开封的收费口上写道,如果为交费而排起的队超过了二百米的话,应该立即打开道路,免费放行。这几句话像是男子汉豪壮的诗篇。只是不知道实行了没有。

证实了的是你自己陷入了停滞的车龙,为什么到这时候才想起了一切:第一,今天是清明前的一个周日,天又好,这时通往四郊的公路当然拥堵。第二,这里是四条道,一公里以后并成农村的小路一独条,独挑,再两公里后并上一个狭窄的石桥,从石桥下来是连续的拐弯,都是一条独路,桥后的路还有三公里,即使这些路都跑完了,进了墓地也会你堵着我我堵着你。你的车还能怎么走?

墓园这里是一个帝王的景区,人民过去是不可以到这里来的,所以这里的路很窄,现在人民都要来了。人民一拥,道路难通。而且今天没有雾霾。今天有点风,有少量的沙有少量的土却没有雾霾,这已经是阿弥陀佛,妙哉善哉了。

现在的四道快车线,走哪条?这里也有概率论的原理与法则。命运学就是概率论,所以说数学是上帝的学识。

命运是公正的，这是大数定理。你抛硬币，抛了一万次，四千九百次是字儿朝上，五千一百次是画儿朝上，它们的公正率是百分之九十九。一亿次的抛掷，公正率则可能是百分之九十九，或者更高。你看着现在是四条车道，有时是最外的第四道慢，第四道的车主不安分了就往里撇，有时是二道、三道显慢了，有时又是第一道一动不动。越是撇过来撇过去的车越是落到后面。而你已经老奸巨猾，老成持重，老马识途。你不会在堵车的当儿存在幻想羡慕他道老是折腾自己。你不费那个油那个劲儿那个细胞与心力手力，你知道放弃了幻想就不再痛苦不再愤青不再装腔作势乱打无定向横炮。也就不再怨天尤人，牢骚满腹憋出病长出什么来。你第一是苦笑，第二是苦笑，第三还是苦笑着。

堵成长龙后你睡了至少一整分钟。你以为是一分或一加一一加二分钟，突然你从驾驶仪表上看到，已经过去了两个半小时。你不能明确你是不是，不，你应该明确，你不可能是连续睡了一百五十分钟。你的感觉是在遭堵而且随遇而安以后，整整两个七十五分钟了，你才明白发生了什么事情。《堵车》，一篇法国小说描写的是高速公路的开车者们利用这段时间进行了公关、商务、政务、集会、结社、推销、调情、求偶、拉皮条与贩毒、寻找杀手的活动，各项业务绩效斐然。有一男一女已经进入做爱的准备按摩，脉搏、血压、肾上腺激素的分泌都已达标，就差勇敢地进入了……突然，交通畅通，唰唰唰，每个人都忘记了堵塞中正在进行的诸端好事，一切烟消云散，开车走人。它的启示真如僧侣的沙事，一个月用沙建筑最美的城郭与宫殿，用扫帚在十秒钟内把美妙清光。

不像有这样的得趣。不像有堵车期间与美女做爱的机会，中国的发展程度当然与法国不同步。更不像有交通突然畅通的可能。

你享受的仍然是春天，你边堵边欣赏。堵到极处是欣然，你有几分得心应语。道路两旁是含烟摆拂的垂柳，是早杏如浪花四溢。那早春的新绿穿过污染泄露着春风春雨。那片片的繁花述说着季节的转瞬即逝。那毕竟没有被汽车尾气扫灭干净的鲜嫩气息艰难地赞美着花季的好景无常令人心碎。那愈行愈近了的青山并不干旱，它们仍然妩媚多情，它们好像在说"爱我吧，我是湿润的"。这天有点小风，天空多少显现了一些蓝的清洁。拥堵的车流跃然闹心，却也坚持着春季苏醒的兴奋与躁动。坐在正副驾驶位置上的青年男女隔着车窗玻璃仍然显示了韶光正好。人们春天的出行是为了对逝者的怀念，但也可能是有人为了春游，为了与沉闷的冬天告别。是为了凭吊也为了赏心，生者与逝者将在清明前后相会，将在相会中饱尝生命的痛惜与大悲的奇妙。他们在怀念当中尽情抚摸，他们的哀恸当中渗透着刻骨铭心的珍惜。百感交集中你不忘强调节气是阴历与阳历的结合，清明是终极与此岸的际会。

半仰着头颀看着路边林带形成的拱形绿色凯旋门，众多的凯旋门连接重合起来成为长的洞穴。一切都深不见底远不及端。原来被堵塞也是一种欣赏，城市风光只有在堵车的时候才被留意也被微笑，美丽的郊区，绿色的穴顶通道，疾走与被困，这就是我们。

从早晨九点钟奋斗到下午三点钟，他驾车行走了百多米。至少有几十年了，他没有这样耐心充裕地感受过春天。他本来十分明白，知道这个季节的周末不可以驾车走向北部山区。他突然忘记了这一切被卷入车流应该是天意。他怀念着这一生的数十个春天，多数是与她在一起。

幸福的人从来不接受伤害，与她一道他不怕水深火热，俄罗斯的"二战"歌曲唱的是"火里不会燃烧，水里也不会下沉"。回想一切他感觉到的是坎坷的幸福与甜蜜。

他终于醒悟，今天不必再坚持下去了。等待使你空前地清醒，穷则变，变则通，通则久，其实也不会太久。你根本不应该这时来到这个地方，你本来不应该是空着手，你本来不应当日就到达墓园。或者说，你本来就应该是明天再到达墓园，你虽然有自己的日程，你自幼有安排日程的习惯。世上还有另一种日程，例如与她的日程，你欲安排也安排不了。你早早地开始了你的扫墓之旅。从糊涂开始向明白过渡。现在你应该掉头打道回到你们共同的别居，你应该大量地准备好盛开着杏花的枝条，你可以明天凌晨五时前起床，再用你有的剪枝剪子剪下杏的花枝，用微波炉打热一碗粥出发。剪子是你们一起买的，微波炉是你们一起建构起来的，粥的结构与你们当初一样。你要保证在早晨六时前到达墓园，你要独自与她说话，这次就说说别居的杏树。那株大白杏结果进入了盛期，不但量大个儿大甜美，而且芬芳得令人沉醉。那株连续五年没有开花以致你们两人曾议论杏树分不分雌雄与这株树是不是得了不育症，今年粉红色花盛开，此树正在雄起。你可以与她共同回想你们植杏树与樱桃的情景。一起种树是人生多么大的幸福。要保证七时十五分前告别墓园，在其他车辆涌来以前。凌晨而去，清晨而归，拥堵于我何有哉？

然后回到别居的时候约好或者是忘记了约没有约过的客人已经来到，他们耐心地平和地蹲在你的防盗门前。客人还带来了两位你所不识的客人，你们一起在社区的小小会所里吃了烤羊腿、宫保鸡丁、干烧鱼，你们喝了不少酒。喝到你根本忘记了客人是怎样走掉的与你是怎样睡着的。

你梦到了许多花枝，似杏非杏，似花非花，似有雨有语非语非声。醒来时天已相当亮，你激动得发起了抖，原来一夜春雨，淅淅沥沥。大地因水渍而闪光。太阳从云层中飘然走出。清明时节的早晨是多么明亮，它彻底告别了郁闷与污浊的冬天。但是你耽误了杏花也耽误了出祭的时间表。莫非真的老了，你如今做任何事都缺少缜密与预见性、提前量、合理化、优选法。你本不是这样的人。

这时吓坏了你，你在自己的会客厅里看到了堆存在沙发桌上的杏花枝杈，它们灿烂光明地进入了你的家。早春杏花在你家中爆炸了，横七竖八，鲜活挺棱。你隔着玻璃窗向后花园望出去，你看到了杏树边支放着的铝合金人字梯。你起来，往外走，你发现了你的房门只锁了一道，没有锁第二道。

这是什么？是奇迹？是梦游？是醉趣？是你的你托了梦？是午夜你开开房门进入了花园？你还搬动了铝合金梯子？你从抽屉里找到了剪枝剪子，有条不紊地完成了为亲爱的逝者准备杏花的任务。这是危险的游戏，你可能绊倒在门前，你可能坠落到梯子下面，你可能被树枝扎到眼睛，你更可能四脚八叉摔到雨与泥里。你没有摔倒。然而，你一点也不记得了。你的心怦怦跳了起来。记忆与逻辑的失落使得人生、春天、杏树与墓园为之颤抖。没有了记忆与逻辑，你摸到了赤裸裸的生命、自我、思念、甜甜的苦。你面对的是生与死的交流，是醒与睡的共享，是不可能与可能的神秘。当然，那就是她，她帮助你，她指引你的生活中发生了这午夜清明的杏花雨。

你摸了一下自己的头发，你大叫起来，有雨湿水迹，可怜的、可贵的、星星点点的雨。

我的人！你疯了，你疯狂地在原地打转。我的杏！你摇着头大哭。

是冥冥中的怀念向草坪与杏园述说了自己的心思。是她与他帮助你准备好了春天的花枝。小楼一夜听春雨，墓地明朝献杏花。杏花，春雨，墓园。你跪下了，你热泪如注。

早起三光，晚起三荒。你早早超越了交通堵塞。你到了墓前，你摆放供献了春光灿烂的杏花，杏花使坟墓生机勃勃，比什么花束花篮花盆都更单纯也更个性。

　　杏枝饱含了你们俩太多的快乐太多的话语。杏花使你们回到了青年时代。一切不但如昨日更如今日。你更觉得清明的天意与生机，墓园的永久与甜蜜，杏花的亲切与随和，在北方，杏花带来了她我你，激扬了春光春意。还有怀念的安详与辽阔。还有今晨花枝的永无查证的来历。你告诉说："咱们的杏树。"你张开两臂，摆了一个当年她喜欢摆的新疆舞蹈的姿势。你在当天的拥堵形成以前，顺利地走了。带回去的，除了悲与伤的回忆，除了生与死的慨叹，还有充满杏花的春之语。你相信这一切杏语，大快乐，大悲悯，大欢喜，全无痕迹也全无道理。